IM EISIGEN NORDEN

stellt sich die junge Clanführerin Yrsa einer ungewöhnlichen Herausforderung. Um das Oberhaupt aller Clans zu werden und ihre Familie vor der Armut zu retten, muss sie einen harten Wettkampf gewinnen und ihr Wissen, ihren Mut und ihr Geschick unter Beweis stellen. Im Weg steht ihr dabei vor allem der Anführer eines verfeindeten Clans: Kier ist nicht nur ihr stärkster Konkurrent und wie Yrsa mit einer magischen Gabe gesegnet, sondern auch der Sohn des Mannes, der ihren Vater getötet hat. Doch neben Rache beginnt noch etwas anderes in Yrsas Herz zu brennen, als sie Kier während der Prüfungen ungeahnt nahe kommt …

Diese Geschichte enthält folgende sensitive Themen:
Tod naher Angehöriger
physische und psychische Gewalt
häusliche Gewalt

Wir produzieren nachhaltig
- Klimaneutrales Produkt
- Papiere aus nachhaltigen und kontrollierten Quellen
- Hergestellt in Europa

FSC
www.fsc.org
MIX
Papier | Fördert gute Waldnutzung
FSC® C083411

Dieses Werk wurde vermittelt durch die Michael Meller
Literary Agency GmbH, München.
Lektorat: Julia Przeplaska
Umschlagbilder: shutterstock.com / © somchai bokehshop (661558087);
© Elena Prekrasnaja (1677957265); © studio37th (1954338787);
© Bourbon-88 (2081763547); © Studio77 FX vector (1986216902);
© Vutu Stocks (2244130985); © Lidiia (1732618469); © VikaSuh (254904112)
Umschlaggestaltung: Giessel Design
Kapitelvignetten: Asuka Lionera
Satz: Pinkuin Satz und Datentechnik, Berlin
Produktionsmanagement: Gunta Lauck
Litho: Margit Dittes Media, Hamburg
ISBN 978-3-551-58527-1

ASUKA
LIONERA

NORDIC CLANS

I

CARLSEN

GLOSSAR

ÁRORA – Göttin des Himmels, jüngste der Schicksalsgöttinnen

MERTHING – Die heiligen Prüfungen, bei denen der oberste Anführer gewählt wird. Sie werden alle fünfzehn Jahre ausgetragen.

MERWA – Die oberste Göttin, Gemahlin des Noren. Göttin des Neuanfangs und der Fruchtbarkeit.

MERWAFEST – Feierlichkeiten, die zwei Mal im Jahr (Frühjahr und Herbst) zu Ehren der obersten Göttin abgehalten werden.

NOREN – Der oberste Gott. Gott des Krieges, der Eroberung und der Seefahrt.

OBERSTER ANFÜHRER – Ein Anführer, der während einer Prüfung unter allen Anführern gewählt wird und als einziger Befehlshaber im Verteidigungsfall fungiert.

THAN – Der Anführer eines Clans

THAN DER THANE – siehe »oberster Anführer«.

VALKRA – Die spirituelle Führung eines Clans. In Visionen vernimmt sie die Worte der Götter.

Für all jene, die die Stimme ihres Herzens noch nicht gefunden haben. Hört nicht auf zu suchen!

PROLOG

YRSA

Es heißt, dass die Schicksalsgöttinnen unsere wichtigsten Erinnerungen verwahren – die guten, aber auch die schlechten. Sie holen sie immer dann hervor, wenn wir uns ihrer besinnen müssen.

Oder wenn sie uns quälen wollen.

Dass die Götter grausam sind, ist mir nicht neu. Dass es ihnen Freude bereitet, uns Sterbliche zu quälen, ebenso wenig.

Was ich jedoch nicht verstanden habe, ist, warum sie ständig meine Familie für ihre Spielchen auswählen.

Während ich einen Arm fest um meine schluchzende Mutter schlinge, um sie aufrecht zu halten, stelle ich mir wieder und wieder die Frage, was wir getan haben, um in der Gunst der Götter zu sinken. Nur schwach übertönen die rituellen Gesänge meiner Zwillingsschwester Elvi das Wehklagen unserer Mutter.

Als der Sichelmond langsam über dem Rand des Meeres aufsteigt, enden Elvis Gesänge abrupt. Sterbend verbleibt der letzte Ton für einen Moment, ehe auch er sich auflöst und in der beginnenden Nacht verschwindet.

Das Rauschen und Brechen der Wellen ist nun das einzige Geräusch neben Mutters Schluchzen. Das ganze Dorf ist anwesend und beobachtet uns. Ein nicht geringer Teil von mir will ihr zuzischen, dass sie sich zusammenreißen soll, doch das wäre nicht richtig.

Sie darf die Liebe ihres Lebens und den Mann, den sie fast zehn Jahre lang gepflegt hat, betrauern. Auch öffentlich.

Die Schicksalsgöttinnen wählen genau diesen Moment, um mir meine früheste Erinnerung an meinen Vater zu schicken. Elvi und ich sitzen auf seinen Knien, während er uns am prasselnden Kamin Göttersagas erzählt – angepasst an unsere Kinderohren. Er hat immer gelacht, wenn er mit uns zusammen war, und hat uns nie auf diese abwartende Weise angesehen wie Mutter. Er war nicht bloß ein liebevoller Vater, sondern auch ein gerechter und angesehener Clanführer. Schon als kleines Kind wusste ich, dass ich so werden will wie er. Da ich die Älteste bin, sollte ich seine Nachfolgerin werden, und ich freute mich darauf, alles von ihm zu lernen und eines Tages in seine Fußstapfen zu treten.

Doch mein Traum von dieser Zukunft endete, als Elvi und ich sechs Jahre alt waren.

Die Schicksalsgöttinnen rauben mir die schönen Erinnerungen und ersetzen sie mit jener vom Tag, an dem mein Vater von den Prüfungen zurückkehrte: auf einer Trage, die auf den Schultern von vier Männern ruhte und der Männer und Frauen folgten, die ich noch nie zuvor gesehen hatte. Auch ein paar Kinder waren unter den Ankömmlingen, doch ich hatte bloß Augen für meinen Vater.

Ich wollte auf ihn zurennen, ihn begrüßen und fragen, warum er denn so müde sei, doch irgendjemand hielt mich zurück. Ich weiß nicht mehr, wer es war. Erst als Mutter mit wankendem Schritt auf die Prozession zuging, spürte ich, dass etwas nicht in Ordnung war. Als ich ihre bebenden Schultern sah, tastete ich nach der Hand meiner Zwillingsschwester, die sich stets so nah bei mir aufhielt, dass sie sie sofort ergriff. Stumm spendeten wir uns Trost und sahen genauso stumm dabei zu, wie die Trage ins Langhaus und anschließend ins Schlafzimmer unserer Eltern getragen wurde. Hinter Mutter schloss sich die Tür.

Elvi und ich blieben zurück. Übersehen und vergessen. Und obwohl wir nicht verstanden, was vor sich ging, spürten wir dennoch, dass etwas Schreckliches mit Vater geschehen sein musste.

Während sich andere Frauen um die Verköstigung der Ankömmlinge kümmerten, hörten wir Mutters Weinen gedämpft durch die Tür, ebenso wie fremde Stimmen, die ruhig auf sie einredeten.

Es dauerte lange, bis sich die Tür zum Schlafzimmer wieder öffnete. Mutters Gesicht war weiß wie Schnee und ihre Augen rot vom Weinen, als sie heraustrat und dabei krampfhaft Haltung bewahrte. Langsamen Schrittes ging sie hinüber zu dem Podest, auf dem vier Stühle standen. Die beiden mittleren waren reich verziert und mit Fellen bestückt. Die kleineren an den Seiten gehörten Elvi und mir.

Ich weiß noch, wie ich die Stirn darüber runzelte, dass Mutter sich auf Vaters Stuhl setzte.

Daraufhin ging ein Raunen durch das Langhaus, ehe die Anwesenden ihre Krüge erhoben und auf Mutters Wohl tranken.

Erst später durften wir das Schlafzimmer betreten. Vater lag in seinem Bett, begraben unter viel zu vielen Fellen. Er musste furchtbar schwitzen. Außerdem war es bereits helllichter Tag.

Ich ging zu ihm und rüttelte an seiner Schulter, um ihn zu wecken. »Du musst aufstehen, Papa«, sagte ich, als er sich nicht rührte. »Du hast mir doch versprochen, mit mir auf die Jagd zu gehen.«

»Euer Vater«, murmelte Mutter mit vom Weinen rauer Stimme, »wird erst aufwachen, wenn die Götter es wollen.«

Damals verstand ich nicht, was sie meinte. Verwirrt sah ich jeden Tag dabei zu, wie sie ihm Wasser, Met und vorgekaute Nahrung einflößte. Vaters unerklärlicher Zustand forderte Mutters gesamte Aufmerksamkeit. Elvi und ich wurden von anderen Clanmitgliedern erzogen.

Ich musste älter werden, um zu erfahren, dass es während der Prüfungen der Clanoberhäupter, die alle fünfzehn Jahre stattfinden, einen Zwischenfall gegeben hatte. Ein rivalisierender Clan – der Schwingenclan – soll dafür gesorgt haben, dass Vater während einer Prüfung stürzte und sich so schwer am Kopf verletzte, dass er nicht mehr aufwachte.

Trotz Mutters hingebungsvoller Pflege über so viele Jahre hinweg öffnete er die Augen kein einziges Mal mehr und zeigte auch sonst keine Regung.

Die folgenden Jahre waren schwer für uns; die Götter legten uns weitere Prüfungen auf, an denen andere Familien wahrscheinlich zerbrochen wären. Aber nicht wir. Vielleicht war auch das der Wille der Götter – uns zu prüfen und uns stärker zu machen. Zumindest klammere ich mich an den Gedanken, um nicht vollends zusammenzusinken, so wie Mutter in diesem Moment.

Denn in der vorletzten Nacht waren die Götter der Meinung, dass sie den Geist meines Vaters genug gequält hätten, und befahlen ihn zu sich. Er starb, ohne uns eine weitere Saga zu erzählen oder die jungen Frauen zu sehen, zu denen seine beiden Töchter herangewachsen waren.

Er starb nicht ehrenvoll im Kampf, wie es seine Bestimmung hätte sein müssen, sondern bettlägerig und ständig auf Hilfe angewiesen. Ein ehrenloser Tod, wie ich ihn nicht einmal meinem schlimmsten Feind wünschen würde, geschweige denn dem Mann, der meine Kindheit geprägt hat und dem ich nacheifere, seit ich denken kann.

Wäre er nicht einst der Clanführer gewesen, hätte ihm keine rituelle Beerdigung zugestanden. Sie ist allein den Mutigen und Tapferen vorbehalten. Ich bin froh, dass meine Schwester Elvi, die spirituelle Valkra unseres Clans, die Sache in die Hand genommen hat. Noch während Mutter schluchzend neben Vaters totem Körper kniete und ich die übrigen Clanmitglieder von seinem Tod unterrichten musste, traf sie Vorbereitungen.

Ich wünschte nur, sie könnte mit eigenen Augen sehen, welch ehrenvolle Bestattung sie für unseren Vater ausgerichtet hat. Doch seit ihrer Kindheit sieht Elvi bloß noch Visionen.

Nachdem sie ihren Gesang beendet hat, stellt sie sich an meine andere Seite und tastet nach meiner Hand. Ich drücke sie, während ich mit der anderen Hand Mutter aufrecht halte.

»Sie schieben nun das Boot hinaus aufs Meer«, flüstere ich Elvi zu.

Sie nickt, als würde meine dürftige Beschreibung Bilder in ihr wecken. Vielleicht tut sie das. Obwohl sie blind ist, sieht sie mehr als die meisten. Mehr als ich.

»Er hätte nicht auf diese Weise sterben dürfen«, flüstert sie zurück.

Ich teile ihre Meinung. Das Ansehen unseres Clans hat in den letzten Jahren stark gelitten. Da Vater nicht wirklich tot war, konnte offiziell kein neuer Clanführer gewählt werden. Also übernahm Mutter seinen Posten, für den ich vorgesehen war. Ich war noch zu jung und es mangelte mir an Ausbildung, deshalb war ich froh, noch ein wenig Aufschub zu bekommen. Nun wird es jedoch keinen weiteren Aufschub geben.

Eine Frau als Anführerin ist nicht ungewöhnlich, solange sie die richtigen Eigenschaften mitbringt. Ich liebe meine Mutter; sie ist eine gütige und rücksichtsvolle Person, aber genau diese Wesenszüge machten sie als Anführerin ungeeignet. Sie ließ sich zu oft von weinenden Kinderaugen oder dem Wimmern anderer Mütter blenden und verteilte unsere wenige Nahrung nicht gerecht. Die Starken starben, während die Schwachen irgendwie überlebten. Es kam zu Zwistigkeiten innerhalb unserer Gemeinschaft, die teilweise zu Fehden ausarteten; Elvi und mir gelang es nicht immer, die Streitereien zu schlichten.

Die meisten jungen Männer und Frauen verließen unseren Clan und suchten ihr Glück in der Fremde. Zurück blieben nur jene, die meinem Vater treu ergeben waren, oder jene, die zu alt oder zu gebrechlich waren, um von einem anderen Clan aufgenommen zu werden.

Die anderen Clans lachten über uns und fielen über uns her wie die Heuschrecken, um uns auch den letzten Rest unserer Vorräte zu stehlen. Und unsere Würde. Ich tat mein Bestes, um uns zu verteidigen, doch die wenigen Kämpfer, die mir zur Seite standen, waren zu alt oder zu geschwächt, um etwas ausrichten zu können.

Also gaben wir es irgendwann auf und ließen die anderen plündern, um nicht noch mehr Einwohner zu verlieren.

Unser einst glorreicher Küstenclan steht kurz davor auseinanderzubrechen und in Vergessenheit zu geraten. Und all das nur, weil ein anderer Clan dafür gesorgt hat, dass mein Vater über Jahre dahinsiechte. Mit ihm an der Spitze wäre es nie und nimmer so weit gekommen. Er hätte gewusst, was zu tun gewesen wäre. Obwohl er als Vater sanftmütig war, hätte er sich als Anführer nicht erweichen lassen, sondern das große Ganze im Blick behalten.

Und anders als ich hätte er nicht aufgegeben.

Der andere Clan hat nicht nur mir meinen Vater und mein Vorbild geraubt, sondern auch unseren Leuten die Zukunft. All das, was hätte sein können, liegt nun tot und kalt dort draußen in einem Boot auf dem Meer, bereit, von den Fluten verschlungen zu werden.

Ich wispere Elvi zu, dass sie sich an Mutters andere Seite stellen und sie festhalten soll. Sie fragt nicht nach, was ich vorhabe, und ich bin ihr dankbar dafür. Wahrscheinlich weiß sie es als Valkra sowieso. Bestimmt wusste sie es bereits, bevor ich den Entschluss gefasst habe.

Als vier Bogenschützen ihre Pfeile in die Flammen halten, um sie kurz darauf auf das Boot mit Vaters Leichnam zu schießen, drücke ich eine meiner Äxte gegen die rechte Handfläche. So tief, dass ich mit versteinertem Gesicht die Zähne zusammenbeißen muss, um keinen Laut von mir zu geben. Mutters Wehklagen neben mir dringt von ganz weit weg an mein Ohr, als ich die alten Worte murmele, die mir niemand beibringen musste, weil ich sie unzählige Male als Kind im Langhaus mitangehört habe. Worte in der alten Sprache, die für meine Kinderohren keinen Sinn ergaben, sich aber nun so einfach in meinem Kopf formen, als hätte ich sie mein Leben lang gesprochen. Heilige Worte, mit denen wir die Götter anrufen, um ihre Unterstützung zu erbitten, oder ihnen ein Versprechen geben, das wir mit unserem Blut besiegeln.

Während mein Blut zu Boden tropft und zwischen den groben

dunkelgrauen Steinen versickert und Vaters Boot am Horizont in Flammen aufgeht, leiste ich einen Schwur, der mich ewig binden wird.

Ich werde erst ruhen, wenn ich Vaters Tod gerächt und das Ansehen unseres Clans wiederhergestellt habe.

Koste es, was es wolle.

Ein dunkler Schatten huscht am Rand meines Sichtfelds vorbei, zeitgleich werde ich von einem Schauer gebeutelt, der nicht vom kühlen Wind herrührt. Ich vernehme ein hohes Kichern wie von einer uralten Frau, das sonst niemand zu hören scheint. Mir ist klar, dass die Götter meinen Schwur akzeptiert haben, denn noch bevor der vierte Tropfen meines Blutes zwischen den Steinen versinkt, spüre ich, wie sich etwas in mein Herz krallt und sich in meiner Brust einnistet. Etwas Dunkles und Mächtiges.

Und ich werde dieses Etwas erst wieder los, wenn ich meinen Schwur erfüllt und den Tod meines Vaters gerächt habe.

Obwohl ihre Augen vor Jahren geblendet wurden, wendet sich meine Schwester zielgerichtet mir zu, die milchigen Augen direkt auf meine Brust gerichtet.

»Es tut mir leid«, flüstert sie.

Ich nicke, ohne den Blick von dem brennenden Boot zu nehmen, das nun nach und nach in den Fluten versinkt. »Mir auch.«

KAPITEL 1

YRSA

ETWA FÜNF JAHRE SPÄTER

Ich bewege mich so langsam, dass kein Zweig unter meinem Gewicht knackt und verrät, wo ich bin. Leise wie ein Luftzug pirsche ich näher, mein Ziel fest im Blick.

Mit dem Rücken zu mir sitzt sie in sich und ihre Tätigkeit versunken auf der Lichtung, doch ich weiß, dass das nichts bedeutet. Es ist mir noch nie gelungen, mich unbemerkt an sie heranzuschleichen, aber ich habe mir fest vorgenommen, es heute zu schaffen.

Dies ist meine selbst gestellte Abschlussaufgabe, bevor ich aufbreche, um die Zukunft für mich, sie und alle anderen Mitglieder unseres Clans zu ändern.

Ich versuche nicht, an die unendliche Last auf meinen Schultern zu denken, die mich beinahe zu Boden drückt, sondern konzentriere mich auf ihren schmalen Rücken. Ich passe mich ihren Atemzügen an und setze lediglich einen Fuß vor, wenn sie ausatmet. Sie hebt den Kopf und ich erstarre. Erst als sie sich erneut dem Kranz aus getrockneten Zweigen und kleinen Knochen widmet, den sie in ihrem Schoß flicht, wage ich es wieder, mich zu bewegen.

Gerade als ich die Lichtung betreten und meinen Sieg verkünden will, murmelt sie beinahe beiläufig: »Ich habe dich schon bemerkt, als du noch über zwanzig Meter entfernt warst.«

Ich stoße frustriert den Atem aus. »Du kannst mich nicht bemerkt haben«, protestiere ich. »Ich habe nicht das kleinste Geräusch verursacht!«

»Du vielleicht nicht«, gibt sie zurück und als sie sich flüchtig zu mir umdreht, ist es, als würde ich für einen Wimpernschlag in einen Spiegel blicken. »Aber Bran ist beim besten Willen nicht zu überhören. Und wo er ist, bist du nicht weit, Schwester.«

Ich verdrehe die Augen, ehe ich meinem Tierwesen zu verstehen gebe, dass es sich zu uns gesellen darf.

Brans riesige Tatzen verursachen einen solchen Lärm im getrockneten Laub und den heruntergefallenen Zweigen, über die sich bereits der erste Raureif des nahenden Winters gelegt hat, dass mir die Ohren klingeln. Seinen massigen, bärenähnlichen Körper schiebt er ohne Rücksicht durch die Sträucher, deren Dornen nicht die leiseste Chance haben, sein dichtes dunkelbraunes Fell zu durchstoßen. Sollten sie es dennoch schaffen, an seinem Pelz vorbeizukommen, träfen sie bloß auf seine panzerähnliche Haut, an der sogar die meisten Pfeile abprallen würden.

Sein Schnaufen und protestierendes Brummen, weil ich ihn zurückgelassen habe, dringt bereits aus mehreren Metern Entfernung zu uns.

»Hörst du?«, fragt meine Schwester Elvi, ohne sich in die Richtung des Lärms zu drehen.

»Ich habe ihm befohlen, am Waldrand zu warten«, erwidere ich.

»Ich habe ihn dennoch gehört.« Sie tippt sich gegen das Ohr. »Wenigstens das kann ich besser als du.«

Dem kann ich nicht widersprechen. Elvis Gehör ist von den Göttern gesegnet. Leider ist das nicht das Einzige …

Als mein Zwilling wurde sie genau wie ich in der Nacht der roten Lichter geboren. In einer jener schicksalhaften Nächte, in denen die Göttin des Himmels Árora ihren Zorn darüber nicht mehr zügeln kann, dass sie die jüngste der Schicksalsgöttinnen ist und deshalb niemals auf Erden wandeln darf. Die meiste Zeit gilt sie als die gutmütigste ihresgleichen und schenkt uns in der Dunkelheit grüne und blaue Lichter, die uns unseren Weg weisen. Doch wenn ihr Zorn hervortritt, färben sich ihre Lichter rot, und mit ihnen sendet sie einen Teil ihrer Magie zu uns herab. Um uns zu segnen, sagen einige. Um uns zu bestrafen, meinen andere.

Als Bran zu uns aufgeschlossen hat, schmiegt er seinen mächtigen Körper an mich und holt mich dadurch fast von den Füßen. Erst als ich ihm durchs Fell streichele, hört er auf, mich vorwurfsvoll anzubrummen.

Ich hatte Glück und kann die Magie, mit der Árora mich belegte, als Gabe bezeichnen, denn durch sie habe ich Bran erhalten. Mein besonderes Tierwesen, das ebenfalls in einer roten Lichternacht geboren wurde und nicht bloß größer und stärker als ein gewöhnlicher Bär ist, sondern darüber hinaus mit mir kommunizieren kann. Ich bin eine Flüsterin, gesegnet mit einem mächtigen Wesen, das zeit seines Lebens an meiner Seite bleiben wird.

Die Magie meiner Schwester Elvi würde ich jedoch nicht als Gabe bezeichnen.

Als hätte sie meine Gedanken gehört, hebt sie den Kopf und schenkt mir ein Lächeln. Angesichts ihrer Schönheit vergesse ich oft, dass wir Zwillinge sind, denn ich habe bereits vor Jahren die Zartheit abgelegt, die ihren Zügen noch zu eigen ist. Jeder ledige Mann würde sich nach meiner Schwester umdrehen, wenn er im Dorf oder anderswo ihren Weg kreuzt, wären da nicht die Narben, die sich strahlenförmig um ihre milchig weißen Augen erstrecken und sie als das kennzeichnen, was sie ist.

Ich setze mich neben sie ins Gras und neige den Kopf vor ihr. Heute ist der letzte Tag vor meinem Aufbruch. Zum ersten Mal werde ich die Sicherheit meines Dorfes verlassen. Werde weiter gehen, als ich es auf der Jagd muss, und sogar auswärts schlafen, weil die Reise und die Prüfungen mehrere Wochen in Anspruch nehmen.

Ein wenig mulmig ist mir dabei schon zumute, meine gewohnte Umgebung, mein gewohntes Bett zurückzulassen. Mulmiger, als ich es je zugeben würde. Vielleicht ist das der Grund, weshalb ich einen alten Schwur vergesse, den Elvi und ich uns gegeben haben, als sich ihre Magie zeigte.

»Gesegnete Valkra, welche Zukunft haben die Götter für mich im Sinn?«

Nachdem ich als Kind Elvis Vision über Verletzungen und Tode mit anhören musste, haben wir uns ein Versprechen gegeben: Ich würde nie nach meiner Zukunft fragen, und sie würde es mir nicht sagen, wenn sie etwas sieht. Doch hier geht es nicht bloß um mich. Mein Schicksal ist zu eng mit dem meines Clans verknüpft. Alle Augen sind auf mich gerichtet. Die Hoffnungen aller ruhen auf mir. Wenn ich versage, bürde ich allen Bewohnern unseres Dorfes weitere fünfzehn Jahre Hunger und Entbehrungen auf.

Nach kurzem Zögern legt mir Elvi erstaunlich zielsicher für eine Geblendete die rechte Hand auf den Scheitel. Wie jedes Mal erschauere ich kurz, meine ich doch, die Macht, die in ihr schlummert, durch diese Berührung spüren zu können.

Während ich eine Flüsterin bin und eine tiefe geistige Verbindung mit meinem Tierwesen eingehen kann, ist Elvi eine Valkra, die den Willen der Götter verkündet und manchmal in die Zukunft blicken kann. Ihr Wort hat mindestens genauso viel Gewicht wie das eines Clanführers, doch nicht jedes Oberhaupt ist bereit, seine Macht zu teilen oder gar einen Fehler einzugestehen, sobald sich die Meinung der Valkra von seiner unterscheidet.

Wie gut, dass seit einigen Jahren mir die undankbare Aufgabe zugefallen ist, unseren Clan vor dem sicheren Tod zu bewahren. Ich käme nie auf die Idee, an Elvis Worten zu zweifeln. Wenn ich eine Entscheidung treffe, ist sie die Erste, deren Meinung ich hören will. Nicht immer findet unser Vorgehen Anklang; vor allem die Ältesten unseres Clans schütteln die Köpfe über uns. Bei manchen Zusammenkünften befürchte ich, dass sie gleich eine Gehirnerschütterung davontragen oder vor lauter unterdrückter Wut platzen. Aber keiner von ihnen würde es öffentlich wagen, uns infrage zu stellen. Gegen eine von uns würden sie vermutlich aufbegehren, aber nicht gegen beide.

Es wurmt mich, dass sie bloß wegen unserer Gaben die Füße stillhalten, nicht wegen unserer Taten. Denn allzu viel haben Elvi und ich nicht erreicht. Unser Clan hungert. Jeder Winter ist gefühlt kälter, länger und härter als der vorherige. Menschen erfrieren und sterben an Krankheiten oder Mangelernährung.

Und wir können nichts tun, als untätig danebenzustehen.

Zumindest war das bisher der Fall. Doch dieses Jahr findet endlich wieder das Merthing statt: eine Versammlung aller Clanoberhäupter unseres Reiches. Lediglich alle fünfzehn Jahre machen sich die Anführer auf gen Norden, weit hinaus in die weißen Lande, in denen noch mehr Schnee liegt als im tiefsten Winter, um die heilige Stätte der höchsten Götter zu betreten und ihnen ihre Ehrerbietung darzubringen.

Aber der wahre Grund des Merthings ist nicht Gottesfürchtigkeit. Während der Zusammenkunft findet ein Wettkampf statt, bei dem der oberste Anführer unserer Clans ernannt wird.

Schon vor Urzeiten gingen die weit verstreuten Clans dazu über, im Falle des Angriffs eines fremden Stammes unter einem einzigen Anführer als Einheit zu kämpfen. Da sie sich jedoch nie auf einen einigen konnten, wäre unser Volk vor einigen Generationen beinahe vollständig ausgelöscht worden. Damit dies nie wieder geschieht, versammeln sich die Clanführer alle fünfzehn Jahre zum Merthing, um den stärksten, klügsten und geschicktesten unter ihnen zu ihrem neuen Oberhaupt im Verteidigungsfall zu wählen.

Als das letzte Merthing stattfand, waren Elvi und ich gerade einmal sechs Jahre alt gewesen. Ich erinnere mich bloß noch dunkel an diese Zeit, aber die Aufregung meiner Familie ist weiterhin spürbar. Unser Vater war das damalige Clanoberhaupt und stolz darauf, in den Hohen Norden zu ziehen, um sich mit den anderen Anführern zu messen. In der Nacht, als er aufbrach, hatte Elvi ihre erste Zukunftsvision, die so schrecklich war, dass unsere Mutter sie drei Tage lang einsperrte, damit niemand aus dem Clan ihre Worte hörte. Denn nicht jede Valkra ist gern gesehen; jene, deren Visionen zu grauenhaft sind oder die lediglich eine furchtbare Zukunft vorhersagen, werden nicht selten aus dem Clan verbannt und verenden allein in der rauen Kälte unseres Reiches. Ich erinnere mich daran, dass Elvis damals noch intakte Augen sogar im Dunkeln leuchteten. Und ich erinnere mich daran, dass ich mir weinend beide Ohren zugehalten habe, um ihr nicht mehr zuhören zu müssen. Zwar verstand ich damals bereits, dass Elvi – genau wie mir – eine Macht innewohnte, aber ich konnte nicht begreifen, dass diese Macht sie dazu zwang, den schrecklichen Unfall unseres Vaters vorherzusagen.

Irgendwann verstummte Elvi, weil ihre Stimme versagte. Erst dann ließ Mutter sie aus dem Zimmer, nicht ohne ihrer Tochter unentwegt ängstliche Blicke zuzuwerfen.

Etwa zwei Wochen später brachten die Männer, die mit Vater in den Hohen Norden aufgebrochen waren, seine leblose Hülle nach Hause. Mutters Wehklagen verstörte mich beinahe noch mehr als Elvis Visionen. Ihre Stimme klang nicht nach ihr, sondern war verzerrt vor Trauer und Furcht.

Ich verehrte meinen Vater und tue es heute noch. Er ist es, dem ich nacheifern will. Für meine Mutter empfinde ich hauptsächlich Mitleid. Eine junge Witwe, geschlagen mit gleich zwei Kindern der roten Lichter und noch dazu ohne männlichen Erben. Während Elvis Gabe früh zutage trat, spürte ich mit jedem Jahr deutlicher Mutters wachsamen Blick auf mir, doch meine Gabe zeigte sich erst kurz nach meinem zwölften Geburtstag.

Während ihre Hand noch auf meinem Scheitel liegt, leuchten Elvis geblendete Augen, deren Iriden einst die gleiche dunkelblaue Farbe hatten wie meine, leicht auf. Erneut erschauere ich. Während meines Trainings, in einem Zweikampf oder auf der gemeinsamen Jagd mit Bran brüste ich mich damit, vor nichts Angst zu haben, doch meine Schwester erweckt in mir den Wunsch, unsichtbar zu werden und nicht aufzufallen.

Nach einer Weile gleitet ihre Hand von meinem Kopf und gesellt sich zu der anderen, die ruhig in ihrem Schoß liegt, ehe Elvi seufzt. »Verzeih, Yrsa, aber ich sehe nichts als dichten Nebel, wenn ich in deine Zukunft blicken will. Es ist, als hätten sich die Götter selbst noch nicht entschieden, was sie mit dir anfangen wollen.«

Ich lächele gezwungen, obwohl sie es nicht sehen kann, und überspiele damit meine eigene Unsicherheit. Ich rede mir ein, dass ich perfekt vorbereitet bin. Im Kampf mit zwei einhändigen Äxten kann mir schon seit Jahren kein Clanmitglied mehr das Wasser reichen. Ich bin schneller und wendiger als alle anderen in meinem Alter. Außerdem bilden Bran und ich eine unschlagbare Einheit. Ich kenne all unsere Bräuche und Riten, sowie deren Ursprünge, und fürchte mich daher auch nicht vor den Wissensfragen während des Merthings.

Und doch will das ungute Gefühl in meiner Magengrube einfach nicht verschwinden.

Als ich nach Vaters Tod offiziell zur Clanführerin ernannt wurde, konnte das Merthing für mich gar nicht schnell genug kommen. Ich brannte darauf zu beweisen, dass ich die Tochter meines Vaters war und sein Versagen beim letzten Merthing nicht wiederholen würde. Auch wenn es niemand öffentlich aussprach, hing diese Schmach doch wie ein dunkler Schatten über unserer Familie – zusätzlich zu der Tatsache, dass meine Mutter gleich zwei Kinder während einer roten Lichternacht geboren hatte. Nicht wenige dachten, dass unsere Familie von den Göttern verflucht sei. Ich denke, dass auch Mutter diese Ansicht heimlich teilte, wenn sie in die geblendeten Augen ihrer Tochter sah, während sie unruhig darauf wartete, dass sich die Gabe der anderen zeigte.

Aber ich werde nicht versagen! Ich werde alle Rechte und Privilegien, die mit dem Than der Thane einhergehen, in unser Dorf zurückbringen, auf dass niemand mehr verhungern muss. Mein Name wird es sein, der in den Sagas unseres Clans für nachfolgende Generationen unvergessen bleibt.

Aber vor allem werde ich all jene verstummen lassen, die glaubten, meine Familie sei verflucht. Nie wieder werden sie hinter unserem Rücken flüstern oder meiner Mutter mitleidige Blicke zuwerfen, die sie mit einem Lächeln abtut. Nie wieder will ich die hoffnungslose Miene meiner Mutter sehen, wenn sie glaubt, ich würde es nicht bemerken.

Ich werde ihr und allen anderen beweisen, dass ich von den Göttern dazu bestimmt bin, unseren Clan in eine glorreiche Zukunft zu führen.

Ein wenig Unterstützung von der Valkra wäre dabei schön gewesen, aber ich schaffe es auch ohne eine klare Vorhersage. Selbst wenn Elvi mir ein sicheres Scheitern vorausgesagt hätte, wäre ich in den Hohen Norden aufgebrochen, denn aufzugeben kommt für mich nicht infrage.

Ich erhebe mich und reiche meiner Schwester eine Hand, die sie ergreift. Ich habe schon früh aufgehört, mich über Dinge zu wundern, die sie eigentlich nicht sehen oder bemerken kann. Obwohl meine Schwester noch ein kleines Kind war, als sie wie alle Valkras geblendet wurde, erschien sie nie hilfebedürftig. Ihre anderen Sinne schärften sich so stark, dass sie sich nur in wenigen Situationen auf andere verlassen musste, und in diesen waren Mutter und ich zur Stelle.

Behände lässt sie sich auch jetzt von mir auf die Füße helfen, obwohl sie meine Unterstützung nicht benötigt hätte. Während mich die Jahre des Waffen- und Ausdauertrainings geformt haben und ich stolz auf jeden Muskel und jede Narbe bin, die ich davongetragen habe, besitzt Elvi den anmutigen Körper unserer Mutter. Ein Äußeres, dem Männer und Frauen gleichermaßen zu Füßen lägen, doch als Valkra wird sie nie eine Familie gründen, sondern ihr ganzes Leben den Göttern weihen.

Also ist es an mir, unsere Linie fortzuführen; eine weitere Last auf meinen Schultern, die mit den Jahren nicht leichter wird. Alle Mädchen, mit denen wir aufgewachsen sind, sind mittlerweile verheiratet und haben Kinder, während ich einer ungewissen Zukunft entgegensehe, die nicht einmal die Valkra für mich entschlüsseln kann.

Der Raureif knirscht unter unseren Füßen und Brans Pranken, als wir ins Dorf zurückgehen. Meine Lungen stechen bei jedem tiefen Atemzug. Ohne den Fellumhang, den ich um mich geschlungen habe, würde ich frösteln.

Wenn ich den Ältesten Glauben schenke, wird der kommende Winter erbarmungslos werden und viele Opfer fordern. Dank Brans und meinem Jagdgeschick muss unsere Familie zwar nur selten Hunger leiden, doch ich vergesse nicht, dass ich gegen uralte Gesetze verstoße, wenn ich abseits unseres Gebietes einen Hirsch oder Hasen erlege.

Denn nur dem Than der Thane und dessen Clan ist es gestattet, auch in gebietsfremden Wäldern zu jagen, während sich die anderen mit dem zufriedengeben müssen, was die Götter ihnen auf ihrem eigenen Land zur Verfügung stellen.

Was gerade im Winter bei uns so gut wie nichts ist.

Unser Clan hat zwar das Glück, direkt an der Küste zu siedeln, sodass wir über das Jahr hinweg vom Fischfang leben, aber sobald das Meer zufriert, werden wir unserer Lebensgrundlage beraubt. Egal wie viel Fisch wir vorher gefangen und eingelegt haben, werden unsere Vorräte nie für einen langen Winter genügen.

»Du grübelst«, sagt Elvi, ohne dabei vorwurfsvoll zu klingen.

Und gerade das trifft einen Nerv bei mir. Ich frage mich dann stets, ob nur sie das bemerkt oder ob jeder andere mich genauso leicht durchschauen kann. Hoffentlich nicht. Als Clanoberhaupt muss ich auch angesichts der Aussichtslosigkeit Zuversicht ausstrahlen.

Doch gegenüber Elvi versuche ich gar nicht erst, es abzustreiten. Stattdessen bleibe ich stehen und lasse den Blick über die Küste und den dunklen, mit unzähligen Steinen gesäumten Strand schweifen. Die Wellen rauschen heute nur leise, als warteten sie bloß darauf, dass die Luft kalt genug wird, um sie zu Eis erstarren zu lassen, damit sie sich in ihre Winterruhe begeben können.

Manchmal wünschte ich, dass wir das auch könnten. Dass wir uns wie die Bären die Bäuche vollschlagen, uns in eine sichere Höhle zurückziehen und erst wieder aufwachen, wenn das Schlimmste überstanden ist.

»Der Winter ist nicht mehr fern«, sagt meine Schwester. »Ich rieche ihn im Wind.« Sie neigt den Kopf in meine Richtung. »Hast du Vorbereitungen getroffen für den Fall, dass der erste Schnee kommt, während du weg bist?«

Ich presse die Lippen aufeinander. »Mutter wird sich um die Verteilung der Lebensmittel kümmern.«

Es fiel mir nicht leicht, diese Entscheidung zu treffen. Die Rationierung unserer Nahrungsmittel ist eine undankbare Aufgabe, die mich die letzten Winter an den Rand der Verzweiflung getrieben hat. Ich durfte mich für das Wohl des gesamten Clans nicht von weinenden Müttern oder ausgemergelten Kindern beeinflussen lassen. Dass ich heimlich den Großteil meiner eigenen Rationen unter den Hungernden verteilt habe, ist ein Geheimnis, das ich mit ins Grab nehmen werde. Dennoch hat es nicht gereicht.

Die Ältesten sagten, dass dies der Lauf der Dinge sei, wenn man zu den unterlegenen Clans gehört. Ich hingegen starrte auf die fahrig in der harten Erde ausgehobenen Gräber und verdammte den Schwingenclan, der damals meinen Vater daran hinderte, beim Merthing als Sieger hervorzugehen, und meine Mutter zur Witwe machte.

»Hältst du es für eine gute Idee, Mutter damit zu beauftragen?«, fragt Elvi. Erneut liegt keinerlei Vorwurf oder Zweifel in ihrer Stimme.

Sie ist die Einzige im gesamten Clan, deren Vertrauen in mich unverrückbar ist. Sie und Bran sind meine engsten Vertrauten, und wenn es sein muss, werde ich die Welt aus den Angeln heben, um sie zu beschützen.

Unsere Mutter liebt mich, das weiß ich, aber ihr Glaube an mich ist schwach. Sie ist zu sehr in der Illusion gefangen, dass die Götter sie für eine Tat bestrafen, die nur sie kennt und über die sie nie ein Wort verlieren würde.

»Ich vertraue den Ältesten nicht«, erwidere ich auf Elvis Frage.

»Sie würden sich in meiner Abwesenheit zu den neuen Clanführern erheben. Meine Mutter kennen sie bereits in der Position des Oberhaupts. Bis sie sich dazu durchgerungen haben, sie zu stürzen, und damit den erzürnten Geist unseres Vaters heraufbeschwören, bin ich sicherlich zurück.«

»Siegreich, hoffe ich.«

Ich stoße sie mit dem Ellenbogen an. »Als Valkra solltest du nicht bloß hoffen, sondern wissen.«

Sie hebt den Kopf, als wollte sie in den Himmel schauen. »Wie ich sagte, liegt deine Zukunft im Nebel. Und ich habe nicht vergessen, auf wen du beim Merthing treffen wirst.«

Ich schlucke angestrengt, ehe ich zwischen zusammengebissenen Zähnen hervorpresse: »Auch ich habe es nicht vergessen. Aber das tut nichts zur Sache. Ich bin schließlich kein junges Mädchen mehr.« Ich balle die Hände so fest zu Fäusten, dass meine Fingernägel mir in die Handfläche schneiden. »Ich werde ihn besiegen.«

»Denk nur daran, dass ihr euch im Hohen Norden auf heiligem Boden befindet.« Elvi hebt mahnend den Zeigefinger. »Kein Blutvergießen außerhalb der Wettkämpfe!«

Grummelnd wende ich mich ab. »Das hat diesen feigen Hund auch nicht interessiert, als er unseren Vater hinterrücks ermordet hat!«

»Heiliger Boden«, wiederholt Elvi ruhig. »Blutfehde hin oder her, du darfst ihn dort nicht angreifen.«

Ich winke ab. »Dann hat er eben auf dem Weg zu den Wettkämpfen einen bedauerlichen Unfall.«

Zu meiner Verwunderung beginnt Elvi zu lachen. »Wie gut, dass ich dich kenne, Schwester. Du würdest keine Nacht mehr schlafen, wenn du ihn nicht während eines ehrenhaften Kampfes auf Leben und Tod besiegen und damit Vaters Ermordung rächen würdest.«

Ich stoße den Atem aus. Natürlich hat sie recht, denn eine Blutfehde kann bloß auf diese Weise beigelegt werden. Weder uns noch dem ruhelosen Geist unseres Vaters wäre damit geholfen, wenn ich den Anführer des Schwingenclans hinterrücks umbrächte. Ich will, dass er mir dabei in die Augen sieht und mir mit seinem letzten Atemzug den Grund nennt, warum er uns den Vater genommen hat. Erst dann ist mein Eid erfüllt und die Götter werden zufrieden mit mir sein.

Ich bin zehn Minuten älter als Elvi, also war es an mir, den Bluteid zu leisten. Sollte ich scheitern, wird meine Schwester ihn weitertragen. Nach ihr wird er auf einen unserer entfernteren Verwandten übergehen, auch wenn wir mit ihnen kaum etwas zu tun haben. Ein mit Blut besiegelter Eid ist heilig; der Zorn der Götter selbst würde denjenigen treffen, der sich ihm entzieht.

»Hast du dich schon entschieden, wer dich begleiten wird?«, fragt Elvi, als sie sich bei mir unterhakt und mich weiter Richtung Dorf zieht.

»Ich habe Astrid und Vangar gefragt. Sie fühlten sich geehrt.«

Jeder Clanführer darf bis zu fünf seiner besten Kämpfer mit in den Hohen Norden nehmen. Mir fiel die Wahl meiner Begleiter leicht, was auch daran liegt, dass wir nicht mehr als zwei herausragende Kämpfer zu bieten haben. Die beiden Schildmaiden Astrid und Vangar sind drei Jahre älter als Elvi und ich und nicht nur auf dem Schlachtfeld ein Paar. Im Kampf sind sie mir beinahe ebenbürtig. Mit ihnen an meiner Seite habe ich auf dem Weg nichts zu befürchten. Außerdem werden sie meine Taten bezeugen und von ihnen berichten, sobald wir zurückgekehrt sind. Oder meiner Schwester und meiner Mutter die Kunde über mein Scheitern überbringen.

Ich schüttele den Kopf, um diesen Gedanken zu vertreiben. Seit Wochen denke ich an nichts anderes als meine Reise zur heiligen Stätte, meine bevorstehenden Prüfungen und den Sieg, den ich davontragen werde. Erst als Elvi meine Zukunft nicht sehen konnte, beschlichen mich Zweifel. Mein Sieg war plötzlich nicht mehr unumstößlich. Die Prüfungen nicht mehr so einfach, als dass ich sie spielend absolvieren könnte. Ich gebe mir Mühe, die nagenden Gedanken zu vertreiben und ihnen keinen Platz in meinem Kopf zu bieten, aber sie kommen stets wieder und gewinnen mit jedem neuen Erscheinen an Kraft.

»Ich erwarte euch drei morgen früh vor Sonnenaufgang vor meiner Hütte«, sagt Elvi, als wüsste sie genau, was gerade in mir vorgeht.

Bran gibt neben mir ein Brummen von sich.

Ein Lächeln zeichnet sich auf den Lippen meiner Schwester ab, als sie den Kopf zu meinem Tierwesen neigt. »Und dich natürlich auch. Als würde ich einen von euch ohne den Segen der Götter in den Hohen Norden ziehen lassen!«

KAPITEL 2

YRSA

Die wenigen Dorfbewohner, an denen wir auf unserem Weg vorbeikommen, neigen respektvoll die Köpfe vor Elvi und mir. Während ich schweigend danebenstehe, hat sie für jeden ein freundliches Wort übrig. Nicht zum ersten Mal frage ich mich, ob sie die bessere Anführerin gewesen wäre, wenn sie ihr Augenlicht nicht eingebüßt hätte.

Elvis Hütte befindet sich etwas abseits. Wie alle anderen Behausungen ist sie aus Holz errichtet, das über die Jahre dunkelgrau geworden ist. Den würzigen Geruch, den ihr Kräutergarten verströmt, rieche ich schon aus mehreren Metern Entfernung. Ihre Hütte könnte heimelig wirken, wären da nicht die Gebilde aus Knochen und Ästen, die sich im leichten Wind wiegen und ein schauriges Klappern verursachen.

Elvi benötigt bloß zwei Griffe an dem niedrigen Zaun, der ihre Hütte umgibt, um sich zu orientieren. Da ich weiß, wie sehr sie es hasst, wenn ich sie hineinführe, warte ich ab, bis sie den Weg allein gefunden hat.

An der Tür dreht sie sich zu mir um. »Du wirst zurückkommen.« In ihrer Stimme liegt eine solche Gewissheit, dass sogar ich daran glaube.

Nachdem ich mich von meiner Schwester verabschiedet habe, gehen Bran und ich zum Langhaus, das sich in der Mitte des Dorfes befindet. Die mit Abstand größte Hütte ist das Zuhause von meiner Mutter, Bran und mir sowie der kulturelle Mittelpunkt des Dorflebens. Es vergeht kein Tag, an dem mich nicht ein Bittsteller um Rat fragt oder ein zeremonieller Ritus abgehalten werden muss, um die Götter zu besänftigen.

Auch heute riecht es im Inneren nach frischem Blut und alter Glut.

Meine Zimmer befinden sich im hinteren Teil des Gebäudes, dennoch habe ich nie das Gefühl von Privatsphäre. Es ist eine Ehre, im Langhaus zu leben, doch nicht selten wünsche ich mir eine kleine Hütte wie Elvis, deren Tür ich hinter mir zuziehen und dadurch die gesamte Welt aussperren kann.

Ich passiere die große Halle, in der nahezu das gesamte Dorf Platz findet, die heruntergebrannten Feuerstellen in der Mitte, den aufwendig verzierten hohen Stuhl an der Stirnseite des Saals, auf dem einst mein Vater gesessen hat und auf dem ich nun Platz nehmen muss, wann immer es von mir verlangt wird, und begebe mich schnurstracks in meine Zimmer.

Auf meine Reise werde ich nicht viel Gepäck mitnehmen; das wenige habe ich bereits zusammengesucht und in zwei Bündel verschnürt.

Da es nichts mehr zu tun gibt, werfe ich mich aufs Bett. Bran rollt sich auf dem großen Teppich davor zusammen und beginnt fast augenblicklich damit, leise zu schnarchen. Begleitet von diesem beruhigenden Laut und der wohligen Wärme, die sein Körper abstrahlt, fallen auch mir alsbald die Augen zu.

Es ist noch stockdunkel draußen, als meine Mutter mit einer Kerze in der Hand mein Zimmer betritt. Ich höre sie bereits, als sie eine der knarzenden Dielen erwischt. Wie von selbst gleitet meine Hand zu der Axt, die neben mir auf dem Bett liegt, und ich entspanne mich erst, als ich ihre vertraute Schrittfolge erkenne.

»Du musst aufstehen«, sagt sie, während sie im Türbogen stehen bleibt.

Ich setze mich auf und fahre mir mit der Hand durch mein zerzaustes dunkelblondes Haar.

»Lass mich dir helfen.«

Mit einem verstohlenen Seufzen winke ich sie näher. Während sie Bran umrundet, damit sie die Kerze auf dem Nachttisch abstellen kann, versuche ich mich daran zu erinnern, wann ich ihr das letzte Mal gestattet habe, mir beim Anziehen und Frisieren zu helfen. Es muss der Tag gewesen sein, an dem ich Vaters Platz eingenommen habe. Meine Finger zitterten damals so sehr, dass ich mein Haar niemals selbst hätte flechten können, und Elvi, die ich normalerweise um Hilfe gebeten hätte, war damit beschäftigt, die Zeremonie vorzubereiten.

»Bist du aufgeregt?«, fragt sie, während sie die benötigten Utensilien aus meiner Kommode zusammensucht.

Ich stoße den Atem aus. Bereits als Kind schlug ich eher nach meinem Vater und stand ihm näher als meiner Mutter. Außer den tiefblauen Augen und dem blonden Haar, das am Ansatz etwas dunkler ist, habe ich kaum etwas von meiner Mutter geerbt. Ihre schlanke, grazile Statur hat sie Elvi vermacht. Oder würde ich ebenfalls so aussehen, wenn ich nicht von klein auf wie eine Berserkerin trainiert hätte? Ich kann mir ein solches Leben nicht vorstellen, ebenso wenig wie eines, in dem ich offen mit ihr über meine Gefühle spreche. Das steht mir als Anführerin nicht zu; nicht einmal gegenüber meiner Mutter. Dennoch gebe ich mir einen Ruck.

»Ein wenig«, sage ich daher ausweichend.

Mutter nickt nachsichtig, während sie mich betrachtet und darauf wartet, dass ich das Bett verlasse. Ich tue ihr den Gefallen und streife meine einfache Kleidung von gestern ab. Mit geschickten Handgriffen hilft sie mir in die aufwendigeren Gewänder, die mich sowohl vor der Kälte im Hohen Norden schützen als auch meinen Stand unterstreichen sollen. Die wollene Tunika hat Mutter eigenhändig mit goldenen Stickereien an den Säumen versehen, die Bärentatzen zeigen. Um die Taille legt sie mir ein Mieder aus Leder an, ebenso wie einen Gürtel, an dem ich meine beiden Äxte befestigen kann. Nachdem ich in die gefütterte Lederhose und die ebenso mit Fell ausgekleideten kniehohen Stiefel geschlüpft bin, legt Mutter mir den Mantel meines Vaters um. Das weiche Wolfsfell schmiegt sich an meine Wangen, und ich meine, noch immer schwach Vaters Duft wahrnehmen zu können, wenn ich nur tief genug einatme.

Mutter betrachtet mich von oben bis unten und nickt schließlich anerkennend. »Diesmal steht dir die Tracht besser als vor drei Jahren.«

»Ich denke nicht, dass ich seither gewachsen bin«, halte ich dagegen.

»Das nicht«, sagt sie, wobei sie mir zu verstehen gibt, dass ich mich auf den Schemel bei der Kommode setzen soll. »Dennoch füllst du sie besser aus.«

Behutsam bürstet sie die Knoten der letzten Tage aus meinem hüftlangen Haar, ehe sie es an den Schläfen zurückflicht. Während der Prozedur sprechen wir kein Wort; in Gedanken hänge ich noch dem nach, was sie eben gesagt hat. Es war wohl das beste Lob, das ich je von ihr gehört habe. Als Frau des Clanführers war Mutter nie eine Frau großer Worte, sondern voller Erwartungen, die ich als Heranwachsende nie erfüllen konnte.

Oder glaubte, sie nie erfüllen zu können.

Doch in dem Blick, mit dem sie mich eben bedachte, meinte ich, Stolz zu erkennen. Nicht die Furcht, die stets darin lag, als ich noch jünger war und sich meine Gabe noch nicht gezeigt hatte. Und auch nicht die Trauer, als ich auf dem hohen Stuhl saß und nicht mein Vater.

Zum ersten Mal habe ich das Gefühl, dass sie *mich* sieht. Nicht ihre Tochter, die dummerweise während einer roten Lichternacht geboren wurde, und auch nicht die neue Clanführerin, die ihren Mann ersetzen soll und wohl nie an ihn heranreichen wird.

»Ich werde dich nicht enttäuschen«, rutscht es mir heraus, ehe ich die Worte aufhalten kann.

Mutter tritt vor mich, legt mir einen Finger unters Kinn und wartet, bis ich den Blick zu ihr hebe. »Dein Versprechen, mich nicht zu enttäuschen, will ich nicht.«

Mein Herzschlag gerät ins Stolpern, und für einen Augenblick bin ich wieder das junge Mädchen, das sich nach der Anerkennung sehnt, für die es hart arbeiten musste. Auch jetzt scheint sie mir verwehrt zu werden, obwohl ich mich anstrengen will.

Erst als Mutter mir ihre andere Hand an die Wange legt und die Wärme ihrer Berührung mich durchströmt, beruhige ich mich.

»Ich will, dass du gesund zu mir, zu unserem Clan zurückkehrst«, sagt sie sanft. »Dieses Versprechen würde ich mit Freuden entgegennehmen. Denn dein Leben und alles, was du für unsere Leute tust, ist tausendmal mehr wert als dein Sieg beim Merthing.« Sie hebt den rechten Mundwinkel zu einem Lächeln, wodurch sie beinahe aussieht wie ich. »Wobei ich keine Sekunde daran zweifle, dass du diesen alten, wohlgefälligen Männern, die seit Jahrzehnten nicht mehr aus ihren Stühlen aufgestanden sind, haushoch überlegen bist.«

Zögerlich erwidere ich ihr Schmunzeln. »Ich werde mein Bestes geben.«

»Ich weiß.« Sie lehnt sich vor und küsst mich auf die Stirn. »Mir ist noch nie ein Mensch begegnet, der bei jeder noch so banalen Tätigkeit sein Bestes gibt, so wie du es tust.«

Sie klingt, als wäre sie nicht glücklich darüber, doch ich will diesen seltenen Moment nicht zerstören, deshalb frage ich nicht nach, sondern genieße es, von ihr frisiert und anschließend geschminkt zu werden. Mit schwarzer Farbe, die aus Wurzeln und Asche hergestellt wird, umrahmt sie großflächig meine Augen bis hin zu den Schläfen.

Als ihre Finger über die wulstige Narbe an meinem rechten Auge streichen, murmelt sie: »Ich erinnere mich noch genau an die Nacht, als du blutüberströmt mit der Verletzung nach Hause kamst und einen kleinen Bären in deinen Armen hieltest.«

Mein Blick huscht zu Bran hinüber, der nun von niemandem mehr als klein bezeichnet werden würde und der noch immer friedlich schläft.

»Es war bitterkalt«, fährt Mutter fort, »und ich war außer mir vor Sorge, weil du einfach verschwunden bist.«

»Ich habe seine Stimme gehört«, sage ich. »Brans. Er hat um Hilfe gerufen. Er hat mich gerufen.«

Mutter stößt den Atem aus. Ich habe es ihr bereits damals erklärt, doch auch jetzt scheint sie mich nicht verstehen zu können. Wahrscheinlich kann das niemand, der kein Flüsterer ist wie ich.

Es war ein harter Winter. Der eisige Wind pfiff um unser Langhaus und durchdrang selbst die dicksten Felle. Elvi und ich schliefen eng aneinandergekuschelt, als ich plötzlich aufwachte und wie durch eine magische Kraft hinaus in die eiskalte Nacht gezogen wurde.

»Was war es?«, fragt Mutter, während sie mit den Fingern über die Narbe streicht, die sich von meiner Augenbraue hinab über mein Auge bis zur Hälfte meiner Wange zieht. »Ein Falke?«

Ich schüttele leicht den Kopf. »Ein Adler. Er war nicht glücklich darüber, dass ich ihm seine sichere Beute streitig machte.«

Mit einem Seufzen lässt Mutter das Thema fallen. Als ich Bran anschleppte, war sie nicht begeistert, ein weiteres Maul durchfüttern zu müssen. Doch nachdem er größer wurde und Bran und ich auf die Jagd gingen, erkannte auch sie seinen Nutzen. Als meinem Tierwesen blieb ihm das Schicksal erspart, als Teppich oder Umhang oder besondere Trophäe zu enden.

Anders als bei uns Menschen, die in einer roten Lichternacht geboren werden, schlägt sich die Andersartigkeit bei Tierwesen nicht in einer Gabe, sondern ihrem Aussehen nieder. Ich habe von einem Flüsterer eines anderen Clans gehört, dessen Tierwesen ein Pferd mit einem Fischschwanz ist, das so gut schwimmen kann, dass er es dazu einsetzt, sein Fischerboot aufs Meer hinauszuziehen.

Wenn ich das Merthing gewinne, wird es mir vergönnt sein, die weit verstreuten Clans zu bereisen und all die wundervollen Tierwesen zu sehen, die es dort gibt.

Als Mutter, Bran und ich das Langhaus verlassen, hat sich der Großteil des Clans bereits auf dem Dorfplatz direkt davor versammelt. Sie verstummen, als sie mich sehen. Elvi ist ebenfalls anwesend und sticht mit einem blütenweißen Kleid unter den anderen Dorfbewohnern hervor. Mit erhobenem Haupt schreite ich auf sie zu. Astrid und Vangar, die beiden Schildmaiden, die mich in den Hohen Norden begleiten werden, nicken mir zu, ehe sie sich hinter mir einreihen.

Vor Elvi beuge ich das Knie. Astrid und Vangar folgen meinem Beispiel, und sogar Bran senkt den Kopf.

»Valkra, ich bitte dich um deinen Segen für unsere Reise«, sage ich laut genug, damit mich die Anwesenden verstehen können.

Von einer der Maiden, die Elvi unterstehen und die ähnlich gekleidet sind wie sie, wird ihr eine Schale mit frischem Hühnerblut gereicht, das im Namen der Götter geopfert wurde. Vor einer solch wichtigen Reise würde normalerweise ein Stier oder Pferd geopfert werden, aber angesichts des bevorstehenden Winters habe ich angeordnet, kein großes Tier zu schlachten. Ein Teil von mir hadert mit der Entscheidung und hofft, die Götter dadurch nicht zu erzürnen.

Elvi taucht zwei Finger in die Schale mit Blut und malt mit der noch warmen Flüssigkeit das Zeichen unserer obersten Göttin auf meine Stirn: zwei ineinander übergehende Halbkreise, die die über den Hügeln aufgehende Morgensonne darstellen sollen. Dies wiederholt sie bei meinen drei Begleitern, ehe sie das restliche Blut über uns sprenkelt.

»Die Götter blicken wohlwollend auf dein Vorhaben herab, Than

Yrsa«, verkündet sie. »Vertraue darauf, dass sie deine Schritte und die deiner Gefolgschaft leiten werden.«

Ich verbleibe noch genau zwei Herzschläge lang kniend, ehe ich mich erhebe.

Ohne mich zu verabschieden oder zurückzublicken, drehe ich mich um und beginne meine Reise in den Hohen Norden, um mein Schicksal zu erfüllen.

KAPITEL 3

YRSA

An den ersten beiden Tagen strengt mich die Reise kaum an. Nachdem wir die Ebenen der Küste verlassen haben, führt uns unser Weg an einigen Gebirgen vorbei oder zwischen ihnen hindurch, sodass wir unsere Kräfte schonen können. Zwischen den zerklüfteten Felsen der Gebirgsketten finden wir ausreichend Schutz vor Wind und Wetter. Wir rasten erst, sobald die Nacht einbricht; unsere Mahlzeiten nehmen wir über den Tag hinweg beim Gehen ein. Am Abend des zweiten Tages erlegt Bran ein dürres Reh für uns, das wir über einem Feuer braten.

Erst als wir uns am vierten Tag an den Aufstieg machen, spüre ich eine vage Erschöpfung, die jedoch von Aufregung überlagert wird. Ich kann den Gipfel des heiligen Berges nicht sehen, trotzdem fühle ich die Ehrfurcht, die dieser Ort ausstrahlt.

Es heißt, der Berg sei so hoch, dass er beinahe das Wolkenreich der Götter erreicht, von wo aus sie die Taten der Sterblichen beobachten und bewerten. Nur den Aufrichtigsten und Tapfersten von uns gestatten sie, ihr Reich nach unserem Ende zu betreten. Der Rest von uns erhält eine weitere Chance, indem er wiedergeboren wird. Scheitert er erneut im Versuch, die Götter zufriedenzustellen, verschwindet seine Seele, als hätte sie nie existiert, im Vergessen der Unterwelt, wo sie von den dunklen Mächten benutzt wird, um eines Tages die obersten Götter zu stürzen.

Meine Seele braucht keine weitere Chance. Ich werde die Götter beeindrucken und irgendwann, wenn sie mich zu sich holen, neben meinem Vater sitzen, dem ich meinerseits stolz von meinen Taten berichten kann.

Bereits als Kind war ich fasziniert von unseren Sagas und konnte nicht genug davon bekommen. Auch später sah ich es nie als Belastung an, sie Elvi vorzulesen, damit sie sich die Geschichten einprägte, um als Valkra aus ihnen zu zitieren.

Der Pfad zum Gipfel hinauf ist steil, doch glücklicherweise müssen wir nicht klettern, denn sonst wäre uns nichts anderes übrig geblieben, als einen anderen Weg zu suchen. Ohne Bran in meiner Nähe fühle ich mich leer und rastlos gleichermaßen. Auch wenn er mich bei den Prüfungen nicht immer unterstützen darf, hilft mir seine Anwesenheit. Und ihn zurückzulassen käme für mich nie infrage.

Astrid und Vangar sind, ähnlich wie ich, keine Frauen großer Worte; die meiste Zeit schweigen wir. Da wir uns seit unserer Kindheit kennen, gibt es nicht viel, was wir besprechen müssten. Wobei Vangar noch stiller ist als ihre Partnerin Astrid.

Mir sind ihre Verdienste während der letzten Überfälle auf andere Inseln geläufig, da sie sie mehrmals während einer Feier im Langhaus zum Besten geben mussten. Ihr Geschick mit dem Kurzschwert und dem Schild ist so herausragend, dass der amtierende oberste Clanführer sie regelmäßig bei seinen Raubzügen dabeihaben wollte – als einzige Kämpfer unseres Clans. Ich hätte unter meinen Leuten keine bessere und erfahrenere Begleitung finden können als diese beiden Frauen, die sich in jeder Situation blind verstehen.

Je höher sich der Pfad ins Gebirge hinaufschlängelt, desto dünner wird die Luft. Ich bin dankbar für Vaters Umhang, dennoch habe ich das Gefühl, das Wolfsfell würde mir zusätzlich die Luft abschnüren. Mehrmals wird der Drang, mir den Umhang vom Leib zu reißen und lieber den Tod durch Erfrieren in Kauf zu nehmen, fast übermächtig.

Wir entdecken einige Spuren im Schnee, die von den anderen

Clans stammen müssen, doch wir begegnen niemandem. Ich kann nur hoffen, dass wir nicht die letzten sind, die eintreffen.

Das finale Stück des Aufstiegs absolvieren wir am Morgen des sechsten Tages. Die Muskeln in meinen Beinen brennen wie Feuer, während die Haut in meinem Gesicht vor Kälte beinahe taub ist. Ungehindert durch andere Berge pfeift der eisige Wind durch unser Haar und die Kleidung, doch von niemandem höre ich einen Laut des Jammers.

Als wir schließlich das Plateau auf der Spitze des Berges erreichen, zittern meine Beine so sehr, dass sie beinahe unter mir nachgegeben hätten. Lediglich die bereits anwesenden anderen Clans, die unsere Ankunft verfolgen, halten mich aufrecht.

Ich erwidere ihre Blicke nach außen hin ungerührt, doch innerlich möchte ich mich am liebsten hinter Bran verstecken. Es ist eine Sache, einem Clan vorzustehen, dessen Mitglieder ich von meinem ersten Atemzug an kenne, aber eine völlig andere, dem Starren fremder und potenziell feindlicher Clans ausgesetzt zu sein, deren Mitglieder ich weder kenne noch einschätzen kann.

Mir entgeht nicht, dass einige von ihnen besonders an Bran interessiert zu sein scheinen. Das ist kein Wunder: Flüsterer mit einem solch großen und kraftvollen Wesen, wie meines eins ist, sind selten. Die meisten Flüsterer müssen mit einfachen Hoftieren vorliebnehmen, die sie beeinflussen können. Nur die mächtigsten von uns können eine Verbindung mit einem Raubtier wie einem Bären eingehen. Wenn dieser Bär außerdem ebenfalls während einer roten Lichternacht geboren wurde und dadurch körperliche Besonderheiten aufweist, ist es nur natürlich, dass er Aufsehen erregt.

Als würde ich nichts von den musternden Blicken und dem Gemurmel wahrnehmen, das um uns herum anschwillt, gehe ich hinüber zum amtierenden obersten Clanführer, für den in der

Mitte des Plateaus ein Hochsitz aufgestellt wurde. Ich will mir lieber nicht vorstellen, wie anstrengend es gewesen sein muss, dieses Ungetüm aus dunkelbraunem Holz und reichen geschnitzten Verzierungen hier heraufzuwuchten … Dazu waren sicherlich mehrere Männer nötig.

Während wir darauf warten, dass wir an der Reihe sind, begutachte ich die Anwesenden verstohlen. Viele von ihnen wirken kräftig und kampferprobt, doch es ist, wie meine Mutter gesagt hat: Die meisten haben den Zenit ihres Lebens bereits überschritten. Sie sind nicht alt, aber nicht mehr jung. Die meisten dürften im Alter meines verstorbenen Vaters sein.

Fast mein ganzes Leben lang habe ich während meines Trainings gegen diese Art von Männern gekämpft. Sie neigen dazu, mich zu unterschätzen – oder sich selbst zu überschätzen –, sind träge und verwenden nahezu alle denselben Stil. Und noch etwas haben sie gemeinsam: Wenn sie vor mir besiegt am Boden liegen, sehen sie mich alle mit dem gleichen überrascht-wütenden Blick an. Ich habe ihn schon so oft gesehen, doch er wird nie langweilig.

Während ich warte, schnappe ich von einer vorbeigehenden Gruppe auf, dass nur acht der zehn Clans ihre Teilnahme zugesagt haben. Aus den übrigen zwei Clans war der Anführer entweder zu alt oder zu jung, um die Prüfung zu bestreiten.

Ich sehe mich weiter um und entdecke am Rand des Plateaus eine Art Dorf: Mehrere kleine Hütten sind dort aufgereiht, vor einer wurde ein großes Lagerfeuer entzündet. Ich habe mich während unserer Reise bereits gefragt, wo wir zwischen den Prüfungen schlafen und essen werden, doch letztendlich spielte die Frage keine große Rolle. Nun ein kleines Dorf hier zu sehen für den Fall, dass ein Merthing stattfindet, ist jedoch beruhigend.

Als die Gruppe eines anderen Clans vor uns ihre Begrüßung des obersten Clanführers abgeschlossen hat, sind wir an der Reihe.

Wie es von mir erwartet wird, senke ich den Kopf vor ihm. Lediglich vor einer Valkra, dem Sprachrohr der Götter, würde ich je das Knie beugen.

»Than der Thane«, sage ich. »Ich bin Yrsa vom Küstenclan und fühle mich geehrt, deinem Ruf Folge zu leisten.«

Der oberste Clanführer muss etwa im Alter meines Vaters gewesen sein, als er diesen ehrwürdigen Posten übernahm; nun, fünfzehn Jahre später, ist er ein alter Mann mit einem löchrigen grauen Bart, der auf seinem Bauchansatz ruht, und tiefen strengen Furchen im Gesicht. Dennoch verströmt er eine so ehrgebietende Aura, als säße unser höchster Gott Noren persönlich vor mir.

»Yrsa«, wiederholt er gedehnt. Ich sehe zu ihm auf. »Du erinnerst mich sehr an deinen Vater. Ich habe den Willen der Götter nie infrage gestellt, aber als sie ihn zu sich riefen, bevor er die großen Taten vollbringen konnte, für die er zweifelsohne vorgesehen war, habe ich gehadert. Doch nun bist du hier. Wirst du diejenige sein, die mich beerbt?«

Ein Prickeln in meinem Nacken lässt mich noch mehr frösteln als die Kälte um mich herum. »Ich werde mein Bestes geben.«

Der oberste Clanführer nickt. »Davon bin ich überzeugt.«

Er entlässt mich mit einem Wink, damit ich jenen Platz machen kann, die nach uns erschienen sind, und ich beeile mich, von ihm wegzukommen. Noch nie stand ich jemandem gegenüber, der mich durch seine bloße Anwesenheit derart einschüchterte. Ob er schon immer ein solches Auftreten besaß? Oder hat seine Position als Than der Thane ihn dazu befähigt?

Während ich noch darüber nachgrübele, wäre ich beinahe in eine andere Gruppe hineingelaufen. Erst im letzten Augenblick stoppe ich meinen Schritt und sehe auf.

Hier oben auf dem Plateau wird die Sonne kaum durch Wolken abgeschirmt, doch ihre Wärme erreicht mich dennoch nicht. Ich blinzele gegen ihre Strahlen an, kann den Umriss des Mannes, gegen den ich beinahe geprallt wäre, trotzdem bloß schemenhaft wahrnehmen.

Gerade als ich beiseitetreten und die Gruppe durchlassen will, sagt er: »Wenn das nicht die kleine Yrsa ist.«

Mein Blick schießt zu ihm zurück. Seine Stimme habe ich noch nie zuvor gehört, denn an sie würde ich mich erinnern. Ihr rauer und gleichzeitig weicher Klang fährt mir direkt unter die Haut, kribbelt noch einen Moment nach, als wolle er sich dort einnisten. Schnell reibe ich mir über die Arme, wo das Gefühl am stärksten ist, um das Kribbeln zu vertreiben.

Um diese Bewegung zu überspielen, hebe ich eine Hand und lege sie mir an die Stirn, um die Sonne abzuschirmen.

Nicht nur seine Stimme ist mir unbekannt, sondern auch die Züge des Mannes, den ich nun Stück für Stück der Helligkeit entreiße. Er ist groß; das fällt mir als Erstes auf, denn ich muss den Kopf ein Stück in den Nacken legen, um nicht bloß sein Schlüsselbein und seinen Hals anzustarren.

Ja, ich starre. Das ist mir völlig bewusst, doch ich kann nichts dagegen tun. Zu drängend ist der Wunsch herauszufinden, wer er ist und woher er mich zu kennen glaubt. Dass ich die Anführerin des Küstenclans bin, ist weithin bekannt, aber ich habe zuvor nur an wenigen Zusammenkünften teilgenommen. Meist nur an denen der Clans, die in meiner unmittelbaren Nähe leben. Und ich würde mein Leben darauf verwetten, dass der Mann vor mir bei keiner dieser Zusammenkünfte dabei war.

Von irgendwoher erklingt das kratzig-hohe Lachen einer alter Frau, doch ich drehe mich nicht danach um.

Nach und nach gibt die Sonne ein scharf geschnittenes Gesicht mit markanten Wangenknochen und einem breiten Kiefer preis. Es ist gerade diese Kieferpartie, die meine Aufmerksamkeit ungemein fesselt. In meinem Dorf gibt es nicht einen Mann, der seine Kindheit hinter sich gelassen hat und keinen Bart trägt. Selbst die Alten, deren Bärte noch löchriger sind als der des obersten Anführers, tragen sie mit Stolz. Doch dieser Mann vor mir ist bartlos. Wann habe ich das das letzte Mal bei einem Mann gesehen, der kein Knabe mehr war?

Während ich diesem verwirrenden Gedanken nachhänge, lehnt er sich ein Stück vor, wodurch ich die Farbe seiner Augen wahrnehmen kann. Sie erinnern mich an Moos im Frühjahr, nachdem es sich einen Weg durch die Schneedecke gebahnt hat. Ein solch klares, sattes Grün ist mir bei Iriden noch nie untergekommen. Muss wohl am Licht liegen, denn grüne Augen wirkten oft dumpf wie die Blätter eines Baumes, die kurz davor sind, sich zu verfärben. Doch bei ihm ist es, als sei …

Das Lachen der alten Frau klingt nun näher als zuvor. Ich will gerade den Kopf zu ihr umdrehen, um zu sehen, was sie erheitert, doch ich komme nicht dazu.

Missbilligend zieht der Mann vor mir eine Augenbraue nach oben, die durch einen kleinen Schnitt in zwei ungleichmäßige Hälften geteilt ist. »Soll ich einen Schritt nach links machen, damit du beim Starren nicht mehr gegen die Sonne anblinzeln musst?«

Ich ziehe scharf die Luft ein und verfluche mich dafür, dass ich schnell woanders hinschaue.

Da ist etwas, was ebenfalls meine Aufmerksamkeit fesselt. Ich kann es nicht richtig greifen. Es ist wie ein dunkles Flackern im äußeren Winkel meines Sichtfelds. Zusammen mit dem kratzigen Lachen der alten Frau macht es mich schier wahnsinnig.

Wahrscheinlich hat mich der Aufstieg doch mehr angestrengt, als ich dachte.

Der bartlose Mann schiebt sich erneut in mein Blickfeld. »Du bist wirklich Yrsa, nicht wahr?«

Seine Lippen verziehen sich zu einem Grinsen. Es ist mir unbegreiflich, warum mich diese Bewegung seines Mundes so sehr fesselt, doch mein Blick klebt förmlich an ihm. Und mein Verstand versucht weiterhin, auf die Frage zu antworten, wann ich zuletzt einen bartlosen jungen Mann vor mir hatte, bei dem ich diese Bewegung überhaupt würdigen konnte.

»Als ich dich das letzte Mal gesehen habe, warst du …«, er denkt einen Moment nach und hebt seine Hand schließlich auf Taillenhöhe, »… in etwa so groß.« Etwas leiser, sodass nur ich ihn verstehen kann, fügt er hinzu: »Und um einiges vorlauter.«

Wieder liegt dieser raue Klang in seiner Stimme, die meine Haut aufgeregt kribbeln lässt.

Hastig straffe ich die Schultern, reiße meinen Blick von seinem Mund los und sehe ihm möglichst gelassen in die Augen. »Menschen wachsen. Das ist der normale Lauf der Dinge. Hat dir das niemand erklärt?«

Beinahe träge betrachtet er mich von oben bis unten, ehe er meinen Blick erwidert. Ich habe Mühe, gleichmäßig zu atmen. »Zum Glück wachsen sie nicht bloß in die Höhe.«

Ich übergehe seine Bemerkung, obwohl sie seltsame Dinge mit mir anstellt. Es ist bei Weitem nicht das erste Mal, dass ich begehrliche Blicke auf mir spüre. Ich kann damit umgehen und es macht mir nichts aus. Zumindest taten sie das bisher nicht. Jetzt auch nicht. Eigentlich … Es ist … anders. Nicht unangenehm anders, aber …

Etwas zerrt an meinem Herzen; so fest, dass es wehtut. Ich versuche, das Gefühl zu vertreiben, indem ich mir über die Brust reibe. Und kann die Alte bitte endlich aufhören zu lachen?

»Und wer bist du?«, frage ich barscher als beabsichtigt.

Diesmal ist es bloß ein Mundwinkel, der zu einem schiefen Grinsen nach oben wandert. Es ist nicht so, dass ich das noch nie bei einem anderen jungen Mann gesehen hätte. Aber bei keinem hatte es diese Wirkung auf mich. Bei ihm wirkt es faszinierend und gekonnt, als hätte er diese winzige Bewegung jahrelang perfektioniert.

Erneut ziept es in meinem Brustkorb, und das latente Gefühl der Bewunderung, die ich für sein Grinsen empfand, verschwindet schlagartig.

»Es kränkt mich, dass du mich nicht erkennst.« Er tippt sich gegen die Augenbraue, die von einer Narbe geteilt wird. »Schließlich verdanke ich dir die hier. Nach wie vielen Burschen wirfst du Steine und triffst sie am Kopf, dass du mich vergessen hast?«

Ich runzele die Stirn, während ich fieberhaft in meinen Erinnerungen krame. Mein Kopf ist so sehr damit beschäftigt, Begegnungen im Kindesalter auszuwerten, dass er die Kontrolle über meinen Mund verliert, der sich ohne mein bewusstes Zutun öffnet. »Nach vielen«, antworte ich. »Und ich treffe immer.«

Er macht einen Schritt auf mich zu und steht mir nun so nah, dass ich ihn riechen kann. Es ist eine so wilde Mischung aus Gerüchen, dass ich sie unmöglich bestimmen kann. Er riecht nach Stein und Wind und Freiheit, obwohl das überhaupt keinen Sinn ergibt.

Das Lachen der Frau geht nun in ein Schreien über, aber ich kann ihre Worte nicht verstehen. Ich schaffe es auch nicht, mich nach ihr umzudrehen.

»Ich bin gespannt darauf zu sehen, wie zielsicher du tatsächlich geworden bist«, raunt er.

Seine Worte brauchen viel zu lang, um zu mir durchzudringen, weil ich immer noch mit der Identifizierung seines Dufts beschäftigt bin.

Erst ein tiefes Grollen hinter mir bringt mich wieder ins Hier und Jetzt zurück. Bran scheint gar nicht zu gefallen, dass mir ein Fremder derart nah steht, weshalb er sich neben mir postiert hat.

Der junge Mann macht einen Schritt zurück. Nicht überhastet, wie es fast alle tun würden, die sich meinem wütenden Bran gegenübersehen, sondern in einer angemessenen Geschwindigkeit, um das Tierwesen nicht zusätzlich zu reizen. Sein Blick huscht von Bran zu mir und wieder zurück.

Erneut erscheint dieses schiefe Grinsen auf seinen Lippen, ehe er sich abwendet. »Wir sehen uns bei den Prüfungen, Yrsa.«

Gelassen schlendert er zu seiner Gruppe zurück.

»Wer war das?«, fragt Vangar, die ebenfalls zu mir getreten ist.

Ich zucke mit den Schultern. »Ich habe keine Ahnung.«

Nun, da er nicht mehr in meiner unmittelbaren Nähe ist, kann ich mich wieder auf wichtige Dinge konzentrieren. Die Frage, wer er ist und woher er mich kennt, wird mich noch eine Weile beschäftigen. So ist das bei mir meistens: Ich gebe erst Ruhe, wenn ich die Antwort auf meine Frage kenne.

Beim Training, einem Kampf oder wenn ich meiner Arbeit als

Clanführerin nachkomme, ist mein Geist klar und fokussiert. Alles, was nicht mit meiner aktuellen Aufgabe zu tun hat, rückt in den Hintergrund. Doch sobald ich nichts habe, was mich beschäftigt oder meine volle Aufmerksamkeit erfordert, geht mein Geist auf Wanderschaft.

Ich seufze und stelle mich auf eine schlaflose Nacht ein, in der mich die Frage quälen wird, wer bei allen Göttern der Kerl ist.

KAPITEL 4

YRSA

Uns wird eine der kleineren Hütten zugeteilt, was den Vorteil hat, dass wir sie nicht mit einem fremden Clan teilen müssen. Der Nachteil ist, dass Bran nicht durch die Tür passt und draußen schlafen muss. Ich mache mir keine Sorgen, dass es ihm etwas ausmachen könnte, aber ich fühle mich nicht wohl, wenn er nicht in meiner unmittelbaren Nähe ist. Kurz spiele ich mit dem Gedanken, mein Lager ebenfalls draußen aufzuschlagen, verwerfe ihn jedoch wieder. Anders als Bran verfüge ich über kein dichtes Fell, das den pfeifenden Wind abhält.

Als wir unsere Hütte beziehen, nehme ich aus den Augenwinkeln wahr, dass einige Männer in der Mitte des Platzes ein großes Lagerfeuer errichten.

»Welch glücklicher Zufall, dass morgen nicht nur der Beginn der Prüfungen ist, sondern auch das Fest der Merwa«, sagt Astrid, die meinem Blick gefolgt ist.

Ich seufze verstohlen. Dass bereits wieder das Fest der Fruchtbarkeitsgöttin ansteht, habe ich erfolgreich verdrängt. Unser Volk huldigt ihr, wenn sich das Jahr dem Ende neigt, um sie mit rauschenden Feierlichkeiten dazu zu bringen, ihre Gunst auch im kommenden Jahr zu zeigen, und nach dem Ende des Winters, wenn die neue Saat ausgebracht werden muss.

Elvi verriet mir einst, dass dies nicht der einzige Grund ist, warum Merwas Fest kurz vor Winterbeginn gefeiert wird. Es geht auch darum, dass Kinder, die während oder um diesen Tag herum gezeugt werden, zum Ende des Frühjahrs hin geboren werden, wo es genügend Nahrung für sie und ihre Mütter gibt, die bei Kräften bleiben müssen.

Ich verstehe den Sinn hinter diesem Feiertag und würde mir nie erlauben, ihn infrage zu stellen. Dennoch habe ich eher weniger gute Erinnerungen an ihn …

»Du siehst nicht gerade glücklich aus«, kommentiert Vangar meinen Gesichtsausdruck.

»Ich werde nicht teilnehmen«, sage ich knapp.

Astrids Kopf schwingt so schnell zu mir herum, dass ihr blondes Haar fliegt. »Was?«

Ich übergehe ihren überraschten Ausdruck. »Und ihr werdet sicher auch nicht teilnehmen.«

Vangar runzelt die Stirn. »Wie kommst du darauf?«

Nun bin ich diejenige, die überrascht dreinblickt. »Na ja, weil ihr beide …«

Astrid, die Größere der beiden, gibt ein glockenhelles Lachen von sich, ehe sie zu ihrer Frau hinübergeht und sie küsst. »Nur weil wir beide ein Paar sind, bedeutet das nicht, dass wir uns gegen die Feierlichkeiten zu Merwas Ehren sträuben. Das wäre nicht bloß Gotteslästerung, sondern auch Verschwendung.«

Bevor ich fragen kann, was sie damit meint, sagt Vangar mit ruhiger Stimme, als würde sie über das Wetter sprechen: »Hin und wieder ist es ganz nett, einen Schwanz in sich zu haben.«

Ich blinzele perplex und öffne den Mund, um etwas zu erwidern, doch es kommt kein Ton heraus. Vielleicht weil ich mit dieser Aussage nicht gerechnet habe. Vielleicht weil ich anderer Ansicht bin als sie, das aber nie öffentlich zugeben würde. Vielleicht aber auch, weil es mich rein gar nichts angeht, was sie tun oder nicht tun.

»Du *musst* teilnehmen«, mahnt Astrid, nachdem wir uns eine Weile schweigend angesehen haben. »Es wird Fragen aufwerfen, wenn eine Clanführerin der Feier fernbleibt.«

Ich verdrehe die Augen. »Niemand wird es bemerken, weil alle

Masken tragen. Und inmitten dieser fremden Menschen wird mich keiner vermissen.«

»*Merwa* wird dich vermissen«, hält Vangar dagegen. »Wie willst du einer Göttin dein Fernbleiben erklären?«

Ich presse für einen Moment die Lippen aufeinander. »Sie wird es verstehen.«

Astrid lacht gepresst. »Natürlich, weil unsere Götter ja auch *so* verständnisvoll sind.« Sie wedelt mit der Hand, als wolle sie meinen Einwand wegwischen. »Lass dir etwas Besseres einfallen oder nimm einfach teil.«

Ich seufze verstohlen. Astrid hat recht: Ich zöge den Zorn der höchsten Göttin auf mich, wenn ich die Teilnahme an den Feierlichkeiten ablehne. Gerade jetzt, so kurz vor den Prüfungen, darf ich mir keine Fehler leisten. Bei Merwa in Ungnade zu fallen könnte mich den Sieg kosten. Die nächsten Prüfungen finden erst in fünfzehn Jahren statt! Wer weiß, ob ich bis dahin noch in der Lage bin teilzunehmen. Und unser Clan wird vielleicht nicht mehr existieren, weil wir längst verhungert sind …

Bloß weil das Fest die letzten Jahre eine Enttäuschung für mich war, darf ich mich nicht sträuben. Nicht dieses Mal.

»Na schön«, murre ich. »Ich nehme an den Feierlichkeiten teil. Aber nicht an dem, was danach geschieht.«

Astrid schmunzelt wissend. »Vielleicht änderst du deine Meinung noch. Selbst wenn nicht, weißt du ja, dass alles freiwillig geschieht.«

Vangar nickt. »Eine unfreiwillige Zusammenkunft würde Merwa sofort bestrafen, indem sie den Schwanz des Mannes abfallen und den Schoß der Frau vertrocknen ließe. Du hast also nichts zu befürchten.«

Ich gebe ein Grummeln von mir. »Ich fürchte mich nicht! Die letzten Male waren nur … ernüchternd.«

Als ledige Clanführerin hatte ich keine Ausflüchte, um den Feierlichkeiten nicht bis zum Ende beizuwohnen – und teilzunehmen. Alle erwachsenen, unvermählten Angehörigen des Clans sind dazu verpflichtet. Verwitweten steht die Teilnahme frei. Mutter zog sich stets ins Langhaus zurück, nachdem der offizielle Teil der Feier beendet war. Auch Verheiratete gingen in ihre Hütten, um sich dort zu vergnügen – berauscht von zu viel Met und den Zweigen und Kräutern, die in den Lagerfeuern verbrannt werden und deren Wirkung auch ich mich nicht entziehen konnte. Selbst wenn ich es hinterher bereute.

Es gab nie einen jungen Mann in meinem Clan, für den ich mich interessierte – ob nun für eine Nacht oder mehr. Ich hatte genug damit zu tun, meine Position zu festigen und so viele Clanmitglieder wie möglich durch den Winter zu bringen, anstatt mich auf Romanzen einzulassen. Das Wohlergehen des Clans beschäftigte mich von der Sekunde, in der ich aufwachte, bis ich mich abends ins Bett legte und erschöpft einschlief. Ich hatte überhaupt nicht die Zeit, mich um andere Bedürfnisse zu kümmern. Wenn meine Mutter kein Auge darauf hatte, hätte ich manchmal sogar vergessen zu essen.

Auch meiner Schwester entging das nicht. Als Valkra wird sie zwar nie heiraten oder Kinder bekommen, doch das bedeutet nicht, dass sie sich nicht amüsieren darf, wenn ihr danach ist. Als mein Zwilling ist sie leider der Meinung, sich ungefragt in meine Angelegenheiten einmischen zu dürfen …

Also überredete sie mich zur Teilnahme an den Feierlichkeiten, kurz nachdem wir in den Erwachsenenstand erhoben wurden und ich die Führung des Clans übernommen hatte.

Während sie schon einige Jahre zuvor als Valkra ausgebildet wurde, musste ich mich erst in meine neue Position einfinden. Deshalb war Elvi der Meinung, dass mir etwas Zerstreuung guttun würde.

Ich war schrecklich nervös, aber auch berauscht von dem Duft der Kräuter und Zweige, die im Feuer knackten und die Luft erfüllten, und von all den Eindrücken um mich herum. Denn auch wenn die hölzernen Masken das ganze Gesicht der Teilnehmenden verbargen und so zumindest den Anschein von Anonymität wahrten, war der Rest ihrer Körper weniger gut verhüllt. Und nicht alle machten sich die Mühe, ein ruhiges Plätzchen zu suchen.

Ich war fasziniert von der Freiheit, die sie ausstrahlten. Von der angstfreien Zuversicht, mit der sie den nächsten Tag vergaßen. Ich wollte auch so sein. Für eine Nacht wollte ich die Verantwortung, die auf meinen Schultern lastete, vergessen und die Zerstreuung finden, von der meine Schwester und andere junge Frauen manchmal offen, manchmal hinter vorgehaltener Hand sprachen.

Es ging mir nicht darum, einen geeigneten Mann für den Rest meines Lebens zu finden; ich wollte ein einziges Mal meinen Bedürfnissen nachkommen.

Diese »Zerstreuung« war innerhalb von zwei Minuten vorbei – lange bevor ich auch nur daran denken konnte, irgendetwas dabei zu empfinden.

In der Nacht nahm ich es gar nicht so sehr wahr. Erst am Morgen, als ich die Erfahrungen der anderen ledigen Frauen aus der letzten Nacht aufschnappte, fühlte ich mich leer.

Es war nicht einmal die fehlende Befriedigung oder dass ich, anders als die anderen, keine Geschichte zum Besten geben konnte. Ich fühlte rein gar nichts. Und danach stellte sich kein Drang bei mir ein, es erneut zu versuchen. Vielmehr festigte sich in mir die Gewissheit, dass ich nicht dafür gemacht war, Zerstreuung zu finden oder Spaß zu haben. Mein einziger Daseinszweck war es, den Clan zu schützen und Vaters Tod zu rächen.

Kurz bevor sich ein weiteres Jahr dem Ende neigte und ein neues Merwafest bevorstand, vertraute ich mich Elvi an. Sie musterte mich beinahe mitleidig, deshalb eilte ich schnell aus ihrer Hütte, ehe sie mir einen Rat geben konnte. In ihrem weißen Blick sah ich, dass mit mir offenbar etwas nicht stimmte. Das durfte aber – mit Ausnahme meiner Schwester – niemand erfahren. Also verließ ich das kommende und das darauffolgende Fest nach dem offiziellen Teil und verriegelte meine Tür und alle Fenster, damit mein Körper ja nicht auf den Gedanken kam, sich doch noch nach Spaß zu sehnen.

Während der Großteil meines Clans sich draußen amüsierte, brütete ich im spärlichen Kerzenlicht über den Auflistungen unserer Vorräte und fragte mich, wie ich damit fast einhundertfünfzig Menschen über den Winter bringen sollte.

Und ich werde es mich morgen früh wieder fragen, denn das ist der einzige Grund, warum ich hier bin – das Wohlergehen meines Clans.

Aber das tut nichts zur Sache. Es geht bei diesem Fest nicht um mich, sondern um Merwa. Sie ist die Frau unseres obersten Gottes Noren. Wenn sie sieht, dass ich mir während ihres Festes Mühe gebe, wird sie ein gutes Wort bei ihrem Mann für mich einlegen. Ihre gemeinsame Gunst wird mir helfen, die Prüfungen zu bestehen.

Sobald der offizielle Teil vorbei ist, werde ich mich still und leise zurückziehen. Astrid und Vangar werden bis dahin so beschäftigt sein, dass sie meine Abwesenheit nicht bemerken.

Vor dem Abend finden wir vor unserer Hütte drei einfach gehaltene, etwa knielange Tuniken aus beigem Leinen sowie drei hölzerne Masken, die so groß sind, dass sie das gesamte Gesicht bedecken. Lediglich für Augen, Nase und Mund gibt es Aussparungen. Als Astrid voller Vorfreude ihre Maske aufsetzt und sie mit einem Band am Hinterkopf befestigt, hätte ich sie nicht mehr erkannt.

»In den dünnen Dingern werden wir uns den Tod holen«, murre ich, während ich auf die Leinentuniken deute.

»Ich würde ja sagen«, entgegnet Astrid, deren Stimme durch die hölzerne Maske gedämpft und verzerrt wird, »dass du dich anderweitig wärmen sollst, aber die Nähe zu den Feuern wird ausreichen, dass wir nicht erfrieren.«

»Versuch wenigstens so zu tun, als würdest du dich auf das Fest freuen«, mahnt Vangar. »Die Götter haben keine Verwendung für Heuchler.«

Resigniert hebe ich die Hände und spare mir jeden weiteren Kommentar. Zähneknirschend muss ich mir eingestehen, dass sie recht hat. Es bringt mir nichts, mich gegen das Fest zu sträuben.

Mein blondes Haar, das am Ansatz fast braun ist und zu den Spitzen hin immer heller wird, flechte ich zu einem dicken Zopf, ehe ich mich entkleide. In den wenigen Sekunden, die ich brauche, um in die Tunika zu schlüpfen, zittere ich am ganzen Leib. Und auch nachdem ich sie übergestreift habe, wird es nicht besser.

Ich kann mich nicht daran erinnern, wann ich zuletzt ein derart kratziges Kleidungsstück am Leib hatte. Unser Clan gehört nicht zu den wohlhabenderen, aber ich wurde in eine angesehene Familie hineingeboren. Unsere Gewänder für die verschiedenen Feiertage mögen zwar alt und bereits von mehreren Generationen getragen worden sein, doch sie sind aus weichen Stoffen gefertigt. Die Tunika, die ich nun trage, ist so rau, dass sie über meine Haut scheuert, und eng, sodass sie über der Brust spannt.

Ich bin so sehr damit beschäftigt, mich innerlich über diese verdammte Tunika aufzuregen, dass ich erschrocken zusammenzucke, als warme Hände meine Taille hinabstreichen.

»Zu schade, dass dein Herz nicht für Frauen schlägt«, murmelt Astrid, die nun hinter mir steht. »Dafür müssen die Männer bei diesem Körper reihenweise bei dir Schlange stehen. Wie kommt es, dass du dich noch für keinen entschieden hast?«

Ich mache einen Schritt von ihr weg. »Mein Herz schlägt weder für Frauen noch für Männer, sondern für meinen Clan.«

Vangar, die ebenfalls gerade ihre Tunika übergestreift hat, betrachtet mich eingehend. »Wir schätzen dich als Clanführerin«, sagt sie schließlich. »Das tun wir alle, auch wenn es dir nicht jeder zeigt. Wir wissen, welche Opfer du bringst, um möglichst viele von uns zu retten. Und wir wissen auch, dass du nicht wegen deines eigenen Ruhms hier bist, wie die meisten, die an den Prüfungen teilnehmen. Aber heute Nacht zählt nichts davon. Vor Merwas Augen sind wir in dieser einen Nacht alle gleich und verbergen unseren Stand, unser gesamtes Dasein hinter hölzernen Masken und unter einfachen Gewändern. Das muss ich dir sicher nicht sagen, schließlich ist deine Schwester die Valkra unseres Clans und ihr beide kennt die Bräuche unseres Volkes besser als wir anderen zusammen.« Sie tritt zu mir und legt mir eine Hand auf die Schulter. »Deshalb sage ich dir dies: Sei heute Nacht nicht unsere Clanführerin.«

Ich stoße den Atem aus. Ob bewusst oder unbewusst, haben ihre Worte etwas in mir ausgelöst. Sie haben einen Druck von mir genommen, von dessen Existenz ich nichts ahnte. Der nächste Atemzug fällt mir auf eine befreiende Art leichter als der zuvor.

»Ich versuch's«, wispere ich.

KAPITEL 5

YRSA

Die Nacht ist bereits hereingebrochen, als wir die ersten Gesänge von draußen vernehmen und unsere Hütte verlassen. So weit oben, näher am Reich der Götter, scheinen auch die Sterne heller und kraftvoller zu strahlen als bei uns an der Küste. Trotz des beißenden Windes, dem meine luftige Kleidung nichts entgegenzusetzen hat, bleibe ich einen Moment stehen und lege den Kopf in den Nacken. Ob die Göttin Merwa gerade auf uns herabblickt? Ist sie stolz darauf, dass ich versuche, über meinen Schatten zu springen? Es ist einfacher für mich, die Feierlichkeiten als Anführerin zu beaufsichtigen; doch hier bin ich bloß eine von vielen Anführerinnen. Ich hoffe dennoch, dass ihr wohlwollender Blick auf mir weilt.

Bran, der sich auf der windgeschützten Seite zusammengerollt hat, beäugt uns und lässt den Kopf erst wieder auf seine Pranken sinken, als er meinen Geruch wahrgenommen hat. Ich schmunzele darüber, ehe ich eilig Astrid und Vangar folge, die vorausgegangen sind.

Ein großes und mehrere kleine Lagerfeuer prasseln bereits auf dem Hauptplatz und verströmen eine lockende Wärme, die mir unter die Tunika kriecht und eine Gänsehaut auslöst. Die Luft ist erfüllt von dem Geruch einer ähnlichen Kräutermischung, wie Elvi sie während der Feierlichkeiten verbrennt. Ich spüre, wie meine Sinne anfangen zu prickeln, je mehr ich davon einatme. Mein

Körper wird schwerer, meine Gedanken langsamer, während ich alles um mich herum deutlicher wahrnehme. Die Funken der Feuer. Den Geschmack der Nachtluft. Die Kälte, die nun nicht mehr ihre Klauen in mich schlägt, sondern beinahe angenehm über meine Haut streicht.

Ich begrüße diesen Zustand. Er ist wie eine kühlende Salbe auf einer offenen Wunde. Ein Heilmittel für meine angekratzten Nerven und meine Gedanken, die niemals völlig stillstehen, egal was ich tue.

Irgendetwas treibt mich stets um. Manchmal beschäftigt es mich so sehr, dass ich alles um mich herum ausblende und mich in immer verworreneren Gedankengängen verliere. Der ewigen Frage des »Was wäre, wenn …?«. Mein ganzes Dasein läuft auf diese Frage hinaus. Jede Handlung als Anführerin.

Aber je tiefer und gleichmäßiger jetzt meine Atemzüge werden, desto mehr komme ich zur Ruhe. Meine Gedanken schweigen. Mit ihnen verschwindet der Druck, der ständig auf mir lastet. Ganz gleich was ich tue oder wo ich bin, ich muss unentwegt darauf achten, wie ich mich gebe. Was ich sage. Wie ich dastehe und mich bewege. Wem ich meine Gunst schenke.

Sogar bei den Merwafesten unseres Clans konnte ich diesen Druck nicht gänzlich ablegen, nicht einmal mithilfe der Kräuter. Der Gedanke, dass die Clanmitglieder mich trotz Maske erkennen würden, ließ mich nicht los.

Aber heute ist es anders. Die heutigen Teilnehmer der Feierlichkeiten kennen mich höchstens vom Hörensagen. Wenn nicht einmal mein eigenes Tierwesen mich auf den ersten Blick erkennen konnte, werden diese Fremden es erst recht nicht.

Heute Nacht muss ich nicht darüber nachdenken, wie ich auf andere wirke oder wie ich meine Stellung weiter festigen kann oder wie ich mein Gegenüber davon überzeuge, dass es sich auf mich verlassen kann.

Dieser Zustand der völligen Freiheit in meinem Kopf ist fremd und neu und zugleich derart wundervoll, dass ich kaum genug davon bekomme. Dieses nervige Huschen in meinen Augenwinkeln verschwindet, genau wie das merkwürdige Ziepen in meinem Brustkorb.

Gierig atme ich ein, als wir zu den Lagerfeuern getreten sind, und genieße das Prickeln meiner aufmerksamen Sinne, die mein Gehirn jedoch nicht völlig verarbeiten kann. Aber das kümmert mich nicht. Sobald die Gesänge beginnen, reihe ich mich in die Tanzenden ein und wiege meinen Körper vor und zurück.

Schon bald habe ich Astrid und Vangar aus den Augen verloren, doch auch das kümmert mich nicht. In dieser Nacht genießen wir alle den Schutz der Göttin; niemand wird uns etwas antun, wenn er nicht ihren Zorn auf sich ziehen will.

Ich fasse fremde Frauen bei den Händen. Gemeinsam bilden wir einen Kreis um eines der kleineren Lagerfeuer. Wir lachen und tanzen und lachen wieder, ehe wir in die rituellen Gesänge einstimmen, die vom Than der Thane geleitet werden. Seine tiefe Baritonstimme ist deutlich über das ausgelassene Lachen der Feiernden und das Knistern der Feuer hinweg zu hören und erinnert uns an den Grund dieser Zusammenkunft. Wir singen zu Ehren der Göttin, die alles Leben schenkt und zur Rechten des obersten Gottes sitzt. Mit jeder Strophe erinnern wir uns daran, dass wir vergänglich sind und unser Name nur durch unsere Taten oder Nachkommen weitergetragen wird.

Als der Vollmond den höchsten Punkt am Firmament überschritten hat, enden unsere Lobgesänge. Sie brechen nicht abrupt ab, sondern werden vereinzelter und leiser, als uns bewusst wird, dass nun die gnadenreiche Zeit der Merwa endet und der Winter bevorsteht. Eine Zeit voll Hunger, Kälte und Entbehrungen.

Doch sie beginnt erst mit Sonnenaufgang. Heute Nacht wird gegessen und getrunken, als gäbe es kein Morgen, während wir versuchen, die bevorstehenden Entbehrungen in den Armen eines anderen Menschen zu verdrängen. Auch dies ist eine Art, die oberste Göttin zu ehren.

Aber ist es auch die Art, wie ich sie ehren will?

Irgendwer reicht mir einen Humpen, der noch halb gefüllt ist mit lauwarmem Met. Es ist schwierig, mit der Maske zu trinken, doch irgendwie gelingt es mir, ohne dass mir die Hälfte der Flüssigkeit den Hals hinunterläuft. Der Alkohol brennt auf meiner Zunge und wärmt meinen Bauch, sodass ich an mich halten muss, den Humpen nicht in einem Zug zu leeren, sondern ihn an denjenigen weiterzureichen, der mir am nächsten steht.

Irgendwo in den Tiefen meines benebelten Kopfes sagt mir eine Stimme, dass auch diese Tradition eine Ehrung der Göttin ist. Ein Zeichen dafür, dass ein jeder gewillt ist, seine Habe in Zeiten großer Not mit seinem Nächsten zu teilen.

Ich schüttle den Kopf, um den Gedanken zu vertreiben, und atme tief ein. Genau in diesem Moment streifen warme Finger über meine, als mir jemand den Humpen abnehmen will. Anstatt ihn einfach loszulassen, drehe ich mich zu der Person um.

Dunkle Tätowierungen ziehen sich seine Arme hinauf und berichten von seinen Taten. Ich kann sie nicht richtig erkennen, aber allein die Anzahl lässt darauf schließen, dass er bei seinem Clan sehr angesehen sein muss. Meine Arme zieren erst wenige Tätowierungen. Das hat mich bisher nicht gekümmert; nun da ich seine direkt vor mir sehe, stört es mich plötzlich.

Seine Finger streichen über meine, als wolle er mich so davon überzeugen, den Humpen endlich loszulassen. Ausgehend von seiner Berührung schießt mir Wärme den Arm hinauf. Eine Wärme, die völlig anders ist als die der Feuer oder des Mets. Eine Wärme, die mir unbekannt ist, die sich aber in Windeseile in meinem Körper ausbreitet.

Für einen winzigen Moment erkämpft sich mein Verstand die Vorherrschaft zurück. Ich sehe mich um und stelle fest, dass die anderen Feiernden bereits zum nächsten Teil des Festes übergegangen sind. Nur wenige, wie der tätowierte Mann und ich, stehen noch um die Feuer herum. Alle anderen haben sich bereits Gesellschaft gesucht.

Ich versuche, mich an die Gründe zu erinnern, weshalb ich das

Fest nach dem offiziellen Part verlassen wollte. Oder warum ich das bisher stets getan habe. Aber mir wollen keine einfallen.

Mit einem weiteren Atemzug verschwindet die Klarheit und macht wieder Platz für diese Freiheit, an die ich mich gewöhnen könnte. Zumindest für diese eine Nacht.

Ich entlasse den Humpen aus meinem Klammergriff und will mich gerade abwenden, als der Mann mein Handgelenk mit der anderen Hand umfasst. Nicht fest, aber mit solchem Nachdruck, dass ich mich wieder auf ihn konzentriere. Sein Blick ist hinter den Schatten der Maske verborgen, doch ich spüre ihn auf mir. Spüre, wie er an mir entlangwandert. Es ist ein angenehmes Gefühl – frei von irgendwelchen Wertungen und Erwartungen. Ich kann mich nicht erinnern, dass mich jemals jemand auf diese Weise angesehen hat, und ich genieße es.

Ich lege den Kopf ein Stück in den Nacken und der Mann tut es mit gleich, um einen Schluck Met zu nehmen, ehe er den Humpen weiterreicht. Dabei scheint seine Aufmerksamkeit für keine Sekunde von mir zu weichen.

Aufmerksamkeit ist mir nicht fremd. Doch jetzt verspüre ich nicht den Drang, mich aufrechter hinzustellen oder eine möglichst unnahbare Miene aufzusetzen. Stattdessen lächele ich. Niemand kann es sehen, trotzdem fühlt es sich befreiend an. Fast als hätte ich die Rüstung, die ich ständig tragen muss, die aber zu klein und zu schwer für mich ist, für diese Nacht, für diesen Moment abgestreift.

Beinahe zögerlich macht er einen Schritt auf mich zu, während er mit dem Daumen über die Unterseite meines Handgelenks streichelt. Ich schließe genüsslich die Augen; mein gesamter Körper erschauert unter der sanften Berührung dieser empfindlichen Stelle.

Ohne weiter darüber nachzudenken oder nach Gründen zu suchen, wieso ich es nicht tun sollte, verschränke ich meine Finger mit denen des Mannes und ziehe ihn hinter mir her.

Erst die dritte schmale Gasse zwischen den Hütten ist frei von anderen Feiernden. Ein Stein fällt mir vom Herzen, dachte ich doch fast, die Göttin selbst hätte etwas gegen meinen plötzlichen Mut einzuwenden. Woher ich ihn auf einmal nehme, ist mir schleierhaft. Morgen früh werde ich es auf die verdammten Kräuter schieben, mich für meinen Leichtsinn verfluchen und alles, was passiert, bis zum nächsten Merwafest verdrängen. Doch jetzt, in diesem Moment, fühlt es sich richtig an. Ich klammere mich an dieses Gefühl, ungeachtet dessen, was ich nach Sonnenaufgang empfinden werde.

Ich ziehe den Mann in die Gasse, die so schmal ist, dass ich kaum beide Arme ausstrecken kann. Bloß spärlich wird sie von flackernden Lagerfeuern beleuchtet. Als wir die Mitte der Gasse erreicht haben und ich sicher bin, nicht von jedem Vorbeilaufenden gesehen zu werden, bleibe ich stehen und drehe mich zu dem Mann um. Das Herz klopft mir bis zum Hals. Ich bin dankbar für die Maske, die die Nervosität verbirgt, die mir zweifelsohne ins Gesicht geschrieben steht. Aber obwohl er mich nicht direkt ansehen kann, scheint er zu bemerken, was in mir vorgeht. Mit der freien Hand deutet er auf den Hauptplatz, von wo wir gekommen sind. Er verliert kein Wort, doch das muss er auch nicht, damit ich verstehe, dass er wissen will, ob ich mir sicher bin. Er lässt mir die Wahl, zurück in den sicheren Feuerschein zu treten und meinen plötzlichen Mut zu vergessen.

Entschieden schüttele ich den Kopf.

Im nächsten Moment finde ich mich mit dem Rücken gegen die raue Holzwand des Hauses hinter mir gepresst wieder. Überrascht schnappe ich nach Luft, wobei meine Brust über seine streicht.

Diesmal deutet er meine Reaktion falsch. Als er sich zurückziehen will, kralle ich die Hand in seine Tunika und ziehe ihn wieder zu mir. Beide Hände stützt er neben meinem Kopf ab und keilt mich zwischen seinen starken, mit dunkler Tinte durchzogenen Armen ein. Doch ich fühle mich nicht gefangen, ganz im Gegenteil: Vielmehr ist es, als schirme er mit seinem Körper alle anderen Eindrücke von mir ab, die sowieso nur noch wie vereinzelte Gesänge an mein Ohr dringen und zu einem vagen Flüstern verhallen. Seine Körperwärme überlagert die allgegenwärtige Kälte, wird zur verzehrenden Hitze, als er sich gegen mich drängt. Wären die verdammten Masken nicht im Weg, könnte ich ihn sehen und riechen, aber über so viel Mut, meine Maske abzunehmen, verfüge ich dann doch nicht. Die Anonymität und das Wissen, dass ich ihn vermutlich nie wiedersehe, schenken mir das nötige Selbstbewusstsein und schüren mein Verlangen weiter.

Ich wölbe den Rücken, als er eine Hand an meiner Seite hinabwandern lässt. Die Hitze seiner Berührung brennt sich durch das dünne Gewand. Ich wünschte, es würde einfach wie Asche von mir abfallen. Ich mochte es schon vorher nicht, doch nun kratzt es unangenehm auf meiner erregten Haut.

Als wisse er genau, was in mir vorgeht, reibt er mit dem genau richtigen Druck über meine Brustwarze, die sich deutlich unter dem Gewand abzeichnet. Ich stöhne, mein Kopf sinkt gegen die Holzwand, und ich fühle mich, als hätte ich am Lagerfeuer zu tief eingeatmet. Mein ganzer Körper kribbelt und lechzt nach mehr, während mein Blut viel zu schnell durch meine Adern rauscht. Ich verbrenne und wünschte, er würde mich davor bewahren, und gleichzeitig will ich, dass es nie endet.

Ohne mein Zutun drängt sich mein ganzer Körper ihm entgegen; der fremden Hand, den fähigen Fingern, die diesmal nicht bloß über meine Brustwarze reiben. Mit leichtem Druck nimmt er sie zwischen seine Finger, dann zieht er sanft daran. Scharf japse ich nach Luft, während helle Punkte vor meinen weit aufgerissenen Augen tanzen. Als er noch die zweite Hand dazunimmt und sich gleichzeitig um meine beiden Brüste kümmert, kann ich kaum noch gerade stehen. Meine Beine zittern, und ich danke den Göttern für die stabile Holzwand hinter mir.

Ein solches Verlangen ist mir fremd. Ich kenne die Erlösung, die ich mir selbst verschaffen kann – meist bloß hastig und halbherzig nach einem viel zu langen Tag und noch längeren Gesprächen mit anderen Clanmitgliedern. Nie verspürte ich dabei diese verzehrende Lust, die nun zusehends von mir Besitz ergreift und mein Handeln steuert.

Als hätte ich nie etwas anderes getan, lasse ich die Hände über seine feste Brust gleiten, die sich deutlich unter dem Gewand abzeichnet. Seine Muskeln zucken unter der Berührung. Die Tätowierungen an seinen Armen scheint er sich tatsächlich im Kampf verdient zu haben, so stählern, wie sich sein Körper unter meinen Fingern anfühlt. In dem schlechten Licht kann ich sie nicht richtig erkennen, aber sie schlingen sich gleichermaßen um seine Ober- und Unterarme. Er muss ein hoch angesehener Krieger in seinem Clan sein. Sanft, aber mit Nachdruck fahre ich mit den Fingernägeln über seine Haut. Wie zur Antwort verstärkt sich sein Zittern.

Als er mit beiden Händen meine Brüste und nicht bloß die empfindliche Spitze umfasst, schließe ich die flatternden Lider. Wenn ich es könnte, würde ich unter seinen Berührungen dahinschmelzen. Und er weiß, was er tut, denn sein Griff ist fest und selbstsicher, ohne mir wehzutun oder mich zu verschrecken. Dennoch liegt in seinen Berührungen ein fast vorsichtiges Zögern, dessen Ursprung ich nicht kenne und über den ich auch nicht weiter nachdenken will.

Zum Glück streift er mir im nächsten Augenblick die schmalen Träger der Tunika über die Schultern. So schnell es mir möglich ist, winde ich mich aus dem kratzigen Stoff, bis meine Brüste oben aus dem Ausschnitt quellen und er sich ihnen ohne jede Störung widmen kann. Für den kurzen Moment, in dem er mich nicht berührt, fröstele ich unter der eisigen Nachtluft, die über meine entblößte, erhitzte Haut streicht.

Obwohl es Brauch ist, während der Merwazusammenkünfte nicht zu reden, um den Schein der Anonymität zu wahren, bin ich kurz davor, den Mund zu öffnen und ihn anzuflehen, seine Hände endlich wieder auf meine Haut zu legen und mich so vor der Kälte zu bewahren. Doch da umschließen seine großen Hände meine Brüste wieder, die perfekt hineinpassen.

All meine Gedanken kommen zum Stillstand. Diese absolute und völlige Leere in meinem Kopf konnte nicht einmal durch die Kräuter hervorgerufen werden. Ich schäme mich nicht für die Laute, die ich von mir gebe, oder die Art, wie ich ohne Zurückhaltung meinen Körper vorrecke in der Hoffnung, bis ans Ende meiner Tage auf diese Weise von ihm berührt zu werden. Wieder reiben und ziehen und drücken seine Finger in genau der richtigen Intensität an der empfindlichsten Stelle meiner Brust, um sie danach beinahe entschuldigend zu kneten und mir eine Atempause zu bescheren.

Jede seiner Berührungen schickt eine neue Hitzewelle durch mich hindurch, die sich in meinem Bauch sammelt und dann zwischen meinen Beinen verweilt. Dort staut sie sich, brennt heißer als alles, was ich je zuvor gespürt habe, bis ich nicht anders kann, als die Schenkel zusammenzureiben, um mir wenigstens einen Hauch von Linderung zu verschaffen. Es genügt längst nicht, sondern facht das Feuer in mir bloß noch weiter an, bis ich kaum noch klar sehen kann.

Ein protestierendes Grummeln entringt sich mir, als er von einer Brust ablässt. Ich meine, sein leises Lachen zu hören, ganz gedämpft durch die Maske. Vielleicht war es nur Einbildung. Oder doch nicht? Ehe ich dieser Frage weiter nachgehen kann, schnappe ich nach Luft, als ich seine Hand zwischen meinen Beinen spüre. Vorsichtig, als hätte er Angst, dass ich jede Sekunde fliehen könnte, streicht er an der Innenseite meiner Schenkel entlang, tastet sich Stück für Stück höher, befühlt die Feuchtigkeit, die sich bis dorthin ausgebreitet hat.

Ich weiß nicht, ob ich noch atme, während ich wie erstarrt darauf warte, dass er mich endlich dort berührt, wo ich es am dringendsten brauche.

Kurz bevor er meine Mitte erreicht, hält er inne. Ich glaube, dass ich wimmere. Oder verhalten fluche. Oder zu sehr damit beschäftigt bin, ihn nicht auf Knien anzuflehen, mich von diesem Brennen zu erlösen. Vielleicht ist es eine Mischung aus alldem und es kommt mir vor, als würden alle Zeitalter der Welt an uns vorbeiziehen, bis er endlich wieder seine Finger bewegt.

Obgleich seine erste Berührung zwischen meinen Beinen zögerlich ist, explodieren unzählige Lichter vor meinen offenen Augen. Meine Hüften beginnen zu zucken, ohne dass ich es steuern könnte; sie drängen sich seiner Hand entgegen, als wäre dies der einzige Weg für mich, weiter zu existieren.

Während ich leise stöhnend um Erlösung bettele, lässt er sich Zeit. Mehrmals streicht er mit den Fingern über meine Scham und lässt sie in meine Feuchtigkeit eintauchen, als wolle er sie auskosten. Nur flüchtig streift er dabei über meinen geschwollenen und pulsierenden Punkt. Zu wenig, um mich tatsächlich kommen zu lassen. Genug, um mich noch mehr in den Wahnsinn zu treiben.

Als er schließlich mit einem Finger in mich eindringt, muss ich mich keuchend an seinen Schultern festhalten, weil meine Beine mir für einen Herzschlag den Dienst verwehren. Er gibt mir die Zeit, mich wieder zu fangen, ehe er seinen Finger in mir bewegt. Mit immer schneller werdendem Atem und wild klopfendem Herzen gebe ich mich dem Brennen hin, das mich von innen heraus verzehrt und mit jeder Bewegung seines Fingers heißer und fordernder wird.

Ich bin kurz davor – so kurz davor! –, da zieht er seinen Finger aus mir heraus. Ich wimmere. Noch nie in meinem Leben habe ich gebettelt, aber jetzt tue ich es. Mehrmals. Er kann doch nicht einfach …

Ohne einen Laut von sich zu geben, macht er einen halben Schritt zurück und deutet mit einer Armbewegung zum Ausgang der Gasse. So hastig, wie es mir mit der Holzmaske möglich ist, schüttele ich den Kopf. Als ob ich jetzt …

Unvermittelt packt er mich an den Hüften und hebt mich hoch. Wie von selbst schlingen sich meine Beine um seine Taille. Während er mich fest gegen die Holzwand drückt, befreit er seine Erektion. Ich erhasche leider keinen Blick darauf, doch einen bloßen Wimpernschlag später spüre ich sie, drängend um Einlass bittend, an meiner Mitte. Allein dieses Gefühl reicht beinahe aus, um mich kommen zu lassen.

Er senkt mich ein Stück hinab. Ich keuche.

Als Heranwachsende habe ich mehrmals von anderen Frauen aufgeschnappt, wie unangenehm und gar schmerzhaft es sein kann, wenn eine Frau zum ersten Mal bei einem Mann liegt. Ich spürte bei meinem ersten Mal keinen Schmerz; vielleicht weil es viel zu schnell ging oder weil er nicht sonderlich groß war. Ich spürte dabei gar nichts. Zwar entdeckte ich am nächsten Tag etwas Blut, aber das prophezeite Unwohlsein blieb aus.

Jetzt spüre ich Schmerz, und ich verkrampfe mich unwillkürlich.

Der Mann bemerkt es. Statt weiter in mich einzudringen, widmet er sich wieder meinen Brüsten mit genau derselben Hingabe wie zuvor. Mit zwei Fingern zwickt er in meine Brustwarze und entlockt mir dadurch ein Stöhnen.

Ich entspanne mich zwar nicht völlig, aber ich fühle den Schmerz nicht mehr, den die Spitze seiner Härte in mir verursacht. Stattdessen ist dort, wo wir verbunden sind, ein leichtes Pulsieren.

Er lehnt sich mit dem Oberkörper ein Stück zurück und schaut auf die Stelle hinab. Ich wünschte, ich könnte sie auch sehen. Noch nie verspürte ich diesen Wunsch; doch durch die Maske und die Haltung, in der ich mich befinde, ist es unmöglich.

Mein Kopf sackt gegen die Holzwand zurück, als er mit dem Daumen über meine Klitoris streicht – nur einen Hauch über unserer Verbindung. Ich wimmere und zucke und entlocke ihm damit ebenfalls ein Stöhnen.

Erst dann schiebt er sich ein Stück weiter in mich hinein. Während er mir Zeit gibt, mich an seine Größe zu gewöhnen, massiert er weiter den empfindlichsten Punkt meines Körpers, bis ich vor Wonne erschauere und nichts anderes mehr spüre als pure Glückseligkeit.

Als er völlig in mir ist, ist der Mann derjenige, der keucht. Seine Muskeln zittern vor Anspannung und Zurückhaltung.

Hart und heiß spüre ich ihn, wie ich noch nie zuvor einen Mann gespürt habe. Ich will mehr davon. Ich will ihn genauso vor Lust erschauern sehen, wie ich es die ganze Zeit über tue. Verlangend ziehen sich meine inneren Muskeln um ihn zusammen, was ihn stöhnen lässt. Mein Herz macht bei diesem Laut einen Satz. Er klingt so fremd und gleichzeitig schöner als alles andere, was ich je gehört habe. Roh. Ehrlich. Verletzlich. Noch nie habe ich einen Mann einen solchen Laut von sich geben hören.

Und ich bin diejenige, die diesen starken, tätowierten Krieger dazu gebracht hat.

Glück und eine völlig neue Form von Macht durchströmen mich gemeinsam mit meiner eigenen Lust, peitschen mein Blut schneller und heißer durch meine Adern als je zuvor.

Soweit es mir möglich ist, bewege ich die Hüften, um ihm zu signalisieren, dass er weitermachen kann. Das lässt er sich nicht zweimal sagen. Nachdem er mich ein Stück weiter abgesenkt hat, zieht er sich aus mir zurück, nur um behutsam erneut in mich einzudringen. Diesmal verspüre ich nicht den leisesten Anflug von Schmerz, sondern bin erfüllt von einem wachsenden Verlangen, das mit jedem seiner Stöße größer und größer wird, bis es mich schier von innen heraus verzehrt.

Sein Stöhnen wird tief und beinahe animalisch; ein solch ursprünglicher Laut, der mir zusätzlich in den Bauch fährt und das Brennen darin ins Unermessliche schürt. Ich könnte ihm ewig lauschen und wünschte, ich könnte sein Gesicht sehen. Ob es ebenso von Lust verzerrt ist wie mein eigenes?

Erneut spanne ich die Muskeln um seine Härte an, wofür ich mit einem Keuchen belohnt werde.

Meine Gedanken verflüchtigen sich, bis ich gar nichts mehr denke. Jedes Fünkchen Verstand wird von dem verzehrenden Feuer aufgefressen, das sich in Windeseile einen Weg durch meinen Körper bahnt. Ausgehend von der Stelle, wo wir verbunden sind, verglühe ich. Meine Muskeln beginnen unkontrolliert zu zucken und sich zusammenzuziehen, bis ich das Gefühl habe, gleich auseinandergerissen zu werden.

Seine Stöße werden schneller. Fahriger. Seine Finger bohren sich in meinen Po und auch seine Muskeln zittern nun ohne Unterlass.

Als ich diese Anspannung in mir kaum noch aushalte, entlädt sie sich. Ich schreie – zumindest glaube ich, dass ich schreie –, als sich mein Körper ein letztes Mal aufbäumt, so gut es ihm in dieser Position möglich ist. Jeder einzelne Muskel in meinem Körper spannt sich an, während eine ungekannte Ekstase durch mich hindurchschießt und mich bis in den hintersten Winkel durchströmt. Es ist zu viel und gleichzeitig zu wenig. Ich will es festhalten, doch es entgleitet mir. Für einen kurzen Moment fürchte ich, in ein tiefes Loch zu fallen, nun, da die Ekstase sich verflüchtigt, aber das Gegenteil ist der Fall. Ein Gefühl von Zufriedenheit und eine Wonne, die ich bisher für einen Mythos hielt, breiten sich bis in meine Zehenspitzen aus und lassen meinen Körper herrlich weich und warm werden.

Noch zweimal stößt er in mich hinein, bis auch er mit einem tiefen Stöhnen kommt und sich heiß in mir ergießt.

Schwer atmend verharren wir noch eine Weile in dieser Position. Selbst wenn ich es wollte, könnte ich meine Beine nicht von seiner Mitte lösen. Meine verkrampften Muskeln haben sich zwar mittlerweile entspannt, aber meine Beine würden mich keineswegs tragen. Ich würde kraftloser zusammensacken als nach meinem ersten Training.

Erschöpft, aber zufrieden lasse ich den Kopf an der Hauswand ruhen, während ich tief durchatme. Mein Herzschlag beruhigt sich nur langsam; fest und nachdrücklich hämmert er gegen meine Rippen.

Nach und nach mischen sich andere Empfindungen als erfüllende Zufriedenheit in mein Bewusstsein. Mein Hintern tut verdammt weh – das ist das Erste, was ich bewusst wahrnehme. Ich spüre deutlich, wo sich seine Finger in meine Haut und meine

Muskeln gegraben haben. Und auch mein Rücken dürfte ziemlich zerschrammt sein, wenn ich das Ziepen richtig deute. War die Holzwand die ganze Zeit über derart rau?

Neben diesen Wehwehchen spüre ich auch wieder den harschen Wind, der mit seinen eisigen Klauen nach mir greift und mich überall attackiert, wo sein Körper sich nicht gegen meinen drängt. Wenn ich könnte, würde ich mich enger an ihn schmiegen, nur um vor dem Wind geschützt zu sein, der durch die Gasse zwischen den Hütten pfeift.

Er muss mein Zittern bemerkt haben, denn er zieht sich aus mir zurück, löst mit einer Hand meine Beine und lässt mich mit der anderen behutsam auf die Füße hinab. Wieder bin ich froh um die Hauswand hinter mir, die mich davor bewahrt, das Gleichgewicht zu verlieren.

Nachdem ich halbwegs sicher stehe, sehe ich zu ihm auf und lasse den Blick über seine Gestalt schweifen. Stumm danke ich Merwa dafür, dass sie uns nicht nur neues Leben, sondern auch die fleischliche Lust schenkt, die ich bisher nicht gekannt und bloß belächelt habe. Das werde ich nie wieder tun können. Und auch nicht wollen. Bei jedem weiteren Merwafest werde ich nun an ihn denken und jeden, der nach ihm kommt, mit ihm vergleichen. Wahrscheinlich wäre es besser, wenn ich weiterhin wie bisher verfahre und mich nach dem offiziellen Teil zurückziehe, denn ich kann mir nicht vorstellen, dass irgendein anderer Mann je solche Empfindungen hervorrufen könnte wie dieser Fremde.

Der Mann, dem ich diese Erfahrung verdanke, hilft mir dabei, meine Tunika wieder zu richten. Der Stoff kratzt unangenehm auf meiner immer noch überempfindlichen Haut, doch es ist besser, als weiterhin dem eisigen Wind ausgesetzt zu sein.

Eine seltsame Stille breitet sich zwischen uns aus, nun da wir beide wieder angezogen sind. Unruhig verlagere ich das Gewicht von einem Fuß auf den anderen, während ich überlege, was ich jetzt tun soll.

Zum Glück nimmt er meine Hand und zieht mich sanft hinter

sich her. Ich folge ihm, ohne zu zögern. Während er mich aus der Gasse führt, überlege ich, was ich zu ihm sagen könnte. Ob ich überhaupt etwas sagen soll. Sollte ich ihm danken? Ist es das, was zwei Menschen tun, die während eines Merwafestes zueinanderfanden? Ich habe keine Ahnung. Ich presse die Lippen zusammen und schelte mich in Gedanken dafür, dass ich zu stolz war, Astrid und Vangar danach zu fragen. Der Mann muss mich für eine undankbare Göre halten. Heilige Götter, vielleicht denkt sogar Merwa selbst so über mich, weil ich ihre Gunst nicht zu schätzen weiß?

Als ich gerade den Mund öffne, um … irgendetwas von mir zu geben, wofür ich mich hinterher wahrscheinlich verflucht hätte, bleibt der Mann stehen, und ich tue es ihm gleich. Ich brauche einen Moment, um zu begreifen, dass wir vor der Hütte stehen, die Astrid, Vangar und mir zugeteilt wurde. Wie sind wir hierhergekommen?

Verwirrt blinzelnd realisiere ich zu spät, dass er sich über meine Hand beugt und es aussieht, als würde er einen Kuss darauf hauchen. Wegen der Maske ist das natürlich nicht möglich, aber trotzdem meine ich, seinen warmen Atem zu spüren.

Erneut öffne ich den Mund, um ihm zu danken, als ich von Brans tiefem Brummen unterbrochen werde. Der Umriss meines Tierwesens schält sich aus dem Schatten der Hütte, ehe es sich drohend vor dem Mann aufbaut.

Ehe Bran die Situation fehldeuten kann, gehe ich dazwischen. Bevor ich jedoch ein Wort hervorbringe, hebt der Mann beide Hände, als wolle er Bran signalisieren, dass keine Gefahr von ihm ausgeht, und macht zwei Schritte zurück. Dann wendet er sich ohne ein Wort ab und mischt sich unter die Feiernden, die sich nun wieder um die Feuer versammelt haben.

Ein nicht unwesentlicher Teil von mir will ihm folgen, seine Hand nehmen und ihn erneut in eine schummrige Gasse ziehen, um herauszufinden, ob sich die Erfahrung von vorhin wiederholen lässt. Nur für einen Sekundenbruchteil schrammen meine Gedanken die Erinnerung der letzten Stunde, doch es genügt, um ein warmes Pochen zwischen meinen Beinen auszulösen. Ich wüsste einen Weg, dieses Pochen zu besänftigen.

Es ist Bran, der mich davon abhält, dem Fremden nachzulaufen. Immer noch brummend drängt er seinen massigen Körper gegen mich und bringt mich beinahe zu Fall. Zufrieden schmiege ich mich in sein lockend warmes Fell und atme seinen vertrauten Duft nach Wald und Bär ein.

»Es geht mir gut«, wispere ich so leise, dass ich mich selbst kaum verstehen kann. »Besser als gut.«

Ich mache mich von Bran los und betrete auf wackeligen Beinen die Hütte. Kälte und Leere empfangen mich. Astrid und Vangar sind noch nicht zurück, und das Feuer im Kamin ist heruntergebrannt.

Fahrig streife ich die scheuernde Tunika ab und schlüpfe in ein wollenes Hemd, nehme die hölzerne Maske ab und wickele mich in Vaters Wolfsfellumhang, ehe ich mich auf den Strohsack werfe, den ich bei unserer Ankunft für mich auserkoren habe.

Noch bevor mein Kopf auf das Kissen trifft, das ich aus meiner Wechselkleidung gebaut habe, schlafe ich ein.

KAPITEL 6

YRSA

»Ich glaube, sie wacht auf«, sagt eine nervige Stimme viel zu nah an meinem Ohr.

Ich kneife die Augen zusammen, so fest ich kann, und taste vergeblich nach einer Decke, die ich mir über den Kopf ziehen könnte. Grummelnd vergrabe ich mich so tief wie möglich in meinen Umhang.

»Muss wohl eine anstrengende Nacht gewesen sein«, sagt eine andere Stimme, die ich erst mit einiger Verspätung Vangar zuordnen kann, »wenn du beinahe den Beginn deiner Prüfungen verschläfst.«

»Was?!«

Mit einem Mal bin ich hellwach und setze mich derart abrupt auf, dass mein Kopf gegen den von Astrid knallt, die sich noch immer über mich beugt. Jammernd und fluchend zugleich halte ich mir die schmerzende Stelle knapp über der Stirn, während ich mich mit der anderen Hand und beiden Beinen aus dem Umhang strampele. Wahrscheinlich gebe ich dabei eine mitleiderregende Figur ab, anders kann ich Vangars Blick jedenfalls nicht deuten.

»Warum habt ihr mich nicht geweckt?«, will ich wissen, nachdem ich endlich mehr schlecht als recht auf meinen Füßen stehe und etwas wackelig durch die Hütte haste.

»Haben wir«, trällert Astrid viel zu gut gelaunt und hoch für meinen schmerzenden Schädel.

Es ist nicht bloß die pochende Stelle, wo mein Kopf eben Bekanntschaft mit ihrem gemacht hat, sondern auch ein fieser Kopfschmerz direkt hinter meinen Schläfen. Offenbar habe ich die Kräutermischung nicht so gut vertragen wie erhofft. Aber daran kann ich jetzt nichts ändern.

Hastig krame ich in unseren Sachen, um die verzierte Kleidung zu finden, die meine Mutter extra für diesen Anlass angefertigt hat, bis mir wieder einfällt, dass ich sie als Kopfkissen benutzt habe. Belustigt, aber auch mit einer Portion Mitgefühl beobachten Vangar und Astrid, wie ich von einer Ecke der Hütte in die andere eile und dabei schlimmer fluche als unsere Fischer nach einem schlechten Fang. Hätte ich mehr Zeit, würde ich die beiden anschreien, dass sie aufhören sollen, mich zu beobachten. Doch ich habe nicht mehr Zeit, wie mir die hellen Sonnenstrahlen beweisen, die bereits durch die mit Eisblumen benetzten Fenster fallen.

Im Laufen streife ich das wollene Unterhemd ab. Hinter mir ziehen meine beiden Begleiterinnen scharf die Luft ein.

»Was ist mit deinem Rücken passiert?«, fragt Astrid, gefolgt von einem Kichern. »Du siehst aus, als hätte man dich gestern Nacht gekielholt.«

»Und sind die dunklen Dinger in deinem Hintern Holzsplitter?«, hakt Vangar in gewohnt trockenem Ton nach.

Ich verrenke mich, allerdings vergeblich, denn ich erhasche keinen Blick auf meinen Po. Als ich mit der Hand darüberfahre, spüre ich jedoch die Erhebung unter meiner Haut. »Verdammter Mist«, fluche ich, zusammen mit ein paar weiteren Verwünschungen, für die mich meine Mutter getadelt hätte.

»Beruhige dich«, sagt Vangar, während sie mich an der Schulter packt und auf meine Matratze hinunterdrückt. »Halt einen Moment still. Wir kümmern uns darum.«

Aus dem Augenwinkel sehe ich, wie Astrid mit einem zufriedenen Grinsen, bei dessen Anblick es mir kalt den Rücken hinunterläuft, einen ihrer Dolche zückt. Während sie sich um die Splitter in meinem Hinterteil kümmert, stellt mir Vangar einen Becher Tee vor die Nase, der mittlerweile kalt geworden ist.

»Was ist das?«, frage ich.

»Ein Geschenk deiner Schwester«, antwortet sie, ehe sie eine eiskalte und übel riechende Salbe auf meinem Rücken aufträgt.

»Damit wir nicht mit mehr Leuten zurückkommen, als wir aufgebrochen sind«, wirft Astrid ein.

Ich verstehe sofort, was sie meint. In einem Zug leere ich den Inhalt des Bechers und danke meiner Schwester stumm für ihre Weitsicht. Ich könnte es auf den Einfluss der Kräuter schieben, dass ich gestern Nacht keinen Gedanken an die Folgen verschwendet habe, aber die Wahrheit ist, dass ich in solchen Dingen einfach zu wenig Erfahrung habe. Innerhalb eines Clans sind die Merwafeste dafür da, neue Beziehungen zu knüpfen und eine neue Generation zu zeugen. Aber wenn die Parteien aus zwei verschiedenen Clans stammen, wird die Sache schwierig. Um nicht zu sagen: unmöglich. Ein Kind von einem Clanfremden zu bekommen würde meine Position als Anführerin nicht bloß schwächen. Ich müsste froh sein, wenn sie mich bloß aus dem Dorf vertreiben.

»Und?«, fragt Astrid, als sie einem besonders hartnäckigen Splitter zu Leibe rückt. »Wer war's?«

Ich verschränke die Arme unter meinem Kinn und lasse die Behandlung meiner Begleiterinnen über mich ergehen. »Keine Ahnung.«

»Habt ihr euch nicht vorgestellt?«, will Vangar wissen.

»Wir haben kein einziges Wort miteinander gesprochen«, sage ich. »Wie es der Brauch ist.«

Zu meiner Verwunderung nickt Vangar verständnisvoll. »Das Wunder der Merwanacht.«

»Das kannst du laut sagen«, murmele ich undeutlich in meine Arme.

»Hat es dir gefallen?«, fragt sie.

Über diese Frage muss ich nicht nachdenken. Ich nicke.

»Willst du ihn wiedersehen? Also, wenn du wüsstest, wer er war, meine ich.«

Ich drehe den Kopf in Vangars Richtung. »Darüber habe ich noch nicht nachgedacht.«

Allein die Erinnerung an letzte Nacht löst ein Prickeln zwischen meinen Beinen aus. Doch diese kurz auflebende Hitze verschwindet nur einen Augenblick später, als wäre sie nie da gewesen.

»Wer auch immer er war«, sage ich, »er stammt aus einem anderen Clan. Also werde ich ihn nicht wiedersehen.«

»Fertig!«, verkündet Astrid, ehe sie mir einen Klaps auf den Hintern gibt.

Jedem anderen Menschen hätte ich dafür vermutlich eine meiner Äxte an den Hals gehalten, aber für Astrid gelten eigene Regeln. Außerdem gehört sie zu den Menschen, die niemand zum Feind haben sollte. Hinter ihrer immer fröhlichen und manchmal überdrehten Art verbirgt sich eine gnadenlose Kriegerin, die mit ihren Gegnern kurzen Prozess macht.

»Die Schrammen am Rücken sind nicht tief«, sagt Vangar, als sie mir aufhilft. »Sie sollten schnell verheilen und dich während deiner Prüfungen nicht behindern.«

Sie ist die kleinere und ruhigere des Duos, aber nicht minder gefährlich. Wenn ich wählen müsste, wäre sie diejenige, vor der ich den größten Respekt habe. Ihre Präzision mit dem Einhandschwert ist beispiellos, und auf dem Schlachtfeld legt sie ihre Ruhe ab. Sie ist es, zu der die anderen Kämpfer schauen, wenn sie auf neue Ideen oder Befehle hoffen.

Noch habe ich keine Schlacht selbst erlebt, aber ich kenne die Geschichten, die über die beiden Frauen, die bloß wenige Jahre älter sind als ich, kursieren. Wenn ich jedoch irgendwann kämpfen muss, wünsche ich mir sie an meiner Seite. Genau wie jetzt.

Mit flinken Händen helfen sie mir in die feine Kleidung, die ich bereits bei unserer Ankunft getragen habe. Während Astrid mir das Haar frisiert, trägt Vangar mit einem Stück Kohle fünf Streifen auf mein Gesicht auf, die schräg von meiner Stirn bis zu meiner Wange hinablaufen, ebenso wie meine Narbe, und die Krallen meines Tierwesens symbolisieren.

Als beide fertig sind, stecke ich meine Äxte in die Halterungen am Gürtel.

»Du wirst sie alle fertigmachen«, sagt Astrid grinsend.

Ich nicke. »Worauf du dich verlassen kannst.«

Flankiert von meinen Begleiterinnen verlasse ich die Hütte. Bran gesellt sich sogleich zu uns. Gemeinsam begeben wir uns zum Hauptplatz.

Gefühlt haben sich bereits alle anderen Teilnehmer eingefunden, als wir ankommen. Ich spüre ihre urteilenden Blicke auf mir, lasse mich davon jedoch nicht beeindrucken.

Schlimmer als ihre Blicke ist der Druck in meiner Brust, der mir plötzlich die Luft zum Atmen nimmt. Doch auch davon lasse ich mir nichts anmerken, obwohl der Drang, mir über die Brust zu reiben, bis dieses seltsame Gefühl verschwindet, beinahe übermächtig wird.

Astrid, Vangar und Bran bleiben am Rand des Hauptplatzes bei den anderen Begleitern zurück, während ich mich in die Reihe der Teilnehmer stelle.

Um mein Unwohlsein zu überspielen, gehe ich dazu über, mir die anderen Prüfungsteilnehmer anzuschauen. Es ist eine bunte Mischung aus Frauen und Männern unterschiedlichen Alters. Auf den ersten Blick würde ich schätzen, dass ich die Jüngste bin, was ich als Vorteil auslege. Vor allem in den Kampf- und Geschicklichkeitsprüfungen wird mir mein schneller, biegsamer Körper einen entscheidenden Vorsprung verschaffen.

Der Than der Thane beäugt mich von seinem Hochsitz aus einen Moment kritisch, doch ich verziehe keine Miene, während ich seinem Blick vom Ende der Teilnehmerreihe aus standhalte.

Innerlich winde ich mich jedoch. Aufmerksamkeit mag mir

nicht fremd sein, zu verschlafen jedoch sehr wohl. Mein Rücken brennt von der Salbe, die Vangar aufgetragen hat, und ich hoffe inständig, dass ich mich bei den kommenden Prüfungen nicht setzen muss …

»Da nun alle eingetroffen sind«, sagt der oberste Anführer, nicht ohne mir noch einen vernichtenden Blick zuzuwerfen, »können wir beginnen.«

Ich höre ihm nicht weiter zu, als er über die altehrwürdige Tradition des Merthings schwafelt. Alte Männer wie ihn kenne ich zur Genüge aus meinem Clan; sie hören sich einfach gern reden, und es ist für alle Beteiligten das Beste, wenn man sie lässt. Heute hätte ich jedoch nichts dagegen, wenn er endlich zum Punkt kommen könnte.

Auch wenn mein Körper nach der letzten Nacht noch nicht ganz auf der Höhe ist und ich diesen Druck in der Brust einfach nicht loswerde, brenne ich darauf, die Prüfungen zu bestreiten. Darauf habe ich mich mein ganzes Leben lang vorbereitet!

Während der Than der Thane immer noch redet, verlagere ich das Gewicht von einem Bein aufs andere und verstecke ein Gähnen hinter meiner Hand.

»Lange Nacht gehabt?«, flüstert mein Nebenmann, dem ich bis jetzt keine Beachtung geschenkt habe.

Ich riskiere einen Seitenblick und erkenne ihn schnell als den jungen Mann, der mir gestern vorgeworfen hat, ich wäre für die Narbe an seiner Augenbraue verantwortlich, obwohl ich mich nicht daran erinnern kann. Erst jetzt, als ich ihm so nah stehe, wird mir die drückende Präsenz bewusst, die von ihm ausgeht.

Er kann nicht viel älter sein als ich – vielleicht zwei oder drei Jahre – und dennoch verströmt er eine solche Aura, dass ich mich neben ihm klein fühle. Nun, so gesehen bin ich neben ihm auch verdammt klein, denn er überragt mich um fast einen ganzen Kopf. Dabei gehöre ich nicht einmal …

Hastig zwinge ich meine Gedanken zum Stillstand und erwidere seinen Blick möglichst ungerührt, während ich den dunklen Fleck zu ignorieren versuche, der sich in meinem rechten Auge ausbreitet. Dieser verdammte Schlafmangel! Ich hätte gleich nach dem offiziellen Teil verschwinden sollen, wie ich es mir vorgenommen hatte.

»Ich wüsste nicht, was dich das angeht«, gebe ich leise zurück.

Sein schiefes Grinsen verrät mir, dass er zu einer Spitze ausholen wird, deshalb schiebe ich schnell nach: »Aber wenn du es unbedingt wissen willst: Die Matratze war ziemlich unbequem und in der Hütte hat es schlimmer gezogen als in einer windschiefen Kate.«

Sein Grinsen wird breiter. »Und ich dachte schon, dass du dich während des Festes verausgabt hättest.«

»Ich war gar nicht dort«, flüstere ich, ohne zu wissen warum. Die Worte sprudeln einfach aus mir heraus. Schäme ich mich etwa für das, was geschehen ist? Vermutlich nicht. Ich will einfach nicht mit ihm reden. Denn aus irgendeinem Grund wird das Ziepen in meiner Brust mit jedem Atemzug schlimmer. Ich will überhaupt nicht reden. Mit niemandem. Ich will einfach meine heutige Prüfung bestehen und für den Rest des Tages schlafen.

»Tatsächlich nicht?«, hakt er nach.

Ich recke das Kinn. Der dunkle Fleck in meinem Sichtfeld verschwimmt. »Ich war von der Anreise so müde, dass ich mich gleich hingelegt habe, um heute mein Bestes bei den Prüfungen zu geben.«

»Und deshalb hast du verschlafen?«, fragt er mit kaum zu überhörender Belustigung in der Stimme. Leiser fügt er hinzu: »Du kommst mir eher vor, als hättest du … ziemlich viel Spaß gehabt.«

Hitze kriecht mir in die Wangen, ohne dass ich weiß, warum. Zum Glück ist sie schnell wieder verschwunden. Ich will gerade etwas möglichst Spitzes darauf erwidern, als uns der oberste Anführer unterbricht.

»Yrsa und Kier«, brummt er in seinen Bart und klingt dabei wie ein Vater, der gerade seine Kinder ausschimpft. »Euer Gespräch scheint sehr interessant zu sein. Seid doch so freundlich und lasst uns alle daran teilhaben.«

Am liebsten würde ich im Boden versinken … Leider besteht der Boden nicht nur aus massivem Gestein, sondern ist obendrein noch gefroren. Bis ich darin versinken könnte, müsste ich …

»Verzeih, hoher Than«, sagt der junge Mann – Kier, nun kenne ich seinen Namen – und senkt reuevoll den Kopf.

Aus irgendeinem Grund regt mich seine Antwort auf. Bevor ich jedoch angemessen reagieren kann, richtet sich die Aufmerksamkeit des obersten Thans auf mich.

»Yrsa?«, fragt er und zieht meinen Namen in die Länge.

Mit brennenden Wangen senke ich ebenfalls den Kopf. »Es tut mir leid.«

Natürlich tut es das nicht, aber was hätte ich sonst sagen sollen? Dass mich sein Geschwafel nicht interessiert? Das wäre zwar die Wahrheit, könnte mich aber die Teilnahme kosten.

Ich hatte noch nie ein Talent dafür, mich bei anderen einzuschmeicheln, obwohl es mir manchmal meinen Weg erleichtert hätte. Aber heute muss ich wenigstens so tun, als hätte ich Respekt vor dem Mann, der gut und gern mein Großvater sein könnte und dessen Leistungen für unser Volk sehr überschaubar sind.

Als der Than der Thane weiterredet, wispert Kier rechts von mir: »Also, wieso hast du verschlafen? Hat es sich wenigstens gelohnt?«

Ich beiße die Zähne zusammen, um ihm nicht zu antworten. Erstens weil es ihn nichts angeht, zweitens weil ich nicht erneut in Schwierigkeiten geraten will. Doch irgendetwas an seinem Tonfall – ein Lauern, dessen Ursprung ich nicht genau benennen kann – weckt in mir den Wunsch, ihm doch zu antworten. Und sei es nur, damit er endlich den Mund hält.

»Wir beginnen nun also mit der ersten Prüfung.«

Mein Kopf ruckt zum obersten Than und ich stoße einen geflüsterten Fluch aus. Verdammt, warum habe ich ihm nicht zugehört? Nun stehe ich hier und habe keine Ahnung, was die erste Prüfung beinhaltet.

Ich zwinge mich dazu, ruhig ein- und auszuatmen. Egal wie die erste Prüfung aussieht, ich werde sie meistern.

Die übrigen Teilnehmer zerstreuen sich und eilen zu ihren Begleitern. Ich tue es ihnen gleich. Astrid grinst mich an, während Vangar mitleidig den Kopf schüttelt.

»Spart euch eure Vorhaltungen«, brumme ich. »Sagt mir lieber, was die erste Prüfung ist.«

»Der rituelle Zweikampf«, kommt mir Vangar zu Hilfe. »Die Paare werden gleich ausgelost.«

Ich habe nicht damit gerechnet, dass der rituelle Zweikampf so früh stattfindet, schließlich gibt es weitere Aspekte, die bei der Prüfung eine Rolle spielen. Doch ich werde mich nicht beschweren.

Ich werfe einen kurzen Blick auf die verblasste Narbe in meiner Handfläche. Der Wunsch, die Götter anzuflehen, mir den Anführer des Schwingenclans zuzulosen, ist beinahe übermächtig, aber mir ist klar, dass es nichts bringen würde. Seinen Gegner während der heiligen Zeremonie zu töten ist strengstens untersagt und führt zum sofortigen Ausschluss.

Und dennoch …

Ich balle die Hand zur Faust und schließe die Augen. Ich wünsche mir nichts sehnlicher, als meinen Schwur zu erfüllen. Nicht für mich, sondern für das Andenken meines Vaters und das Ansehen unseres Clans.

Als ich die Augen wieder öffne, huscht etwas Dunkles an meinem äußeren Sichtfeld entlang, und ich meine, eine alte Frau kichern zu hören. Ein eisiger Schauer rinnt mir den Rücken hinab. Ich darf mich jetzt nicht ablenken lassen! Gestern hat mich dieses Lachen schon einige Nerven gekostet, heute treibt es mich in den Wahnsinn.

»Mich wundert es, dass euch dieses Gekicher nicht stört«, murre ich meinen Begleiterinnen zu. Gerade von Vangar dachte ich, dass sie eine solche Störung der ehrwürdigen Prüfungen nicht gutheißen würde.

Doch beide runzeln die Stirn. »Welches Gekicher?«, fragt Astrid.

»Na, das dieser alten Vettel dort drüben.« Ich deute in die Richtung. »Von welchem Clan sie wohl ist? Ein gutes Licht wirft es jedenfalls nicht auf sie.«

Vangar folgt meinem Blick, ehe sie mich verwirrt ansieht. »Da ist keine alte Vettel. Steigen dir etwa immer noch die Kräuter von gestern Nacht zu Kopf?«

Ich will gerade zu einer Erwiderung ansetzen, als mir auffällt, dass auch sonst niemand die alte Frau bemerkt. Niemand sieht zu ihr, niemand stört sich an ihrem Gelächter.

Ich zucke zusammen, als mir endlich aufgeht, wer diese alte Vettel ist. Auch die Enge in meiner Brust, die mich seit meiner Ankunft behelligt, muss mit ihr zu tun haben.

Bloß ein einziges Mal habe ich mit Elvi über den Schwurschemen gesprochen. Sie meinte, dass seine Gestalt dunkler sei als die Finsternis, in der sie seit ihrer Kindheit lebt. Ein pechschwarzer Fleck in einer lichtlosen Nacht. Sie erzählte mir davon, dass er sich von meinen Emotionen ernährt, bis mein Schwur erfüllt ist. Ihre Miene war geprägt von so tiefem Mitleid, dass mir beinahe die Tränen kamen.

Doch ich konnte nicht weinen. Ich konnte es nie mehr, seit der Schwurschemen Besitz von mir ergriffen hatte. Genauso wenig wie lachen. Ich weiß genau, wann von mir erwartet wird, dass ich die Mundwinkel anhebe, doch ein ehrliches Lachen und Freude sind mir ebenso fremd geworden wie Trauer. Ich kenne bloß noch das Pflichtgefühl gegenüber meinem Clan, meiner Familie, meiner Valkra und meinen Göttern.

Über die letzten Jahre habe ich die Existenz des Schwurschemens nahezu vergessen. Doch seit meiner Ankunft hier auf dem heiligen Prüfungsgelände ist er zurück. Ich spüre ihn, sehe ihn flüchtig und höre sein Kichern. Doch all das muss ich ausblenden, wenn ich die Prüfungen bestehen will.

Erst dann werde ich in der Lage sein, Rache zu üben. Abseits dieser heiligen Stätte wird mich niemand dafür verurteilen, wenn ich den Anführer des Schwingenclans herausfordere.

Und töte.

Nachdem sich alle Prüflinge wieder in einer Reihe vor dem obersten Anführer aufgestellt haben, geht eine Begleiterin eines anderen Clans mit einem tönernen Krug zum ersten Teilnehmer, der einen Stein herauszieht, auf dem die Rune eines anderen Clans abgebildet ist. Diese beiden stehen sich im Laufe des Tages im rituellen Zweikampf gegenüber. Die Waffen dürfen dabei frei gewählt werden. Glücklicherweise zählen auch Tierwesen bei diesem Zweikampf als Waffen, sogar als besonders angesehene, da sie von den Göttern gesegnet sind. Ich mache mir also keine Sorgen, ganz gleich wer mein Gegner sein wird.

Ungeduldig warte ich darauf, dass der Stein gezogen wird, auf dem mit vier Strichen der Umriss eines Fisches angedeutet ist. Doch niemand zieht mich als Gegner.

Als der Krug vor Kier haltmacht, knirsche ich mit den Zähnen, weil nur noch mein Stein übrig sein kann. Irgendetwas in mir sträubt sich, gegen ihn anzutreten. Ich kann es nicht benennen. Sicher, er ist groß und bestimmt stark und geschickt im Umgang mit seinen Waffen, aber das bin ich auch. Innerhalb meines Clans gibt es niemanden, der mir das Wasser reichen kann. Außerdem habe ich Bran.

Warum wütet dann ein ungutes Gefühl in mir, das nicht auf den Schemen zurückzuführen ist? Anders als das Gefühl, das er auslöst, windet es sich nicht in meiner Brust, sondern in meinem Bauch. Beinahe als hätte ich … *Angst.*

»Welch herausragende Paarung«, sagt der Than der Thane. »Ich kann mich nicht daran erinnern, dass sich je zwei Flüsterer im Zweikampf gegenüberstanden.«

Ich zucke zusammen, ehe ich wieder zu Kier herumwirbele – so schnell, dass dunkle Flecken in meinen Augenwinkeln tanzen. Ich starre ihn an, als würde ich ihn zum ersten Mal sehen.

»Du bist ein Flüsterer?«

Lässig neigt er den Kopf. »Du wirkst überrascht.«

Das bin ich durchaus. Es wäre mir aufgefallen, wenn ein anderes

Tierwesen als Bran hier wäre. Wenn Kier ein Flüsterer ist, muss sein Wesen doch in der Nähe sein. Die Verbindung, die wir zeit unseres Lebens mit ihnen eingehen, ist so stark, dass es uns schwächt, wenn wir längere Zeit getrennt sind. Selbst der Gedanke, dass Bran den Aufstieg in den Hohen Norden vielleicht nicht schaffen könnte, versetzte mich in Panik. Ich hätte zwar auch ohne ihn mein Bestes gegeben, doch ich wäre nicht ich selbst gewesen. Ohne ihn hätte ein entscheidender Teil von mir gefehlt. Aber seit unserer Ankunft gestern ist mir kein Tierwesen untergekommen. Wie kann Kier das aushalten? Selbst die Vorstellung, länger als einen halben Tag von Bran getrennt zu sein, lässt mir kalten Schweiß im Nacken ausbrechen. Oder ist sein Tierwesen etwa so klein, dass er es unter seiner Kleidung verbergen kann?

Ich hebe meine Mundwinkel zu der Imitation eines herablassenden Lächelns. »Wo ist denn dein großartiges Tierwesen? Oder bist du etwa ein Mäuseflüsterer?«

Um mich herum lachen einige der Anwesenden. Doch anders als erwartet verfinstert sich Kiers Blick dabei nicht; gelassen lässt er meinen Spott und die Belustigung der anderen an sich abprallen. Normalerweise finden es Männer – vor allem junge Männer wie er – herablassend, wenn sich jemand über sie lustig macht. Aber er erwidert meine Herablassung mit einer Ruhe, die sämtliche weitere Häme ungesagt in meinem Mund ersterben lässt.

Ich lache nicht mehr, doch irgendwo kichert noch jemand. Ein verhohlenes, krächzendes Kichern, das mir den letzten Rest Schadenfreude austreibt.

»Oh«, raunt er. »So schnell vergeht dir schon das Lachen? Dabei habe ich noch nicht mal angefangen.«

Ich schlucke angestrengt. Wie sollte ich ihm auch erklären, dass nicht bloß er der Grund dafür ist, dass mein Blut plötzlich eiskalt durch meine Adern rauscht? Sein rauer Tonfall steht in direktem Kontrast zu der unterschwelligen Drohung seiner Worte. In mir wirbeln plötzlich so viele verschiedene Emotionen, dass ich keine davon zu fassen kriege. Sie sind schnell und so zahlreich, wie ich es seit Jahren nicht mehr kenne. Fast als wären sie auch für den Schwurschemen, der sich sonst an ihnen labt, zu viel.

Also tue ich das einzig Richtige: Ich halte den Mund und betrachte den Mann vor mir in einem ganz neuen Licht.

Immer noch lächelnd wendet sich Kier an den obersten Anführer. »Wenn du erlaubst, machen wir den Anfang. Falls der Kampfplatz danach neu aufgebaut werden muss, bleibt noch genug Zeit für die restlichen Kämpfe, bevor die Sonne untergeht.«

Ich runzele die Stirn. Warum sollte der Kampfplatz neu aufgebaut werden müssen? Ja, Bran ist ziemlich groß und er kann mit seinen Pranken so einiges anrichten, aber er würde nicht …

Ich nehme wahr, dass einige Begleiter – vermutlich Kiers – die übrigen Schaulustigen zur Seite drängen. Auch der Than der Thane verlässt seinen Hochsitz, der von drei Männern beiseitegeräumt wird.

Ein mulmiges Gefühl kriecht in mir hoch, das von dem hohen Kichern des Schemens noch verstärkt wird. Ich bin so sehr damit beschäftigt, es nicht an die Oberfläche gelangen zu lassen, dass ich beinahe versäume, Bran zu mir zu rufen.

Als ich es tue, folgt er meinem Befehl sofort. Brummend bahnt er sich einen Weg durch die Menschen und stapft auf mich zu, um hinter mir Aufstellung zu nehmen. Seine Nähe und die Wärme, die er abstrahlt, beruhigen meine angekratzten Nerven. Zwar haben wir bloß selten im Training gegen andere Flüsterer gekämpft, weil es zu wenige davon gibt, aber wir bilden eine Einheit. Wenn Kier glaubt, er müsse nur heiße Luft verströmen, um mich zu verunsichern, dann hat er sich geschnitten!

Ohne meinen Gegner, der nun gut zehn Meter von mir entfernt steht, aus den Augen zu lassen, ziehe ich meine Äxte und warte ungeduldig darauf, dass er sein Tierwesen ruft.

Ich will gerade eine abfällige Bemerkung machen, als er zwei Finger in den Mund steckt und einen schrillen Pfiff ausstößt.

Unbewusst halte ich den Atem an und beobachte aufmerksam die Umgebung. Für einen Moment bleibt mein Blick an einer alten

Vettel hängen, deren Gestalt beinahe vollständig von einem pechschwarzen Umhang verhüllt wird. Nur ihr faltiges Gesicht ist zu erkennen. Sie lächelt mir zu und entblößt dabei einige Zahnlücken.

Ich reiße mich von ihrem Anblick los und suche den Platz nach dem Tierwesen ab, nach dem Kier eben gepfiffen hat. Doch keines drängt sich zwischen den Schaulustigen hindurch.

Grinsend höhne ich: »Hat dein ach so tolles Tierwesen etwa Angst vor einem Kampf? Vielleicht solltest du …«

Jedes weitere Wort bleibt mir im Hals stecken, als sich ein dunkler Schatten in den diesigen Wolken abzeichnet. Dann höre ich ein Geräusch. Es klingt, als würde Luft zerschnitten werden. Das Geräusch wiederholt sich immer im gleichen Rhythmus, der meinen Herzschlag beschleunigt. Der Schatten wird größer und größer. Als er sich schließlich aus den tief hängenden Wolken schält, habe ich nicht genug Zeit, um das Wesen zu genauer zu betrachten, da es pfeilschnell Richtung Boden schießt und direkt hinter Kier eine harte Landung hinlegt. Schnee wird aufgewirbelt und raubt mir die Sicht. Selbst das Gestein unter meinen Füßen erbebt.

Als ich wieder klar sehen kann, gelingt es mir nur noch, unverhohlen zu starren.

Hinter Kier erhebt sich eine Kreatur, die ihn um mehr als das Fünffache überragt, obwohl sie sich gerade nicht ausstreckt. Ein schlanker Hals, ein etwas gedrungener Kopf – all das bemerke ich bloß am Rande.

Es sind die ausladenden Schwingen, die meine volle Aufmerksamkeit fesseln. Wie auf Befehl breitet das Wesen sie aus, indem es sich auf die Hinterbeine stellt, reckt dabei den Kopf und lässt einen durchdringenden Schrei ertönen, der mich einen Schritt zurücktaumeln lässt.

Ein Raunen erhebt sich aus den Reihen der Zuschauer. Es dauert eine Weile, bis das Wort, das sie wispern, bis zu mir dringt.

Wyvern.

Diese Wesen kenne ich bloß aus uralten Überlieferungen, die selbst Elvi nicht ganz verstanden hat. Ich habe nie daran geglaubt, dass sie tatsächlich existieren, oder auch nur jemanden kennengelernt, der für sich beansprucht, einen mit eigenen Augen gesehen zu haben. In einigen Sagas wird berichtet, dass manche Götter auf den Rücken von Wyvern in die Schlacht geflogen sind, aber ich konnte mir nie vorstellen, wie diese Wesen aussahen.

Nun weiß ich es. Und ich wünschte, ich wüsste es nicht.

»Du bist etwas blass um die Nase«, kommentiert Kier mein Starren.

Seltsamerweise trieft seine Stimme nicht vor Herablassung. Er sagt es so ruhig, als würde er eine Feststellung machen. Eine, die er nicht zum ersten Mal macht.

Und natürlich hat er recht.

Ich öffne den Mund, doch es kommt kein Ton heraus. Was sollte ich auch erwidern? Bisher habe ich ihn für einen nervigen Idioten gehalten. Bis vor wenigen Minuten dachte ich nicht im Traum daran, dass er der Anführer eines Clans ist. Nun stellt sich heraus, dass er nicht bloß ein Flüsterer ist, sondern auch noch mit einem verdammten Wyvern hier auftaucht!

Meine Gedanken rasen, als würde mein Kopf jede Sekunde platzen. Die Enge in meiner Brust veranlasst mich dazu, kurz und abgehackt nach Luft zu schnappen, was die aufkeimende Panik in mir nur verstärkt.

Nie zuvor sah ich mich einem so übermächtigen Gegner gegenüber. Natürlich waren mir schon viele an Erfahrung und schierer Kraft überlegen, aber ich lernte schnell, wie ich sie überlisten konnte. Doch gegen einen Wyvern, der mindestens viermal so groß wie Bran ist und obendrein fliegen kann, werde ich zweifellos den Kürzeren ziehen. Selbst auf die Entfernung scheint sein Schuppenpanzer derart dicht und unnachgiebig zu sein, dass ich mit meinen Äxten keine Chance habe.

Und Bran … Ich schüttele den Kopf. Allein der Gedanke, ihn gegen dieses riesige Biest in den Kampf zu schicken, macht mich krank.

Bran bemerkt meinen inneren Zwiespalt. Als er mit einem tiefen Laut einen Schritt nach vorn macht, stelle ich mich vor ihn und versperre ihm mit den Armen den Weg.

»Nein«, wispere ich. »Auf keinen Fall.«

Der Blick seiner braunen Augen ist verständnisvoll. Ich meine, auch eine Spur Dankbarkeit darin zu erkennen. Ich bin ihm ebenfalls dankbar. Weil er trotz des übermächtigen Gegners gekämpft hätte. Für mich. Freiwillig, nicht weil er musste.

Ich zittere am ganzen Körper, als ich mich an den obersten Anführer wende. Erst nach mehrmaligem Räuspern finde ich meine Stimme wieder.

»Ich gebe auf«, verkünde ich schließlich laut genug, dass alle Anwesenden es hören können.

Die Worte schmecken bitter auf meiner Zunge, obwohl ich weiß, dass dies die einzig richtige Entscheidung ist. Ich könnte es auf einen Versuch ankommen lassen, aber ich werde nicht mutwillig Brans Leben aufs Spiel setzen. Das könnte ich nicht. Sein Leben steht auf einer Ebene mit dem meiner Schwester und meiner Mutter. Ganz gleich, wie sehr ich mich erniedrigen muss, ich werde die wenigen Lebewesen, die mir wichtig sind, bis zu meinem letzten Atemzug beschützen.

»Wie schade«, murrt der oberste Anführer. »Ich habe mich sehr auf diesen Kampf gefreut. Somit ist Kier, Anführer des Schwingenclans, der Sieger!«

Der Jubel der Zuschauer verkommt zu einem Rauschen. Meine Gedanken, die sowieso immer etwas zu laut sind, überschlagen sich gänzlich.

Dann wird alles still.

Eine beängstigende Stille, der unweigerlich ein Knall folgen muss.

Mein Blick schweift langsam zu Kier. Plötzlich fühlt es sich an, als würde mein Kopf explodieren. Das hohe Kichern der alten Frau, das seit Tagen an meinen Nerven zehrt, wird zu einem Schreien. Ihre Stimme kreischt in mir. Um mich herum. Doch nur ich allein kann es hören. Oder bin ich diejenige, die schreit? Mein Blut brodelt so heiß und schmerzhaft in meinen Adern, als würde es sich mit Gewalt einen Weg aus meinem Körper bahnen wollen. Ich fühle mich, als würde mein Inneres brutal nach außen gestülpt werden. Die Schmerzen, die ich dabei empfinde, rauben mir den Verstand, und ich glaube, dass ich weiterschreie.

Das Nächste, was ich bewusst wahrnehme, ist, dass mein Angriff abgewehrt wird. Ich spüre, wie der Aufprall meiner Axt gegen eine Schwertklinge meinen Arm bis in die Schulter erschüttert.

Kiers stechend grüner Blick bohrt sich in meinen. »Hör auf«, beschwört er mich leise.

Ich blecke die Zähne und gebe ein Zischen von mir, das höchstens entfernte Ähnlichkeit mit einem menschlichen Laut haben kann. Keine Ahnung, ob ich etwas anderes antworte. Ich will es, aber ich sehe nur noch ihn. Und mit jeder Sekunde wird das schmerzhafte Brennen in meinen Adern verzehrender und die Schreie der alten Vettel lauter. Etwas bahnt sich gewaltsam einen Weg aus meiner Brust, zerfleischt mich dabei von innen und verlangt kreischend nach Kiers Kopf. Und jede Faser in mir will diesem Etwas Kiers Kopf zu Füßen legen.

Damit der Schmerz versiegt.

Weil ich es selbst will.

Nichts ergibt einen Sinn.

Nichts ergibt *mehr* Sinn als Kiers lichtloser und ins Leere gerichteter Blick, wenn das Leben aus ihm gewichen ist.

Bevor ich mit meiner zweiten Axt ausholen kann, werde ich zur Seite geschleudert. Ich segele mehrere Meter durch die Luft, und der Aufprall auf dem harten Gestein presst mir den Atem aus den Lungen. Meine linke Seite brennt wie Feuer, als ich mich hastig aufrappele; zum Glück kann ich meinen Arm halbwegs normal bewegen.

Ich starre zu Kier hinüber. Sein Wyvern hat mich mit einem Schwingenschlag von den Füßen geholt. Erneut gebe ich einen Laut von mir, der eher dem einer Bestie gleicht, während ich in

Gedanken meine Möglichkeiten durchgehe. Ich muss die beiden trennen, wenn ich auch nur den Hauch einer Chance haben will. Wenn ich ihn allein erwische, kann ich ihn besiegen.

Und töten.

Ohne einen genauen Plan stürme ich auf Kier zu, eine Axt hoch erhoben, die andere an meiner Seite, bereit zum Schlag. Kier hebt sein Einhandschwert, um meinen ersten Angriff abzublocken. Seine Bewegungen sind einfach zu durchschauen. Mit dem zweiten Angriff könnte ich …

Erneut geht sein Tierwesen dazwischen. Noch bevor ich in Reichweite meiner Waffen bin, schnappt es mit seinem Maul voll nadelspitzer Zähne nach mir. Ich habe keine andere Wahl, als einen Schritt zurückzumachen und meinen Angriff für einen Moment einzustellen. Ehe ich mir eine andere Taktik überlegen kann, wirbelt der Wyvern erstaunlich schnell für ein derart riesiges Wesen herum und schlägt mir mit seinem langen geschuppten Schwanz die Beine weg.

Wieder lande ich auf dem harten Gestein. Wieder schmerzt mein Körper, doch die Qualen in meinem Kopf und in der Brust sind stärker und zwingen mich dazu, erneut aufzustehen. Ehe ich mich jedoch aufrappeln kann, nagelt mich der Wyvern mit einem seiner Hinterläufe fest.

Ich kriege kaum Luft, so stark presst er mich nach unten. Gefangen zwischen seinen gebogenen Krallen wehre ich mich nach Leibeskräften, doch es gelingt mir nicht freizukommen. Ich schreie meinen Frust heraus, während ich vergeblich versuche, die mächtigen Klauen von mir zu schieben.

Mit einer Mischung aus Grollen und Zischen neigt das fremde Tierwesen langsam seinen Kopf zu mir herab und präsentiert mir erneut sein schauriges Gebiss. Jeder Zahn ist so lang wie mein Unterarm und könnte mich spielend leicht durchbohren.

Ich muss das Vieh noch ein Stück näherkommen lassen, dann könnte ich mit meiner Axt …

Während ich fieberhaft den Griff meiner Waffe umklammere,

sehe ich aus den Augenwinkeln etwas Dunkles auf mich zustürmen. Ich drehe den Kopf und schnappe nach Luft.

»Nein!«, schreie ich, als Bran mit aufgerissenem Maul auf den Wyvern losgehen will.

Er wird Bran töten … Bran wird meinetwegen …

Ich bäume mich auf, während ich meinen Bären wieder und wieder anschreie, dass er verschwinden soll. Doch er hört nicht auf mich. Der Wyvern richtet nun seine volle Aufmerksamkeit auf ihn. Er dreht den langen schlanken Hals in Brans Richtung, bloß um einen Augenblick später sein Maul zu öffnen.

»Nein, bitte!«, flehe ich, während ich vergeblich versuche, den riesigen Hinterlauf von mir zu schieben.

Etwas Dunkles legt sich über meine Augen und meine Schreie verstummen.

»Beruhige dich«, flüstert Kier irgendwo viel zu nah neben mir. »Er ist stehen geblieben.«

Ich kämpfe weiterhin kreischend gegen die Umklammerung des Wyvern an. Diesmal sind meine Schreie lauter als die der alten Frau, von der mir inzwischen vollkommen klar ist, dass sie niemand anderes als mein Schwurschemen sein kann.

»Das reicht!«, donnert die Stimme des obersten Anführers. Beide Worte werden durch ein Echo mehrmals zurückgeworfen.

Mein Brüllen verkommt zu einem Ächzen. Nun, da ich Kier nicht mehr direkt sehen kann, ebbt das schmerzhafte Kribbeln in meinen Adern langsam ab. Von irgendwoher höre ich noch die alte Frau, aber auch ihr Schreien ist zum Wimmern geworden. Beinahe klingt es wie ein Weinen. Weil ich versagt habe?

Doch ein weiteres Geräusch überlagert es: Brans vertrautes Schnaufen.

Zitternd hole ich Luft, während ich eine meiner Äxte loslasse und die Hand tastend nach meinem Tierwesen ausstrecke. Erst als ich seine kühle, feuchte Schnauze an meinen Fingern spüre, gefolgt von dem warmen weichen Fell, beruhige ich mich.

»Lass sie los, Drakkar«, murmelt Kier.

Widerwillig gehorcht der Wyvern und löst seinen Hinterlauf von mir. Endlich kann ich wieder atmen. Das ist meine Chance! Ich will gerade aufspringen und nach irgendeinem Schwachpunkt im Schuppenpanzer des Wyvern suchen, als sich der Druck über meinen Augen verstärkt. Ist das etwa Kiers Hand?

»Ich werde dir jetzt aufhelfen«, sagt er.

»Untersteh dich!«, zische ich zurück. So weit kommt es noch, dass ich seine Hilfe annehme!

Zögerlich gibt seine Hand meine Augen frei.

Irgendetwas in mir verlangt danach, mich zu ihm umzudrehen, doch dann würde ich erneut die Kontrolle verlieren. Dieses Wissen verursacht eine solch nackte Panik in mir, dass ich kaum einen Muskel rühren kann. Nicht Herrin über meine Bewegungen und Gedanken zu sein ist eine Erfahrung, die ich niemals wiederholen will.

Noch nie habe ich mich derart hilflos gefühlt.

Noch nie bin ich so blindlings drauflosgestürmt – ohne Plan, ohne Ziel.

Wobei das nicht ganz stimmt. Ich hatte sehr wohl ein Ziel: nämlich Kiers Kopf von seinen Schultern zu trennen. Wie sein Wyvern, der wohl kaum tatenlos danebenstehen würde, dann mit mir verfahren wäre, war mir gleichgültig.

Der Schemen hat wissentlich mein Versagen und meinen Tod in Kauf genommen, um das zu erhalten, wonach er sich verzehrt: die Rache, die ich mit meinem Blut geschworen habe.

Meine linke Seite, auf der ich vorhin hart gelandet bin, pocht protestierend, als ich mich aufrappele. Mein erster Blick gilt Bran. Nachdem ich mich versichert habe, dass er unverletzt ist, greife ich wieder nach meiner zweiten Axt und hieve mich wenig galant auf die Füße. Mich zu Kier umzudrehen, wage ich nicht. Aber ich spüre ihn – seine Präsenz, die Wärme, die von ihm ausgeht – so nah hinter mir, dass mein Blut wieder zu kribbeln beginnt. Ich atme flach und möglichst gleichmäßig, während ich mich einzig und allein auf den Than der Thane konzentriere.

Dennoch melden fast alle meine Sinne Kiers Nähe, und das macht mich wahnsinnig. Ein kleiner Fehler, ein flüchtiger Blick oder ein winziger Moment der Unachtsamkeit könnte dem Schemen erneut die Kontrolle über mich überlassen.

»Yrsa vom Küstenclan«, grollt der oberste Anführer. »Wenn du nicht augenblicklich deine unerlaubten Attacken einstellst, wirst du noch heute nach Hause gehen. In Schande. Und ich werde dafür sorgen, dass deinem Clan auf ewig die Teilnahme an den Prüfungen verwehrt bleibt.«

Seine Drohungen verfehlen ihre Wirkung nicht. Ich schlucke angestrengt. »Aber …!«

»Sei nicht dumm«, wispert Kier viel zu nah neben mir.

Es kostet mich meine ganze Willenskraft, nicht sofort zu ihm herumzuwirbeln. Wie kann er es wagen, mich dumm zu nennen?

Er muss so nah bei mir stehen, dass sein Wyvern keine Chance hätte einzugreifen, ehe ich eine meiner Äxte in seinen Brustkorb gerammt hätte. Ich kann das Krachen seiner Knochen und das Schmatzen seines Fleisches, wenn die scharfe Schneide meiner Axt mit voller Wucht auf ihn trifft, schon beinahe hören. Ein Lächeln breitet sich bei der Vorstellung auf meinen Lippen aus, ehe es von der Erinnerung an Vaters Beerdigung ausgelöscht wird.

Das alles ist seine Schuld … Nun, vielleicht nicht *direkt seine*, aber die seines Clans! Sein Clan ist dafür verantwortlich, dass mein Vater eines unrühmlichen Todes starb.

Die fast vollständig verblasste Narbe in meiner rechten Handfläche beginnt zu brennen. Um das unangenehme Gefühl zu überspielen, umfasse ich meine Waffen fester. Sie liegen gewohnt schwer in meinen Händen, als seien sie eine Verlängerung meines Arms. Eine schnelle Bewegung und die Rache wäre mein. Was danach mit mir geschieht, kümmert mich nicht. Sollen sie mich doch gleich niederstrecken! Oder von mir aus kann mich auch Kiers Wyvern verspeisen. Es wäre mir gleichgültig, denn ich hätte endlich Vaters Tod gerächt.

Aber mein Clan … Wer auch immer meine Nachfolge antritt,

dürfte nie an den Prüfungen teilnehmen. Der Name meines Clans wäre mit Schande befleckt. Für alle Zeit.

Sosehr auch der Wunsch in mir schwelt, Kier hier und jetzt niederzustrecken und das fordernde Summen meines Blutes zum Schweigen zu bringen, zögere ich.

Ich erwidere den Blick des obersten Anführers. »Bitte erlaube mir, ihn im Zweikampf zu töten. Erlaube mir, die Ehre meines Clans wiederherzustellen.«

Seufzend lehnt sich der oberste Anführer in seinem Hochsitz zurück. »Du hattest deine Chance, gegen ihn zu kämpfen. Aber du hast aufgegeben. Erinnerst du dich?«

Mein Herz setzt für einen Moment aus. »Da wusste ich noch nicht, dass er …«

Mit einer knappen Handbewegung schneidet er mir das Wort ab. »Außerdem kennst du die Regeln: Wer seinen Gegner tötet – und sei es unabsichtlich –, wird disqualifiziert.«

Ich balle die Hände zu Fäusten. »Diese Regel hat meinem Vater auch nichts genützt.«

»Dein Vater«, sagt der oberste Anführer ruhig, aber mit einem unverkennbaren Drohen in der Stimme, »ist nicht gestorben. Nicht während der Prüfungen, sondern erst Jahre später.«

Das Blut rauscht viel zu laut in meinen Ohren. Der rationale Teil in mir weiß, dass ich nun lieber den Mund halten sollte. Dass ich diese kleine Gnade, die mir der oberste Anführer gewährt, dankbar annehmen und mich auf die Prüfungen konzentrieren sollte. Denn deshalb bin ich hier.

Trotzdem öffne ich den Mund und sage lauter als beabsichtigt: »Er *war* tot, als er zurückkam!« Mit ausgestrecktem Arm deute ich auf Kier. »Und es war die Schuld seines Clans!«

Alles in mir pulsiert vor Wut und Zorn, als würde mein Blut kochen. Blut, das ich vor einigen Jahren den Göttern dargeboten habe, um meinen Schwur zu besiegeln. Es ist, als würden sie mich nun meiner Worte und der Entschlossenheit von damals gemahnen – zusätzlich zu dem Schwurschemen, der ebenfalls in der Nähe ist.

Für mich gibt es keinen Weg zurück. Die Götter würden mich augenblicklich strafen, würde ich meinen Worten keine Taten folgen lassen. Und der Schwurschemen wird mich bei lebendigem Leib auffressen, wenn ich seinen Forderungen nicht nachkomme. Doch jetzt ist nicht der richtige Zeitpunkt. Das müssen doch sowohl die Götter als auch der Schemen einsehen. Ich werde meinen Schwur niemals brechen, aber ich kann nicht das Wohl meines gesamten Clans für ihn riskieren. Die damit einhergehende Schande wäre in etwa genauso groß wie die eines Eidbruchs.

Mit gestrafftem Rücken wende ich mich halb Kier zu, ohne den Blick zu heben. Allein vage in seine Richtung zu schauen veranlasst den Schwurschemen zu einem klagenden Wimmern. Es ist zwar bloß ein sterbender Laut, doch für mich wirkt er so verzehrend, dass ich meine eigenen Worte kaum höre. »Ich werde meinen Vater rächen und dich töten.«

Wahrscheinlich zeigt Kiers markantes Gesicht nicht den Hauch einer Emotion. Ihm muss es egal sein. Er muss denken, dass ich nur heiße Luft versprühe, immerhin kam ich eben kaum nah genug an ihn heran, um ihn mit meinen Waffen zu treffen. Aber beim nächsten Mal bin ich auf seinen Wyvern vorbereitet! Er wird mich nicht erneut …

»So viel Hass in dieser schönen Stimme«, murmelt er. »Woher kommt er? Schließlich sind wir uns gestern zum ersten Mal begegnet, wie du selbst sagtest.«

Ist er tatsächlich so dumm oder ist das ein Trick, der mich verunsichern soll? Wie kann er nicht wissen, was damals geschehen ist? Ich gebe es ungern zu, aber im ersten Moment bin ich so verwirrt, dass ich nichts erwidern kann.

Zum Glück bewahrt mich der oberste Anführer davor, unbedacht den Mund aufzureißen. »Du redest davon, dass du das Ansehen deines Clans wiederherstellen willst.«

»Ja«, presse ich zwischen zusammengebissenen Zähnen hervor.

Ich spüre Kiers Blick auf mir, ohne dass ich ihn direkt ansehen muss. Ich merke dennoch genau, dass er sich in mich bohrt. Direkt in mich hineinschaut. Mein Innerstes durchwühlt. Und in den dunklen Abgründen meiner Seele nach dem Grund sucht, den er nicht verstehen kann. Oder nicht verstehen will.

Ein Teil von mir fürchtet sich vor dem, was er in den Untiefen meines Selbst finden könnte. Wünsche, die ich vergessen habe. Gefühle, an denen sich der Schwurschemen seit Jahren gelabt hat und die nie an die Oberfläche gelangen konnten.

Nun fühlt es sich an, als sei meine Brust aufgebrochen. Als sei das dunkle Wesen, das seit Jahren darin gehaust hat, ausgebüxt und auf der Jagd.

»Dann gewinne die Prüfungen«, sagt der Than der Thane und reißt mich damit aus meinen Gedanken. »Welche größere Ehre gäbe es für einen Clan? Gehst du als Siegerin hervor, wird kein anderer Clan je an deiner Eignung als Anführerin zweifeln. Niemand wird den Küstenclan mehr schwach nennen.«

»Aber ich …« Ich beiße die Zähne noch fester zusammen, bis ich meinen Kiefer knacken höre. Beinahe hätte ich mich, mein eigenes Begehren über die Ehre meines Clans gestellt. Ich bin drauf und dran, das Andenken meines Vaters mit Füßen zu treten und den letzten Rest Würde, den mein Clan noch hat, wegzuwerfen.

Damit ich meine Rache bekomme.

Ich weiß genau, wie es sich anfühlen würde. Der kurze abrupte Widerstand, wenn meine Axt auf die Rippen seines Brustkorbs trifft. Das anschließende Splittern. Das weiche Knatschen, wenn die scharfe Schneide sein Herz in zwei Hälften teilt.

Könnte ich dann in sein schmerzverzerrtes Gesicht blicken, ohne die Schreie des Schwurschemens zu hören? Wäre er zufrieden?

Wäre *ich* zufrieden?

Vielleicht für einen winzigen Moment, bis ich mich inmitten der Scherben meines Handelns wiederfände. Scherben, über die ich nicht unbeschadet hinwegschreiten könnte.

Nur ein Gefühl ist stärker als der brennende Wunsch nach Rache: die Sorge um meinen Clan. Unsere Zahl ist geschrumpft und der drohende Winter wird sie weiter verringern. Meine Leute verlassen sich auf mich und darauf, dass ich mich auf diesem heiligen Boden zusammenreiße, um sie stolz zu machen.

Doch wie lange diese Sorge lauter ist als das Zischen des Schemens, kann ich nicht sagen.

Meine rechte Hand krampft sich so fest um den Griff meiner Axt, dass sich die Lederriemen unangenehm in meine Haut graben. Es ist dieser kurze Schmerz, den ich brauche, um wieder in der Wirklichkeit zu landen. Noch immer prickelt es in meinen Adern, doch irgendwie gelingt es mir, die Hände von den Äxten zu nehmen. Das Prickeln wird so stark, dass ich es kaum noch aushalte. Es ist, als würden unzählige Ameisen unter meiner Haut entlangkrabbeln.

Ich ringe das Verlangen nieder, mich überall zu kratzen, nehme einen tiefen Atemzug und wende mich an den Than der Thane. Nur langsam kommt mein Kopf dem Befehl nach, sich zu neigen. Mein Nacken ist so steif, dass ich einzelne Wirbel knacken höre. Beinahe kann ich die kalten Hände des Schwurschemens auf mir spüren, der mit aller Macht meinen Kopf oben halten will. Vielleicht ist es auch mein Stolz, der unweigerlich einen Knacks davonträgt.

Tu es nicht, wispert er mit der krächzenden Stimme einer uralten Frau in mein Ohr. *Du willst, dass sein Blut die kalte Erde tränkt. Wenn du jetzt aufgibst …*

Ruckartig schüttele ich den Kopf, um den Schemen zu vertreiben. Trotzdem meine ich, seinen kalten Atem im Nacken zu spüren. Wenigstens schweigt er nun. Doch seine Worte haben ihre Wirkung nicht verfehlt. Es kostet mich meine gesamte Willenskraft, nicht erneut auf Kier loszugehen.

»Ich werde die Prüfungen gewinnen und die Ehre meines Clans wiederherstellen«, sage ich gepresst, ehe ich mich wieder aufrichte. »Und danach«, ich drehe den Kopf in Kiers Richtung, hebe den Blick aber nicht weiter als bis zu seinen Füßen, »werde ich dich töten.«

Ich höre ihn schnauben und brauche nicht viel Vorstellungskraft, um sein schiefes Grinsen vor mir zu sehen. »Du kannst gern versuchen, zu gewinnen und mich zu töten, aber du wirst scheitern. Bei beiden Vorhaben.«

Ich blecke die Zähne. »Das werden wir ja sehen!«

»Das *haben* wir schon gesehen. Du hast im Zweikampf gegen mich aufgegeben.«

Unwillkürlich zucke ich zurück, als hätte er mich geohrfeigt. Meine klägliche Niederlage gegen seinen Wyvern habe ich bis eben verdrängt. Was bedeutet das jetzt für meine Teilnahme an den Prüfungen? Bin ich … etwa bereits ausgeschieden?

»Keine Sorge«, murmelt Kier so leise, dass nur ich ihn verstehen kann. In seiner Stimme liegt nun keine Spur des überheblichen Lachens von eben. »Es gibt ein Punktesystem. Ich habe einen Punkt und du hast null.«

Erleichtert stoße ich den Atem aus, doch ich fange mich schnell wieder, indem ich den Rücken straffe, den ich ihm zugewandt habe. »Dabei wird es nicht bleiben.«

»Wir werden sehen«, gibt er zurück.

Das Gestein und einzelne Kiesel knirschen, als er sich abwendet und davonschlendert. Ich riskiere einen kurzen Blick auf seinen breiten Rücken und den wehenden Umhang, doch bereits das genügt, um mich erneut das mahnende Wispern des Schemens hören zu lassen. Schnell schaue ich zur Seite und sehe mich Auge in Auge mit Kiers Wyvern. Das Gold seiner Iriden wirkt starr, während er mich ansieht, als würde er überlegen, ob er mich zum Frühstück oder doch lieber erst zum Abendessen verspeisen soll. Selbst auf die Entfernung von mehreren Metern wirkt seine schiere Größe erdrückend.

Ich kann bloß hoffen, dass ich Kier nicht erneut im Zweikampf gegenüberstehe. Nicht nur, weil ich mich vermutlich nicht stoppen könnte und ihn töten würde, sobald sich die Gelegenheit bietet, sondern wegen seines Wyvern. Gegen Kier könnte ich eine Chance haben – noch weiß ich nicht, wie er kämpft –, aber gegen dieses Biest werde ich unweigerlich den Kürzeren ziehen.

Ich muss dringend in anderen Disziplinen Punkte gutmachen

und als Siegerin hervorgehen. Jetzt liege ich zurück, aber noch kann ich es schaffen. Vielleicht treffen Kier und ich auch in keiner Disziplin mehr aufeinander. Das wäre perfekt, denn ohne das ständige Schreien des Schemens und dieses brennende Gefühl in mir kann ich mich auf die Dinge konzentrieren, die wichtig sind.

Meine Rache ist es ebenfalls, aber ich darf mein höheres Ziel nicht aus den Augen verlieren. Bin ich erst die oberste Anführerin, wird niemand über mich urteilen, wenn ich Rache nehme.

Und das werde ich.

KAPITEL 7

KIER

Aus der Ferne sehe ich zu, wie Yrsa zu den beiden Frauen geht, mit denen sie angekommen ist, und sich dabei auf ihr Tierwesen stützt. Ich wüsste gern, worüber sie reden, doch ich kann sie beim besten Willen nicht verstehen.

Ich verstehe so vieles nicht.

Allem voran den Hass, der ihr ansehnliches Gesicht zu einer Fratze verzog, als sie erfuhr, wer ich bin. Dass es zwischen den meisten Clans und meinem schwelende Fehden gibt, ist mir nicht neu. Auch dass es ständig zu Zweikämpfen um Ehre und Land kommt, ist ein bedauerliches Ärgernis, durch das ich – genau wie alle anderen Clanführer – bereits viele gute Leute verloren habe. Aber der Hass in Yrsas Miene ging weit über eine bloße Fehde hinaus. Sie sagte, dass sie mich töten will, und ich glaubte ihr jedes Wort. Ich fürchte mich nicht davor, dass sie ihre Drohung wahr macht – ich *weiß*, dass sie es tun wird, sobald sich ihr die Gelegenheit bietet –, sondern ich fürchte mich davor, was es für sie bedeuten wird. Genau wie ihr Tierwesen nicht tatenlos danebenstand, als Drakkar sie bedrohte, wird meines das auch nicht tun. Und ich würde keine einzige Münze auf Yrsas Bären setzen, wenn Drakkar Ernst macht.

Ich sollte mich also so weit von ihr fernhalten wie möglich. Und doch zieht sie meinen Blick magisch an. Ich bin fasziniert davon, in wie vielen unterschiedlichen Blondtönen ihr Haar schimmert.

Davon, wie sie sich bewegt – klar und präzise, als denke sie bereits bei ihrem ersten Schritt über den dritten nach.

»Du starrst, Mann«, brummt Halvar.

Ich stoße mit einem Seufzen den Atem aus, wende den Blick aber nicht von Yrsas Gruppe ab. Es ist, als warte ich darauf, dass sie sich zu mir umdreht. Würde ihr Gesicht erneut von Hass verzerrt sein, wenn sie in meine Richtung schaut?

»Lass ihn doch starren«, meint Erik, ein bereits älterer Mann aus meinem Clan mit schütterem Haar.

»Sonst sind es immer die Frauen, die ihm hinterherstarren«, wirft Leif ein, der dritte meiner Begleiter.

Auch er gehört zu den Älteren meines Clans. Ihn und Erik habe ich bloß mitgenommen, um das Gleichgewicht zu wahren. Hätte ich mich nur mit jüngeren Kriegern wie Halvar umgeben, der seit Kindertagen mein bester Freund ist, hätte das dem alten Rat gar nicht gefallen und ich hätte neue Probleme heraufbeschworen, die ich mir nicht leisten kann. Doch bereits beim Aufstieg zur heiligen Stätte verfluchte ich mich dafür, Leif und Erik mitgenommen zu haben, denn sie hielten uns länger auf als nötig.

»Aber wir wissen ja, warum die Frauen ihm hinterherstarren«, sagt Erik mit einem Grinsen, das bereits erste Zahnlücken enthüllt.

Ich verdrehe die Augen, denn ich weiß genau, welcher Spruch nun folgen wird, habe ich ihn doch bereits unzählige Male gehört.

»Ihre Titten werden prall wie beim Anblick eines Neugeborenen«, feixt Leif. »Und so sieht unser bartloser Anführer auch aus!«

Eric und er lachen und halten sich die Bäuche. Ich tue so, als hätte ich sie nicht gehört. Diese und ähnliche Sprüche muss ich seit meiner Jugend über mich ergehen lassen, in der sich kein Bartwuchs einstellen wollte. Eine Katastrophe für einen jungen Mann! Gilt doch der Bart als Zeichen des Erwachsenwerdens und des Überschreitens der Schwelle vom Jungen zum Mann. Doch bis auf einen zarten Flaum zeigt sich bis heute kein Bart auf meinen Wangen.

Mehrere Jahre flehte ich die Götter an, mich nicht derart zu strafen und mir endlich einen Bart wachsen zu lassen. Doch sie ignorierten mich. Einmal – ich muss etwa siebzehn Sommer alt gewesen sein – war ich derart verzweifelt, dass ich mir aus verschiedenen Tierfellen eine Attrappe bastelte. Spott und Häme meiner Clansmänner waren grenzenlos – besonders als sie herunterfiel.

Auch mit Mitte zwanzig habe ich mich nicht wirklich an ihren Spott gewöhnt, aber ich trage ihn mit Fassung, ohne die Götter zu verfluchen oder mir falsche Bärte zu basteln. Kalt lassen mich ihre Sprüche dennoch nicht. Doch ich weiß aus Erfahrung, dass ihre Sticheleien nur vehementer werden, wenn ich mich dagegen wehre.

»Wahrscheinlich kriegt er nur eine Frau ab, die ihn nicht an ihren Nippel nuckeln lassen will wie ein Kleinkind, wenn er zum Merwafest eine Maske trägt, unter der niemand seinen fehlenden Bart bemerkt und ihn für einen Säugling hält!«

Erneut brechen Erik und Leif in schallendes Gelächter aus. Meine Hände ballen sich zu Fäusten.

»Lass sie reden«, murmelt Halvar, dem es aufgefallen ist.

»Tue ich doch«, knurre ich zwischen zusammengebissenen Zähnen hindurch.

Halvar stößt geräuschvoll den Atem aus. Ich kann nicht sagen, ob er versteht, was ich durchmache. Oder ob er nachempfinden kann, wie sehr mich die Sprüche der Männer und das Kichern mancher Frauen verletzen. Schließlich ist Halvar mit einem rauschenden und gepflegten Bart gesegnet, der ihm bis zur Brust reicht und in den verschiedenen dunkelblonden Farben seines schulterlangen Haares schimmert.

Wie gern würde ich den noch immer feixenden Ältesten meines Clans entgegenschleudern, dass ihnen ein Partner während der Merwanacht gefehlt hat.

Mein Blick wandert wieder zu Yrsa, die mir demonstrativ den Rücken zugedreht hat. Ihre beiden Begleiterinnen sehen jedoch in regelmäßigen Abständen zu meiner Gruppe herüber. Ich würde meine Hütte darauf verwetten, dass sie über mich reden.

»Fandest du auch, dass sie sich seltsam verhalten hat?«, frage ich und übertöne damit das weiterhin andauernde Lachen meiner anderen Begleiter.

»Wer?«, hakt Halvar nach. »Ach, die Kleine vom Küstenclan.«

»Ihr Name ist Yrsa.«

Halvar zuckt mit den Schultern. »Wie auch immer. Ja, irgendwie war sie … unheimlich. Vor allem ihr Schreien. Du solltest dich von ihr fernhalten.«

»Vielleicht sollte ich mit ihr reden«, entgegne ich.

Halvar seufzt. »Hörst du mir überhaupt zu?«

Grinsend werfe ich ihm einen Seitenblick zu. »Tue ich das je?«

»Die Kleine …«

»Yrsa.«

»Wie auch immer!«, grollt er. »Sie will dich töten. Das hast du verstanden, oder? Und es kam mir nicht so vor, als würde sie sich an dich erinnern.«

Sein Blick huscht zu der Narbe an meiner Schläfe, die sich bis zum Ende meiner Augenbraue zieht.

Ich fahre mit zwei Fingern darüber. »Vielleicht wollte sie mich schon damals töten. Also hat sich nichts geändert. Ich sollte mit ihr reden.«

Einen Fluch murmelnd reibt sich Halvar über die Stirn. »Komm dann aber nicht heulend zu mir, wenn sie dir eine Axt in den Hals gerammt hat. Ich sage dir ganz klar, dass es eine verdammt dumme Idee ist, dieses Mädchen zu reizen. Sie hat es auf dich abgesehen und sie wird erst ruhen, wenn du kalt und leblos zu ihren Füßen liegst.«

»Du übertreibst ein wenig.«

»Finde ich nicht«, entgegnet Halvar trotzig. Seine dunkelbraunen Augen hat er zu Schlitzen verengt, aus denen er mich mahnend mustert. »Geh ihr aus dem Weg, Kier. So gut es während der Prüfungen eben geht. Und hör auf, in ihre Richtung zu starren!«

Ich versuche es. Ich versuche es wirklich, aber es gelingt mir nicht. Selbst wenn ich mich auf etwas anderes – etwas Wichtigeres – konzentriere, lenkt mich das Wissen ab, dass sie nicht weit von mir entfernt ist. Ich wünschte, sie wäre mir näher. Bis gestern wusste ich nicht, dass sie hier sein würde. Unser Clan betreibt keinen Handel mit dem Küstenclan. Deshalb habe ich erst über drei Ecken vom Tod ihres Anführers gehört. Wie es Brauch ist, wollte ich ein Trauergeschenk schicken, doch die Umstände … ließen es nicht zu. Ich vergaß, dass der Küstenclan einen neuen Than haben muss, und bemühte mich auch nicht um bessere Beziehungen. Warum auch? Die Gebiete des Clans sind nicht ertragreich. Er besitzt auch keine besonderen Kenntnisse. Ich hörte, er soll nicht einmal mehr einen Schiffsbauer haben, obwohl der Clan direkt am Meer siedelt. Also bemühte ich mich um gute Beziehungen zu Clans, die sich für uns auszahlen.

Über Jahre dachte ich auch kaum noch an das junge Mädchen, das mir vor über fünfzehn Jahren einen Stein an den Kopf geworfen und mir wütend zugerufen hat, dass ich mich verdammt noch mal von ihrem Land verziehen soll.

Als junger Bursche von nicht ganz zehn Jahren interessierte ich mich noch nicht für Mädchen. Erst recht nicht für welche, die jünger waren als ich. Doch dieses Mädchen hatte etwas an sich, das sich in mir festsetzte. Ich kann nicht sagen, ob es der entschlossene Ausdruck in ihrem Gesicht war oder das wütende Funkeln in ihren tiefblauen Augen. Oder doch der Mut – oder der Wahnsinn –, den Sohn des Anführers eines fremden und potenziell feindlichen Clans mit Steinen zu bewerfen.

Anstatt dem Mädchen gram zu sein, bewunderte ich es. Ich verliebte mich nicht – schließlich kannte ich nicht einmal ihren Namen – und ich unternahm auch keinen Versuch, mit ihr in Kontakt zu treten. Doch ihre unbändige und furchtlose Art gaben mir die Kraft weiterzumachen. Ohne es zu ahnen, gab mir das Mädchen damals ebenfalls einen Stein in die Hand, den ich werfen konnte. Ich wusste, dass die Frau, die ich einst wählen würde, sein müsste wie sie. Sie müsste mich herausfordern und mich reizen, sonst würde ich vor Langeweile vergehen.

Ohne es zu wissen, setzte dieses Steine werfende Mädchen, das mich von seinem Land vertreiben wollte, den Maßstab für meine zukünftige Ehefrau verdammt hoch. Und keine wurde ihr bisher gerecht.

Das ist auch ein Thema, mit dem mich meine Clansmänner regelmäßig aufziehen. Sie meinen, ich sei zu wählerisch. Vielleicht bin ich das wirklich.

Aber es kümmert mich nicht. Zwar sollte ich mit Anfang zwanzig und noch dazu in meiner Position langsam ans Heiraten denken, doch es gibt größere Probleme, um die ich mich kümmern muss.

Yrsa verabschiedet sich von ihren beiden Begleiterinnen und eilt in Richtung ihrer Hütte. Ihr Tierwesen folgt ihr. Alle Umstehenden machen ihr und ihrem Bären eilig Platz. Er ist wirklich ein beeindruckendes Wesen, obwohl sie neben Drakkar natürlich alle winzig wirken. Dennoch wollte er für seine Gefährtin kämpfen – gegen einen Wyvern, der ihn innerhalb weniger Augenblicke zerfleischt hätte.

In der Vergangenheit bin ich einigen Flüsterern begegnet. Viele wollten sich mit meinem Wyvern messen, obwohl ich ihnen davon abriet. Drakkar macht keine halben Sachen, sobald sie im Blutrausch ist. Auch unter den herausfordernden Wesen verfügten einige über Größe und Stärke, ihre Flüsterer jedoch nicht. Sie nahmen keine Rücksicht, wie Yrsa es getan hat. Bei den Kämpfen stand selten etwas anderes auf dem Spiel als das eigene Ansehen – anders als hier bei den Prüfungen. Trotzdem ließen die Flüsterer es zu, dass ihre Wesen verletzt wurden oder gar starben. Mein Herz blutete wegen der Tierwesen, wohingegen ich die Flüsterer verachtete und mir sagte, dass sie ihre Gabe nicht verdienten.

Vorhin konnte ich nicht einschätzen, ob Yrsa sich anders verhalten würde als sie. Ich fürchtete mich ein wenig davor, denn dann wäre meine Meinung von ihr ins Bodenlose gesunken. Doch noch ehe ihr Tierwesen den Kampfplatz mit allen vier Pranken betreten konnte, versperrte sie ihm den Weg. Auszusprechen, dass sie aufgab, fiel ihr sichtlich schwer, aber dafür bewunderte ich sie umso mehr. Sie zählt nicht zu den Flüsterern, die ihre Tierwesen als bloßes Werkzeug ansehen. Ihr Bär liegt ihr am Herzen, genauso wie mir Drakkar am Herzen liegt.

Und genau deshalb muss ich mit ihr reden.

Ich ignoriere Halvars Protest, als ich mich an ihm vorbeischiebe und auf die beiden Frauen zugehe, die Yrsa begleiten. Allein an ihrer Haltung muss jeder mit Augen im Kopf sie als Kriegerinnen erkennen. Obwohl sie äußerlich kaum unterschiedlicher sein könnten, strahlen sie Stolz und Stärke aus. Ich freue mich für Yrsa, dass sie solche Vertraute hat, während ich größtenteils mit alten Männern geschlagen bin, deren Lebensaufgabe es ist, sich über mich lustig zu machen.

Die beiden Frauen mustern mich misstrauisch, als ich mich ihnen nähere.

»Was willst du?«, fragt die Kleinere der beiden, deren dunkler Blick mich durchbohrt wie eine Schwertklinge.

Ich hebe beide Hände. »Ich komme in Frieden, versprochen. Und ich bin unbewaffnet.«

»Das beantwortet ihre Frage nicht«, wirft die andere Frau ein, während sie die Arme vor der Brust verschränkt. Sie ist groß, fast so groß wie ich.

Ich lasse die Hände sinken. »Ich würde gern mit Yrsa reden.«

»Das halte ich für keine gute Idee«, sagt die Kleinere.

Ich verdrehe die Augen. »Glaub mir, du bist nicht die Erste, die mir das sagt, aber ich …«

»Sie kann dich nicht ansehen«, wirft die Größere ein.

»Astrid«, zischt die Kleinere warnend.

Die Größere, Astrid, zuckt mit den Schultern. »Was denn? Ist das ein Geheimnis?«

»Er ist der Feind!«, begehrt die Kleinere auf. »Seit wann lieferst du dem Feind Informationen?«

»Er kommt in Frieden, hat er gesagt.«

Die Kleinere seufzt. »Und das glaubst du ihm? Vorhin wirkte er auch harmlos, bis er nach einem verdammten Wyvern gepfiffen hat.«

Astrid tippt sich mit dem Zeigefinger gegen das Kinn. »Wenn du das so sagst …«

»Ich bin nicht euer Feind«, gehe ich dazwischen, bevor ich auch noch ihren dürftigen Rückhalt verliere. »Jenseits der Prüfungen will ich niemandem schaden.«

Die Kleinere neigt den Kopf, während sich ihr stechender Blick erneut in mich bohrt. »Das ändert nichts daran, dass du unser Feind bist.«

»Und warum bin ich das?«, vergewissere ich mich.

»Weil du der Anführer des Schwingenclans bist«, antwortet Astrid. Ihre Stimme klingt weicher als die der Kleineren, beinahe wie ein fröhliches Flöten, obwohl auch in ihrem Blick etwas Lauerndes liegt.

»Und das macht mich zu eurem Feind, weil …?«

Die Kleinere stößt den Atem aus. »Stell dich nicht dumm. Dein Clan ist für den Tod unseres Clanführers verantwortlich. Yrsas Vater.«

Ich könnte ihr mehrere Gründe auflisten, warum mich das immer noch nicht zu ihrem Feind macht. Schließlich war ich während der letzten Prüfungen noch nicht einmal zehn Jahre alt und deshalb nicht persönlich schuld am Unfall des Clanführers. Ich bezweifle übrigens auch, dass mein Vater die Schuld daran trägt, aber das würde jetzt zu weit führen.

»Ich bedauere den Tod eures Clanführers«, sage ich.

Beide Frauen stoßen ein verächtliches Schnauben aus.

Ich gebe vor, es nicht gehört zu haben. »Aber ich möchte trotzdem mit Yrsa reden. Sie kam mir … vorhin seltsam vor.«

»Nicht nur dir«, murmelt Astrid, womit sie sich ein erneutes Zischen von der Kleineren einfängt.

»Das geht ihn nichts an!«

»Was geht mich nichts an?«, frage ich.

Die beiden Frauen wechseln einen Blick.

»Nun lasst mich nicht betteln«, grummele ich. »Schließlich bin ich derjenige, den Yrsa töten will. Den Grund dafür zu kennen wäre hilfreich. Dass ich der Anführer des Schwingenclans bin, kann doch nicht der einzige Grund sein, oder?«

»Doch, kann es sehr wohl«, sagt die Kleinere nach einer Weile des Schweigens.

»Seit sie weiß, dass du der Anführer bist, sieht und hört sie einen Schwurschemen«, sagt Astrid.

Die Kleinere reibt sich mit einem frustrierten Brummen über die Stirn. »Das braucht er nicht zu wissen.«

»Aber …«

»Doch«, gehe ich dazwischen. »Das *muss* ich wissen.«

Natürlich weiß ich, was ein Schwurschemen ist und wann er sich zeigt, aber ich bin noch nie jemandem begegnet, der tatsächlich einen sehen oder hören konnte. Nur selten nehmen die Götter einen Bluteid an und noch seltener schicken sie ihre Schemen, um die Erfüllung des Eids zu vollziehen. In den allermeisten Fällen klären die Betroffenen das unter sich, manchmal über Generationen hinweg.

Irgendwer stirbt immer in irgendwelchen Kämpfen und es fließt genügend Blut, um das Verlangen der Götter zu befriedigen.

Doch in Yrsas Fall scheinen die Götter die Geduld verloren zu haben.

Oder sie hat einfach verdammtes Pech. Denn einen Schwurschemen zu sehen ist kein Vergnügen. Aber es erklärt zumindest ihr Verhalten, nachdem der oberste Anführer mich zum Sieger ausgerufen hat. Zuvor hat sie offenbar nicht gewusst, wer ich bin, und mich nicht mit dem Schwingenclan in Verbindung gebracht. Aber danach muss der Schwurschemen sie schier in den Wahnsinn getrieben haben …

»Wie geht es ihr?«, frage ich.

Die Kleinere mustert mich erneut und lässt sich Zeit mit einer Antwort. »Sie ist erschöpft und meint, ihr Schädel würde jede Sekunde platzen. Abgesehen davon ist sie unverletzt.«

»Das ist gut«, murmele ich.

Obwohl sie aufrecht vom Kampfplatz laufen konnte, hatte ich befürchtet, dass mein Wyvern sie verletzt haben könnte.

Ich wende mich an Astrid. »Hat es mit dem Schwurschemen zu tun, dass sie mich nicht ansehen kann?«

Astrid nickt mit einem Stirnrunzeln. »Yrsa meinte, dass sie dann die Kontrolle verliert und nur noch die Schreie des Schemens nach Blut und Vergeltung hört.«

»Astrid«, murrt die Kleinere mahnend.

»Nein, Vangar«, sagt Astrid eine Spur genervt. »Er mag der Feind sein, aber ihm muss klar sein, dass Yrsa nicht sie selbst ist. Unsere Anführerin ist zwar rational und nach außen hin gefühlskalt, aber sie ist keine, die wahllos tötet. Schon gar nicht vor so viel Publikum und nachdem sie ihre Niederlage eingestanden hat. Doch der Schwurschemen lässt ihr keine Wahl.« Astrid wendet sich wieder an mich. »Sie kann nicht anders, als deinen Tod zu wollen, sobald sie dich ansieht. Deine Existenz ist dem Schwurschemen ein Dorn im Auge, und er benutzt Yrsa, um diesen Dorn zu entfernen.«

»Auch wenn nicht ich persönlich für den Tod ihres Vaters verantwortlich bin?«, frage ich.

Die Kleinere, Vangar, seufzt. »Niemand von uns hat je einen Schwurschemen gesehen. Ich schätze, du auch nicht. Wir können lediglich Vermutungen anstellen. Vielleicht hat Yrsa ihren Schwur damals falsch formuliert. Vielleicht hat sie nur den Anführer des Schwingenclans zur Sprache gebracht.« Sie deutet mit einer Kopfbewegung auf mich. »Und der bist jetzt nun mal du.«

Ich spüre, wie meine Schultern ein Stück herabsacken. »Können wir nichts dagegen tun?«

Vangar verengt die dunklen Augen zu Schlitzen. »Wieso solltest du das wollen?«

»Weil es niemandem etwas bringt«, antworte ich.

»Wie ich schon sagte«, meint Vangar, »keiner von uns hatte je mit einem Schwurschemen zu tun. Höchstens eine Valkra könnte deine Fragen beantworten.«

Ich versteife mich unwillkürlich, zwinge mich aber zu sagen: »Ja, du hast natürlich recht. Trotz allem möchte ich mit Yrsa reden.«

Astrid und Vangar tauschen einen Blick, ehe sie mir den Weg freigeben. »Auf deine eigene Verantwortung«, murmelt die Größere der beiden.

Ich nicke, bevor ich an ihnen vorbei in Richtung der Hütte laufe, die sie zusammen mit Yrsa bewohnen.

KAPITEL 8

YRSA

Ich zittere am ganzen Körper, als ich unsere Hütte betrete, doch irgendwie gelingt es mir, den Kopf oben zu halten. Erst als es mir endlich gelungen ist, die Tür hinter mir zu verriegeln, sacke ich kraftlos zusammen.

Doch einen Schwurschemen kann man nicht aussperren.

Als ich den Blick hebe, hockt er auf Vangars Matratze und starrt mich aus mattgoldenen Augen an. Das Zittern wird schlimmer. Hastig ziehe ich die Beine nah an den Körper und verberge mein Gesicht in den verschränkten Armen.

Den Schemen bloß anzusehen ist eine Tortur, die mich bis ins Mark erschüttert. Sein Gesicht sieht aus wie das einer uralten Vettel und wirkt derart schaurig, dass mir die Angst in die Glieder kriecht.

Auch wenn ich den Schemen nicht direkt ansehe, spüre ich, dass er da ist. Seine Präsenz ist erdrückend, als wolle er all meine Sinne an seine Anwesenheit erinnern. Ich nehme nichts anderes wahr, lediglich seine Existenz. Ich könnte nicht sagen, aus welchem Material die Tür ist, gegen die ich meinen Rücken mit aller Kraft presse, als wolle ich fliehen. Ich habe keine Ahnung, wonach die Luft riecht, die ich flach einatme.

»Geh weg«, wispere ich mit zusammengekniffenen Augen.

Aber warum?

Wie auch vorhin ist seine Stimme kein Klang, den ich je gehört habe. Sie ähnelt dem rauen Knarzen von alten Ästen, die der peitschende Wind in einer eisigen Winternacht aneinanderreibt. Und doch meine ich, Worte herauszuhören. Worte, die ich nicht mit meinen Ohren, sondern meinem Geist vernehme und die sich dadurch noch tiefer in mich graben und die Existenz des Schemens unterstreichen.

Du bist doch diejenige, die mich gerufen hat.

Mit den Fingerspitzen fahre ich über die Narbe in meiner Handfläche, ohne aufzublicken. Mein ganzer Körper schlottert vor Angst und Schwäche, weil er in diesem winzigen Raum mit dem Schemen sein muss.

»Ich habe einen Schwur geleistet«, flüstere ich. »Und diesen Schwur vor den Göttern werde ich erfüllen – auch ohne dein Zutun.«

Einen Bluteid zu leisten kam mir während Vaters Beerdigung wie eine gute Idee vor. Noch mehr als das: Es war das einzig Richtige. Es sollte meine Entschlossenheit unterstreichen, auch gegenüber meinem Clan. Jeder Dorfbewohner sollte verstehen, dass ich niemand war, der leere Versprechen gab. Sie sollten wissen, wie ernst es mir war – sowohl ihre Anführerin zu sein als auch Vaters Mörder zur Strecke zu bringen. Doch mit einem Schwurschemen habe ich nicht gerechnet. Natürlich sind mir die Überlieferungen bekannt, aber ich dachte, er würde sich lediglich einmischen, wenn es zu einem Schwurbruch kommt.

Ich bin weit davon entfernt, meinen Schwur zu brechen.

Die Götter sind es leid, auf die Erfüllung deines Schwurs zu warten.

Ich schlucke angestrengt. In den Augen der Götter zu versagen ist wohl die schlimmste Verfehlung, die ein Mensch begehen kann. Denken sie, ich will meinen Schwur brechen? Haben sie den Schemen deshalb geschickt? Oder war er die ganze Zeit über da und hat bloß auf den richtigen Moment gewartet?

»Wenn ich erst die oberste Anführerin bin, dann …«

Wirst du das je werden?, fällt mir der Schemen ins Wort und stößt ein schauriges Lachen aus, bei dem mir die Nackenhaare zu Berge stehen. Als ob du je gegen den Anführer des Schwingenclans und seinen Wyvern bestehen könntest!

Ich knirsche mit den Zähnen, presse aber die Lippen zusammen, um kein Wort zu verlieren. Ich darf mir nicht anmerken lassen, wie sehr mich seine Aussage trifft. Wie sehr sie meine Unsicherheit verstärkt.

Ja, raunt der Schemen. *Deine Verzweiflung schmeckt so süß! Verzweifle noch mehr! Verliere mehr! Nähre mich damit!*

Über die Jahre habe ich gelernt, meine Gefühle nicht nach außen dringen zu lassen. Einerseits um Mutter nicht noch mehr Kummer zu bereiten, andererseits damit die Clanmitglieder mich als ruhige und verlässliche Anführerin wahrnehmen.

Doch bloß weil ich meine Gefühle nicht gezeigt habe, bedeutet das nicht, dass sie nicht da waren. Ich habe nie gemerkt, dass ich mit all meinen Gedanken und Empfindungen, die ich in mich hineingefressen habe, den Schwurschemen gefüttert habe.

Vielleicht ist das der Grund, warum er nun hier ist – weil ich ihn über eine lange Zeit genährt habe. Und nun schürt er meine tiefsten Ängste: zu versagen, in den Augen meines Clans nicht gut genug zu sein und gegen den Mann zu verlieren, den zu töten ich geschworen habe.

Ich weiß natürlich, dass Kier nicht selbst für den Tod meines Vaters verantwortlich ist, aber er ist der Sohn des Mannes, der die Schuld trägt. Ein jedes Kind muss für die Verfehlungen seiner Eltern geradestehen. So ist es schon immer gewesen und so wird es immer sein. Mindestens eine Blutfehde gehört zu jedem Clan oder auch über seine Grenzen hinaus dazu. Kinder wachsen in dem Wissen auf, dass der Nachbar oder der angrenzende Clan der Todfeind ist, ohne den genauen Grund zu kennen. Aber der ist nicht immer wichtig; viel bedeutender ist die Verantwortung, die von Generation zu Generation weitergereicht wird, bis jemand verkündet, dass genug Blut vergossen wurde.

Meines Wissens gab es solch eine Verkündung noch nie, bevor

nicht wenigstens eine ganze Familie oder gar ein ganzes Dorf ausgelöscht worden war.

Bisher habe ich diese Tradition nie infrage gestellt; nun tue ich es. Ich frage mich, ob all das Blut, all der Tod es wert ist. Ob je irgendetwas genügen wird, um den Tod eines anderen aufzuwiegen, auch wenn dieser andere die wichtigste Person in meinem Leben war.

Ein nicht geringer Teil von mir, der vor der Anwesenheit des Schemens schlottert, drängt darauf, meinen Schwur zurückzunehmen. Ich weiß nicht, ob das möglich ist, schließlich geht es bei meinem Bluteid nicht darum, den Nachbarn dafür zahlen zu lassen, dass er mir nachts eine Ziege gestohlen hat.

Kein Blut wird je genug sein, um Vaters Tod zu rächen, das weiß ich. Und doch könnte ich seinen Mörder niemals davonkommen lassen. Das würde mich nicht nur in den Augen der Götter wie eine Versagerin dastehen lassen, sondern auch in den Augen meines Clans. Sie würden meinem Wort nicht mehr vertrauen und mich für schwach halten.

Ich bringe den Teil von mir, der alles dafür täte, den Schwurschemen loszuwerden, zum Schweigen und hebe den Blick. Die ausgemergelte Gestalt des Schemens ist zwar größtenteils unter einem pechschwarzen Tuch verborgen, doch es reicht schon, in seine Richtung zu schauen, um mir körperliche Schmerzen zuzufügen. Und doch halte ich den Kopf oben und sehe ihn an, auch wenn alles in mir schreit, mich irgendwo zu verkriechen, wo er mich hoffentlich nie findet.

»Ich werde meinen Schwur erfüllen«, sage ich mit so fester Stimme wie möglich. »Auch ohne deine Hilfe.«

Der Schemen hebt die fast lippenlosen Mundwinkel zu einem schaurigen Lächeln und entblößt zwei Reihen nadelspitzer Zähne. Doch anstatt etwas zu erwidern, fängt er an zu schreien. Seine kratzige Stimme hallt in meinem Kopf wider, bis ich das Gefühl habe, er müsse jeden Moment platzen. Hastig presse ich mir beide Hände gegen die Schläfen, doch den Schmerz kann ich damit nicht dämpfen.

Wahrscheinlich vergehen bloß Sekunden, die sich für mich jedoch anfühlen wie ein halbes Leben. Gemeinsam mit der Stimme des Schemens schwillt auch der stechende Schmerz in meinem Kopf an, bis ich kurz davor bin, um Gnade zu flehen. Lediglich ein anderes Geräusch hält mich davon ab. Über das Schreien hinweg hätte ich es beinahe nicht gehört. Es wirkt so leise wie der Flügelschlag eines Eistauchers, und doch klammere ich mich an dieses Geräusch, um nicht völlig den Verstand zu verlieren.

Jemand klopft von außen an die Tür.

»Ja?«, zwinge ich mich zu fragen, ohne den Druck von meinen Schläfen zu nehmen.

Astrid und Vangar würden nicht klopfen. Ich bin froh, dass sie nicht da sind und mich in diesem erbärmlichen Zustand sehen. Zwar habe ich ihnen von der Existenz des Schwurschemens berichtet, doch wie könnten sie auch nur erahnen, welche Macht dieses Wesen über mich hat? Ich kann es mir ja selbst kaum vorstellen, obwohl ich zitternd auf dem Boden knie, als würde ich vor einem übermächtigen Gegner kauern.

»Können wir reden?«, kommt es gedämpft von jenseits der Tür.

Jede Silbe muss ich dem ohrenbetäubenden Schrei des Schemens entringen, und es dauert eine schiere Ewigkeit, bis ich den Sinn dieser wenigen Worte begreife.

Und doch weiß ich mit unumstößlicher Gewissheit, wer auf der anderen Seite der Tür steht. Seine Stimme hätte ich vermutlich nicht erkannt, doch die Reaktion des Schemens auf seine Nähe ist ein untrüglicher Beweis.

»Keine gute Idee«, presse ich hervor, ohne zu wissen, ob Kier mich verstehen kann. Ich höre meine eigene Stimme so gut wie gar nicht. Zwar weiß ich, dass sich meine Lippen bewegen und Worte formen, aber ob sie tatsächlich meinen Mund verlassen, könnte ich nicht sagen.

Das Schreien des Schemens wird fordernder. Es wütet nicht mehr bloß in meinem Kopf, sondern breitet sich Stück für Stück in meinem restlichen Körper aus. Es kriecht unter meiner Haut entlang wie ein Fremdkörper und hinterlässt eine Spur der Verwüstung.

»Ist der Schemen da?«, fragt Kier.

Ich nicke, obwohl mir klar ist, dass er mich nicht sehen kann. Den Mund zu öffnen stellt mich vor ungeahnte Herausforderungen. »Ja«, hauche ich tonlos.

Das Schreien wird zu einem wütenden Kreischen. All meine Muskeln spannen sich an, als machten sie sich für einen Angriff bereit. Erst da begreife ich, was der Schemen vorhat: Er will mich zwingen, Kier hier und jetzt zu attackieren und meinen Schwur zu erfüllen.

Und ich will es auch. Keine Ahnung, ob dies meine eigenen Gedanken sind oder der Schemen sie ebenfalls kontrollieren kann. Doch auch ich sehne mich danach, Kier auf der Stelle niederzustrecken – und sei es bloß, damit diese Schmerzen in meinem Kopf endlich aufhören.

Lediglich der Gedanke, dass ich dann von den kommenden Prüfungen ausgeschlossen und in Schande zurück zu meinem Clan geschickt werde, hält mich davon ab.

»Geh!«, presse ich zwischen zusammengebissenen Zähnen hervor. »Verschwinde!«

Ich weiß nicht, ob er mich verstanden hat. Aber nach einer gefühlten Ewigkeit ebbt das Kreischen des Schemens ab. Meine Muskeln entspannen sich wieder; bloß ein fieser Muskelkater bleibt zurück. Das Brennen in meinen Adern weicht einem Kribbeln. Kraftlos sacke ich nach vorn und schaffe es nicht, mich mit den Armen abzufangen. Keuchend und zitternd bleibe ich liegen, während mir der Schweiß in Strömen die Schläfen und den Nacken hinunterrinnt.

Erbärmlich, zischt der Schemen.

Irgendwie bringe ich ein Lächeln zustande. Nicht weil er mich beleidigt hat, sondern weil ich mich gegen ihn behauptet habe. Wie vielen anderen armen Seelen, die so töricht waren, einen Schwurschemen zu beschwören, ist das wohl gelungen? Ich klammere mich an den Gedanken, dass es nicht allzu viele sein können, während ich mich umständlich in eine sitzende Position hieve. Es kostet mich all meine Willenskraft, erneut in die Richtung des Schemens zu sehen.

»Ich brauche deine Hilfe nicht«, wiederhole ich. »Verschwinde in das dunkle Loch, aus dem du gekrochen bist!«

Der Schemen grinst mich an. *Dein Herz, meinst du? Das ist wahrlich ein dunkles Loch voller Zweifel, Reue und Wut.*

Ich verziehe den Mund, kann seine Aussage aber nicht entkräften. Mein Herz muss wahrlich ein dunkler Ort sein, wenn ich ein solch schreckliches Wesen über Jahre hinweg nähren konnte. Das Wissen, dass der Schemen sich dort weiter laben wird, bis ich meinen Schwur erfüllt habe, lässt meinen neu gefundenen Mut beinahe verpuffen.

»Du wirst nicht mehr lange in mir leben«, sage ich.

Das werden wir sehen, erwidert der Schemen mit einem süffisant-schaurigen Lächeln.

Im nächsten Moment löst er sich in Schatten auf, die auf mich zukriechen und mit meinem verschmelzen. Ein unangenehmes Druckgefühl nistet sich in meiner Brust ein, als wäre mein Brustkorb zu klein für das, was darin haust. Dieses Engegefühl hatte ich in den letzten Jahren öfter, schrieb es jedoch meinem Training zu.

Ich reibe mir fest mit der Handfläche über die Stelle, wo es am meisten wehtut, und hätte nicht wenig Lust, den Schemen mit bloßen Händen aus mir herauszureißen.

Zu wissen, dass ein solch schreckliches Wesen in mir lebt, ist beinahe noch furchtbarer, als es anzusehen.

Als die Tür geöffnet wird und Astrid und Vangar eintreten, knie ich immer noch auf dem Boden. Die beiden merken sofort, dass mit mir etwas nicht stimmt, sind aber klug genug, mich nicht darauf anzusprechen. Im Stillen danke ich ihnen dafür. Ihnen von meinem Schwurschemen zu erzählen war schon schlimm genug. Ich denke nicht, dass sie wirklich verstanden haben, was in mir vorgeht. Ich verstehe es ja nicht mal selbst. Ihnen erneut erklären zu müssen, warum ich einen derart erbärmlichen Anblick abgebe, würde für heute zu weit gehen.

»Warst du in letzter Zeit draußen?«, fragt Astrid, nachdem sie sich stumm mit Vangar verständigt hat.

Ich schüttele den Kopf. Ich bin heilfroh, dass wir eine halbwegs ruhige Hütte haben und nicht mit allen anderen Teilnehmern und deren Begleitern in einem Langhaus wohnen müssen, wo es keinerlei Privatsphäre gibt.

»Um Brans Hals hängt ein Seil mit einem gefalteten Zettel«, sagt Vangar.

Mein Blick fliegt zu ihr. »Was?«

In einer hilflosen Geste zuckt sie mit den Schultern. Offenbar ist sie über die Tatsache, dass sich jemand nah genug an Bran herantraut, um ihm ein Seil um den Hals zu legen, genauso erstaunt wie ich.

Wackelig komme ich auf die Füße und bin dankbar, dass keine der beiden die Hände nach mir ausstreckt, um mich zu stützen. Dass sie Zeuginnen meiner Schwäche sind, ist demütigend genug. Auf ihre Hilfe angewiesen zu sein wäre der Todesstoß für meinen sowieso schon angeknacksten Stolz.

So wanke ich die wenigen Schritte zur Tür und lehne mich für ein paar Herzschläge gegen den Rahmen, weil dunkle Punkte vor meinen Augen tanzen. Die Sonne sticht unangenehm und lässt mich blinzeln.

Als ich mich halbwegs unter Kontrolle habe, trete ich hinaus zu Bran, der in der Nähe des Eingangs sitzt und mich aus seinen großen goldbraunen Augen mustert. Je nach Sonnenlicht wirken seine Augen mal mehr, mal weniger hell. Schon als Heranwachsende konnte ich mich kaum daran sattsehen. Auch jetzt erdet mich Brans ruhige Nähe und lässt die aufpeitschende Wut des

Schemens, der ich bis vor Kurzem noch ausgesetzt war, wie einen dunklen Traum wirken.

Dankbar wanke ich zu Bran und lehne mich gegen sein warmes, weiches Fell. Tief atme ich seinen vertrauten Geruch nach Wald und Wildheit ein, ehe ich mir für einen Moment gestatte, die Augen zu schließen.

Als ich sie wieder öffne, fällt mein Blick auf eine silbrige Kordel, die zwischen Brans Fell hervorspitzt. Daran ist ein Zettel geknüpft.

»Wirst du nachlässig?«, frage ich mein Tierwesen mit gespieltem Entsetzen, während ich den Knoten der Kordel suche. »Wie tief hast du geschlafen, dass es einem Fremden gelungen ist, sich an dich heranzuschleichen? Brauche ich etwa doch einen Wachhund?«

Bran gibt ein empörtes Brummen von sich, als wolle er mir etwas erzählen. Ich wünschte, mein Tierwesen könnte tatsächlich mit mir reden. Ihm könnte ich Dinge anvertrauen, die ich nicht einmal gegenüber meiner Zwillingsschwester zur Sprache brächte. Eingekuschelt in Brans dichtes Fell könnte ich alles sagen, ohne Angst zu haben, er könnte schlechter von mir denken. Zwar kommunizieren wir auf eine Weise, die nur wir beide verstehen, doch es ist keine echte Unterhaltung.

Ich finde das Ende der Kordel als lockere Schleife vor und öffne sie. Das Silberband gleitet zu Boden und ich greife nach dem Zettel.

Mein Blick muss nicht zum Ende der Nachricht huschen, damit ich weiß, von wem sie stammt. Obwohl sie offenbar in aller Eile geschrieben wurde, ist Kiers Handschrift akkurat und sehr sauber. Auf alle Fälle ist sie leserlicher als meine.

Dein Tierwesen hat zum Glück ein dichtes Fell und friert hier draußen nicht. Meinst du, wir können kommunizieren, indem wir Nachrichten über deinen Bären austauschen?
– Kier

Ich kaue auf meiner Unterlippe, während ich die Nachricht ein weiteres Mal lese. Und noch mal. Trotzdem verstehe ich ihren Sinn nicht. Ich habe ihm klar und deutlich zu verstehen gegeben, dass ich ihn töten werde, verdammt! Verfügt er denn nicht mal über einen Hauch von Selbsterhaltungstrieb? Oder hat er keine Angst vor mir, weil er mich für zu schwach hält?

Ich beiße mir auf die Zunge, während ich die Nachricht ein viertes Mal lese. Zwar habe ich noch nicht viel mit Kier geredet, aber er kam mir nicht wie jemand vor, der sein Leben leichtfertig aufs Spiel setzt. Wieso will er dann mit mir kommunizieren? Und wie ist es ihm gelungen, an Bran heranzukommen?

Mein Blick huscht zu meinem Tierwesen. »Du hast zugelassen, dass er dir eine Nachricht umbindet?«

Bran neigt den Kopf, als wolle er fragen *Und wenn es so wäre?*. Seine Reaktion verwirrt mich. Meine Zähne bohren sich fest in meine Unterlippe, während ich das Für und Wider abwäge. Schließlich gewinnt meine Neugier.

Ich lasse mir von Vangar Tinte und eine Feder bringen, die ich in einer Kommode in der Hütte entdeckt habe, um Kier auf dem Zettel zu antworten.

Warum sollten wir Nachrichten austauschen wollen?
–Yrsa

Anschließend falte ich den Zettel und knote ihn wieder an die Kordel, die ich Bran umlege. Mit geschwellter Brust lässt er das Prozedere über sich ergehen, als wäre er froh, dass ich ihm eine derart wichtige Aufgabe anvertraue.

Seufzend schüttele ich den Kopf. »Es ist nur ein Brief. Wahrscheinlich wird er nicht antworten.«

Ohne einen Laut erwidert Bran meinen Blick. In seinem liegt ein Wissen, dessen Ursprung ich nicht benennen kann. Beinahe kommt es mir vor, als schaue ich in die geblendeten Augen meiner Schwester.

Als ich am späteren Abend wie immer nach Bran sehe, bemerke ich, dass der Zettel an einer anderen Stelle gefaltet ist. Ich löse ihn von der Kordel, um Kiers neue Nachricht zu lesen.

Weil du anders nicht mit mir reden kannst.

Ich könnte darauf erwidern, dass das keine Antwort auf meine Frage ist. Stattdessen setze ich mich neben Bran auf eine der Stufen, die zur Tür unserer Hütte führt, und denke nach.

Als ich hier ankam, konnte ich mit Kier reden. Damals wusste ich nicht, wer er war. Zwar schlich der Schwurschemen bereits um mich herum, aber ich konnte ihn ausblenden.

Ein eisiger Schauer rinnt mir den Rücken hinab, während ich an heute Morgen nach unserem Kampf zurückdenke, als Kier bloß auf der anderen Seite der Tür stand und der Schemen mich beinahe in den Wahnsinn getrieben hätte. Ist das passiert, weil ich den Schemen zuvor gereizt hatte? Oder wird es jedes Mal so sein? Könnte ich seine Gier nach Rache wenigstens für die Zeit der Prüfungen unterdrücken?

Ich reibe mir über die Stirn und wünschte, Elvi wäre hier. Sie wüsste sicherlich Antworten auf diese Fragen und könnte mir Mut zusprechen. Genau den brauche ich jetzt am dringendsten. Allein der Gedanke, dass ich mich spätestens morgen erneut dem Schemen stellen muss, lässt mich am ganzen Körper zittern.

Ich verfluche mich dafür, dass ich mir für einen Moment vorstelle, wie ich meine Sachen packe und im Schutz der Nacht mit Bran verschwinde. Sosehr ich mich auch verachten würde, wäre eine Flucht doch einfacher, als wieder das Schreien des Schemens zu hören und erneut hilflos dabei zusehen zu müssen, wie er mich zum Handeln zwingt. An meinem Schwur hat sich nichts geändert, dennoch soll meine Rache meinen Bedingungen gehorchen. Doch die Schande für mich und meinen gesamten Clan wäre grenzenlos. In den Augen der Götter wäre ich nichts mehr wert und die Aufnahme in ihre Reihen wäre mir auf ewig verwehrt, ganz gleich, welch glorreiche Taten ich noch zu Lebzeiten vollbringen würde. Außerdem bin ich noch nie weggelaufen. Nicht als sie Vater auf der Trage nach Hause brachten. Nicht als sie Elvi blendeten und mich ihre Schreie noch wochenlang verfolgten. Nicht als Vater starb und ich seinen Platz einnehmen musste.

Egal welche Steine die Götter mir bisher in den Weg gelegt haben, ich bin daran gewachsen. Ich werde auch am Schwurschemen wachsen. Es muss mir gelingen, sein Fordern auszublenden.

Aus den Erzählungen der Älteren weiß ich, dass die Prüfung nicht bloß aus Zweikämpfen besteht: Es werden Aufgaben folgen, in denen ich mit anderen Clans zusammenarbeiten muss. Vielleicht sogar mit Kier. Wenn ich das nicht kann, werde ich unweigerlich verlieren. Ich liege jetzt bereits einen Punkt hinter ihm.

Ich lasse den Zettel sinken und atme tief durch. Ich habe so lange auf diesen Augenblick hingearbeitet. Ich habe trainiert, bis ich umkippte. Ich habe mir mit Elvi die Nächte um die Ohren geschlagen, in denen sie mir unsere Geschichte und alle Göttersagas eintrichterte. Ich habe meine gesamte Jugend geopfert, um für diese Prüfung gewappnet zu sein. Das werde ich mir nicht von einem verdammten Schwurschemen kaputt machen lassen!

Es muss einfach einen Weg geben, wie ich ihn kontrollieren kann – und sei es nur für die Zeit der Prüfungen. Danach kann er meinetwegen schreien, bis mir die Ohren bluten, aber sobald ich dem wachsamen Blick des obersten Anführers ausgesetzt bin, darf ich mir keine weiteren Fehler erlauben.

Nachdem ich mich von Bran verabschiedet und ihm eine gute Nacht gewünscht habe, gehe ich zurück in die Hütte. Astrid und Vangar sind noch unterwegs; wahrscheinlich trinken sie mit ein paar anderen Begleitern fremder Clans. Sie haben nicht gefragt, ob ich mich ihnen anschließen will, weil sie die Antwort bereits kannten. Trotzdem versetzt es mir nun einen Stich, die leere, kalte

Hütte zu betreten. Doch ich schüttele dieses Gefühl schnell ab und konzentriere mich auf den morgigen Tag.

Ein weiteres Mal werde ich mich nicht um meinen Sieg bringen lassen, auch nicht von dem verdammten Schwurschemen. Koste es, was es wolle.

KAPITEL 9

YRSA

Auch am nächsten Tag findet in aller Frühe eine Prüfung statt. Da ich diesmal aber zeitig zu Bett gegangen bin, müssen Astrid und Vangar mich nicht wecken. Voller Tatendrang stehe ich bereits vor Sonnenaufgang angezogen und frisiert am Hütteneingang und kümmere mich um Bran. Er scheint in der Nacht irgendein Tier gerissen zu haben, denn das Fell um sein Maul herum ist blutverklebt.

Stumm schimpfe ich mit mir, dass ich vor lauter Wut auf den Schwurschemen zu wenig auf seine Bedürfnisse geachtet habe. Normalerweise frisst Bran neben mir, wenn ich esse, aber hier ist scheinbar niemand auf Tierwesen eingestellt: Die Versorgung reicht gerade so für die Teilnehmer.

Wie viel Nahrung Kiers Wyvern wohl braucht? So ein riesiges Wesen verschlingt sicher mehr als das Reh, für das mein Bran zwei Tage benötigt.

Nachdem ich sein dichtes Fell mit den Fingern gebürstet habe, was er sichtlich genießt, kuschele ich mich neben ihm ein. Er ist herrlich warm und weich. Als ich jünger war, konnte Bran noch bei mir im Bett schlafen. Ich erinnere mich genau daran, wie todtraurig ich war, als er zu groß dafür wurde. Tagelang tüftelte ich herum, wie ich mein Zimmer umordnen konnte, damit ein größeres Bett hineinpasst, doch es war aussichtslos. Die einzige Umbaumaßnahme, die ich im Langhaus vornahm, war das Verbreitern der Türen, damit er sich frei bewegen kann.

Ich bin gerade dabei, noch einmal wegzunicken, als eine Stimme viel zu nah neben mir erklingt: »Guten Morgen.«

Ich schrecke hoch, denn sogar im Halbschlaf erkenne ich sofort, zu wem sie gehört. Schnell kneife ich die Augen zusammen. Verdammt! Wie konnte ich so nachlässig sein? Und wieso hat Bran mich nicht geweckt?

Mein Herz schlägt schneller und auch mein Blut kratzt unter meiner Haut. Ich wage einen vorsichtigen Blick in die Gasse zwischen den Hütten. Der Schwurschemen blickt mir entgegen und entblößt grinsend seine spitzen Zähne. Sein Anblick ist so schaurig, dass es mir eiskalt den Rücken hinunterläuft. Lauernd starrt er mir entgegen, als warte er gespannt darauf, endlich eingreifen zu dürfen.

Mein Atem geht flach, während ich mich darauf konzentriere, nicht zu Kier zu schauen und dem Schemen keine Angriffsfläche zu bieten. Er wird die kleinste Schwäche ausnutzen.

»Bitte geh«, presse ich hervor.

»Der Schemen?«, hakt Kier nach.

»Geh!«

»Dann beantworte meine Nachricht von gestern.«

Verwirrt blinzelnd begehe ich beinahe den Fehler, zu ihm aufzusehen, kann mich aber gerade noch stoppen. Obwohl mein Herzschlag in meinen Ohren dröhnt, höre ich, wie sich seine Schritte entfernen.

Wie lange wirst du das aushalten?, gurrt der Schemen mit seiner schrecklichen Stimme.

»So lange, wie ich muss«, erwidere ich.

Irgendwann wirst du ihn ansehen. Und ich werde bereit sein.

Ich hebe den rechten Mundwinkel. »Gut zu wissen, wie ich dich im Zaum halten kann.«

Anstatt wütend zu werden, kichert der Schemen. *Du glaubst tatsächlich, dass du mich unter Kontrolle halten kannst? Ich bin älter als die Welt, in der du dich bewegst!*

Ich schlucke angestrengt. »Und doch kannst du nichts tun, wenn ich Kier nicht ansehe.«

Er kriecht näher. Die Art, wie er die gebogenen Finger in den harten Boden schlägt und sich immer weiter auf mich zuzieht, lässt mich beinahe vor ihm zurückweichen. Seine Krallen verursachen ein solch schauriges Geräusch auf dem Felsboden, dass sich die Härchen auf meinen Armen aufrichten.

Doch obwohl jede Faser in mir nach Flucht brüllt, bleibe ich sitzen, den Rücken gegen Brans Brust gedrückt, und starre dem fürchterlichen Wesen, das nur ich sehen und hören kann, entgegen.

Dein Hochmut, Yrsa vom Küstenclan, wird dir noch teuer zu stehen kommen, zischt der Schemen, als er bei mir angelangt ist. *Du wirst daran zerbrechen, dafür werde ich sorgen.* Er grinst erneut. Die faltige Haut spannt sich um seinen fast lippenlosen Mund. *Wenn dein Schwur dich nicht vorher zerbricht.*

Ich bin es leid, wieder und wieder zu beteuern, dass mir mein Schwur ernst ist und dass ich ihn auch ohne die Anwesenheit des Schemens weiterverfolgt hätte. Er würde mir sowieso nicht glauben. Also recke ich bloß das Kinn.

»Bist du fertig?« Möglichst gelassen komme ich auf die Füße und sehe zu dem Schemen hinab. »Ich habe nämlich noch mehr zu tun, als mich um deine leeren Drohungen zu kümmern.«

Der Schemen gibt ein schauriges Zischen von sich. *Ich warte auf den Moment, in dem du einen Fehler begehst. Und glaub mir, ich werde da sein. Ich bin überall.* Mit dem dürren Zeigefinger, der in eine lange, spitze Kralle mündet, deutet er auf meine Brust. *Und vor allem da drin.*

Ich wende mich abrupt ab und gehe zurück in die Hütte, verfolgt vom hohen Kichern des Schemens. Bloß daran zu denken, dass dieses widerliche Wesen seit Jahren in mir haust, ist fast so schlimm, wie seinem Willen ausgeliefert zu sein.

In der Hütte fällt mein Blick auf ein Stück der silbernen Kordel, die ich zusammen mit Kiers Zettel unter meinem provisorischen

Kopfkissen verborgen habe. Er kam heute Morgen extra hierher, um zu sehen, ob ich ihm geantwortet habe. Noch immer kenne ich den Grund nicht, warum er überhaupt mit mir kommunizieren will.

Kurzerhand hole ich den Zettel hervor und schreibe unter seine Nachricht:

Warum willst du mit mir reden?

Dann gehe ich hinaus, um Bran die Kordel umzulegen. Da es noch zu früh ist, um zum Versammlungsplatz zu gehen, warte ich in der Hütte, bis ich Schritte höre. Die Enge in meiner Brust ist ein untrüglicher Beweis dafür, dass Kier derjenige sein muss, der auf der anderen Seite der Tür steht. Es wäre so einfach, sie zu öffnen und ihn zur Rede zu stellen, schließlich habe ich noch mehr unbeantwortete Fragen, aber das kann ich nicht. Also muss ich warten, bis sich seine Schritte wieder entfernen.

Hastig reiße ich die Tür auf, fange mir dafür ein Grummeln von Astrid ein, die noch zusammen mit Vangar in der Hütte schläft und sich nun die Decke über den Kopf zieht. Auch Bran mustert mich mit einem fragenden Blick.

Seufzend gehe ich zu ihm und löse die Kordel, an der nun ein neuer Zettel hängt. »Ich muss mir wirklich einen Wachhund anschaffen.«

Bran gibt ein empörtes Grummeln von sich, als wolle er mit mir schimpfen und sich gleichzeitig verteidigen. Er brummelt weiter, während ich den Zettel auseinanderfalte.

Ich möchte dir einen Vorschlag machen.

An seinem Vorschlag bin ich nicht interessiert. Viel mehr treibt mich eine andere Frage um, die ich hastig und von Astrids Verwünschungen begleitet in der Hütte unter Kiers Nachricht schreibe.

Wie kannst du meinem Tierwesen so nah kommen?

Ein weiteres Mal gehe ich hinaus und binde Bran die Nachricht um, um gleich danach in der Hütte zu verschwinden und auf Kiers Schritte zu lauschen. Vangars knurrige Frage, was bei allen Göttern ich da treibe, ignoriere ich. Ich weiß auch so, dass ich mich merkwürdig verhalte, doch ich kann nichts dagegen tun.

Diesmal dauert es länger, bis seine Schritte sich wieder entfernen. Als es endlich so weit ist, eile ich hinaus und schnappe mir seine Nachricht.

Ich bin ihm gestern Abend schon nah gekommen. Und er wollte nur beim ersten Mal seine Zähne in mich schlagen. Danach war er umgänglich. Ganz anders als du. Du bist ziemlich unhöflich. Immerhin hast du meinen Gruß heute Morgen nicht erwidert. Aber weißt du, was noch unhöflicher ist?

Auf unerklärliche Weise gerät mein Herzschlag ein wenig aus dem Takt, als ich seine Nachricht erneut lese. Seine Schrift ist so gerade und akkurat, dass ich nicht müde werde, sie anzuschauen. Wohingegen meine krakelig und ungleichmäßig ist. Bisher hat mich das noch nie gestört, doch jetzt fallen mir die Unterschiede ins Auge, als ich meine Antwort daruntersetze.

Du wirst es mir sicherlich gleich verraten.

Während ich in der Hütte auf seine Reaktion warte, denke ich an unsere kurze Begegnung vorhin zurück. Hat er mich tatsächlich gegrüßt? Habe ich etwas erwidert? Nein, ich habe ihn bloß weggeschickt. So ungern ich es auch zugebe, aber er hat recht. Meine Eltern haben mich Anstand gelehrt, den ich auch gegenüber meinem Todfeind wahren sollte. Man weiß schließlich nie, worauf die Götter bei ihrer Entscheidung, wen sie in ihren ewigen Hallen willkommen heißen, Wert legen.

»Kannst du endlich damit aufhören, ständig die Tür auf und zu zu machen?«, knurrt Vangar, die mich aus halb geöffneten Augen schier mit Blicken erdolcht.

»Ich bin gleich fertig, versprochen!«, versichere ich ihr.

»Du verhältst dich merkwürdig«, grummelt Astrid. »Noch merkwürdiger als sonst.«

Ein wenig hilflos zucke ich die Schultern. Sie hat recht, doch selbst wenn der oberste Anführer es mir befehlen würde, könnte ich nicht damit aufhören, auf Kiers nächste Nachricht zu warten.

Es ist mehr als bloße Neugier. Wenn ich die Tatsache, dass er mein Todfeind ist, für einen Moment außer Acht lasse, habe ich mehr Gemeinsamkeiten mit ihm als mit irgendeinem Menschen, den ich kenne. Wir sind Anführer. Wir sind Flüsterer. Wenn Vaters Tod und mein Eid nicht zwischen uns stünden, könnten wir … Na ja, wir würden keine Freunde werden, immerhin stammen wir aus rivalisierenden Clans, aber wir könnten vielleicht miteinander reden. Über die Schwierigkeiten, die ein Dasein als Anführer mit sich bringt. Es gibt niemanden, den ich fragen kann, ob er genau so große Angst hat zu versagen wie ich. Ich wüsste gern, ob es auch für ihn das schlimmste Szenario wäre, wenn er sich in den Augen seines Clans als unwürdig erweist, ungeachtet dessen, was er bisher geleistet hat.

Ich reibe mir mit der Hand über die Stirn und unterdrücke ein Seufzen. Was ist bloß los mit mir? Ich habe meine Schwester und mein Tierwesen, denen ich alles anvertrauen kann. Ich bin nicht darauf angewiesen, mit einem Fremden über meine Sorgen und Ängste zu reden.

Und doch reiße ich in dem Moment, als seine Schritte draußen zusammen mit dem mahnenden Zischen des Schemens verklungen sind, die Tür auf und nestele mit wachsender Ungeduld an der Kordel um Brans Hals. Mein Tierwesen sieht alles andere als begeistert darüber aus, dass wir ihm ständig etwas umbinden, und ich nehme mir vor, mich mit einem extragroßen Fisch bei ihm zu entschuldigen, sobald wir wieder zu Hause sind.

Du hast gestern nicht auf meine Nachricht geantwortet. Ich wollte weder Ärger mit dir noch mit deinem Tierwesen, aber …

Das nächste Wort hat er mehrmals durchgestrichen. So fest, dass er beinahe das Pergament durchgeschabt hätte. Selbst mit viel Fantasie kann ich nicht erkennen, was er eigentlich schreiben wollte. Dabei wüsste ich es zu gern. Ehe ich mich mit Spekulationen aufhalten kann, lese ich weiter.

Dein Tierwesen ist umgänglicher als du, wie ich schon sagte. Gegenüber Drakkar hast du dich ziemlich danebenbenommen.

Mit gerunzelter Stirn gehe ich die Namen derer durch, die ich die letzten Tage vor den Kopf gestoßen habe. Die Liste ist zum Glück nicht lang – was daran liegen könnte, dass ich die Namen der meisten Teilnehmer nicht kenne.

Ich eile zurück in die Hütte.

»Ernsthaft«, grollt Vangar, »wenn du nicht augenblicklich damit aufhörst …«

»Ich bin wirklich gleich fertig«, verspreche ich, während ich bereits die Antwort auf ein neues Stück Pergament schreibe.

Wer auch immer Drakkar ist, sie oder er wird es verkraften.

Diesmal dauert es nicht so lange, bis ich eine Antwort erhalte. Sie ist kürzer als die letzte, oder er musste sich nicht so viele Gedanken über seine Worte machen.

Du wolltest sie mit einer Axt durchbohren!

Ich schnaube, während ich eine Erwiderung verfasse, was Astrid und Vangar dazu veranlasst, mir allerlei Verwünschungen an den Kopf zu werfen.

Der einzige, den ich gestern mit meiner Axt durchbohren wollte, warst du. Und das will ich immer noch, nebenbei bemerkt.

Zufrieden mit mir und meiner spritzigen Antwort, die das Wesentliche auf den Punkt bringt, falte ich das Pergament und hänge es um Brans Hals, der sichtlich keine Lust mehr auf unser Spielchen hat.

»Es tut mir leid«, murmele ich, was jedoch eine Lüge ist.

Ich kann nicht sagen, warum, aber ich fühle mich gut. Es bereitet mir Freude, diese Nachrichten zu lesen und zu beantworten. Freude hatte in den letzten Jahren zu wenig Raum in meinem Leben. Natürlich habe ich mich gefreut, wenn ich gemeinsam mit Bran auf die Jagd gegangen bin oder während der wenigen Gelegenheiten, zu denen Elvi, Mutter und ich zusammen und unter uns waren. In diesen Momenten konnte ich für kurze Zeit die Last vergessen, die auf meinen Schultern lag. So wie ich sie auch jetzt für die Dauer unserer »Unterhaltung« vergessen kann.

»Was machst du da überhaupt?«, fragt Vangar, die sich verschlafen über die Augen reibt. »Und warum bist du schon auf und angezogen?«

»Ich konnte nicht mehr schlafen«, sage ich ausweichend. »Nach meiner Niederlage gestern muss ich mich heute von meiner besten Seite zeigen.«

»Und deshalb gehst du ständig raus und rein?«, murrt Astrid.

»Nun, ich …« Hinter mir höre ich Kiers Schritte. Von welchem Posten aus er wohl darauf lauert, dass ich meine Antwort überbringe? »Ich habe nach Bran gesehen und mich davon überzeugt, dass er für heute fit ist.«

Astrid und Vangar wechseln einen Blick, ohne ein Wort zu sagen. Das müssen sie auch nicht; ihre Augen sprechen Bände. Sie glauben mir nicht. Oder sie halten mich für verrückt. Vielleicht auch beides. Und vielleicht haben sie recht. Was ich hier tue und wie ich mich dabei fühle, ist mehr als verrückt und unerklärlich obendrein.

Mit einem entschuldigenden Lächeln verschwinde ich wieder aus der Hütte.

Ach, dann wolltest du mein Tierwesen also gestern nicht angreifen, nachdem ich ihm befohlen hatte, dich loszulassen?

Mit einem Stirnrunzeln antworte ich:

Wir reden von deinem Tierwesen?

Seine Erwiderung kommt, als Vangar und Astrid sich gerade von ihren unbequemen Strohmatratzen hieven, um sich anzuziehen.

Hat deines etwa keinen Namen? Du solltest dich bei ihr entschuldigen.

Meine rechte Hand bewegt den Federkiel so schnell, dass ich ihm fast nicht mit den Augen folgen kann.

Dieser riesige Wyvern ist eine Sie?

»Sollen wir eine Valkra kommen lassen?«, fragt Astrid, als ich die Hütte wieder betrete.

»Was?«, entgegne ich.

»Hast du Fieber? Oder bekommt dir die Höhenluft nicht?«, erkundigt sich Vangar.

Ich winke ab. »Mir geht es bestens.«

»Deine Wangen sind rot«, meint Astrid.

»Könnte auch an der Kälte draußen liegen«, erwidert Vangar.

Ich presse mir beide Hände gegen die Wangen, doch meine Handflächen sind zu warm, um die Hitze darin zu vertreiben. Kriege ich etwa wirklich Fieber?

Als die beiden damit beschäftigt sind, ihre Rüstungen anzulegen, schleiche ich mich wieder aus der Hütte.

Muss ich dich etwa auch noch fragen, ob dein Tierwesen kein Geschlecht hat?

Unser Gespräch, wenn man es so nennen kann, nimmt eine Wendung, die ich nicht habe kommen sehen. Ich bin nicht enttäuscht darüber, ganz im Gegenteil. Ich weiß nicht mehr, worum es eingangs ging, aber mit ihm über unsere Tierwesen zu reden gefällt mir.

Während ich den Zettel an meine Brust drücke, sehe ich mich um. Keine Ahnung, warum ich das tue. Selbst wenn ich Kier irgendwo erspähen könnte, wäre es nicht möglich, ihn anzusehen. Der Schemen würde mich augenblicklich vergessen lassen, dass ich unsere Unterhaltung genieße. Er würde mich, ohne zu zögern, dazu zwingen, Kier niederzustrecken. Und dennoch huscht mein Blick zu den umstehenden Hütten, aus denen langsam die Geräusche der anderen Teilnehmer laut werden, und in die Gassen dazwischen.

»Wo geht er hin, wenn er seine Nachricht überbracht hat?«, wispere ich Bran zu, der mich aus seinen goldbraunen Augen mustert und schweigt. Nicht zum ersten Mal wünschte ich, dass er reden könnte.

Während ich bloß dastehe, rufe ich mir Kiers Aussehen in Erinnerung, die ich dem Sonnenlicht entreißen musste. Seine stechend grünen Augen, für die ich kaum einen passenden Vergleich fand, als ich sie zum ersten Mal sah. Selbst frische Kiefernnadeln, die gerade eben erst aus ihren Hüllen hervorgequollen sind, besitzen keine solche Farbe. Es ist, als hätten seine Augen eine neue Art von Grün. Eine, die nirgends sonst in der Natur vorkommt; lediglich in seinen Iriden.

Sein rabenschwarzes Haar, das zu den Spitzen hin einen leicht dunkelbraunen Schimmer hat und ihm bis auf die Schultern fällt. Gestern hatte er es an den Schläfen zurückgeflochten; genauso wie ich mein Haar meistens frisiere. Nur dass meines offen bis zur Hüfte reicht und die Farbe von flüssigem Honig hat – je nachdem, wie das Licht darauffällt.

Vor meinem inneren Auge formt sich Kiers völlig bartfreies Gesicht, das jedoch kaum noch etwas Jugendliches hat – es sei denn, er hebt nur einen Mundwinkel zu einem schiefen Grinsen; so wie in dem Moment, als wir uns zum ersten Mal begegnet sind.

Mein Herz versucht, schneller zu schlagen, wird jedoch durch den Hunger des Schwurschemens gestoppt. Ein stechender Schmerz durchzuckt mich und ich gebe ein Keuchen von mir.

Ich gehe zurück in die Hütte, um meine Antwort zu verfassen.

Was willst du?

Verschwunden sind die zarten Gefühle der Verbundenheit und der Freude, die ich zuvor verspürt habe; aufgefressen von dem schrecklichen Ungeheuer in mir. Sollte ich traurig darüber sein? Oder mich freuen? Schließlich kann ich mich nun wieder auf das Wesentliche konzentrieren. Und doch erschreckt mich die Leere, die nun in mir herrscht. Nach außen hin lässt sie mich ruhig und beherrscht wirken – das Paradebeispiel einer Anführerin. Die Wahrheit ist, dass ich nicht anders kann. Sobald ich nur einen Anflug von Freude oder Wärme empfinde, labt sich der Schemen an diesen Gefühlen. Früher ist mir das nicht aufgefallen; es gab wenig, worüber ich mich freuen konnte. Aber jetzt suche ich verzweifelt in der Finsternis in meinem Inneren nach etwas anderem als dem dunklen Nichts.

»Kommst du mit zum Frühstück?«, fragt Astrid, als sie und Vangar fertig angezogen sind.

Ich schüttele den Kopf. »Ich komme später nach.«

Ich weiß, dass ich essen sollte. Gestern war mir nach der Begegnung mit dem Schwurschemen derart übel, dass ich keinen Bissen heruntergekriegt habe. Dabei muss ich doch bei Kräften bleiben, um die kommenden Prüfungen zu gewinnen. Aber ich will jetzt nicht gehen. Nicht bevor ich Kiers Antwort gelesen habe.

Nachdem Astrid und Vangar gegangen und auch Kiers Schritte verklungen sind, falte ich seine Antwort auseinander. Diesmal ist seine Schrift weniger akkurat; es wirkt, als hätte er mehrmals neu angesetzt. Zweimal hat er das erste Wort durchgestrichen.

Es tut mir leid, falls Drakkar dich verletzt hat.

Ein Stein scheint auf meiner Brust zu liegen. So schwer, dass ich kaum noch Luft holen kann. Mein Blick huscht zu den lockeren, beschwingten Zeilen, die wir zuvor ausgetauscht haben. Ich weiß, dass es meine Schuld ist, aber ich weiß auch, dass ich mich deswegen nicht schlecht fühlen sollte. Dennoch tue ich es.

Nun, da ich allein in der Hütte bin, lasse ich mir mehr Zeit mit einer Antwort, die mir trotzdem schwerfällt. Ich habe ihn mit meiner schroffen Frage vor den Kopf gestoßen. Eine Stimme flüstert mir zu, dass es mich nicht kümmern muss, schließlich ist er der Feind. Ich kann nicht sagen, ob es meine innere Stimme oder die des Schemens ist.

Drakkar hat mich nicht verletzt. Und selbst wenn, wäre es nicht schlimm. Es war ein Kampf, und ich habe verloren.

Auch einen Tag später kann ich den bitteren Geschmack der Niederlage nicht vertreiben, als ich mich daran zurückerinnere, wie ich aufgab. Ich würde nichts anders machen, wenn ich erneut in dieser Situation wäre, dennoch ist diese Niederlage schlimmer als die meisten, die ich je erlitten habe. Wäre es bloß um mich gegangen, hätte ich weitergekämpft. Ich *wollte* weiterkämpfen, aber nicht einmal ein Schemen ist mächtig genug, um mich Brans Leben aufs Spiel setzen zu lassen.

Ich knie mich auf meine Matratze und hülle mich in Vaters Umhang ein, während ich auf Kiers Antwort warte. Beinahe wären mir die Augen zugefallen, so lange dauert es diesmal. Als sie schließlich da ist, zögere ich hinauszugehen, ohne dass ich den Grund dafür kenne. Ich tue es, doch meine Schritte sind langsamer als zuvor. Es ist ein neuer Zettel, das erkenne ich, noch ehe ich ihn von der Kordel löse. Und der Text darauf ist länger als alle, die wir uns zuvor geschrieben haben.

Wenn ein Teilnehmer getötet wird, wird sein Kontrahent
sofort disqualifiziert. Wenn ein Tierwesen zu Tode kommt,
wartet jedoch keine Bestrafung auf den Gegner.
Sein Tod wäre keine Erwähnung wert.

Ich schlucke angestrengt, als ich seine ersten Zeilen lese. Bran zu verlieren stünde auf einer Stufe mit dem Verlust eines geliebten Familienmitglieds. Doch außer mir, seiner Gefährtin, würde keiner um ihn trauern. Niemand würde meinen Schmerz verstehen.

Bis auf andere Flüsterer.

Ich lese weiter.

Ich werde Drakkar bis zum Ende verteidigen, solltest du
sie erneut angreifen. So wie du dein Tierwesen vor Gefahr
schützt, ungeachtet der Konsequenzen, werde ich meines
schützen. Gegen welchen Gegner auch immer.
Wenn du wirklich darauf aus bist, mich zu töten,
habe ich eine Bitte:

*Halte unsere Tierwesen aus unserem Zweikampf heraus.
Keiner von uns kann sein volles Potenzial zeigen,
wenn er die Sorge um seinen Gefährten im Hinterkopf hat.
Außerdem will ich beweisen, dass ich sehr wohl
allein gegen dich gewinnen kann –
ohne die Hilfe meines Wyvern.*

Über meine Antwort muss ich nicht nachdenken. Dennoch lese ich seine Zeilen noch ein paarmal und streiche mit den Fingern vorsichtig darüber, aus Angst, ich könnte die Tinte verschmieren, obwohl sie bereits getrocknet ist.

Bisher war meine Zwillingsschwester die Person, die mich am meisten verstand. Als Kinder beendeten wir die Sätze der anderen. Wir redeten gleich, wir dachten gleich, wir verhielten uns gleich. Als sich mit den Jahren unsere Gaben zeigten und wir verschiedene Aufgaben übernehmen mussten, veränderten wir uns. Zwar bestand weiterhin eine tiefe Verbindung zwischen uns, die normale Geschwister nicht haben, aber wir … waren keine eingeschworene Einheit mehr. Ich bin mir sicher, dass Elvi Bran mag, aber sie wird ihn nie auf eine Weise ansehen wie ich. Sie wird nie die Verbundenheit spüren, die mich an mein Tierwesen bindet.

Lediglich ein anderer Flüsterer kann das.

Warum muss ausgerechnet Kier ein Flüsterer sein? Und warum muss ausgerechnet er ein solch mächtiges Wesen und eine tiefe Verbindung zu ihm haben? Kann er nicht einer der niederen Flüsterer sein, die es auch in unserem Dorf gibt und die gerade so einen Ackergaul davon überzeugen können, den Pflug zu ziehen?

Ich wünschte, ich könnte mich mit Kier unterhalten. Ihn fragen, ob es ihm in gewissen Situationen genauso geht wie mir. Ob auch er ohne Zögern sein Leben für sein Tierwesen geben würde. Seine Nachricht deutet es an, aber ich würde es viel lieber aus seinem Mund hören. Mit seinen Worten. Seiner Stimme, an die ich mich kaum noch erinnere, obwohl ich sie erst vor Kurzem gehört habe. Nur wenige Worte. Zu wenige.

Vorsichtig falte ich den Zettel zusammen und verberge ihn unter meinem Kleiderstapel. Dann nehme ich ein frisches Stück Pergament und schreibe meine Antwort.

Ich verstehe dich. Und ich sehe es genauso wie du. Unsere Tierwesen haben nichts mit unserer Fehde zu tun. Ich werde Drakkar nicht schaden, solange sie mich nicht angreift.

In dem Moment, als ich Bran den Zettel umbinde, erschallt das Horn, das die Teilnehmer zum Hauptplatz ruft.

Mit einem schweren Gefühl, das ich nicht genau benennen kann, fahre ich meinem Tierwesen durch den Pelz. »Er wird das hier erst später lesen, nicht wahr?«

Wie zur Antwort gibt Bran ein tiefes Brummen von sich.

Ich schmiege die Stirn gegen seine Schulter; sein Pelz kitzelt an meinen Wangen und der Nase. »Verzeih mir, dass ich dich dafür benutzt habe. Danke, dass du es über dich ergehen lässt.«

Bran lehnt den Kopf gegen meinen. Ich wünschte, ich könnte einfach hier stehen bleiben und die tröstende Wärme meines Tierwesens in mich aufsaugen, obwohl ich nicht verstehe, warum ich Trost brauche.

Als das Horn ein zweites Mal erklingt, muss ich mich jedoch von Bran lösen. Wie immer trottet er mir hinterher. Auf dem Weg gebe ich mir die größte Mühe, diese seltsame Melancholie abzustreifen, die von mir Besitz ergriffen hat. Ich kann mir keine Ablenkung leisten. Die nächste Prüfung steht unmittelbar bevor. Wenn ich erneut verliere, werde ich keine Chance mehr haben, die oberste Anführerin zu werden.

Ich muss mich konzentrieren und jeden Gegner, der mir vorgesetzt wird, so vernichtend schlagen, dass niemand je wieder an meiner Eignung zweifelt.

KAPITEL 10

YRSA

Ich bin nicht die letzte Teilnehmerin, die eintrifft; vier der anderen sieben stehen bereits in Reih und Glied – auch Kier. Ich werfe bloß einen flüchtigen Blick in seine Richtung und sehe nicht mehr als seinen Rücken, doch das genügt dem Schemen, um wieder die Kontrolle übernehmen zu wollen.

Tu es jetzt!, verlangt er. *Zieh deine Axt! Er wird nicht wissen, wie ihm geschieht.*

Ich schüttele den Kopf, doch sein Geflüster ebbt nicht ab. Es huscht durch meinen Kopf wie eine Natter auf Beutezug. Meine Schritte wirken verkrampft, als ich mich am vorderen Ende einreihe, was mir wütendes Grummeln des Anführers einbringt, der eigentlich ganz vorn stand.

»Wenn du später kommst«, mahnt er, »hast du dich gefälligst hinten anzustellen.«

Ich glaube, er ist der Anführer des Hornclans, an seinen Namen erinnere ich mich jedoch nicht. Da ich genug damit zu tun habe, meinen Schemen zu unterdrücken, gehe ich nicht weiter auf ihn ein. Ohne den Schemen hätte ich bestimmt zu einer spitzen Erwiderung angesetzt, aber ich fürchte mich davor, dass dieses schreckliche Wesen meine Stimme benutzt, sobald ich den Mund öffne.

Die Götter verlangen, dass du deinen Schwur erfüllst!

›*Ich werde ihn erfüllen*‹, flüstere ich in Gedanken. ›*Dann, wenn ich es für richtig erachte.*‹

Ketzer!, zischt der Schemen. Schmerz schießt durch meinen Schädel. *Töte ihn, wie du es geschworen hast!*

Ich reibe mir fest über die Stirn, als könnte ich sein Wispern damit zum Verstummen bringen, doch es hallt in meinem Kopf wider, bis ich kaum etwas anderes um mich herum höre.

Selbst die laute Stimme des obersten Anführers verkommt zu einem Flüstern, und ich muss jedes Wort den Mahnungen des Schemens abringen.

Auch unsere Begleiter säumen nun den Platz. Es ist nicht bloß ihre Aufgabe, ein wachsames Auge auf uns – ihre Anführer – zu haben, sondern sie sollen unserem Clan möglichst detailliert und ausgeschmückt von unseren Taten und Siegen berichten.

Ich kann nur hoffen, dass Astrid und Vangar meine Aufgabe von gestern unter den Tisch fallen lassen, sobald wir wieder zu Hause sind. Obwohl … Nein, das werden sie nicht. Sie werden jedem Bewohner des Küstenclans darlegen, wie ich beinahe von einem Wyvern zerquetscht wurde. Ich bin ihnen deshalb nicht gram; es ist ihre Aufgabe. Ich muss mich mehr anstrengen, damit sie nicht nur von meinen Niederlagen, sondern auch von glorreichen Siegen berichten können.

Der oberste Anführer erhebt sich mit sichtlicher Anstrengung von seinem Hochsitz. Er ist nicht bloß alt – das habe ich auf den ersten Blick gesehen –, sondern offensichtlich in keiner guten körperlichen Verfassung. Wie soll ein solcher Mann an der Spitze aller Heere in die Schlacht reiten und selbst im ärgsten Getümmel den Überblick behalten? Wie könnte ich ruhigen Gewissens mein Leben und das all meiner Clanmitglieder in seine Hände legen? Lediglich die Tatsache, dass er während der vergangenen Prüfungen von den Göttern gewählt wurde, lässt mich nicht noch schlechter von ihm denken. Irgendetwas müssen sie in ihm gesehen haben, sonst hätten sie nie dafür gesorgt, dass er als Sieger hervorgeht.

Es wird höchste Zeit, dass ein neuer oberster Anführer gewählt wird. Zum Glück gab es in den letzten Generationen keine Angriffe von außerhalb auf unsere Insel und es kam somit zu keiner

Situation, in der der Than der Thane zum alleinigen Anführer wurde. So gesehen ist seine bloße Existenz ein Relikt aus vergangenen Zeiten, in denen unser Eiland regelmäßig von fremden Völkern und Eroberern heimgesucht wurde. Doch vor vielen Jahren sandten die Götter einen dichten, undurchdringlichen Nebel, der unsere Insel und somit auch unsere Existenz vor anderen verbarg. Seither machen wir uns nur gegenseitig das Leben schwer. Oder anderen kleineren Inselstaaten in fast unmittelbarer Nähe.

Ich habe noch nie wirklich darüber nachgedacht, was jenseits des Nebels liegt. Wie groß die Welt wohl ist? Aber im Grunde ist das einerlei, schließlich habe ich alle Hände voll damit zu tun, das Ansehen meines Clans wiederherzustellen. Da kann ich mich nicht auch noch um die restliche Welt jenseits des Nebels sorgen.

Meine Überlegungen lenken mich von dem Flüstern des Schemens ab, allerdings auch von der heutigen Prüfung. Ich lande erst wieder im Hier und Jetzt, als mir der Anführer des Hornclans einen rüden Stoß gegen die Schulter versetzt.

Blinzelnd starre ich den obersten Anführer an, der mich abwartend mustert. Nach einem schnellen Blick nach links sehe ich, dass drei andere Anführer einen Schritt nach vorn gemacht haben.

»Wir warten alle auf dich, Yrsa«, lässt mich der oberste Anführer wissen.

Um mich herum wird Gelächter laut, und ein eisiger Knoten bildet sich in meinem Magen. Während ich fieberhaft überlege, was von mir erwartet wird, nutzt der Schemen meine Verwirrung für einen erneuten Vorstoß.

Warum zögerst du noch? Bis er seine Waffe zur Verteidigung gezogen hat, hast du ihn schon längst niedergestreckt. Die Götter verlangen nach seinem Blut!

Sein Geschrei wird so laut, dass mir die Ohren klingeln. Am liebsten würde ich mir beide Hände gegen den Kopf pressen, doch ich weiß, dass ich damit nichts erreichen würde außer noch weitere seltsame Blicke der anderen.

Also beiße ich die Zähne zusammen, schaue erneut nach links, während ich darauf achte, Kier nicht anzusehen, und bemerke, dass jeder zweite Teilnehmer einen Schritt nach vorn gemacht hat – bis auf mich. Kier, der der Letzte in der Reihe war, steht hinten, während ich und drei weitere Anführer vorn stehen.

»Sehr gut«, lobt mich der Than der Thane, worüber ich die Augen verdrehe, aber mich hüte, etwas zu erwidern. »Nachdem der Zweikampf die gestrige Aufgabe war, widmen wir uns heute dem Gruppenkampf. Stellt es euch wie einen Kampf auf dem Schlachtfeld vor. Jeder könnte euch niederstrecken. Es gibt zwei Gruppen. Wer am Ende jeder Gruppe als Sieger hervorgeht, erhält einen Punkt.«

Mit einer Armbewegung deutet er auf mehrere dunkle Steine, die auf dem Boden neben ihm aufgereiht sind. Darüber befinden sich größere, auf denen die Rune des jeweiligen Clans abgebildet ist. Unter meinem Runenstein befindet sich kein dunkler Punktestein, wohl aber unter Kiers und denen dreier anderer Anführer. Das müssen die Sieger des gestrigen Zweikampfs sein. Da heute lediglich zwei Punkte vergeben werden, ist noch nicht alles verloren. Ich muss hoffen, dass keiner, der bereits gestern punkten konnte, in Kiers Gruppe den Sieg davonträgt.

»Die Regeln sind einfach«, sagt der oberste Anführer. »Wer aufgibt oder blutet, hat verloren. Wir starten nun mit den Vorbereitungen. Wartet so lange bei euren Begleitern. Ach ja, Tierwesen sind diesmal nicht gestattet. Es hat mir gereicht, dass sich die gestrigen Zweikämpfe verzögert haben, da die Krallen von Kiers Wyvern unseren Kampfplatz zerstört haben.«

Haben sie das? Ich sehe mich um. Gestern standen wir auf blankem Gestein, wenn mich nicht alles täuscht. Heute entdecke ich festes Eis an einigen Stellen und kleinere Geröllsplitter an anderen.

»Es war nicht Drakkars Absicht, den Ablauf der Prüfungen zu stören«, sagt Kier einige Meter von mir entfernt.

Der Klang seiner Stimme stellt seltsame Dinge mit mir an. Einerseits verursacht sie ein warmes Schaudern in mir, andererseits lässt sie den Schemen noch lauter zischen. Gäbe es ihn nicht, würde ich Kier bitten, noch etwas zu sagen. Irgendetwas.

Der oberste Anführer winkt ab. »Das weiß ich. Mit einem solch eindrucksvollen Tierwesen geht eben etwas zu Bruch.«

Ich balle die Hände zu Fäusten, während mich heißer Neid von innen heraus zerfrisst. Ja, Kiers Wyvern ist mehr als beeindruckend. Ich bekam seine Kraft am eigenen Leib zu spüren. Wenn er es gewollt hätte, hätte er mich in der ersten Kampfminute zerfetzen können. Trotzdem ist es mir unerklärlich, wie gerade jemand wie Kier ein solches Tierwesen erhalten kann … Ich liebe Bran und würde ihn niemals gegen ein anderes Wesen eintauschen, aber bisher waren wir diejenigen, die von anderen als eindrucksvoll bezeichnet wurden. Bran war es, der von anderen als groß und kräftig angesehen wurde. Und sie sahen auch mich so an, weil es mir gelungen war, ihn als meinen Gefährten zu gewinnen.

Doch neben Kier und seinem Wyvern Drakkar verkommen wir zu etwas Gewöhnlichem.

Ich reiße mich von diesem Gedanken los und gehe hinüber zu Vangar, Astrid und Bran. Erstere nehmen meinen Umhang ab und überprüfen den Sitz meiner übrigen Kleidung.

»Du musst dringend lernen, dich besser zu konzentrieren«, tadelt mich Vangar, während sie meinen Umhang zusammenfaltet.

Ich verdrehe die Augen. »Ja, *Mutter.*«

»Oh, das ist ein netter neuer Spitzname«, schnurrt Astrid.

»Untersteh dich!«, zischt Vangar.

Astrid lacht und legt ihrer Frau einen Arm um die Schulter. »Muss ich vor allen anderen erwähnen, wie ich dich nenne, wenn wir unter uns sind?«

Vangar schürzt die Lippen. »Nein.«

Seufzend wende ich mich ab, als die beiden zu kichern beginnen, und begebe mich zurück zu den Teilnehmern. Ohne Umhang kriecht mir der kalte Wind unter die Kleidung, aber ich kann mich ohne ihn besser bewegen.

In meinem äußeren Sichtfeld meine ich den Schemen zu entdecken, doch als ich mich zu ihm umwende, sehe ich bloß die anderen Begleiter, die nun einen Kreis um die beiden eilig abgesteckten Kampfplätze bilden. Hüfthohe, aus Ästen gefertigte Zäune grenzen den Ort auf wenige Meter ein, auf dem wir uns gleich gegenüberstehen.

Meine Gegner sind zwei ältere Männer und eine Frau mittleren Alters. Alle drei haben mir die Erfahrung einiger Lebensjahre und bestimmt ein paar echte Gefechte voraus, aber das hindert mich nicht daran, mich auf den Kampf zu freuen. Ich strotze regelrecht vor Tatendrang. Ohne Kier in meiner direkten Nähe ist das mahnende Zischen des Schemens zu einem Flüstern verkommen. Ich muss mich nicht fürchten, dass er mich jederzeit in einen hirnlosen Berserker verwandeln könnte, sondern kann endlich zeigen, wie geschickt ich im Umgang mit meinen Äxten bin.

Wie ich vermutet habe, nutzen meine Gegner ausnahmslos Schilde und eine Einhandwaffe. Schwert und Schild sind die bevorzugten Waffen unseres Volkes, und es gibt herausragende Kämpfer, die sie meisterlich beherrschen, so wie Astrid und Vangar. Doch zwei meiner Gegner haben einen zu kleinen Schild für ihre massige Statur gewählt. Selbst aus mehreren Metern Entfernung sehe ich, dass ihre Schwerter zwar reich verziert sind, sicherlich wurden sie von Generation zu Generation weitergegeben, aber sie sind schlecht ausbalanciert. Wohingegen meine Äxte extra für mich angefertigt wurden. Als ich noch im Wachstum war, brauchte ich alle paar Jahre neue, aber seit ich die Führung des Clans übernommen habe, benutze ich diese.

Und ich weiß sie zu führen.

Meine Gegner mustern mich überrascht, als ich meine beiden Äxte aus dem Gürtel ziehe.

»Und deine Verteidigung?«, fragt einer von ihnen.

Bloß wenige Krieger nutzen zwei Waffen gleichzeitig, da sie dadurch ihre Verteidigung aufgeben. In jüngeren Jahren habe ich versucht, mit einem Schild zurechtzukommen, hatte jedoch stets das Gefühl, dass er mich nur behindert. Irgendwann gab mein Lehrer mir eine weitere Axt in die Hand. In diesem Moment war es, als hätte ich die Verlängerung meines linken Arms gefunden, nach der ich die ganze Zeit gesucht hatte.

Ich neige den Kopf und lächele ihn an. »Lass meine Verteidigung meine Sorge sein.«

Mein Gegner murmelt etwas, was sich auf die Entfernung verdächtig wie »vorlautes Weibsstück« anhört. Ein Grund mehr, ihn gleich in seine Schranken zu weisen.

Das Signal zum Beginn des Kampfes ertönt, während ich noch mit mir hadere, ob ich ihn schnell oder langsam besiegen soll.

Ein Kampf »jeder gegen jeden« kann zu einem unübersichtlichen Gemetzel ausarten, deshalb würde ich es vorziehen, mir die Attacken meiner Gegner erst einmal anzusehen, doch da geht der erste bereits mit einem durchdringenden Kriegsschrei auf mich los, während die anderen beiden ihre Schilde gegeneinanderkrachen lassen.

Ich habe mit einem Frontalangriff gerechnet, deshalb halte ich mich nicht damit auf, seine Attacke zu parieren, sondern weiche ihm im letzten Augenblick aus. Da er viel zu viel Schwung in seinen Angriff gelegt hat und sowohl sein Schwert als auch sein Schild schlecht ausbalanciert sind, gerät er ins Straucheln.

Ich schwanke zwischen dem Bedürfnis, laut zu lachen und genervt zu seufzen, tendiere aber zu Letzterem. Wie soll ich meinen nach gestern angeknacksten Ruf wiederherstellen, wenn ich keine ordentlichen Gegner bekomme? Aber egal, niemand wäre derart eindrucksvoll wie Kiers Wyvern.

»Kann's weitergehen?«, frage ich, nachdem sich mein Kontrahent wieder aufgerappelt hat.

Offenbar treffe ich mit der Frage einen Nerv, denn er bleckt die Zähne wie ein wildes Tier und geht erneut auf mich los.

Um diesen traurigen Kampf nicht sinnlos in die Länge zu ziehen, pariere ich diesmal seinen Schwertstreich mit dem Griff meiner linken Axt, während ich mit der rechten seinen Holzschild zersplittere. Ruckartig ziehe ich meine Axt wieder heraus, stoße ihn mit der anderen einen Schritt zurück, sodass ich genug Platz habe, um herumzuwirbeln.

Direkt vor seinem entblößten Hals stoppe ich meine Axt, nur um sie vorsichtig gegen seine bebende Schlagader zu drücken. Sogleich fließt ein dünner Blutfaden heraus.

Mein Gegner starrt mich aus weit aufgerissenen Augen an. Eine falsche Bewegung seinerseits und er muss sich um mehr Sorgen machen als bloß um den verlorenen Kampf.

Jemand erklärt meinen Gegner zum Verlierer, doch mir bleibt keine Zeit, mich über meinen ersten Sieg bei der Prüfung zu freuen, denn nun gehen die anderen beiden geschlossen auf mich los, nachdem sie sich stumm mit einem Blick darauf geeinigt haben, dass ich die größte Gefahr in diesem Ring bin. Die Frau bewegt sich schneller und wendiger als der andere Mann und erreicht mich zuerst. Ihrem Schwertschlag mangelt es an Kraft, dennoch muss ich einen Fuß nach hinten stellen, um nicht das Gleichgewicht zu verlieren.

Diesen Moment nutzt der andere Anführer aus, um mich von der Seite zu attackieren. Mir bleibt kaum Zeit zu reagieren. Ich stoße die Frau zurück und wirbele zu dem anderen Angreifer herum.

Doch zu langsam.

Zwar kann ich seinen Schwertstreich umleiten, aber gleich darauf schlägt er mit dem Rundschild nach mir. Ich zögere für eine Schrecksekunde, drehe dann aber geistesgegenwärtig den Kopf zur Seite. Hätte mich der Schild frontal getroffen, hätte garantiert meine Nase geblutet und ich wäre disqualifiziert worden. So trage ich lediglich einen Brummschädel und ein klingelndes Ohr davon; zum Glück keine Platzwunde. Ich muss mehrmals blinzeln, damit die dunklen Punkte vor meinen Augen verschwinden. Genug Zeit für meine Gegner, um sich neu zu formieren.

Diesmal gehen sie zeitgleich auf mich los, doch es gelingt mir, ihnen auszuweichen. Allerdings habe ich nicht bedacht, wie klein unser Kampfplatz ist. Mit der Hüfte pralle ich gegen die hölzerne Absperrung, jemand stößt mich zwischen die Schulterblätter, sodass ich nach vorn taumle. Schnell finde ich wieder meinen sicheren Stand. Keine Sekunde zu spät, denn meine Gegner haben mich erreicht. Ich tauche unter einem erneuten Schildschlag hinweg und durchbreche so die Verteidigung des Mannes. Mit weit aufgerissenen Augen starrt er mich an, während ich schier alle Zeit der Welt habe, um meine Axt neu zu greifen und ihm das Ende des Griffs von unten gegen die Nase zu rammen. Sogleich spritzt Blut in einer wahren Fontäne hervor.

Die Frau erweist sich als zäherer Brocken, da sie mich nicht unterschätzt wie die anderen beiden Kontrahenten. Mehrmals muss ich auf ihren Schild eindreschen, um sie so weit zurückzutreiben, dass sie ihrerseits gegen die Absperrung prallt. Nun, da ihr Bewegungsradius eingeschränkt ist, pariere ich ihren weit ausholenden Schwertstreich und setze ihr die Klinge meiner Axt an den Hals.

»Gib auf«, grolle ich.

»Niemals«, zischt sie. »Ich bin nicht wie du!«

Ich verenge die Augen zu Schlitzen und hätte nicht wenig Lust, ihr wehzutun. Wie kann sie es wagen, in diesem Moment meine Niederlage von gestern anzusprechen? Doch ich beherrsche mich und begnüge mich damit, die Seite ihres Halses einzuritzen; gut sichtbar für alle fließt ein Rinnsal Blut hinab und versickert im Kragen ihrer Tunika.

»Der Kampf ist vorbei!«, verkündet einer der Begleiter des obersten Anführers. »Yrsa vom Küstenclan ist die Siegerin.«

Astrid und Vangar jubeln, während die anderen Zuschauer nicht mehr als beiläufigen Beifall für mich übrig haben. Aber das kümmert mich nicht. Gefordert hat mich diese Prüfung nicht; wenn ich von meinem wachsenden Brummschädel absehe, hätte ich noch ewig weiterkämpfen können.

Ich riskiere einen Blick zum anderen Kampfring, wo ebenfalls der Sieger festzustehen scheint, wie mir der Beifall beweist.

Geh hinüber, wispert der Schemen. *Bring es zu Ende!*

Hastig schüttele ich den Kopf, kann seine Stimme aber nicht gänzlich vertreiben. Ich hätte Kiers Kampf gern gesehen, um zu erfahren, welche Waffen er nutzt und wie er sich bewegt und ob er auch ohne sein Tierwesen brillieren kann. Für unseren Zweikampf, der unweigerlich irgendwann folgen wird, damit ich meine Rache erhalte, wäre es von unschätzbarem Wert gewesen, so viel wie möglich über seinen Kampfstil zu erfahren. Aber der Schemen hätte das nicht zugelassen, selbst wenn unsere Kämpfe nicht zeitgleich ausgetragen worden wären.

Als ich den Kampfplatz verlasse, achte ich penibel darauf, dass einer der Zuständigen einen Punktestein unter meine Rune legt.

Mein erster Punkt!

Eine ungeahnte Last fällt von mir ab, doch das Gefühl der Erleichterung verflüchtigt sich schnell wieder, als unter Kiers Rune – eine ausgebreitete Schwinge – ein zweiter Stein gelegt wird. Er ist nun einen Punkt im Vorsprung, während ich mir mit den übrigen drei Gewinnern der gestrigen Zweikämpfe Platz zwei teile.

Ohne zu blinzeln, starre ich auf den zweiten Punktestein unter seiner Rune, als könne ich ihn so verschwinden lassen. Aber er bleibt bestehen; seine glatte Oberfläche glänzt im Schein der Sonne, als wolle er mich verhöhnen.

Ich habe keine Ahnung, was die morgige Prüfung sein wird, doch wenn Kier sie ebenfalls besteht, wird er der neue oberste Anführer.

Auch ohne die Einwirkungen des Schemens ballen sich meine Hände zu Fäusten. Ich bin zwar der Ansicht, dass es besser wäre, einen jungen Than der Thane zu haben, der uns bis zur nächsten Prüfung in fünfzehn Jahren sicher führen kann, ohne dass ihn Alterserscheinungen beeinträchtigen, aber doch nicht Kier! Würde ich versuchen, ihn dann zu töten, hätte ich alle anderen Clans gegen mich. Und würde ich es nicht versuchen, werde ich niemals den Göttern oder der Seele meines Vaters gegenübertreten. Die Götter würden mich erst gar nicht in ihre Gefilde lassen; als Eidbrecherin stünde mir lediglich der Weg in das irdene Reich der Totengöttin offen. Dort würde ich auf ewig Qualen erleiden, gemeinsam mit heimtückischen Mördern, Vergewaltigern und Gotteslästerern.

Ein Bild erscheint vor meinem inneren Auge: eine tote Landschaft ohne einen Grashalm oder Baum. Ein Himmel ohne Licht, dunkler als während eines Sturms. Gequälte Schreie erfüllen meine Ohren, und als ich einatme, rieche ich Staub, Asche und Verwesung.

Von irgendwoher höre ich das Kichern des Schemens.

Eine Hand, die hart auf meiner Schulter landet, bewahrt mich davor, noch länger in dieser grauenvollen Landschaft zu verweilen.

»Du warst gut«, lobt mich Astrid lächelnd.

Ich winke ab, nachdem ich mich zu ihr, Vangar und Bran umgedreht habe. »Meine Gegner waren nicht der Rede wert.«

»Kier hatte ebenso wenig Probleme wie du«, lässt mich Vangar wissen.

Ich nicke abgehackt. »Hab ich mir gedacht.«

»Immerhin konntest du deinen Ruf von gestern ein wenig aufpolieren«, sagt Astrid mit ihrer zwitschernden Stimme.

»Ich habe einen Ruf?«, hake ich nach.

Vangar sieht alles andere als begeistert darüber aus, dass Astrid das Thema zur Sprache gebracht hat.

»Welchen Ruf?«, will ich wissen.

Mit einem Blick gibt Vangar ihrer Frau zu verstehen, dass sie diejenige ist, die mir antworten soll, nachdem sie sich die Suppe eingebrockt hat.

»Du hast aufgegeben«, sagt die hochgewachsene Kriegerin schließlich. »Das ist … nicht üblich. Dadurch wirkst du in den Augen der anderen Anführer schwach.«

Ich verziehe den Mund. »Ihr wisst genau, warum ich aufgegeben habe! Hätte ich zulassen sollen, dass Bran von diesem riesigen Wyvern zerfleischt wird?«

»Wir verstehen das«, geht Vangar dazwischen. »Wir kennen dich und dein Tierwesen, seit ihr euch gefunden habt. Aber die anderen …« Sie zuckt mit den Schultern. »Sie legen deine Verantwortung deinem Tierwesen gegenüber als Schwäche aus.«

Ich möchte schreien. Ich will jeden anderen Anführer so lange schütteln, bis er begreift, was Bran und mich verbindet. Ich will es ihnen so lange einbläuen, bis sie nie wieder auf die Idee kommen, mich deshalb schwach zu nennen.

Ich hätte es wissen müssen. Die Aussage meiner Gegnerin hätte mir Hinweis genug sein müssen, dass mein Stand bei den anderen Anführern wackelig, wenn nicht bereits gekippt ist.

Meinen Ruf kann ich bloß auf einem Weg wiederherstellen: indem ich gewinne.

Ich balle die Hände so fest zu Fäusten, dass meine Nägel in die Handflächen schneiden. Wäre Kier kein Anführer, hätte ich leichtes Spiel; zumindest in den Kämpfen bin ich besser als alle anderen – mit Ausnahme von ihm. Doch ich gebe mich nicht der Illusion hin, dass alle Prüfungen sich bloß aufs Kämpfen beziehen werden. Wie wird er sich in anderen Aufgaben schlagen?

»Mischt ihr euch heute Abend wieder unter die anderen Teilnehmer und deren Begleiter?«, frage ich.

Vangar zieht eine Augenbraue nach oben. »Du könntest mitkommen.«

Ich winke ab. Menschenansammlungen – vor allem mit fremden Menschen – machen mich nervöser, als jede Prüfung es könnte. Außerdem könnte ich nicht ausschließen, dass ich Kier über den Weg laufe und mein Schemen wieder meint, er müsse die Kontrolle übernehmen. »Findet für mich heraus, ob sich die Ansicht der anderen über mich nach meinem Sieg heute geändert hat.«

Ich muss ihren Bericht nicht abwarten; Astrids und Vangars Gesichtsausdrücke sprechen Bände.

»In Ordnung«, sagt Astrid dennoch.

Ich zwinge meine Mundwinkel dazu, sich zu heben, weil das wahrscheinlich von ihnen erwartet wird. Dann verabschiede ich mich und trotte neben Bran zurück zu unserer Hütte.

Obwohl ich gewonnen habe, fühle ich mich schrecklich, und ich kann nicht benennen, woran es liegt. Mehrmals reibe ich mir mit der flachen Hand über die Brust, in der Hoffnung, dort endlich etwas anderes als Leere und Niedergeschlagenheit zu empfinden.

Doch bis auf den leichten Schmerz, den der immer stärker werdende Druck auslöst, spüre ich nichts. Alles erscheint mir sinnlos. Ganz gleich wie sehr ich mich anstrenge, die anderen Anführer werden mich nicht akzeptieren. Kann ich dann trotzdem die oberste Anführerin werden, wie ich es meinem Clan versprochen habe? Oder würden die anderen einen Weg finden, meine Ernennung trotz der Siege bei der heiligen Prüfung zu verhindern? Hätte ich mich weniger auf mein Können verlassen und den anderen schmeicheln sollen? Vielleicht hätte es schon viel bewirkt, zumindest ihre Namen zu kennen. Stattdessen habe ich mich blind auf mein Können verlassen, bloß um auf jemanden zu treffen, der mir mindestens ebenbürtig ist.

Seufzend lehne ich mich gegen unsere Hüttentür. Warum, verdammt noch mal, wandern meine Gedanken ständig zu Kier? Ich wünschte, ich könnte sie daran hindern.

Mit einem Brummen schmiegt sich Bran gegen mich und beruhigt mich dadurch etwas. Als ich ihm mit einer Hand durch den Pelz fahre, bemerke ich, dass die Kordel und meine Nachricht von heute Morgen fehlen. Ich wende mich meinem Tierwesen zu und suche nun mit beiden Händen nach der Nachricht in Brans dichtem Fell.

»Hat Kier … sie geholt?«, flüstere ich. Bran nickt. »Wann?«

Mein Tierwesen teilt seine Erinnerung mit mir. Bran sieht mir nach, wie ich zum Kampfring gehe. In dem Moment tritt Kier zu meiner Gruppe, ohne dass ich es bemerkt habe, und löst die Kordel von Brans Hals, während er meine Begleiterinnen mit Worten, die ich leider nicht verstehen kann, ablenkt.

Kurz flackert ein Gefühl in meiner Brust auf, doch ehe ich es benennen kann, hat der Schemen es verschlungen. Aber es war da! Und allein dieses Wissen vertreibt die Schwere, die bis eben noch auf mir lastete, ein Stück weit.

Ich schmiege mich gegen Bran und murmele ein Danke, ehe ich in die Hütte gehe und mich neben die Tür setze, in der Hoffnung, so Kiers Schritte zu hören, wenn er eine neue Nachricht bringt.

KAPITEL 11

KIER

Ich nehme einen tiefen Zug aus meinem Metkrug. Das heiße Getränk wärmt mich von innen, während ich – eingewickelt in einen gefütterten Umhang – etwas abseits der Anwesenden sitze und in eines der Lagerfeuer starre.

Ich gebe zumindest vor, die Flammen zu beobachten, doch es sind die Menschen um mich herum, die ich mustere. Yrsas hochgewachsene Begleiterin, die mit dem obersten Anführer redet. Halvar, der mit einer Begleiterin des Hornclans schäkert, nur um eine Abfuhr zu kassieren. Andere Anführer, die Grüppchen bilden; besonders die drei, die heute von Yrsa besiegt wurden, reden ziemlich laut. Doch keines ihrer Worte macht ihre Niederlage wett.

Ich wünschte, ich hätte den Kampf sehen können, aber meiner fand zeitgleich statt. Mir blieb gerade genug Gelegenheit, Yrsas Antwort zu holen. Ich war unendlich erleichtert, als ich sie las, und beauftragte Halvar damit, ihren Kampf zu studieren, um mir anschließend davon zu berichten. Mein bester Freund war klug genug, meine Bitte nicht infrage zu stellen.

Yrsas Gegner stellten zu keiner Sekunde eine Herausforderung für sie dar. Halvar wurde nicht müde, ihr Geschick im beidhändigen Führen von Äxten zu betonen. Es fiel mir nicht schwer, sie mir vorzustellen – ihre Präzision, ihre kühle Berechnung, ihre stolze Haltung –, und ich muss unweigerlich lächeln, während ich Halvar weiter zuhöre. Nur selten habe ich jemanden mit zwei Waffen kämpfen sehen, noch dazu mit Äxten. Zwar tragen viele Kämpfer Äxte bei sich, aber sie sind fast nie ihre bevorzugte Waffe, weil es ihnen an Reichweite mangelt. Sie greifen lediglich auf sie zurück, wenn sie ihr Schwert während des Kampfes verlieren oder ihrem Gegner sehr nah kommen müssen.

Yrsa schien kein Problem damit zu haben. Sie wartete bis zum letzten Moment, ehe sie auswich oder ihre Waffen zum Angriff hob. Selbst Halvar konnte nicht vorhersagen, welches Manöver sie ausführen würde, da ihre Körperhaltung nichts preisgab. Ich wünschte, meine Kämpfe wären schneller vorbei gewesen, damit ich es mit eigenen Augen hätte sehen können. Doch Yrsa hatte offenbar Mitleid mit ihren Kontrahenten und wollte sie nicht zu lange demütigen. Das ist ein neuer Charakterzug, der mir zuvor nicht bei ihr aufgefallen ist. Aber wenn ich darüber nachdenke, passt er zu ihr.

Der Küstenclan wird von den übrigen Clans belächelt – im besten Fall. Er ist so unwichtig, dass es sich kaum lohnt, ihn zu überfallen, weil die Bewohner nicht mal genug Nahrung für sich selbst haben. Und andere Schätze gibt es dort erst recht nicht zu holen. Deshalb sind die hier anwesenden Anführer – vor allem diejenigen, die heute den Kürzeren gegen sie gezogen haben – alles andere als begeistert davon, wie sie sich schlägt. Ein unbekannter Niemand wie sie, der noch dazu aus einem Clan stammt, der sich nie durch große Taten hervorgetan hat, ist in ihren Augen nicht würdig, den amtierenden obersten Anführer zu beerben.

Ich sehe es anders, habe allerdings meine eigenen Vorbehalte. Nicht zuletzt, weil sie mich töten will.

Abgesehen davon scheint Yrsa noch weitere Ziele zu verfolgen. Anders als die meisten anderen Teilnehmer sucht sie nicht ausschließlich nach Ruhm und Macht, die ein solcher Posten mit sich brächte. Genau wie mir geht es ihr um mehr als den Titel.

Halvar setzt sich neben mich auf den gefällten Baumstamm, greift nach meinem Krug und trinkt ihn in einem tiefen Zug leer.

Als er ihn mir zurückreicht, knurre ich: »Mach ihn gefälligst wieder voll!«

Er wirft mir einen Seitenblick zu. Im Schein der Flammen wirken seine normalerweise dunkelbraunen Augen beinahe goldbraun. »Du hast heute einen weiteren Sieg errungen. Welchen Grund hast du, dich zu betrinken? Hat dich etwa auch eine schöne Frau abgewiesen?«

Ich sehe an ihm vorbei hinüber zu der Begleiterin, der er eben seine Aufwartung machen wollte. »Du solltest aufhören, dir verheiratete Frauen herauszupicken. Dann stünden deine Chancen höher. Und die Chance, dass du eines Tages von einem gehörnten Ehemann aufgeschlitzt wirst, verringert sich rapide.«

Halvar setzt den leeren Krug an, wohl in der Hoffnung, ihm doch noch ein paar Tropfen abringen zu können. Dann stellt er ihn seufzend beiseite. »Die Kleine vom Küstenclan ist unverheiratet, oder? Vielleicht sollte ich bei ihr …«

Als er im Begriff ist aufzustehen, zerre ich ihn zurück auf den Holzstamm. »Untersteh dich.«

Meine Warnung kommt drohender heraus, als sie sollte. Schnell lasse ich Halvar los, doch da grinst er mich bereits breit an.

»Ah, stellst du jetzt schon Besitzansprüche?«, fragt er grinsend.

Ich verdrehe die Augen. »Wie kommst du darauf? Ich will nur nicht, dass sich die Spannungen zwischen ihrer und unserer Gruppe weiter vertiefen, weil du deinen Schwanz nicht in der Hose lassen kannst.«

»Das hat dich bisher nie gestört.«

»Bisher waren wir auch noch nie bei einer heiligen Prüfung, bei der auch alle anderen Clans anwesend sind«, halte ich grollend dagegen. »Ist es wirklich zu viel verlangt, dass du dich so lange ein wenig benimmst?«

Halvar gibt ein schnaubendes Lachen von sich. »Entschuldige, wenn ich dir nicht glaube, dass das der einzige Grund ist.«

Allein die Vorstellung, dass er oder ein anderer Yrsa nachstellen könnte, macht mich rasend, aber ich ersticke dieses Gefühl im Keim, denn es hat ganz eindeutig nichts in mir verloren.

»Doch, das ist es«, gebe ich hitzig zurück. »Du weißt, warum wir hier sind. Was auf dem Spiel steht. Und du weißt auch, dass ich gewinnen muss. Dazu braucht es mehr als bloß Punkte während der Prüfungen. Ich brauche den Rückhalt der anderen Anführer, sonst werde ich mich nicht lange als oberster Anführer halten können.«

Halvar schweigt, während er mich mit verkniffenem Gesichtsausdruck mustert.

Mit einer Kopfbewegung deute ich auf den amtierenden Than der Thane, der umringt ist von jenen, die sich mit ihm unterhalten oder vorgeben, ihn besser kennenlernen zu wollen. »Hier gewinnt nicht der mit den meisten Punkten«, sage ich so leise, dass nur er mich verstehen kann. »Vielleicht offiziell. Aber inoffiziell wird sich nur derjenige als oberster Anführer halten, der die übrigen Anführer hinter sich hat. Und der vorher der Favorit des amtierenden Than der Thane ist.«

Halvar folgt meinem Wink, ehe er fragt: »Du meinst, ich sollte ihn anmachen in der Hoffnung, dass sich dadurch deine Chancen auf den Sieg steigern?«

»Lass dich nicht abhalten«, gebe ich schmunzelnd zurück. »Sieh dir den Anführer des Hügelclans an, der gerade ganz nah beim Hochsitz steht. Er hat noch nicht einen einzigen Punkt sammeln können. Morgen ist die letzte Prüfung. Rein rechnerisch kann er nicht mehr gewinnen. Aber kommt er dir so vor, als hätte er bereits aufgegeben?«

Halvar zieht die Augenbrauen zusammen. »Nein.«

Wir beobachten, wie der Anführer des Hügelclans mit dem Than der Thane lacht und ihm Met nachfüllt. Daraufhin reden sie leise, verschwörerisch. Eine andere Anführerin legt etwas neben dem Hochsitz ab, das im Schein der Lagerfeuer schimmert, wofür sich der oberste Anführer mit einem Nicken bedankt.

Halvars Blick kehrt zu mir zurück. »Und warum sitzt du allein hier herum und kriechst ihm nicht ebenfalls in den Arsch?«

Das habe ich mich bereits selbst gefragt, doch ich kann mich nicht dazu überwinden. »Weil es nicht meine Art ist.«

Halvar nickt. »Ein Teil von mir bewundert dich dafür. Der andere will dich am liebsten prügeln, damit du vor dem amtierenden Than der Thane im Staub kriechst, wenn das deine Chancen steigert. Du nimmst nicht bloß für dich hier teil. Ich muss dir wohl kaum sagen, was geschieht, wenn du verlierst.«

»Musst du nicht«, murmele ich in den leeren Krug, den ich dann mit einem Seufzen auf den Boden stelle.

Als ich wieder aufschaue, kreuzt mein Blick den des obersten Anführers, der herüberstarrt. Mit einer Handbewegung fordert er mich auf, zu ihm zu kommen. Ich hätte nicht wenig Lust, einfach sitzen zu bleiben, doch ich erhebe mich und gehe hinüber, als würde ich mich auf dem Weg zu meiner eigenen Hinrichtung befinden.

»Sei nett«, brummt Halvar mir nach.

Ich verdrehe die Augen, setze aber ein halbes Lächeln auf, als ich vor dem reich verzierten Hochsitz stehe, den der Than der Thane voll ausfüllt. Neben ihm türmen sich mehrere Stapel von Umhängen aus dichtem Pelz, golden glänzenden Bechern und Büchern, die wahrscheinlich aus der Zeit der ersten Sagas stammen, so alt, wie sie aussehen. Die anderen Anführer haben sich nicht lumpen lassen, um ihren Standpunkt zu verdeutlichen; bloß ich stehe hier mit leeren Händen. Sicherlich hätte ich in meinem Dorf etwas gefunden, was ich ihm hätte darbieten können, aber als ich hierher aufgebrochen bin, ging ich noch völlig naiv davon aus, dass die Prüfungen heilig sind und dazu dienen, den Besten auszuwählen – nicht den, der die meisten Geschenke anhäuft.

Ich habe mich geirrt.

Die übrigen Anführer und Begleiter mustern mich wie ein lästiges Insekt, das sie schnellstmöglich loswerden wollen. Ich gebe vor, ihre Blicke nicht zu bemerken, während ich den Kopf vor dem obersten Anführer senke. Mit einem Wink gibt dieser zu verstehen, dass die anderen sich zerstreuen sollen. Sie kommen der Aufforderung nach, aber nicht ohne mich dabei anzurempeln.

Als wir unter uns sind, sagt der Than der Thane: »Du hast dich heute gut geschlagen. Wie bereits gestern.«

Am liebsten würde ich mit einem »Ich weiß« antworten, ringe mich aber zu einem knappen »Danke« durch.

Der oberste Anführer lehnt sich zurück und verschränkt die Hände auf seinem Bauch. »Und doch hast du mir nie deine Aufwartung gemacht.«

Ich schlucke all die Worte hinunter, die ich gern erwidern würde, und sage stattdessen: »Ich war zu sehr damit beschäftigt, mich auf den nächsten Tag vorzubereiten.«

»Und mit einer gewissen Anführerin von der Küste zu verkehren.«

Er muss bemerken, dass mich seine Erwiderung aus dem Konzept bringt, denn er erwidert meinen Blick erheitert.

»Ich wollte lediglich die Fronten zwischen uns klären«, entgegne ich, nachdem ich mich gefangen habe, »da sie fest entschlossen ist, mich zu töten.«

»Ja, natürlich.« Der oberste Anführer wedelt mit der Hand. »Der tragische Vorfall mit ihrem Vater. Aber jemandem wie dir sollte es doch leichtfallen, dieses Ärgernis aus dem Weg zu schaffen.«

Unwillkürlich versteife ich mich. »Jemandem wie mir?«

»Wir mögen uns hier auf diesem heiligen Boden zum ersten Mal begegnet sein, doch ich weiß alles.« Sein Blick bohrt sich förmlich in mich. »Auch über dich, Kier. Es hat mich verwundert, dass du Nachsicht hast walten lassen. Normalerweise schaffst du dir Probleme ohne Umschweife vom Hals.«

Ich habe Mühe, gleichmäßig zu atmen. Wie viel weiß er tatsächlich? Bloß das Gerede, das auch jenseits meiner Grenzen kursiert? Oder ist er vollständig im Bilde?

Mit einer Hand streicht er sich über den langen Bart; auch das ist lediglich eine weitere Spitze gegen mich. »Lass uns nicht weiter über Vergangenes reden. Du schlägst dich gut. Du bist ein herausragender Kämpfer. Aber bist du auch ein Anführer?«

Ich recke das Kinn. »Ich *bin* bereits ein Anführer.«

»In Ermangelung an Alternativen«, entgegnet der Than der Thane ungerührt. »Du bist jung. Wie viele Winter hast du bereits erlebt?«

»Vierundzwanzig«, antworte ich.

»Und wie viele Kämpfe?«

»Acht.«

Ich ringe das Verlangen nieder, ihm meine Arme und den dort befindlichen Beweis meiner Kämpfe und Siege zu zeigen. Das würde ihn nicht beeindrucken, denn seine Arme sind ebenfalls tätowiert. Die dunklen Zeugnisse seiner Errungenschaften werden sich noch über weitere Teile seines Körpers erstrecken, die ich nicht genauer sehen will. Sie werden zahlreicher sein als bei mir. Viel zahlreicher.

»Alles kleinere Geplänkel an deinen Gebietsgrenzen, nehme ich an.«

Erneut trieft seine Stimme vor Herablassung und trifft damit einen Nerv bei mir.

»Ich war bereits an Raubzügen zu anderen Inseln beteiligt«, erwidere ich.

»Mit deinem Wyvern, nicht wahr?«, sagt er in einem Tonfall, als würden wir uns über das Wetter unterhalten. »Denn einen Zugang zum Meer hat dein Gebiet nicht. Wie schade bei deinem aktuellen Vorhaben.«

Schlagartig gefriert mir das Blut in den Adern und es gelingt mir nicht mehr, meine teilnahmslose Miene aufrechtzuerhalten. »Woher …?«

»Deine Begleiter reden viel, wenn sie ausreichend Met getrunken haben.« Unter seinem dichten Bart meine ich ein Lächeln zu erkennen. »Das muss ich dir lassen: Wenn du etwas planst, dann planst du groß.«

»Es ist … eine Spielerei.«

»Eine Spielerei«, echot er.

Ich nicke bekräftigend. »Eine Idee, die ich während eines Ausflugs mit meinem Wyvern hatte. Nichts weiter.«

»Für eine bloße Idee sind deine Pläne schon weit fortgeschritten«, entgegnet der oberste Anführer trocken. »Hast du nicht sogar bereits mit dem Bau begonnen?«

Am liebsten würde ich mich unruhig winden, doch ich beherrsche mich. »Worauf willst du hinaus?«

Er betrachtet mich eine Weile abschätzend. »Es ist schon lange her, seit jemand unser Eiland verlassen hat. Die Nebel, die die Götter zu unserem Schutz gesandt haben, sind zeitgleich unsere Fessel. Niemand kann durch sie hindurchsegeln und das erkunden, was auf der anderen Seite liegt. Sogar unsere Sagas erzählen uns nur lückenhaft, was jenseits der Nebel wartet. Wenn es doch jemandem gelänge …« Er zuckt die Schultern. »Nun, dieser Jemand wäre ein Held für seine Landsleute. Sein Name würde die Zeit überdauern.« Er grinst mich an. »Und die Überlieferungen wären voll des Lobes. Weniger schmeichelhafte Taten würden sicher kaum Erwähnung finden.«

Ich schlucke angestrengt. Diese Überlegungen sind mir nicht neu. Tatsächlich habe ich bereits einige Jahre nach genug Ansehen gestrebt, um meine Verfehlungen zu überdecken. Ich scheute keinen Kampf, auch wenn er noch so unbedeutend war. Ich beteiligte mich an Raubzügen und führte einige an, ganz gleich wie mickrig die Beute war. Ich bemühte mich, ein respektierter Anführer zu werden.

Doch egal, was ich tat oder wie sehr ich mich bemühte, nichts brachte die Gerüchte zum Verstummen.

Ich bin mir sicher, dass die Götter mir Drakkar nicht ohne Grund schickten. Mit ihr bin ich zu Größerem bestimmt. Und die Überquerung des Meeres und das Durchschiffen der Nebel ist etwas verdammt Großes. So groß, dass meine Taten von damals, die falschen Entscheidungen, die ich getroffen habe und die mich noch heute in meinen Albträumen verfolgen, zu Nichtigkeiten verkommen. Mein Clan wird mit Stolz davon berichten, dass ich ihr Anführer bin. Andere Clans werden bei der Erwähnung meines Namens vor Angst zittern.

Doch die Überquerung des Meeres liegt noch in weiter Ferne. Bisher habe ich kaum mehr als ein paar Pläne, wenige zusammengebaute Einzelteile und die Träume eines Jungen, der sich mit aller Macht beweisen will, um aus dem Schatten seines Vaters treten zu können.

Ich konzentriere mich wieder auf den obersten Anführer. »Was willst du?«

Sein Gesichtsausdruck erinnert mich an eine Katze, die einen flügellahmen Vogel in die Enge getrieben hat. »Deine Gaben an mich sind überschaubar, um nicht zu sagen nicht vorhanden.«

Nun kann ich eine Erwiderung nicht zurückhalten. »Verzeih, ich wusste nicht, dass ich mir meinen Sieg erkaufen muss.«

»Alles im Leben hat einen Preis«, erwidert er ungerührt. »Und manche Preise sind höher als andere. Du willst mich beerben? Fein, aber ich werde nicht abtreten, wenn ein solches Geschenk in meiner Reichweite ist. Ich will einen Anteil an allem, was du jenseits der Nebel findest. Und ich will als dein Gönner und Förderer genannt werden.«

Ich stoße ein abgehacktes Lachen aus. »Vergiss es!«

Ohne eine Miene zu verziehen, sagt er: »Dann vergiss du mal lieber deinen Sieg.«

Ich verenge die Augen zu Schlitzen. »Ich liege vorn. Ich werde gewinnen.«

»Sei dir da nicht so sicher.« Er wedelt mit der Hand. »Du darfst dich entfernen.«

Mehrere Herzschläge lang starre ich ihn an, ehe ich mich abrupt abwende und zurück zu Halvar stapfe – begleitet vom höhnischen Kichern manch anderer Anwesender. Wie viel haben sie gehört? Zwar wurden sie weggeschickt, aber gerade gegen Ende haben weder der oberste Anführer noch ich sonderlich leise geredet. Zum Glück hat er nie genau erwähnt, worum es sich bei meinem Projekt handelt.

Aber meine Clanmitglieder wissen es. Und sie haben es – und auch mich – verraten.

Halvar erhebt sich, als ich bei ihm angekommen bin. »Was ist passiert?«

»Was wird es mich kosten, Erik und die anderen Begleiter aus dem Clan zu verbannen?«, will ich wissen.

Halvar ist klug genug, nicht nach dem genauen Grund zu fragen. Er wird es wissen wollen, aber nicht solange ich so aufgebracht bin wie jetzt. »Eine Menge Rückhalt. Der Rat der Ältesten wird dir noch mehr Steine in den Weg legen als bisher.«

Noch mehr Steine kann ich mir nicht leisten. Ich habe schon jetzt genug davon, um ein ganzes Dorf zu errichten. Trotzdem halte ich es nicht aus, wenn sie weiter als meine Begleiter fungieren. Ich vertraue ihnen nicht, und auch ihr Wort zählt nicht mehr für mich.

»Sag ihnen, ich will sie an unserer Hütte treffen«, trage ich Halvar auf.

»Was hast du vor?«

»Ich werde sie nach Hause schicken.«

»Auch damit wirst du dir Ärger einhandeln.«

Aufgebracht fahre ich mir mit beiden Händen durchs Haar. »Ich handele mir mit allem Ärger ein! Egal was ich tue – nichts ist gut genug.«

Halvar bleibt ungerührt, trotz meines Ausbruchs. »Du weißt, was deine Stellung festigen würde – abgesehen von einem Sieg bei den Prüfungen.«

Seufzend lasse ich mich auf den Baumstamm sinken. Ich fühle mich, als hätte jedwede Kraft meinen Körper verlassen. Während ich vorhin noch voller Tatendrang und Siegesgewissheit war, sehe ich nun ausgezehrt dem nächsten Tag, der nächsten Prüfung entgegen. Denn nun habe ich nicht nur die anderen Anführer als Gegner, sondern auch den Than der Thane. Er hat es zwar nicht explizit gesagt, aber ich bin mir sicher, dass er alles daransetzen wird, dass ich nicht gewinne.

»Ich weiß«, wispere ich. »Deshalb tue ich doch alles, um in den Augen der Götter würdiger zu erscheinen. Aber so gern ich auch die Macht hätte, kann ich ihre Gaben nicht verteilen.«

Halvar setzt sich neben mich und legt mir eine Hand auf die Schulter. »Ich hoffe, du hast einen Plan.«

Ich schüttele den Kopf.

»Dann musst du dich anstrengen«, sagt er. »Noch mehr als bisher.«

Resigniert schließe ich die Augen. »Das tue ich.«

Er zieht seine Hand zurück. Sogleich fühlt sich die Stelle, an der sie eben lag, eisig kalt an. »Spielereien, die niemals Wirklichkeit werden können, gelten nicht als Anstrengung«, mahnt mein bester Freund.

Natürlich hat er recht. Was nützt mir das beste und größte Schiff, wenn mein Gebiet keinen Zugang zum Meer hat? Wenn ich ehrlich bin, diente das ganze Projekt dazu, dass ich etwas zu tun hatte. Es war eine Ablenkung von den wirklichen Problemen, die ich nicht lösen kann.

Denn ohne die Gunst der Götter wird mein Clan untergehen. Und es wäre meine Schuld. In den Sagas unseres Volkes wird mein Name auf ewig mit der Auslöschung des Schwingenclans in Verbindung gebracht werden.

»Ich werde mich anstrengen«, verspreche ich. »Mehr noch als zuvor.«

»Keine Ablenkungen«, sagt Halvar. »Du liegst bei der Prüfung zwar vorn, aber du kannst es dir nicht leisten, jetzt nachlässig zu werden.«

Natürlich weiß er, wovon er spricht. Ich nicke widerstrebend, denn er hat recht: Yrsa ist nicht nur eine Konkurrentin, sondern auch eine Ablenkung.

Eine ziemlich große Ablenkung. Und genau wie mein Projekt nützt es mir nichts, sie besser kennen- oder verstehen zu lernen. Ganz gleich, wie sehr sie mich fasziniert oder wie viel ich über sie herausfinden will.

»Was machen wir mit Erik und den anderen?«, fragt Halvar.

»Schick sie nach Hause«, sage ich. »Ich ertrage es nicht, wenn sie von meinen Taten hier berichten. Ihre Worte wären eine Beleidigung.« Ich suche seinen Blick. »Das heißt, wenn du es schaffst, allein auf mich aufzupassen.«

Er rempelt mich mit der Schulter an. »Das tue ich schon fast mein ganzes Leben. Und du sitzt noch hier. Also scheine ich mich nicht ganz so dumm anzustellen.«

Ich schenke ihm ein Lächeln, das hoffentlich meine tiefe Dankbarkeit ausdrückt. Keine Ahnung, ob ich mich Halvar gegenüber genug erkenntlich zeige. Ohne seinen Rückhalt wäre ich schon lange tot. Oder ich hätte meinem Leiden eigenhändig ein Ende gesetzt. Er war der Einzige, der sich meine Version nicht nur angehört, sondern mir auch geglaubt hat.

Ganz gleich wie die Prüfungen ausgehen, ich brauche ihn an meiner Seite.

Ihn und Drakkar. Alle anderen können mir gestohlen bleiben.

Und doch frage ich mich in einer ruhigen Minute, in der ich tief in die Flammen des Lagerfeuers vor mir starre, ob Yrsa mir ebenfalls geglaubt hätte. Hätte sie mir zugehört? Oder hätte sie mich – wie die meisten meiner Clanmitglieder – gleich verdammt?

KAPITEL 12

YRSA

Kier hat nicht geantwortet.

Mehrmals bin ich am Abend und in der anbrechenden Nacht hinaus zu Bran gegangen, um nach einer Kordel an ihm oder einem anderweitig versteckten Zettel zu suchen.

Ich fand keinen.

Als Astrid und Vangar zurückkamen, waren sie überrascht darüber, dass ich noch wach war. Ich beruhigte sie damit, dass Bran sich nicht gut fühle und ich deshalb nach ihm sehen müsste. Der Mond stand bereits hoch am Himmel, als ich zum letzten Mal hinausging, um nach einem Zettel zu suchen.

Ein wenig hasste ich mich dafür. Vor allem aber hasste ich die Leere, die sich nach einer kurz aufflammenden Enttäuschung in mir ausbreitete. Vorher ist sie mir nicht so stark aufgefallen. War sie etwa schon immer da? Ständig taste ich nach einem anderen Gefühl; einem, das nicht dem Schemen zum Opfer gefallen ist und diese allumfassende Leere in mir hinterlässt. Ich weiß, dass ein neuer Brief dieses andere Gefühl hervorrufen und die Leere vertreiben könnte, doch es bleibt verschwunden – genau wie Kiers Briefe.

Ich schlafe unruhig; getrieben vom Wunsch zu gewinnen und begleitet vom Zischen des Schemens werfe ich mich auf meiner Bettstatt hin und her, wache mehrmals auf und lausche angestrengt auf Schritte jenseits der Hütte. Bis auf Astrids Schnarchen und Vangars leises Schnaufen höre ich jedoch nichts.

Es muss noch einige Stunden vor Sonnenaufgang sein, als ich keinen Schlaf mehr finde. Stattdessen quäle ich mich mit der Frage, was ich falsch gemacht habe. In Gedanken gehe ich unsere letzten Briefe durch. Im Gegensatz zu ihm habe ich wenig geschrieben und wirkte bestimmt zu schroff. Nun wünschte ich, ich hätte mich anders verhalten – wenigstens in unseren Briefen. Ihm direkt gegenüber werde ich mich nie anders verhalten können, aber wenn ich ihm schreibe, kann ich mir einreden, dass er nicht mein Feind ist. Dass er nicht derjenige ist, nach dessen Blut der Schemen giert. Ich habe die Kontrolle über mich und muss sein Zischen nicht hören.

Wenn ich Kier schreibe, ist er einfach nur ein junger Mann und ich bin eine junge Frau, und beide sind wir Flüsterer starker Wesen. Wir sind weder Anführer noch Todfeinde noch Konkurrenten. Für die Zeit, die ich brauche, um seine Zeilen zu lesen oder meine zu schreiben, kann ich alles vergessen, was auf uns lastet, und mich mit einem Gleichgesinnten unterhalten.

Es fehlt mir, mich mit ihm über Dinge auszutauschen, die ich niemand anderem gegenüber zur Sprache bringen würde, wie das Alter des obersten Anführers. Oder Einzelheiten über unsere Tierwesen. Ich wüsste so gern, wie er seinen Wyvern gefunden hat. Ob es bei ihm ebenso schwierig war wie bei Bran und mir? Ich wünschte, ich hätte ihn danach gefragt, anstatt ihm bloß auf seine Bitte zu antworten. War das etwa alles, worum es ihm ging? Antwortet er mir deshalb nicht mehr, weil alles erledigt ist?

Ich ertappe mich dabei, wie ich mehrmals über solche Fragen nachdenke, anstatt mir auszumalen, wie ich sein Leben beende, um endlich von dem Schemen befreit zu sein und die Ehre meines Vaters wiederherzustellen. Und jedes Mal, wenn ich mich dabei erwische, erschrecke ich mehr. Vor mir selbst. Vor meinen Gedanken. Vor dieser Nachlässigkeit, die ich nicht von mir kenne.

Ich war schon immer zielstrebig. Das musste ich sein, schließlich lastete die ganze Verantwortung für unseren Clan und die Weiterführung unseres Namens auf meinen Schultern. Nicht bloß einmal beneidete ich Elvi darum, dass sie zur Valkra wurde und sich mit derlei Dingen nicht befassen muss. Zumindest bis mir wieder einfiel, was sie für diesen Weg aufgeben musste. Ihr Augenlicht. Den direkten Kontakt zu ihrer Familie. Die Aussicht auf eine eigene Familie. Ihre Zukunft.

Wir alle müssen Opfer bringen; bei dem einen sind sie offensichtlicher als bei dem anderen.

Und wenn ein weiteres Opfer jenes ist, dass ich nie mehr mit einem Gleichgesinnten reden kann, dann werde ich es erbringen – zum Wohle derer, die mir wichtig sind und anvertraut wurden.

Meine eigenen Wünsche spielen dabei keine Rolle.

Am dritten Tag der Prüfungen erscheine ich nicht zu spät am Versammlungsplatz. Ich wünschte nur, ich hätte besser geschlafen. So muss ich ein Gähnen mit der Hand verstecken, als ich mich in die Reihe der anderen Teilnehmer stelle. Kier ist bereits anwesend, das spüre ich dank meines Schemens, der sich unruhig in mir windet. Ich wage nicht, mich nach Kier umzusehen, um das finstere Wesen nicht gänzlich aufzuwecken. Stattdessen nestele ich an meiner Kleidung herum, mit der ich mir heute wenig Mühe gegeben habe. Ich habe mich auf eine praktische Tunika und eine Hose beschränkt, die ich bereits seit vielen Jahren trage und in denen ich mich gut bewegen kann. Astrid und Vangar bedachten mich mit tadelnden Blicken, als ich derart unwürdig gekleidet die Hütte verließ, doch das war mir egal. Mir geht es bloß darum, dass ich mich in einem Kampf schnell bewegen kann und nicht von zu vielen Gürteln, Schnallen und Stofflagen behindert werde, denn eine Niederlage kann ich mir nicht leisten.

Während wir auf die Ankunft des obersten Anführers warten, unterhalten sich die übrigen Clanführer um mich herum, teilweise auch über meinen Kopf hinweg.

Ich scheine für sie unsichtbar zu sein.

Niemand richtet das Wort an mich. Ich dachte bisher, dass ich es genießen würde, endlich einmal für mich zu sein, doch das war ein Irrtum. So oft habe ich mir ausgemalt, wie schön es wäre, wenn ich nach einem langen Tag die Tür hinter mir zuziehen könnte, ohne dass noch jemand anklopft und einen Urteilsspruch von mir erwartet oder meine Entscheidung zu einem kommenden Fest benötigt. Doch was ich jetzt empfinde, hat nichts mit der erträumten Ruhe zu tun. Mehrmals öffne ich den Mund, um an einer Unterhaltung teilzunehmen, schließe ihn jedoch wieder, bevor ihn ein Ton verlässt.

Als der oberste Anführer endlich eintrifft, verstummen sogleich die Gespräche um mich herum. Obwohl er nur mithilfe eines seiner Vertrauten zu seinem Hochsitz gelangt, da er durch seinen schwankenden Gang kaum Halt auf dem glatten Boden findet, strahlt er eine Würde aus, die sogleich jedwede Aufmerksamkeit auf sich zieht. Durch sein Alter und seine körperlichen Gebrechen ist er ungeeignet, uns in einem Ernstfall in eine Schlacht zu führen, dennoch gelingt es ihm, durch seine bloße Anwesenheit jeden auf sich aufmerksam zu machen.

Werde ich je über eine solche Ausstrahlung verfügen oder werde ich für alle Ewigkeit unter Gleichgestellten unsichtbar bleiben?

»Heute«, verkündet der Than der Thane, nachdem er mit einem Ächzen auf seinem Hochsitz Platz genommen hat, »teste ich euer Wissen über unsere Sagas.« Kollektiv schnappen die Clanführer um mich herum nach Luft. »Ein Anführer ist nicht bloß dazu da, seinen Clan in Zeiten des Krieges anzuleiten, sondern er muss ihm auch unsere Werte vermitteln, damit die nachfolgenden Generationen nicht den Zorn der Götter und somit das Ende der Welt entfesseln.«

Eine ohrenbetäubende Stille legt sich für einige Herzschläge über die Anwesenden. Sie starren den obersten Anführer an, als würden sie darauf warten, dass er lacht und die heutige Aufgabe als Scherz abtut und zu einem weiteren Kampf aufruft. Doch er lehnt sich abwartend und mit dem Anflug eines Lächelns zurück.

Daraufhin bricht um mich herum ein Tumult los, dessen Ursprung ich nicht sofort begreife.

Es dauert, bis einer der Clanführer den Mut oder die richtigen Worte findet, um sich direkt an den Than der Thane zu wenden.

»Die Weitergabe unserer Traditionen ist Aufgabe der Valkra«, sagt er. Obwohl er sich bemüht, ruhig zu sprechen, höre ich einen Hauch Empörung in seiner Stimme heraus.

Zustimmendes Gemurmel erhebt sich. Jedoch nicht von mir. Ich kenne den Grund für diesen Einspruch: Zu viele Thane haben keinen Schimmer von unseren Traditionen und überlassen alles, was damit zu tun hat, ihren Valkras.

Ich bin die Schwester einer solchen. Ich habe sie während des Großteils ihrer Ausbildung begleitet. Zwar würde ich nie so weit gehen und behaupten, ich wüsste genauso viel wie Elvi, aber mehr als diese Clanführer, die zu jedem Fest lediglich betrunken und stumpf die Worte wiederholt haben, die ihnen ihre Valkra zugeflüstert hat, weiß ich auf jeden Fall.

Das könnte endlich eine Aufgabe sein, bei der ich brillieren kann.

Um mir meine Freude über die heutige Prüfung nicht anmerken zu lassen, richte ich meinen Blick starr auf den obersten Anführer, an dem der Protest der anderen Teilnehmer abprallt.

»Than Rolfe«, sagt er schließlich und spricht damit direkt den Clanführer an, der seinen Unmut als Erster kundgetan hat. »Diese Prüfung hat eine lange Tradition. Valkras sind ein fester Bestandteil unserer Gesellschaft. Ein Clan ohne Valkra ist ein verlorener Clan. Das muss ich weder dir noch irgendeinem anderen von euch erklären. Aber das darf uns nicht blind dafür machen, dass auch Valkras nicht unfehlbar sind.« Sein Blick gleitet zum Ende der Reihe, wo er einen Teilnehmer fixiert. »Valkras können dem Ruf der Macht ebenso erliegen wie jeder von uns. Sie können sich irren oder ihre eigenen Ziele verfolgen. Es ist daher von großer Bedeutung, dass ihr als Clanführer zumindest die Grundlagen unserer Traditionen kennt, um im Ernstfall eingreifen zu können. Solltet ihr Than der Thane werden, ist eure Verantwortung noch größer als jetzt. Ich werde die Prüfung daher fortsetzen, ungeachtet eurer Einwände, denn alle diesjährigen Prüfungen wurden zuvor von mehreren Valkras abgesegnet.«

Nicht jedem scheint diese Entscheidung zu schmecken; das höre ich deutlich aus dem Brummen heraus, das um mich herum anschwillt. Doch zu einem erneuten Einspruch kann sich keiner der Teilnehmer durchringen.

Hatte ich bisher keine hohe Meinung vom amtierenden Than der Thane, so muss ich meinen schlechten Eindruck von ihm ein wenig revidieren. Ich habe kaum eine Erinnerung an die Valkra, die meinem Clan vor Elvi diente, und ich hatte noch nie mit einer anderen Valkra als meiner Schwester zu tun. Mein Erfahrungsschatz mag dahingehend begrenzt sein, trotzdem hätte ich mir nicht im Traum ausgemalt, dass sich eine Valkra gegen ihren Clan stellen könnte.

Nun sehe ich es in einem anderen Licht. Offenbar kam es in der Vergangenheit zu Zwischenfällen, deren Ausmaß ich mir nicht vorstellen kann. Eine Valkra besitzt beinahe genauso viel Einfluss wie ein Clanführer. Zu Zeiten großer Not oder während bedeutender Feiertage besitzt sie sogar noch mehr Macht. Richtig eingesetzt könnte diese Macht zu einem Umbruch führen – und die meisten Clanführer würden es nicht einmal bemerken, weil sie mit unseren Traditionen nur mäßig vertraut sind.

Der Than der Thane winkt einige Frauen unterschiedlichen Alters herbei, die von Begleitern zum Hochsitz geführt werden. Erst nachdem sie sich aufgereiht haben, erkenne ich den Grund: Sie sind alle Valkras und somit blind. In ihrem angestammten Dorf kann sich eine Valkra wie eine Sehende bewegen, aber hier in der Fremde und noch dazu auf glattem Untergrund greifen sie auf Unterstützung zurück.

Ich muss beinahe schmunzeln, als ich mir Elvi vorstelle, wie sie stolz das Angebot, zu ihrem Platz geführt zu werden, ablehnt. Sie hasst kaum etwas so sehr, wie auf andere angewiesen zu sein.

Einige der Valkras sind noch junge Mädchen von vielleicht zwölf oder dreizehn Jahren. Bei ihnen sind die Brandnarben rund um die Augen noch deutlich ausgeprägter als bei den Älteren, wo sie bereits verblasst sind oder zwischen den Falten verschwinden.

Die Erinnerung an den Abend, als sie Elvi das Augenlicht nahmen, gehört leider auch zu jenen, mit denen mich die Schicksalsgöttinnen regelmäßig quälen. Noch Wochen danach schreckte ich schweißgebadet aus Albträumen hoch, in denen ich Elvis hohe Schreie hörte. Nachdem sie sich von dem ersten Schreck erholt hatte, meinte Mutter, dass es gut sei, dass Elvi noch so jung ist. Jüngere Mädchen, die von den Göttern zur Valkra berufen werden, verkraften den Verlust ihrer Sehkraft schneller als ältere. Ich sah nichts davon, dass es gut war. Ich sah bloß meine Schwester, die vor Schmerzen zitterte und am liebsten die ganze Zeit geweint hätte, es jedoch unterdrückte, weil die salzigen Tränen wie Feuer in ihren Augenhöhlen brannten. Ich sah die Narben, die ihr bis dahin makelloses Gesicht verzerrten und sich bis auf die Wangen hinabzogen. Ich sah ihre unsicheren Schritte, als sie sich von jetzt auf gleich in völliger Dunkelheit zurechtfinden musste.

Ich half ihr, so gut ich konnte. Ich stand ihr bei, wenn sie Unterricht bei der alten Valkra erhielt, die jedoch bereits mehr tot als lebendig war und Elvi kaum etwas beibringen konnte. Ich hielt ihre Hand, wenn sie mitten in der Nacht eine Vision hatte und vor Angst nicht mehr einschlafen konnte. Nicht immer erzählte sie mir den Inhalt ihrer Visionen, was wahrscheinlich besser war. Schließlich sind die Götter nicht dafür bekannt, freundlich zu sein. Ich hasste sie dennoch mit kindlichem Trotz dafür, dass sie einem jungen Mädchen von gerade einmal sieben Jahren Visionen von Leid und Tod schickten und es so weit verstörten, dass ich meine Schwester kaum noch erkannte.

Mit den Jahren wurde es besser, aber ihre Kindheit hatte Elvi unwiederbringlich verloren. Irgendwie gewann sie ihre Lebensfreude zurück, jedoch wurde sie nicht mehr zu der Schwester, die mein Ebenbild war – weder äußerlich noch innerlich. Zu große Verantwortung lastete auf ihren jungen Schultern, denn die alte Valkra verstarb, nur wenige Monate nachdem Elvis Unterricht begonnen hatte.

Also war es an mir, ihr unsere Traditionen aus Büchern beizubringen, die sie nicht mehr lesen konnte. Wir schlugen uns unzählige Nächte um die Ohren, um Elvi auf ihren ersten Einsatz als Valkra vorzubereiten. Bis heute kann ich nicht glauben, welcher Erfolg das Julfest war. Den ersten Schritt, um als Valkra anerkannt zu werden, hatte Elvi gemeistert und ich hätte nicht stolzer auf sie sein können.

Während ich noch teils in Erinnerungen festhänge, bereiten die anwesenden Valkras die kommende Prüfung vor. Ich frage mich, zu welchem Clan sie gehören. Keiner der Anwesenden scheint eine von ihnen zu kennen. Oder sie verstellen sich besser, als ich es je könnte. Ich würde mich freuen, wäre Elvi unter ihnen. Noch nie war ich so lange von meiner Zwillingsschwester getrennt. Durch die Prüfungen und die damit verbundenen körperlichen Anstrengungen sowie durch Kiers Anwesenheit, die immer wieder den Schemen auf den Plan ruft, habe ich zwar genügend Ablenkung, aber gerade abends kurz vor dem Einschlafen fehlt mir die Gewissheit, dass ich lediglich einhundertelf Schritte gehen müsste, um den Duft von Elvis Kräutergarten zu riechen, und fünf weitere, um an ihre Tür zu klopfen.

»Eure erste Aufgabe ist es«, sagt der oberste Anführer, »unsere Feiertage chronologisch im Jahreslauf zu ordnen.«

Um mich herum wird wieder Unmut laut. Ich ziehe angesichts dieser einfachen Aufgabe die Augenbraue hoch.

Die Teilnehmer werden einzeln nach vorn gebeten, wo Zettel mit den jeweiligen Feiertagen durcheinanderliegen, die in die richtige Reihenfolge gebracht werden müssen. Die beiden Clanführer vor mir verzweifeln an dieser Aufgabe, raufen sich mehrmals die Haare und geben dann auf, während sie sich lauthals über diese Sinnlosigkeit beschweren.

Als ich an der Reihe bin, benötige ich weniger als eine halbe Minute, um die Zettel richtig zu ordnen.

Das Neujahrsfest, das in Norens Namen stattfindet und deshalb landläufig Norenge genannt wird. Das Frühjahrsfest, das erste zu Ehren seiner Frau Merwa, die uns Fruchtbarkeit und reiche Ernten schenkt. Das Midsommerfest, mit dem wir uns für die wenigen warmen Tage bedanken. Das zweite Merwafest kurz vor dem Anbruch des Winters, das wir erst vor ein paar Tagen begangen haben. Dann noch das Julfest, das eine Woche vor Neujahr stattfindet und in dem wir uns des vergangenen Jahres besinnen.

»Beeindruckend«, brummelt der oberste Anführer in seinen dichten Bart.

Ich halte mich nicht damit auf, ihm für sein widerwilliges Lob zu danken, sondern achte darauf, dass ein Punktestein korrekt unter meine Clansrune gelegt wird, ehe ich dem nächsten Teilnehmer Platz mache.

Die meisten versagen. Nur der Anführer des Hornclans, den ich gestern im Gruppenkampf besiegt habe, kann die Aufgabe erfüllen, benötigt jedoch mehr als fünfmal so lang wie ich.

Kier ist als Letzter an der Reihe. Ich sehe ihn zwar bloß von hinten, jedoch genügt es, um meinen Schemen aufgeregt flüstern zu lassen. Erneut will er mich davon überzeugen, dass ich mich hier und jetzt hinterrücks auf Kier stürzen und ihn vor den Augen aller umbringen soll. Ich habe es mittlerweile aufgegeben ihm klarzumachen, dass ich das nicht tun werde. Also versuche ich, mich von seinem unablässigen Flüstern abzulenken, indem ich mich auf andere Dinge konzentriere.

Aus sicherer Entfernung gelingt es mir, das dunkle Ungeheuer auszublenden. Allerdings fällt es mir unsagbar schwer, meine Gedanken auf etwas anderes als Kiers breiten Rücken zu richten, um den ein reich verzierter und verbrämter Umhang liegt. Während sich andere Teilnehmer einfach nach hinten plumpsen ließen, um die am Boden liegenden Zettel zu ordnen, kniet Kier sich hin. Seine Bewegungen sind weder ausladend noch polternd wie die vieler anderer Männer, sondern ruhig und präzise, als denke er vorher über jede einzelne nach.

Obwohl ich nicht viel von ihm sehe, spüre ich seine Anspannung. Als er nach dem ersten Zettel greift, wirken seine Bewegungen plötzlich nicht mehr ruhig oder präzise, sondern zögerlich. Beinahe ängstlich. Auch die Stimmung der anderen Teilnehmer ändert sich. Es ist, als lechzten sie danach, dass Kier einen Fehler macht. Als erwarteten sie es regelrecht.

Ich kenne diese Art von innerer Anspannung nur zu gut; anfangs lauerten in meinem Clan viele auf meinen ersten Fehler, um sagen zu können, wie ungeeignet ich doch als Anführerin sei. Dass zwar das Blut meines Vaters durch meine Adern floss, aber ich eben nicht so sei wie er.

Diese Genugtuung gab ich ihnen nie. Dennoch kann ich mir genau vorstellen, wie ich mich gefühlt hätte, wenn es anders gewesen wäre. Ich wäre nicht daran zerbrochen – dazu hätte es mehr gebraucht –, aber es hätte mich ängstlich gemacht. Ich hätte jeden meiner Schritte doppelt und dreifach abgewägt, um ja keinen weiteren Fehler zu begehen. Ich hätte so lange gezaudert, bis meine Entscheidung kaum noch eine Rolle gespielt hätte. Und so hätte ich den Rückhalt meines Clans erst recht verloren.

Ich sehe direkt vor mir, wie es hätte sein können. Wie leicht aus mir eine ängstliche statt der zielstrebigen und verlässlichen Anführerin hätte werden können. Bloß wenige Worte, der Anflug eines Geflüsters wären notwendig gewesen, um mein ganzes Selbst zu verändern.

Ich habe Kier zu keiner Sekunde als ängstlich wahrgenommen, doch nun strahlt er eine Unsicherheit aus, die die übrigen Clanführer dazu veranlasst, sich auf ihn zu stürzen wie eine Meute hungriger Wölfe auf einen frischen Kadaver. Sie lachen und feixen – laut genug, dass Kier sie hören muss. Seine Haltung wirkt sogar unter seinem Umhang steif und angespannt. Ich wage nicht, mir vorzustellen, wie es erst in seinem Inneren aussehen muss.

Für einen winzigen Moment flammt der Wunsch in mir auf, zu

ihm zu gehen und die Zettel für ihn zu ordnen, um ihn vor dem Spott der anderen Anführer zu bewahren und sowohl seine Ehre als auch sein Selbstwertgefühl zu retten.

Hastig vertreibe ich diesen abwegigen Gedanken. Das wäre völlig irrsinnig und würde nur den Schemen dazu veranlassen, die Kontrolle über mich zu erlangen. Mir kommt es außerdem gelegen, wenn Kier die Aufgabe nicht erfüllen kann. Dann haben wir endlich gleich viele Punkte. Doch sosehr ich es auch versuche, kann ich nicht wie die anderen zuschauen und auf Kiers Versagen warten. Ich hoffe nicht einmal darauf, obwohl ich es sollte.

Als er sich erhebt und auf das Urteil des obersten Anführers harrt, ertappe ich mich dabei, wie ich ihm die Daumen drücke, dass er alles richtig hat.

Kiers Schultern sacken herab, sobald der Than der Thane den Kopf schüttelt, und meine tun es ebenfalls. Wie abwegig das ist! Eigentlich müsste ich vor Freude darüber, dass unter Kiers Clansrune kein weiterer Stein liegt, jubeln. Aber das kann ich angesichts der hämischen Bemerkungen der anderen Teilnehmer nicht.

Immerhin könnte ich jetzt das Ziel ihres Spotts sein.

»Habt ihr keinen Funken Ehrgefühl?«, knurre ich ihnen zu. »Schließlich habt ihr ebenfalls versagt. Wenn ihr euch über ihn lustig macht, macht ihr euch gleichzeitig über euch selbst lustig.« Ich hebe die Mundwinkel zu einem abwertenden Lächeln. »Aber das passt zu euch.« Schnaubend schüttele ich den Kopf. »Wie konnten euch die Götter nur so lange an der Macht lassen, wo ihr doch nicht einmal ihre grundlegenden Feierlichkeiten kennt? Wie könnt ihr euch selbst als Than bezeichnen, wenn ihr doch bloß einen Teil eurer Aufgabe erfüllt?«

»Yrsa«, kommt es mahnend vom Than der Thane.

Ich habe keinen Blick für ihn übrig, sondern starre die Teilnehmer nieder, die selbst versagt und sich zudem über Kier amüsiert haben. Nur ein paar von ihnen haben genug Mumm, meinem Blick standzuhalten; der Rest findet seine Stiefelspitzen plötzlich äußerst interessant. Niemand wagt es, mir zu widersprechen. Was sollten sie auch sagen? Niemand sollte sich über einen anderen lustig machen, wenn er es selbst nicht besser kann.

Der oberste Anführer seufzt. »Normalerweise würde ich solch vorlautes Verhalten tadeln, aber dummerweise hat sie recht. Die einzigen beiden, die es sich herausnehmen könnten, auf die anderen herabzusehen, sind die Anführer des Horn- und des Küstenclans. Euch anderen rate ich dringend, eure Zeit lieber mit dem Studium unserer Feiertage zu verbringen, als andere zu verspotten.«

Augenblicklich kehrt Ruhe ein. Seine gesetzte, aber bestimmte Art, mit der er andere unter Kontrolle bringt, ist ein weiterer Punkt, den ich am amtierenden obersten Anführer schätze. Vor allem, wenn sich sein Tadel nicht gegen mich richtet.

»Hier«, nuschelt der Teilnehmer neben mir, während er mir etwas in die Hand drückt. »Soll ich dir geben.«

Stirnrunzelnd schaue ich auf den zusammengeknüllten Zettel in meiner Hand. Ich ziehe meinen Umhang ein Stück vor, damit ich ihn vor neugierigen Blicken geschützt entfalten kann. Es ist einer der Zettel, die wir eben der Reihenfolge nach ordnen sollten. Vorn steht Neujahrsfest. Ich runzele die Stirn, ehe ich den Zettel umdrehe. Bloß ein einziges Wort steht hastig auf die Rückseite gekritzelt.

Danke.

Auch wenn ich seine Schrift nicht sofort erkannt hätte, müsste ich nicht nachfragen, von wem der Zettel ist. Ich falte ihn zusammen und stecke ihn in meine Hosentasche, ehe ich wieder nach vorn sehe.

Gegen den Anflug eines Lächelns auf meinen Lippen bin ich jedoch machtlos, obgleich der Schemen ihn sofort verschwinden lässt. Aber er war da. Ich habe genau gespürt, wie sich meine Mundwinkel bewegt haben, ohne dass ich sie im richtigen Moment dazu zwingen musste.

KAPITEL 13

KIER

Am liebsten wäre ich vor Scham im Boden versunken, und ohne Yrsas Eingreifen wäre ich das vermutlich auch, sobald einer der anderen Anführer noch etwas Abwertendes zu mir gesagt hätte.

Dass ich versagt habe, steht außer Frage. Das beweist mir ein Blick auf den Punktestand, den ich nun nicht mehr allein anführe. Ich weiß nicht, ob ich bei der letzten Prüfung besser abgeschnitten hätte, wenn meine Ausgangslage eine andere gewesen wäre.

Da es jedoch keinen Sinn hat, mir den Kopf darüber zu zerbrechen, stürze ich mich mit Feuereifer auf die nächsten Aufgaben.

In der Wiedergabe unserer wichtigsten Sagas schlage ich mich bedeutend besser als bei den Feiertagen. Dummerweise ist auch Yrsas Wissen bezüglich unserer Götter, deren Verwandtschaftsgrade und Vorlieben mehr als weitreichend. Es ist beinahe beängstigend, wie schnell und präzise ihre Antworten sind.

Einzeln werden wir von den Valkras befragt und jedes Mal rutscht mir das Herz in die Hose, wenn ich einer von ihnen gegenübersitze. In ihre milchig weißen Augen zu blicken, wage ich nicht, sondern starre wahllos vorbei. Obwohl mir diese Valkras unbekannt sind, kann ich mich in ihrer Gegenwart kaum konzentrieren. Ich beginne zu stottern und muss sie bitten, die Frage zu wiederholen, weil meine Gedanken wild durcheinanderwirbeln.

Dennoch beantworte ich ihre Fragen korrekt; zwar mit einiger Verzögerung, aber immerhin richtig.

Yrsas Antworten kommen hingegen noch, bevor die Valkra ihre Frage zu Ende formulieren kann, und auch sie sind ausnahmslos korrekt, sodass sich an unserem Gleichstand nichts ändert. Das ärgert mich zwar, aber die Dankbarkeit, dass ich nicht mehr im Mittelpunkt des Spotts der anderen stehe, überwiegt. Den genauen Grund, warum sie für mich eingestanden ist, kenne ich nicht. Ich würde sie gern danach fragen; vielleicht schreibe ich ihr später eine Nachricht; schließlich trage ich seit gestern vorsorglich einen kleinen Stapel Zettel und Tinte in meiner Gürteltasche herum. Vorhin war es mir ein Bedürfnis, ihr wenigstens zu danken, denn ihr Eingreifen hat mich vor einer schlimmen Schande bewahrt. Es wäre zwar nicht die schlimmste meines Lebens gewesen, aber ich muss nicht noch mehr Probleme anhäufen, die ich nicht lösen kann.

Wann immer Yrsa an der Reihe ist, mustere ich sie versteckt hinter den anderen Teilnehmern. Dennoch muss sie es spüren, wenn ich sie ansehe. Ihre Haltung wirkt dann verkrampft, als wappnete sie sich für einen Angriff. Vielleicht ist es dem Schemen geschuldet. Auf jeden Fall ist er der Grund, warum ich nicht mit ihr reden kann. Seit sie weiß, wer ich bin, scheint es ihr körperliche Schmerzen zu bereiten, in meiner unmittelbaren Nähe zu sein. Und das versetzt mir einen Stich.

Ich hasse es, sie aus dem Verborgenen zu beobachten. Viel lieber würde ich direkt auf sie zugehen und mit ihr reden. Auch mein schnell dahingekritzeltes Danke hätte ich ihr liebend gern persönlich gesagt.

»Du starrst sie schon wieder an«, brummt Halvar neben mir.

Ich verdrehe die Augen, wende meinen Blick aber nicht von Yrsa ab, die gerade die Fragestellung der Valkra berichtigt, was für ein empörtes Luftschnappen unter den übrigen Valkras sorgt. Doch da keine von ihnen dazwischengeht, scheint Yrsa mit ihren Ausführungen richtigzuliegen, was mich schmunzeln lässt und den Stich von zuvor vertreibt.

Mir ist noch nie jemand untergekommen, der mehr über unsere Traditionen weiß als eine Valkra. Und doch belehrt Yrsa gerade eine darüber, dass zwischen dem obersten Gott Noren und dem Gott der Sterne Leondris keine Vetternschaft zweiten, sondern dritten Grades besteht. Dabei hält sie den Kopf stolz oben und bedenkt die Valkra mit einem vernichtenden Blick, den die Ärmste zum Glück nicht sieht. Bemerken wird sie ihn aber auf jeden Fall. Aus irgendeinem Grund könnte ich Yrsa ewig dabei zusehen. Ihr unverrückbarer Stolz und ihre kühle Fassade üben eine solche Anziehung auf mich aus, dass ich mich ihnen nicht entziehen kann.

»Lass mich doch starren«, entgegne ich.

»Es fällt auf«, beharrt Halvar.

»Jeder starrt sie gerade an.«

»Aber nicht so wie du.«

Ich reiße nun doch den Blick von Yrsa los und wende mich meinem besten und einzigen Vertrauten zu. Wenn Halvar Bedenken vorbringt, höre ich auf ihn. Nicht bloß, weil ich es ihm schuldig bin, sondern weil ich auf sein Urteil vertraue.

»Wie starre ich sie denn an?«, frage ich leise.

Halvar runzelt die Stirn, als müsse er über meine Frage nachdenken. »*Anders*. So habe ich dich noch nie jemanden anstarren sehen. Ich bin mir noch nicht sicher, ob das gut oder schlecht ist. Aber die Tatsache, dass sie dich verdammt noch mal töten will, ist ziemlich schlecht. Also provoziere sie nicht!«

Ich stoße den Atem aus, ehe ich Halvar am Arm packe und ihn ein Stück von den übrigen Teilnehmern wegziehe. »Du musst mir einen Gefallen tun.«

Er schüttelt meinen Griff ab. »Wenn es mit der Kleinen zu tun hat, dann nicht.«

»Sie hat einen Namen«, grummele ich.

»Ist mir egal. Halte dich von ihr fern. Ich habe nämlich keine Lust, einen Idioten wie Erik als nächsten Clanführer zu sehen, bloß weil du dich in ausgerechnet die Frau vergucken musstest, die den Boden mit deinem Blut tränken will.«

Ich hebe beschwichtigend die Hände. »Also zunächst wird Erik nicht der nächste Clanführer, wenn ich das verhindern kann.«

»Was schwer wird, wenn du tot bist«, fügt Halvar trocken hinzu.

»Und außerdem«, fahre ich mit einem Grummeln fort, »habe ich mich nicht in sie verguckt.«

Halvar gibt einen Laut von sich, der belustigt und zweifelnd zugleich klingt.

»Wirklich nicht«, beharre ich.

Halvar stößt erneut diesen seltsamen Laut aus, diesmal lauter.

Ich verdrehe abermals die Augen. »Du benimmst dich kindisch.«

»Wenigstens habe ich keine Todessehnsucht«, entgegnet er.

»Die habe ich auch nicht.«

»Dann starre eine andere Frau an und geh dieser aus dem Weg«, mahnt Halvar.

»Das tue ich doch. Ich rede nicht mit ihr und ...«

»Du schreibst ihr ...«, er senkt die Stimme zu einem Flüstern, »... *Zettelchen.*«

Ich schlucke angestrengt. Bisher dachte ich, Halvar wüsste nichts davon. Zu hören, wie er »Zettelchen« ausspricht – als würde ich darauf ketzerische Schriften verbreiten, die das Ende der Welt einläuten könnten –, lässt mein Herz für einen Schlag aussetzen. Wenn er davon weiß, wer weiß es noch? Etwa Erik und seine Kumpane? Ich schüttele über die Frage leicht den Kopf. Seit ich meine ehemaligen Begleiter unter Protest zurück nach Hause geschickt habe, habe ich Yrsa nicht mehr geschrieben. Wenn sie es vorher wussten, hätten sie es mir bereits unter die Nase gerieben, als ich ihnen sagte, sie sollen ihre Sachen packen. Sie hätten sogar den Than der Thane informiert, genauso wie sie ihm hinter meinem Rücken von meinem Projekt erzählt haben. Der oberste Anführer wusste es sowieso, aber ich hatte gehofft, dass außer ihm niemand genügend Notiz von den anderen Teilnehmern nimmt.

»Ich verstehe es«, fährt Halvar fort, »sie ist niedlich.«

»Niedlich?«, wiederhole ich. »Sie könnte jedem von uns mit ihren Äxten den Schädel spalten, wenn sie es darauf anlegt, und du nennst sie niedlich?«

Ich überlege, wie ich Yrsa beschreiben würde. Stolz kommt

mir als Erstes in den Sinn, gefolgt von stark und ehrenvoll. Seit vorhin setze ich zudem mitfühlend auf die Liste. Und auch verdammt hübsch – zumindest wenn sich ihr Gesicht nicht jedes Mal schmerzerfüllt verzerren würde, sobald ich in der Nähe bin.

Ungerührt übergeht Halvar meinen Einwurf: »Aber in unserem Dorf gibt es viel niedlichere Frauen. Ich weiß, dass sie diejenige ist, die dir die Narbe an der Schläfe verpasst hat und du sie deswegen verehrst.«

Ich seufze. »Das stimmt nicht.«

Das tut es wirklich nicht. Ich habe mich nicht in sie verliebt oder so – schließlich waren wir Kinder –, aber sie hat mir imponiert. Nicht mehr und nicht weniger. Das habe ich Halvar die letzten Tage bereits mehrmals erklärt, aber offenbar stoße ich bei ihm auf taube Ohren.

»Wieso schreibst du ihr dann diese Zettelchen?«, will mein bester Freund wissen.

Ich öffne den Mund, um ihm zu antworten, doch es kommt kein Wort heraus. Offensichtlich habe ich keine Antwort auf diese Frage. Ich könnte mich damit herausreden, dass es mir nur um die Sicherheit unserer Tierwesen ging. Aber das würde nicht erklären, warum ich ihr dann weiterhin schreiben wollte, nachdem sie eingewilligt hatte, sie aus Zweikämpfen herauszulassen, und es bloß deswegen nicht getan habe, weil ich mich mit Erik und den anderen abgeben musste, die mir in den Rücken gefallen sind. Viel lieber hätte ich bei spärlichem Licht in einer Gasse in der Nähe von Yrsas Hütte gestanden und ihr geschrieben und anschließend auf das leise Quietschen ihrer Hüttentür gelauscht, um gleich darauf ihre Antwort zu holen.

Offenbar sieht mir Halvar meine Zerrissenheit an. »Dein Frauengeschmack ist echt mies, mein Freund.«

Ein eisiger Schauer rinnt mir über den Rücken, als eine Erinnerung vor meinem inneren Auge aufblitzt, mit der mich die Schicksalsgöttinnen seit Jahren quälen. Schnell schüttele ich mich, um sie zu vertreiben.

»Es ist nicht so, wie du denkst«, sage ich bestimmt.

Halvar verschränkt die Arme vor der Brust. »Angenommen, ich glaube dir, worum wolltest du mich bitten?«

Ich beiße mir auf die Zunge und senke den Blick. »Würdest du für mich bei einer der Valkras nachfragen, ob es einen Weg gibt, einen Schwurschemen loszuwerden, ohne die Person zu töten, auf die sich der Schwur bezieht?«

Mit einem genervten Stöhnen birgt Halvar das Gesicht in den Händen. »Das ist nicht dein Ernst, oder?«

»Vergiss es«, sage ich hastig. »War eine dumme Idee von mir.«

»Du hast in letzter Zeit auffallend viele dumme Ideen«, grummelt Halvar. »Und alle haben mit der Kleinen zu tun.«

Ich erspare mir den Kommentar, dass ihr Name Yrsa ist und dass er zu viel hineininterpretiert. Denn leider hat er recht: Seit wir hier angekommen sind, hatte ich mehr dumme Ideen als in meinem ganzen bisherigen Leben. Noch habe ich kaum eine davon umgesetzt, aber das wird mir nicht helfen.

Aus den Augenwinkeln sehe ich Yrsa aufstehen. Eine Helferin legt einen Stein unter ihre Rune. Offenbar hat sie ihre Prüfung mit Bravour gemeistert. Flüchtig dreht sie den Kopf in meine Richtung, als wüsste sie genau, wo ich bin, stoppt die Bewegung aber abrupt. Jemand, der den Grund nicht kennt, würde ihr Zittern auf die Kälte zurückführen, doch ich weiß, dass der Schemen dafür verantwortlich ist. Der Schemen, der ihr in diesem Moment wahrscheinlich einflüstert, dass sie mich auf der Stelle töten soll. Eine seltsame Schwere erfüllt meine Brust, während ich dabei zusehe, wie Yrsa sich zu ihren Begleiterinnen zurückzieht.

»Sie wird dein Untergang sein«, prophezeit Halvar düster. »Auf die eine oder andere Weise.«

Ich schlucke angestrengt. »Ich weiß.«

KAPITEL 14

YRSA

»Du warst gut!«, lobt mich Astrid, als ich zu ihr, Vangar und Bran trete.

»Die Diskussion mit den Valkras hätte aber nicht sein müssen«, brummt Vangar.

Ich verziehe den Mund. »Ihre Fragestellung war falsch. Noren hat keinen Vetter zweiten Grades. Mir blieb keine andere Wahl, als sie darauf hinzuweisen. Eine Valkra müsste so etwas wissen.«

Astrid seufzt. »Wenn du meinst.«

Ich verstehe ihre Ermahnung. Mir ist erst aufgefallen, dass ich einer Valkra, einer Auserwählten der Götter, über den Mund gefahren bin, als ich bereits fertig gesprochen hatte. Es war, als säße ich zusammen mit Elvi bei trübem Kerzenschein in unserem Zimmer, während ich sie das Wissen abfrage, über das sie als angehende Valkra verfügen muss. Im Moment der Prüfungsbefragung sah ich mich nicht fremden Valkras gegenüber, sondern befand mich zusammen mit meiner Schwester in einem stickigen Raum, der fast bis zur Decke mit uralten Büchern und Schriftrollen gefüllt war. Angesammeltes Wissen, das sie alles in ihren Kopf kriegen musste. Wissen, das sich auch in meinem Kopf festgesetzt hat, schließlich musste ich alles vorlesen – mehrmals.

Ich verschränke die Arme. »Die heutige Prüfung war irgendwie enttäuschend.«

»Wieso?«, fragt Astrid. »Du konntest endlich mit dem Anführer des Schwingenclans gleichziehen.«

»Das schon«, gebe ich zu, »aber ich dachte, es wäre … fordernder.«

»Nicht jeder verfügt über solches Wissen wie du«, wirft Vangar ein. »Freu dich doch darüber, dass …«

Sie wird von einem Hornstoß unterbrochen, der uns Teilnehmer zurück zum Versammlungsplatz ruft. Ich entschuldige mich bei meinen Begleitern und geselle mich zu den anderen Clanführern. Mein Schemen lässt mich genau wissen, wann ich Kier zu nahe komme, indem sein Zischen lauter wird. Also stelle ich mich so weit von ihm weg wie möglich.

»Die heutige Prüfung ist noch nicht vorbei«, teilt uns der oberste Anführer mit.

»Aber es gibt traditionell bloß drei Prüfungen«, murrt einer der Teilnehmer.

Der Than der Thane nickt. »Laut der Aufzeichnungen waren drei Prüfungen bisher auch ausreichend, um einen klaren Sieger zu ermitteln. Doch bei unserer Prüfung haben wir einen Gleichstand.«

Das Murren um mich herum wird lauter.

Der oberste Anführer hebt beruhigend die Hände. »Hört euch zunächst an, was ich zu sagen habe! Denn in den alten Schriften gibt es genaue Anweisungen für einen solchen Fall. Anweisungen, die jedem von euch nützen könnten.«

Nun sind alle ganz Ohr. Auch ich habe nichts dagegen, die Prüfungen so schnell wie möglich hinter mich zu bringen. Sosehr ich es auch genieße, eine Zeit lang von meinen direkten Pflichten als Anführerin entbunden zu sein, weiß ich doch, dass mein Clan gerade noch schutzloser ist als gewöhnlich. Zwar haben alle Clans einen Eid geschworen, während der heiligen Prüfungen keine Kämpfe auszufechten, aber dieser Eid bezieht sich nicht auf jene, die ohne Clan umherstreifen. Oder auf feindliche Völker, die jenseits unseres Eilands leben. Davon gibt es zum Glück nicht viele – und diesen wenigen wurde in der Vergangenheit schwer von unserem Volk zugesetzt –, aber wenn ich sie wäre, würde ich diese Gelegenheit nutzen.

Außerdem habe ich genug von dieser schneidenden Kälte. Und von Kier. Dieses Engegefühl in meiner Brust wird endlich verschwinden, sobald ich zurück nach Hause gehe. Der Schemen wird zwar ein Teil von mir sein, aber ich werde wieder klar denken können. Dann werde ich mir einen Plan zurechtlegen, wie ich meinen Schwur erfüllen kann. Doch hier, während er ständig in meiner Nähe sein muss, ist das unmöglich, denn so lange kreisen meine Gedanken um völlig abwegige Dinge. Warum er mir nicht geantwortet hat, zum Beispiel. Auch jetzt habe ich Mühe, den Erklärungen des obersten Anführers zu folgen, weil der Schemen unablässig in meinem Kopf flüstert.

»Für die letzte Prüfung erhaltet ihr drei Punkte«, sagt der Than der Thane. »Es ist also alles offen.«

»Was?«, protestieren ich und ein weiterer Teilnehmer wie aus einem Mund.

Ich muss nicht den Kopf drehen, um zu wissen, von wem der Widerspruch kommt.

»Wir haben uns unseren Vorsprung mit Können und Wissen erarbeitet«, grollt Kier. »Und nun soll das alles umsonst gewesen sein?«

Ich überlege, ob ich dem etwas hinzufügen soll, tue es jedoch nicht. Kier hat alles gesagt, was mich ebenfalls beschäftigt. Auch wenn es mich nervt, weil er vor mir protestiert hat. Wohingegen es mich irgendwie freut, dass er von Wir und Uns spricht.

»Kein Grund zur Aufregung«, sagt der oberste Anführer. »Noch können du und Yrsa euren Vorsprung festigen.«

»Aber andere, die bisher keine Leistung gezeigt haben, könnten uns überholen«, zische ich, während ich mit einer ausladenden Armbewegung auf die übrigen Teilnehmer deute. Das bringt mir zwar wenig Sympathie ein, doch das kümmert mich nicht.

Mich kümmert einzig und allein mein Sieg.

»Die nächste und letzte Aufgabe«, fährt der oberste Anführer ungerührt fort, als hätte er meinen Einwand nicht gehört, »wird neben euren Kampffähigkeiten und eurem Wissen eine weitere wichtige Fähigkeit eines Clanführers testen: eure Zusammenarbeit.«

»Wie bitte?«, grolle ich.

Aus Kiers Richtung kommt ein ziemlich angefressen klingendes »Was?«.

»Die Clans arbeiten nicht zusammen«, sage ich, nachdem ich mich halbwegs gefasst habe. »Wir machen uns gegenseitig das Leben schwer, weil es uralte Blutfehden zwischen uns gibt. Ich bin der beste Beweis dafür. Wir stehlen und rauben voneinander und sind froh, wenn wir mit den anderen nichts zu tun haben müssen.«

Der Than der Thane nickt, als höre er mir nun aufmerksam zu. »Das mag für einen gewöhnlichen Clanführer zutreffen, aber ihr seid hier, um der *oberste* Anführer zu werden. Dieser muss die Clans im Falle des Falles anführen und sie dazu inspirieren, nicht bloß ihre eigenen Interessen zu verfolgen. Wenn du das nicht kannst, Yrsa vom Küstenclan, dann gib hier und jetzt auf.«

Ich balle die Hände zu Fäusten. »Niemals.«

Ich bin nicht so weit gekommen, um nun den Schwanz einzuziehen. Diesmal steht Brans Leben nicht auf dem Spiel. Wie auch immer diese Zusammenarbeitsprüfung aussehen soll, ich werde als Siegerin aus ihr hervorgehen!

Der oberste Anführer nickt, als hätte er mit dieser Antwort gerechnet, ehe er sich wieder an alle Teilnehmer wendet. »Stellt euch in einer Reihe auf und jeder Zweite macht einen Schritt zurück.«

Ich gehöre zu denen, die einen Schritt zurückmachen müssen. Sofort fühle ich mich an die zweite Aufgabe erinnert und bereite mich innerlich auf einen erneuten Kampf vor. Vielleicht wird diesmal einer von uns ausgewählt, um die Befehle zu geben? Zumindest sind zwei Begleiter gerade damit beschäftigt, einige Steine mit den Clanrunen in einen tönernen Krug zu legen. Als sie damit fertig sind, stellen sie sich abwartend neben den obersten Anführer.

»In dem Gefäß befinden sich die Runen der Clans, die gerade in der hinteren Reihe stehen«, sagt er. »Reihum werdet ihr nun euren Partner für die kommende Aufgabe ziehen.«

Mit einer Kopfbewegung bedeutet er den Begleitern, den Krug zum ersten Teilnehmer in der vorderen Reihe zu bringen. Dieser zieht die Hornrune und scheint darüber alles andere als glücklich zu sein. Offenbar gibt es zwischen seinem und dem Hornclan einige Spannungen, was nicht ungewöhnlich, aber für die Aufgabe hinderlich ist. Wie genau die wohl aussehen wird? Darüber hat der oberste Anführer bisher kein Wort verloren.

Der nächste in der Reihe ist Kier. Obwohl ein Umhang mit einem dicken Fell um seine Schultern liegt, meine ich, seine Anspannung sehen zu können. Länger als der erste Teilnehmer lässt er seine Hand im Krug, als wiege er jeden darin enthaltenen Stein einzeln. Als er seine Hand schließlich herauszieht und auf den ausgewählten Stein starrt, verschwindet jede Anspannung aus seiner Haltung, nur um kurz darauf zurückzukehren.

»Das darf doch wohl nicht wahr sein«, knurrt er.

»Kier vom Schwingenclan wird die Aufgabe mit Yrsa vom Küstenclan absolvieren«, verkündet ein Begleiter.

»Was?«, kiekse ich. »Das ist … Das … Er muss noch mal ziehen!«

»Und wieso?«, will der oberste Anführer wissen.

»Weil wir nicht zusammenarbeiten können«, antworte ich, als sei dies das Offensichtlichste der Welt.

»Auch andere Teilnehmer werden mit ihrem Los nicht zufrieden sein«, entgegnet der Than der Thane. »Soll ich sie erneut ziehen lassen, bis alle glücklich sind?«

»Nein, aber …«

»Du scheinst den Sinn dieser Aufgabe noch nicht verstanden zu haben, Yrsa«, fällt er mir ins Wort. »Es geht hierbei nicht darum, mit wem du besonders gut zusammenarbeiten kannst, sondern dass du es im Ernstfall mit jedem können *musst.*«

»Das mag stimmen«, sagt Kier erstaunlich ruhig, »aber selbst wenn wir es schaffen, haben wir immer noch dieselbe Punktzahl. Wie soll dann zwischen uns der Sieger ermittelt werden?«

Daran habe ich gar nicht gedacht. Ich war so sehr in meiner Panik davor gefangen, gemeinsam mit Kier eine Aufgabe zu absolvieren, dass ich das große Ganze aus den Augen verloren habe. Auch jetzt, nachdem er es angesprochen hat, fällt es mir schwer, mich darauf zu konzentrieren. Alles, was ich wahrnehme, ist das gehässige Kichern des Schemens.

Der oberste Anführer streicht sich durch den Bart, während er uns abwechselnd mustert. »Lass das mal meine Sorge sein. Zunächst müsst ihr gewinnen. Was unwahrscheinlich ist angesichts eurer … Differenzen.«

Kaum merklich dreht Kier den Kopf zu mir, ohne direkt in meine Richtung zu schauen. Ich sehe ihm die stumme Frage an, ob wir es wagen oder die ganze Sache lieber abblasen sollen. Währenddessen flüstert mir der Schemen unentwegt ein, dass dies die perfekte Gelegenheit sei, um Kiers Leben ein für alle Mal zu beenden. Meine eigene Stimme ist angesichts dieses ohrenbetäubenden Flüsterns, das sich mit seinem hohen Kichern abwechselt, leiser als der Flügelschlag eines Vögelchens, und doch versuche ich mit aller Kraft, mich auf sie zu konzentrieren.

Auf das, was wirklich wichtig ist.

Wenn ich aufgebe, habe ich verloren. Ein anderer Clanführer, der sich weitaus schlechter geschlagen hat als ich, wird unser neuer oberster Anführer. Diese Schmach wäre unerträglich.

Ich knirsche mit den Zähnen. Ich habe mich nicht bis jetzt gegen den Schemen behauptet, um nun aufzugeben!

»Wir werden gewinnen«, presse ich an den Than der Thane gerichtet hervor. »Überlege dir lieber, wen von uns beiden du anschließend zum Sieger kürst.«

Der oberste Anführer neigt belustigt den Kopf. »Willst du nicht vorher die Aufgabenstellung erfahren?«

Irgendetwas an seinem Tonfall verursacht mir eine Gänsehaut, dennoch nicke ich.

Zwischen seinem dichten Bart erkenne ich ein Lächeln, ehe der Than der Thane mit einem Fingerzeig nach oben zum höchsten Berg deutet, der hinter ihm aufragt und dessen Spitze zwischen dicken weißen Wolken verschwindet.

»Ihr werdet dort hinaufklettern«, verkündet er. »Ein Seil wird euch dabei verbinden, damit niemand auf die Idee kommt, einen Alleingang zu wagen.«

Ich schlucke angestrengt, während ich gleichzeitig das Gefühl habe zu ersticken.

»Wie lang ist dieses Seil?«, fragt Kier.

Wieder wirkt der oberste Anführer amüsiert. »Das ist deine erste Frage? Dabei wollte ich euch gerade erklären, was ihr da oben tun müsst.«

»Das Klettern ist nicht die Aufgabe?«, hauche ich.

»Es ist ein Teil der Aufgabe«, erwidert der Than der Thane. »Dort oben habe ich eine Fackel und Feuersteine platzieren lassen. Eure Aufgabe ist es, diese Fackel an der Spitze des Berges zu entzünden und dann wieder mit ihr nach unten zu klettern, ohne dass sie erlischt oder einer der Kontrahenten sie euch abnimmt.«

Nun bin ich mir sicher, dass ich vor Panik gleich ersticken werde. Dort hochzuklettern ist eine Sache; mit der Fackel wieder hinunterzuklettern eine ganz andere. Denn wir müssten sie uns abwechselnd reichen, sobald der andere einen festen Stand hat. Das bedeutet wiederum, dass wir uns nicht nur ziemlich nah sein, sondern uns auch ansehen und abstimmen müssen.

»Mit einem Wyvern hinaufzufliegen ist natürlich verboten«, sagt der oberste Anführer, während ich noch in meinen Gedanken festhänge.

Hat Kier nach diesem Ausweg gefragt? Ich habe es über meine wild durcheinanderwirbelnden Gedanken und die Forderungen des Schemens hinweg nicht gehört.

»Das Seil darf während der gesamten Prüfung nicht gelöst werden«, fährt er fort. »Wer es entknotet, auseinanderreißt oder anderweitig zerstört, scheidet aus. Waffen sind ebenfalls nicht gestattet. Und ihr könnt euch entscheiden, ob ihr klettern wollt oder lieber auf diejenigen unten wartet, die die Fackel geholt haben. Gewonnen hat das Paar, das mir am Ende die brennende Fackel bringt.«

»Wie hoch ist dieser Berg?«, fragt Kier.

»Nicht sehr hoch«, erhält er zur Antwort. »Vielleicht fünfzehn oder zwanzig Meter. Sollte jemand fallen, wird der Schnee den Aufprall dämpfen.«

»Riskant ist es dennoch«, knurrt Kier.

Der oberste Anführer schmunzelt. »Genau deswegen stellt sich dieser Prüfung auch niemand allein.« Er vollführt eine Handbewegung. »Und nun gebt all eure Waffen bei euren Vertrauten ab. Die Prüfung beginnt in wenigen Minuten.«

Während ich zu Vangar und Astrid wanke, stoße ich mehrere Flüche aus.

»Schlimmer hätte es nicht laufen können«, murmelt Astrid, als sie meine Äxte an sich nimmt.

Ich nicke. Ich könnte die ganze Schuld auf Kier schieben, weil er ausgerechnet meine verdammte Rune gezogen hat, aber ich bezweifle, dass das Absicht war. Wie hoch ist die Chance, dass er bei zwei Prüfungen meine Rune zieht? Die Götter müssen mich wahrlich hassen.

»Wie zuversichtlich sieht er aus?«, frage ich.

Auch ohne dass ich Kiers Namen erwähnen muss, wissen meine Begleiterinnen, wen ich meine.

Vangar lehnt sich zur Seite, um an mir vorbeischauen zu können, und verzieht sogleich das Gesicht. »In etwa so wie du, nur wütender. Du wirkst eher … hoffnungslos.«

Seufzend schließe ich für einen Moment die Augen. Damit hat sie nicht unrecht. Es ist aber nicht nur wegen Kier. Unser Clan heißt nicht umsonst Küstenclan. Bei uns gibt es keine rauen Gebirge. Meine Kletterfähigkeiten beschränken sich auf ein paar Bäume, in deren Kronen ich mich als Kind versteckt habe, wenn mir alles zu viel wurde. Und hierher zum Heiligen Norden sind wir einem Weg gefolgt, der zwar steil war, aber dennoch hatte es nichts mit Klettern zu tun.

Wer auch immer mein Partner bei dieser Aufgabe gewesen wäre, ich wäre ihm ein Klotz am Bein.

»Den Göttern zum Gruß, die Damen«, sagt plötzlich ein Mann neben mir.

Ich wirbele zu ihm herum. Aus Reflex gleitet meine Hand zu meiner Hüfte und greift ins Leere.

Mit einer hochgezogenen Augenbraue beobachtet mich der Mann. Ich habe ihn bereits aus der Ferne gesehen, meistens in der Nähe von Kier.

»Mein Name ist Halvar«, stellt er sich vor und wirkt dabei, als hätte ihn jemand dazu gezwungen, zu uns zu gehen. »Ich bin ein Vertrauter von Kier und soll dir das hier geben.«

Er reicht mir einen zusammengefalteten Zettel, wobei er irgendetwas über kindisches Verhalten in seinen dunkelblonden Bart murmelt.

Ich falte die Nachricht auseinander.

Wie gut kannst du klettern?

Seufzend lasse ich den Zettel sinken. »Er will ernsthaft diesen Berg hinaufklettern?«

Halvar entgeht meine Reaktion nicht. »Was soll ich Kier sagen?«

»Dass ich eine miserable Kletterin bin«, antworte ich.

Ihn anzulügen hätte keinen Sinn. Unsere Chancen stehen sowieso schlecht; da muss ich sie nicht noch weiter schmälern, indem ich ihm etwas vorspiele.

»Am besten, wir warten unten«, sage ich daher.

»So wie fast alle anderen auch«, wirft Halvar ein. Auf meinen zweifelsohne verwirrten Blick hin fährt er fort: »Was ich so gehört habe, hat sich noch kein Paar dazu entschlossen, nach oben zu klettern.«

»Wenn keiner klettert«, murmelt Astrid, »ist die Aufgabe dann automatisch fehlgeschlagen?«

»Ich bin mir sicher, dass der oberste Anführer auch für diesen Fall vorgesorgt hat«, erwidert Halvar. »Außerdem ist unten zu warten die dümmste Variante.«

»Wieso?«, frage ich.

Sein dunkler Blick richtet sich auf mich. »Weil diejenigen, die unten warten, ihre Kontrahenten dezimieren werden. Zum Beispiel indem sie die Seile lösen oder zerstören.«

Ich nicke zögerlich. Ein gelöstes Seil disqualifiziert die Teilnehmer sofort. Und in dem Gedränge, das am Fuße des Berges herrschen wird, weil kaum einer klettern will, werde ich keine Chance haben, es zu bemerken, wenn sich jemand an meinem Seil zu schaffen macht.

»Ihr beide führt den Punktestand an«, sagt Halvar. »Die anderen werden sich sofort auf euch stürzen, wenn sie die Gelegenheit dazu haben. Und sie werden nicht zimperlich sein.«

»Du meinst also, wir sollten klettern«, stelle ich fest.

Halvar schüttelt den Kopf. »Das ist nicht meine Meinung, sondern Kiers. Und auch sein Risiko.«

»Risiko?«, wiederhole ich wie ein Echo.

Er deutet mit einer Handbewegung auf mich. »Mal abgesehen davon, dass du nach eigener Aussage eine miserable Kletterin bist, wird euch dein Schemen die Aufgabe erschweren.«

Ich verdrehe die Augen. »Weiß hier eigentlich *jeder* von meinem Schemen?«

»Dafür hast du gesorgt, als du während des Zweikampfs auf Kier losgegangen bist wie eine Berserkerin«, sagt Halvar trocken. »An deiner Stelle wäre ich froh. Ein Schwurschemen ist eine viel bessere Erklärung als die, dass du nicht mehr ganz richtig im Kopf bist.«

»Wie bitte?«, knurre ich.

Abwehrend hebt er die Hände. »Die Worte anderer Teilnehmer, nicht meine.« Er lässt die Hände sinken. »Das ändert nichts an eurer Ausgangslage.«

Ich reibe mir über die Stirn. »Was schlägt Kier vor?«

»Dass ihr klettert. Er ist sehr gut darin. Bevor er Drakkar bekam, war er oft in unseren Gebirgen unterwegs. Er erkennt einen sicheren Pfad den Berg hinauf, wenn er einen sieht.«

Ich kaue auf meiner Unterlippe. »Ich zweifle nicht an deinen Worten, aber ich kann Kier nicht vertrauen. Auch ohne den Schemen könnte ich das nicht.«

»Wegen der Blutfehde.« Halvar nickt, als würde er es verstehen, sagt dann aber: »So schwer es dir auch fällt, du musst diese Fehde für die nächsten Stunden vergessen. Sonst habt ihr keine Chance.«

»Der Schemen wird das nicht zulassen«, erwidere ich.

Halvars Miene wirkt unerbittlich. »Dann bring ihn dazu, es zuzulassen. Oder willst du wegen ihm verlieren?«

Ich verziehe den Mund. »Ich gebe mir Mühe, in Ordnung? Das tue ich schon die ganze Zeit! Sonst wäre dein Anführer bereits tot.«

Halvar zieht eine Augenbraue hoch. »Du überschätzt dich. Oder du unterschätzt ihn. Wie auch immer, krieg diesen Schemen für die Dauer der Prüfung in den Griff. Danach könnt ihr euch meinetwegen wieder gegenseitig an die Kehle gehen. Aber bis dahin sind alle Augen auf euch gerichtet. Und ich werde nicht tatenlos danebenstehen, wenn mein Clanführer, auf dem all unsere Hoffnungen ruhen, wegen eines kleinen Mädchens aus dem Nirgendwo verliert, das dumm genug war, einen Schemen herbeizurufen.«

Ich schnappe empört nach Luft, doch da hat Halvar sich bereits abgewandt und stapft zurück zu seiner Gruppe.

»Habe bloß ich das Bedürfnis, ihm das Genick zu brechen?«, knurre ich, nachdem ich mich vom ersten Schreck über seine direkten Worte erholt habe.

Als ich keine Antwort erhalte, wende ich mich zu Astrid und

Vangar um. Beide betrachten mich mit einer Mischung aus Mitleid und Resignation. Noch ehe sie den Mund aufmachen, weiß ich, was sie sagen werden.

»Wir schätzen dich sehr, aber …«, beginnt Astrid.

»Ich will es nicht hören!«, falle ich ihr ins Wort.

»Dich mit einem Schemen einzulassen war eine törichte Idee«, beendet Vangar Astrids Satz. »Nur diejenigen, die ihre Rache nicht allein regeln können, greifen auf einen Schemen zurück. Was hast du dir nur dabei gedacht?«

Bisher haben sie sich mit Vorwürfen zurückgehalten. Warum müssen sie gerade jetzt damit anfangen? Wie getrieben laufe ich auf und ab, während ich krampfhaft nach der richtigen Erklärung suche. Als Clanführerin müsste ich mich niemandem erklären, aber ich möchte es. Astrid und Vangar haben mich von Anfang an unterstützt und mir nie das Gefühl gegeben, dass sie schlecht von mir denken. Dass sie vor einigen Tagen vom Schemen erfahren haben, hat ihr Vertrauen in mich erschüttert. Denn Vangar hat recht: Lediglich diejenigen, die nicht aus eigener Kraft dazu in der Lage sind, erbitten die Hilfe eines Schemens, der sie so lange antreibt, bis sie ihren Schwur erfüllt haben.

Aber so bin ich nicht. Oder ich dachte zumindest, nicht so zu sein.

So schwach.

»Ich habe ihn nicht gerufen«, murmele ich leise, nachdem ich stehen geblieben bin. Ich schaue jedoch an meinen Begleiterinnen vorbei. »Als mein Vater verbrannt wurde, habe ich einen Bluteid geleistet, dass ich seinen Mörder zur Strecke bringen werde.«

Aus den Augenwinkeln sehe ich Astrid und Vangar nicken. Bis hierhin ist alles so, wie es unseren Bräuchen entspricht. Wahrscheinlich wäre ihre Meinung über mich noch weiter gesunken, hätte ich ihnen gesagt, dass ich keinen Eid geleistet hätte. Denn das ist es, was der oder die Erstgeborene zu tun hat, wenn ein enges Familienmitglied durch fremdes Verschulden zu Tode kommt.

Es war meine Pflicht, und ich habe sie mit Freuden erfüllt. Ich würde heute wieder genauso verfahren, allerdings kann ich auf den Schemen verzichten.

So gern ich Halvar auch den Hals für seine Worte umdrehen will, leider hat er recht: Der Schemen bereitet mir mehr Scherereien, als er mir nützt.

Grob berichte ich meinen Begleiterinnen von dem dunklen Schatten, den ich bei unserer Ankunft hier sah, und von dem Zischen, das ich seitdem höre.

»Der Schemen ist ständig da und verlangt von mir die Erfüllung meines Eids, weil die Götter langsam an mir zweifeln.« Ich sehe zu meinen Begleiterinnen. »So wie ihr.«

Astrid und Vangar tauschen einen langen Blick.

»Wir zweifeln nicht an dir«, sagt Astrid schließlich.

»Aber ihr vertraut mir auch nicht«, erwidere ich.

Ich kann ihnen keinen Vorwurf machen. Ich hätte auch kein Vertrauen zu einem Clanführer, dessen Handlungen von einem Wesen bestimmt werden, das lediglich er sehen kann.

Ich balle die Hände zu Fäusten. »Ich will gewinnen«, presse ich hervor. »Nicht nur für mich oder unseren Clan, sondern auch für meinen Vater. Ich will beweisen, dass er der oberste Anführer hätte sein sollen, wenn er nicht …«

Das ist natürlich das Wunschdenken eines Mädchens, das mitansehen musste, wie sein starker, stolzer Vater als lebende Leiche nach Hause getragen wurde. Mein Sieg wird weder an seiner Niederlage noch seinem Tod etwas ändern; irgendwo tief in mir weiß ich das. Und trotzdem will ich für ihn gewinnen. Ich hoffe, dass er von den heiligen Gefilden aus über mich wacht und mich beobachtet. Dass er sieht, wie ich mich anstrenge.

Mehr als alles andere will ich noch einmal spüren, wie er mit seiner großen, warmen Hand über meinen Kopf streicht und sagt, wie stolz er auf mich ist.

Ich kann mich bloß dunkel an das letzte Mal erinnern, als er das getan hat, und verfluche die Schicksalsgöttinnen dafür, dass sie mir ausgerechnet diese wichtige Erinnerung verwehren und mich mit so vielen anderen strafen.

Ich straffe den Rücken. »Ich will gewinnen. Ich *muss* gewinnen.«

Astrid und Vangar nicken.

»Wann sind die Einflüsse des Schemens am schlimmsten?«, fragt Vangar.

Da muss ich nicht lange überlegen. »Wenn ich Kier direkt ansehe. Ich höre das Flüstern des Schemens, wenn er in meiner Nähe ist, aber das kann ich unterdrücken. Doch wenn ich Kier direkt ansehe …«, ich schüttele den Kopf, »dann bin ich nicht mehr ich selbst.«

Astrid legt mir eine Hand auf die Schulter. »Ich habe eine Idee, aber sie wird dir wahrscheinlich nicht gefallen. Bist du bereit, für deinen Sieg alles zu tun?«

Ich nicke, ohne zu zögern.

KAPITEL 15

YRSA

»Ich soll *was* machen?«, zische ich, nachdem Astrid mir ihren sogenannten Plan verraten hat.

Natürlich hat sie ihn zuerst mit Kier besprochen und mich so lange warten lassen. Dass Kier dem zugestimmt hat, wundert mich nicht. Für ihn muss es sich nach einer wunderbaren Möglichkeit anhören, mich loszuwerden.

»Lass sie doch erst mal ausreden«, grummelt Vangar.

»Das muss ich nicht, um zu wissen, dass es ein mieser Plan ist«, erwidere ich.

Vangar verschränkt die Arme. »Immerhin *haben* wir einen Plan.«

»Aber einen miesen!«, beharre ich.

»Wenn du einen besseren Vorschlag hast, sind wir ganz Ohr«, entgegnet Vangar ruhig.

Ich setze zu einer Erwiderung an, doch mir fällt nichts ein. Seit Kier meine verdammte Rune gezogen hat, ist mein Kopf völlig leer, und ich bin kaum in der Lage, eine logische Schlussfolgerung zu ziehen. So ist es mir nicht in den Sinn gekommen, dass unten zu warten eine furchtbare Idee ist, bis Halvar es ausgesprochen hat. Normalerweise wäre das für mich offensichtlich gewesen und ich hätte mir selbst einen Plan zurechtgelegt. Einen besseren.

Aber in meinem Kopf herrscht solches Chaos, dass mich selbst die einfachsten Zusammenhänge vor unlösbare Rätsel stellen.

Ich schäme mich dafür, doch einen winzigen Moment lang denke ich darüber nach, ob es nicht das Beste wäre, einfach aufzugeben und nach Hause zu gehen, um so weiterzumachen wie bisher. Irgendwie hat es ja funktioniert, nicht wahr? Und irgendwie würde ich meinen Clan auch durch die kommenden Winter bringen. Zumindest wenn nicht noch mehr Bewohner den Clan verlassen, weil sie sich lieber allein durchschlagen … Oder eines Morgens nicht mehr aufwachen, weil sie in der Nacht verhungert oder erfroren sind. Und auf keinen Fall will ich noch einen solchen Sommer erleben wie vor drei Jahren, als ein Fieber nahezu alle Kinder dahingerafft hat. Wäre ich damals schon die oberste Anführerin gewesen, hätte ich auf das Wissen und die Ressourcen der übrigen Clans zurückgreifen können. Sicherlich hätten die Kinder dann nicht sterben müssen.

Ich stoße den Atem aus. So viele Menschen verlassen sich auf mich. Sie vertrauen darauf, dass ich mein Bestes gebe. Dass ich bis zum letzten Moment kämpfe. Ich darf sie nicht enttäuschen, bloß weil es der einfachste Weg wäre.

Mit einem resignierten Seufzen wende ich mich an Astrid. »Na schön. Wir versuchen es.«

Sie grinst förmlich von einem Ohr bis zum anderen, ehe sie mir einen schwarzen Stoffstreifen vor die Augen legt und ihn an meinem Hinterkopf verknotet.

»Siehst du noch was?«, fragt Vangar.

Ich schüttele den Kopf und unterdrücke den Instinkt, die Hand auszustrecken, um nach irgendetwas zu tasten.

»Dann lass es uns testen.«

Ich kann ganz genau den Moment benennen, ab dem Kier in meiner Nähe ist. Das Flüstern des Schemens schwillt zu einem mahnenden Zischen an, das mich zusammenzucken lässt. Wie ein tollwütiges Tier kreischt er in meinem Kopf, und es fühlt sich an, als würde er sich mit seinen Krallen einen Weg nach draußen bahnen.

»Er ist hier, nicht wahr?«, presse ich hervor.

»Nicht schlecht«, murmelt eine Männerstimme schräg hinter mir. Sie gehört zu Halvar. »Während einer Jagd wäre ein Schemen sicherlich praktisch.«

»Du kannst ihn gern haben, wenn du ihn so toll findest«, grummele ich. Es kostet mich meine gesamte Willenskraft, an Ort und Stelle stehen zu bleiben.

»Nein, behalt ihn lieber«, meint Halvar mit einem belustigten Glucksen in der Stimme. »Ich habe keine Lust, mit einer Augenbinde herumzulaufen und gleich einen Berg hinaufzuklettern.«

»Hat schon mal jemand versucht, dich zu erwürgen?«, grolle ich.

»Ständig«, sagt eine andere Stimme.

Sofort versteift sich jeder Muskel in meinem Körper. *Kier.*

»Geht es?«, fragt Astrid vor mir.

Ich neige den Kopf. »Sag noch etwas«, bitte ich zögerlich.

»Ich habe mir den Berg angesehen.« Er bewegt sich. Seine Stimme kam eben von schräg hinter mir – neben Halvar –, nun höre ich sie direkt neben mir. »Der Aufstieg ist nicht schwierig. Es gibt genügend Vorsprünge, und weit ist es auch nicht.« Er senkt die Stimme zu einem Raunen, was mich wegen des Schemens und … noch wegen etwas anderem erschauern lässt. »Wir können es schaffen.«

Zischend verlangt der Schemen nach Kiers Blut, doch seine Forderungen sind nicht derart vehement wie in dem Moment, als ich Kier direkt gegenüberstand. Ich weiß genau, wo er sich befindet, aber ich habe mich unter Kontrolle.

Noch.

»Du glaubst ernsthaft, ich kann diesen Berg hinaufklettern, ohne zu sehen, wohin ich greife?«, frage ich.

»Ja«, antwortet Kier. »Mit meiner Hilfe. Gemeinsam kann es uns gelingen. Doch dazu musst du mir vertrauen.«

Ich gebe ein Prusten von mir. »Dir ist hoffentlich klar, dass ich das nicht tue.«

»Dann könnt ihr euer Seil auch gleich lösen und aufgeben«, brummt Halvar hinter mir.

Ich drehe den Kopf in seine Richtung. »Wenn du alles besser weißt, kannst du meinetwegen den Platz mit mir tauschen.«

»Glaub mir, Kleine, das würde ich gern«, erwidert er kühl. »Ich würde meinem Clanführer mein Leben anvertrauen. Da ist das Klettern auf diesen mickrigen Berg eine Kleinigkeit. Und für mich geht es dabei nicht mal um etwas, sondern …«

»Halvar«, unterbricht Kier ihn. Seine Stimme klingt dabei weder schneidend noch auf eine andere Art abwertend, sondern ruhig und bestimmt.

Es ist dieser ruhige Klang, der meine Gedanken weniger schnell durcheinanderwirbeln lässt und der mich dazu bringt, gleichmäßiger zu atmen.

»Ignoriere ihn«, sagt Kier in genau dem gleichen Tonfall. »Konzentriere dich auf mich. Hältst du es aus, wenn ich mit dir rede?«

Ich hole tief Luft und stoße sie aus. »Ja. Deine Stimme ist lauter als die des Schemens.«

Wie das möglich ist, ist mir ein Rätsel. Er redet so besonnen, ohne eine Spur von Härte, dass seine Stimme im Vergleich zu dem rohen Zischen des Schemens wie ein wispernder Sommerwind klingen müsste. Und doch höre ich seine Worte lauter und deutlicher als die Mahnungen des dunklen Wesens.

»Wenn wir klettern«, sagt Kier, »werde ich dir genau beschreiben, wohin du deine Hände und Füße setzen musst.«

Ich runzele die Stirn. »Woher weiß ich, dass du mich nicht hinabstürzen lässt?«

»Weil ich dann mit dir stürze«, erwidert er ruhig. »Wir sind durch ein Seil verbunden. Wenn du fällst, falle ich auch. Wenn wir das Seil lösen, verlieren wir beide. Ich habe also nichts davon, dich absichtlich fehlzuleiten.« Ich spüre, wie er einen Schritt auf mich zu macht, und halte unwillkürlich die Luft an. »Du vertraust mir nicht, und das akzeptiere ich. Ich vertraue deinem Schemen genauso wenig. Wir beide hätten gern einen anderen Partner, damit wir gewinnen. Aber für diese eine Prüfung müssen wir versuchen zusammenzuarbeiten, ob es uns nun gefällt oder nicht.«

Alles in mir sträubt sich dagegen zuzustimmen, aber er hat recht. Ich könnte es nicht mit mir vereinbaren, wenn ein anderer Clanführer Than der Thane wird, der während der anderen Prüfungen versagt hat, nur weil Kier und ich nicht zusammenarbeiten können.

»In Ordnung«, sage ich. »Mein Schemen muss seinen Blutdurst für die Dauer der Prüfung zügeln, und irgendwie werde ich ihm das klarmachen.«

»Das wollte ich hören.«

Nun scheint ein Lächeln in seiner Stimme mitzuschwingen. Ob es dieses schiefe Lächeln ist, das mich bei unserer ersten Begegnung so verwirrt hat? Der Schemen verhindert, dass ich es mir ins Gedächtnis rufe, dabei würde ich es so gern.

»Streck deine Hand aus«, sagt Kier.

»Warum?«, will ich wissen.

»Weil ich etwas ausprobieren muss.«

Zögerlich komme ich seiner Forderung nach. Kurz darauf spüre ich die Berührung seiner Finger auf meiner ausgestreckten Handfläche. Das Zischen des Schemens wird zu einem Kreischen. Ich zucke zusammen und fasse mir mit einer Hand an den Kopf, während ich die Zähne so fest ich kann zusammenbeiße.

»Das wird nichts, Kier«, grummelt Halvar. »Sie steht völlig neben sich.«

»Nein«, presse ich hervor, ehe ich die Hand wieder ausstrecke. »Ich … ich schaffe das.«

Pack seine Hand!, verlangt der Schemen eindringlich. *Zerre ihn zu dir und brich ihm das Genick. Sauber. Schnell.*

In einer abgehackten Bewegung schüttele ich den Kopf. Für all jene, die um mich herumstehen, muss ich aussehen, als stünde ich völlig neben mir. Vielleicht ist da was dran. Aber ich werde nicht aufgeben.

›*Ob es dir passt oder nicht*‹, grolle ich in Gedanken an den Schemen gerichtet, ›*Kier ist für die Dauer dieser Prüfung mein Verbündeter. Du wirst ihn in Ruhe lassen, hast du mich verstanden?*‹

Der Schemen gibt ein aufgebrachtes Jaulen von sich. *Du wirst tun, was ich verlange!*

›*Nein*‹, erwidere ich ruhig. ›*Es ist mein Blutschwur und ich werde ihn erfüllen. Zu meinen Bedingungen.*‹

Töte ihn! Auf der Stelle!

»Berühre meine Hand erneut«, fordere ich Kier auf, während ich den Schemen ignoriere, so gut es geht. Als Kier zögert, füge ich hinzu: »Ich habe ihn unter Kontrolle.«

»Aber für wie lange?«, brummt Halvar.

»So lange es sein muss«, erwidere ich.

Der Schemen wütet in meinem Kopf, außer sich darüber, dass ich seinem Zischen nicht nachgebe. Es zerreißt mich schier, mich ihm zu widersetzen.

»Und bitte«, sage ich leise an Kier gewandt, »rede mit mir. Dann höre ich ihn nicht so laut.«

»In Ordnung«, murmelt er. »Könntet ihr uns ein bisschen Raum zum Atmen geben?«

Der Schnee knirscht unter ihren Füßen, als unsere Begleiter sich ein Stück zurückziehen.

»Wie weit sind sie weg?«, wispere ich.

Kier seufzt. »Knapp einen Meter. Vielleicht zwei.« Er brummelt noch etwas Unverständliches, das sich verdächtig nach »Neugierige Bande« anhört, aber ich bin mir nicht sicher. »Worüber soll ich reden?«

»Ganz egal«, flüstere ich beinahe tonlos. Zwar sträubt sich alles in mir, ihn darum zu bitten, doch ich bin an einem Punkt angelangt, an dem ich nahezu jede Hilfe annehme. Und wenn seine Stimme das Wüten des Schemens erträglich macht, dann nutze ich diese kleine Gnade. »Es ist auch völlig gleich, wie laut oder leise du redest. Ich höre deine Stimme in meinem Kopf lauter als die des Schemens, und das hilft mir, mich zu konzentrieren.«

Ich spüre seinen Finger auf meiner Handfläche. Erneut zucke ich zusammen, weiche aber nicht zurück.

»Wie ist es?«, fragt er. »Mit dem Schemen, meine ich. Wie fühlt es sich an?«

Ich richte all meine verbliebenen Sinne auf die sanfte Berührung an meiner Handfläche aus. »Er ist wie eine Krankheit, die sich in mir festgesetzt hat und einfach nicht geheilt werden kann«, sage ich leise. »Es beschämt mich, dass die Götter meinen geleisteten Schwur als leichtfertig betrachten und mir deshalb den Schemen geschickt haben. Mir bleibt nichts anderes übrig, als ihn als meine verdiente Strafe anzusehen.«

Eine weitere Fingerspitze streicht federleicht über meine Handfläche. Ein Schauer rinnt meinen Arm hinauf. Wider Erwarten ist er nicht kalt, sondern so heiß, dass er mich auf eine Weise erschauern lässt, die mir fremd und neu ist. Dieses Gefühl ist sogar stärker als die Schmerzen, die der Schemen in meinem Kopf anrichtet.

»Diese Prüfung wird uns alles abverlangen«, sagt Kier. »Ich weiß, dass du mir nicht vertraust, genauso wenig wie ich deinem Schemen. Und dennoch muss ich daran glauben, dass du die Augenbinde nicht abnimmst, und du musst daran glauben, dass ich dich während des Aufstiegs nicht fehlleite. Wir können das nur gemeinsam gewinnen. Oder wir geben jetzt auf.«

Sogleich schüttele ich den Kopf. »Ich habe zwar noch keine Ahnung wie, aber wir schaffen das.«

Er nimmt meine Hand in seine. Wo vorher lediglich zwei Fingerspitzen meine Handfläche berührten, umschlingen seine Finger nun meine. Die Wärme, die von dieser Berührung ausgeht, vertreibt die Kälte der Angst, die sich in mir ausbreiten wollte. Zwar versuche ich, mich nach außen hin zuversichtlich zu geben, doch mir ist klar, wie viel auf dem Spiel steht. Diese Versagensangst kann ich nicht so einfach abschütteln. Die kommende Prüfung ist kein Kampf, bei dem ich mich auf mein Können verlassen kann. Ich werde sie blind absolvieren und muss meinem Partner zumindest einen Hauch Vertrauen entgegenbringen. Beides wird mich an meine Grenzen und darüber hinaus bringen.

»Ich bin keiner aus deinem Clan«, flüstert Kier rau. »Vor mir musst du dich nicht verstellen und mir vorspielen, wie zuversichtlich du bist.«

Ein Zittern erfasst mich, das er ebenfalls spüren muss, denn er hält meine Hand immer noch fest. Steht es mir praktisch ins Gesicht geschrieben, wie sehr ich mich vor der kommenden Prüfung fürchte, die unser beider Schicksale entscheidet?

»Die …« Ich straffe den Rücken und unterdrücke das Zittern, so gut es geht. »Die anderen. Sie könnten …«

»Die anderen«, fällt Kier mir ins Wort, »sind gerade damit beschäftigt, zwei Valkras hinzuhalten, die ein Seil an uns befestigen wollen.«

Ich schnappe nach Luft, als ich plötzlich Kiers Finger unter meinem Kinn spüre, das er ein Stück nach oben drückt.

»Ich habe deine Rune gezogen, Yrsa«, murmelt er. »Glaub mir, ich wünschte, es wäre anders – um unser beider willen. Aber es ist, wie es ist. Nur du kannst abschätzen, wie lange du deinen Schemen unter Kontrolle hast. Wenn du …«

»Es tut weh«, gebe ich leise zu. »Jetzt gerade im Moment tut es fürchterlich weh. Es ist, als würde er mit Krallen über die Innenseite meines Schädels kratzen, damit ich mich wieder auf ihn konzentriere und seinem Drängen nachgebe. Und könnte ich dich sehen, würde ich nachgeben. Aber damit«, ich berühre mit der freien Hand das schwarze Stück Stoff über meinen Augen, »könnte es klappen. Wenn du mit mir redest, ist es einfacher für mich. Ich muss darauf vertrauen, dass das ausreicht. Ich muss auf *dich* vertrauen.« Ein vorsichtiges Lächeln zupft an meinen Mundwinkeln. Dieser Drang, sie zu heben, ist einfach da, ohne dass ich mich dazu zwingen muss. Ohne dass es überhaupt eine Situation ist, die ein Lächeln erfordert. »Glaub mir, es ist mir schon lange nichts mehr so schwergefallen.«

Er greift nach meiner zweiten Hand und umschließt sie ebenfalls warm und fest mit seiner.

»Mir fällt es ebenfalls schwer«, sagt er leise. »Dich in diese Situation zu bringen. Dich diesen Schmerzen auszusetzen und so viel von dir zu erwarten.«

Ich atme tief durch. »Hohe Erwartungen bin ich gewohnt. Damit kann ich umgehen. Mit Schmerzen ebenfalls. Also lass uns das durchziehen, bevor ich es mir anders überlege.«

»In Ordnung. Nicht erschrecken. Astrid steht hinter dir, um dir deinen Umhang abzunehmen.« Als sie damit fertig ist, fährt er fort: »Und jetzt wird dir jemand das Seil um die Taille legen.«

Die ganze Zeit erklärt er mir, was gerade geschieht oder gleich geschehen wird, ohne meine Hände auch nur eine Sekunde loszulassen. Es erinnert mich daran, wie ich Elvi die erste Zeit nach ihrer Blendung beigestanden habe. Ich musste ihr erklären, wo sich das Besteck oder der Becher vor ihr befindet oder wie viele Schritte sie noch von der Feuerstelle entfernt ist. Kier erklärt es mir genauso geduldig und ruhig wie ich damals Elvi. Ich konzentriere mich auf den Klang seiner Stimme und die Wärme, die er an mich weiterleitet und die mich vom Zittern abhält. Das Wüten des Schemens nehme ich als pulsierenden Kopfschmerz wahr, den ich zwar nicht völlig ausblenden, aber so weit ignorieren kann, dass es mir möglich ist zu funktionieren.

Als er meine linke Hand unvermittelt loslässt, bin ich kurz davor zu protestieren.

»Ich führe dich jetzt zur Prüfung«, sagt Kier, und ich beruhige mich. »Setze einen Fuß vor den anderen.«

Ich gehorche. Die ersten Schritte strauchele ich mehrmals, weil eine Schneewehe oder eine sonstige Unebenheit direkt dort erscheint, wohin ich trete. Kiers Griff zieht mich jedoch zügig und unauffällig wieder zurück. Wir lernen schnell: Er entdeckt die Unebenheiten, die mich aus dem Tritt bringen könnten, und ich hebe die Füße höher als gewöhnlich. So erreichen wir den Ausgangsort der Prüfung ohne weitere Probleme.

Kiers Hand hält meine fest, während unsere Finger miteinander verschränkt sind. Mit Ausnahme meiner Schwester habe ich noch nie die Hand eines anderen Menschen auf diese Weise gehalten.

Natürlich hat es rein gar nichts zu bedeuten, dennoch denke ich darüber nach. Es ist erstaunlich, wie perfekt meine Hand in seine passt, obwohl sie größer ist als meine. Ich spüre die Schwielen und die leicht raue Haut, die von viel Training und harter Arbeit zeugen. Genauso muss sich meine Hand für ihn anfühlen. Ob ihm das ebenfalls auffällt? Denkt er überhaupt darüber nach?

Du solltest auch nicht darüber nachdenken!, zischt der Schemen irgendwo im hintersten Winkel meines Bewusstseins. Dass ich seine Stimme höre, ist lediglich der Tatsache geschuldet, dass Kier schweigt.

Ich will ihn gerade bitten, wieder mit mir zu reden – hoffentlich sage ich dabei nichts über die Beschaffenheit seiner Hände! –, als ich die Stimme des obersten Anführers vernehme. Obwohl seine voll und kräftig ist, hat sie nicht die Fähigkeit, die des Schemens verblassen zu lassen.

Dieser nutzt seine Chance und pflanzt mir mit seinem Geflüster allerlei Möglichkeiten in den Kopf, wie ich Kier hier und jetzt erledigen könnte. Mit jeder Tötungsart werden seine Forderungen lauter, bis ich wieder anfange zu zittern. Meine Muskeln wollen seinen Einflüsterungen nachgeben, damit der Schmerz in meinem Kopf und die Besessenheit durch dieses kalte, dunkle Wesen endlich enden.

Sanft streicht Kier mit dem Daumen über meinen Handrücken, während er flüstert: »Alles in Ordnung?«

»Nein«, bringe ich hervor, ehe ich schnell wieder die Lippen zusammenpresse, um nicht zu schreien.

Er steht direkt neben dir! Du brauchst keine Waffen, um ihn zu töten. Tu es jetzt, dann bist du mich für immer los. Und die Götter werden dich endlich wieder mit Wohlwollen betrachten.

Haben die Götter das je? Ich bin mir nicht sicher. Sie haben mir Bran geschenkt, aber Vater genommen, der mir der wichtigste Mensch auf der Welt war. Sie haben mir eine Last auferlegt, die meine jungen Schultern nur mit Mühe tragen konnten. Unter dieser Last bin ich beinahe zusammengebrochen. Sie hat mich gezeichnet. Ihr Gewicht ist zwar geringer als damals, doch ich habe mich verändert. Allerdings ist es nicht mein Körper, der zerbrochen ist. Es wäre einfach, den Schaden, den jeder sehen könnte, würde er in mich hineinschauen, dem Schemen zuzuschreiben. Vieles, wie meine verkümmerten Fähigkeiten, eigene Gefühle zu verstehen, ist sicher sein Werk, jedoch nicht alles.

Meine Gedanken sind wirr, wie immer, wenn der Schemen in meinem Kopf wütet. Solange er sich nicht in meiner Brust einnistet, erhalte ich einen Vorgeschmack auf die Gefühle, die ich viel zu lange unterdrückt und ihn damit genährt habe. Wäre ich wieder mehr wie ich – wie die Erinnerung an das fröhliche Mädchen, die die Schicksalsgöttinnen irgendwo verwahren –, wenn ich ihn los wäre? Müsste ich nicht alles tun, um endlich frei von ihm zu sein?

»Yrsa.«

Kiers Stimme klingt nun eindringlicher. Näher. Auch sein Griff ist fester. Unnachgiebig, als wolle er verhindern, dass ich ihm entgleite. Vielleicht tue ich das gerade.

Vielleicht verliere ich mich selbst.

So ist es brav, schnurrt der Schemen. *Tu es. Tu es endlich! Verteile sein Blut und seine Eingeweide auf dem schneebedeckten Boden! Zeichne mit ihnen ein Meisterwerk der Rache!*

Ich stoße den angehaltenen Atem aus und gebe dabei einen sterbenden Laut von mir. Es wäre so leicht … Fast wie Atmen. Bevor Kier weiß, wie ihm geschieht, wäre es bereits zu Ende.

Und ich wäre frei.

Mit einem Ruck zieht Kier mich zu sich. Seine Arme legen sich um mich und pressen mich so fest an seine Brust, dass ich seinen Herzschlag sogar durch die dicke Kleidung hören kann.

»Die Prüfung beginnt bald«, wispert er. Seine Stimme klingt dumpf in seiner Brust. »Dann rede ich die ganze Zeit mit dir, versprochen. Aber wenn wir den obersten Anführer unterbrechen, verzögert sich alles bloß und es dauert noch länger. Bitte halte noch eine Weile durch.«

»Ha!«, macht irgendein anderer Teilnehmer in der Nähe. Offenbar befinden wir uns nicht mitten unter ihnen, sondern am hinteren Ende. »Von wegen Blutfehde! Wenn ich euch so ansehe, hat das nicht viel mit Erzfeinden zu tun.«

Eine andere Teilnehmerin beginnt zu kichern. »Wenn ich ein paar Jahre jünger wäre, würde ich mich ihm auch schamlos an den Hals werfen.«

»Mir war von Anfang an klar, dass die Anführerin des Küstenclans nichts als Aufmerksamkeit wollte«, meint ein anderer.

Ich versteife mich und will mich aus Kiers Arm winden, doch dann geschieht etwas Seltsames, was ich im ersten Augenblick nicht richtig zuordnen kann. Alle um uns herum verstummen. Auch mir fällt das Atmen plötzlich schwerer, als wäre die Luft noch dünner geworden. Kiers Körper wird fester. Es ist kein Versteifen wie bei mir, sondern eher, als straffe er sämtliche Muskeln.

»Wenn ihr nicht augenblicklich eure Mäuler haltet«, knurrt er, und seine Brust vibriert unter diesem Tonfall an meiner Wange, »wird sich mein Wyvern einen nach dem anderen von euch vornehmen. Aber erst nachdem ich mit euch fertig bin.«

Die Härchen auf meinen Armen stellen sich auf. Eine solche Kraft liegt in seinen Worten und der Präsenz, die er plötzlich ausstrahlt, dass sogar ich darauf reagiere, obwohl sich nichts davon gegen mich richtet.

Niemand wagt mehr, Luft zu holen. Alles, was ich höre, ist Kiers ruhiger, beherrschter Herzschlag und mein eigener, der schneller und fester in meinen Ohren dröhnt.

»Und nun«, fährt Kier lauter fort, »schenkt unserem obersten Anführer die Aufmerksamkeit, die er verdient. Kümmert euch lieber um euer eigenes Abschneiden bei der Prüfung als um uns.«

Ich kann nicht sehen, ob sie gehorchen, aber offenbar tun sie das, denn der Than der Thane nimmt den Faden wieder auf. Ich habe keine Ahnung, worüber er zuvor gesprochen hat. Auch jetzt beachte ich ihn nicht, sondern konzentriere mich auf Kiers Herzschlag.

»Wir werden sie zum Schweigen bringen«, murmelt er, ohne mich loszulassen.

»Indem wir gewinnen«, entgegne ich. »Wobei die Vorstellung, dass dein Wyvern sie einfach mit einem Happs verschlingt, auch sehr verlockend ist.«

Kier gibt ein Brummen von sich. »Ich hätte Angst, dass Drakkar sich eine Magenverstimmung zuzieht, wenn sie all diese feisten Idioten fressen muss, die sich mit zu viel Gold und Geschmeide behängen.«

Gegen meinen Willen muss ich lächeln. »Bran würde sie auch verschmähen. Dabei ist er sonst nicht wählerisch.«

Meine Wange vibriert unter einem geschnaubten Lachen. »Was sollen wir dann mit ihnen machen? Schubsen wir sie vom Berg, wenn sie so dumm sind, ebenfalls hinaufzuklettern?«

»Nein«, sage ich. »Es sei denn, es lässt sich nicht vermeiden. Aber wir demütigen sie mehr, wenn wir sie besiegen.«

Kier stößt ein Raunen aus, bei dessen Klang es mir wieder bedenklich heiß wird. »Das klingt äußerst verlockend.«

KAPITEL 16

KIER

Lediglich am Rande bekomme ich die Rahmenbedingungen der Prüfungen mit, über die der oberste Anführer in seiner ihm eigenen Manier schier unendlich lang redet. Ich und wahrscheinlich sehr viele andere hätten es mit drei Sätzen erklären können. Aber bei ihm wird es zu einer Saga, die sich über Zeitalter erstreckt.

Kein Wunder also, dass Yrsas Schemen die Möglichkeit ergreift, sie wieder mit seinen Einflüsterungen zu quälen. Ich kann diese zwar nicht hören, aber ein Blick in Yrsas schmerzverzerrtes Gesicht genügt, um mich wissen zu lassen, wie schlimm es um sie steht. So viel Schmerz habe ich selbst bei vielen verletzten Kriegern nicht gesehen. Auch wenn ich nicht derjenige wäre, auf den ihr Schemen es abgesehen hat, hätte ich den Wunsch verspürt, ihr diese Qual zu nehmen. Oder zumindest zu erleichtern.

Hoffentlich schnappt Halvar eine Möglichkeit auf, wie wir den Schemen loswerden, ohne dass ich dafür ins Gras beißen muss. Ich werde ihn an diese Aufgabe erinnern, sobald die Prüfung vorbei ist; auch auf die Gefahr hin, dass er mich wieder damit aufzieht und völlig falsche Rückschlüsse zieht.

»Die Ansprache ist vorbei«, sage ich zu Yrsa, die ihren Kopf an meine Brust schmiegt, als hinge ihr Leben davon ab.

Oder unser beider Leben.

Am liebsten hätte ich nichts gesagt, sondern wäre für immer auf diese Weise mit ihr verbunden hier stehen geblieben. Das würde ich jedoch niemals zugeben. Nicht einmal gegenüber Halvar. Vielleicht nicht einmal gegenüber mir selbst. Aber sie im Arm zu halten und an mich zu pressen beruhigt auch meine Sorgen und Ängste – nicht bloß ihren Schemen.

Sie hebt den Kopf ein wenig an, als versuche sie, mir ins Gesicht zu sehen. Wären ihre Augen nicht von dem Stoffstreifen bedeckt, würde sie trotzdem leicht an mir vorbeischauen.

»Wie sieht unser Plan genau aus?«, fragt sie.

Ich lasse den Blick über die Teilnehmer schweifen, die sich um den obersten Anführer geschart haben. Uns stehen drei weitere Paare gegenüber. Sie sind per Zufall ausgelost worden, wobei ich nach meinem Zusammenstoß mit dem Than der Thane nicht daran glaube, dass ich durch Zufall erneut Yrsas Rune gezogen habe. Aber mir bleibt keine Zeit, mir jetzt darüber Gedanken zu machen, sondern ich konzentriere mich darauf, dass auch die anderen Paare alles andere als eingespielt sind. Von zweien weiß ich, dass ihre Gebiete aneinandergrenzen und sie deshalb nicht miteinander auskommen. Außerdem sind fast alle der Teilnehmer seit mehreren Jahrzehnten Anführer; sie sind es nicht gewohnt, Anweisungen anzunehmen, sondern selbst welche zu geben. Wenn nun zwei solcher Befehlsgeber aufeinandertreffen, werden sie Schwierigkeiten haben herauszufinden, welchen Befehl sie befolgen sollen.

Zumindest ist das meine Theorie, die ich auch Yrsa mitteile. Nachdem sie einen Moment darüber nachgedacht hat, nickt sie. Ich finde es erfrischend, wie gut sie darin ist, zuzuhören und abzuwägen. Ich kann nicht mehr zählen, an wie vielen Versammlungen ich teilgenommen habe, bei denen dem Sprecher nicht die Möglichkeit gegeben wurde auszureden. Yrsa hätte ihn ausreden lassen. Als ich mir vorstelle, wie sie all die anderen Clanführer angegrummelt hätte, sie sollen verdammt noch mal den Mund halten und zuhören, muss ich schmunzeln. Ein Jammer, dass der Küstenclan zu kaum einer anderen Versammlung als diesem Merthing eingeladen wird, weil jeder ihn für zu unbedeutend erachtet.

Ob sich diese Ansicht ändern wird, nachdem Yrsa nun unter den

Favoriten ist und so ziemlich jedem anderen Clanführer den Allerwertesten bei mindestens einer Prüfung aufgerissen hat?

»Wir müssen jetzt nach vorn gehen«, sage ich.

Mit sichtlichem Widerwillen löst sich Yrsa von mir. Sobald ihr Kopf nicht mehr an meiner Brust ruht, verzieht sie wieder schmerzerfüllt den Mund. Schnell greife ich nach ihrer Hand.

»Ich bin hier«, sage ich, »und ich bringe uns beide durch diese Prüfung, versprochen.«

Ihre Mimik entspannt sich. Widerstandslos lässt sie sich von mir in die Richtung führen, wo die anderen Teilnehmer bereits auf den Beginn der letzten Prüfung harren. Zum Glück entschlüpft niemandem eine weitere taktlose Bemerkung, doch ich spüre ihre Blicke. Vor allem auf unseren verschränkten Händen. Dann gleiten sie zu Yrsas Augenbinde. Jeden, der auch nur den Mund öffnet, um seinem Nebenmann etwas darüber mitzuteilen, starre ich so lange nieder, bis er den Mund wieder schließt und woanders hinsieht.

»Ihr kennt die Regeln«, sagt der oberste Anführer, dessen Hochsitz extra für diese Prüfung hierher geschafft wurde. Yrsa würde darüber die Nase rümpfen, könnte sie es sehen. Ich habe sie mehrmals dabei beobachtet, wie sie das macht, und fand es amüsant. »Die Zweiergruppe, die mir die brennende Fackel von der Spitze des Berges bringt, hat gewonnen. Dabei ist es egal, ob ihr selbst nach oben klettert oder jenen, die geklettert sind, die Fackel abjagt. Hauptsache, sie brennt und euer Seil ist intakt. Mögen die Spiele beginnen!«

Ich drücke Yrsas Hand und will sie gerade zu der Bergwand führen, die wir hinaufklettern müssen, als das erste Paar bereits versucht, sich an unserem Seil zu schaffen zu machen. Beinahe hätte ich es nicht bemerkt, doch ohne Waffen reißen sie an der Befestigung. Der Ruck lässt mich herumwirbeln. Ohne nachzudenken, ramme ich die freie Faust in das Gesicht des Anführers, der hinter mir hockt und versucht, den Knoten an meiner Taille zu lösen.

»Was ist los?«, fragt Yrsa alarmiert.

Ich reiche ihr die gut zwei Meter Seil, die zwischen uns hängen. »Halte das fest und beweg dich nicht.«

Sie zieht die Luft ein, als wolle sie protestieren, doch dann nimmt sie mir wortlos das aufgewickelte Seil ab.

Der Anführer, dem ich eben einen Fausthieb verpasst habe, hält sich die blutende Nase, doch er weicht vor mir zurück, ehe ich sein Seil lösen kann.

»Sie ist dir keine Hilfe«, grollt einer der anderen. »Mit dir werden wir allemal fertig.«

Leider hat er recht. Yrsa kann nichts sehen und würde mich in einem Kampf bloß behindern.

Ich mache einen Schritt zurück zu ihr. »Vertraust du mir?«, flüstere ich.

»Nein«, erhalte ich prompt zur Antwort.

Ich muss darüber unwillkürlich lächeln. Keine Sekunde habe ich mit einer anderen Antwort gerechnet. »Dann solltest du es wenigstens für etwa drei Minuten versuchen.«

Sie hält sich nicht mit weiteren Fragen auf, sondern sagt mit ernster Stimme: »In Ordnung. Drei Minuten.«

»Nicht erschrecken, das bin ich.« Ich greife nach ihrem Unterarm und ziehe sie zu mir, sodass sie mit dem Rücken an meinem steht. »Augenbinde runter, nicht umdrehen und pass auf unser Seil auf!«

Anhand ihrer Bewegungen spüre ich, dass sie tut wie geheißen. Keine Sekunde zu spät, denn zwei andere Paarungen haben uns eingekreist. Allerdings herrscht unter ihnen keinerlei Absprache, sodass drei der vier auf mich losgehen und bloß einer auf Yrsa. Ich habe keine Ahnung, was sie hinter mir treibt, aber innerhalb kürzester Zeit höre ich Knochen zersplittern, gefolgt von einem markerschütternden Schrei, der eindeutig von einem Mann stammt, sodass ich mir keine Sorgen mache.

»Ausgeschieden«, verkündet der Than der Thane.

Offenbar hat sie das Seil des Mannes gelöst, den sie zu Boden geschickt hat.

»Gib mir noch einen von deinen ab«, fordert Yrsa, noch ehe die drei übrigen Angreifer sich auf mich stürzen konnten. »Ich langweile mich hier sonst zu Tode.«

Ein breites Grinsen hebt meine Mundwinkel. »Ihr habt sie gehört!«

Grob stoße ich die Anführerin zu meiner linken zur Seite, sodass sie Yrsa quasi vor die Füße fällt. Ich höre, wie sie hastig versucht, wieder aufzustehen, doch es gelingt ihr nicht.

Um mehr kann ich mich nicht kümmern, denn der Mann geht auf mich los. Seine Bewegungen sind plump; normalerweise hätte ich ihn innerhalb von Sekunden ausgeschaltet. Doch mein Bewegungsradius wird durch das Seil ebenfalls eingeschränkt. Als ich einem Fausthieb ausweiche, pralle ich mit dem Rücken gegen Yrsa, die daraufhin ins Straucheln gerät. Reflexartig drehe ich mich zu ihr um und packe sie am Arm. Schnell kneift sie die Augen zu und sieht dadurch den Angriff der Frau nicht kommen. Ich reiße Yrsa zurück und stecke meinerseits den Schlag ein, der mich direkt an der Schläfe trifft und für einen Moment Sterne sehen lässt.

»Jetzt!«, befiehlt die Frau.

Ich spüre, wie jemand an meinem Seil reißt, bin aber zu benebelt, um einzugreifen.

»Vergesst es!«, knurrt Yrsa.

Von dem Tumult um mich herum kriege ich nur die Hälfte mit, doch er verschafft mir genug Zeit, damit ich wieder zu Sinnen komme. Ein schneller Blick über die Schulter verrät mir, dass Yrsa alles bestens unter Kontrolle und den Mann so weit zurückgetrieben hat, wie es mit seinem Seil möglich ist, das nun straff zwischen ihm und der Frau gespannt ist. Ich greife danach und zerre sie zu mir. Sie wehrt sich nach Kräften und versucht alles, um von mir wegzukommen. Ich hingegen brenne darauf, ihr den Schlag von eben heimzuzahlen, und drücke meine zur Faust geballte Rechte so fest mit der Linken, dass meine Knöchel knacken. Es macht für mich keinen Unterschied, ob mein Gegner eine Frau ist; sie waren so töricht, sich uns in den Weg zu stellen und anzugreifen. Also müssen sie mit den Konsequenzen leben. Doch noch bevor ich ausholen kann, nestelt sie eilig am Knoten an ihrer Taille und windet sich aus dem um sie geschlungenen Seil.

»Ausgeschieden«, sagt der oberste Anführer.

Widerwillig lasse ich meine Faust sinken. Als sie ebenfalls von ihrem Kontrahenten ablässt, gibt Yrsa hinter mir ein Grummeln von sich, das ich niedlicher finde, als es gut für mich ist.

Vor Kurzem habe ich noch darüber den Kopf geschüttelt, als Halvar sie als niedlich bezeichnet hat. Nun muss ich ihm zustimmen. Einige Eigenheiten an ihr sind mehr als niedlich. Sie sind hinreißend.

»Augenbinde wieder aufziehen«, flüstere ich ihr zu.

Sie gehorcht, ehe sie neben mich tritt und beinahe schüchtern ihre Hand wieder in meine schiebt.

»Ein Team ist noch übrig«, lasse ich sie wissen. »Doch offenbar sind sie klug genug, nicht hier unten gegen uns antreten zu wollen.«

Tatsächlich hält sich das letzte Team seit Beginn der Prüfung auffällig im Hintergrund und beobachtet lediglich.

»Lass sie uns ebenfalls gleich jetzt besiegen«, fordert Yrsa.

Ich schüttele den Kopf, ehe mir einfällt, dass sie es nicht sehen kann. »Sie haben uns analysiert«, murmele ich. »Gegen sie hätten wir kein so leichtes Spiel wie gegen die beiden anderen Teams.« Die verbleibenden beiden Anführer wenden sich von uns ab. »Und jetzt beginnen sie zu klettern.«

»Warten wir hier unten auf sie?«, will Yrsa wissen.

Ich zögere mit einer Antwort. Unten zu warten wäre die einfache Variante. Aber was, wenn sie einen anderen Weg nach unten nehmen? Die Regeln der Prüfung besagen lediglich, dass die Fackel auf der Spitze des Berges entzündet und anschließend dem obersten Anführer gebracht werden muss. Sie könnten auf der anderen Seite des Berges hinabklettern, und wir würden hier völlig umsonst warten. So würde ich jedenfalls vorgehen.

»Wir sollten ebenfalls klettern«, sage ich. »Der Berghang ist nicht sonderlich steil und es gibt viele Vorsprünge. Ich kann uns dort hochbringen und auch wieder runter.«

»Daran zweifle ich nicht«, entgegnet Yrsa zu meiner Überraschung. »Aber werden wir schneller sein als die beiden anderen? Du allein wärst es sicher, aber mit mir als Klotz am Bein ...«

»Ich sage dir, wohin du greifen musst.«

Sie zuckt mit den Schultern. »Selbst ohne die Augenbinde würde ich dich behindern. Ich musste noch nie einen Berg hinaufklettern.«

Ich drücke ihre Hand. »Wir schaffen das. Du hast mir eben vertraut, tu es noch einmal.«

Sie erwidert den Druck, ehe sie tief durchatmet. »Dann lass uns endlich klettern, bevor diese Idioten noch mehr Vorsprung kriegen.«

Yrsa hat nicht untertrieben: Sie ist eine miserable Kletterin.

Aber das macht nichts. Ich habe ihr versprochen, dass ich uns dort hochbringe, und dieses Versprechen werde ich halten.

»Über dir, leicht rechts ist der nächste Vorsprung«, sage ich zu ihr.

Blind tastet sie nach oben und findet den Felsvorsprung, den ich meine. Ich klettere voran, um sicherzugehen, dass die Vorsprünge unser Gewicht halten. Der Sturz nach unten wäre zwar nicht tief, aber wehtun würde der Aufprall trotzdem.

»Halte dich kurz dort fest und lockere die Muskeln«, weise ich sie an. »Du bist zu verspannt.«

Ich sehe ihr deutlich an, dass sie am liebsten zu einer bissigen Erwiderung ansetzen würde, doch sie hält sich zurück. Auch das rechne ich ihr hoch an. Wir sind beide nicht freiwillig hier, aber wir geben uns die größte Mühe, das Beste daraus zu machen. Yrsa wahrscheinlich noch mehr als ich.

Sie findet ausreichend Halt mit beiden Füßen, sodass sie die

Arme und Schultern ausschütteln kann. Durch ihr Waffentraining sind ihre Muskeln zwar Anstrengung gewohnt, doch Klettern ist etwas ganz anderes als das Führen einer Axt.

»Es ist nicht mehr weit«, versichere ich ihr.

»Das hast du vor einer halben Ewigkeit schon gesagt«, murrt sie, ehe sie sich zum nächsten Vorsprung hangelt, den ich ihr weise.

»Du machst das gut.«

»Bring mich einfach zur verdammten Bergspitze und erspare mir dein Lob.«

»Ich will nur ...«

»Wo ist der nächste Vorsprung?«

Ich seufze. »Direkt über dir. Den rechten Fuß ein Stück höher.«

Ich verstehe ihren Frust. Dennoch verletzt es mich irgendwie, dass er sich gegen mich richtet, wenn ich es ihr leichter machen will.

Die anderen beiden Anführer sind nun etwa auf unserer Höhe, aber einige Meter entfernt. Auch sie scheinen alles andere als geübte Kletterer zu sein.

»Wir haben sie eingeholt«, teile ich Yrsa mit.

»Wie weit ist es noch?«, will sie wissen. »Und wenn du jetzt wieder ›nicht mehr weit‹ sagst, werde ich schreien.«

Ein Lächeln stiehlt sich auf meine Lippen. Zum Glück kann sie es nicht sehen. »Wir haben mehr als drei Viertel des Aufstiegs geschafft. Ich kann von hier aus bereits das Plateau erkennen.«

Sie nickt. »Dann lass uns keine Zeit mehr verlieren.«

Ihr Arm zittert vor Anstrengung, als sie sich den nächsten Vorsprung emporzieht, dennoch lässt sie kein Wort des Jammers verlauten. Ich komme nicht umhin, sie dafür zu bewundern. Sie will den Sieg so sehr, dass ich ihre Entschlossenheit auf meiner Haut spüren kann.

Aber nicht bloß sie will ihn. Auch ich werde alles dafür tun zu gewinnen.

Als ich das Plateau etwa zwei Meter über uns sehe und unser Sieg fast zum Greifen nah ist, gibt plötzlich ein Stein unter Yrsas Füßen nach.

Es passiert so vieles gleichzeitig, dass ich beinahe zu spät reagiere. Ihr halb unterdrückter Schrei, der von meinem Keuchen unterbrochen wird, als sich das Seil um meinen Bauch fester zuzieht. Um ein Haar verliere auch ich den Halt, weil ich nun unser beider Gewicht halten muss. Als ich nach unten blicke, prallt sie gerade mit der Schulter gegen die Felswand.

»Halt dich fest!«, rufe ich ihr zu. »Direkt neben dir ist …«

Der Stein unter meinem linken Fuß bricht weg. Wir sacken ein Stück hinab. Yrsa entweicht ein weiterer Schrei. Hastig ziehe ich mich nach oben und suche einen neuen Halt für meinen Fuß.

»Ich hab uns«, versichere ich ihr.

»Fühlte sich eben nicht so an!«

Ich ignoriere ihre Erwiderung. »Greif jetzt nach dem Vorsprung, ehe unser Seil reißt.«

Fluchend tastet sie nach einem Halt.

»Ein Stück höher.«

Aus den Augenwinkeln erkenne ich, dass uns die anderen Teilnehmer beinahe eingeholt haben. Ich stoße einen unwirschen Laut aus.

»Schneller!«

Yrsas Fluchen wird lauter.

»Nein, nicht dort, sonst …«

Kaum dass ihr Gewicht teilweise von mir genommen wurde, ist es mit voller Wucht wieder da, weil sie sich an einen lockeren Felsen klammern wollte. Dieser bricht heraus und trifft ihre Stirn. Ich schlinge einen Arm um das nun schwingende Seil, um sie zu stabilisieren.

»Alles in Ordnung?«

Als sie den Kopf hebt, um mir zu antworten, erkenne ich frisches Blut in ihrem Gesicht. Und ich sehe für den Bruchteil einer Sekunde in ihr rechtes Auge; die Augenbinde hängt schräg darunter.

Ich schlucke angestrengt. Selbst auf die Entfernung von knapp zwei Metern kann ich deutlich die Veränderung in ihr ausmachen. Ihr Mund verzieht sich. Zwar kneift sie die Augen fest zu und wendet den Kopf ab, doch der Schaden ist bereits angerichtet.

Der Schemen, den wir bisher unter Kontrolle hatten, ist zurück.

»Yrsa, du musst mir jetzt zuhören«, sage ich, so ruhig ich kann. »Konzentriere dich auf meine Stimme. Wenn du dich nicht bald wieder festhältst, werden wir beide abstürzen.«

Ich sehe deutlich, wie sie zittert. Ob meine Worte sie erreicht haben, kann ich jedoch nicht sagen.

Deshalb versuche ich es erneut. »Wir werden verlieren. Du gegen den Schemen. Wir beide gegen die anderen Anführer. Willst du das?«

Ein abgehacktes Kopfschütteln.

»Dann reiß dich zusammen! Du bist stärker als dieser verdammte Schemen.«

Noch immer zitternd streckt sie den Arm aus und tastet nach einer Stelle, wo sie sich festhalten kann.

»Ein Stück höher. Ja, genau da! Und jetzt stell deinen rechten Fuß auf den Vorsprung direkt auf Höhe deines Knies.«

Langsamer als zuvor kommt sie meinen Anweisungen nach, als müssten meine Worte erst das Flüstern des Schemens durchdringen. Doch irgendwie gelingt es uns beiden, wieder festen Halt zu finden. Ich atme auf, als das Seil mir endlich nicht mehr die Luft abschnürt.

»Weiter«, treibe ich sie an, ehe ich ihr genau beschreibe, wohin sie greifen soll. Mehrmals muss ich meine Anweisungen wiederholen, doch das tue ich in einem ruhigen Tonfall. Sicherlich würde es den Schemen bloß anstacheln, würde ich sie anschreien.

Immer wieder werfe ich einen Blick hinüber zu den anderen beiden Anführern. Auch sie scheinen Probleme gehabt zu haben, denn sie konnten keinen Vorsprung ausbauen. Dennoch wächst meine Sorge, nicht rechtzeitig oben anzukommen.

Zusätzlich zu den Einflüsterungen des Schemens machen Yrsas

Kräfte langsam schlapp. Sie benötigt mehrere Anläufe, um sich an einem Vorsprung hochzuziehen.

»Wir haben es gleich geschafft«, versichere ich ihr.

»Allein dafür, dass du das ständig sagst, will ich dir den Hals umdrehen«, grollt sie.

»Aber dieses Mal stimmt es.« Ich überwinde den letzten Vorsprung und drücke mich nach oben auf das Plateau. »Ich bin oben. Streck deine Hand aus!«

Sie gehorcht. Als ich ihre Hand greife, entgleitet sie mir fast, so schweißnass ist sie.

»Ich hab dich«, verspreche ich ihr. »Und ich lasse dich nicht los.«

Ich bilde mir ein, dass ihr Zittern ein wenig nachlässt. Mit aller Kraft ziehe ich sie zu mir nach oben und über den Rand des Plateaus.

Ich muss zu viel Schwung hineingelegt haben, denn wir verlieren das Gleichgewicht und Yrsa landet auf mir. Sofort stelle ich mich auf einen Angriff ein, doch sie bleibt keuchend liegen, den Kopf an meine Brust gepresst.

Vorsichtig lege ich einen Arm um sie. »Wir haben es geschafft.«

»Noch nicht«, gibt sie atemlos zurück. »Aber ich … kann gerade nicht aufstehen.«

Ich höre deutlich, wie viel Überwindung es sie kostet, das zuzugeben.

Mit zwei Fingern streiche ich ihr über den Kopf, ehe ich ihre Augenbinde wieder an ihren Platz ziehe. »Dann bleib einen Moment liegen. Ich werde es niemandem verraten.«

Ihr Körper entspannt sich mit jedem Atemzug, und auch von mir fällt zusehends die Anspannung ab. Ich genieße ihr Gewicht auf mir. Die Wärme, die sie abstrahlt und die ein willkommener Kontrast zu der Kälte und Nässe des Schnees ist, in dem wir liegen. Ich kann meine Finger nicht davon abhalten, durch ihr Haar zu gleiten, das am Ansatz dunkelbraun ist und zu den Spitzen immer heller wird, bis es beinahe golden schimmert. Mehrere Strähnen hat sie nach hinten geflochten, doch der Großteil ist offen.

Anschließend wandern meine Finger zu ihrem verschwitzten Nacken und üben dort Druck auf die Wirbel und Muskeln aus. Yrsa gibt ein Stöhnen von sich, auf das ich unweigerlich reagiere. Ich gebe mein Bestes, um ihr erneut diesen besonderen Laut zu entlocken, der mich alles um mich herum vergessen lässt. Ich habe Glück; es gelingt mir und ich kann an nichts anderes mehr denken.

Nur noch an sie, ihre Geräusche, ihre Wärme, ihr Gewicht auf mir.

Und Yrsa scheint es genauso zu gehen. »Hör nicht auf«, wispert sie.

Daran würde ich nicht im Traum denken. Meine Träume beschäftigen sich seit einigen Nächten sowieso mit anderen Dingen, in denen sie eine führende Rolle spielt. Zum Glück weiß sie das nicht.

»Ich wüsste etwas, was sich noch besser anfühlt«, entgegne ich.

Sie hebt den Kopf, sodass nun ihr Kinn auf meiner Brust ruht, und zieht eine Augenbraue hoch. »Kommt da jetzt eine schmutzige Anspielung?«

Ich schmunzele. »Nur wenn du das möchtest. Aber nein, das hatte ich nicht im Sinn«. Was natürlich eine glatte Lüge ist. »Gib mir deine Hand.«

Als sie in meiner liegt, beginne ich, ihre Gelenke zu massieren, von denen ich weiß, dass sie beim Klettern besonders beansprucht werden. Yrsa windet sich vor Wonne auf mir und gibt eine ganze Reihe verzückter Laute von sich, die es mir schwer machen, mich weiter auf ihre geschundenen Finger zu konzentrieren.

»Heilige Götter, das fühlt sich so gut an«, raunt sie. »Kannst du bitte nie wieder aufhören?«

Gerade als ich ihr versichern will, dass ich erst aufhöre, wenn sie es verlangt, nehme ich eine Bewegung im Augenwinkel wahr. Auch die anderen Anführer haben den Aufstieg bewältigt.

»So schwer es mir auch fällt«, brumme ich leise, »aber ich muss dich bitten aufzustehen.«

Yrsa stellt keine Fragen. Sie drückt sich hoch und kommt schnell auf die Füße. Ich brauche bedeutend länger, um aufzustehen.

Ich greife ihre Hand. »Die Fackel ist nur ein paar Meter entfernt.«

Sie folgt mir, ohne dass ich sie hinter mir herziehen muss.

Die Fackel befindet sich in einer Vorrichtung etwa in der Mitte des Plateaus. Um sie herum liegen zwei Feuersteine.

Als wir dort ankommen, drehe ich Yrsa mit dem Rücken zu mir. »Ich entzünde die Fackel und du hältst mir die anderen Teilnehmer vom Hals.«

Auch diesmal stellt sie keine Fragen. Ich bin erstaunt, wie schnell es uns gelungen ist, eine Einheit zu bilden. Viele meiner Clanmitglieder hätten mit unzähligen Fragen nachgebohrt und am Ende doch nicht das getan, was ich ihnen aufgetragen habe. Doch gegenüber Yrsa muss ich mich nicht erklären; sie versteht beim ersten Mal, was wir tun müssen, und sie weiß, dass uns Diskussionen gerade nicht weiterhelfen.

Die Steine, aber auch die Fackel selbst sind feucht. Ich gebe ein Knurren von mir. Wie soll ich das verdammte Ding entzünden, wenn es feucht ist?

Hinter mir höre ich Schritte, die im Schnee knirschen, doch ich wage es nicht, mich umzudrehen. Zu groß ist die Sorge, dass ich Yrsa in die Augen sehen könnte.

»Geht uns aus dem Weg!«, keift einer der anderen Teilnehmer.

»Wir waren zuerst hier«, zischt Yrsa zurück.

Ich knie mich hin und stoße die Feuersteine gegeneinander. Kein einziger Funke erscheint.

Wieder knirschen Schritte im Schnee, näher diesmal. Hastig reibe ich beide Steine an meiner Kleidung trocken. Diesmal stieben Funken auf, als ich sie aneinanderschlage.

»Ohne Waffen und dein Tierwesen siehst du alles andere als bedrohlich aus, Kleine«, gibt der eine Anführer von sich.

Ich grinse vor mich hin und Yrsa sicherlich ebenfalls. Zwar wird sie die beiden Teilnehmer allein nicht ewig beschäftigen können, aber sie wird sie auf jeden Fall überraschen. Ich habe am ersten Tag der Prüfung auch den Fehler gemacht, sie zu unterschätzen, und ohne Drakkars Hilfe hätte ich ziemlich alt ausgesehen.

Ich rutsche zur Fackel hinüber, die gut einen halben Meter groß ist. Hinter mir bricht ein Tumult los. Jemand schreit – nicht Yrsa. Trotzdem beeile ich mich. Wie erwartet, kann ich zwar Funken erzeugen, aber die Fackel ist derart feucht geworden, dass sie sich nicht entzündet.

»Komm schon«, grolle ich, als ich es wieder und wieder versuche.

Der Schmerzenslaut einer Frau lässt mich erstarren. Lediglich das Wissen, dass ich Yrsa nicht helfe, sondern alles nur noch schlimmer mache, wenn ich mich zu ihr umdrehe, hält mich davon ab einzugreifen.

Ich benötige fünf weitere Versuche, bis endlich eine winzige Flamme auf die Fackel übergreift. Schützend halte ich eine Hand davor und puste vorsichtig.

»Sie brennt«, lasse ich Yrsa wissen.

»Keine Sekunde zu spät«, erwidert sie. »Wir tauschen.«

Rücken an Rücken drehen wir uns, sodass ich mich nun den anderen Anführern gegenübersehe und Yrsa sich um die Flamme kümmert. Einen von ihnen hat Yrsa zu Boden geschickt; er gibt ein Ächzen von sich, während er sich den Kiefer hält. Der andere scheint jedoch noch unversehrt zu sein.

Ich lasse die Fingerknöchel knacken. »Wer von euch will zuerst?«

»Nimm den Mund lieber nicht zu voll«, grollt der Anführer, der noch steht, ehe er auf mich losgeht.

Trotz des Aufstiegs sind seine Bewegungen schnell. Aber nicht schnell genug. Während ich ihm ausweiche, überlege ich, von welchem Clan er sein könnte. Es kommen einige infrage. Doch im Grunde ist es egal.

Da wir beide an unsere Partner gefesselt sind, ist unser Bewegungsradius begrenzt. Mir bleibt nichts anderes übrig, als ein paar

Fausthiebe einzustecken, damit mein Gegner nah genug an mich herankommt und ich ebenfalls ein paar Treffer landen kann. Ich ziele auf sein Gesicht, seine Nase, damit ich ihn möglichst schnell bewusstlos schlagen kann. Er scheint zu ahnen, was ich vorhabe, denn er dreht den Kopf weg, kurz bevor meine Faust auftrifft. Als er versucht, mir die Beine wegzutreten, mache ich einen Satz zurück und wäre beinahe über Yrsa gestolpert, die im Schnee kniet und die Flamme bewacht. Gerade so kann ich mich fangen, doch diesen Moment der Unachtsamkeit nutzt mein Gegner gnadenlos aus. Sein Hieb gegen mein Kinn lässt meinen Kopf zurückfliegen und mich beinahe am Boden landen.

Es ist Yrsa, die mich davor bewahrt. Flink steht sie auf und stützt mich mit ihrem Rücken gegen meinen. Ich lasse mich für einen Augenblick gegen sie sinken, bis ich wieder mehr als bloß tanzende Lichtpunkte sehe.

»Wie lange dauert das denn?«, knurrt sie.

Lächelnd stoße ich ein Schnauben aus. »Gleich fertig.«

»Das will ich hoffen«, sagt sie. »Wir müssen so schnell wie möglich nach unten, ehe die Fackel ausgeht.«

Ich nicke, auch wenn sie es nicht sehen kann, und stürze mich anschließend auf meinen Gegner. Da die Zeit drängt, bin ich mir nicht zu schade, seine Technik gegen ihn anzuwenden. Mit weniger starken Schlägen, um nicht meine ganze Kraft zu verschwenden, dränge ich ihn zurück – so weit, dass er nun seinerseits über seinen am Boden liegenden Kumpan stolpert. Mit den Armen rudernd versucht er, auf den Füßen zu bleiben. Ich hole aus und ziele genau auf seine Nase, die knirschend unter meinem Hieb nachgibt. Schreiend stolpert er zurück und landet genau auf seinem Partner, der ein halb ersticktes Ächzen von sich gibt.

»Erledigt«, teile ich Yrsa mit.

Mit wenigen Griffen hat sie die Augenbinde wieder in Position gebracht. »Dann lass uns endlich hier verschwinden. Es ist verdammt kalt.«

Gern würde ich erwidern, dass es mir vorhin, als sie auf mir lag, ziemlich warm war, doch ich unterdrücke diesen Drang. Stattdessen nehme ich ihre Hand, stecke schnell die Feuersteine ein und umklammere mit der anderen die Fackel.

KAPITEL 17

YRSA

Der Abstieg ist noch schwieriger als der Aufstieg. Zumindest kommt es mir so vor.

»Hand ausstrecken«, ruft Kier.

Nachdem ich einen halbwegs sicheren Halt habe, strecke ich die Hand aus, damit er mir die Fackel reichen kann. Dann klettert er weiter nach unten, bis er sie mir wieder abnimmt, damit ich weiter hinabklettern kann.

Es ist zermürbend und dauert viel zu lange. Von den drei Malen, die ich abrutsche und mich gerade so noch mit den Händen festklammern kann, will ich gar nicht erst reden. Meine Finger schmerzen so sehr, dass ich am liebsten loslassen würde. Sie zittern, sind verschwitzt und pulsieren protestierend, mein Gewicht an diesem rauen, kalten Gestein halten zu müssen.

Als der Drang loszulassen beinahe lauter brüllt als der Schemen, denke ich zurück an den Moment, als Kier meine Hände massiert hat. Mit genau dem richtigen Druck schaffte er es, meine Schmerzen zu vertreiben und ein Gefühl in meine Brust zu pflanzen, gegen das sogar der Schemen für einige Herzschläge machtlos war. Ich spürte die Wärme, die von diesem Gefühl ausging. Eine Wärme, die es auf dem zugigen und schneebedeckten Bergplateau nicht hätte geben dürfen. Nun ist die Wärme zwar fort, aber die Erinnerung daran lässt mich durchhalten.

Dennoch ist für mich klar, dass ich nie wieder auf einen Berg klettern werde. Zum Glück gibt es die bei uns an der Küste nicht.

»Wir haben es bald geschafft«, versichert Kier mir in regelmäßigen Abständen.

Der Drang, ihm dafür den Hals umzudrehen, kommt nicht von meinem Schemen. Offenbar gebe ich ein so erbärmliches Bild ab, dass er ständig das Bedürfnis hat, mich zu beruhigen.

Ich habe aufgehört zu zählen, wie oft wir die Fackel hin und her reichen. Wann immer ich ihre Wärme spüre, atme ich verstohlen auf, erinnert sie mich doch latent an das Gefühl in meiner Brust, in der es nun wieder kalt und leer ist.

Plötzlich trifft mich ein Steinchen am Kopf. Es tut nicht weh, ist aber das untrügliche Zeichen dafür, dass die anderen Anführer die Verfolgung aufgenommen haben, denn Kier hält sich schräg neben mir.

»Wir müssen uns beeilen«, rufe ich Kier zu.

Er murmelt einen Fluch, ehe er mir beschreibt, wo ich Halt für meine Füße finde. Als wir etwa auf einer Höhe sind, sagt er: »Sie sind noch einige Meter über uns. Aber sie kommen schnell näher.«

»Wie weit ist es noch bis nach unten?«

»Ich kann den Boden noch nicht genau sehen«, gibt er nach kurzem Zögern zu.

So viel also zu »Wir haben es bald geschafft« … Aber wenn wir überhastet klettern, besteht die Gefahr, dass wir abstürzen oder die Fackel erlischt. Ist es überhaupt erlaubt, sie dann erneut zu entzünden? Ich hätte dem obersten Anführer besser zuhören sollen …

»Los, weiter«, sage ich. »Behalte die beiden für mich im Auge.«

»Natürlich.«

Nachdem ich einen sicheren Halt gefunden habe, reicht Kier mir wieder die Fackel. Wir wiederholen dieses Vorgehen, bis ich die Stimmen der anderen Teilnehmer deutlich über uns hören kann. Sie bellen sich Befehle zu, wo sie hintreten sollen, scheinen sich aber alles andere als einig zu sein, was uns wertvolle Sekunden verschafft.

»Ich sehe den Boden«, sagt Kier, als ich ihm gerade erneut die Fackel gereicht habe. »Nur noch ein Stück, dann können wir springen.«

Ich schlucke die Frage, was dann mit der Fackel geschieht, hinunter. Uns bleibt keine Zeit, alles abzuwägen. Mit der Fackel und meiner Augenbinde sind wir den beiden anderen Anführern gegenüber im Nachteil. Sie müssten bloß einen Moment abwarten, wo einer von uns nicht sofort einen festen Halt findet, und könnten uns die Fackel entreißen.

Oder uns hinabstoßen.

Trotz der nahenden Gefahr sind Kiers Erklärungen, wohin ich greifen muss, ruhig und präzise. Nur seine Stimme hält mich davon ab, in Panik zu verfallen und eine falsche Entscheidung zu treffen.

»Gib mir die Fackel und lass dann los«, sagt er schließlich.

Ich war noch nie gut darin, anderen zu vertrauen. Ich kann diejenigen, denen ich tatsächlich blind vertraue, an einer Hand abzählen. Wahrscheinlich genügt sogar ein einziger Finger.

Und doch hänge ich hier an einer Felswand, ohne etwas zu sehen, gekettet an den Mann, den ich zu töten geschworen habe, und suche in mir nach einem Grund, warum ich nicht loslassen sollte. Warum ich ihm – ausgerechnet ihm! – nicht vertrauen sollte.

Egal wie hektisch ich auch in mir wühle, finde ich keinen Grund.

Also stoße ich mich leicht von der Felswand ab und lasse los.

Mein Herz setzt für einen Augenblick aus, als ich mich im freien Fall befinde, doch bevor es panisch weiterschlagen kann, versinken meine Füße in einer hohen Schneeschicht.

»Ich bin unten!«, rufe ich Kier lächelnd zu.

»Ich sehe es«, gibt er zurück, und ich meine, in seiner Stimme ebenfalls ein Lächeln zu hören.

Meine Muskeln brennen und werden mich spätestens morgen hassen, dennoch strecke ich mich, um ihm die Fackel abermals abzunehmen, damit auch er wieder festen Boden unter den Füßen hat. Schnell schließe ich die Finger um das raue Holz, sobald ich es an meiner Hand spüre. Die Wärme der Flamme beschert mir einen wohligen Schauer.

Neben mir höre ich, wie Kier ebenfalls im Schnee landet.

»Wir haben es geschafft«, jauchze ich.

»Noch nicht«, erwidert er düster, ehe er mir die Fackel abnimmt und meine Hand fest mit seiner umschließt. »Lauf!«

Ich lasse mich von ihm in die richtige Richtung ziehen, und bewege dann die Beine, so schnell es mir möglich ist. Gefühlt kommen wir im Schnee kaum von der Stelle, doch sobald wir uns von der Felswand entfernen, nimmt er ab. Unter meinen Füßen spüre ich nun harten, aber glatten Stein.

Hinter mir höre ich die anderen Teilnehmer, die sich ebenfalls durch den Schnee kämpfen. Sie sind uns dicht auf den Fersen! Als ich den Kopf reflexartig leicht zu ihnen umdrehe, gerate ich auf dem gefrorenen Boden ins Straucheln. Kier lässt meine Hand los, um seinen Arm um meine Taille zu schlingen und mich so aufrecht zu halten, ohne dabei stehen zu bleiben. Kaum dass ich wieder stabil bin, verschränkt er seine Finger erneut mit meinen.

»Gleich haben wir euch!«, brüllt einer der anderen Anführer hinter uns.

Die Härchen in meinem Nacken stellen sich auf. Ich wünschte, ich könnte schneller laufen, doch die Muskeln in meinen Beinen brennen fürchterlich und ich darf nicht riskieren, doch noch hinzufallen.

»Wir schaffen es«, versichert mir Kier.

Diesmal will ich ihm dafür nicht den Hals umdrehen, sondern klammere mich an seine Worte und Zuversicht. Mein Herz rast vor Anstrengung und Anspannung, doch ich treibe mich bis zum Äußersten, folge Kiers Anweisungen und der Richtung, die er vorgibt.

Irgendwann – es kommt mir wie eine halbe Ewigkeit vor – höre ich die anfeuernden Rufe meiner Begleiterinnen, welche die der anderen Anwesenden übertönen. Aus ihnen schöpfe ich neue Kraft, denn nun weiß ich mit Sicherheit, dass es nicht mehr weit ist.

Doch auch die Schritte hinter uns werden immer lauter und bedrohlicher. Wäre es besser, die anderen Anführer erneut niederzustrecken? Oder würde mir das nicht mehr gelingen, weil ich zu erschöpft bin? Während ich noch über diese Fragen nachdenke, bleibt Kier unvermittelt stehen.

»Wir bringen dir die brennende Fackel, oberster Anführer«, sagt er.

Ich japse nach Luft, zwinge mich aber dazu, ruhiger zu atmen, damit ich die Erwiderung des Thans der Thane nicht verpasse. Es dauert so lange, dass ich beinahe in Panik verfalle, weil mein Körper glaubt, er müsse ersticken.

»Die Sieger dieser Prüfung sind Yrsa vom Küstenclan und Kier vom Schwingenclan«, verkündet der oberste Anführer schließlich.

Im selben Moment geben meine Beine unter mir nach und ich sacke zusammen. Selbst wenn mein Leben davon abhinge, könnte ich gerade nicht mehr aufstehen. Gut möglich, dass ich auf Bran zurück zu meiner Hütte reiten muss …

Doch Kiers Hand halte ich weiterhin fest. Es ist, als wären unsere Finger miteinander verschmolzen, denn auch er löst sich nicht von mir.

»Das war beeindruckend«, sagt der oberste Anführer. »Wenn es ein Team gegeben hätte, dem ich den Sieg am wenigsten zugetraut hätte, dann wärt ihr beide es gewesen. Und doch steht ihr hier.« Es folgt eine kurze Pause. »Es scheint, als wolltet ihr die Geschichte eurer Väter richtigstellen.«

Mein Kopf ruckt nach oben. »Was meinst du damit?«

»Während der letzten Prüfungen mussten eure Väter dieselbe Aufgabe als Team absolvieren«, antwortet der Than der Thane. »Und wie das ausging, wisst ihr ja.«

Mein Vater … Es hieß immer, er sei gefallen. Ist er etwa den Berg hinuntergestürzt? Aber was ist mit seinem Partner? Ich habe auch den Halt verloren, doch das Seil hat mich vor einem Absturz bewahrt. Zwar wirbeln meine Gedanken wild umher und springen von einer Frage zur nächsten, doch die Antwort auf eine ist drängender als alle anderen.

»Was war mit seinem Seil?«, frage ich, während ich mich auf die Füße kämpfe. Mit einem Ruck entziehe ich Kier meine Hand, die sich sofort kalt und leer anfühlt. »Du musst es wissen, du warst dabei.«

Als er mir nicht sofort antwortet, zerre ich die verdammte Augenbinde herunter.

»Warum ist mein Vater abgestürzt?«, frage ich eindringlich.

Der oberste Anführer neigt den Kopf, als er mich betrachtet. »Sein Seil war durchgeschnitten. Dein Vater stieß sich beim Absturz unglücklich den Kopf. Man fand ein Messer im Stiefel von Kiers Vater, als der vorherige Than der Thane der Sache auf den Grund ging.«

Ich schnappe nach Luft und muss den Drang niederringen, zu Kier herumzuwirbeln, der stumm hinter mir steht.

»Da das Seil durchtrennt war«, fährt der oberste Anführer fort, »war auch der ehemalige Anführer des Schwingenclans ausgeschieden, und ich konnte den Sieg erringen.«

Um seine eigene Haut zu retten, hat sein Vater das Seil durchgeschnitten und so das Schicksal meines Vaters besiegelt.

Ich habe es dir doch gesagt, säuselt der Schemen. *Der Tod deines Vaters war kein Unfall.*

Meine Mutter glaubte lange Zeit daran, dass es ein Unfall gewesen sein muss. Es beruhigte sie und bewahrte sie davor, gegen einen anderen Clan, der dem unseren überlegen ist, in die Schlacht zu ziehen, um Gerechtigkeit zu fordern.

Doch ich bin nicht wie meine Mutter. Ich rede mir nichts ein, damit ich nachts besser schlafen kann. Ich schrecke nicht davor zurück, die Blutfehde fortzuführen, die der alte Anführer des Schwingenclans mit seiner Tat heraufbeschworen hat. Ich kenne meinen Platz und meine Aufgabe. Mit dem Daumen streiche ich über die Narbe in meiner Handfläche. Ich habe nicht vergessen, was ich geschworen habe.

Mit gestrafftem Rücken wende ich mich an den obersten Anführer. »Wir haben die Aufgabe erfüllt. Wer von uns wird dein Nachfolger?«

Beinahe träge wandert sein Blick zwischen Kier und mir hin und her, bis ich die Spannung fast nicht mehr aushalte. Es ist derart zermürbend, dass ich am liebsten vorstürmen, ihn packen und so lange schütteln will, bis er mich endlich zu seiner Nachfolgerin macht. Denn dass Kier gewinnt, steht außer Frage.

Er *darf* nicht gewinnen.

»Ich habe noch nie von einer solch guten Zusammenarbeit bei dieser Prüfung gehört«, sagt er schließlich.

Ich blecke die Zähne. »Das ist nicht die Antwort auf meine Frage.«

Lässig lehnt er sich auf seinem Hochsitz zurück. »Ich finde es durchaus spannend, dir dabei zuzusehen, wie du dich in einem Moment an seine Hand klammerst und ihn im nächsten am liebsten zerfetzen willst. Ist das dem Schemen geschuldet?«

Ich balle beide Hände zu Fäusten. Ich hasse ihn für seine Worte. Die Tatsache, wie er mir vor allen Anwesenden unter die Nase reibt, dass ich Kiers Hand gehalten habe. Wie ich Kraft aus seiner Wärme und seinen Worten gezogen habe. Dass ich den Wunsch verspürte, ihn erneut zu bitten, meine Finger zu massieren, nachdem wir die Prüfung gemeistert haben.

Irgendwo zwischen den Begleitern ertönt Gelächter.

Bring sie zum Schweigen!, fordert der Schemen, den ich nun wieder überdeutlich höre.

Ich recke das Kinn, während ich kalt den Blick des obersten Anführers erwidere. »Der Schemen hat damit nichts zu tun. Vielmehr ist es der Treue unserer Traditionen geschuldet. Während der Prüfungen blieb mir keine andere Wahl, als mit dem Anführer des Schwingenclans zusammenzuarbeiten und …«

»… seine Hand zu halten«, unterbricht mich der Than der Thane. Wieder erklingt um mich herum Gelächter. »Du bist eine Anführerin und es gewohnt, dass dir Leute zuhören. Aber mit Worten allein wirst du mich nicht davon überzeugen, dass du lediglich wegen der Prüfung deinen Schwur vergessen hast.«

Ein eiskalter Schauer rinnt mir den Rücken hinab. Vorsichtshalber presse ich die Lippen fest zusammen, um nicht zu einer Erwiderung anzusetzen, die mich noch tiefer ins Schlamassel reißen würde.

Der oberste Anführer lächelt. »Ich verstehe dich. Er mag zwar bartlos sein und deswegen wie ein junger Bursche anmuten, aber abgesehen davon ist er nicht unansehnlich.«

Ich schnappe angesichts dieser Unterstellung nach Luft und bin drauf und dran, nun doch etwas zu erwidern.

Es ist Kier, der mich davor bewahrt. »Sag uns einfach, wer gewonnen hat.«

Selbst jetzt klingt seine Stimme ruhig und beherrscht, während es in mir schlimmer brodelt als in einem Vulkan kurz vor dem Ausbruch. Meine Wut auf den obersten Anführer wird durch die Einflüsterungen und Vorwürfe des Schemens nur noch verstärkt, bis ich das Gefühl habe, auf alles und jeden wütend zu sein. Den obersten Anführer. Kier. Kiers Vater. Die lachenden Anwesenden. Mich selbst. Wenn ich könnte, würde ich – jenem brodelten Vulkan gleich – explodieren und uns alle mit dem Feuer, das in mir schwelt, auslöschen.

Dann müsste ich mir zumindest nicht mehr vorwerfen lassen, dass ich Gefühle für den Mann hätte, den ich zu töten geschworen habe. Ich habe noch nie in meinem ganzen Leben solchen Schwachsinn gehört! Ein Grund mehr, warum der jetzige Than der Thane dringend ersetzt werden muss: Mit seinem Sehvermögen steht es nicht zum Besten, und senil wird er obendrein auch noch. Anders kann ich mir seine Rückschlüsse nicht erklären.

»Ihr habt beide beeindruckende Leistungen erbracht«, sagt der oberste Anführer schließlich.

Ich halte die Luft an, um keines seiner Worte zu verpassen.

»Du, Yrsa, verfügst über ein Wissen über unser Volk und seine Traditionen, das selbst das vieler Valkras in den Schatten stellt. Außerdem hast du die Gabe, schnell und rational Entscheidungen zu treffen.« Sein Blick gleitet zu Kier. »Du, Kier, bist ein geborener Anführer. Beherrscht und ruhig, wenn es die Situation verlangt, und gnadenlos im Kampf. Sogar jemand, der dich tot sehen will, ist dir buchstäblich blind gefolgt.«

Mein Herz rast. Wieso ist er voll des Lobes für Kier?

Nichts davon ist wahr, flüstert der Schemen. *Du warst diejenige, die die anderen Anführer besiegt hat, während er es gerade mal schaffte, eine läppische Fackel zu entzünden.*

Ich nicke knapp. Der Schemen hat völlig recht. Ohne mich wäre Kier niemals so weit gekommen.

Als ich dies dem obersten Anführer mitteilen will, sagt er: »Ich weiß nicht, wen von euch beiden ich zu meinem Nachfolger ernennen soll.«

Ich mache einen Schritt vor. »Aber …!«

»Du *musst* jemanden ernennen«, sagt Kier eindringlich. »Das ist der Sinn dieser Prüfungen.«

Der oberste Anführer nickt. »Das ist mir bewusst. Und doch bringt ihr beide Eigenschaften mit, die in einem Angriffsfall von großem Nutzen wären. Wenn ich es könnte, würde ich euch beide ernennen.«

»Was aber nicht möglich ist«, knurre ich. Aus dem Stegreif könnte ich ihm mindestens drei Gesetze nennen, die das verbieten – abgesehen von der jahrtausendealten Tradition dieser Prüfungen.

»Das ist mir bewusst«, erwidert der Than der Thane. »Also bleibt mir nichts übrig, als euch eine weitere Prüfung aufzuerlegen.«

Ich runzele die Stirn. »Eine weitere Prüfung? Aber das …«

Der oberste Anführer hebt die Hand und ich schlucke das, was ich sagen wollte, hinunter. »Erspare mir deine Belehrungen, Yrsa. Ich mag zwar nicht so viel wissen wie du, doch ich bin nicht völlig ungebildet. Wenn du allerdings etwas gegen eine weitere Prüfung einzuwenden hast, werde ich den Zufall entscheiden lassen. Möchtest du es von einem Münzwurf abhängig machen, wer von euch beiden gewinnt?«

»Nein«, presse ich zwischen zusammengebissenen Zähnen hervor.

»Fein«, entgegnet der Than der Thane, ehe er sich durch seinen rauschenden Bart streicht. »Am liebsten würde ich euch ja einer weiteren Tradition frönen lassen und euch auf Raubzug schicken.«

»Alle umliegenden Inseln und Völker sind bereits geplündert«, sage ich schnell, um ihn von dieser Idee abzubringen.

Denn wenn dies tatsächlich die entscheidende Prüfung sein soll, kann ich gleich aufgeben. Obwohl mein Clan direkt an der Küste lebt, ist uns kein einziger Handwerker geblieben, der in der Lage wäre, ein Boot zu bauen, mit dem ich übers Meer zu einer der spärlich besiedelten umliegenden Inseln segeln könnte. Mehr als ein paar Nussschalen zum Fischen habe ich nicht vorzuweisen. Ich würde vor Scham im Boden versinken, wenn ich das öffentlich zugeben müsste …

»Ich habe einen Vorschlag«, sagt Kier unvermittelt.

Mit einem Nicken gestattet der oberste Anführer ihm fortzufahren.

»Gemeinsam mit ein paar fähigen Schiffsbauern arbeite ich an etwas, was uns jenseits des Nebels an unbekannte Gestade bringen könnte.«

Ich muss mich davon abhalten, den Kopf zu ihm zu drehen. »Das ist unmöglich! Kein Schiff, egal wie groß, kann gegen die Strömungen und den Nebel segeln.«

»Mein Schiff wird es können«, erwidert Kier ruhig.

Angesichts dieser Überheblichkeit stoße ich einen Fluch aus. »Warum glaubst du, dass du mehr erreichen kannst als alle Schiffsbauer der Vergangenheit, seit es den Nebel gibt?«

»Sie hatten keinen Wyvern.«

Ich zucke zusammen. Bevor ich jedoch ein einziges Wort hervorbringen kann, fährt Kier fort: »Es gibt eine Vorrichtung, mit deren Hilfe Drakkar uns gegen die Strömungen ziehen kann. Sind diese erst einmal überwunden, liegt eine völlig neue Welt vor uns, die bloß darauf wartet, ausgeraubt zu werden. Eine Welt, von der selbst unsere ältesten Sagas nur spärlich berichten.«

Ich verdrehe die Augen. »Und wie willst du den Nebel umgehen?«

»Drakkar fliegt hoch genug, um über dem Nebel zu sein«, antwortet Kier. »Das habe ich bereits getestet. Sie wird uns leiten.«

Ich wünschte, ich könnte ihm widersprechen. Ein normaler Mensch, der kein Flüsterer ist, würde das vermutlich. Er würde vorbringen, dass niemand so dumm sei, sich auf ein solches Wesen zu verlassen. Aber ich würde es, genau wie Kier. Ich tue es jeden Tag.

Der Than der Thane mustert mich. »Keine weiteren Einwände?«

Sosehr ich auch danach suche, finde ich nichts, was ich vorbringen kann. Auch ohne die Pläne des Schiffs gesehen zu haben, ist mir klar, dass Kier nichts dem Zufall überlässt, um sich, sein Tierwesen und seine Mannschaft nicht sinnlos in Gefahr zu bringen.

Doch es gibt eine Sache, die er offenbar nicht bedacht hat.

»Wie willst du von deinem Gebiet aus ein Schiff losschicken?«, frage ich. »Dein Clan lebt im Gebirge.«

Sichtlich belustigt wendet sich der oberste Anführer an Kier. »Da hat sie nicht unrecht.«

Ich höre, wie Kier schräg hinter mir mit den Zähnen knirscht, was den obersten Anführer nur noch weiter zu erheitern scheint, ohne dass ich den Grund dafür kenne. »Das ist etwas, was ich mit dir besprechen wollte, Than der Thane. Ich bitte dich um deine Erlaubnis, das Schiff im Gebiet des Küstenclans zu Ende zu bauen.«

»Wie bitte?«, knurre ich.

Das Lächeln des obersten Anführers wird breiter, als hätte er genau mit diesem Ausgang des Gesprächs gerechnet. »Ich mag euer oberster Anführer sein, aber ich habe lediglich während eines Verteidigungsfalles Weisungsbefugnis. Ich kann nicht darüber entscheiden, ob du dein Schiff dort bauen darfst. Das muss die Anführerin des Küstenclans tun.«

»Und die sagt Nein«, grolle ich.

Kier gibt ein Schnauben von sich. »Dir ist schon klar, dass ich deinen Clan im Handumdrehen vom Gegenteil überzeugen könnte, indem ich ihn auslösche, oder?«

Siehst du?, zischt der Schemen. *Er droht dir! Er will dich und die deinen umbringen!*

Der klar denkende Teil von mir, der nicht unter der Knute des Schemens steht, weiß, dass Kier recht hat. Mein Clan ist derart geschwächt und dezimiert, dass er und sein Tierwesen vermutlich ausreichen würden, um uns vernichtend zu schlagen. Die Tatsache, dass er uns noch nicht angegriffen hat, obwohl er doch bereits länger an seinem Schiff herumkonstruiert, spricht jedoch für sich.

»Dumm nur«, sage ich, »dass du, um zu meinem Clan zu gelangen, erst durch die Gebiete anderer musst. Und die wären sicher nicht begeistert.«

Ein Gemurmel erhebt sich unter den anderen Anführern, die unserem Schlagabtausch bisher stumm gelauscht haben. Offenbar schwelt einiger Groll an den Grenzen zum Schwingenclan.

»Drakkar könnte die bereits fertigen Teile sowie die Schiffsbauer und das Material einzeln zur Küste fliegen«, sagt Kier. »Dann müsste ich nicht durch fremde Gebiete hindurch.«

»Und dann erlaube ich ihnen immer noch nicht, das Schiff an unseren Gestaden zu bauen«, gebe ich zurück. »Als Nächstes forderst du noch, dass ich deine Handwerker und deinen Wyvern durchfüttern soll!«

»Drakkar kann für sich selbst sorgen«, sagt Kier mit einem zögernden Unterton.

»Ja, indem sie *unser* Wild jagt oder *unsere* Herden plündert«, zische ich. »Vergiss es!«

Erneut streicht sich der oberste Anführer über den Bart. »Ich gebe zu, ich würde sehr viel für das Wissen geben, was sich hinter dem Nebel verbirgt. Niemand konnte bisher durch ihn hindurchsegeln. Auch den alten Helden unserer Sagas ist es nicht gelungen, seit die Götter die Nebel zu unserem Schutz geschickt haben. Es ist eine einmalige Chance.«

Ich wage kaum zu atmen. Es ist richtig, dass er keine Weisungsbefugnis hat und mir befehlen könnte, Kier gewähren zu lassen, aber dennoch hat sein Wort Gewicht. Er müsste bloß einen Clan an Kiers Grenze davon überzeugen, ihn passieren zu lassen, damit er in mein Gebiet einmarschieren kann. Dann wären wir erledigt.

»Willst du nicht wissen, was sich hinter dem Nebel wartet?«, fragt mich der oberste Anführer. »Willst du nicht mehr Ruhm erlangen als all die anderen Anführer vor dir?«

Ich straffe den Rücken. »Mir genügt es, meinen Clan sicher durch den nahenden Winter zu bringen. Für Ruhm habe ich keine Zeit.«

»Das ist sehr schade«, brummt der Than der Thane. »Denn die alles entscheidende Prüfung lautet, den Nebel zu durchqueren und mir etwas Unvergleichliches aus der unbekannten Welt zu bringen.«

Ich stoße einen Fluch aus. »Das kann nicht dein Ernst sein! Damit hätte er«, ich gestikuliere aufgebracht in Kiers Richtung, »gewonnen.«

»Er wird dich mitnehmen«, sagt der oberste Anführer gelassen.

»Nein, wird er nicht«, entgegnet Kier. Seine sonst so ruhige Stimme kippt zu einem gefährlichen Knurren.

Doch davon lässt sich der Than der Thane nicht beeindrucken. »Doch, das wirst du. Sonst erkläre ich Yrsa zur Siegerin.«

Kier stößt ein Grollen aus. »Es ist *mein* Schiff. *Meine* Idee. *Mein* Wyvern.«

Der oberste Anführer nickt. »Und ihr Gebiet. Du kannst natürlich versuchen, dein Schiff von den sturmgepeitschten Klippen lossegeln zu lassen, die unsere Insel sonst umgeben.«

»Das Schiff von ihrem Gebiet lossegeln zu lassen macht nicht ansatzweise den Aufwand und das Material wett«, knurrt Kier. »Das bleibt alles an mir und den Schiffsbauern meines Clans hängen, während sie mir bloß einen Teil ihrer Küste zur Verfügung stellt.«

Die Aufmerksamkeit des obersten Anführers richtet sich wieder auf mich. »Damit hat er nicht unrecht.«

Insgeheim stimme ich ihm zu. Kier wird sich gerade dafür verfluchen, seine Idee von einem Schiff, das den Nebel durchdringen kann, ausgesprochen zu haben. Die Aussicht, auf unbestimmte Zeit mit ihm auf diesem Schiff zu sein, lockt mich noch weniger, als mich in eiskalte Fluten zu stürzen.

Doch ich habe nicht bis hierher durchgehalten, um jetzt aufzugeben. Ich habe dem auch keine bahnbrechende Idee entgegenzusetzen, die in den Augen des obersten Anführers gleichwertig wäre.

Ich drehe den Kopf ein Stück in Kiers Richtung. »Was willst du als Gegenleistung?«

Er schweigt, und ich meine sein erneutes Zähneknirschen bis zu mir zu hören. »Es gibt tatsächlich etwas, was ich von dir will«, sagt er schließlich.

Unwillkürlich spanne ich mich an. »Und was ist das?«

Der Mistkerl lässt mich zappeln, bis ich es kaum noch ertrage. Als er schließlich spricht, halte ich die Luft an. »Überlasse mir nach unserer Rückkehr deine Valkra für ein Jahr.«

KAPITEL 18

YRSA

Nach Kiers Forderung konnte ich den Hohen Norden gar nicht schnell genug verlassen. In Windeseile packte ich meine Habseligkeiten zusammen, schnappte mir Astrid, Vangar und Bran und brach auf, noch ehe sich die anderen Teilnehmer zerstreuten.

Die Gerüchte, warum Kier ausgerechnet meine Valkra gefordert hat, sind vielfältig und ich kann ihnen trotz meiner Eile nicht entgehen. Ein jedes ist schlimmer als das vorherige. Alles in mir sträubt sich dagegen, überhaupt in Betracht zu ziehen, ihm Elvi zu überlassen.

Aber diese Entscheidung kann ich nicht allein treffen.

Der Abstieg und die Reise nach Hause durch die verschiedenen Gebiete ziehen an mir vorbei; ich nehme kaum etwas von meiner Umgebung wahr, sondern treibe meine Begleiter zu einem noch höheren Tempo an.

Nachdem ich mein ganzes Leben kaum aus meinem Dorf herauskam, freute ich mich insgeheim auf die Prüfungen, doch nun kann ich nicht schnell genug nach Hause zurückkehren. Ich sehne mich nach den geordneten Tagesabläufen. Meinen Aufgaben. Meiner Familie.

Je mehr Strecke ich zwischen Kier und mich bringe, desto leiser wird mein Schemen, bis ich ihn bloß noch als eine Art schweren Stein in meiner Brust wahrnehme – ein vertrautes Gefühl, das mich aufatmen lässt.

»Wirst du Elvi für ein Jahr zum Schwingenclan schicken?«, fragt Astrid, als wir schon mehrere Tage unterwegs sind. Bis dahin hat es keine der beiden gewagt, mich darauf anzusprechen. Sicher bemerkten sie, wie sehr mich Kiers Forderung beschäftigte.

»Das ist nicht meine alleinige Entscheidung«, antworte ich. »Elvi hat auch ein Wort mitzureden. Und wenn ich mich weigere …« Ich verziehe den Mund. »Dann habe ich verloren. Alles wäre umsonst gewesen.«

»Und wenn Elvi sich weigert?«, will Vangar wissen. »Dann hast du ebenfalls verloren.«

Ich nicke. »Aber ich werde die Entscheidung meiner Schwester akzeptieren. Schließlich ist sie eine Valkra und weiß, welcher Weg der richtige ist. Anders als sie kann ich den Willen der Götter nicht hören.«

Und sie sind sowieso schlecht auf mich zu sprechen, füge ich im Stillen hinzu. Auch das werde ich mit Elvi bereden, sobald sich die Gelegenheit dazu bietet.

Denn wie ich Wochen, wenn nicht gar Monate mit Kier auf einem Schiff aushalten soll, ohne ihn bereits am ersten Tag zu töten, weiß ich beim besten Willen nicht.

Elvi erwartet uns bereits in einem Waldstück an der äußeren Grenze unseres Reiches, etwa zwei Stunden Wegzeit von unserem Dorf entfernt, als wüsste sie ganz genau, dass wir dort zu exakt diesem Zeitpunkt ankommen. Sie sieht mehr, als sie zugibt. Es würde mich nicht wundern, wenn sie tatsächlich wusste, wann wir dort ankommen, und sie sich von einem unserer Jäger hat herbringen lassen. Ein leichter, aber kühler Wind weht ihr durchs blonde Haar und zerrt an ihrem reinweißen Gewand. Schon aus einigen Metern Entfernung höre ich die kleinen Knochen gegeneinanderklappern, die sie sich ins Haar flicht. Als Kind habe ich mich vor diesem Geräusch gefürchtet, doch heute sorgt es dafür, dass mich eine unendliche Erleichterung durchströmt.

Ich bin zu Hause.

Ich stürme auf meine Schwester zu und falle ihr um den Hals. Beruhigend streicht sie mir über den Rücken.

»Du hast viel zu erzählen, nicht wahr?«, sagt sie.

Ich nicke und drücke sie dabei fester an mich. Im Gegensatz zu mir wirkt Elvi zierlich und zerbrechlich wie eine Eisskulptur, deshalb lockere ich meinen Griff schnell wieder.

»Doch das muss warten.«

Ich löse mich so weit von ihr, dass ich ihr ins Gesicht sehen kann, das beinahe eine exakte Kopie meines eigenen ist. Sie wirkt angespannt und resigniert. Hat sie durch die Götter etwa bereits erfahren, dass mein Sieg auf der Kippe steht?

»Es ist gut, dass ihr heute zurückgekehrt seid«, sagt Elvi ernst. »Wir haben ein Problem.«

Mit einer Armbewegung deutet sie nach Nordwesten zur Grenze des Hornclans.

»Was ist geschehen?«, frage ich.

»Sie warten auf uns.« Elvi neigt den Kopf; könnte sie sehen, würde sie Astrid und Vangar anblicken. »Ihr könnt bereits ins Dorf gehen. Für die Entscheidung brauche ich bloß unsere Anführerin.«

Ein flaues Gefühl wütet in meinen Eingeweiden. Es gibt nicht viele Entscheidungen, bei denen sowohl Elvis als auch mein Wort Gewicht hat. Meistens handelt es sich dabei um ein Urteil über Leben und Tod.

Als Astrid und Vangar an Elvi vorbeigehen, neigen sie die Köpfe vor ihrer Valkra, die den Gruß erwidert, ohne ihn zu sehen. Lediglich Bran bleibt bei mir.

»Was ist passiert?«, wiederhole ich meine Frage von zuvor.

Elvi setzt sich in Bewegung. Erstaunlich geschickt für eine Blinde überwindet sie die Laubhaufen und Äste, die ihr im Weg liegen. Nur wenige Male streckt sie die Hand aus, damit ich sie führe; diese Bitte um Hilfe bringt sie bloß wenigen entgegen. Niemand würde es wagen, eine Valkra zu berühren, wenn sie es nicht ausdrücklich verlangt. Und Elvi ist zu stolz, als dass sie sich von einem Fremden helfen lassen würde. Nur wenige Clanmitglieder genießen ihr Vertrauen und werden von ihr gebeten, sie zu führen, falls sie aus ihrer gewohnten Umgebung herausmuss. Meist gebührt mir diese Ehre, und ich übernehme sie mit Stolz.

»Es ist Fulkir«, sagt sie. »Er hat sich in große Schwierigkeiten gebracht.«

Das flaue Gefühl in meinem Magen wird stärker. Fulkir zählt zu meinen fähigsten Jägern. Ohne sein Geschick wären noch mehr Dorfbewohner dem Hungertod anheimgefallen. Doch unser Gebiet verfügt lediglich über lichte Wälder, in denen kaum Wild lebt. Deshalb zogen er und seine Jäger sowie Bran und ich nicht selten heimlich ins Gebiet des Hornclans, um dort zu jagen. Bisher war es immer gut gegangen, da wir darauf achteten, unsere Spuren zu verwischen und uns nicht weit in fremdes Gebiet vorzuwagen.

»Wurde Fulkir erwischt?«, frage ich.

»Nicht bei der Jagd«, erwidert Elvi düster. »Bei etwas Schlimmerem.«

Ich schlucke angestrengt. »Was kann schlimmer sein, als bei der Jagd in einem fremden Gebiet erwischt zu werden?«

Elvi bleibt stehen und richtet ihren milchig weißen Blick auf mich. Ihre Miene gleicht einer eiskalten Maske, und noch bevor sie den Mund öffnet, weiß ich, dass Fulkirs Vergehen unverzeihlich ist. »Er hat eine Frau aus dem anderen Clan geschwängert.«

KAPITEL 19

YRSA

Auf unserem Weg zur Grenze reden Elvi und ich kein weiteres Wort. Stumm verfluche ich Fulkir für diese Dummheit, denn ich weiß bereits jetzt, wie unser Urteilsspruch lauten muss.

Eine Vermischung unter Clans ist verboten, es sei denn, es handelt sich um politische Allianzen, wenn ein Clanführer stirbt, ohne dass seine Nachkommen alt genug sind. Dann geht es dabei aber um die Annektierung fremder Gebiete.

Was bei Fulkir nicht der Fall gewesen sein wird.

Leise schimpfend setze ich einen Fuß vor den anderen. Ich kenne den Burschen fast mein ganzes Leben; er ist nur wenige Jahre jünger als Elvi und ich. Wir waren zwar nie so was wie Freunde, aber er war ein gern gesehener Gast im Langhaus – vor allem, weil er regelmäßig Rehe oder Kaninchen brachte. Nachdem seine eigene Familie während eines grassierenden Fiebers starb, kümmerte er sich um jene, die es aus eigener Kraft nicht geschafft hätten.

Hätte Fulkir aus einer angesehenen Familie gestammt, wäre er vielleicht eine gute Partie für mich gewesen. Ich habe ihn nie auf diese Weise gesehen, aber es wäre zum Wohle unseres Clans gewesen.

Als wir an der Grenze – einem trotz der Kälte des anbrechenden Winters munter plätschernden Bach – ankommen, steht Fulkir auf unserer Seite des Gebiets, während auf der anderen Seite mehrere Menschen warten.

Der Anführer des Hornclans ist nicht unter ihnen; wahrscheinlich ist er noch nicht zurück. Aber es sind genug Clanmitglieder anwesend, um unseren Urteilsspruch zu hören. Oder um uns einzuschüchtern. Drei Männer sind bewaffnet. Ein vierter steht neben einem schluchzenden Mädchen, das von einer Frau, sicherlich der Mutter, aufrecht gehalten wird. Sie trägt lediglich ein einfaches Unterkleid, unter dem ich die leichte Wölbung ihres Bauches deutlich sehen kann.

»Unsere Anführerin ist eingetroffen«, verkündet Elvi, nachdem wir zu ihnen getreten sind.

Ich stelle mich neben Fulkir und berühre ihn vorsichtig am Arm. Erst da richtet er seine Aufmerksamkeit auf mich. Sein Gesicht ist blasser als der Schnee im Hohen Norden und sein Blick wirkt gehetzt.

»Die Sache ist eindeutig«, poltert der Mann, der neben der schluchzenden jungen Frau steht. »Wir brauchen die Anführerin des Küstenclans nicht zur Entscheidung.«

Ich mache einen Schritt auf ihn zu, bis meine Stiefelspitzen beinahe das Bachwasser berühren. »Und doch bin ich hier. Also, was wird Fulkir vorgeworfen?«

Der Mann deutet mit einer unwirschen Handbewegung auf die junge Frau. »Er hat meine Tochter geschwängert.«

Ich wende mich direkt an sie. »Ist das wahr?«

Nur flüchtig hebt sie den Blick, ehe sie nickt und wieder zu Boden starrt.

Ich unterdrücke ein Seufzen. Ihr Vater hat recht: Die Sache ist eindeutig, ebenso wie unsere Gesetze für diesen Fall. Dennoch wende ich mich an Fulkir, dessen Schultern herabgesackt sind.

»Es … es ist wahr«, sagt er gebrochen. »Das streite ich nicht ab. Aber es … Wir wollten es beide. Es war nicht … einmalig und geschah nicht gegen den Willen von …«

»Du Bengel wagst es, meine Tochter als Hure hinzustellen?«, brüllt der Vater.

Schnell schiebe ich mich vor Fulkir. Er ist zwar größer als ich, dennoch richtet sich die Wut des Mannes jenseits des Baches auf mich.

»Das hat er nicht getan«, sage ich ruhig. »Er hat mit keinem Wort das Ansehen deiner Tochter herabgewürdigt.«

»Aber geschwängert hat er sie!«

Ich richte meinen Blick auf die junge Frau. »Geschah es gegen deinen Willen? Hat er dir Gewalt angetan?«

Ängstlich sieht sie von ihrem Vater zu mir und zu Fulkir. Für den winzigen Moment, in dem sie den Mann hinter mir ansieht, wirkt ihr Blick weich. »Nein«, wispert sie kaum hörbar.

»Natürlich hat er das!«, poltert ihr Vater. »Wie sonst …«

Ich hebe die Hand und bringe ihn dadurch zum Schweigen. »Beide sagen, dass es sich um keine Vergewaltigung handelt. Und offenbar war es keine einmalige Sache.« Die junge Frau frage ich: »Magst du ihn?«

Sie krallt beide Hände in ihr Unterkleid, ehe sie kaum wahrnehmbar nickt. Ihre Mutter macht einen erschrockenen Schritt von ihr weg, während sich ihr Vater in allerlei Flüchen verliert.

An Fulkir gerichtet, frage ich: »Magst du sie ebenfalls?«

Sein Nicken ist deutlicher als das der jungen Frau. »Von ganzem Herzen.«

Sie richtet den tränenverschleierten Blick auf meinen besten Jäger und schenkt ihm ein scheues Lächeln, das mich eine vage Hoffnung schöpfen lässt.

Nachdem sich die Eltern der jungen Frau so weit beruhigt haben, dass sie mir wieder zuhören, sage ich: »Ich verstehe euren Unmut. Aber hierbei handelt es sich nicht um eine Schändung, sondern um eine einvernehmliche Verbindung.«

»Die zwischen verschiedenen Clans dennoch verboten ist«, sagt Elvi, die sich bisher im Hintergrund gehalten hat.

Sie hätte keinen schlechteren Zeitpunkt für ihren Einwand wählen können, denn nun richtet sich die gesamte Aufmerksamkeit der Anwesenden auf die Valkra.

»Die Götter haben unser Volk nicht grundlos in verschiedene

Clans aufgeteilt«, fährt sie fort, während ihr blinder Blick alle Anwesenden streift. »Unsere Interaktionen folgen strengen Regeln, die Fulkir und die Frau aus dem Hornclan ignoriert haben. Sie müssen bestraft werden.«

Es gibt nichts, was ich dagegen vorbringen kann. Natürlich muss es eine Strafe geben. Ich hätte es dennoch vorgezogen, es nicht derart harsch auszudrücken. Denn nun ist das scheue Lächeln der Frau verschwunden, während sie die Valkra aus weit aufgerissenen Augen anstarrt.

Ich räuspere mich. »Meine Valkra hat recht. Da es sich um eine einvernehmliche Verbindung handelte, möchte ich vor meinem Urteilsspruch den beiden Beteiligten freistellen, gemeinsam fortzugehen.«

»Was?«, keuchen die Eltern der jungen Frau wie aus einem Mund.

Ehe sie sich erneut hineinsteigern können, fahre ich schnell fort: »Es ist wahr, dass ihre Verbindung gegen unsere Gesetze verstößt, aber niemand von uns kann sie zu diesem Zeitpunkt ungeschehen machen. Wir müssen nun abwägen, was für alle Beteiligten am besten ist. Wenn ihre Gefühle stark genug sind, stelle ich ihnen frei, ihren jeweiligen Clan zu verlassen und woanders ein gemeinsames Leben zu beginnen.«

Die Mutter macht einen bedrohlichen Schritt auf mich zu. »Hast du Kinder, Yrsa vom Küstenclan?«

Verwirrt über diese Frage schüttele ich den Kopf.

»Hast du eine Ahnung, welche Gefahren es birgt, wenn meine Tochter irgendwo in der Wildnis ihr Kind zur Welt bringen soll – allein und ohne die Hilfe einer Valkra?«

»Ich werde für sie sorgen«, sagt Fulkir. »Ich werde alles in meiner Macht Stehende tun, um sie und das Kind … *unser* Kind vor allen Gefahren zu beschützen.«

»Das reicht nicht«, zischt die Mutter. »Du bist sowieso nicht gut genug für meine Gunda. Sie wird niemals ihre Familie verraten und mit einem wie dir in die Fremde gehen!«

Das ist das größte Problem meines Vorschlags: die Familie. Fulkir besitzt keine mehr, aber die junge Frau, Gunda, schon. Dass sie von einem clanfremden Mann geschwängert wurde, ist eine Sache. Dass sie sich von ihrer Familie abwendet und dadurch Schande über alle bringt, die ihren Namen tragen, eine ganz andere. Ihre Schwangerschaft könnte vertuscht werden, ihr Weggehen jedoch nicht. Damit würde sie sich nicht nur selbst verdammen, sondern auch ihre Eltern, Geschwister und sogar entfernte Verwandte. Der gesamte Clan würde die Nase über sie rümpfen und sie schneiden, wo es nur möglich ist.

Dennoch hoffe ich, dass sie sich für diesen Ausweg entscheiden. Ich verliere dabei zwar meinen besten Jäger, aber ich muss nicht seine Henkerin sein. So wenig ich auch über Liebe weiß, bete ich dafür, dass sie diesmal gewinnt.

Meine Hoffnung wird jedoch mit dem Schritt, den Gunda vom Bachlauf – und damit auch von Fulkir – weg macht, zerschmettert.

Mit beruhigenden Worten nimmt die Mutter ihre Tochter wieder in den Arm und heißt sie damit erneut im Schoß der Familie willkommen.

»Ich verlange einen rituellen Kampf, um die Ehre meiner Familie reinzuwaschen«, grollt der Vater. Er winkt einen der Männer heran. »Mein Sohn wird für meine Tochter kämpfen.«

Ich muss nicht wie Elvi in die Zukunft sehen können, um zu wissen, dass der eher schlaksig gebaute Fulkir gegen diesen Muskelberg keine Chance haben wird. Noch dazu ist Fulkir nicht im Umgang mit Waffen bewandert, mit Ausnahme seines Bogens. Bei einem rituellen Kampf sind jedoch lediglich Nahkampfwaffen zugelassen.

Ich suche nach einem Grund, den Kampf zu verweigern, finde aber keinen. Dies ist der Lauf der Welt. Die Art, wie wir mit unseren Problemen umgehen. Wir lösen sie nicht durch nette Worte oder gar Gefühle, sondern durch Kraft, Stärke, Blut und Tod. Gewinnt Gundas Bruder, wird niemand es wagen, ihre Ehre anzuzweifeln. Erst wenn Fulkirs Körper kalt und leblos am Boden liegt, wird der

Name der Familie reingewaschen und auch das Leben des ungeborenen Kindes frei von Makeln sein.

Ich nicke dem Vater zu, woraufhin Gundas Bruder einen großen Schritt macht, um den Bachlauf zu überqueren. Fulkir neigt unterdessen den Kopf vor Elvi, um den Segen seiner Valkra zu erbitten. Er schlottert am ganzen Körper. Einerseits habe ich Mitleid mit ihm, andererseits will ich ihm sagen, dass er selbst die Schuld an dieser Misere trägt. Er hätte es besser wissen müssen, weil jeder es weiß: Verbindungen unter zwei Clans sind unmöglich.

Nachdem Elvi ihre Segnung beendet hat, trete ich zu Fulkir. »Halte dich gerade«, weise ich ihn leise an. »Die Götter sehen zu.«

Er ringt sich ein Nicken ab, ehe er den Rücken strafft. Für einen Moment lege ich ihm die Hand auf die Schulter und verabschiede mich stumm von ihm, bevor ich Elvi beiseiteführe.

»Manchmal«, murmelt sie, sodass nur ich sie verstehen kann, »danke ich den Göttern dafür, dass dein Herz vom Schemen zerfressen ist und ich eine Valkra wurde. Wir beide werden nie eine solche Dummheit begehen, bloß weil wir glauben, jemanden zu lieben.«

Gundas Bruder zieht mit einer fließenden Bewegung sein Zweihandschwert aus der Vorrichtung an seinem Rücken und macht grinsend einen Schritt auf Fulkir zu.

»Wir«, fährt Elvi leise fort, »werden unserer Mutter niemals solchen Kummer bereiten.«

Fulkir beachtet seinen riesigen Gegner nicht. Er zieht noch nicht einmal den Dolch aus seinem Gürtel. Stattdessen hat er den Blick auf Gunda gerichtet und lächelt sie an, während er die Lippen bewegt. Kein Wort verlässt seinen Mund, doch ich erkenne trotzdem, was er sagen will.

Ich liebe dich.

Ein sauberer Schwertstreich trennt Fulkirs Kopf von seinem Rumpf. Beides schlägt nacheinander mit einem dumpfen Aufprall im weichen Moos auf. Für einen Augenblick ist es mucksmäuschenstill, als hätte der Wald um uns herum aufgehört zu existieren. Sogar das Plätschern des Baches verstummt. Erst nach und nach kämpft sich das Leben zurück in meine Wahrnehmung; Sonnenstrahlen fallen auf den leblosen Körper, Vögel zwitschern entfernt und der Bach plätschert munter weiter, während Fulkirs Blut von ihm fortgetragen wird.

Wortlos geht Gundas Bruder zurück auf seine Seite der Grenze. Ohne eine Miene zu verziehen, starrt die junge Frau Fulkirs Körper an, ehe sie sich von ihrer Mutter mitziehen lässt. Ich kann nicht sagen, ob es der Schock ist oder ob sie tatsächlich nichts empfindet.

»Der Gerechtigkeit ist Genüge getan«, lässt mich ihr Vater wissen. »Wir hegen keinen Groll gegen deinen Clan, Yrsa.«

»Ich danke dir«, erwidere ich. »Mögen die Götter eure Schritte leiten.«

Reglos sehe ich dabei zu, wie sie sich von der Grenze entfernen und vom dichteren Wald auf ihrer Seite verschluckt werden. Fulkirs Leichnam bleibt zurück. Ohne Familie wird es niemanden geben, der ihn holen wird. Kurz überlege ich, ob ich ihn bestatten sollte, doch das ist verboten. Würde ich ihn im Boden unseres Gebietes vergraben, würde ich Gefahr laufen, die anderen Verstorbenen zu erzürnen, die unseren Clan anschließend als Wiedergänger heimsuchen würden. Und eine Bestattung durch Verbrennen ist lediglich hochrangigen Kriegern, Anführern und Frauen vorbehalten, die im Kindbett starben.

Fulkir mag ein herausragender Jäger gewesen sein, aber gegen Gundas Bruder hat er nicht einmal eine Waffe gezogen. Ausgeschlossen, dass ich ihm diese Ehre erweisen könnte, ohne meinerseits den Zorn der Götter auf mich zu ziehen.

»Lass uns zurückgehen«, sage ich daher zu Elvi.

Sie hakt sich bei mir unter. »Ich bin froh, dass wir eine weitere Fehde verhindern konnten.«

Ich murmele eine Zustimmung, woraufhin sie den Kopf in meine Richtung dreht.

»Aber du bist nicht froh darüber.«

»Nicht wirklich«, gebe ich zu. »Ich wollte keinesfalls eine weitere Fehde mit einem anderen Clan – erst recht nicht so kurz vor dem Winter –, aber ich habe trotzdem gehofft, dass wir es … anders hätten klären können.«

»Indem er mit ihr weggeht.«

»Ja. So oder so hätten wir Fulkir verloren, aber ich hätte hoffen können, dass er … glücklich ist.«

Unvermittelt bleibt Elvi stehen. »Du verhältst dich seltsam, große Schwester. Fulkir hat seinen Pfad selbst gewählt. Er wusste, was auf dem Spiel steht. Niemand bei klarem Verstand glaubt, dass er glücklich mit jemandem aus einem fremden Clan werden kann. Auch wenn sie gemeinsam weggegangen wären, hätten sie den Winter vermutlich nicht überlebt. Sie wären einsam erfroren oder von wilden Tieren gefressen worden, weil kein anderer Clan sie aufgenommen hätte. Ich bin froh, dass Gundas Familie ihr und ihrem Kind dieses Schicksal erspart hat.«

»Du hast recht«, sage ich. »Ich bin sicherlich bloß müde von den Prüfungen und der Reise.«

Elvi hakt sich wieder bei mir unter, allerdings mit einer gehörigen Portion Misstrauen. Ich kann meiner Schwester nichts vormachen; selbst als Sehende könnte ich sie nicht blenden.

Stattdessen führe ich sie stumm ins Dorf.

»Erzähl«, fordert Elvi mich auf, nachdem sie sich auf mein Bett gesetzt hat. »Wie waren die Prüfungen?«

Für einen Moment betrachte ich das große Bett hinter ihr, das mich so laut lockt, dass ich um ein Haar die Ansprache an meinen Clan abgesagt hätte. Auf unserer Rückreise habe ich Astrid und Vangar zu einem scharfen Tempo angetrieben. Jeder Meter, den ich mich von Kier und dadurch den Forderungen des Schemens entfernte, fühlte sich besser an als der vorherige. Ich weigere mich, es als Flucht zu bezeichnen, denn das war es nicht. Ich ertrug es bloß nicht länger.

Ihn. Das Flüstern des Schemens. Das Engegefühl in meiner Brust. Die Last, die eine weitere Prüfung mir aufbürdete.

Es ist diese Last, die mich auch jetzt nach unten drückt. Die Frage, ob alles, was ich erreicht habe, nicht gut genug war, huscht pausenlos durch meinen Kopf.

Fulkirs Tod hat mir den Rest gegeben. Seinen Verlust werden wir im Winter schmerzlich zu spüren bekommen. Zwar ist mir klar, dass es keinen anderen Weg gab, das Problem zu lösen, dennoch wünschte ich, dass er nicht hätte sterben müssen. Wie konnte ich nur für einen Moment denken, dass er überleben könnte? Dass die Gefühle zwischen ihm und Gunda stark genug seien, um unsere Grundsätze zu überwinden?

»Es war«, setze ich an, nachdem ich mich wieder auf Elvi konzentriere, »anstrengend.«

Sie runzelt die Stirn, ist aber klug genug, nichts dazu zu sagen. Das muss sie auch nicht; seit sie sich nicht mehr darauf verlassen kann, die Mimik ihres Gegenübers nach Hinweisen abzusuchen, hat sie ein untrügliches Gespür für feine Nuancen in der Stimme entwickelt. Es ist schier unmöglich, sie anzulügen oder etwas vor ihr zu verheimlichen.

»Hast du gewonnen?«, fragt sie, nachdem wir uns eine Weile angeschwiegen haben.

Ich stoße den Atem aus. »Noch nicht.«

Ich entledige mich meines Umhangs, knie mich vor Elvi und nehme ihre Hände in meine. So ruhig es mir möglich ist, erzähle ich ihr von den Prüfungen. Von meinem Schemen. Von Kier. Und von seiner Forderung.

»Ein Schiff, um mit ihm durch den Nebel zu segeln?«, hakt Elvi nach.

Ich verdrehe die Augen. »Das ist die erste Frage, die du stellst, nachdem ich dir gesagt habe, dass er dich für ein Jahr einfordert?«

Mit einem sanften Lächeln auf den Lippen winkt sie ab, und mir wird klar, dass sie so was in der Art bereits wusste.

»Als du aufgebrochen bist«, sagt sie, »hast du unsere alten Schwüre in den Wind geschossen und mich nach deiner Zukunft gefragt, erinnerst du dich?«

Ich wende den Blick ab. Dass mir die Frage vor lauter Aufregung über die Lippen kam, hat mich selbst überrascht, haben wir uns doch als Kinder geschworen, dass wir nie über die Zukunft der anderen reden. Schon damals war mir klar, dass das Wissen, was einst mit mir geschehen wird – vielleicht sogar, wie ich sterben werde –, mich zu sehr belasten würde. Deshalb habe ich Elvi stets blind vertraut, wenn sie Entscheidungen fällte, die mich oder den Clan betrafen. Ich wusste, dass sie nie etwas tun würde, was mir oder den anderen schadet.

Nun zu hören, dass sie offenbar wusste, dass ein anderer Clan sie fordert, trifft mich unvorbereitet. Da ich die Worte der Götter weder höre noch ihren großen Plan für uns alle sehe, wie Elvi es kann, werde ich nie völlig begreifen, welch große Last ihre Gabe ist. Wie lange quält sie sich bereits mit dem Gedanken, was sie in dem fremden Clan erwartet, ohne dass sie sich jemandem anvertrauen konnte?

»Ich erinnere mich«, sage ich rau auf ihre Frage hin.

»Erinnerst du dich auch noch an meine Antwort?«

Ich brauche einen Moment, um mir unser Gespräch, das ich am liebsten vergessen würde, wieder ins Gedächtnis zu rufen. Als mir schließlich aufgeht, worauf sie hinauswill, sinke ich in mich zusammen.

»Du sagtest, du könntest meine Zukunft nicht sehen, weil sie von Nebel verhüllt wird.« Ich sehe zu ihr auf. »Willst du mir damit sagen, dass ich zustimmen soll?«

Elvi streckt die Hand nach mir aus. Wie immer ist sie ein Stück von meinem Gesicht entfernt. Etwas zu weit links. Doch schnell überbrücke ich den Spalt und schmiege meine Wange in ihre Handfläche.

»Du bist unsere Anführerin«, sagt sie. »Du musst wissen, was das Beste für uns alle ist.« Mit dem Daumen streichelt sie knapp unter meinem Auge entlang. »Es geht nicht bloß um mich.«

»Aber selbst wenn ich dein Schicksal außer Acht lasse, halte ich es unmöglich so lange mit Kier auf einem Schiff aus. Der Schemen wird mich pausenlos quälen.«

Elvi schüttelt den Kopf. »Ihr konntet bereits bei einer Prüfung zusammenarbeiten. Es wird euch erneut gelingen.«

Abrupt weiche ich zurück und richte mich auf. Wie ein eingesperrtes Tier pirsche ich durchs Zimmer. »Du verstehst das nicht«, presse ich hervor. »Niemand versteht es.«

»Weil niemand so dumm war, sich einen Schemen aufzubürden«, entgegnet Elvi kühl. »Blutfehden, die sich über mehrere Generationen erstrecken, sind keine Seltenheit. Aber kaum einer will dafür die Hilfe der Götter, denn sie geben sich nicht mit halbherzigen Schwüren zufrieden.«

Ich wirbele zu ihr herum. »Der Schwur, unseren Vater zu rächen, war nicht halbherzig!«

Sie neigt den Kopf und zieht die Augenbrauen hoch. »Ach nein? Was hast du denn seither unternommen, um Vater zu rächen?«

»Du weißt genau, dass ich zu viel mit meiner Vorbereitung auf die Prüfungen und mit dem Führen des Clans zu tun hatte!«

Elvi nickt. »Ich weiß das. Den Göttern ist das aber egal. In ihren Augen bist du eine Schwurbrecherin oder zumindest auf dem besten Weg dorthin. Ich muss dir nicht erklären, was mit Schwurbrechern geschieht, oder?«

Ich schlucke angestrengt. Nein, ich brauche keine Erklärung, schließlich kenne ich die Überlieferungen fast genauso gut wie sie. Ich erinnere mich, wie schwer es mir als Heranwachsende fiel, ihr die schrecklichen Dinge vorzulesen, die in den unzähligen Büchern, die von Valkra zu Valkra weitergereicht werden, über unsere Götter standen.

»Ich kann ihn nicht so einfach töten«, bringe ich irgendwie

hervor. »Der oberste Anführer hat deutlich gemacht, dass unsere Clans auf ewig von den Prüfungen ausgeschlossen werden, wenn einem von uns beiden auf der Reise etwas geschehen sollte.«

Elvi zieht die Nase kraus. »Ich bezweifle zwar, dass der oberste Anführer eine solche Entscheidungsgewalt hat, aber ich verstehe dein Dilemma. Leider sind die Götter weit weniger verständnisvoll. Der Schemen wird mit euch auf Reisen gehen.«

Ich reibe mir mit einer Hand über die Stirn. »Und er wird mich in den Wahnsinn treiben.«

»Wenn du ihn lässt, wird er das vermutlich«, entgegnet meine Schwester.

Ich bin drauf und dran, ihr zu sagen, dass sie keine Ahnung hat. Dass sie sich nicht vorstellen kann, wie es sich anfühlt, wenn ein solch dunkles Wesen in einem wohnt und man nichts anderes wahrnimmt als seine finsteren Einflüsterungen.

Doch meine Vorwürfe ersterben unausgesprochen. Wenn jemand weiß, wie es ist, fremde Stimmen zu hören und dunkle Vorahnungen zu haben, dann Elvi.

Ich knie mich wieder vor sie und lehne meine Stirn gegen ihre. »Wenn du es schaffst«, flüstere ich, »schaffe ich es auch. Und wenn ich endlich die Prüfungen gewonnen habe, werde ich den Göttern beweisen, dass sie sich in mir geirrt haben. Ich werde Vaters Tod rächen und dich aus dem fremden Clan befreien. Du wirst dort nicht länger als unbedingt nötig ausharren müssen.«

Als ich mich zurückziehe, sehe ich Elvi lächeln. Es ist dieses distanzierte, wissende Lächeln, das sie immer dann zur Schau stellt, wenn jemand zu weit vorausplant und sich Dinge ausmalt, die in völligem Gegensatz zu dem stehen, was die Götter für ihn geplant haben. Ich habe dieses Lächeln bereits unzählige Male auf ihren Lippen gesehen. Zu Hochzeiten, wenn während eines Trinkspiels bestimmt werden sollte, wie viele Kinder die Frischvermählten haben werden. Zu Beerdigungen, wenn die Hinterbliebenen darüber redeten, dass der Tote nun an den reich gedeckten Tischen in der Götterhalle sitzen würde. Gegenüber traurigen

Mädchen, die schworen, sich nie wieder verlieben zu können, nun da ihr Angebeteter eine andere heiratete.

Doch ich erinnere mich an keine Situation, in der Elvi dieses Lächeln mir gegenüber zeigte.

»Ich sollte nicht fragen, oder?«, bringe ich hervor.

Das Lächeln verschwindet aus ihrem Gesicht. »Wie ich schon sagte, liegt deine Zukunft im Nebel.« Sie erhebt sich. »Ein gut gemeinter Rat unter Schwestern: Plane nie weiter voraus als die Strecke, die du vor dir sehen kannst.«

Ich runzele die Stirn. »Das ist im Nebel nicht sonderlich weit.«

Sie nickt, diesmal mit einem ehrlichen Lächeln auf den Lippen, ehe sie mein Zimmer verlässt und ich mit Bran und einer Menge unbeantworteter Fragen zurückbleibe.

KAPITEL 20

YRSA

Die Versammlungshalle des Langhauses ist zum Bersten gefüllt, als ich mein Zimmer verlasse, Elvi und meine Mutter sind bereits da und sitzen auf den Stühlen links und rechts von meinem Hochsitz.

Nachdem ich meinen Platz eingenommen habe und Bran sich neben mir ausgestreckt hat, lasse ich den Blick über die Anwesenden schweifen, die sich an den langen Tischen eingefunden haben. Wie es zu solchen Versammlungen üblich ist, werden sie mit Essen und Trinken versorgt. Becher werden aneinandergeschlagen, dass der Met herausspritzt. Über den Feuern in der Mitte braten mehrere Hähnchen, Fische und ein Schwein. Körbe mit Broten werden herumgereicht.

Es gilt als schlechtes Omen, wenn ein Clanmitglied nach einer Versammlung das Langhaus hungrig oder nicht schwankend von zu viel Met verlässt.

Obwohl die Halle brechend voll und die Luft entsprechend stickig ist, fühlt sie sich dennoch leer an. Vertraute Gesichter fehlen. Menschen, die ich mein ganzes Leben lang kannte, sind verschwunden, und es gibt nicht genügend neue, die ihren Platz einnehmen könnten.

Es verwundert mich nicht, dass in meiner Abwesenheit weitere gestorben oder gegangen sind, ich frage mich aber doch insgeheim, wo Elvi und meine Mutter noch so viel Met, Mehl für Brot und vor allem ein Schwein aufgetrieben haben.

Die Gesichter, die mir entgegenschauen, sind fast ausnahmslos gezeichnet von Hunger und Entbehrungen. Wenn der Winter zu Ende geht, werden noch mehr Plätze leer sein, denn nicht alle Anwesenden werden ihn überleben.

Astrid, die zusammen mit Vangar an einem der vorderen Tische sitzt, erhebt sich und schlägt dreimal mit ihrem hölzernen Becher auf die Tischplatte. Sogleich ersterben die Gespräche, die bis eben alle anderen Geräusche übertönten. Für einen Moment ist es so still, dass ich höre, wie das Fett des Schweins in der Glut zischt.

Erst als ihr alle Aufmerksamkeit sicher ist, berichtet Astrid ausschweifend von den Prüfungen und meinen Taten, wie es ihre Aufgabe als meine Begleiterin ist. Sie beschönigt nichts, auch nicht meine Kapitulation gegenüber Kiers Wyvern.

Einige Zuhörer geben ein abfälliges Grunzen von sich, das ich jedoch ignoriere, so gut es geht. Es wäre müßig, ihnen meine Beweggründe zu erklären.

Astrids Erzählungen über die vermeintlich letzte Prüfung lausche ich aufmerksam. Natürlich lässt sie es sich nicht nehmen zu erwähnen, dass Kier und ich uns dabei an den Händen halten mussten. Ich winde mich unruhig auf meinem Platz, während ich Elvis Seitenblick überdeutlich auf mir spüre.

»Ich dachte, du hättest geschworen, den Anführer des Schwingenclans zu töten«, ruft ein Mann aus den hinteren Reihen.

»Das habe ich«, erwidere ich ruhig. »Und daran hat sich nichts geändert. Wir mussten lediglich für die Dauer der Prüfung zusammenarbeiten, weil die Schicksalsgöttinnen es so wollten, als sie ihn meine Rune ziehen ließen.«

Mit dieser Erklärung geben sich die Bewohner zufrieden. Ich wäre froh, wenn die Götter es ebenfalls täten und mich von dem verdammten Schemen befreiten. Doch ich spüre ihn weiterhin. Nun, da ich weiß, wie er sich anfühlt, wenn er in mir haust, fällt es mir leicht, ihn aufzuspüren. Zusammengerollt zu einer Kugel verharrt er in meiner Brust, direkt über meinem Herzen, bis sich eine neue Gelegenheit bietet, um mir seine Forderungen einzuflüstern oder sich an meinen Gefühlen zu laben.

»Doch die Prüfungen«, sagt Astrid laut genug, dass auch die hinteren Anwesenden sie verstehen, »sind noch nicht vorüber. Unsere Anführerin hat tapfer gekämpft, mit herausragendem Wissen über unsere Traditionen geglänzt und sogar mit ihrem Blutfeind zusammengearbeitet, um den Sieg zu erringen. Die allermeisten Teilnehmer hat sie übertroffen, doch einer ist ihr ebenbürtig. So ebenbürtig, dass sogar der Than der Thane keinen eindeutigen Sieger benennen konnte.«

Diesmal erhebt sich anerkennendes Raunen, das jedoch in dem Moment ersterben wird, sobald sie erfahren, wer mir ebenbürtig ist. Ich kann bloß hoffen, dass Astrid dieses Detail vorerst unter den Tisch fallen lässt. Dahingehend beeinflussen darf ich sie nicht, auch wenn ich es gerade gern täte.

»Deshalb«, fährt sie fort, »erleben wir etwas, was es noch nie zuvor gab: Es wird eine fünfte Prüfung veranstaltet, um den eindeutigen Sieger zu bestimmen.«

Das anerkennende Raunen wird zu einem aufgeregten Stimmengewirr, das alsbald in ein rhythmisches Schlagen der Becher auf die Holztische übergeht. Zittrig atme ich aus, unendlich erleichtert darüber, dass Astrid die anderen Clanmitglieder in ihren Bann und auf meine Seite ziehen konnte.

Ich erhebe mich, warte, bis Ruhe eingekehrt ist, und danke Astrid und Vangar, indem ich den Kopf vor ihnen neige. Dann wende ich mich an die versammelten Clanmitglieder.

»Ich wünschte, es müsste keine weitere Prüfung geben.« Nacheinander sehe ich denen in den vorderen Reihen fest in die Augen. »Ich wünschte, ich hätte bereits jetzt den Sieg erringen können. Das ist mir nicht gelungen. Doch der Than der Thane hat in seiner unermesslichen Weisheit beschlossen, uns erneut zu prüfen.«

Ich winde mich innerlich bei der Art, wie ich den obersten Anführer in den Himmel loben muss, dem es lediglich darum geht, dass andere für ihn die Drecksarbeit erledigen. Er wäre weder auf die Idee für ein solches Schiff gekommen, noch hätte er die Kondition – und wahrscheinlich auch nicht den Mut –, um selbst durch den Nebel zu segeln. Also überlässt er es Kier und mir und tarnt es als weitere Prüfung.

Aber das kann ich meinen Clansleuten nicht sagen. Sie vertrauen auf das Urteil der Götter und die Tradition des Thans der Thane. Bis vor ein paar Wochen tat ich das ebenfalls.

Schnell konzentriere ich mich wieder auf meine Zuhörer. Genau wie Astrid zuvor schildere ich ihnen die finale Prüfung ausschweifend. Von dem Wagnis, das ich eingehe, indem ich mich auf diese Reise ins Unbekannte einlasse. Von dem Reichtum, der vermutlich jenseits des Nebels auf mich wartet. Damit packe ich sie bei ihren ureigenen Instinkten.

Es heißt, dass die Menschen unseres Volkes einst Eroberer und Raubzügler waren. Es steckt in unserem Blut, zu entdecken und uns zu bereichern. Auch in meinem. Das spüre ich nun, da ich darüber rede und mir nicht bloß vorstelle, mit Kier auf einem Schiff sein zu müssen. Ich sehe darüber hinaus, obwohl Elvi mir geraten hat, es nicht zu tun. Dennoch fühle ich mich rastlos, als könnte ich es gar nicht erwarten, endlich loszusegeln. Zu entdecken. Schätze zu finden, die kostbarer sind als alles, was ich bisher kannte.

Schätze, mit denen mein Clan nicht mehr hungern muss. Fremdes Wissen, mit dem wir den anderen Clans überlegen sind.

»Es gibt jedoch eine Bedingung«, sage ich über den Jubel hinweg. »Um dieses Schiff zu bauen, braucht es nicht bloß fähige Schiffsbauer, die wir leider nicht haben, sowie einen Zugang zum Meer. Mit dem können wir dienen. Also bestand der oberste Anführer darauf, dass das Schiff, das uns durch den Nebel bringen soll, hier bei uns fertig gebaut wird.«

»Von Schiffsbauern eines anderen Clans?«, fragt jemand.

Ehe ich darauf antworten kann, will ein anderer wissen: »Ein fremder Clan kommt hierher zu uns?«

Wo eben noch Jubel und die Aussicht auf ein Leben im Reichtum waren, werden nun Stimmen des Zweifels laut.

»Ich verstehe euren Unmut«, sage ich über den Lärm hinweg. »Aber die einzige andere Option wäre, dass ich aufgebe. Das würde bedeuten, dass unserem Clan weitere fünfzehn beschwerliche Jahre bevorstehen.«

»Und wenn jenseits der Nebel nichts ist?«, fragt jemand und erntet dafür einiges an Zustimmung.

Ich recke das Kinn. »Dann werde ich alles mir Mögliche tun, um dennoch zu gewinnen. Mir geht es nicht vorrangig um die Schätze, die es vielleicht jenseits des Nebels gibt. Mir geht es darum, die nächste oberste Anführerin zu werden, damit unser Clan überleben kann. Und dafür werde ich alles tun.«

Eine Weile ist es still, als müssten die Anwesenden über meine Worte nachdenken. Oder als suchten sie nach einer Lüge darin. Doch sie kommen zu dem Schluss, dass ich die Wahrheit gesagt habe. Zufrieden widmen sie sich wieder ihrer Mahlzeit und dem Met.

Erschöpft lasse ich mich zurück auf meinen Platz sinken.

»Das war beeindruckend«, murmelt Mutter. »Ich hatte fast den Eindruck, dass dein Vater vor ihnen stand.«

»Du hast ihnen gegeben, was sie brauchen«, sagt Elvi an meiner anderen Seite. »Hoffnung.«

Ich erspare mir den Kommentar, dass Hoffnung weder ihre Bäuche füllen noch sie im Winter wärmen wird. Aber Elvi hat recht: Mehr als eine flüchtige Hoffnung konnte ich ihnen nicht geben, und ich bin dankbar, dass sie sie angenommen haben.

Am nächsten Morgen sende ich einen Raben mit einer Nachricht an Kier. Ich kann nur hoffen, dass er nicht über den fremden Gebieten abgeschossen wird.

Zeitgleich inspiziere ich mit ein paar anderen Clanmitgliedern die Küste und suche einen Ort, wo Kiers Schiffsbauer nicht nur das

Schiff bauen und seetüchtig machen, sondern auch für eine Weile leben können.

Auch darüber kommt Unmut bei meinen Begleitern auf, den ich jedoch im Keim ersticke.

»Sie erhalten keine Nahrung von uns und ihnen ist es verboten, in unseren Gebieten zu jagen oder zu fischen«, sage ich. »Es macht bloß keinen Sinn, dass sie zurück nach Hause reisen müssen, sobald sie Hunger kriegen oder müde werden.«

»Und wie werden sie sich versorgen?«, fragt einer der Männer.

Ich zucke mit den Schultern. »Das ist nicht unser Problem. Wenn einer von ihnen sich über die Verbote hinwegsetzt, werde ich hart durchgreifen.«

Das scheint sie zu beruhigen. Sie kennen mich als prinzipientreue Anführerin; sie wissen, dass ich meinen Worten stets Taten folgen und ich keine Gnade walten lasse, wenn sich jemand eines Verbrechens schuldig gemacht hat.

Nun, da ich von seiner Existenz weiß, frage ich mich, ob der Schemen dafür verantwortlich ist, dass ich kein Pardon kenne. Hat er bereits alle Güte und Nachsicht in mir aufgefressen?

Ich schiebe diese und ähnliche Fragen beiseite und konzentriere mich wieder auf meine Aufgabe. Während meiner Anfangszeit als Clanführerin habe ich schnell gelernt, dass ich immer nur ein Problem angehen kann und nie zu weit in die Zukunft schauen sollte. Deshalb verbiete ich mir auch, an die Zeit auf dem Schiff zu denken. Noch ist es nicht fertig gebaut; vielleicht wird es das auch nie, wenn Kiers Baumeister auf Hindernisse stoßen und sein ach so toller Plan nicht aufgeht.

Vier Tage später berichten mir die Wachen, die regelmäßig an unseren Grenzen patrouillieren, von einem riesigen fliegenden Wesen, dessen mächtige Schwingen den Himmel über ihnen verdunkelt hätten.

Ich seufze verstohlen, ehe ich ihnen auftrage, mich zu dem Ort zu bringen, wo sie das Wesen gesehen haben. Lediglich Bran nehme ich als Begleitung mit, lasse es mir aber nicht nehmen, mich entsprechend herzurichten. Normalerweise trage ich einfache Kleidung, die schmutzig werden kann, wenn ich irgendwo im Dorf mit anpacken muss, und gebe mir auch sonst nicht viel Mühe mit meinem Erscheinungsbild. Ich mag es lieber praktisch. Doch jetzt nehme ich die vielen Schnallen und Schnüre in Kauf, die sich an der traditionellen Tracht eines Anführers befinden und seinen Stand symbolisieren. Auch mein hüftlanges Haar, das ich normalerweise zu einem einfachen Zopf zusammenfasse, lasse ich mir von Elvi zurückflechten, die zum Glück nichts zu meinem plötzlichen Sinneswandel sagt.

Wir benötigen etwas mehr als drei Stunden, um zu der Stelle zu gelangen, wo meine Männer den Schatten gesichtet haben. Sie bleiben in einem Waldstück zurück, während ich mich auf Brans Rücken schwinge und mich dem Gebirgsausläufer nähere, der unser Gebiet abgrenzt.

Meine Finger zittern, und ich grabe sie tiefer in Brans Fell, um es zu überspielen. Ich horche in mich hinein, finde aber abgesehen von dem gewohnten Engegefühl keine Spur des Schemens. Trotzdem will dieses nervöse Zittern nicht verschwinden.

Als der weiche Moosboden unter Brans Pranken langsam zu felsigem Gestein wird, erschallt das schier ohrenbetäubende Brüllen des Wyvern, den ich an der Felswand kaum wahrgenommen habe. Aber nun, da er sich bewegt und schnell wie ein Pfeil auf uns zuschießt, ist er nicht zu übersehen.

Mit einem leichten Druck meiner Schenkel bringe ich Bran dazu, stehen zu bleiben. Wir weichen nicht zurück; auch nicht, als der Wyvern direkt vor uns die spitzen Krallen in den Boden rammt, sich zur vollen Größe aufrichtet und erneut sein markerschütterndes Brüllen ertönen lässt.

»Spar dir den Atem, Drakkar«, sage ich, als der Wyvern verstummt und uns aus golden funkelnden Augen mustert.

Innerlich winde ich mir vor Angst. Kiers Tierwesen ist mehr als viermal so groß wie Bran, und der überragt bereits alle Pferde, die ich je gesehen habe. Wenn sie wollte, könnte Drakkar mich mit einem Happs verschlingen; lediglich für Bran bräuchte sie zwei oder drei.

»Ich bin beeindruckt«, sagt eine Männerstimme hinter dem Wyvern, die definitiv nicht Kiers ist. »Über zweierlei Dinge.«

Ich bin gleichzeitig erleichtert und enttäuscht darüber, dass Kier augenscheinlich nicht hier ist, wobei ich nicht sagen kann, woher die Enttäuschung rührt. Also klammere ich mich lieber an die Erleichterung darüber, dass mein Schemen sich nicht zeigt.

Der Mann tritt unter Drakkars Flügel hervor und sieht zu mir empor. Ich kenne ihn; mehrmals habe ich ihn in Kiers Nähe gesehen, aber sein Name will mir nicht einfallen.

Er verzieht den Mund. »Du erinnerst dich an den Namen des Wyvern, aber nicht an meinen?«

Ich zucke mit den Schultern. »Du musst zugeben, dass Drakkar um Einiges eindrucksvoller ist als du.«

Der unzufriedene Zug um seinen Mund wird tiefer. »Verzeih, dass ich dir nicht eindrucksvoll genug bin.«

Ich winke ab. Objektiv betrachtet ist er das durchaus: groß, kräftig und offenbar mit einem Ego gesegnet, das trotz seiner Größe zu immens für ihn ist. Aber neben einem Wyvern verblasst er. Jeder würde das neben einem solchen Tierwesen. Vielleicht hätte jemand, der kein Flüsterer ist wie ich, eher Augen für ihn.

»Ich bin Halvar«, sagt er mit einem unüberhörbaren Grummeln in der Stimme. »Kiers Vertrauter. Ich bin auf sein Geheiß hier und bin befugt, in seinem Namen zu sprechen.«

Ich lasse mich von Brans Rücken gleiten und mache zwei Schritte auf Halvar zu, was Drakkar dazu veranlasst, ein Grollen von sich zu geben. Erneut erwidere ich ihren Blick nach außen hin ungerührt, während ihr Kopf einige Zentimeter über meinem schwebt und sie lediglich das Maul öffnen müsste, um mich zu verschlingen.

Als ich sicher bin, dass mir von ihr keine Gefahr droht, wende ich mich wieder an Halvar. »Sei mir gegrüßt und willkommen in meinem Gebiet.«

Er deutet ein knappes Nicken an. »Ich danke dir.«

»Verrätst du mir, weshalb du beeindruckt bist?«

Ein Schmunzeln erscheint auf seinen Lippen, das jedoch zum Großteil von seinem dichten Bart verschluckt wird. Für einen winzigen Moment stiehlt sich der Gedanke in meinen Kopf, dass das bei Kier nicht der Fall gewesen wäre. Dass ich sein Schmunzeln tatsächlich hätte sehen können. Hastig vertreibe ich diesen Gedanken.

»Darüber, dass mich die Anführerin persönlich an der Grenze abholt«, antwortet er. »Und davor, dass du nicht vor Drakkar zurückgezuckt bist.«

Nun bin ich diejenige, die schmunzelt. »Drakkars Anblick ist mir nicht neu. Meine Wachen hingegen warten lieber dort drüben im Wald, damit sie nicht aufgefressen werden. Du siehst, es gab keine andere Möglichkeit, als dich persönlich abzuholen.«

Halvar nickt. »Und die Tatsache, dass du annahmst, Kier würde selbst kommen, hat nichts damit zu tun?«

Unwillkürlich versteife ich mich. »Natürlich nicht.«

Ich vermute, dass er unter seinem Bart erneut schmunzelt und dabei etwas murmelt, was verdächtig nach »Nein, natürlich nicht« klingt. Ehe ich ihn jedoch darauf ansprechen kann, reicht er mir einen zusammengefalteten Brief. Ich muss lediglich einen Blick auf meinen akkurat geschriebenen Namen darauf werfen, um zu wissen, von wem er ist.

»Kier lässt dich grüßen«, sagt Halvar. »Und er bittet um dein Verständnis dafür, dass er nicht selbst kommen kann, um die Einzelheiten des Abkommens mit dir zu klären.«

»Ich bezweifle, dass er mich grüßen lässt«, entgegne ich.

Halvar wiegt den Kopf hin und her. »Na gut, so hat er sich nicht ausgedrückt. Aber hat er so gemeint.«

Ich würde gern sagen, dass es mir gleichgültig ist, was er meinte, doch ein Teil von mir sieht das anders. Ja, dieser Teil will sogar haarklein Kiers Wortlaut wissen.

Dieser Teil ist weder besonders groß noch besonders laut, und dennoch nehme ich ihn wahr. Nicht störend wie den Schemen, aber doch anders als den Rest von mir. Und um diesem Teil nicht noch mehr Raum zu geben, schlucke ich schnell die Frage hinunter, wie sich Kier genau ausgedrückt hat, und sage stattdessen: »Ich kann dir das Gebiet zeigen, das ich für eure Schiffsbauer ausgewählt habe. In der Nähe befinden sich einige steile Klippen, wo Drakkar sich aufhalten kann, wenn sie will. Du bist selbstverständlich mein Gast.«

Halvar zieht die Augenbrauen nach oben. »Es ist wirklich erfrischend, dich als Anführerin zu sehen und nicht als Verrückte, die jede Möglichkeit ergreifen würde, um Kier umzubringen.«

Ich schenke ihm ein schmallippiges Lächeln. »Ich bin gerade dabei, meine Einladung an dich zu überdenken. Drakkar ist mir weiterhin willkommen, aber dich könnte ich in den Schweineställen einquartieren. Die sind sowieso gerade leer.«

Statt von meiner Spitze getroffen zu sein, nickt Halvar. »Auch das hat Kier sich gedacht. Sobald ich den Platz kenne, soll ich mit Drakkar nicht nur die Schiffsbauer und das Material bringen, sondern auch Lebensmittel.« Mit einer Kopfbewegung deutet er auf den Brief in meiner Hand. »Steht alles da drin.«

Es fällt mir überraschend schwer, den Brief in die Tasche an meinem Gürtel zu stecken, anstatt ihn sofort zu lesen.

KAPITEL 21

KIER

Warum zur verdammten Unterwelt braucht Halvar so lange? Er ist bereits seit drei Tagen weg. Ich rede mir ein, dass ich mir keine Gedanken um ihn machen muss, aber in Wahrheit kann ich Yrsa kaum einschätzen.

Viel mehr sorge ich mich um Drakkar. Ich kenne mein Tierwesen; sie schlägt lieber erst zu und lässt mich hinterher Fragen stellen. Außerdem macht mir ihre Abwesenheit zu schaffen. Es ist, als hätte mir jemand ein wichtiges Organ aus der Brust gerissen, ohne das ich nun irgendwie zurechtkommen muss.

Seit ich Drakkar gefunden habe, waren wir keinen Tag getrennt. Selbst wenn sie jagen war, spürte ich stets, wo sie sich befand, denn sie blieb in der Nähe. Nun sind es bereits drei Tage, ohne dass ich weiß, wie es ihr geht. Was, wenn auch Yrsas Bogenschützen nicht lange gezögert haben, als ein geflügelter Schatten über ihre Siedlung flog?

Als sich auch dieser Tag dem Ende neigt, entdecke ich endlich Drakkars Umrisse am Himmel. Obwohl ich gerade in einer Besprechung mit Erik und ein paar anderen Beratern war, deren Thema ich nicht bestimmen kann, renne ich ohne ein Wort los, um Drakkar außerhalb des Dorfwalles abzufangen. Sie landet äußert grazil für ein so großes Wesen auf einem Plateau, das ich extra für sie habe anfertigen lassen. Dahinter befindet sich ihre Höhle, die direkt in die Felswand des Gebirges gehauen ist. Und daneben steht meine Hütte, die ich trotz der Proteste meiner Clanmitglieder bewohne, um näher bei meinem Tierwesen zu sein. Sie ist zwar bei Weitem nicht so groß und voller Bequemlichkeiten wie das Langhaus, in dem ein Clanführer für gewöhnlich lebt, aber das kümmert mich nicht.

Während ich auf Drakkar zueile, frage ich mich, ob Yrsa auch in einer eigens für sie und Bran eingerichteten Hütte lebt oder ob Bran klein genug für das Langhaus ist.

Kaum dass ich Drakkar erreicht habe, senkt sie den Kopf und schmiegt ihn an mich. Dabei holt sie mich fast von den Füßen, so stürmisch ist sie. Lachend lasse ich beide Hände über ihre bläulich schimmernden Schuppen gleiten.

»Ich habe dich auch vermisst, mein Mädchen«, flüstere ich ihr zu, was sie mit einem tiefen Gurren kommentiert.

Das Loch in meiner Brust schließt sich wieder, nun da Drakkar bei mir ist. Doch die Besorgnis bleibt. In meinem Brief an Yrsa war ich ziemlich forsch und habe sie vor vollendete Tatsachen gestellt. Zwar kann ich sie nicht völlig einschätzen, aber sie muss getobt haben. Ich hätte es gern gesehen. Nun bleibt mir nicht mehr, als mir vorzustellen, wie ihre tiefblauen Augen vor Zorn aufgeblitzt haben und ihr Körper gebebt hat. Einmal ist mir aufgefallen, wie sie die Nase kraus zieht, wenn sie sich über etwas ärgert. Hat sie das diesmal auch getan?

»Was hat sie gesagt?«, frage ich, als Halvar sich wenig galant von Drakkars Rücken plumpsen lässt und leise vor sich hin brummelt, dass er mindestens fünf Käfer verschluckt hätte.

»Ich habe dich auch vermisst«, grollt er mir zu. »Schön, dass ich wieder da bin, ich weiß.«

Ich verdrehe die Augen. »Was hat Yrsa zum Brief gesagt?«

»Wie wäre es, wenn du mir erst mal einen Krug Met anbietest?«

Ich verschränke die Arme vor der Brust. »Ihre Antwort, Halvar. Dann kriegst du so viel Met, wie du trinken kannst.«

Er neigt den Kopf. »Und was erhalte ich, wenn ich sogar einen Antwortbrief für dich dabeihätte?«

Hörbar schnappe ich nach Luft, kann mich aber gerade noch beherrschen. »Dann koche ich dir vielleicht etwas.«

Halvars Miene hellt sich auf. »Da sag ich nicht Nein! Du kochst besser als meine Mutter.«

»Hast du nun einen Antwortbrief oder nicht?«

»Das verrate ich dir, wenn du mich in deine Hütte gebeten und mir einen Krug Met vorgesetzt hast. Und unter Umständen verrate ich dir auch, was sie gesagt und wie sie ausgesehen hat. Das kommt darauf an, was du mir zu essen vorsetzt.«

Halvar lässt mich tatsächlich so lange zappeln, bis ich ihm den restlichen Wildschweineintopf aufgewärmt habe, der mich eigentlich noch zwei Tage satt machen sollte.

»Nun rede schon!«, fordere ich ihn auf, als er bereits die Hälfte der Schale geleert hat, doch ich stoße auf taube Ohren. Statt mir alles zu berichten, scheint Halvar sich noch mehr Zeit zu lassen und treibt mich damit schier in den Wahnsinn.

Als er endlich fertig ist, lehnt er sich mit einem zufriedenen Seufzen auf dem Stuhl zurück. Mit angehaltenem Atem warte ich darauf, dass er den Mund öffnet und mich von meiner Neugier erlöst.

»Hast du sie schon mal in der Clanführergewandung gesehen?«

Ich durchkrame mein Gedächtnis. »Als wir uns kurz vor Beginn der Prüfungen trafen.«

Halvar winkt ab. »Da war sie bereits mehrere Tage unterwegs, und du weißt ja, wie schwer und sperrig diese Gewänder sein können. Sie trug nicht mehr alles, als sie im Hohen Norden ankam. Aber ich habe sie gesehen. In ihrer vollen Gewandung. Mit frisch geflochtenem Haar. Und sie ist auf ihrem Bären geritten.«

Ich schlucke trocken.

»Ich sage dir«, fährt Halvar fort, »so was habe ich noch nie erblickt. Wäre ich ein Eindringling, hätte ich mir vor Angst in die Hose geschissen und mich anschließend vor ihr in den Schlamm geworfen, so viel Stolz und Stärke strahlte sie aus. Ich gebe zu, wenn sie nicht den Einflüsterungen des Schemens erliegt, macht sie was her.«

Obwohl Halvars Beschreibungen vage sind und er keine Details erwähnt, ist es, als könnte ich Yrsa direkt vor mir sehen. Und mir gefällt, was ich da sehe.

»Und sie hatte keine Angst vor Drakkar«, sagt er. »Sie hat nicht mal gezuckt, als Drakkar sie angebrüllt hat.« Er wedelt mit der Hand. »Du weißt ja, wie dein Tierwesen ist, wenn sie irgendwo fremd ist.«

Ich nicke abwesend. »Sie bringt andere gern dazu, sich vor Angst in die Hose zu scheißen, wie du es eben so treffend ausgedrückt hast. Und Yrsa zählte nicht dazu?«

Halvar schüttelt den Kopf. »Ich war beeindruckt. Auf den Mund gefallen ist sie ebenfalls nicht, wenn sie nicht ständig betonen muss, wie gern sie dich umbringen will.«

Die leichte Euphorie, die Halvars Erzählung hervorgerufen hat, verpufft augenblicklich. Für einen Moment konnte ich mich in meinen Vorstellungen verlieren und vergessen, dass Yrsa weder so aussehen noch reagieren oder reden wird, wenn sie mir gegenüberstünde. Ihr Gesicht wäre verzerrt durch die Forderungen des Schemens. Ihre Worte würden sich lediglich um meinen Tod drehen. Keine Spur der stolzen Anführerin. Keine Spur der schlagfertigen Frau, die Halvar an meiner statt kennenlernen durfte. Heißer Neid frisst sich durch mich hindurch.

Ich fange mich jedoch schnell. »Was hat sie zu meinem Brief gesagt?«

Halvar grinst. »Du meinst, nachdem sie fertig war mit toben?«

Auch ich muss grinsen. Mir war klar, als ich die ersten Zeilen schrieb, dass sie Yrsa zur Weißglut bringen werden. Und genau das war mein Plan.

»Sie ist klüger, als ich es ihr zugetraut hätte«, gibt Halvar zu.

»Anfangs wollte sie sich dagegen sträuben, Almosen von dir anzunehmen.«

»Jeder Clanführer hätte sich dagegen gesträubt«, erwidere ich. »Erst recht, wenn es sich um direkte Konkurrenten handelt.«

»Und Todfeinde«, wirft Halvar ein.

Ich nicke widerwillig. Genau deshalb habe ich die ersten Zeilen meines Briefes besonders scharf verfasst. Ich versetzte mich in ihre Situation und kam zu dem Schluss, dass es einfacher für mich wäre, Almosen von meinem Feind anzunehmen, wenn er sich weiterhin wie ein Feind benahm und nicht wie ein Gönner.

»Letztendlich hat sie zugestimmt«, sagt Halvar. »Ich liefere die Verpflegung zusammen mit den Materialien.«

Hoffentlich reichen sie aus, um Yrsas Clan durch den Winter zu bringen. Meine Leute mussten noch nie Hunger leiden. Ja, auch unsere Winter hier im Gebirge sind hart und nicht alle überleben ihn, aber wir haben dank unserer fähigen Jäger und Drakkars Unterstützung mehr Fleisch, als wir essen können. Die, die weniger geschickt in der Jagd sind, finden genügend Beeren und Kräuter, bevor der erste Schnee sie dahinrafft.

Ich darf nicht riskieren, dass Yrsa oder ihrem Clan bis zu unserem Aufbruch etwas geschieht. Wie ich den obersten Anführer einschätze, würde er mich auch dann nicht zum Sieger erklären, wenn Yrsa eines natürlichen Todes gestorben wäre.

Was ich selbstverständlich zu vermeiden suche, wenn auch nicht ausschließlich aus diesem Grund.

Auch die Unterstützung ihres Clans ist wichtig. Sie müssen meine Schiffsbaumeister nicht mit offenen Armen willkommen heißen, aber sie sollen sie in Ruhe ihre Arbeit verrichten lassen. Wenn mich das ein paar Schweine und einige Kisten Dörrfleisch kostet, dann ist das ein kleiner Preis.

Ich beobachte Halvar dabei, wie er die letzten Reste des Eintopfs aus der Schüssel kratzt, und stelle schließlich die Frage, vor der ich mich gefürchtet habe. »Hast du ihre Valkra gesehen? Ist sie …?«

Halvar schüttelt den Kopf. Ich weiß nicht, ob ich deswegen erleichtert sein soll. »Ich war zwar in ihrem Dorf, aber mehr als ein paar einfache Bewohner habe ich nicht zu Gesicht gekriegt.« Er lässt die Hand mit dem Löffel sinken und erwidert ernst meinen Blick. »Ihre Valkra wird eine alte Vettel sein, wie es nahezu alle Valkras sind. Du hast sie doch im Hohen Norden gesehen.«

Ich sehe woanders hin. »Ich hoffe es.«

»Und selbst wenn nicht: Du bist kein Junge mehr.«

Ich verziehe den Mund; ob zu einem Lachen oder eher abfällig, kann ich nicht sagen.

Halvar bemerkt es. »Du bist weder ein Junge«, sagt er, »noch so töricht wie damals. Du würdest diesen Fehler nicht noch einmal begehen.«

Damit hat er recht. Mehr noch als meinen Sieg bei den Prüfungen braucht mein Clan eine neue Valkra, nachdem die alte vor Jahren verstorben ist. Doch auch über die Jahre zeigte keine Frau in unseren Reihen die Gabe der Weissagung. Der Gedanke, einfach einem Nachbarclan die Valkra zu stehlen, kam mir nicht bloß einmal, bis mir wieder einfiel, dass sie dann genauso arm dran wären wie wir. Denn ohne spirituelle Führung kennen wir den Willen der Götter nicht. Wir wanken blind durch unser Leben, tasten uns vorsichtig vor und erreichen unsere Ziele doch nicht.

So fühlt es sich zumindest an. Ich trete seit Jahren auf der Stelle, sowohl als Anführer als auch abseits davon. Innerhalb meines Clans wird der Unmut immer lauter. Sie sind der Meinung, dass es einen Grund gäbe, warum uns die Götter keine neue Valkra schicken.

Dass meine Taten der Grund dafür seien. Dass wir deswegen keine neue Valkra verdienen.

Anfangs habe ich diese Gerüchte belächelt. Mittlerweile halte ich sie für wahr.

Ich nahm nicht an den Prüfungen teil, um der oberste Anführer zu werden. Jedenfalls nicht hauptsächlich. Ich nahm teil, um genügend Macht zu haben, damit ich in den Augen der Götter wieder würdig bin und sie eine Frau aus unserem Clan mit der Gabe der Weissagung segnen.

Doch es kam anders. Wegen Yrsa. Warum muss sie so verdammt gut im Kämpfen sein? Warum verfügt sie über dieses breite Wissen, das sogar ausgebildete Valkras verstummen ließ? Wäre sie nicht gewesen, hätte ich mit Bravour gewonnen. Vielleicht hätten die Götter uns bereits jetzt eine neue Valkra gesandt.

Stattdessen stehe ich hier und muss darum bitten, dass Yrsa mir einen Teil ihres Gebiets zur Verfügung stellt, damit ich in die Fremde segeln kann. Ein Vorhaben, das ich zwar mit Feuereifer verfolge, aber mit einer Valkra im Rücken wäre es leichter. Ich wüsste dann, was mich erwartet. Oder ob mein Vorhaben das eines närrischen Jungen ist, der sich mit aller Macht beweisen will.

Beweisen *muss.*

»Willst du ihre Valkra, bevor oder nachdem ihr losgesegelt seid?«, fragt Halvar. »Der Bau des Schiffes wird nicht mehr lange dauern. Der Großteil ist bereits fertig.«

»Der Winter könnte uns noch einen Strich durch die Rechnung machen«, sage ich. »Deshalb werde ich sie danach fordern.«

Halvar runzelt die Stirn. »Du willst ohne den Segen einer Valkra ins Ungewisse segeln?«

»Bleibt mir etwas anderes übrig?«, entgegne ich.

»Du könntest Yrsa fragen, ob sie dich an ihrer Segnungszeremonie teilhaben lässt.«

Ich verschränke die Arme vor der Brust. »Natürlich, weil wir ja so gut miteinander auskommen. Sie würde sicher sofort zustimmen, weil sie meine Anwesenheit schätzt.«

Mein bester Freund verdreht die Augen. »Wenn sie dich nicht ansieht, dann …«

»Vergiss es«, unterbreche ich ihn. »Sie würde dann zwar nicht auf mich losgehen, aber dennoch den Schemen hören.« Ich senke die Stimme. »Ich will ihr die Zeremonie nicht kaputt machen.« Lauter sage ich: »Ich komme schon zurecht. Bisher habe ich auch alles ohne den Segen einer Valkra erreicht.«

Halvar ist klug genug, nichts darauf zu erwidern, und ich bin ihm dankbar dafür. Es bringt nichts, über Vergangenes nachzudenken. Heute würde ich anders handeln, aber ich kann meine Taten in der Vergangenheit nicht rückgängig machen, egal wie sehr ich es wünschte.

KAPITEL 22

YRSA

Es dauert bloß wenige Tage, bis die Schiffsbauer eintreffen. Halvar ist als Vermittler zurückgekommen und beobachtet die Fortschritte wachsam. Er ist der Einzige, dem ich erlaubt habe, sich unserem Dorf zu nähern, um Kontakt mit mir aufzunehmen. Betreten darf er es nicht erneut; das würde nur Unruhe in meinen Reihen schüren. Es genügt, dass meine Leute neuerdings des Nachts ihre Türen verriegeln und ängstliche Blicke in die Richtung werfen, wo sich die fremden Baumeister befinden, ohne dass sie sie sehen könnten.

Drakkar fliegt pausenlos zwischen Kiers Gebiet und meinem hin und her, um die Materialen heranzuschaffen. Meine Wachen haben den strikten Befehl, keinen einzigen Pfeil auf den Wyvern zu schießen, wenn sie nicht als Mahlzeit für Bran enden wollen.

Bei einer von Drakkars Lieferungen ist nicht nur Nahrung für meinen Clan dabei, sondern auch ein weiterer Brief von Kier. Mein Herz hüpft aus völlig unverständlichen Gründen, als ich ihn an einer der Kisten voll Dörrfleisch erspähe.

Auf seinen letzten Brief, in dem er mir mitteilte, er würde mir Versorgung schicken, damit ich den Winter über nicht krepiere und er deshalb nicht der oberste Anführer wird, hätte ich am liebsten gar nicht geantwortet. Oder ihm rundheraus gesagt, dass er sich seine Almosen sonst wohin stecken soll. Tatsächlich habe ich mehrere solche Nachrichten angefangen, befeuert durch meinen Stolz. Letztendlich zerknüllte ich sie allesamt und teilte ihm stattdessen mit, dass ich im Austausch für mein zur Verfügung gestelltes Gebiet seine Nahrung annähme.

Hungrige Menschen, habe ich gelernt, sind deutlich schwieriger zu führen als gesättigte.

Ich wollte nicht riskieren, dass Drakkar die Baumeister über den Winter mit Nahrung versorgt und meine eigenen Leute deswegen einen Streit vom Zaun brechen. Oder Schlimmeres.

Mit der Hilfe meiner Mutter und einiger Mägde verteile ich die erste Essenslieferung unter meinen Leuten. Bei jedem lasse ich fallen, dass das gedörrte Fleisch vom Schwingenclan stammt und eine Ausgleichszahlung für das genutzte Gebiet ist; nicht auffällig, aber so, dass sie es hoffentlich im Hinterkopf behalten.

Als wir fertig sind, ziehe ich mich in mein Zimmer zurück und hole Kiers Brief aus der Tasche an meinem Gürtel. Mehrmals versichere ich mich, dass außer mir bloß Bran hier und die Tür geschlossen ist, ehe ich ihn auseinanderfalte.

Wie gewohnt ist seine Schrift klar und akkurat. Nicht mal wenn ich alle Zeit der Welt hätte, könnte ich so sauber schreiben wie er.

Schnell überfliege ich seine Zeilen. Ich weiß nicht, was ich erwartet habe. Was war es, was meine Finger beim Auseinanderfalten zittern ließ? Diese wenigen Worte darüber, dass er hofft, die Essenslieferung habe mich heil erreicht, können es nicht sein. Und wieso bin ich plötzlich so enttäuscht?

Ich zerknülle den Brief, nur um ihn drei Sekunden später wieder zu entfalten und glatt zu streichen. Sacht fahre ich mit den Fingern über das raue Pergament und stelle mir vor, wie er in seinem Langhaus saß und sich Gedanken darüber gemacht hat, was er mir schreiben soll. Hat er darüber nachgedacht? Fiel es ihm schwer oder schrieb er die Worte einfach runter?

Wären meine Worte ähnlich kühl und distanziert? Wahrscheinlich, denn ich wüsste nicht, was ich sonst schreiben sollte. Und *wie*.

Dabei sind Briefe unsere einzige Möglichkeit, miteinander zu reden, ohne dass mich das Geflüster des Schemens quält.

Während ich auf das Pergament starre, geht mir auf, dass ich noch nie zuvor einen echten Brief geschrieben habe. Die Zettelchen, die ich im Hohen Norden mit ihm austauschte, zählen nicht. Aber der an Kier, in dem ich ihm mitteilte, dass ich seinen Bedingungen zustimme und einen Platz für seine Schiffsbauer gefunden habe, war der erste meines Lebens.

Und er war furchtbar. Noch furchtbarer als seine Antwort, die ich nun in Händen halte.

Würde mein zweiter Brief an ihn anders sein? Welche Worte würde ich wählen? Was würde ich ihm mitteilen wollen?

Kurzerhand entzünde ich eine weitere Kerze, entrolle ein unbeschriebenes Stück Pergament, greife voller Elan nach der Gänsefeder und schreibe … nichts. Wie gebannt starre ich auf das leere Pergament vor mir, als könne meine Willenskraft ausreichen, um es mit passenden Worten zu füllen. Meine Hand bewegt sich nicht. Mein Kopf bildet keine zusammenhängenden Sätze, die ich niederschreiben könnte.

Mit einem genervten Stöhnen lege ich die Gänsefeder beiseite. Bran hebt den Kopf und sieht mich fragend aus seinen Honigaugen an. Für einen Moment erwidere ich seinen Blick, versinke in der Vertrautheit und greife erneut nach der Feder.

Ich nutze die einzige Gemeinsamkeit, die Kier und ich haben: Wir sind beide Flüsterer. Ich schreibe über Drakkar, die unermüdlich von seinem Gebiet zu meinem fliegt und die Teile des Schiffes transportiert, die bereits verbaut sind und deshalb nur schwer über Land geliefert werden können. Ich schreibe darüber, dass sie an der Küste eine Höhle gefunden hat, in der sie schläft. Ich erzähle ihm, dass mein Clan sich zwar immer noch vor dem großen Schatten am Himmel fürchtet, aber keiner von ihnen so dumm war, einen Pfeil abzuschießen. Und nun, da Drakkar auch die Verpflegung für meine Leute gebracht hat, wird sie mit noch weniger Argwohn beäugt.

Ehe ich es bemerke, muss ich eine zweite Pergamentseite hervorholen. Die Worte, so unbedeutend sie auch sein mögen, fließen aus mir heraus. Selbst wenn ich es wollte, könnte ich sie nicht aufhalten. Im Gegensatz zu Kiers ist meine Schrift unordentlich und hastig, die Seiten verziert mit allerlei Tintenspritzern. Ich schwanke zwischen dem Bedürfnis, mich deswegen zu schämen oder es mit einem Schulterzucken abzutun.

Letztendlich entscheide ich mich für Letzteres und gestehe Kier, dass ich mich – abseits von seinen Forderungen, dem Schemen und der Prüfung, die uns im Nacken sitzt – darauf freue, durch den Nebel zu segeln. Wir werden etwas tun, was keinem Clanführer vor uns gelungen ist. Ganz gleich, was wir jenseits des Nebels finden, wir werden in die Sagas unseres Volkes eingehen. Nun, da der nagende Hunger meines Clans dank Kiers Unterstützung nicht mehr mein vordergründigstes Problem ist, kann ich nicht verhindern, dass mich Aufregung erfüllt. Keine Freude oder Zuversicht, aber der Drang, etwas völlig Neues zu sehen. Etwas zu schaffen, was niemandem vor uns gelungen ist.

Ich beende meinen viel zu langen Brief damit, dass ich es kaum erwarten kann, dass wir in See stechen.

Ehe ich es mir anders überlegen kann, falte ich die drei Pergamentseiten zusammen, versiegele sie und sende noch am selben Abend einen Raben los.

Kiers Antwort lässt nicht lange auf sich warten. Es ist Drakkar, die sie überbringt. Mit einer gehörigen Portion Respekt in der Stimme berichten mir meine Jäger von dem riesigen Wyvern, der sich in der Nähe der Küste herumdrückt und unentwegt in Richtung unseres Dorfes blickt. Um sie zu beruhigen, versichere ich ihnen, dass ich der Sache auf den Grund gehen werde.

Drakkar beobachtet mich mit einer Mischung aus Ablehnung und Missmut, als ich mich ihr auf Brans Rücken nähere. Nirgends ist Halvar oder einer der Baumeister zu entdecken.

»Alles in Ordnung?«, frage ich, als ich von Brans Rücken gleite und einen Schritt auf sie zu mache. Zwar habe ich keine Verbindung mit ihr, aber ich rede mir ein, dass sie mich dennoch verstehen kann.

Abwartend klopft sie mit dem schuppigen Schwanz auf den weichen Wiesenboden, der einige Meter hinter ihr in das felsige Küstengebiet übergeht.

Ich wünschte, es wäre anders, aber mein Herz wummert schneller, je näher ich ihr komme. Sogar sitzend ist sie fast so groß wie ein Baum, und als sie den Kopf zu mir senkt, muss ich all meine Instinkte unterdrücken, um nicht vor ihr zurückzuweichen.

Anstatt mich aufzufressen, pustet sie mir ihren Schwefelatem ins Gesicht, der mich husten lässt, und dreht anschließend den Kopf so, dass ich ein Seil an ihrem Hals erkennen kann, das fast aussieht wie jenes, das Bran umgebunden hatte. Um das Seil sind mehrere Seiten Pergament und ein Tannenzweig gewickelt. Vorsichtig löse ich beides und streife dabei über Drakkars kühle, glatte Schuppen. Sie fühlt sich völlig anders an als mein Tierwesen, das bis auf den Panzer am Rücken warm und weich ist, aber ich wage nicht, sie länger als nötig zu berühren. Gut möglich, dass sie doch noch auf die Idee kommt, sie könnte einen Happen Mensch vertragen.

»Danke«, sage ich, als ich einen Schritt zurück gemacht habe und den Brief sowie den Zweig an mich drücke.

Erneut pustet sie mir ihren dunklen Atem entgegen, ehe sie die Flügel ausbreitet, sich abstößt und Richtung Küste davonsegelt.

Da das Julfest, die letzte Feierlichkeit des alten Jahres, vor der Tür steht, gibt es viele Vorbereitungen zu treffen, weshalb ich nicht sofort dazu komme, den Brief zu lesen. Die meisten kann ich zwar getrost Elvi überlassen, aber für einige Entscheidungen werde ich doch zurate gezogen. Wie jener, welchen Baum wir in die Mitte des Dorfplatzes stellen.

Die letzten Jahre hatten wir ein klägliches Julfest, das überschattet war von Verlusten und der Angst vor dem kommenden Jahr. So war auch die Vorbereitung für das Fest mehr schlecht als recht. Wir stellten einen mickrigen Baum auf, da nur wenige genug Kraft hatten, um mit anzupacken. Uns fehlte Bienenwachs, weshalb bloß eine Handvoll Kerzen am Baum brannten. Und nur wenige wussten, wofür sie dankbar waren und was sie in die Rinde des Baumes ritzen konnten. Ein Festmahl blieb ebenfalls aus.

Doch dieses Jahr könnte es anders sein. Mein Clan ist zwar weit davon entfernt, als wohlhabend zu gelten, aber es geht uns besser. Die meisten schließen zumindest nicht mehr ängstlich die Augen vor der Zukunft.

Noch während ich mit Elvi und den Dorfältesten das diesjährige Fest bespreche, sende ich zwei Männer aus, um Halvar zu holen.

Den aufkommenden Protest ersticke ich im Keim. »Er und die übrigen Baumeister werden für die Julnacht unsere Gäste sein«, sage ich bestimmt. »Sie arbeiten seit Wochen ohne Unterlass an dem Schiff, das uns durch den Nebel bringen soll – fernab ihrer Familien. Ihrem Clanführer verdanken wir, dass keiner von uns vor Hunger wach liegt. Wir sind es ihnen schuldig, sie zumindest in dieser von den Göttern gesegneten Nacht zu beherbergen.«

Zwar gibt es hier und da noch Gebrummel, aber keiner der Anwesenden stellt sich offen gegen meine Anweisung. Elvi, die an einem der äußeren Tische in der Versammlungshalle Platz genommen hat, lächelt zufrieden.

Jedes Mal, wenn ich sie abseits der anderen sehe, versetzt es mir einen Stich. Doch das ist das Leben, das sie als Valkra führt; sie musste alles, was ihr einst etwas bedeutet hat, zurücklassen. Vor dem Gesetz ist sie nicht mehr meine Schwester oder die Tochter des einstigen Clanführers, sondern gehört den Göttern. Ich kenne die Bestimmungen, dennoch werde ich sie nie als jemand anderes als meine Schwester ansehen.

Bis Halvar eintrifft, bespreche ich mit einigen der älteren Frauen, welche Vorräte wir aufbringen können, um ein Festmahl aufzutischen, bei dem jeder satt wird. Ich gehe gerade eine Liste mit den verfügbaren Beständen durch, als das doppelflügelige Tor zum Langhaus aufgestoßen wird. Zusammen mit Halvar zieht ein eisiger Wind herein, der einen harten Winter ankündigt. Vorsichtshalber reduziere ich die Vorräte, die wir für das Fest nutzen wollten, um ein paar Einheiten.

Halvar sieht sich unterdessen im Langhaus um, reibt sich die sicherlich halb gefrorenen Hände und geht dann mit großen Schritten zu einem der äußeren Tische.

»Du hast mich rufen lassen?«, fragt er.

Er bemerkt die Verwechslung erst, als Elvi den Kopf hebt und ihn in seine Richtung dreht. Selbst auf die Entfernung bemerke ich, dass Halvar blass wird.

»Ich habe dich nicht rufen lassen«, antwortet Elvi mit einem wissenden Lächeln.

Ich erhebe mich von meinem Platz, sodass er mich besser sehen kann. »Ich war es.«

Offensichtlich verwirrt schießt Halvars Blick zwischen Elvi und mir hin und her. Auch als ich ihm erkläre, warum ich ihn habe kommen lassen, kann er mir kaum folgen, weil er zu sehr damit beschäftigt ist, abwechselnd meine Schwester und mich anzustarren.

Auf meine Bitte um Drakkars Unterstützung beim Transport eines großen Baumes antwortet er bloß mit einem »Hä?«.

Ich reibe mir mit einer Hand über die Stirn. »Könntest du dich bitte konzentrieren?«

»Das fällt mir schwer, da ich doppelt sehe«, erwidert er.

»Du siehst nicht doppelt«, grummele ich. »Elvi ist meine Zwillingsschwester.«

Er schluckt sichtlich angestrengt. »Deine … Zwillingsschwester. Die Valkra eures Clans ist deine Zwillings…« Der Rest des Wortes geht in einem undeutlichen Gemurmel unter, das verdächtig nach einem Fluchen klingt.

Ich brauche noch drei Anläufe, um ihm mein Vorhaben und meine Bitte so darzulegen, dass er beides versteht. Er sagt uns

Drakkars Unterstützung zu und bedankt sich fahrig für die Einladung, die er im Namen seiner Männer annimmt. Danach verlässt er hastig das Langhaus.

Mit einem Stirnrunzeln sehe ich ihm nach, habe aber keine Zeit, mich länger mit seinem seltsamen Verhalten zu befassen.

KAPITEL 23

KIER

WIR HABEN EIN PROBLEM, steht in hastig hingekritzelten Runen in Halvars Brief. Ich bin verwundert, dass er mir überhaupt schreibt, immerhin kommt er regelmäßig mit Drakkar zurück, um mir von den Fortschritten zu berichten. Aber irgendwas muss so wichtig sein, dass es nicht bis zu seinem nächsten Besuch warten kann.

Ich ertappe mich dabei, wie ich enttäuscht das Pergament sinken lasse. Als ich Drakkar aufs Dorf zufliegen sah, ging ich fest davon aus, dass sie einen Brief von Yrsa mitbringt. Ob der Tannenzweig es bis zu ihr geschafft hat? Oder ging er unterwegs verloren? Im Nachhinein kam ich mir wie ein Idiot vor, weil ich ihn mitgeschickt habe, aber es war mir ein Bedürfnis. In unserem Dorf findet bereits seit Jahren kein Julfest mehr statt, weil hier keine Valkra lebt, die es leiten könnte. Vielleicht findet mein Tannenzweig den Weg an Yrsas Baum und wird dort den Riten unterzogen. Ich rede mir ein, dass ich auf diese Weise den Göttern für das vergangene Jahr danken kann. Zwar gibt es nicht viel, wofür ich dankbar sein könnte, aber ich habe in meiner Zeit als Anführer gelernt, auch die kleinen Dinge anzuerkennen.

Dass ich noch nicht entmachtet und verstoßen oder gar getötet wurde, zum Beispiel.

Ich nehme mir vor, Halvar danach zu fragen, ob mein Tannenzweig an Yrsas Baum hängt. Ob er ihn überhaupt sieht? Oder gibt es einen Konflikt mit Yrsas Clan? Vielleicht ist das der Grund, warum Halvar mir schreibt.

Erneut lese ich seine Zeile. Dass wir ein Problem haben, ist ja nicht neu; es gibt sogar eine ganze Menge Probleme, um die ich mich kümmern muss, doch ich kann nicht mehr als eines gleichzeitig angehen.

DIE VALKRA, DIE DU EINGEFORDERT HAST, IST YRSAS SCHWESTER. IHRE ZWILLINGSSCHWESTER.

Danach hat er noch mehr geschrieben, doch ich nehme es nicht bewusst wahr. Die Runen verschwimmen und ergeben keinen Sinn, denn mein Blick klebt an einem Wort.

Zwillingsschwester.

Ich stoße einen so heftigen Fluch aus, dass zwei ältere Frauen, die gerade vor meiner Hütte vorbeilaufen, verwundert stehen bleiben und hereinspähen. Mit einer herrischen Handbewegung bedeute ich ihnen, dass sie weitergehen sollen, während ich in meiner kleinen Hütte wie getrieben auf und ab hetze.

Die Götter müssen mich wahrlich hassen.

Anders kann ich es mir nicht erklären, warum die Valkra, die ich endlich ein Jahr lang für meinen Clan erhalte, ausgerechnet Yrsas Zwillingsschwester sein muss.

Auch ohne dass er mir gegenübersteht, kann ich mir Halvars vorwurfsvollen Blick ganz genau vorstellen. Ich weiß, was er in diesem Moment denkt.

Aber er irrt sich.

Ich zwinge meine rechte Hand, die das Pergament vor Anspannung zerknüllt hat, sich zu öffnen. Mit spärlicher Beherrschung streiche ich es glatt, ehe ich mich an den Tisch setze, um eine Antwort zu verfassen.

KAPITEL 24

YRSA

Niemand hat während des Julfests bemerkt, dass ein weiterer Zweig am Baum hing, der unseren Dorfplatz schmückt. Seine ausladenden Äste berührten beinahe die umliegenden Hütten. Drei Nächte lang feierten und tanzten wir um den Baum gemeinsam mit Halvar und seinen Männern. Zu Beginn waren meine Leute skeptisch, doch nach dem offiziellen Teil, dem die Baumeister mit sichtlicher Rührung beiwohnten, verflog die Zurückhaltung.

Daher lud ich Halvar und seine Männer auch gut eine Woche später zum Neujahrsfest ein, was zwar weniger pompös ausfiel, jedoch bei den fremden Handwerkern ebenfalls zu Jubel führte. Sie bedankten sich überschwänglich bei meiner Schwester für die wundervollen Feierlichkeiten, die mir nicht anders vorkamen als die der letzten Jahre. Erst später ging mir auf, dass Kiers Clan keine Valkra hat. Seit wie lange weiß ich nicht, aber es muss schon eine ganze Weile sein, wenn seine Männer den oft sterbenslangweiligen Riten und Gesängen mit solcher Inbrunst folgen.

Mehrmals ertappte ich Halvar dabei, wie er meine Schwester und mich mit finsterem Blick musterte. Als ich ihn darauf ansprach, wich er mir jedoch aus.

Der Winter schlug mit gewohnter Härte zu, doch dank Kiers Unterstützung hatten wir kaum Verluste zu beklagen. Ein paar ältere Dorfbewohner erlagen einer Lungenentzündung und zwei Frauen starben bei der Geburt. Sie werden in unserer Mitte fehlen und erhielten angemessene Bestattungen. Etwas, was in den letzten Jahren ebenfalls nicht möglich war. Es starben so viele, dass uns nichts anderes übrig blieb, als sie gemeinsam in einem Grab zu bestatten – ohne Beigaben, die ihnen den Einlass in die göttlichen Gefilde hätten sichern können. Doch wir konnten es uns nicht leisten, den Toten Nahrung mitzugeben, wenn die Lebenden sie dringender brauchten.

Obwohl der Winter hart war, verschwindet er früher als gedacht. Nur wenige Wochen nach dem Neujahrsfest ist das Meer an unserer Küste frei von Eisschollen.

Noch vor Sonnenaufgang klopft Halvar an die Tür zu meinen Zimmern im hinteren Bereich des Langhauses. Die ersten Male, die er sich bis hierher vorgewagt hat, hat Bran ihn angegrollt und hinausgetrieben, doch mittlerweile wacht er nicht einmal mehr auf, wenn er Halvars Schritte hört.

Ich schüttele gutmütig den Kopf über mein Tierwesen, ehe ich die Tür öffne.

Mit einem missmutigen Gesichtsausdruck und ohne Gruß sieht Halvar mir entgegen, bevor er mir einen Brief reicht. Ich wusste, dass er deswegen hier ist, dennoch klopft mein Herz schneller. In den letzten Wochen und Monaten sind Kier und ich dazu übergegangen, Halvar unsere Briefe überbringen zu lassen. Obwohl sie nie etwas getan hat, sorgt Drakkars Erscheinen für Nervosität unter meinen Leuten.

Außerdem sind bereits drei Briefe während ihres Flugs verloren gegangen, und ich versank in unbekannte Schwermut, weil ich keine Antwort von Kier erhielt.

»Ihr wisst, dass ich es hasse, den Botenjungen für euch zu spielen«, grummelt Halvar, als ich zwei Finger um das gefaltete Pergament lege, das er nicht loslassen will.

Ich lächele ihn süßlich an. »Niemandem außer dir würden wir unsere wichtigen Clangeheimnisse anvertrauen.«

Er verdreht die dunklen Augen. »Als ob es in diesen Briefen um Clangeheimnisse geht …«

Mit einem leichten Ruck entwende ich ihm das Pergament und lasse es in die Tasche an meinem Gürtel gleiten. »Worüber sollten wir sonst schreiben?«

Er verzieht den Mund. »Das will ich lieber gar nicht wissen.«

Ich wende mich halb von ihm ab, damit er das Schmunzeln auf meinen Lippen nicht sehen kann, das jedoch schnell verschwindet. Wann haben Kier und ich das letzte Mal über irgendwas geschrieben, was unsere Clans oder die Prüfungen betraf? Ich kann mich nicht mehr erinnern. Dafür ginge ich jede Wette ein, dass ich mehr über ihn weiß als seine Leute. Vielleicht so viel wie Halvar. Bereits seit dem dritten Briefwechsel sind wir darüber hinaus, über Plattitüden zu schreiben. Wann immer er mir etwas anvertraute, wie seinen Wunsch, dass wenigstens an unserem Baum sein Tannenzweig hängen soll, tat ich es ihm gleich. Das konnten Kleinigkeiten sein – unser Lieblingsessen zum Beispiel –, aus denen ein genaueres Bild des anderen entstand.

Ein Bild, das zu so etwas wie einem Freund geworden ist.

Ich will Halvar gerade deutlich bitten zu gehen, damit ich Kiers Brief in Ruhe lesen kann, als er sagt: »Wir brechen auf.«

Mein Kopf ruckt zu ihm herum. »Was?«

»Das Schiff«, erklärt er in einem Tonfall, als sei ich ein Kleinkind, das keine Zusammenhänge versteht. »Es ist fertig.«

Verschwunden ist die Vorfreude auf den Brief. »Was meinst du mit ›fertig‹?«

Am liebsten würde ich die Worte wieder einfangen und in meinen Mund einsperren, denn sie lassen mich noch begriffsstutziger dastehen. Normalerweise würde mich das wahnsinnig machen, doch im Augenblick ist das meine geringste Sorge.

Fertig. Das Schiff ist fertig. Der einzige Grund, warum Halvar und die Baumeister hier sind und ich und Kier …

Meine Gedanken kommen zum Stillstand. Für eine gespenstische Sekunde herrscht völlige Leere in mir.

Dann wird mir schlagartig schlecht. Ich habe es vergessen. Ich habe vergessen, dass Kier mir meine Schwester nehmen wird.

Ich habe vergessen, dass wir Feinde sind.

Wie konnte ich ihn auch nur für einen flüchtigen Moment als so etwas wie meinen Freund bezeichnen? Wie konnte ich …?

»Alles in Ordnung?«

Halvars Frage bringt mich in die Wirklichkeit zurück. Sein Blick ist sorgenvoll; wahrscheinlich sehe ich gerade furchtbar aus. Doch dazu gibt es keinen Grund. Ich zwinge mich dazu, die Schultern zu straffen, obwohl mein Körper unter der Anspannung ächzt wie der einer alten Frau, und recke das Kinn vor.

»Alles bestens«, erwidere ich kühl. »Wann ist er hier?«

Halvar runzelt die Stirn, ist aber klug genug, sich nicht erneut nach meinem Befinden zu erkundigen. »Drakkar ist bereits vor einer Weile losgeflogen, um ihn abzuholen, damit er das Schiff inspizieren kann. Seine Mannschaft wird in etwa vier Tagen eintreffen.«

Ich könnte mich dafür ohrfeigen, dass ich in all den Monaten keinen Gedanken mehr an die Fahrt durch den Nebel verschwendet habe. Dass ich eine eigene Mannschaft zusammenstellen muss, habe ich völlig verdrängt, wohingegen Kier offenbar die ganze Zeit damit beschäftigt war, alles vorzubereiten.

Und mich in Sicherheit zu wiegen.

Ich schlucke angestrengt den bitteren Geschmack des Verrats hinunter, der sich auf meiner Zunge sammeln wollte. »Bis wann muss ich meine Mannschaft zusammengestellt haben?«

Auch diesmal fragt Halvar nicht nach. »Das musst du mit Kier klären. Nur er und die obersten Baumeister wissen, wie viele Menschen auf dem Schiff Platz finden.«

Ich verenge die Augen. »Heißt das, Kiers Mannschaft besetzt das gesamte Schiff?«

Mein Gegenüber zuckt ein wenig hilflos mit den Schultern. »Den meisten Platz besetzt auf jeden Fall Drakkar. Über die restliche Aufstellung bin ich nicht im Bilde.«

Und ob er das ist. Wenn es einen Menschen auf der Welt gibt, der noch mehr über Kier weiß als ich, dann ist es Halvar.

Oder weiß ich etwa doch nichts über den Anführer des Schwingenclans, und alles, was in seinen Briefen stand, war erstunken und erlogen, damit ich beschäftigt bin und mir keine Gedanken über die Fahrt durch den Nebel mache?

Natürlich ist es so.

Ein eiskalter Schauer rinnt mir über den Körper, als ich aus der hintersten Ecke meines Zimmers die Stimme vernehme, die ich seit Monaten nicht hören musste. Ich habe verdrängt, dass der Schemen noch da und ein Teil von mir ist. Nun höre ich nicht nur sein Geflüster, sondern spüre seine Anwesenheit so deutlich, dass ich kaum noch atmen kann.

Er war nie dein Freund. Warum sollte er das auch sein wollen? Er ist dein Konkurrent. Mehr noch: Er ist dein Todfeind. Wie dumm von dir, etwas anderes zu denken. Aber nun bin ich ja hier und werde dich vor weiterer Torheit bewahren.

»Er ist schon hier, nicht wahr?«, krächze ich, weil mein Hals sich anfühlt wie zugeschnürt.

In Halvars Miene mischt sich ein Hauch Mitleid, wofür ich ihn hasse und mich verachte. »Wahrscheinlich.«

Ich nicke. »Ich komme gleich zum Liegeplatz des Schiffes.«

Wenn das Schiff überhaupt noch da ist, höhnt der Schemen. *Warum sollten sie auf dich warten?*

Bevor Halvar etwas darauf erwidern kann, schließe ich die Tür vor seiner Nase.

»Du kannst hierbleiben, Yrsa«, sagt er vom Korridor aus. »Du musst dir das nicht antun.«

Ich reiße die Tür wieder auf und versetze Halvar einen so festen Stoß, dass er zurücktaumelt und mit dem Rücken gegen die Wand kracht. Verdattert starrt er mich an.

»Wenn ihr beide – du und dein Anführer – glaubt, ihr könntet mich ausnutzen«, grolle ich, »dann habt ihr euch geschnitten! Solltet ihr ohne mich lossegeln, werde ich meinen Bogenschützen befehlen, euer verdammtes Schiff niederzubrennen – mit euch darin.«

Ohne mich aus den Augen zu lassen, richtet Halvar seine Tunika. »Du hast mir besser gefallen, als du nicht unter den Einflüsterungen des Schemens gestanden hast.«

Ich recke das Kinn. »Du überschätzt seine Wirkung auf mich. Diejenige, die mit dir redet, bin ich.«

Abrupt wende ich mich ab und flüchte in mein Zimmer, ohne es wie eine Flucht aussehen zu lassen. Als ich die Tür hinter mir geschlossen habe, sinke ich kraftlos an ihr hinab.

So ist es gut, flüstert der Schemen. *Du musst ihnen immer zeigen, dass du die Stärkere bist.*

Ich schlinge beide Arme um meine angewinkelten Beine, als könnte ich mich so vor dem Flüstern schützen, das bloß ich hören kann. »Geh weg«, hauche ich beinahe tonlos.

Bran kommt zu mir getrottet; die Holzdielen knarzen unter seinem Gewicht. Gleich nachdem er sich neben mich gesetzt hat, schmiege ich mich an seinen tröstend-warmen Körper. Er ist das einzige Wesen auf der Welt, vor dem ich mich nicht verstellen und in dessen Gegenwart ich nicht unentwegt stark sein muss. Er hat mich in mehr unrühmlichen Situationen gesehen, als ich zählen kann. Situationen, die einer Anführerin nicht würdig sind. Auch jetzt würde ich am liebsten das Gesicht in seinem Fell bergen und weinen. Meine Augen brennen zwar, doch Tränen wollen nicht fließen.

Das wollen sie nie, und mittlerweile kenne ich den Grund.

Du weißt, wie du mich loswirst.

Ich wünschte, der Schemen würde einfach verschwinden. Dann könnte ich weinen. Aber ich wäre auch schutzlos all den anderen Gefühlen ausgesetzt, die auf mich einprasseln. Ich will nicht hören, wie grundlegend ich mich geirrt habe. Wie blind ich war. Dass ich nun völlig unvorbereitet dastehe und alles aufs Spiel gesetzt habe – das Ansehen meines Clans, den Sieg bei den Prüfungen und nicht zuletzt meine eigene Schwester.

Weil ich es genossen habe, jemandem, den ich eigentlich hasse, Briefe zu schreiben. Wie konnte ich so töricht sein?

Mir bleibt keine Zeit, über diese Frage nachzugrübeln, deren Antwort ich lieber nicht wissen will. Stattdessen reiße ich mich zusammen, schmiege mich ein weiteres Mal fest an Bran, ehe ich mich von ihm löse und mit langen Schritten durchs Zimmer marschiere.

Wenn ich gleich meinem Todfeind und einem anderen Clanführer gegenüberstehe, werde ich das nicht in dieser schäbigen Kleidung tun.

Ich brauche lange, um mir ohne Hilfe die traditionelle Tracht anzulegen, die ein Clanführer während ritueller Feierlichkeiten trägt, und mir die Haare an den Schläfen zurückzuflechten. Normalerweise gehen mir Mutter und Elvi zur Hand, weil ich völlig talentfrei bin, sobald es um mein Aussehen geht, aber diesmal gebe ich mir Mühe. Zwar sieht es dennoch nicht halb so gut aus, als hätten sie geholfen, doch es wird genügen.

Ich habe nie verstanden, warum ich als Anführerin so viele Lagen Stoff und Fell und Leder am Leib tragen muss, in denen ich mich im Ernstfall kaum schnell genug bewegen könnte, doch als ich einen Blick in den an den Rändern bereits matten Spiegel werfe, fällt es mir wieder ein: Es sieht beeindruckend aus. Diese Ausstattung dient nicht dazu, praktisch zu sein, sondern meinen Stand zu unterstreichen und mein Gegenüber im besten Fall einzuschüchtern.

Und da ich gleich auf Kier treffen werde, nehme ich jede Hilfe, die ich kriegen kann – auch die einer Garderobe, gegen die ich mich normalerweise mit Händen und Füßen wehre.

Das Fell an Vaters Mantel streicht beruhigend über meine Wangen, als ich ihn knapp unter dem Kinn mit einem goldenen Haken schließe.

Das meiste von dem, was ich trage, hat bereits anderen Clanführern vor mir gehört und wurde von Generation zu Generation weitergereicht. Lediglich die Brustplatte aus gestärktem Leder, die sich eng an meinen Körper schmiegt und in die der Kopf eines brüllenden Bären eingebrannt ist, wurde extra für mich angefertigt. Am Saum der dunkelgrünen Tunika verlaufen mit Goldfäden gestickte Bärentatzen. Meine Äxte stecke ich in die dafür vorgesehenen Halterungen an meinem Gürtel.

Nachdem ich meine kniehohen Lederstiefel geschnürt habe, die ebenfalls mit weichem Fell gefüttert sind, verlasse ich mein Zimmer, ehe ich es mir anders überlegen und mich doch noch mal umziehen kann.

Bran folgt mir auf dem Fuße. Obwohl ich die Türen, die vom geräumigen Versammlungssaal im Langhaus nach hinten zu meinen Zimmern führen, für ihn habe verbreitern lassen, hat er Mühe, mit mir Schritt zu halten, da er sich hindurchzwängen muss.

Im Saal erwarten mich bereits meine Mutter und Schwester sowie Astrid und Vangar. Sie nehmen meinen Aufzug mit hochgezogenen Augenbrauen und offenen Mündern zur Kenntnis. Mutter flüstert Elvi etwas zu – wahrscheinlich wie ich aussehe –, woraufhin sich ein versonnenes Lächeln auf ihren Lippen zeigt.

»Wer soll dich begleiten?«, fragt meine Mutter.

Ich deute auf Bran. »Er. Niemand sonst.«

Astrid und Vangar tauschen Blicke, die ich auch ohne Worte verstehe.

Ich verdrehe die Augen. »Ihr müsst nicht auf mich aufpassen.«

»Im Gegensatz zu allen anderen«, sagt Astrid, »haben wir dich bereits erlebt, wenn du … dem Anführer des Schwingenclans zu nahe kommst.« Sie macht einen Schritt auf mich zu und senkt die Stimme. »Hörst du den Schemen wieder?«

Ich straffe die Schultern. Bisher habe ich es vermieden, vor anderen über meinen Schemen zu sprechen. Selbst meiner Mutter gegenüber habe ich ihn nie erwähnt. Und ich bin Astrid dankbar, dass sie dieses Geheimnis nicht offen herausposaunt. Deshalb sage ich schnell: »Das tut nichts zur Sache.«

»Wir kommen mit«, entgegnet Vangar, während sie die Arme vor der Brust verschränkt. »Ob du willst oder nicht.«

Gerade als ich ihr und Astrid sagen will, dass sie auf jeden Fall hierbleiben sollen, tritt Elvi zu mir. Wie immer trifft der Blick aus ihren weißen Augen nicht direkt mein Gesicht, sondern geht einige Zentimeter daran vorbei; dennoch scheint sie genau zu wissen, wo ich stehe.

Als sie die Arme ausstreckt, sinke ich vor ihr auf die Knie, damit sie mir die Hände auf den Kopf legen kann.

Vor keinem anderen Menschen würde ich das Knie beugen – nur vor ihr, meiner Valkra.

Ein heißer Stich durchzuckt mich, als ich mir ins Gedächtnis rufe, dass ich sie hergeben muss. Dass ich ein ganzes Jahr auf sie verzichten muss. War dieses Zugeständnis ein Fehler? Hätte ich lieber gleich meine Niederlage eingestehen sollen? Doch wie viele meiner Leute wären dann diesen Winter ohne Kiers Hilfe verhungert oder erfroren? Denn ich mache mir nichts mehr vor: Er hat mich nicht aus Freundschaft unterstützt, sondern weil wir eine Abmachung haben.

Und diese beinhaltet auch meine Schwester.

Ehe ich mich weiter in Schuldgefühlen suhlen kann, lausche ich dem rituellen Gebet in der alten Sprache der Götter, das meine Schwester für mich murmelt. Ihre Hände sind herrlich warm, während meine trotz der warmen Kleidung eiskalt sind.

Als sie geendet und die Hände von meinem Kopf genommen hat, lächelt sie mich an. »Versuch bitte, niemanden zu töten«, murmelt sie mir verschwörerisch zu. »Du brauchst sie fürs Erste alle.«

Ich runzele die Stirn, verkneife mir aber eine Nachfrage.

Auf dem Weg nach draußen geht mir auf, dass sie mir vermutlich mehr über meine Zukunft mitgeteilt hat als jemals zuvor.

KAPITEL 25

KIER

Auf Drakkars Rücken kommt mir der Weg zum Gebiet des Küstenclans gar nicht so weit vor. Bei den anderen Gebieten, über die wir fliegen, meiden wir die Siedlungen, um keinen unnötigen Streit vom Zaun zu brechen.

Kämpfe, Konflikte und Fehden liegen unserem Volk im Blut; zu dumm, dass niemand unser Eiland verlassen kann und sich die Streitereien deswegen auf das eigene Volk beschränken. Das versuche ich zu ändern. Es wird mir nie gelingen, Blutfehden für immer auszurotten, aber ich rede mir ein, dass unser Volk etwas Sinnvolleres zu tun hat, als sich gegenseitig abzuschlachten, sobald es uns gelingt, den Nebel zu durchqueren.

Auch ich sehne mich nach einem Abenteuer, das über halbherzige Kämpfe an meinen Grenzen und eine gewisse, von einem Schemen besessene Anführerin hinausgeht.

Wobei ich mich auf das Treffen mit ihr freue, obwohl es völliger Irrsinn ist. Schließlich weiß ich genau, wie es ablaufen wird. Ihr sanft gerundetes, ebenmäßiges Gesicht wird sich verzerren, sobald sie mich sieht. Und wenn sie sich in meiner Nähe aufhalten muss, wird sie aussehen, als müsse sie sich gleich übergeben.

In den letzten Monaten konnte ich mir einreden, dass es anders zwischen uns ist. Dass wir normal miteinander umgehen können. Dass zwischen uns mehr sein kann als ein bloßer Waffenstillstand für eine begrenzte Zeit. Ich hatte das Gefühl, die Frau hinter der

Anführerin kennengelernt zu haben, und sei es nur zwischen den Zeilen, die sie in ungleich großen Runen schrieb. Ich musste jedes Mal schmunzeln, wenn ich ihre Briefe entfaltete, sah ihre Schrift doch aus wie die eines Kindes, das gerade schreiben lernt. Ihre Worte waren zwar richtig, aber ihr Schriftbild wirkte hastig und unordentlich, als könne sie sich weder für einen Neigungswinkel noch eine Größe entscheiden.

Wer wird mich erwarten, wenn ich in ihrem Gebiet lande: die unnahbare Anführerin, die meine bloße Existenz nicht ertragen kann, oder die Frau, der ich in den Briefen nähergekommen bin und die nichts mit der Kriegerin gemein hat, die während der Prüfungen alle anderen Anführer das Fürchten gelehrt hat?

Der Liegeplatz meines Schiffes ist nicht schwer zu finden: einerseits weil Halvar mir den Weg exakt beschrieben hat, andererseits weil Drakkar blind dorthin fände, so oft wie sie die Strecke in den letzten Monaten zurückgelegt hat. Ich nehme mir fest vor, mich bei meinem Mädchen mit einer besonderen Mahlzeit erkenntlich zu zeigen. Fürs Erste begnüge ich mich damit, ihr den schuppigen, langen Hals zu tätscheln.

Nachdem ich sie fand, dauerte es ein paar Jahre, bis Drakkar groß genug war, damit ich auf ihr reiten konnte. Als Heranwachsender fiel es mir schwer, meine Ungeduld zu zügeln, deshalb redete ich mir ein, dass sie vielleicht nie groß genug sein würde. Dass sie kaum größer werden würde als das frisch geschlüpfte Wesen mit den nahezu durchsichtigen Schwingen, das gerade so meine beiden Handflächen ausfüllte.

Doch sie wuchs; nachdem sie sich eingewöhnt hatte, konnte ich ihr beinahe dabei zusehen, wie sie sich veränderte. Nach nur einem Jahr war sie so groß wie ich. Nach einem weiteren reichte ich ihr bloß noch bis zum Halsansatz. Aber erst nach fünf Jahren wagte ich es, mich auf ihren Rücken zu setzen. Zu sehr ängstigte ich mich davor, sie zu verletzen – vor allem die empfindliche Haut ihrer Schwingen, die zwischen ihren Vorderbeinen und der Mitte ihres Bauches verlaufen. Sie waren zwar nicht mehr durchsichtig, sodass ich nicht länger jedes Äderchen erkennen konnte, wie kurz nach ihrer Geburt, aber sie sind dennoch empfindlich.

Nie werde ich den Moment vergessen, als sich Drakkar das erste Mal mit mir auf dem Rücken in den Himmel schwang.

Noch nie in meinem Leben fühlte ich mich derart frei und unbesiegbar. Am liebsten wäre ich nie wieder gelandet.

Doch auch das beste Gefühl muss irgendwann enden und ich musste mich wieder der Realität stellen, der ich bereits damals entfliehen wollte. Drakkar war mein Rettungsseil und neben Halvar die Einzige, die zu mir hielt. Vielleicht bilde ich mir das bloß ein, dennoch war sie stets da und hörte mir zu.

Behände landet sie in der Nähe der Küste, einige Meter von den notdürftig errichteten Hütten meiner Baumeister entfernt. Vom Rand der Klippe habe ich einen guten Blick hinab zum dunklen Strand. Und ein Stück weiter im Meer liegt es: das Schiff, das uns durch den Nebel bringen wird. Es ist riesig; wahrscheinlich eines der größten Schiffe, die unser Volk je gebaut hat. Aber es muss auch riesig sein, schließlich wird es Dinge vollbringen, die noch keines unserer Schiffe zuvor vollbracht hat.

Meine Brust schwillt vor Stolz auf meine Männer an. Und auf mich. Für einen klaren Moment ergibt plötzlich alles einen Sinn; alles, was ich durchmachen musste und was falsch lief. Was ich bereut und nicht bereut habe. Ohne diese Entscheidungen und Fehler hätte ich das Projekt nie weiterverfolgt. Wahrscheinlich wäre mir nie die Idee dazu gekommen.

Doch nun liegt es dort im Wasser: mein Schiff. Mein Weg, in die Geschichte unseres Volkes einzugehen. Hoffentlich ist es genug, dass die Geschichtenerzähler meine Fehltritte vergessen.

Ich gleite von Drakkars Rücken und lasse mich von Halvar in eine grobe Männerumarmung ziehen. Die Handwerker haben sich hinter ihm aufgereiht und senken den Kopf vor mir, als ich sie begrüße.

Ich will gerade zu einer Rede ansetzen, die ich mir in den letzten Monaten minutiös überlegt habe, als Drakkar herumwirbelt. Ich sehe es bloß aus den Augenwinkeln, aber ich bin sofort in Alarmbereitschaft. Meine Hände gleiten zu den Schwertern an meinem Gürtel, während ich mich ebenfalls umdrehe. Schräg hinter mir höre ich Halvar seufzen.

Aus dem Wald nahe der Klippe tritt ein riesiger Bär. Behände und so langsam, als hätte er alle Zeit der Welt, setzt er eine Tatze vor die andere. Bloß am Rande nehme ich wahr, dass hinter ihm noch zwei Reiter den Wald verlassen. Mein Blick gleitet zu der Frau, die auf dem Rücken des Bären sitzt. Der Wind, der hier an der Küste fast ebenso unerbittlich ist wie bei uns oben im Gebirge, zerrt an ihrem dunkelblauen Umhang und an ihrem offenen Haar, das in der Sonne golden glänzt. Ebenfalls golden blitzt es an ihrer Kleidung, dem vollen Staat der Anführerin.

Heilige Götter. Ich bin nicht sicher, ob ich noch atme oder blinzele. Ich hoffe, dass ich Letzteres nicht tue, denn jede Sekunde, die ich sie nicht ansehe, wäre verschwendet.

Während ich noch damit beschäftigt bin, ihr Äußeres in mich aufzusaugen, auf dessen Anblick ich die letzten Wochen und Monate verzichten musste, stürzt Drakkar vor. Mein warnender Schrei bleibt mir jedoch im Hals stecken, als Yrsa weder einen Versuch unternimmt, sich in Sicherheit zu bringen, noch nach ihren Äxten greift. Stattdessen vertreibt sie mit einer Handbewegung den Rauch, den Drakkar ihr direkt ins Gesicht pustet, und streckt anschließend die Finger nach meinem Wyvern aus, der die Berührung der Fremden anstandslos über sich ergehen lässt. Und sie offenbar sogar genießt.

»Du solltest den Mund zumachen«, brummt Halvar nun neben mir. »Hier gibt es verdammt große Käfer. Glaub mir, so einen willst du nicht im Mund haben. Und im Hals kratzen sie ganz fürchterlich.«

Ich weiß nicht, ob ich den Mund schließe. Oder nicke. Oder sonst irgendetwas tue, außer zu starren.

Bis auf Halvar, der so was wie mein Bruder ist, hat Drakkar nie jemandem erlaubt, sie zu berühren. Als sie die letzten Monate die Materialien für den Schiffsbau geholt hat, musste ich sie beladen, weil sie jedem anderen Dorfbewohner entweder die Hand oder gleich den Kopf abgebissen hätte.

Und nun steht sie dort und lässt sich von Yrsa zwischen den Nasenlöchern kraulen.

Als Yrsa sich uns zuwendet, versetzt mir Halvar einen Stoß mit dem Ellenbogen, woraufhin ich endlich meinen Mund schließe. Aber ich blinzele noch immer nicht; zu gebannt bin ich von ihrer Erscheinung. Auf ihrem Tierwesen kommt Yrsa näher. Einige Meter von uns entfernt schwingt sie sich vom Rücken des Bären. Nun ist sie kleiner als ich, dennoch hat sie nichts von ihrer Aura eingebüßt. Sogar Halvar neigt den Kopf vor ihr, was mehr über sie aussagt, als sie ahnt. Ich tue es ihm gleich.

Ihre Miene wirkt angespannt, der Blick ihrer blauen Augen geht an mir vorbei ins Nichts. Alles in mir verlangt danach, mich in ihr Sichtfeld zu schieben und von ihr angesehen zu werden. Nur das Wissen, dass sie sich dann nicht mehr gegen den Schemen behaupten kann, hält mich davon ab.

»Ich grüße dich, Kier vom Schwingenclan«, sagt sie gepresst. »Willkommen im Gebiet des Küstenclans.«

Keine Silbe klingt freundlich oder spiegelt das wider, was sie aussagen sollte. Ich kenne den Grund dafür und frage mich, ob sie sich anders anhören würde, wenn der Schemen sie nicht heimsuchte. Würde sie mich direkt ansehen? Würde sie sich freuen, dass ich hier bin? Könnten wir genau da anknüpfen, wo unsere Briefe geendet haben? Hat sie den letzten überhaupt schon gelesen? Auf einmal werde ich nervös. Hoffentlich hat sie ihn noch nicht gelesen.

»Ich danke dir für deine Gastfreundschaft, Yrsa vom Küstenclan«, sage ich, wie es von mir erwartet wird. »Auch im Namen meiner Männer.«

Sie nickt. »Sie haben sich vorbildlich benommen.«

Wie gern würde ich jetzt etwas sagen wie »Wenn es anders wäre, würden sie nicht mehr hier stehen können«, weil ich weiß, dass sie hart, aber gerecht durchgreift. In einem Antwortbrief hätte ich sicher etwas Ähnliches geschrieben. Doch wir schreiben uns nicht. Stattdessen senkt sich eine unangenehme Stille über uns.

Es ist Halvar, der uns rettet. »Wir danken dir ebenfalls für deine Gastfreundschaft und besonders dafür, dass wir an den Feierlichkeiten teilnehmen durften.«

Yrsa winkt ab. »Dank der Unterstützung des Schwingenclans hatten wir genug zu essen für alle.« Ihr Blick gleitet zu mir, verweilt jedoch auf Höhe meiner Brust. Ich sehe ihr deutlich an, wie viel Mühe ihr bereits das bereitet. »Das Schiff ist fertig, habe ich gehört?«

»Das habe ich ebenfalls gehört«, erwidere ich. »Ich sehe es heute zum ersten Mal in dieser Form.«

Sie kneift die Augen zusammen, ihre Nasenflügel beben unter zu tiefen Atemzügen.

Ich senke die Stimme. »Ich kann es mir allein ansehen, wenn du … nicht kannst.«

Für einen Moment sieht sie zu mir auf und ich erhasche einen flüchtigen Blick auf die Entschlossenheit, die an Trotz grenzt und ihre blauen Augen heller erscheinen lässt, als sie eigentlich sind. Mein Herz schlägt schneller, jedoch bloß für einen Moment. Denn dann verzieht sich ihr Gesicht wieder und sie wendet hastig den Blick ab.

»Ich schaffe das«, teilt sie mir gepresst mit.

»Könntest du Halvar zunächst all deine Waffen aushändigen?«, frage ich. »Vorher werde ich dir nicht den Rücken zuwenden.«

»Kluge Entscheidung«, murmelt sie. »Aber nein. Ich werde auf meinem Gebiet und unter den Augen all dieser Fremden sicher nicht meine Waffen ablegen.«

»Dann wirst du hier warten«, sage ich.

Sie reckt das Kinn. Ihr Blick geht knapp an meinem rechten Ohr vorbei. »Als ob ich mir das von dir vorschreiben ließe!«

»Es ist *mein* Schiff!«

»Es ist *mein* Meer!«

Ich schnaube. »Ach, jetzt gehört das *gesamte* Meer dir?«

»Nein, aber das Stück, auf dem *dein* verdammtes Schiff liegt!«

»Ihr zwei«, murrt Halvar, »hört sofort damit auf. Die Männer gucken schon.«

»Solange sie sich nicht an die Gurgel gehen, ist alles gut«, trällert eine Frauenstimme.

Ich löse nicht den Blick von Yrsa, um nachzusehen, wer da gerade gesprochen hat. Ich gebe mir die größte Mühe, sie niederzustarren. Was nicht einfach ist, denn sie sieht immer noch an mir vorbei.

»Ihr seid euch sicher, dass ihr die beiden zusammen auf den begrenzten Raum eines Schiffs lassen wollt?«, fragt eine weitere Frauenstimme, tiefer und ruhiger als die erste.

»Das ist nicht euer Problem!«, zischt Yrsa.

»Doch«, erwidert die zweite Stimme gelassen. »Wenn wir uns das wer weiß wie lange ansehen müssen, schon.«

»In ihren Briefen schienen sie sich nicht so sehr zu hassen«, meint Halvar.

Ich ziehe scharf die Luft ein, doch da ist es bereits zu spät.

»Sie haben sich Briefe geschrieben?«, will die erste Stimme aufgeregt wissen. »Wann? Wie viele? Was stand drin?«

Als hätten wir uns abgesprochen, wirbeln Yrsa und ich gleichzeitig zu den dreien herum und schreien wie aus einem Mund: »Ruhe!«

Die beiden Frauen erkenne ich nun als Yrsas Begleiterinnen von den Prüfungen. Ich glaube, die größere mit der hohen Stimme hieß Astrid und die kleinere Vangar. Beide sind nicht beeindruckt von unserem Ausbruch, sondern rücken Halvar weiter zu Leibe.

Dieser hebt abwehrend die Hände. »Ich habe die Briefe lediglich ausgeliefert, sie aber nie gelesen. Aber da sie sich ständig geschrieben haben, gehe ich davon aus, dass es … nette Briefe waren.«

Astrid sieht zu Yrsa und hebt vielsagend eine Augenbraue. »*Nette* Briefe, ja?«

Yrsa stößt ein Grollen aus, das ich auf bedenkliche Art niedlich finde. »Ich will euch gerade lieber töten als ihn. Das wisst ihr, oder?«

Astrid lacht, Vangar schmunzelt zumindest. Nur Halvar sieht aus, als würde er Yrsas Drohung ernst nehmen.

»Wenn sie dich nicht umbringt«, grummele ich ihm zu, »werde ich es tun. Vielleicht schubse ich dich auf hoher See über die Reling. Niemand wird wissen, ob es ein Unfall war oder Absicht.«

Halvar zuckt mit den Schultern. »Wenn ich ehrlich bin, habe ich mehr Angst vor ihr als vor dir. Auch wenn du mir immer wieder drohst, würdest du nicht ohne mich leben wollen.«

Leider hat er damit recht; ohne Halvars Rückhalt und seine unvergleichliche Art, mir regelmäßig den Kopf zurechtzurücken, wäre ich verloren. Trotzdem werde ich es ihm nie verzeihen, dass er vor anderen über die Briefe gesprochen hat.

»Lasst uns doch lieber das Schiff ansehen, anstatt uns hier die Köpfe einzuschlagen«, schlägt Vangar vor.

»Erst nachdem Yrsa die Waffen abgelegt hat«, beharre ich.

Astrids vielsagender Blick huscht zu mir. »Du musst keine Angst haben. Wir passen schon auf sie auf.«

Ich verziehe den Mund. »Ich hätte lieber jemanden, der auf *mich* aufpasst.«

»Du hast deinen Wyvern«, sagt Vangar.

»Den Yrsa bereits um den kleinen Finger gewickelt hat«, brumme ich.

Als ich nach unten schaue, sehe ich ein leichtes Schmunzeln auf Yrsas Lippen, das mich ebenfalls lächeln lässt und meinen Unmut ein Stück weit vertreibt. Ob ihr je jemand gesagt hat, wie zauberhaft sie aussieht, wenn sie lächelt? Selbst wenn es dieses kaum wahrnehmbare Lächeln wie jetzt ist. In den letzten Monaten habe ich mir vorgestellt, welches Gesicht sie macht, wenn sie die Antworten an mich schrieb. Konzentriert, weil sie sich die Worte aus den Fingern saugen musste? Oder lag ein ähnliches Lächeln auf ihren Lippen wie jetzt? Kann sie überhaupt richtig lächeln? Mehr als dieses flüchtige Schmunzeln habe ich noch nie bei ihr gesehen, trotzdem genügt es, dass mein Herz schneller schlägt.

Meine Forderung, dass Yrsa ihre Waffen ablegen soll, verklingt auch diesmal, ohne dass jemand sie weiter beachtet. Stattdessen machen Halvar, die beiden Frauen und meine Baumeister sich auf zum Schiff.

Nur Yrsa, ich und unsere Tierwesen bleiben zurück. Wir und die Stille, die sich erneut zwischen uns ausbreitet.

Als ich es nicht mehr aushalte, stoße ich geräuschvoll den Atem aus. »Ich wünschte …«, setze ich leise an, breche dann jedoch ab, weil ich mir albern vorkomme.

Yrsa neigt den Kopf in meine Richtung. »Was wünschst du dir?«, fragt sie leise. Keine Spur von Härte oder Abneigung liegt in ihrer Stimme; nur eine Resignation, die ich zu gut kenne.

Ich zögere mit einer Antwort, sage dann aber: »Dass wir miteinander reden könnten wie in unseren Briefen.«

Während ich auf eine Antwort warte, streift mich ihr Blick erneut. Für einen viel zu kurzen Moment schaue ich in Augen, deren Farbe weder der Himmel noch das Meer gerecht wird.

Ich weiß nicht, ob ich darin versinken oder fliegen möchte. Beides, wenn es möglich wäre.

Doch ehe ich eine Antwort darauf habe, verzieht Yrsa schmerzerfüllt das Gesicht und wendet sich ab. Ohne ein Wort folgt sie den anderen den Trampelpfad die Klippe hinab zum Schiff.

Mit klopfendem Herzen sehe ich ihr nach. Habe ich eben in ihrer Miene denselben Wunsch gesehen, den ich aussprechen konnte? Oder war es nichts als Einbildung?

KAPITEL 26

YRSA

Das Schiff ist riesig. Ich habe es in den letzten Wochen bereits mehrmals von den Klippen aus gesehen, aber ich bin nie zum Strand hinabgegangen. Nun, da ich direkt davorstehe, finde ich keine Worte für seine Größe.

Ich kenne mich nicht mit Schiffen aus, deshalb lausche ich den ausschweifenden Erklärungen der Baumeister nur halbherzig. Doch auch wenn ich etwas davon verstünde, könnte ich mich nicht auf sie konzentrieren. Zu mächtig ist Kiers Präsenz, die ich überall spüre. Dank der Einflüsterungen des Schemens werde ich beinahe verrückt.

Als das Wesen mir erneut zuzischt, dass ich mich endlich in den Augen der Götter beweisen und meinen Schwur erfüllen muss, rufe ich mir Halvars Worte ins Gedächtnis: dass ich sehr viel mehr hermache, wenn ich mich nicht wie eine Berserkerin gebärde.

In den letzten Wochen habe ich mich geweigert, darüber nachzudenken, wie ich während des Merthings gewirkt haben muss. Was die anderen Anführer und deren Begleiter wohl über mich berichtet haben? Am liebsten würde ich vor Scham im Boden versinken. Lediglich der Gedanke, dass ich mich vor Kiers Männern, die ich flüchtig von den gemeinsamen Feierlichkeiten kenne, nicht blamieren darf, hält mich davon ab, einfach die Flucht zu ergreifen.

Die Momente, in denen Kier mit seinen Baumeistern spricht, sind leichter für mich zu ertragen. Ich dachte, ich hätte den Klang seiner Stimme und ihre beruhigende Wirkung auf mich vergessen, doch die Erinnerung daran bricht wie eine Welle über mich herein und spült das Zischen des Schemens an die Ränder meines Bewusstseins.

Wir besichtigen das gesamte Schiff, das gefühlt so groß ist wie mein Dorf. Sicherlich könnte ich hier nicht nur alle Bewohner, sondern auch die meisten Hütten unterbringen, wenn nicht gar das Langhaus. Mehr als die Hälfte des Schiffes wird dazu verwendet, dass Drakkar darauf landen und sich ausruhen kann. Ein weiterer großer Teil unter Deck ist für die Lagerhaltung vorgesehen, denn nicht bloß die Mannschaft, sondern auch der Wyvern muss verpflegt werden. Und Kiers riesiger Wyvern wird eine ganze Menge Nahrung benötigen.

Nur ein Bruchteil des Schiffs ist für die eigentliche Mannschaft gedacht. Ebenfalls unter Deck befinden sich die Schlafplätze, die nicht mehr sind als eine Hängematte und ein Eimer, abgetrennt durch ein aufgehängtes Laken, das kaum genügend Privatsphäre bietet. Lediglich für Kier und zwei der Schiffsbauer stehen Kajüten zur Verfügung, die echte Türen und ein Bett besitzen.

»In den Plänen warst du nicht vorgesehen«, sagt einer der Schiffsbauer zerknirscht, als wir Kiers Kajüte besichtigen, die sogar einen Tisch hat, auf dem eine große Karte ausgebreitet ist. Der Rest der Kajüte ist klein; zwischen dem Bett und dem Tisch gibt es kaum genügend Platz, um sich um die eigene Achse zu drehen.

Ich winke ab. »Ich kann bei den anderen unter Deck schlafen.«

Die Schiffsbauer wechseln einen besorgten Blick, ehe sie zu Kier sehen. Da ich nicht wage, mich zu ihm umzudrehen, weiß ich nicht, wie er sie beruhigt, doch sie atmen sichtlich erleichtert auf.

»Bran haben wir auch nicht bedacht«, gibt Kier zu.

Ein eisiges Gefühl sticht mir in die Eingeweide. Diesmal kann ich mich erst im letzten Moment davon abhalten, zu ihm herumzuwirbeln. »Aber er *muss* mit.«

»Ich weiß«, sagt Kier. Seine Stimme klingt so ruhig und verständnisvoll, dass auch ich mich augenblicklich ein wenig entspanne. »Tarek, sieh dir noch mal die Aufstellung des Proviants an. Wir müssen zusehen, dass wir noch mehr einlagern können.«

»Noch mehr?«, fragt einer der jüngeren Schiffsbauer, offenbar Tarek, unsicher. »Aber bei noch mehr Gewicht wird …«

Aus den Augenwinkeln sehe ich Kier eine Hand heben, womit er Tarek das Wort abschneidet. »Die Erklärungen interessieren mich in dem Fall nicht. Ich will Ergebnisse.«

»Jawohl«, murmelt Tarek, ehe er mit mehreren aufgerollten Pergamentseiten unter dem Arm davoneilt.

»Bei mehr Proviant und dem zusätzlichen Gewicht des zweiten Tierwesens«, sagt ein älterer Schiffsbauer, »werden wir Abstriche bei der Besatzung machen müssen. Wie viele Krieger dachtest du mitzunehmen, Yrsa?«

Da ich nicht offen zugeben kann, dass ich mir darüber noch keine Gedanken gemacht habe, versuche ich, Zeit zu schinden. »Ich verstehe, dass meine und Brans Anwesenheit eure Pläne durcheinanderbringen, immerhin standen sie bereits vor dem Urteil des obersten Anführers fest.« Ich wage einen Seitenblick zu Kier, ohne ihn direkt anzusehen. »Wie viele Krieger nimmst du mit?«

»Niemand von uns weiß, was uns jenseits der Nebel erwartet«, antwortet er, »doch es wird kaum etwas auf der Welt geben, dem Drakkar nicht gewachsen ist. Ich nehme daher lediglich zehn Krieger mit. Außerdem die beiden erfahrensten Schiffsbauer, falls unterwegs etwas mit dem Schiff geschehen sollte.«

Zehn Krieger. Obwohl diese Zahl äußerst gering ist, könnte ich nicht einmal die Hälfte aufbringen.

Um mein Gesicht zu wahren, nicke ich. »Da Bran und der zusätzliche Proviant bereits viel Platz wegnehmen, würde ich lediglich zwei Krieger auf die Reise mitnehmen.«

Ich sehe den Schiffsbauern deutlich an, dass diese Zahl viel zu gering ist, aber über mehr fähige Kämpfer verfüge ich nicht. Vielleicht noch über zwei weitere, allerdings kann ich meinen Clan nicht gänzlich schutzlos zurücklassen.

Wie ich mit lediglich zwei Kriegern in der Fremde einen glorreichen Sieg erringen soll, um mich in den Augen des obersten Anführers als würdig zu erweisen, ist mir jedoch unklar.

»In Ordnung«, sagt Kier. »Damit dürfte es keine Probleme geben. Ich kümmere mich um den Rest.«

Ich stoße erleichtert die Luft aus, während sich die Schiffsbauer zerstreuen, um die letzten Arbeiten auszuführen. Noch während ich ihnen nachsehe und überlege, wohin ich jetzt gehen soll – und wo, verdammt noch mal, der Ausgang aus dem Schiffsinneren war –, spüre ich, wie sich ein einzelner Finger mit dem kleinen Finger meiner rechten Hand verhakt. Seine Wärme kämpft sich in unbeschreiblicher Geschwindigkeit meinen Arm hinauf und versucht, sich in meiner Brust einzunisten. Dort wird sie jedoch vom Schemen vertrieben. Doch für einen kurzen Moment flammte der Wunsch in mir auf, dass er mehr berühren würde als bloß meinen Finger.

Wenn ich morgens aufwache, erhasche ich manchmal noch einen flüchtigen Blick auf die Träume, die ich hatte, bevor sie dem Schemen zum Opfer fallen. Und Kier kommt auffallend oft darin vor. In sehr vielen Situationen, über die ich niemals zu irgendwem ein Wort verlieren werde. Doch allein durch die Berührung meines Fingers kommen die Erinnerungen daran zurück, als wäre es dem Ungeheuer in meiner Brust noch nicht gelungen, sie vollständig zu verspeisen.

»Hast du meinen letzten Brief schon gelesen?«, flüstert Kier.

Ich schüttele den Kopf. »Dafür war keine Zeit.«

»Aber um dich herzurichten schon?«

Ich höre das Lächeln in seiner Stimme. »Vielleicht wollte ich Eindruck schinden. Hat es funktioniert?«

Der Druck seines Fingers wird fester. »Und wenn es so wäre?«

Ja, was wäre dann? Ich spüre, wie der Schemen alle Krallen voll damit zu hat, gegen das Flattern in meiner Brust anzukämpfen. Es gelingt ihm, denn das schöne Gefühl verschwindet genauso schnell wieder, wie es aufgetreten ist, obwohl ich es am liebsten festhalten würde. Es ist tausendmal besser als die dunkle Leere.

»Wann stechen wir in See?«, wechsele ich wenig geschickt das Thema, um nicht weiter über seine »Was wäre, wenn«-Frage nachdenken zu müssen.

»Antworte mir«, raunt Kier in einem Tonfall, der die Mühen des Schemens zunichtemacht. Das Flattern in meiner Brust wird so schlimm, dass ich kaum noch Luft bekomme. »Es war deine Frage, ob es funktioniert hat.«

»Das war …«, ich schlucke angestrengt, »… nur so dahergesagt.«

»O nein.«

Mit sanftem Druck zieht er mich mit einem Finger ein Stück zu sich. Ich könnte mich spielend leicht befreien, doch der Gedanke streift mich nur flüchtig, ehe er sich inmitten der unzähligen in mir tobenden Gefühle auflöst, als wäre er nie da gewesen.

»Du sagst Dinge nicht einfach nur daher.« Ein zweiter Finger gesellt sich zum ersten; wahrscheinlich sein Daumen, denn er streichelt zögerlich über meinen Handrücken. »Du bist die mit Abstand beherrschteste Person, die ich kenne, gäbe es den Schemen nicht, der deine schlechteste Seite nach außen kehrt. Jedes deiner Worte, jede deiner Taten ist dazu da, eine Reaktion hervorzurufen. Welche wolltest du bei mir hervorrufen, als du beschlossen hast, dich in deinem vollen Staat zu kleiden?«

Ohne dass ich es verhindern kann, straffe ich den Rücken. *Zu viel.* Er sieht zu viel. Er weiß zu viel. Wieso kann dieser Mann mich besser beurteilen als Menschen, die mich mein ganzes Leben lang kennen?

»Es ist Brauch«, sage ich gepresst. »Wenn ein Anführer einen anderen in seinem Gebiet willkommen heißt, dann …«

»Blödsinn«, unterbricht er mich. »Ich bin weit davon entfernt, dich zu kennen, Yrsa. Dich *wirklich* zu kennen. Aber ich erkenne eine Lüge, wenn sie mir aufgetischt wird. Halvar hat mir gesagt, dass du nicht einmal zu den hohen Festen deine Gewänder getragen hast.«

Ich verziehe den Mund. »Was hat er dir denn noch erzählt?«

Kiers Stimme kühlt sich merklich ab. »Alles, was nötig war.«

»Seit wann ist es wichtig, was ich anziehe?«

»Es sagt eine Menge über einen Menschen aus. Nicht nur was, sondern auch wann.« Erneut streicht sein Daumen sanft über meinen Handrücken, als würde er sich damit stumm entschuldigen wollen. »Wenn du mich ansehen könntest, würdest du sehen, dass ich nicht die Gewänder eines Anführers trage. Im Gegensatz zu dir habe ich mir keine Mühe gegeben, und ich bereue es nun. Was völlig dämlich ist, schließlich kannst du mich eh nicht ansehen. Aber wenn es anders wäre … Wenn ich mich anders gekleidet hätte und du mich anschauen könntest … Wäre dir dann dasselbe durch den Kopf gegangen wie mir, als ich dich erblickt habe?«

»Was … ging dir durch den Kopf?«, will ich atemlos wissen.

Ich höre, wie er hinter mir ein schnaubendes Lachen ausstößt. »So läuft das nicht, *ástin min*. Ich habe zuerst gefragt. Und ich gebe dir erst eine Antwort, wenn du mir auch eine gegeben hast.«

Ich blinzele mehrmals. »Wie hast du mich gerade genannt?«

Die Bewegung seines Daumens gerät augenblicklich ins Stocken. Für einen Moment scheinen wir beide die Luft anzuhalten.

»Das war schon wieder eine Frage, oder?«, will er wissen, nachdem er sich als Erster gefangen hat.

Ich kenne diese zwei kleinen Worte nicht, die er zu mir sagte. Vielleicht haben sie in seinem Clan eine Bedeutung, die mir verwehrt bleibt. Und doch habe ich die Vermutung, dass hinter ihnen etwas Wichtiges steckt. Bloß drei Silben, in denen jedoch mehr Gefühl lag, als andere in ganzen Sätzen ausdrücken können.

»Ich weiß nicht genau, warum ich mich so angezogen habe«, sage ich. »Eingangs redete ich mir ein, dass ich es nur tue, damit ich nicht aussehe wie eine Verrückte, wenn ich mich schon wie eine verhalte, sobald der Schemen die Kontrolle übernimmt. Oder dass es ebenso Brauch ist und von mir erwartet wird. Aber das ist nicht die ganze Wahrheit.«

Zögerlich, als hätte er Angst, mich mit einer zu schnellen Bewegung zu verschrecken, schiebt er seine übrigen Finger zwischen meine, bis er sie verschränken kann. »Und was ist die ganze Wahrheit?«, fragt er sanft.

»Dass ich es wollte«, murmele ich. »Auch wenn ich normalerweise nicht viel Wert auf mein Äußeres lege, weiß ich doch, welchen Einfluss Kleidung auf mein Auftreten hat. Ich wollte … Eindruck machen. Auf die Männer, mit denen ich auf unbestimmte Zeit auf diesem Schiff festsitze. Auf Halvar, der mich offenbar genauer beobachtet hat, als ich bisher angenommen habe. Und …« Mein Hals ist plötzlich so eng, dass ich die letzten Worte nur als heiseres Krächzen herausbekomme. »Und auf dich.«

Ich bin mir nicht sicher, ob er mich verstanden hat, aber ich traue mich nicht nachzufragen. Stattdessen lausche ich meinem wummernden Herzschlag, was allemal besser ist, als dem in mir wütenden Schemen zuzuhören. Nun, da Kier schweigt und auch seine Finger nicht bewegt, spüre ich das dunkle Wesen stärker als zuvor. Krampfhaft konzentriere ich mich auf den Druck von Kiers Hand in meiner, um dem Schemen nicht noch mehr Raum zu geben.

»Bis zu dem Tag«, raunt Kier schließlich, »an dem die Götter meine Seele zu sich rufen, werde ich deinen Anblick nicht vergessen.«

Eine wohlige Gänsehaut rieselt meinen Rücken hinab, deren Ursprung ich nicht völlig begreife, die aber den Schemen gänzlich verstummen lässt.

Ich wünschte, ich hätte sehen können, wie er mich anschaut. Von ihm zu hören, dass er meinen Anblick nicht vergisst, ist ein kleiner Trost. Dennoch werde ich später Astrid und Vangar so unauffällig wie möglich fragen, wie genau Kiers Blick ausgesehen hat.

Das Schweigen meines Schemens ist jedoch nicht von Dauer. Mit Klauen und Zähnen verschlingt er meinen schnellen Herzschlag, das leichte Schaudern, das von meinem Arm Besitz ergriffen hat, sowie jede Freude, die ich bei Kiers Worten empfunden habe. An ihre Stelle pflanzt der Schemen das Bild meines Vaters, der reglos auf einer Trage zurück ins Dorf gebracht wird, sein Körper zerschmettert von einem Sturz.

Hastig entwinde ich Kier meine Hand und mache einen Schritt von ihm weg. Was tue ich hier eigentlich? Am liebsten würde ich mir meine verdammten Gewänder vom Leib reißen. Wieso habe ich sie angezogen?

Wie von selbst wandern meine Hände zu meinen Hüften, wo sich meine Äxte befinden.

So ist es brav, gurrt der Schemen.

Alles, was ich will, ist, dass er endlich still ist. Für immer. Und ich weiß, was ich dafür tun muss.

Ich stoppe meine Hände, noch bevor sie sich um die Griffe der Waffen legen können, und schlinge beide Arme um meinen Oberkörper. Stumm liste ich all die Gründe auf, warum ich Kier nicht hier und jetzt töten kann. Keiner hat mit mir zu tun, und das ist gut so.

»Ich danke dir für deine Ehrlichkeit.«

Seine Stimme durchbricht das unablässige Zischen und Gurren des dunklen Wesens und führt mich ein Stück weit zurück in die Wirklichkeit.

»Bitte geh«, presse ich hervor.

»Ich will dir noch eine Frage mitgeben, bis wir uns wiedersehen, und ich bin gespannt auf deine Antwort.«

Verwirrt runzele ich dir Stirn, warte aber darauf, dass er weiterspricht.

Als er es schließlich tut, halte ich die Luft an, um keine Silbe zu verpassen: »Warum hätte mein Vater damals während der Prüfung das Seil durchschneiden sollen?«

KAPITEL 27

KIER

Es zerreißt mich, Yrsa in diesem Zustand zu sehen und zu wissen, dass ich der Grund dafür bin. Ihr gesamter Körper zittert vor einer Anspannung, die bloß sie begreifen kann.

Da ich nicht herausfinden will, wie lange sie sich noch gegen den Schemen behaupten kann, trete ich den Rückzug an und lasse sie unter Deck allein, auch wenn sich alles in mir dagegen sträubt.

Ich habe nicht gelogen, als ich sagte, ich würde ihren Anblick bis zu meinem letzten Atemzug nicht vergessen. Es war unvergleichlich, sie auf ihrem Bären zu sehen. Ihre stolze Haltung. Ihre Kleidung, die nicht nur über Generationen hinweg an sie weitergereicht, sondern zum größten Teil offenbar für sie angefertigt wurde, denn jedes Kleidungsstück betont ihren Körper auf eine Weise, die mich kaum noch klar denken lässt. Ich wollte sie berühren, meine Finger über die unterschiedlichen Materialien gleiten lassen und sie dann Stück für Stück daraus befreien.

Am meisten jedoch hat mich die Art beeindruckt, wie sie mit Drakkar umgegangen ist. Yrsa mit meinem Mädchen zu sehen hat etwas in mir freigesetzt, das ich bisher von mir weggeschoben und heruntergespielt habe, sowohl gegenüber Halvar als auch mir selbst.

»Ah, du lebst also noch«, begrüßt mich Halvar, als ich wieder Sonnenlicht sehe und das Rauschen der Wellen höre. »Ich dachte schon, die Kleine hätte dich erschlagen und anschließend zerstückelt.«

Ich verdrehe die Augen. »Reizende Vorstellung.«

»Aber keine abwegige.«

Da es keinen Sinn hat, mit ihm darüber zu diskutieren, frage ich: »Wie weit sind wir mit den Vorbereitungen? Ich will so schnell wie möglich in See stechen.«

Halvar streicht sich über den Bart, während er nachdenkt. Vor nicht allzu langer Zeit hätte mich diese Geste wahnsinnig gemacht, unterstreicht sie doch das, was mir verwehrt ist. Aber mittlerweile stört es mich kaum. Vielleicht liegt es daran, dass die Götter weitaus schlimmere Strafen für mich auserkoren haben, als mir den Bartwuchs zu verweigern. In meinen jugendlichen Jahren konnte ich mir kaum etwas Schrecklicheres ausmalen. Heute weiß ich, dass es furchtbarere Foltermethoden gibt.

Den Rückhalt meines Clans zu verlieren zum Beispiel.

Oder mich für eine Frau zu interessieren, deren Lebensinhalt darin besteht, mich umzubringen.

»Der Proviant muss noch herangeschafft werden«, gibt Halvar zu bedenken. »Und die Männer sind auch noch nicht eingetroffen. Ein paar Tage wirst du dich also gedulden müssen.«

Ich nicke, ehe ich mich an Yrsas Begleiterinnen wende. Die Größere der beiden grinst mich von einem Ohr zum anderen an, während mich die Kleinere mit vor der Brust verschränkten Armen finster mustert.

»Hat Yrsa euch anvertraut, welche zwei Krieger sie mitnehmen will?«, frage ich. »Sie sollten wissen, dass wir …«

»Briefe?«, fällt mir die Größere ins Wort. »Ich will *alles* darüber wissen! Wieso haben wir das nicht bemerkt?«

Mit einem genervten Grummeln setze ich bei meinem Satz wieder an. »Sie müssen wissen, dass wir bald aufbrechen. Deshalb sollten sie …«

»Was stand drin?«, fragt sie in einer Stimmlage, die so hoch ist, dass es mir in den Ohren klingelt.

»Die Details würden mich auch interessieren«, sagt die Kleinere mit dem finsteren Blick, während sie einen bedrohlich wirkenden Schritt auf mich zu macht. »Was hat sie dir erzählt? Und vor allem, warum?«

Als mich die beiden bedrängen, wird es Drakkar zu viel. Bisher hat sie sich im Hintergrund gehalten und den Teil des Decks erkundet, der für die nächste Zeit ihr Zuhause sein wird. Nun baut sie sich hinter mir auf, streckt grollend den Kopf vor, bis ihr Maul bloß noch eine halbe Armlänge von den beiden Frauen entfernt ist, und entblößt ihre nadelspitzen Zähne. Hastig weichen sie zurück. Wo eben noch belustigte Neugierde und verachtendes Misstrauen in ihren Mienen lagen, sehe ich nun nicht mehr als ängstliche Vorsicht. Und das zu Recht: Sie wären nicht die Ersten, an denen Drakkar ein Exempel statuiert. Allerdings bekommt ihr Menschenfleisch nicht sonderlich gut, weshalb sie dazu übergegangen ist, nur einzelne Teile abzubeißen und wieder auszuspucken.

Das ändert jedoch nichts daran, dass ihr Vorgehen Eindruck hinterlässt.

»Das geht euch nichts an«, höre ich Yrsa rechts neben mir sagen.

Ich will gerade den Mund öffnen und ihr zurufen, dass sie Drakkar nicht zu nahe kommen soll, da taucht sie bereits unter dem länglichen Hals meines Wyvern hindurch, tätschelt beiläufig seine Schuppen und rauscht an mir vorbei, um sich vor ihren Begleiterinnen aufzubauen.

Die Seeluft trägt ihren Duft zu mir herüber. Ich kriege nur die Hälfte von der Standpauke mit, die sie den beiden Frauen hält, da ich mich mit aller Kraft davon abhalten muss, die Nase in ihrem Haar zu vergraben, das nun bei dem leicht bewölkten Himmel dunkelblond erscheint. Als wir gemeinsam auf dem höchsten Gipfel standen und uns über der Wolkendecke befanden, schimmerte es goldgelb wie Honig, der vor eine flackernde Kerze gehalten wird.

Ich könnte eine halbe Ewigkeit damit zubringen, die verschieden hellen und dunklen Strähnen in ihrem hüftlangen Haar zu betrachten, werde jedoch aus meinen Beobachtungen gerissen, als ihre beiden Begleiterinnen erneut vortreten und eine wenig aufrichtige Entschuldigung murmeln.

Mit einem knappen Befehl scheucht Yrsa sie anschließend vom Schiff. »Sie werden kein Wort mehr über die Briefe verlieren«, sagt sie, ohne mich dabei anzusehen. »Sie sind übrigens die beiden Kriegerinnen, die mich begleiten werden.«

»Das halte ich für keine gute Idee«, brummt Halvar, ehe ich antworten kann.

Yrsa wendet sich zu ihm um. Ein seltsamer Stich durchfährt mich bei dem Gedanken, dass sie ihn problemlos ansehen kann. »Warum?«

»Zwei Frauen auf einem Schiff allein unter Männern, die wer weiß wie lang wir auf See unterwegs sind … Das bedeutet Ärger.«

»Ich bin auch eine Frau«, entgegnet Yrsa.

»Ja«, sagt Halvar, »aber bei dir wird keiner auf abwegige Gedanken kommen.«

»Und das ist so, weil …?«

Stumm deutet Halvar zunächst auf mich, dann auf Drakkar. Ich strafe ihn mit einem möglichst finsteren Blick, der ihn jedoch bloß mit den Schultern zucken lässt.

»Niemand wird dich auch nur krumm ansehen, wenn er nicht als Wyvernzwischenmahlzeit enden will, aber deine beiden Begleiterinnen haben diesen Vorteil nicht.«

»Astrid und Vangar können prima auf sich aufpassen, glaub mir«, sagt Yrsa ungerührt. »Ein Kerl, der sich ihnen ungebeten nähert, verliert schneller wichtige Körperteile, als ihm lieb ist.« Lässig legt sie eine Hand auf eine der Äxte an ihrer Hüfte. »Ich kann übrigens auch auf mich aufpassen und brauche Drakkar nicht dazu.«

Als mein Wyvern seinen Namen aus Yrsas Mund hört, streckt er sich so weit, bis Yrsa ihm eine Hand auf die Schnauze, direkt zwischen die Nasenlöcher legen kann.

Halvar beobachtet dieses Schauspiel weit weniger fassungslos als ich. Wie oft ist das in den letzten Wochen bereits geschehen, ohne dass ich davon wusste? Warum hat Halvar mir nichts davon erzählt? Aber hätte ich ihm geglaubt?

»Es geht auch weniger um die Tatsache, dass du nicht auf dich aufpassen könntest«, setzt mein Freund an, »als vielmehr darum, dass du Kiers …«

»Halvar«, brumme ich warnend.

Doch der Schaden ist bereits angerichtet. Yrsa macht einen Schritt auf Halvar zu. »Dass ich Kiers … was?«

Dieser schaut flehend zu mir, doch ich verschränke bloß die Arme vor der Brust. Die Suppe hat er sich selbst eingebrockt und kann sie allein auslöffeln.

»Dass du …« Ich sehe ihm förmlich an, wie er fieberhaft nach einer Lösung sucht. »Dass du Kiers Konkurrentin bist. Niemand aus der Besatzung würde es wagen, euren Wettstreit zu stören.«

Ich kann Yrsas Gesicht zwar nicht erkennen, aber ich bezweifle, dass sie ihm auch nur ein einziges Wort glaubt.

Mit einem Seufzen wendet sie sich von ihm ab. »Ich sage Astrid und Vangar, dass sie sich bereithalten sollen.«

Als sie gehen will, greife ich nach ihrem Umhang und sie bleibt stehen. »Den letzten Brief, den ich dir geschickt habe …« Ich senke die Stimme. »Lies ihn nicht. Bewahre ihn auf, aber lies ihn nicht. Noch nicht.«

Innerlich stelle ich mich bereits auf eine Diskussion ein, doch Yrsa nickt, ohne ein Wort zu sagen. Dann verlässt sie das Schiff. Bran wartet am Strand bereits auf sie. Für ihn werden wir einen breiteren Steg brauchen. Ich sehe dabei zu, wie sie sich auf seinen Rücken schwingt, woraufhin das Tierwesen gemächlich den Abhang hinauf Richtung Dorf trottet.

»Jetzt bin ich neugierig«, sagt Halvar, der neben mich getreten ist und sich an der Reling abstützt. »Was steht in dem Brief?«

»Nichts, was dich etwas anginge«, knurre ich. »Und was sollte das eben? Will ich überhaupt wissen, was du eigentlich sagen wolltest?«

Halvar verdreht die Augen. »Du weißt genau, was ich sagen

wollte. Yrsa braucht weder deinen noch Drakkars Schutz, aber du würdest dich einmischen. Nicht weil du es *musst*, sondern weil du es *willst*. Oder würdest du etwa ruhig danebenstehen, wenn sie irgendeinem anderen ihre Gunst schenkt?«

Ich versteife mich unwillkürlich. »Wenn es ihr Wunsch ist, würde ich nicht eingreifen.«

Halvar schnaubt. »Das kannst du deiner Großmutter erzählen, die schon seit drei Jahrzehnten unter der Erde liegt, aber nicht mir. Ich bemerke, wie du sie ansiehst. Wie du mit ihr redest. Und dann noch die verdammten Briefe! Aber was ihr beide zeitweilig vergesst, ist die Tatsache, dass ihr Feinde seid – in mehr als einer Hinsicht. Ich habe keine Lust, deine Einzelteile aufzusammeln, nachdem ihr Schemen sie wieder in eine Berserkerin verwandelt hat. Und trotzdem«, er reibt sich mit der Hand über die Stirn, »würdest du einen anderen Mann, der sich ihr aufdrängt, ausweiden und anschließend Drakkar seine Überreste überlassen.«

Ich verziehe den Mund. »Niemand drängt sich hier irgendwem auf. Alle werden brav ihren Schwanz in der Hose lassen, solange wir auf See sind.«

Halvar mustert mich mit hochgezogenen Augenbrauen. »Warum glaube ich, dass du der Erste sein wirst, der gegen deine eigene Auflage verstößt?«

Ich gebe mein Bestes, nicht auf seine Stichelei anzuspringen, scheitere jedoch. »Wir sind Feinde, schon vergessen?«

»Aha.« Anschließend brummelt er noch etwas Unverständliches in seinen Bart. »Je eher wir diese Reise hinter uns bringen, desto besser. Es gefällt mir nicht, dass du ständig in der Nähe von jemandem bist, der dich tot sehen will. Wie soll ich da auf dich aufpassen?«

»Ich brauche niemanden, der auf mich aufpasst.«

»Doch, den brauchst du. Den hättest du auch schon damals gebraucht. Dein Vater hätte …«

Ich balle die Hände zu Fäusten. »Mein Vater«, unterbreche ich ihn schärfer als beabsichtigt, »hatte seine ganz eigenen Probleme.

Sich um mich zu kümmern zählte nicht dazu. Und das war auch gut so. Ich war immer froh, wenn er nicht in meiner Nähe war.«

Halvar kommt zu mir und legt mir eine Spur zu fest die Hand auf die Schulter. »Ich wünschte, die Leute hätten bemerkt, was für ein Ungeheuer er war … Vielleicht würden sie ihn dann nicht ständig lobend erwähnen und dich mit ihm vergleichen.«

»Er war nicht zu jedem ein Ungeheuer«, sage ich beinahe tonlos. »Bloß zu mir. Und du kennst den Grund.« Ich schüttele den Kopf, um die schlimmsten Erinnerungen zu vertreiben, mit denen die Schicksalsgöttinnen mich regelmäßig quälen. Eine bleibt jedoch bestehen, die nur anfangs schrecklich ist. Dann wandelt sie sich. »Erinnerst du dich daran, wie er getobt hat, als er Yrsas verunglückten Vater zum Küstenclan bringen und mich mitnehmen musste, weil er niemanden fand, der auf mich aufpasste?«

Mit zwei Fingern fahre ich über die Narbe an meiner Augenbraue, die von einer furchtlosen Steinewerferin stammt, die mir damals nicht bis zum Kinn reichte. Auch heute reicht sie mir nicht ganz bis zur Nasenspitze, dennoch brennt in ihr der gleiche Kampfgeist wie damals.

»Es war das erste Mal, dass ich unser Gebiet verlassen habe.«

»Du warst verändert, als du zurückkamst«, sagt Halvar. »Ich habe es schon als Heranwachsender nicht verstanden, und heute tue ich es immer noch nicht.«

»Ich wollte so sein wie sie«, murmele ich. »Wie dieses furchtlose Mädchen, das sogar angesichts der schrecklichen Kunde, die wir überbringen mussten, aufstand und kämpfte. Sie weinte zwar, aber sie stand kerzengerade da. In ihrem Blick lag solche Willensstärke, wie ich sie nicht einmal bei den anderen Clanführern gesehen habe, wenn sie zu Versammlungen in unserem Langhaus waren. Sie versuchte, ihre Familie in diesem verletzlichen Moment zu verteidigen, obwohl sie selbst von Trauer zerfressen war.« Ich stoße den Atem aus. »Ich habe mir damals bereits gewünscht, dass mein Vater mehr wäre wie dieses Mädchen. Doch er hatte keinen Blick für sie übrig, sondern tat lediglich seine Pflicht. Wenn er nicht so war wie sie, wollte wenigstens ich so werden. So stark angesichts der Ausweglosigkeit.«

Und wenn meine Situation etwas war, dann aussichtslos. Sobald jemand zugegen war, war mein Vater der perfekte Anführer, der seinen Sohn all das lehrte, was dieser wissen musste, um eines Tages sein Nachfolger zu werden.

Wenn er jedoch allein mit mir war, wurde er zu einem Ungeheuer, das seinen Jungen aus willkürlichen Gründen windelweich prügelte. Niemals schlug er mir ins Gesicht, sondern immer dorthin, wo es von meiner Kleidung bedeckt wurde. Ich lernte schnell, dass es nur schlimmer wurde, wenn ich schrie oder weinte, aber stumm ertragen konnte ich es auch nicht.

Bis zu dem Tag, als ich Yrsa begegnete.

Es dauerte eine Weile, bis ich ebenso furchtlos wurde wie sie. So gern ich es auch sagen würde, aber solche grundlegenden Veränderungen geschehen nicht über Nacht. Ich hörte auf zu weinen. Zu zittern. Zu betteln. Ich ließ es über mich ergehen und biss die Zähne zusammen.

Sobald er schlief, schlich ich mich hinaus. Ich begann, nach meinem persönlichen Stein zu suchen. Ich kletterte die steilen Gebirgswände hinauf, bis meine Finger bluteten. Ich drosch gegen Baumstämme, bis ich meine Hände nicht mehr spürte. Ich wuchtete Felsbrocken, bis ich beinahe unter ihrem Gewicht zusammenbrach.

Ich tat alles dafür, nicht mehr der kleine Junge sein zu müssen, der sich der Ausweglosigkeit hingab, ohne sich zu wehren.

Und dann fand ich schließlich den Mut, meinen Stein aufzuheben, um ihn genauso furchtlos zu werfen wie das Mädchen vom Küstenclan: Als ich etwa fünfzehn Jahre alt war, schlug ich zum ersten Mal zurück. Ich hatte Panik und zielte schlecht, weshalb ich meinen Vater bloß streifte. Es genügte, um ihn noch wütender zu machen. In dieser Nacht brach er mir vermutlich ein paar Rippen. Das warf meinen Trainingsplan um Wochen zurück und ich musste obendrein von unserer Valkra behandelt werden.

Ich atme tief durch, um mich darauf zu besinnen, dass ich kein heranwachsender Junge mehr bin. Dass ich besser kämpfen kann als die meisten anderen Anführer. Dass ich nicht mehr allein bin und alles ertragen muss.

Doch all das hilft nur kurz, denn die Schicksalsgöttinnen haben beschlossen, mich weiter zu quälen. Nicht bloß mit Erinnerungen und der Schuld, die auf meinen Schultern lastet, sondern nun auch mit einer Frau, für die ich mich wahrscheinlich mehr als nur interessiere, die jedoch niemals dasselbe für mich empfinden kann.

Auf mir lastet wahrlich ein Fluch, denn so etwas wie Liebe wird mir auf ewig verwehrt sein.

»Sobald die Krieger ankommen, teilst du ihnen gleich ihren Platz zu«, weise ich Halvar an.

»Was hast du vor? Du willst doch nicht etwa zu der Kleinen! Ich sag's dir, das ist eine ganz blöde …«

Ich schüttele den Kopf. »Drakkar und ich werden noch etwas Proviant besorgen.«

Halvars Miene verändert sich von besorgt zu resigniert. »Du läufst davon.«

Ein wenig hasse ich ihn dafür, dass er es so hart ausdrücken muss, doch es ist die Wahrheit. »Ich versuche, weiteren Problemen aus dem Weg zu gehen. War es nicht das, was du wolltest?«

»Dafür wird es zu spät sein«, murmelt mein bester Freund.

KAPITEL 28

YRSA

Warum hätte mein Vater während der damaligen Prüfung das Seil durchschneiden sollen?

Diese Frage beschäftigt mich die gesamte Nacht und auch einen Teil des kommenden Tages. Sosehr ich auch darüber nachgrübele, finde ich keine zufriedenstellende Antwort.

Ich habe Kiers Vater nicht kennengelernt, aber wenn er nur halb so intelligent war wie sein Sohn, hätte er keine Waffe in seinem Stiefel versteckt, schließlich waren alle Waffen bei dieser Prüfung verboten. Und selbst wenn er einen Dolch in seinem Stiefel versteckt hätte, warum hat er ihn nach der Tat nicht weggeworfen? Im hohen Schnee auf dem Berg wäre er niemandem aufgefallen. Zumal es ihm nichts genützt hätte, das Seil zu durchtrennen, denn damit hat er sich selbst disqualifiziert.

Aber welchen Grund hätte er sonst haben können?

Wie ich es auch drehe und wende, es ergibt keinen Sinn.

Die Frage verfolgt mich, bis einige Tage später Kiers Krieger eintreffen und ich sie an der Grenze abhole und willkommen heiße, wie es der Brauch ist. Wieder zurück in meinem Zimmer brüte ich über einem leeren Stück Pergament, das mich ausgerollt auf meinem kleinen Tisch zu verhöhnen scheint. Ich weiß nicht, wie lange ich es bereits anstarre und jeden Satz, der sich in meinem Kopf bildet, wieder verwerfe. Angesichts der heruntergebrannten Kerze muss ich schon Stunden hier sitzen.

Seitdem wir das Schiff besichtigt haben, habe ich nicht mehr mit Kier gesprochen. Sein letzter Brief liegt ungeöffnet unter meinem Kopfkissen. In den vergangenen zwei Nächten habe ich davon geträumt, wie ich ihn heimlich lese und anschließend enttäuscht über den Inhalt bin, der nicht über Belanglosigkeiten hinausgeht. Zum Glück hat mich dann der Traumkier von meiner Enttäuschung abgelenkt.

Heute Morgen wartete Halvar vor den Palisaden des Dorfes, um mir mitzuteilen, dass das Schiff am kommenden Tag ablegen wird. In aller Eile habe ich Elvi und Mutter gebeten, eine kleine Segnungszeremonie vorzubereiten. Nie würde ich ohne den Segen der Götter, gesprochen durch meine Schwester, ins Unbekannte reisen.

Kiers Leute werden den Drang, den Segen der Götter zu erbitten, ebenfalls verspüren, doch sie haben keine Valkra, die diese wichtige Weihe vollziehen könnte. Ich erinnere mich genau an ihre dankbaren Gesichter, als ich sie am Jul- und Neujahrsfest teilnehmen ließ. Einige hatten sogar Tränen in den Augen.

Ich möchte ihnen erneut eine Freude bereiten.

Aber das würde bedeuten, dass ich auch Kier einladen muss.

Es ist eine Sache, meinen Schemen im Zaum zu halten, während wir im Hohen Norden oder auf seinem Schiff sind, aber eine ganz andere, wenn wir uns in meinem Dorf, unter meinem *Dach* befinden. Er wird mich wahnsinnig machen … Und auf keinen Fall will ich, dass meine Leute von dem Schemen erfahren! Sie würden mich sogleich als Eidbrecherin ansehen. Gerade jetzt, wo ich so kurz davorstehe, mir ihren vollständigen Respekt zu verdienen, darf das nicht geschehen!

Die einzig logische Konsequenz wäre, Kier von der Einladung auszuschließen. Es würde mir zum Vorteil gereichen, wenn er ohne den Segen der Götter lossegelt. Noch dazu will ich auf keinen Fall, dass er meine Schwester ansieht, die er für ein Jahr fordert, sobald wir zurück sind.

Und doch kann ich mich nicht dazu durchringen. Jede Faser

meines Körpers, die nicht vom Schemen beeinflusst wird, wehrt sich gegen den Gedanken, Kier auszuschließen.

Noch ist dieser Teil, der nicht unter der Kontrolle des Schemens steht, größer und stärker.

Komm mit deinen Leuten heute Abend bei Sonnenuntergang ins Dorf.

Ich starre meine geschriebenen Worte noch ein paar Sekunden lang an, ehe ich den Zettel zusammenfalte und aufstehe, um ihn von einem meiner Späher zum Liegeplatz des Schiffes bringen zu lassen.

Meine Mutter und Elvi lassen es sich nicht nehmen, mir am Abend beim Ankleiden und Frisieren zu helfen. Lediglich meine Schwester weiß offiziell von meinem Schemen, und sie ist klug genug, ihn nicht anzusprechen, solange unsere Mutter im Raum ist.

Wieder kleide ich mich in meine volle Gewandung als Anführerin. Mutter überprüft akribisch den Sitz jeder Schnalle und jeder Verzierung, während mir Elvi einzelne Haarsträhnen zurückflicht.

Als Mutter sich entschuldigt, um den Fortschritt der Vorbereitungen zu überprüfen, fragt Elvi: »Hast du ihn wirklich eingeladen?«

Ich habe ihr gegenüber nichts dergleichen erwähnt, aber ich habe es schon lange aufgegeben, mich zu fragen, woher Elvi gewisse Dinge weiß.

»Es wäre unhöflich gewesen, es nicht zu tun«, antworte ich.

»Er ist der Feind.«

»Das ist er«, entgegne ich. »Daran ändert auch die Einladung nichts. Aber anders als du habe ich keine Ahnung, was die Götter für mich im Sinn haben. Ich habe bereits den Schemen am Hals.

Ich will sie nicht noch weiter verärgern, indem ich einem Gleichgestellten den gebührenden Respekt verweigere.«

Meine Schwester schweigt eine Weile, dann nickt sie. »Du hast recht. Die Situation, in der ihr euch befindet, ist sogar für die Götter neu, deshalb werden sie ganz genau hinsehen.«

Die Frage, wobei sie ganz genau hinsehen, liegt mir bereits auf der Zunge, doch ich schlucke sie hinunter. Ich hoffe inständig, dass sie bei unseren Briefen weggesehen haben.

»Fürchtest du dich?«, will ich stattdessen wissen. »Davor, dass du für ein Jahr zum Schwingenclan musst, weil ich … keine bessere Lösung gefunden habe.«

»Es ist nicht deine Schuld«, sagt Elvi und kümmert sich weiterhin um meine Haare.

»Wenn ich mich mehr angestrengt hätte …«

»Alles kommt, wie es kommen muss.« Sie befestigt die zurückgeflochtenen Strähnen mit einer golden glänzenden Haarspange. »Weder du noch ich können den Willen der Götter beeinflussen. Wenn sie mich für ein Jahr zum Schwingenclan schicken wollen, dann werde ich darauf vertrauen, dass sie einen Grund dafür haben.«

Meine Fingernägel kratzen leicht über die lederne Hose, als ich meine Hände zu Fäusten balle. Ich wünschte, ich besäße Elvis ruhiges Gemüt und ihren eisernen Willen. Vielleicht würde ich dann nicht von Zweifeln zerfressen werden.

Oder ist es der Schemen, der sich erneut an meinen Gefühlen labt?

Kier und seine Leute erscheinen pünktlich bei Sonnenuntergang am Eingang zum Dorf. Sogar Drakkar entdecke ich in der Nähe, doch sie bleibt weit genug vom Dorf entfernt, dass niemand in Panik ausbricht.

Ich bin Kier dankbar dafür, dass er Halvar als Sprecher vorschickt und sich selbst im Hintergrund hält. Dennoch liegen meine Nerven blank. Der Schemen ist lauter und vehementer als üblich und wirft mir unentwegt vor, dass ich den Feind in mein Heim einlade.

Er hat recht. In einigen schwachen Momenten verdamme ich mich für die Idee, Kier tatsächlich herzubitten. Für uns alle wäre es einfacher gewesen, ihn auszuschließen. Aber dann erinnere ich mich an den Tannenzweig, den er einem seiner Briefe kurz vor dem Julfest beigelegt hat, und an seine fast schüchterne Bitte, ihn an unseren Baum zu hängen, damit seine Dankbarkeit für das vergangene und seine Wünsche für das kommende Jahr vielleicht so von den Göttern gehört werden.

Sosehr mich der Schemen auch malträtiert, werde ich Kier vor einer solch wichtigen und ungewissen Reise nicht den Segen der Götter verwehren.

Ich nicke einigen seiner Schiffsbauer zu, an deren Gesicht ich mich von der letzten Feierlichkeit erinnere, begrüße die anderen, die mir unbekannt sind, und bitte sie anschließend ins Dorf.

Als Halvar an mir vorbeiläuft, schmuggelt er einen Zettel in meine Hand, den ich im Schutz meines Umhangs auseinanderfalte. Ein einziges Wort steht darauf.

Danke.

Ich nicke in die Menge von etwa zwanzig Männern und Frauen, in der sich Kier ebenfalls aufhält. Ich bin mir sicher, dass er mich beobachtet; es ist, als könnte ich seinen Blick direkt auf mir spüren.

Schnell schließe ich zu Halvar auf. »Du siehst gut aus«, sage ich.

Er zupft an seiner Tunika aus dunkelgrünem Stoff herum. »Ich bemühe mich.«

»Gibt es einen besonderen Grund dafür?«

»Nicht direkt. Uns ist klar, dass wir hier allenfalls geduldete Gäste sind. Das heißt aber nicht, dass wir herumlaufen müssen wie Bettler.« Er brummelt etwas Unverständliches in seinen Bart.

»Und als Kier aus seinem Zelt kam, haben wir uns fast alle noch mal umgezogen, damit wir neben ihm nicht allzu schäbig aussehen.«

Ich spüre, wie meine Mundwinkel zucken. »Ich wünschte, ich könnte ihn sehen.«

Bevor mir aufgeht, dass ich das gerade laut gesagt habe, entgegnet Halvar: »Er sieht dich. Das genügt.«

Etwas an seinem Tonfall lässt mich aufhorchen. »Was meinst du damit?«

»Dass ich schon genug Probleme habe.«

Ich würde gern weiter nachfragen, doch wir erreichen den Festplatz in der Mitte des Dorfes, wo sich mein Clan bereits eingefunden hat. Mehrere Lagerfeuer wurden rund um ein Podest entzündet, auf dem Elvi auf unsere Ankunft wartet. Ihr reinweißes Kleid ohne jegliche Verzierung bauscht sich im abendlichen Wind um ihren zierlichen Körper. Die Narben um ihre Augen hat sie mit einem ebenfalls weißen Spitzenschleier bedeckt. Jedwedes Gespräch hinter mir erstirbt, als unsere Gäste die Valkra erblicken.

Ich steige zu Elvi auf das Podest und lasse den Blick vage über alle Anwesenden schweifen, um nicht doch versehentlich an Kier hängen zu bleiben.

»Ihr kennt mich«, sage ich. »Ich bin keine Anführerin großer Worte und ich will euch nicht länger als nötig von dem vorbereiteten Festmahl fernhalten.«

Von meinen Leuten erklingt hier und da ein Lachen.

»Morgen werden wir etwas wagen, das viele Zeitalter niemand gewagt hat: Wir werden versuchen, den Nebel zu durchqueren. Wir wissen nicht, was uns währenddessen oder danach erwartet. Wir können nicht sagen, ob wir heil nach Hause zurückkehren. Deshalb ist es für jeden von uns wichtig, den Segen der Götter zu erbitten – auch für jene, die nicht unserem Clan angehören. Ich bitte euch also erneut, alten Zwist für den heutigen Abend zu vergessen. Lasst uns gemeinsam die Götter um eine sichere und erfolgreiche Reise ersuchen.«

Ich steige von dem Podest herunter, wende mich meiner Schwester zu und beuge das Knie vor ihr. »Ich bitte dich um deinen Segen, Valkra.«

Als Elvi schweigt, hebe ich vorsichtig den Blick. Hat sie mich etwa nicht gehört?

»Zwei Anführer werden aufbrechen«, sagt sie. Ihre Stimme ist leiser als meine, doch ich bin mir sicher, dass selbst diejenigen in den hinteren Reihen sie verstehen können. »Deshalb sollten auch zwei Anführer meinen direkten Segen erhalten.« Elvi streckt die Hand aus und deutet zielsicher auf den freien Platz neben mir. »Kier vom Schwingenclan, tritt vor.«

Unwillkürlich ziehe ich scharf die Luft ein. Am liebsten würde ich Elvi fragen, ob sie ihren verdammten Verstand verloren hat. Sie weiß doch von meinem Schemen! Wie kann sie dann …?

»Bei allem gebührenden Respekt, Valkra«, ertönt Kiers Stimme hinter mir, »aber ich verdiene diese Ehre nicht. Es bedeutet mir alles, überhaupt an dieser Weihe teilnehmen zu dürfen, und ich werde ihr von hier aus beiwohnen.«

Ehe ich erleichtert ausatmen kann, sagt Elvi: »Ich bestehe darauf.«

Ich wünschte, sie könnte die tödlichen Blicke sehen, die ich gerade in ihre Richtung schieße. Sicherlich spürt sie sie, wie mir ihr versonnenes Lächeln beweist.

Es dauert eine gefühlte Ewigkeit, aber sicher nicht länger als ein paar Sekunden, bis Kier sich einen Weg nach vorn gebahnt hat und neben mir vor der Valkra auf die Knie sinkt. Seine direkte Nähe veranlasst den Schemen dazu, mich erneut zu quälen. Ich zucke zusammen, als er mit seinen Krallen an der Innenseite meines Schädels entlangkratzt und mir ohne Unterlass befiehlt, Kier aufzuschlitzen, damit sein Blut Elvis blütenweißes Kleid tränkt.

Kier muss bemerkt haben, wie es um mich steht, denn im Schutz unserer Umhänge berührt er mich am Arm und tastet schließlich vorsichtig nach meiner Hand. Ich verschränke die Finger mit seinen und klammere mich an seine Hand, als sei sie meine einzige

Rettung im sturmgepeitschten Meer. Kier erwidert den Druck, und genau das ist es, was ich brauche. Der Druck seiner Finger versichert mir, dass ich nicht allein bin. Dass der Schemen zwar existiert, ich ihm aber keine Macht über mich zugestehen muss.

Elvis Segnung nehme ich wie durch einen Nebel wahr. Die Worte sind denen ähnlich, die sie gesprochen hat, als ich zur Prüfung aufgebrochen bin, deshalb weiß ich, wann ich eine Antwort murmeln oder den Kopf weiter senken muss. Mit leichter Verzögerung folgt Kier meinem Beispiel, ohne dabei meine Hand loszulassen.

Erst als die Weihe vorbei ist, entzieht er mir seine Finger und entfernt sich, um sich wieder unter seine Leute zu mischen. Ich bleibe noch einige Sekunden knien, bis sich der Schemen auf eine erträgliche Art gemäßigt hat.

»Dafür wirst du mir den Hals umdrehen, oder?«, wispert Elvi mir zu, als sie das Podest verlassen hat.

Ich erhebe mich mit einem Grummeln. »Worauf du dich verlassen kannst.«

»Er schien sehr höflich zu sein.«

»Ich werde trotzdem nicht zulassen, dass er dich für ein Jahr bekommt.«

Elvi streckt ihre Hand aus, die ich ergreife. »Kümmere dich zunächst um dich. Deine Reise wird nicht einfach werden.«

Ich bin es gewohnt, dass ihre Aussagen vage sind, aber gerade jetzt wünschte ich, dass sie mir mehr erzählen könnte. Wenn ich wüsste, was mir bevorsteht, könnte ich mich besser darauf einstellen.

Doch noch bevor ich mich zu einer Frage durchringen kann, murmelt Elvi: »Das Meer ist nicht dein gefährlichster Feind.«

Ein eiskaltes Prickeln rieselt meinen Rücken hinunter. »Sondern?«

Elvi schüttelt den Kopf und deutet mit der freien Hand gen Himmel.

»Ich verstehe«, flüstere ich.

Die Götter beobachten uns; erst recht an einem Abend, an dem eine Valkra ihren Segen erbeten hat. Selbst wenn sie wollte, könnte sie mir nicht mehr sagen, ohne Gefahr zu laufen, dass die Strafe der Götter sie trifft.

»Ich werde vorsichtig sein«, verspreche ich.

Wie bereits vor meinem Aufbruch zu den Prüfungen schenkt mir Elvi dieses reservierte Lächeln, das jenen vorbehalten ist, die sich zu viel vornehmen. Gerade als ich nachfragen will, warum sie mich auf diese Weise anlächelt, entbrennt ein Tumult zwischen unseren Gästen.

Und mittendrin steht meine Mutter.

»Du!«, zischt sie, während sie auf jemanden deutet. Die anderen um ihn herum machen eilig Platz, damit sie nicht mit ihrem ausgestreckten Zeigefinger auf sie deuten und dadurch Unglück über sie bringen kann. »Deine Sippe ist für den Tod meines Mannes verantwortlich. Wie kannst du es wagen, dieses Dorf zu betreten?«

Ich haste auf Mutter zu, zwänge mich durch die Gaffer, die genau wie ich wissen, was gleich folgen wird. Aus den Augenwinkeln sehe ich einen Mann, der nicht vor ihr zurückweicht, sondern sich ihrem Zorn stellt.

Kier.

Ich stelle mich mit ausgebreiteten Armen zwischen ihn und meine Mutter. »Hör auf!«

Ihr wütender Blick schießt zu mir. »Geh mir aus dem Weg, Kind.«

Beinahe gehorche ich. Noch nie habe ich so viel Hass und Wut in ihrem Gesicht gesehen. Ich kenne sie bloß als sanftmütige, zu weichherzige Frau oder als trauernde Witwe, deren Sorgen um die Zukunft ihrer Töchter sie nahezu erdrücken. Doch nun schlägt mir ein solch abgrundtiefer Zorn entgegen, dass ich mir wünsche, ich wäre nicht dazwischengegangen.

Dennoch recke ich das Kinn. »Sie sind unsere Gäste. Du entehrst mich, indem du sie angreifst.«

»Ein Nachkomme des Mannes, der deinen Vater getötet hat,

sollte niemals dein Gast sein«, giftet sie. »Du bist diejenige, die sich selbst entehrt.«

Meine Mutter hat mich nie geschlagen, doch ihre Worte fühlen sich wie Hiebe an – einer schlimmer als der andere.

Sie sieht über mich hinweg, als sei ich nicht anwesend. »Dass du noch dazu den Segen unserer Valkra empfangen darfst, ist ein Hohn gegenüber den Göttern.« Erneut streckt sie den Zeigefinger aus und deutet damit auf Kier hinter mir. »Ich verfl–«

Ich schnappe mir ihre Hand und drücke sie zu einer Faust zusammen. »Du wirst niemanden verfluchen, den ich eingeladen habe, hast du verstanden?«

Ihr Blick kehrt zu mir zurück. Ich bezweifle, dass sie mich in diesem Moment als ihre Tochter erkennt. Diejenige, die ihren Schmerz und ihren Verlust versteht. Gerade jetzt bin ich ein Hindernis, das zwischen ihr und dem Mann steht, gegen den sie all ihren aufgestauten Hass richten kann. Wäre die Ausgangslage eine andere, hätte ich Kier nicht eingeladen und Mutter gewähren lassen. Es hätte mich nicht gekümmert, ob sie ihn verflucht oder nicht. Aber jetzt ist die Lage nun mal, wie sie ist. Und ich werde nicht zulassen, dass sie diese wichtige Zeremonie und damit unsere Überfahrt gefährdet.

»Geh ins Langhaus und bleib dort für den Rest des Abends«, knurre ich. »Wir reden später darüber.«

Sie verengt die Augen zu Schlitzen. »Dein Vater hätte sich nicht gegen mich gestellt. Aber er ist nicht hier.« Mit einer herrischen Kopfbewegung deutet sie auf Kier. »Und das ist die Schuld seiner Sippe.«

Ich hätte nie gedacht, dass es mich noch immer so sehr verletzt, wenn sie mich mit Vater vergleicht. Ich weiß, dass ich nie ein so respektierter Anführer sein werde, wie er es war, aber von meiner eigenen Mutter zu hören, dass ich nie gegen ihn bestehen kann, trifft mich tiefer, als es sollte.

»Vater hätte genau wie ich die heiligen Pflichten eines Gastgebers gewahrt«, halte ich dagegen.

»Dein Vater hätte von vornherein bei den Prüfungen gewonnen und sich nicht auf einen Handel mit dem Feind einlassen müssen!«

Um uns herum ist es derart mucksmäuschenstill, dass es sich anfühlt, als würden ihre Worte wie ein Echo mehrmals zurückgeworfen werden. Jedes Mal scheinen sie mich aufs Neue zu verhöhnen.

»Ich bitte um Verzeihung, wenn dir meine Anwesenheit Kummer bereitet«, sagt Kier völlig ruhig hinter mir.

»Kummer?«, keift meine Mutter. »Dein Vater ist schuld, dass ich meine Liebe und mein Gegenstück verloren habe! Und bloß weil er nun ebenfalls tot ist, bedeutet das nicht, dass seine Schuld beglichen ist. Er hat mir *alles* geraubt.«

»Das reicht!«, grolle ich und übergehe die Tatsache, dass ihre Töchter gerade offenbar nicht für sie zählen. Gröber als ich eigentlich will, packe ich sie am Arm und drehe sie so, dass sie Kier nicht mehr direkt ansehen kann. »Du wirst jetzt ins Langhaus gehen und dort bleiben, hast du mich verstanden?«

»Das ist nicht nötig«, sagt Kier. »Ich werde gehen. Danke, dass ich an der Weihe teilnehmen durfte.«

Ich höre nicht nur, wie sich Kiers Schritte entfernen, sondern spüre auch die unzähligen Blicke, die auf mich gerichtet sind. Jeder einzelne ist wie ein Dolchstoß in meine Haut. Wie viele von ihnen schenken Mutters Worten Glauben? Wie viele denken so wie sie?

Zu viele Fragen schwirren mir durch den Kopf. Auf keine finde ich eine Antwort. Ich weiß nur, dass ich handeln muss. Wenn ich die Sache jetzt auf sich beruhen lasse, werde ich in den Augen meines Clans schwach und rückgratlos wirken. Wäre es irgendein Angehöriger meines Clans, hätte ich hart durchgegriffen.

Aber es ist meine Mutter. Die Frau, deren Leid ich seit Vaters Tod teile und in deren Augen ich mich beweisen will.

Ich verstärke meinen Griff um ihren Arm und ziehe sie hinter mir her Richtung Langhaus.

»Elvi, du kümmerst dich um den Fortgang des Abends«, weise ich meine Schwester an, ohne stehen zu bleiben.

Sie nickt und ich wünschte, sie trüge heute nicht den Schleier. Vielleicht könnte ich dann in ihrem Gesicht erkennen, was sie über den Vorfall eben denkt.

Im Langhaus schließe ich geräuschvoll die Tür hinter mir und versetze Mutter einen leichten Stoß, sodass sie auf eine der hinteren Bänke sinkt.

»Was, bei allen Göttern, sollte das eben?«, herrsche ich sie an, während ich wie ein getriebenes Tier vor ihr auf und ab laufe. »Hast du eine Ahnung, wie sehr du mich da draußen beschämt hast?«

Sie birgt für einen Moment das Gesicht in den Händen. Als sie wieder zu mir aufschaut, sieht sie aus wie die Mutter, die ich all die Jahre über kannte. Ihr Gesicht ist gezeichnet von Trauer und Verlust, nicht von Hass und Zorn.

»Ich weiß nicht, was in mich gefahren ist«, gibt sie wispernd zu. »Ich habe ihn gesehen und …« Sie schüttelt den Kopf, als wolle sie die Erinnerung an Kiers Äußeres aus ihren Gedanken vertreiben. »Er ist seinem Vater wie aus dem Gesicht geschnitten.«

Ihr Blick ist starr gegen die Wand gerichtet, als könnte sie ihn dort erkennen, ehe sich ihr Gesicht verzieht, als hätte sie das abscheulichste Wesen der Welt vor sich.

Ich erinnere mich zwar bloß noch bruchstückhaft, aber meine Reaktion auf ihn war eine andere.

»Es war, als wäre er erneut zu mir gekommen, um mir meinen lebendig-toten Mann zu bringen. Das … das habe ich nicht ertragen.« Ihr Blick wirkt nun gehetzt, als er mich fahrig streift. »Bitte lass nicht zu, dass er unser Dorf erneut betritt.«

»Er ist gegangen«, sage ich. »Und er wird nicht wiederkommen.«

Mutter lässt sich zurücksinken und stößt dabei den Atem aus. »Den Göttern sei Dank.«

Ich betrachte ihr blasses Gesicht und versuche, mir darüber klar zu werden, warum mich ihre Bitte so schmerzt. Den Grund finde ich nicht. Ebenso wenig finde ich die hasserfüllte Frau, die vor ein paar Minuten noch einen geladenen Gast auf unserem Dorfplatz verfluchen wollte, obwohl sie genau weiß, welche Konsequenzen das haben könnte.

Mal ganz abgesehen davon, dass andere Clans uns noch mehr schneiden würden, als sie es sowieso schon tun.

Ein Fluch ist die letzte Waffe. Ein finales Aufbäumen all jener, die körperlich unterlegen sind. Und genau wie jede Waffe birgt es Risiken, ihn einzusetzen. Die Götter hätten alles andere als wohlwollend auf uns herabgeblickt, wenn Mutter einen Gast verflucht hätte. Wäre sie ihm zufällig draußen am Strand begegnet, wäre die Sache eine andere, aber innerhalb unserer Palisaden, noch dazu während einer Weihe, hätte der Zorn der Götter Mutter mit Sicherheit getroffen.

Ich lege ihr eine Hand auf die Schulter. Sie fühlt sich schmal, beinahe knochig an. Ich erinnere mich dunkel an eine Zeit, als meine Mutter die schönste Frau weit und breit war. Von ihrer Schönheit erfuhren auch die Anführer weit entfernter Clans und buhlten um sie, doch Mutter hatte bloß Augen für Vater, den sie bereits aus Kindertagen kannte. Sie müssen glücklich gewesen sein.

Bis Vater während der Prüfungen verunglückte.

Nun ist sie nur noch ein Schatten ihrer selbst. Ihres Gegenstückes beraubt, wünscht sie sich sicher oft den Tod. Trotzdem – oder gerade deswegen – gehört sie zu den stärksten Frauen, die ich kenne. Nicht körperlich, aber geistig. Sie hat weitergemacht, obwohl sie am liebsten aufgegeben hätte. Sie bemüht sich, auch wenn sie nicht immer die richtigen Entscheidungen trifft. Manche mögen es anders sehen, aber ich kenne die Wahrheit.

»Ich vertraue dir unseren Clan an«, sage ich zu meiner Mutter. »Halte dich bei Fragen an Elvi.«

Unendlich langsam wandert ihr Blick zu mir. »Nach dem, was ich eben tun wollte … überlässt du mir die Führung?«

Ich setze mich neben sie und lehne meinen Kopf gegen ihren. »Du bist meine Mutter, auch wenn du das hin und wieder vergisst. Ich war noch nie verliebt, und vielleicht werde ich mich niemals verlieben können. Aber ich verstehe, was Vater für dich bedeutet hat. Ich verstehe deinen Schmerz. Deinen Verlust. Vergiss bitte nicht, dass nicht nur du jemanden verloren hast, sondern Elvi und ich ebenfalls. Alle Dorfbewohner haben Vater verloren. Dass ich Kier eingeladen habe, war meine Pflicht. Es ist nicht nur der oberste Anführer, der uns diese Prüfung auferlegt. Auch die Götter haben ihre Hände im Spiel. Sie und unser Clan sind es, in deren Augen ich bestehen will. Jede meiner Taten wird beobachtet und bewertet.«

Sie stößt geräuschvoll den Atem aus. »Und ich habe es fast zunichtegemacht.«

Ich winke ab. »Mach es wieder gut, indem du dich um den Clan kümmerst, bis ich zurückkomme.«

Sie nimmt meine Hände in ihre und drückt sie. »Sei bald wieder da. Wir brauchen dich.«

Ich erwidere den Druck. »Ich brauche euch auch.«

KAPITEL 29

YRSA

Wir brechen bei Sonnenaufgang auf. Mein Herz klopft so sehr vor Vorfreude, dass sogar der Schemen überfordert ist und mir nicht jede Emotion rauben kann. Noch nie zuvor bin ich in einem Boot, geschweige denn einem riesigen Schiff wie diesem aufs Meer hinausgefahren.

Und nach weniger als einer halben Stunde wünschte ich, dass ich es auch diesmal nicht getan hätte.

Zur Belustigung der übrigen Crew hänge ich würgend über der Reling, sobald die Küste außer Sichtweite ist. Jede Welle, die gegen das Schiff schlägt und es schlingern lässt, stülpt mir den Magen um. Selbst als ich sicher bin, dass kein Krümelchen des Morgenmahls mehr in mir sein kann, erbreche ich weiter bittere Galle.

»Ich dachte, dass wir vom Küstenclan dafür geboren seien, im Einklang mit der See zu leben«, spottet Astrid. »Aber wenn ich dich so ansehe, muss das ein Irrtum sein.«

»Das ist nicht …«

Eigentlich wollte ich noch »witzig« sagen, doch da überrollt mich eine weitere Übelkeitswelle, die mich dazu zwingt, mich über die Reling zu lehnen. Ich spucke und keuche, bis ich kraftlos auf die Knie sacke.

Meine Haare kleben mir an der verschwitzten Stirn und im schweißnassen Nacken. Ich zittere, während ich mit aller Kraft gegen die Galle anschlucke, die bereits wieder in meinem Hals aufsteigt. Ich kann mich nicht erinnern, wann ich mich zuletzt so schwach und hilflos gefühlt habe. Selbst als Kind war ich so gut wie nie krank; dieser sauer-bittere Geschmack in meinem Mund ist mir völlig fremd und befeuert die Übelkeit nur noch weiter.

Nur am Rande nehme ich wahr, dass sich Astrid und Vangar, die sich bis eben an meinem Leid ergötzt haben, zurückziehen. Wenigstens kann ich nun leise vor mich hinsterben. Doch da sind plötzlich herrlich kühle Finger, die mir die wirren Haarsträhnen aus der Stirn und hinters Ohr streichen. Als ein feuchter Lappen meinen erhitzten Nacken kühlt, gebe ich ein Wimmern von mir. Mit sanftem Druck bringen die fremden Finger anschließend meinen Kopf dazu, sich ein Stück zu heben.

»Du musst dich auf den Horizont konzentrieren«, murmelt Kier nah an meinem Ohr. »Dann wird es besser.«

Wäre ich im Vollbesitz meiner Kräfte, würde ich ihn fragen, woher er das wissen will. Stattdessen nicke ich schwach und starre auf die Linie zwischen Wellen und Himmel, wo sich die Sonne langsam weiter nach oben kämpft, und frage mich, wie er es so nah bei mir aushält. Selbst die Toten in der Unterwelt müssen mich riechen können, so sehr stinke ich nach Erbrochenem und Schweiß.

Und doch bin ich dankbar dafür, dass er hier ist. Selbst der Schemen wütet nicht ganz so stark in mir wie sonst. Wahrscheinlich hat auch er unter meinem Zustand zu leiden.

Neben mir erscheint ein tönerner Krug. »Und du musst trinken. Du verlierst gerade mehr Wasser, als dein Körper verkraften kann.«

Als er mir den Krug an die Lippen setzen will, schüttele ich den Kopf, was eine weitere Übelkeitswelle lostritt. Während ich mir schier die Seele aus dem Leib kotze, hält Kier mein Haar zurück und streicht mir beruhigend über den Rücken. Ich muss einen solch erbärmlichen Eindruck abgeben … Ein Teil von mir wünscht, er würde einfach gehen und mich meinem Schicksal überlassen.

Doch der größere Teil genießt seine Berührungen, die Ruhe, die er ausstrahlt, und sogar seine Nähe. Während Vangar und vor allem Astrid nicht müde wurden, mich aufzuziehen, habe ich bei Kier nicht das Gefühl, dass er meine Schwäche ausnutzt oder sich darüber lustig macht.

Nachdem ich wieder zusammengesackt bin und abgehackt nach Luft schnappe, hält Kier mir erneut den Krug an den Mund.

»Trink.«

Diesmal gehorche ich. Wasser flutet meinen Mund. Ich zwinge mich zu schlucken, auch wenn ich befürchte, dass sowieso gleich wieder alles rauskommt. Selbst dieser einfache Vorgang schwächt mich zusätzlich.

»Wieso … bist du nicht …?«

Ich fühle mich elend – körperlich wie seelisch. Zu wissen, dass mein ärgster Konkurrent offenbar völlig frei von Übelkeit auf dem Schiff herumlaufen kann, versetzt meinem Stolz einen schweren Schlag. Kier war bestimmt nie auf einem Schiff, und ich, die ihr ganzes Leben am Meer verbracht hat, hänge speiend über der Reling.

»Es ist ähnlich, wie mit Drakkar zu fliegen«, antwortet Kier.

Das miese Gefühl des verletzten Stolzes verschwindet aus meinen Eingeweiden. Natürlich, er fliegt auf seinem Tierwesen. So ist er auch so schnell in mein Gebiet gekommen. Ich war dermaßen damit beschäftigt, meinen Schemen unter Kontrolle zu halten, dass ich nicht darüber nachgedacht habe, wie … schön es sein muss. Ich reite auch auf Bran und genieße jede Sekunde, wenn wir durch den Wald oder an der Küste entlangpreschen, aber auf einem Wyvern zu fliegen muss noch etwas ganz anderes sein …

Ob ich auf Drakkars Rücken ebenfalls seekrank werden würde?

»Geht es dir besser?«, fragt Kier.

Ich blinzele verblüfft. »Ja.«

»Ablenkung hilft. Sprich mit deinen Freundinnen und schaue dabei auf den Horizont. Dein Magen wird sich in ein paar Tagen an den Wellengang gewöhnt haben. Bis dahin musst du viel trinken.«

Ich lehne die Stirn gegen die Reling. »Astrid und Vangar sind nicht meine Freundinnen. Sie machen sich bloß über mich lustig.«

»Dafür, dass sie nicht deine Freundinnen sind, umgibst du dich ziemlich oft mit ihnen.«

Ich verziehe den Mund. »Weil ich sonst niemanden habe. Meine Schwester kann ich nicht fragen, ob sie mich begleitet. Außer Astrid und Vangar gibt es keine halbwegs versierten Kämpfer in meinem Clan, die noch nicht mit einem Bein in der Unterwelt stehen.«

Etwas Warmes, Festes drückt sich plötzlich gegen meinen Rücken. Ist das etwa er?

»Dann rede mit mir.«

Ich schlucke angestrengt. Nicht wegen einer erneuten Übelkeitswelle, sondern wegen seiner Nähe, die ein Kribbeln in meinem Bauch auslöst.

»Ich weiß nicht, worüber«, gebe ich leise zu.

»Woher stammt die Narbe an deiner Schläfe?«, fragt er.

Ich fahre mit den Fingern über die drei wulstigen Erhebungen. »Von einem Adler.«

Sein Körper hinter mir bebt. »Wirklich, wenn du derart ausschweifend erzählst, habe ich das Gefühl, dass ich mittendrin in der Geschichte bin.«

Angesichts seines Spotts gebe ich ein Grummeln von mir. »Es war in der Nacht, als ich Bran fand. Ich muss neun oder zehn gewesen sein. Mitten in der Nacht wachte ich auf, weil mich jemand rief, und ich ging in den Wald. Es war bitterkalt und dunkel, doch ich wusste genau, wohin ich gehen musste. Vor einer Höhle stieß ich auf den Kadaver eines Bären. Er muss schon einige Zeit tot gewesen sein, denn er stank fürchterlich und war so stark verwest, dass selbst die Aasfresser einen Bogen um ihn machten. Trotzdem war ein riesiger Adler dort. Er attackierte etwas am Eingang der Höhle. Erst beim Näherkommen entdeckte ich das Bärenjunge, das kaum noch genug Kraft hatte, um nach Hilfe zu rufen.«

»Aber du hast ihn gerettet«, sagt Kier sanft, als ich eine Pause mache.

»Ja.«

Ich halte den Blick fest auf den Horizont gerichtet, dennoch fühlt es sich an, als sei ich wieder dort draußen. Allein. Während einer pechschwarzen Nacht. Mit nichts anderem am Leib als einem Unterkleid aus Leinen, das dem eisigen Wind keinen Widerstand bot.

»Ich hatte keine anderen Waffen als meine Hände. Mit lauten Geräuschen ließ sich der Adler nicht vertreiben, also bin ich auf ihn losgegangen. Er attackierte mich, zerkratzte mir die Arme und traf mich im Gesicht. Es tat weh, und ich konnte noch weniger sehen als sowieso schon. Für eine Weile dachte ich, er hätte mein Auge erwischt. Meine Schwester … Sie wurde einige Jahre zuvor geblendet, weil sich ihre seherische Gabe zeigte. Ich wollte meiner Mutter nicht erneut Kummer bereiten, aber ich konnte doch den kleinen Bären nicht im Stich lassen. Ich spürte, dass uns irgendwas verband. Eine Verbindung, wie sie noch nicht einmal zwischen mir und meiner Schwester herrschte. Zum Glück verfehlten die Adlerkrallen mein Auge um wenige Zentimeter, aber die Narbe blieb trotz der Bemühungen der alten Valkra.«

»Stört sie dich?«

Ich denke einen Moment über die Frage nach. »Früher hat sie das. Jetzt nicht mehr.«

»Warum denkst du nun anders darüber?«

»Niemand konnte so recht einschätzen, was mit uns geschehen würde«, antworte ich. »Mit meiner Familie, meine ich. Meine Schwester wurde zu einer Valkra. Mein Vater lebte noch – nun, mehr oder weniger – und konnte uns trotzdem nicht anführen. Mutter war und ist zu nachsichtig in dieser Position. Also blieb nur ich übrig, aber keiner wusste, was er mit mir anfangen sollte. Sollte ich als Vaters Nachfolgerin erzogen werden? Ich bin sein ältestes Kind, deshalb wäre es mein Recht, seine Position zu erben, doch er konnte mir nichts mehr beibringen. Es gab niemanden, von dem ich hätte lernen können. Also stand auch im Raum, dass ich …«

Meine Hände verkrampfen sich in meinem Schoß, als ich an jene Nacht zurückdenke, in der ich ein Gespräch zwischen Mutter und den Clanältesten belauscht habe.

»Es stand eine arrangierte Ehe mit dem Nachfolger eines anderen Clans im Raum«, zwinge ich mich zu sagen.

»Mit welchem Clan?«, fragt Kier.

Ich schüttele den Kopf. »Ich weiß es nicht. Die Ältesten waren der Meinung, dass jeder gut genug wäre, denn schlimmer konnte es nicht mehr werden. Sie wollten mich an den Meistbietenden verschachern und das Land meines Vaters gleich mit, um ihre alten Ärsche zu retten.«

Kier stößt ein Schnauben aus. »Solche Ältesten scheint es in jedem Clan zu geben.«

»Vermutlich. Mutter sagte ihnen, dass die Narbe, die ich in der Nacht davongetragen habe, als ich Bran rettete, meinen Wert als Ehefrau schmälern würde und dass die Gebote für mich derart niedrig ausfallen würden, dass wir kaum den nächsten Winter überstehen könnten.«

Ich spüre, wie sich Kier hinter mir versteift. »Das hat sie gesagt?«

»Ich habe sie belauscht und konnte jedes Wort deutlich verstehen.«

»Das muss … hart gewesen sein, so etwas von der eigenen Mutter zu hören.«

»Im ersten Moment war es das«, gebe ich zu. »Ich war eine Heranwachsende, und mein Selbstwertgefühl war alles andere als gefestigt. Doch irgendwann verstand ich, dass Mutter das nicht sagte, um meinen Wert zu schmälern, sondern um mich zu beschützen. Sie wusste aus eigener Erfahrung, was es mit einer Frau machen kann, wenn sie gegen ihren Willen verheiratet werden soll. Ihr selbst war dieses Los angedacht, bevor sie sich von ihrem Clan abwandte und meinen Vater heiratete. Sie wollte mir dieses Schicksal ersparen. Dafür bin ich ihr zutiefst dankbar.«

»Denkst du nun anders über deine Narbe?«

Erneut fahre ich mit den Fingern an ihr entlang. »Das tue ich. Sie ist der Beweis, dass ich alles für mein Tierwesen tun würde. Sollte ich je einen Mann wählen, erhält er nicht bloß mich, sondern auch Bran. Wenn er sich bereits von einer Narbe abschrecken lässt, was denkt er dann über einen Bären, der größer ist als jedes Pferd?«

»Ich bin neidisch«, sagt er.

»Worauf?«

»Dass du so früh gelernt hast, dass wir nicht ausschließlich über unser Aussehen definiert werden.«

Ich gebe ein Summen von mir, als ich die Beine nah an den Körper ziehe. »Es ist eine Weile her, dass ich dich das letzte Mal ansehen konnte, ohne vor Schmerzen zu vergehen, aber mir würde auf Anhieb nichts Unansehnliches einfallen.«

Sein Rücken bebt an meinem. »Also, wenn das dein Versuch war, mir zu sagen, dass ich gut aussehend bin, dann war er ziemlich kläglich.«

»Das habe ich nicht gesagt!«

Er belässt es dabei und erzählt mir stattdessen von seinem Hadern über seinen fehlenden Bartwuchs.

Ich breche in Gelächter aus. »Du hast dir einen Bart aus Tierhaar gebastelt und angeklebt?«

»Ich war verzweifelt!«

»Das ist mehr als Verzweiflung. Das ist Selbstaufgabe.«

»Ich danke dir zutiefst für deine Anteilnahme«, grummelt er. »Wenn sich dein Lachen nicht so niedlich anhören würde, würde ich dir sagen, dass du, verdammt noch mal, damit aufhören sollst.«

Ich verstumme abrupt. Habe ich … wirklich gelacht? Es kam ganz von allein; ich musste mich nicht dazu zwingen, weil es von mir erwartet wurde. Es kam … einfach aus mir heraus. Als wäre es das Natürlichste der Welt. Und es fühlte sich großartig an. Ich spüre noch immer dieses blubbernde Gefühl direkt an meinem Halsansatz, als warte dort ein weiteres Lachen, dass ich es herauslasse, bevor es vom Schemen gefressen wird.

»Soll ich dir etwas verraten?«, frage ich mit neu gewonnenem Mut.

»Jederzeit«, antwortet Kier.

»Durch den Schemen habe ich schon seit Jahren Schwierigkeiten, andere einzuschätzen. Gerade bei Männern mit dichten Bärten fällt es mir schwer, weil ich ihre Mimik kaum lesen kann. Aber deine konnte ich lesen. Ich erinnere mich, wie sich dein Mund bewegt hat. Etwas, was ich sonst kaum sehen kann, wenn ich mit einem Mann spreche. Ich erinnere mich, wie sich dein Mundwinkel an einer Seite zu einem schiefen Lächeln gehoben hat. So etwas hatte ich bis dahin noch nicht gesehen.«

»Hat es dir gefallen?«, fragt er.

»Ja«, gebe ich so leise zu, dass ich mich selbst kaum hören kann. »Ganz kurz habe ich sogar darüber nachgedacht, dass es sich anders anfühlen könnte, einen Mann wie dich zu küssen. Das heißt, vielleicht würde es das, wenn ich jemanden küssen würde.«

»Du küsst nicht?«

Ich neige den Kopf, während ich den Horizont betrachte. »Ich habe es mehrmals versucht, aber ich habe nie etwas dabei empfunden. Es ist mir unangenehm, einen Fremden so nah an mich heranzulassen. Und wenn ich dabei nichts fühle, macht es erst recht keinen Sinn.« Ich bette das Kinn auf meine angewinkelten Knie. »Ich bin seltsam, nicht wahr?«

»Du bist … anders«, sagt Kier. »Was aber nichts Schlechtes bedeuten muss.«

Seine Worte beruhigen mich und auch wieder nicht. Sie wühlen mich auf und lassen mich Dinge hinterfragen, die ich für abgeschlossen hielt. Dinge, um die sich Gleichaltrige vielleicht den Kopf zerbrechen, die für mich aber nie von Belang waren, weil ich mich um Bedeutsameres sorgen musste.

Doch jetzt, während mein Magen noch vor Übelkeit schlingert, den Blick fest auf den Horizont gerichtet und mit Kiers Rücken an meinem, frage ich mich, wie mein Leben ohne den Schemen verlaufen wäre. Hätte ich bereits einen Mann gefunden, mit dem ich glücklich wäre? Den ich gar lieben könnte?

Glück und Liebe sind vergänglich. Dazu brauche ich bloß meine Mutter anzusehen oder mich an Fulkirs Tod zu erinnern. Sosehr ich seine Existenz auch verabscheue, hat mir der Schemen etwas Wichtiges vor Augen geführt: Ich brauche weder Glück noch Liebe, um leben zu können.

Oder wäre mein Leben erfüllter, wenn ich zumindest eines der beiden hätte?

»Es tut mir leid, dass dich meine Mutter verfluchen wollte«, murmele ich.

»Schon gut. Sie war nicht die Erste und wird nicht die Letzte sein.«

Ich drehe den Kopf, als wolle ich mich zu ihm umwenden. »Was meinst du damit?«

»Es gibt vieles, worin wir uns ähneln«, sagt er statt einer Antwort auf meine Frage. »Wir sind Anführer. Flüsterer. Jetzt auch Entdecker und hoffentlich Eroberer. Wir streben nach dem Posten des obersten Anführers. Aber es gibt Aspekte, in denen wir uns grundlegend unterscheiden.«

»Welche wären das?«

Der Druck seines Rückens verschwindet, als er aufsteht. »Darüber will ich nicht reden.«

Ich springe ebenfalls auf die Füße und klammere mich an der Reling fest, um dem Drang, mich doch nach ihm umzudrehen, nicht nachzugeben. »Ach, über mich können wir reden, aber über dich nicht?«

Er schweigt eine Weile, ehe er sagt: »Denk daran, genug zu trinken.«

Ich wirbele zu schnell zu ihm herum, erkenne bloß seinen breiten Rücken, ehe mich eine neue Übelkeitswelle erfasst. Über die Reling gebeugt, erbreche ich Wasser und Galle.

KAPITEL 30

YRSA

Die Tage fließen dahin, ohne dass etwas Nennenswertes geschieht. Das Meer, der Himmel und verschieden große Wolken ziehen an uns vorbei, bis wir den Nebel erreichen. Dann sehen wir nichts anderes als eine gräuliche Wand, bei der ich mehr und mehr das Gefühl habe, dass sie mich zu verschlingen droht. Manchmal verirren sich einige Sonnenstrahlen durch die dichte Nebelmasse; sie sind eine Wohltat auf meiner Haut und ich sauge ihre Wärme gierig ein.

Meine Übelkeit bessert sich, und irgendwann kann ich mich auch auf dem schaukelnden Deck bewegen, als hätte ich festen Boden unter den Füßen.

Dank Drakkars Einsatz muss niemand aus der Besatzung rudern, was bedeutet, dass sowohl Kiers als auch meine Begleiter anfangen, sich zu langweilen.

Und gelangweilte Menschen sind fast genauso unberechenbar wie hungrige.

Ich bin dazu übergegangen, bei Bran an Deck zu schlafen; anfangs half mir die frische Luft gegen die Übelkeit, nun halte ich es derart eingepfercht zwischen fremden Menschen unter Deck nicht aus. Ihr Schnarchen, Schmatzen und Furzen im Schlaf ist übel; noch schlimmer finde ich jedoch ihr Stöhnen, wenn sie sich selbst Erleichterung verschaffen und denken, alle anderen würden schon schlafen.

Mit Kier habe ich kein Wort mehr gewechselt. Er verschanzt sich den Großteil der Reise in seiner Kajüte oder sieht nach Drakkar, wenn sie sich auf dem hinteren Deck ausruht. Sobald sie das Schiff nicht zieht, dümpelt es beinahe regungslos auf dem Meer herum.

Da auch ich beginne, mich zu langweilen, halte ich mich mehr bei meinen Begleiterinnen auf als gewöhnlich. Es stimmt, was ich zu Kier gesagt habe: Sie sind nicht meine Freundinnen. Ich habe keine Freunde, und bisher habe ich nie etwas vermisst. Aber hier draußen, umgeben von nichts als Nebel, sehne ich mich nach Ablenkung. Sosehr ich Bran auch liebe, kann er sich noch nicht mit mir unterhalten.

Normalerweise setze ich mich während des Essens, das aus nicht mehr als Trockenfleisch und eingelegten Früchten besteht, zu Bran, gehe diesmal jedoch zu Astrid und Vangar, die sich mit ein paar Männern aus Kiers Mannschaft angefreundet haben. Obwohl wir seit gut einer Woche unterwegs sind, habe ich noch keinen anderen Namen aufgeschnappt. Früher konnte ich mein mangelndes Interesse damit begründen, dass meine Pflichten als Anführerin den Großteil meines Tages ausmachten, aber hier draußen habe ich keine Pflichten, solange wir nicht auf Land stoßen.

Unschlüssig bleibe ich mit meinem Teller hinter meinen Begleiterinnen stehen, und es dauert lange, bis sie sich zu mir umwenden und mir mit einer Handbewegung zu verstehen geben, dass ich mich setzen soll. Natürlich hätte ich mich auch ohne ihre Aufforderung setzen können, aber es … ging nicht.

»Was verschafft uns die Ehre?«, fragt Vangar, während sie mich mit ihrem dunklen Blick taxiert.

Sie macht mich nervös, obwohl es keinen Grund dazu gibt. Aber Astrid ist noch schlimmer: Ihre sorgenfreie, fast zügellose Art widerspricht allem, was mich ausmacht. Sie ist stets fröhlich, lacht in den unpassendsten Augenblicken und kennt keinerlei Hemmungen. Astrid ist das exakte Gegenteil von mir. Da ist mir Vangars durchdringender Blick und ihre vorgetäuschte Ruhe tausendmal lieber.

»Wir hatten noch nicht die Möglichkeit, uns zu unterhalten«, sage ich auf ihre Frage hin.

Vangar zieht die Augenbraue hoch. »Die Möglichkeit hatten wir sehr wohl. Du hast bloß die Gesellschaft deines Bären vorgezogen.«

Ich knabbere an einem Stück Trockenfleisch, ehe ich sage: »Jetzt bin ich hier. Es ist richtig, dass ich Bran immer den Vorzug gebe. Meistens ziehe ich ihn sogar meiner eigenen Familie vor.« Mein Blick schweift zu meinem Tierwesen, das friedlich zusammengerollt an Deck schläft. »Aber leider kann er nicht reden.«

»Du bist hier, um zu reden?«, will Vangar wissen.

Ich nicke. »Dies ist bereits unsere zweite Reise. Deshalb würde ich euch gern näher kennenlernen.«

Astrid und Vangar sehen sich an und kommunizieren ohne Worte. Das ist etwas, worum ich sie beneide. Einst konnten Elvi und ich das auch – bis sie geblendet wurde. Seitdem habe ich niemanden mehr so nah an mich herangelassen, dass er in mir hätte lesen können, wie in einem aufgeschlagenen Buch.

Auch der Schemen trägt seinen Teil dazu bei, dies zu verhindern. Seit ich nicht mehr von Übelkeit geplagt werde, sucht er mich jeden Tag heim, wenn ich zu nahe an Kiers Kajüte vorbeigehe. Wenn er nachts nach Drakkar sieht, schrecke ich aus dem Schlaf hoch, weil der Schemen mir befiehlt, ihn endlich zu töten. Mit jemandem zu reden lässt ihn leiser werden. Das ist ein weiterer Grund, warum ich hier sitze, obwohl ich lieber woanders wäre.

»Was willst du über uns wissen?«, fragt Astrid mit einem Lächeln.

»Ihr seid gemeinsam mit dem obersten Anführer auf Raubzug gewesen, nicht wahr?«

Vangar verschränkt die Arme. »Du kennst die Geschichte. Wir mussten sie im Langhaus pausenlos erzählen, weil es in unserem Clan nicht viele andere gibt, die es wert sind, wiedergegeben zu werden.«

Ich schlucke angestrengt und revidiere meine Meinung, dass ich leichter mit Vangar zurechtkomme als mit Astrid.

»Natürlich kenne ich die Geschichte«, sage ich ausweichend, während ich fieberhaft nach einer weiteren Frage suche.

»Lass uns die Sache abkürzen«, sagt Vangar. »Wir sind hier, weil diese Reise etwas ist, was in die Sagas unseres Volkes eingehen wird. Selbst wenn wir jenseits des Nebels nichts finden, sind wir die Ersten, die ihn durchquert haben. Ruhm ist uns sicher.« Sie legt den Kopf schief, während sie mich betrachtet. »Wir sind nicht hier, weil wir dir aus Freundschaft folgen.«

Ich verkrampfe mich bei ihren Worten.

»Sei nicht so hart zu ihr«, murmelt Astrid. »Sie gibt sich Mühe.«

»Aber es ist doch so«, entgegnet Vangar. »Oder glaubst du, dass sie uns gefragt hat, ob wir sie begleiten, weil sie uns so gern hat? Nein, sie hat uns gefragt, weil wir ihre einzige Wahl sind.« Ihr Blick will mich schier durchbohren. »Nicht wahr?«

»Das ist wahr«, antworte ich. »Und das ist kein Geheimnis. Das bedeutet aber nicht, dass wir keine Freunde sein können.«

»Du willst dich mit uns anfreunden?«, fragt Astrid. Keine Spur eines Lächelns finde ich in ihrem Gesicht; sie wirkt gleichermaßen erstaunt und zurückhaltend.

Ich nicke. »Ich will es zumindest versuchen.« Mit einer Hand reibe ich mir über den Brustkorb. »Ihr wisst von dem Schemen.«

Ein paar von Kiers Männern rücken näher zu uns.

»Wir haben auch von deinem Schemen gehört«, sagt einer von ihnen, ein Jüngling von vielleicht achtzehn Wintern.

Sobald die Sprache auf das dunkle Wesen in mir kommt, stehe ich im Mittelpunkt der Aufmerksamkeit. Mehr als zehn Augenpaare sind auf mich gerichtet. Während Zusammenkünften oder Feiertagen bin ich mehr gewohnt, doch die Situation ist eine andere. Wenn ich vor meinem Clan spreche, weiß ich genau, wie ich auftreten, wie ich mich verhalten muss. Aber diese Menschen, deren Aufmerksamkeit allein auf mir ruht, wollen mich nicht als verlässliche Anführerin sehen. Sie wollen, dass ich von meinem

Schemen erzähle. Von der schrecklichen Kreatur, die sich über Jahre an mir gelabt hat. Die mich zu einer unberechenbaren Bestie werden lässt, sobald sie die Kontrolle übernimmt.

Ich wünschte, ich könnte unsichtbar werden und dieser Situation entkommen. Ich will nicht von meinem vielleicht größten Fehler erzählen.

Nicht vor all diesen fremden Menschen.

Als ich noch mit mir hadere, fragt einer der Männer: »Wie ist es, mit einem Schemen zu leben?«

»Siehst du ihn immer?«, will ein anderer wissen.

»Lässt er dich stärker werden?«

»Nun hört schon auf!«, brummt eine Männerstimme. »Ihr seht doch, dass sie sich unwohl fühlt.«

Es ist Halvar. Erst als ich seine Stimme wahrnehme, bemerke ich, wie sehr ich mich verkrampft habe. Meine Finger graben sich in meinem Schoß in die Hose, als suchten sie verzweifelt nach etwas, woran sie sich festhalten können.

Es wäre so einfach, jetzt aufzustehen und zu Bran zu flüchten.

Aber vor meinem Schemen kann ich auch nicht davonlaufen. Und wenn Halvar hier ist, bedeutet das …

Töte ihn endlich!

… Kier ist ebenfalls nicht weit.

Ich konzentriere mich auf einen der Männer, der mir eben eine Frage gestellt hat. »Du wolltest wissen, ob ich den Schemen immer sehe?«

Der Mann nickt. Mein Blick gleitet zur Seite, wo mich ein Wesen angrinst, das bis aufs Gesicht in einen schwarzen Umhang gehüllt ist. Hellgoldene Augen, die hier im Nebel stumpf und beinahe durchscheinend wirken, liegen in tiefen, dunklen Höhlen. Das Grinsen der Kreatur offenbart nadelspitze Zähne.

Mein Blick wandert zurück zu dem Mann. »Der Schemen sitzt direkt neben dir.«

Erschrocken zuckt der Mann zusammen und schaut zur Seite, kann dort aber offenbar nichts erkennen.

»Ich kann dir auch sagen, dass Kier einige Meter hinter mir steht«, fahre ich fort.

»Aber … er hat nichts gesagt«, wirft der Mann vor mir ein.

»Das muss er auch nicht.«

»Wie kannst du dann wissen, dass er da ist?«

Mit einer Kopfbewegung deute ich auf die dunkle Kreatur. »Weil der Schemen mir ohne Unterlass befiehlt, dass ich ihn töten soll, sobald er sich nähert.« Ich tippe mir gegen die Stirn. »Ich höre den Schemen hier drin. Manchmal ein Flüstern. Manchmal ein Zischen. Manchmal ein Schreien. Je nachdem, wie viel Kontrolle er über mich hat. Würde ich mich jetzt umdrehen, könnte ich mich nicht mehr gegen den Schemen wehren. Es ist leichter, solange ich Kier nicht sehe.«

»Und wenn Kier nicht da ist?«, fragt einer der anderen Männer. »Wenn du bei deinem Clan bist. Spürst du den Schemen dann auch?«

Ich suche eine bequemere Position auf den harten Holzplanken, während ich über seine Frage nachdenke. »Bis ich zu den Prüfungen ging, habe ich den Schemen nur ein einziges Mal gehört: als ich meinen Blutschwur leistete. Das ist schon einige Jahre her und ich vergaß seine Existenz sogar. Doch als ich während der Prüfungen erfuhr, wer Kier ist, trat der Schemen in Erscheinung. Ich hörte und sah ihn, wie jetzt auch. Es war so furchtbar und verwirrend, dass ich erst nach und nach lernte, mich gegen ihn zur Wehr zu setzen. Das passt dem Schemen natürlich nicht. Auch jetzt versucht er, mich mit aller Macht davon zu überzeugen, meinen Schwur zu erfüllen.«

Als ich mich umsehe, erkenne ich, dass nahezu die gesamte Besatzung an meinen Lippen hängt. Wäre da nicht das Zischen des Schemens, könnte ich mir einreden, dass es etwas Besonderes ist.

»Der Schemen«, fahre ich fort, »setzte alles daran, die Kontrolle über mich zu erlangen. Er hat mir auch verraten, dass er über all die Jahre in mir lebte und sich von meinen Gefühlen ernährte.« Mein Blick gleitet in den Nebel. »Ich dachte, dass ich einfach anders wäre. Dass es der Wille der Götter sei, dass ich mich nicht um Dinge schere, die für andere Gleichaltrige wichtig waren. Doch es liegt nicht an mir, sondern am Schemen, das weiß ich nun. Er will nicht nur, dass ich Kier töte, sondern macht mir auch alles Zwischenmenschliche unmöglich. Oder vielmehr lässt er mich dabei nichts empfinden.«

KAPITEL 31

KIER

Das meiste von dem, was Yrsa erzählt, weiß ich bereits. Dennoch höre ich ihr so aufmerksam zu, als würde sie mir gerade den Sinn des Lebens offenbaren. Ich mag den Klang ihrer Stimme. Die Nüchternheit, mit der sie von dem schrecklichen Wesen berichtet, das in ihr haust. Andere wären in Tränen ausgebrochen, doch sie erzählt ruhig und auch für diejenigen verständlich, die nicht bei den Prüfungen waren. Ich hingegen weiß, dass sowohl ihre Stimme als auch ihre Stimmung blitzschnell umschlagen können, wenn sie den Kampf gegen den Schemen verliert.

Ich sollte mich in meine Kajüte zurückziehen, wie ich es die letzten Tage getan habe, nachdem es Yrsa besser ging, doch mir geht es wie allen anderen hier: Ich will jedes Wort hören, das ihren Mund verlässt. Nicht unbedingt aus denselben Gründen wie ihre übrigen Zuhörer; oder vielleicht doch. Also bleibe ich hier stehen und ertrage sogar Halvars wertende Blicke, wann immer die Sprache auf mich kommt.

Dass Yrsa wegen des Schemens nichts empfindet, fesselt die Aufmerksamkeit der Besatzung besonders. Hätte ich nicht ähnlich reagiert, als sie mir erzählt hat, sie würde bei einem Kuss nichts spüren, hätte ich die Besatzung zurechtgewiesen. Aber ich weiß, dass Yrsa sich selbst behaupten kann, wenn ihr Fragen zu intim werden.

»Du fühlst gar nichts?«, hakt einer meiner Männer nach. »Auch nicht, wenn du mit einem Mann …«

Er macht eine zweideutige Bewegung mit den Händen, die mich mit den Augen rollen lässt. Halvar hingegen grinst, ebenso wie fast alle anderen Zuhörer.

Meine Anweisung, dass jeder seinen verdammten Schwanz in der Hose zu lassen hat, während wir uns auf See befinden, ist nicht auf sonderlich viel Gegenliebe gestoßen – vor allem nicht bei Yrsas Begleiterinnen. Das hätte mich verwundert, wenn ich sie nicht bereits gekannt hätte, schließlich war diese Anweisung zu ihrem Schutz gedacht.

Und zu *meinem* Schutz.

»Auch dann nicht«, sagt Yrsa. »Ich spüre natürlich körperlich etwas, aber es war immer …«, sie zuckt hilflos mit den Schultern, »… langweilig.«

Ich verziehe bei ihren Worten unwillkürlich den Mund, was Halvar sofort auffällt. Schnell reibe ich mir mit der Hand über die Lippen, um es zu überspielen. Ich kann bereits jetzt seine Sticheleien hören, mit denen er mich für den Rest der Reise beglücken wird … Vielleicht reiße ich ihm diesmal den Kopf ab.

»Mit einer Ausnahme, oder?«, fragt Yrsas blonde Begleiterin Astrid, ehe sie sich an die Zuhörer wendet, die nun an ihren vollen Lippen hängen und stumm um so viele schmutzige Details betteln wie möglich. »Während der Prüfungen fand ein Merwafest statt. Am nächsten Morgen mussten wir ihr Splitter aus dem Hintern ziehen, weil ihr Partner sie wohl gegen eine Hauswand gevögelt hat.«

»Splitter?«, echot einer meiner Männer mit großen Augen. »Das hast du nicht bemerkt?«

Yrsa neigt den Kopf, als müsse sie über die Frage nachdenken. In diesem Moment würde ich nahezu alles, was ich besitze, dafür eintauschen, ihr Gesicht sehen zu können. Mit beiden Händen klammere ich mich an der Reling hinter mir fest, während ich wie alle anderen auf ihre Antwort harre.

»Nein«, sagt sie schließlich in einem Tonfall, der einen wohligen Schauer nach dem anderen durch mich hindurchjagt. Sie klingt verträumt, beinahe entrückt, als würde sie jene Nacht erneut durchleben. »Ich glaube, dass die Kräuter, die währenddessen verbrannt wurden, nicht nur meine Sinne, sondern auch den Schemen beeinflusst haben. Es war, als wäre er nicht in meiner Brust und würde alles auffressen, was ich empfinde. Ich konnte fühlen.«

»Und was hast du gefühlt?«, will ein anderer wissen.

»Alles«, wispert Yrsa kaum hörbar, ehe sie die Luft ausstößt. »Ich dachte, dass es an mir liegen muss. Dass mit mir etwas nicht stimmt, wenn ich mich nicht freudig gackernd wie die anderen jungen Frauen auf das nächste Merwafest freute. Ich nahm lieber die verwirrten Blicke meiner Clansleute in Kauf, sobald ich mich nach dem offiziellen Teil zurückzog, als wieder den metgetränkten Atem eines Mannes zu riechen, der nach zwei Minuten fertig ist und über mir zusammenbricht.«

Unter den Männern gibt es einige, die ihren Nebenmann mit dem Ellenbogen anstoßen und dabei lachen. Offenbar fühlen sie sich durch Yrsas Beschreibungen angesprochen.

Als sie fortfährt, sammelt sich jedoch die gesamte Aufmerksamkeit wieder bei ihr. »Aber während des letzten Merwafestes war es anders. Mein Schemen war eingelullt durch die Kräuter. Ich geriet an einen Partner, der sich Zeit nahm. Ich wusste nicht, dass ich so viel auf einmal fühlen konnte. Es war … lebensverändernd.«

Diesmal erwidere ich Halvars stechenden Blick mit einem Grinsen. Als Antwort schüttelt er bloß mit einem Augenrollen den Kopf.

Sosehr Yrsas Begleiterinnen und die übrige Besatzung auch betteln, sie verrät nichts mehr über jene Nacht. Irgendwann geht Astrid dazu über, von ihren teils amüsanten, teils grotesken Zusammenkünften zu erzählen. Gerade Letztere waren für sie ein Grund, warum sie sich letztendlich einer Frau zugewandt hat. Den Männern gefällt ihre freizügige Art; ich hingegen konnte es noch nie leiden, wenn öffentlich über etwas derart Intimes geredet wird.

Also ziehe ich mich unter dem Vorwand, nach Drakkar sehen zu wollen, zurück.

Als ich den hinteren Bereich des Schiffes erreiche, finde ich meinen Wyvern schlafend vor. Sie hat sich eingerollt wie eine übergroße Katze, die Schnauze unter einem Flügel vergraben.

Als ich hinter mir ein Seufzen höre, muss ich mich nicht umdrehen, um zu wissen, wer mir gefolgt ist.

»Ich bin es langsam leid, wie die Weiber über deinen Schwanz reden«, brummt Halvar. »Als läge ein Zauber auf ihm oder so.«

Sanft, um sie nicht zu wecken, streiche ich Drakkar über den Kopf, ehe ich mich meinem besten Freund zuwende, der mit verschränkten Armen an der Reling lehnt. »Höre ich da Neid aus deiner Stimme?«

»Neid? Pah!« Ertappt wendet er den Blick ab. »Ich kann meine Partnerinnen auch ohne Zauberschwanz befriedigen.« Als er mich wieder ansieht, wirkt er ernst. »Warum musste es gerade sie sein? Und jetzt erzähl mir nicht, dass du nicht wusstest, wen du vor dir hattest.«

Ich wusste es. Trotz der hölzernen Maske und der einfachen Tunika wusste ich sehr genau, wer sie war.

»Sie hat keine Ahnung, dass ich derjenige war«, sage ich statt einer Antwort.

»Sei froh. Wenn sie es je herausfindet, wird sie dich töten, ohne dass der Schemen es befehlen muss.«

Ich lasse den Kopf hängen. »Ich weiß.«

Halvar kommt zu mir und haut mir eine Spur zu fest mit der Hand auf die Schulter. »Du musst dringend damit aufhören, dir genau die Frauen auszusuchen, die dein sicheres Verderben sind. Denn auch diesmal könnte es weitreichende Folgen haben, die nicht nur dich betreffen. Denk das nächste Mal nach, in wen du deinen Zauberschwanz steckst, *bevor* du es tust.«

Ich verdrehe die Augen. »Wie gesagt, sie weiß nicht, dass ich es war. Und von mir wird sie es ganz bestimmt nicht erfahren. Es war eine einmalige Sache.«

Halvar sieht alles andere als überzeugt aus. »Etwas Ähnliches habe ich schon mal von dir gehört.«

Ich reiße mich von ihm los. »Und ich habe seither dazugelernt. Ich bin kein Junge mehr.«

»Wenn es um Frauen geht«, sagt Halvar ernst, »werden auch aus gestandenen Männern wieder ahnungslose Jungen, die dumme Entscheidungen treffen. Vor allem, wenn Gefühle im Spiel sind. Und streite nicht ab, dass das hier der Fall ist!« Sanfter fährt er fort: »Ich kenne dich, Kier. Ich kenne dich vermutlich besser, als es dein eigener Vater je getan hat. Was kann ich tun, um dich davon abzuhalten, sehenden Auges in dein Verderben zu rennen? Denn auch wenn dich ihr Schemen wie durch ein Wunder nicht mehr tot sehen will, wirst du nie mit ihr zusammen sein können. Sie ist ein noch stolzerer Anführer als du. Selbst wenn sie ebenfalls etwas für dich empfinden sollte, wird sie nicht alles, was sie sich bisher aufgebaut hat, wegwerfen für Gefühle, ohne die sie bisher prima zurechtgekommen ist.«

»Ich weiß!«, presse ich zwischen zusammengebissenen Zähnen hervor. Als ich ausatme, weicht sämtliche Spannung aus mir. »Ich weiß das alles, in Ordnung? Ich bete mir all das und noch mehr herunter, wenn ich mich davon abhalten will, zu ihr zu gehen und mit ihr zu reden. Ich sage mir, dass es zu nichts führt, trotzdem will ich immer mehr über sie erfahren. Ich will alles wissen. Was sie denkt. Was sie fühlt, könnte sie mich ansehen. Wie sie riecht. Wie sie schmeckt.« Ich reibe mir hilflos mit beiden Händen über das Gesicht. »Wäre sie irgendeine Frau, hätte ich vermutlich längst das Interesse an ihr verloren, weil es Wichtigeres gibt, worum ich mich kümmern muss. Aber sie ist nicht irgendeine Frau. Sie ist wie ich. Sie ist mein verdammtes Gegenstück. Und die Götter wissen, dass ich wünschte, es wäre anders.«

Halvar mustert mich ruhig. »Wenn sie wirklich dein Gegenstück ist, hast du ein echtes Problem.«

Ich schnaube. »Wem sagst du das?« Ich gehe zur Reling hinüber, stütze mich mit den Unterarmen darauf und stelle mir vor, ich könnte durch den Nebel hindurch das glitzernde Meerwasser sehen. »Aber es passt. Es hätte nicht anders kommen können.«

Halvar tritt neben mich. »Wegen deines Fluchs, meinst du?«

Am liebsten hätte ich gefragt, welchen der beiden Flüche er meint, denn es lasten zwei auf mir. Und beinahe ein dritter, hätte Yrsa ihre Mutter nicht aufgehalten. Ich glaube zwar nicht, dass es noch einen Unterschied gemacht hätte, aber ich bin froh, dass sie es getan hat. An einem weiteren wäre ich zugrunde gegangen.

»Du weißt, ich glaube nicht an Flüche«, sagt Halvar, während auch er den Blick in den undurchdringlichen Nebel richtet. »Ich glaube an Entscheidungen. Und du, mein Freund, triffst immer die falschen, was Frauen angeht.«

Ich verdrehe die Augen. »Bei dir klingt das, als hätte ich jede Woche eine andere. Es ist Jahre her.«

»Aber die Entscheidung war damals falsch. Und jetzt ist sie es wieder.«

Seufzend schüttele ich den Kopf. »So etwas kann nur jemand sagen, der noch nie verliebt war.«

»Wenn ich dich so ansehe, bin ich froh darüber.«

Das bringt mich zum Schmunzeln. »Ich würde gern mit dir tauschen.«

»Auf keinen Fall!«

Nun lachen wir beide, und es fühlt sich ungemein befreiend an. Meine Probleme lösen sich dadurch zwar nicht, aber die Gewissheit, dass ich einen Freund wie Halvar hinter mir habe, beruhigt mich. Er hält zu mir, obwohl ich sehenden Auges in mein Verderben renne. Ich sehe den Abgrund bereits vor mir und könnte jederzeit die Richtung ändern, tue es jedoch nicht. Es ist, als hielte mich eine höhere Macht davon ab.

Mein Leben war bereits verwirkt, bevor ich überhaupt geboren war. Die Schicksalsgöttinnen müssen einen besonderen Narren an mir gefressen haben, dass sie mich bis jetzt am Leben ließen.

Oder es gefällt ihnen einfach, mich leiden zu sehen.

Warum sonst sollten sie ausgerechnet Yrsa zu meinem Gegenstück machen? Ich habe mir über Wochen vorgeworfen, dass ich es mir bloß einbilde. Dass ich mich in etwas Fruchtloses verrenne. Doch mit jedem von Yrsas Briefen, in denen ich mehr über die Frau erfuhr, die eigentlich meine Feindin sein sollte, setzte sich eine Gewissheit in mir fest, die ich nicht abschütteln konnte.

Ich bildete mir nichts ein. Ich verrannte mich nicht. Sie war es. Sie musste es sein.

Zunächst machte mich diese Gewissheit wütend. Ich schwor mir, keinen ihrer Briefe mehr zu beantworten. Sie gar nicht zu lesen, sobald ein neuer kam. Ich verdrängte Yrsa aus meinen Gedanken und stürzte mich in so viel Arbeit, wie ich mir nur aufbürden konnte.

Doch wann immer Drakkar zurückkam, suchte ich sie nach der Begrüßung nach einem neuen Brief ab. Wenn sie keinen dabeihatte, holte ich abends die alten aus einer Kiste unter meinem Bett hervor, weil ich sonst nicht einschlafen konnte. Selbst in meinen Träumen verfolgte mich Yrsa. Meistens waren es schreckliche Träume, in denen sie mich mit verzerrter Miene ansah, weil der Schemen sie wieder mit Einflüsterungen quälte.

Doch manchmal mischten sich angenehme Träume darunter. Träume, in denen sie mich anlächelte und mich ebenfalls als ihr Gegenstück bezeichnete. Jede Nacht, bevor ich die Augen schloss, flehte ich die Götter um diese Träume an und dankte ihnen am Morgen mit einem Speiseopfer, wenn sie mir diese kleine Gnade gewährten.

Ihr Lächeln, das ich bloß aus meinen Träumen kenne, brannte sich derart in mir fest, dass ich es jedes Mal sah, wenn ich an sie dachte.

Plötzlich ruckt Drakkars Kopf nach oben. Sie späht in den Himmel, ehe sie ein Zischen ausstößt.

»Was ist los, mein Mädchen?«, frage ich, als ich auf sie zugehe.

Bei ihr angekommen, lege ich den Kopf gegen ihren. Ihre Schuppen fühlen sich kühl an meiner Stirn an. Ich spüre ihre Unruhe, als wäre sie meine eigene. Es gibt nur wenig, was einen ausgewachsenen Wyvern beunruhigen könnte, deshalb vermischt sich ihre Anspannung schnell mit meiner. Es dauert nicht lange, bis sie mir den Grund dafür über unsere Verbindung mitteilt.

»Verdammt«, knurre ich, während ich bereits hastig die Seile löse, die an Drakkars Geschirr angebracht sind und mit denen sie uns normalerweise durch den Nebel zieht.

»Was machst du da?«, will Halvar wissen.

Ich drehe bloß kurz den Kopf in seine Richtung, ohne meine Tätigkeit zu unterbrechen. »Ein Sturm braut sich zusammen.«

»Kann Drakkar uns nicht aus dem Sturm herausziehen?«

Bevor ich antworten kann, ertönt über uns ein grollender Donner, der die Planken unter meinen Füßen erzittern lässt.

»Wir sind bereits mittendrin«, antworte ich düster.

KAPITEL 32

YRSA

Ich bin froh darüber, dass Astrid wieder im Mittelpunkt der Aufmerksamkeit steht. Alle, bis auf Vangar und mich, genießen es, wie sie ausschweifend und sehr detailliert über ihre mannigfaltigen Vorlieben bei Männern und Frauen berichtet. Viele der anwesenden Männer werden diese Erzählungen nutzen, wenn sie sich heute Nacht selbst Erleichterung verschaffen. Zum Glück schlafe ich bei Bran an Deck und muss mir das nicht anhören.

»Macht dir das nichts aus?«, frage ich Vangar, nachdem ich zu ihr gerutscht bin. Wir sitzen etwas abseits der Mannschaft.

Vangars dunkler Blick verdüstert sich noch mehr. »Doch, aber ich kann nichts dagegen tun.«

»Du könntest mit ihr reden«, sage ich. »Ihr mitteilen, dass es dich verletzt.«

Denn dass es sie verletzt, sehe sogar ich.

Vangar zuckt lediglich mit den Schultern. »So ist Astrid eben. Sie steht gern im Mittelpunkt und hat kein Problem damit, über ihre Vorlieben zu reden. Anders als ich legt sie sich nicht gern fest.«

Ich runzele die Stirn. »Aber während des Merwafestes hast du doch auch mit Männern geschlafen.«

Sie schüttelt den Kopf, ehe sie mit dem Kinn auf Astrid deutet. »Ich habe ihr dabei zugesehen und darauf gewartet, dass sie sich wieder mir zuwendet. Das gefällt mir hin und wieder, aber nicht ständig. Wenn es Kiers Anweisung nicht gäbe, müsste ich Astrid jede Nacht in einer anderen Hängematte suchen.«

Ich habe nichts dagegen, wenn jemand sich nicht festlegen will – egal ob Mann oder Frau –, solange es keine Probleme gibt. Aber für Vangar gibt es die offensichtlich sehr wohl. Und ich kann sie verstehen.

»Ich dachte, sie wäre deine Frau«, sage ich vorsichtig.

»Wir sind ein Paar, aber wir sind nicht verheiratet«, sagt sie. »Wir könnten es und ich würde sie gern zur Frau nehmen, aber dann müsste sie sich einschränken.«

Ich nicke. Sobald der Bund der Ehe geschlossen wird, steht die Höchststrafe auf Fremdgehen. Selbst bei den Merwafesten ziehen sich die Verheirateten zurück, um nicht in Versuchung geführt zu werden.

»Kennst du die Saga der Gegenstücke?«, fragt Vangar.

Ich nicke. »Wahrscheinlich besser als alle anderen auf dem Schiff zusammen.« Ich ziehe die Beine an und schlinge die Arme darum. »Der oberste Gott Noren war einsam«, zitiere ich aus den alten Schriften der Valkras. »Es gab zwar andere Göttinnen und Götter sowie uns Sterbliche, aber mit keinem von ihnen wurde er glücklich. Niemand konnte die Leere in seinem Herzen ausfüllen. Also erschuf er eine neue Göttin, deren Charakter seinen perfekt spiegelte und ergänzte. Diese Göttin passte zu ihm, als wären sie zwei Teile einer zerbrochenen Schale, die man wieder zusammenfügt. Noren erkannte Merwa als sein Gegenstück an. Er heiratete sie, auf dass sie nie wieder getrennt werden sollten.«

Natürlich gibt es Trennungen und Scheidungen, doch bei diesen Paaren hatte ich nie das Gefühl, dass es sich um Gegenstücke handelt. Wobei ich auch nicht weiß, wie es ist, ein Gegenstück zu sein.

Ohne dass ich es verhindern kann, schleicht sich Kier in meine Gedanken. Sein Gesicht ist verschwommen, als könnte mein Verstand es meinem Gedächtnis nicht völlig entreißen, aber seine Augen sind klar und von einem solch intensiven Grün, dass ich den Wald, an den sie mich denken lassen, beinahe riechen kann.

Schnell schüttele ich den Kopf, um Kiers Bild vor meinem inneren Auge zu vertreiben.

»Ich dachte, Astrid wäre mein Gegenstück«, sagt Vangar leise. »Aber jetzt bin ich mir nicht mehr so sicher. Vielleicht bin ich auch die Einzige, die so denkt. Vielleicht will sie mich deshalb nicht heiraten.«

»Woher weißt du es?«, frage ich. »Dass Astrid dein Gegenstück ist.«

Vangar reibt sich mit der flachen Hand über die Brust. »Ich fühlte es. Als ich sie näher kennenlernte, nachdem sie in unseren Clan aufgenommen wurde, fühlte ich mich ihr verbundener als meiner eigenen Familie. Da war etwas zwischen uns, das sich nicht mit Worten beschreiben lässt. Gleiche Interessen. Gleiche Gedanken. Gleiche Vorstellungen für die Zukunft.« Sie stößt den Atem aus. »Aber offenbar ist das nicht genug.«

»Du willst dich von ihr trennen?«, hake ich vorsichtig nach.

Langsam, als müsse sie erst selbst die Antwort auf diese Frage finden, schüttelt Vangar den Kopf. »Das würde ich nicht über mich bringen. Das wäre schlimmer, als meinen Schwertarm zu verlieren. Ich werde die Dinge so weiterlaufen lassen wie bisher und mich damit abfinden, dass ich nicht ihr Gegenstück bin.«

»Aber das …«, setze ich an, verstumme jedoch.

Das ist nicht richtig, wollte ich sagen. Es gibt nicht ein Gegenstück, sondern immer zwei. Ansonsten würde Norens und Merwas Saga keinerlei Sinn ergeben. Ja, alle Sagas lassen genug Raum für Interpretationen, und sogar die Valkras sind sich nicht immer einig, wie sie sie deuten sollen. Doch diese spezielle Saga ist eindeutig. Das will ich Vangar aber nicht sagen; sie wirkt schon niedergeschlagen genug. Außerdem bin ich weit davon entfernt, Beziehungsratschläge zu geben, schließlich war ich noch nie verliebt. Ich kann mir den Schmerz, den sie empfinden muss, nur schwer vorstellen.

Gerade als ich ihr als kleinen Trost eine Hand auf die Schultern legen will, regt sich mein Schemen. Schnell kneife ich die Augen zusammen, da mir dieses untrügliche Zeichen verrät, dass Kier wieder in meiner Nähe ist. Ein Donnergrollen lässt das Schiff erzittern und alle anderen verstummen.

Kurz darauf höre ich Kiers Stimme. »Hört mir alle zu. Wir befinden uns in einem Sturm. Jeder von euch wird genau das tun, was ich jetzt sage. Ihr müsst …«

Seine Worte werden von dem wütenden Zischen des Schemens und erneutem Donnergrollen verschluckt, sodass ich seine Anweisungen nicht verstehen kann. Blind taste ich nach Vangar neben mir.

»Was sollen wir tun?«, frage ich.

»Ein Seil«, sagt sie. »Wir sollen uns ein Seil um die Taille binden und es am Schiff befestigen für den Fall, dass wir von Bord gespült werden.«

Ich schlucke angestrengt, nicke aber. »Ist Kier weg? Ich muss zu Bran.«

»Er steht neben dem Hauptmast.« Ruhig beschreibt mir Vangar, in welche Richtung ich auf keinen Fall schauen darf.

Astrid kommt zu uns geeilt, mehrere Seile in den Armen, die sie erst Vangar reicht. »Bindet euch fest!«

Vangar wirft mir eines ihrer Seile zu. Mehrmals schlinge ich mir das Seil, das in etwa so dick wie mein Handgelenk ist, um die Taille, ehe ich es mit mehreren Knoten an der Reling sichere. Dann schnappe ich mir ein weiteres Seil und haste damit die wenigen Meter zu Bran, der bereits unruhig auf der Stelle tänzelt, da das Schiff zu schlingern beginnt. Welle krachen gegen die Schiffswand, Wasser spritzt an Deck und lässt meine Schritte unsicher werden.

Über mir zucken Blitze und erhellen den Nebel zu einem fast blendenden Weiß. Inmitten dieser hellen Farbe entdecke ich einen Schatten – Drakkar. Ich atme erleichtert auf. Sein Tierwesen vom Schiff loszubinden war die einzig richtige Entscheidung, die Kier hätte treffen können. Nun muss ich bloß noch meinen eigenen Gefährten davor bewahren, in den dunklen Fluten zu ertrinken.

»Ich bin hier«, sage ich möglichst ruhig, als ich Bran endlich erreiche. »Und ich werde nicht weggehen.«

Wie aus dem Nichts setzt Regen ein, der mich sogleich bis auf die Haut durchnässt. Zusammen mit dem Schaukeln des Schiffes brauche ich mehrere Anläufe, bis ich das Seil um Brans Bauch geschlungen habe. Dreimal entgleitet es meinen nassen Fingern, doch schließlich gelingt es mir, es festzuzurren und ebenfalls an der Reling zu befestigen.

Als ein weiterer Blitz die Dunkelheit durchzuckt, presst Bran den Kopf gegen mich und holt mich beinahe von den Füßen. So ruhig wie möglich streiche ich ihm durchs Fell und murmele ihm zu, dass alles gut werden wird. Völlig durchnässt schmiegen wir uns aneinander und geben uns die Zuversicht, die wir gerade brauchen.

Ein Schrei lässt meinen Kopf herumrucken. Erst beim nächsten Blitz sehe ich für den Bruchteil einer Sekunde einen Mann bewusstlos an Deck liegen. Ein zweiter hat sein Hemd ausgezogen und presst es an eine stark blutende Platzwunde am Kopf des ersten Mannes. Doch was meine Aufmerksamkeit fesselt, ist nicht die Wunde und all das Blut, das sich mit dem Meerwasser an Deck vermischt.

Sondern die Tätowierungen des zweiten Mannes.

Ich kenne sie.

Ich habe zwar nicht länger als einen Herzschlag, um sie zu sehen, aber ich *kenne* sie. Ich habe sie gesehen, als der Schein mehrerer Lagerfeuer sie erhellt hat. Als die starken Arme, in die sie gestochen sind, mich oben gehalten haben. Ich weiß genau, wie sie sich bewegen, wenn der Mann, dem sie gehören, die Muskeln anspannt.

Es kribbelt in meinem Magen, als die Gewissheit in mein Bewusstsein sickert. Mein Partner der letzten Merwanacht ist hier auf dem Schiff.

Bevor ich jedoch mit angehaltenem Atem auf den nächsten Blitz warten kann, um sein Gesicht zu erkennen, schlägt eine riesige Welle gegen das Schiff. Es kippt zur Seite und ich verliere das

Gleichgewicht. Mit aller Kraft klammere ich mich an der Reling fest, doch meine nassen Finger rutschen ab. Das Seil zieht sich um mich zusammen, bis ich keine Luft mehr bekomme. Ich greife danach, um mich wieder hochzuziehen, als über mir ein Knarzen ertönt.

Ich schaue nach oben. Ein Blitz erhellt Kiers Gesicht. Er beugt sich über die Reling, eine Hand nach mir ausgestreckt. Während ich noch den Bruchteil einer Sekunde mit mir hadere, ob ich sie ergreifen soll, obwohl der Schemen mich anschreit, es nicht zu tun, reißt mein Seil. Ich höre das Geräusch so überdeutlich, als würde um mich herum gerade kein Sturm toben. Für einen schrecklich langen Moment bin ich im freien Fall.

Das Letzte, was ich spüre, ist das eiskalte Wasser, das sich unter meine Haut frisst und mich mit Haut und Haaren verschlingt.

KAPITEL 33

KIER

Brans Brüllen hallt in meinem Kopf wider, als ich auf den pechschwarzen Ozean starre, der sich nicht vom Himmel abhebt. Der nächste Blitz lässt viel zu lange auf sich warten! Als er schließlich für einen winzigen Moment das Meer erhellt, sehe ich nichts als Schaum und Wellen.

Ich stoße einen Fluch aus, während ich herumwirbele, im Rennen mein Seil löse und nach einem weiteren suche.

»Was hast du vor?«, schreit Halvar über das Tosen des Sturms hinweg, als ich an ihm vorbeihaste.

»Was glaubst du wohl?«, gebe ich ebenso laut zurück, wobei ich den Blick fest auf die beiden Seile gerichtet lasse, die ich gerade zusammenbinde.

Ehe Halvar weitere Fragen stellen kann, reiche ich ihm das eine Ende der verbundenen Seile; das andere habe ich mir um die Taille geschlungen.

»Gut festhalten.«

Er holt Luft, um zu protestieren, doch da habe ich mich bereits abgewandt. Ohne zu zögern, klettere ich über die Reling und springe hinab ins Meer.

Es dauert ein halbes Leben, bis ich schließlich in den Wellen aufschlage. Ich dachte, ich wäre darauf vorbereitet, doch die eisige Kälte des Wassers raubt mir den Atem. Mit aller Macht ringe ich den Drang nieder, sofort wieder an die Oberfläche zu strampeln.

Ich erinnere mich, dass mein Clan den Kopf geschüttelt hat, als ich von den felsigen Klippen unseres Gebiets gesprungen bin und mir selbst Schwimmen beigebracht habe. Die Dorfbewohner hielten es für eine alte Mutprobe, bei der bereits viele gute Männer ihr Leben verloren haben, weil sie mit dem Kopf auf einem der Steine aufschlugen oder von den Wellen an der Felswand zerschmettert wurden. Mir ging es jedoch nie darum, irgendjemandem etwas zu beweisen; das habe ich schon lange aufgegeben. Ich wollte schwimmen können, wenn ich mich mit einem Schiff auf eine Reise ins Unbekannte begebe, und im besten Fall wollte ich auch bei starkem Seegang schwimmen können.

Dass ich diese Fähigkeit tatsächlich einmal brauchen würde, hätte ich weder gedacht noch gehofft.

Und nun bin ich hier, einige Meter unter Wasser, halte krampfhaft die Luft an und warte auf den nächsten Blitz.

Es fühlt sich an, als würden meine Lungen jede Sekunde bersten, während mir die Kälte des Wassers das Fleisch von den Knochen schält.

Ich dachte, ich sei Kälte gewohnt. Wenn ich mit Drakkar fliege, ist es ebenfalls eisig. Doch ich habe mich geirrt. Diese Art von Kälte ist …

Der nächste Blitz bringt meine wirren Gedanken zum Stillstand. Hastig sehe ich mich um.

Da! Einige Meter von mir entfernt treibt eine reglose Gestalt im Wasser.

Mit aller Macht kämpfe ich gegen die Kraft der Wellen an, die mich in eine völlig andere Richtung schieben. Mehrmals tauche ich auf, um Luft zu holen, werde aber nur einen Wimpernschlag später wieder unter Wasser gedrückt. Ich schwimme, tauche, strampele auf die Gestalt zu, die scheinbar leblos unter Wasser treibt.

Und plötzlich komme ich nicht weiter. Das verdammte Seil ist zu kurz! Ich denke nicht weiter darüber nach, sondern löse den Knoten, der es um meine Taille hält. Wie ich Yrsa und mich zurück zum Schiff bringen soll, ist gerade zweitrangig. Zuerst muss ich zu ihr.

Und sie muss leben.

Jeder Schwimmzug fällt mir schwerer als der vorherige. *Du kommst sowieso zu spät,* flüstert mir eine Stimme ein. *Sie ist längst tot.* Doch ich schwimme weiter, auch wenn es sich anfühlt, als würden die Muskeln in meinen Beinen gleich zerreißen. Auch wenn ich glaube, dass ich nicht von der Stelle komme. Auch wenn die Stimme vermutlich recht hat.

Als ich Yrsa schließlich erreiche, schließe ich sie fest in die Arme und schwimme mit ihr nach oben. Kaum dass ich die Oberfläche durchbreche, stürzt eine Welle über uns zusammen und drückt uns wieder nach unten.

Durch die Wucht der Gezeiten werden wir herumgewirbelt. Yrsa entgleitet meinem Griff. Gerade so kriege ich sie noch am Arm zu fassen, ehe der Ozean sie gänzlich verschluckt.

Meine Lungen schreien nach Luft, doch ich habe die Orientierung verloren. Ich kämpfe den Drang nieder, wahllos in eine Richtung loszuschwimmen, sondern warte auf den nächsten Blitz. Derweil ziehe ich Yrsa so nah an mich heran, dass ich einen Teil meiner verbleibenden Luft in ihre Lungen pressen kann. Luftblasen steigen zwischen unseren Mündern auf, als endlich der nächste Blitz durch den Himmel zuckt.

Nun, da ich weiß, wo oben und unten ist, packe ich Yrsa fester und schwimme zur Oberfläche. Wieder werden wir durchgeschüttelt, doch wir bleiben oben. Während ich einen Arm fest um Yrsa geschlungen habe, stecke ich mir zwei Finger der freien Hand in den Mund. Ich brauche mehrere Anläufe, um einen Pfiff auszustoßen. Als es mir schließlich gelingt, ist er so leise, dass er über das immer noch laute Tosen des abklingenden Sturms kaum zu hören ist.

Wind und Gischt peitschen mir ins Gesicht, doch ich halte uns irgendwie oben.

Gerade als ich erneut pfeifen will, schält sich ein noch dunklerer Schatten aus dem schwarzen Himmel und schießt zu uns herab.

Ich glaube, ich war noch nie so froh, mein Mädchen zu sehen.

Mit angehaltenem Atem hoffe ich, dass Drakkar rechtzeitig die Schwingen ausbreitet. Wenn sie auf den Wellen auftrifft, wird sie sich nicht abstoßen und wieder abheben können. Doch mein Wyvern weiß genau, was er zu tun hat. Mit ausgebreiteten Flügeln fliegt Drakkar knapp über der Wasseroberfläche entlang. Ich stoße einen weiteren Pfiff aus, um sie in unsere Richtung zu locken.

Mit ihren Hinterkrallen fischt sie uns aus dem Wasser, ehe sie sich wieder hinaufschwingt. Keine Sekunde zu früh; ich spüre noch die kalte Gischt der Wellenkämme, die genau dort zusammenbrechen, wo wir uns eben befanden.

Ich japse nach Luft; jeder Atemzug fühlt sich an, als würde mir jemand einen glühenden Schürhaken in den Brustkorb stechen. Noch während Drakkar uns zum Schiff zurückfliegt, überprüfe ich Yrsas Atmung. Doch da ist nichts. Erschlafft und ohne Regung hängt sie in Drakkars Klauen.

Einer der immer seltener werden Blitze erhellt ihr blasses Gesicht. Ihre Lippen sind blau angelaufen, ihre Augen fest geschlossen. Das sonst honigblonde Haar klebt ihr dunkel an Stirn und Wangen.

Kam ich zu spät?

Behutsam lässt Drakkar uns auf die glitschigen Planken des Decks hinab, ehe sie wieder aufsteigt, um am hinteren Teil des Schiffes zu landen. Sofort umringt uns die Mannschaft. Halvars »Bist du völlig übergeschnappt?«, dem einige weitere Beschimpfungen folgen, höre ich von ganz weit weg. Es ist, als befände sich mein Körper noch unter Wasser und würde von den Wellen hin und her geschleudert.

Ich krieche zu Yrsa hinüber; obwohl sie fast direkt neben mir liegt, verbrauche ich meine letzten Kraftreserven für diesen kurzen Weg.

»Atmet sie?«, krächze ich. Mein Hals, meine Lungen, alles in meinem Brustkorb brennt wie ein Feuer aus Eis.

Jemand beugt sich zu ihr hinab; ich kann nicht erkennen, wer. »Nein«, erhalte ich zögernd zur Antwort.

Ich schiebe jeden weg, der uns zu nahe kommt, und versuche krampfhaft, mich daran zu erinnern, was die Valkra meines Dorfes getan hat, als einer der Jungen zu ihr gebracht wurde, der von den Klippen gesprungen war.

Mit letzter Kraft drücke ich mich mit den Ellenbogen hoch und schlage ihr mehrmals mit der Faust auf den Brustkorb. Dann beuge ich mich über sie, presse den Mund auf ihren und beatme sie.

Ich habe keine Ahnung, wie oft ich diese Prozedur wiederhole. Ich bin gefangen in meiner eigenen Welt, in der niemand außer mir und der leblosen Yrsa existiert. In der ich die Luft anhalte und wünsche, ich könnte sie so wieder zum Atmen bringen. Doch ihre Augen bleiben geschlossen, ihre Lippen blau, als wäre sie bereits in die schneebedeckte Unterwelt hinabgestiegen. Denn nichts anderes würde sie erwarten, da sie nicht ehrenvoll im Kampf gestorben ist.

Und es wäre meine Schuld. Weil ich zugestimmt habe, sie aufs Schiff zu lassen.

Erneut schlage ich ihr mit der Faust auf den Brustkorb, fester diesmal. Vor Frustration, weil sie nicht die Augen öffnet. Vor Zorn auf die Schicksalsgöttinnen, die mir wieder und wieder klarmachen, dass sie nichts für mich übrig haben. Vor Wut auf die Götter, denen keine meiner Taten gut genug ist.

Plötzlich krümmt sich Yrsa. Wasser spritzt schwallartig aus ihrem Mund. Schnell packe ich sie an der Schulter und drehe sie zu mir, sodass sie sich nicht erneut an dem Wasser verschlucken kann. Sie hustet und keucht, aber …

Ich habe noch nie etwas so Wundervolles gehört wie das Geräusch, als sie nach Luft ringt.

Erst jetzt erlaube auch ich mir wieder zu atmen und danke den Göttern im Stillen für diese Gnade. Yrsas totes, bleiches Gesicht hätte mich bis zu meinem letzten Tag verfolgt.

»Bringt sie in meine Kajüte«, krächze ich.

Mein Hals brennt, doch ich muss weitere Anweisungen geben, solange ich noch dazu in der Lage bin. An den Rändern wird mein

Sichtfeld bereits dunkel und meine Bewegungen fahrig. Selbst mich aufzusetzen bringt mich an meine Grenzen.

Trotzdem winke ich Yrsas Begleiterinnen herbei. »Sie muss aus der nassen Kleidung raus. Zieht ihr etwas Trockenes und möglichst Warmes an und …«

Meine Worte verkommen zu einem undeutlichen Gemurmel, als alles um mich herum schwarz wird. Ich spüre, wie ich zur Seite kippe, kann die Arme aber nicht mehr rechtzeitig heben.

Das Letzte, was ich höre, ist, dass Halvar meinen Namen ruft.

KAPITEL 34

YRSA

Ich kann mich nicht bewegen. Und ich will es auch nicht. Ich fühle mich warm und geborgen, wann immer ich an Bran gekuschelt schlafe. Niemand bei klarem Verstand wagt sich näher als nötig an mein Tierwesen heran. Eingehüllt in seinen vertrauten Duft aus Wald und Erde, muss ich mich nicht verstellen oder stark sein.

Ein zu tiefer Atemzug holt mein Bewusstsein jedoch für einen kurzen Moment aus dieser wohligen Umnachtung heraus. Mein Hals brennt wie Feuer. Mein Brustkorb fühlt sich an, als hätte Drakkar darauf gesessen.

Und das hinter mir ist ganz bestimmt nicht Bran. Der Körper, der sich an meinen presst, ist zu fest, um der meines pelzigen Gefährten zu sein. Und er riecht anders. Nicht unangenehm, aber anders.

Ich zwinge ein Auge, sich zu öffnen. Obwohl ich liege, dreht sich alles um mich herum, und beinahe driftet mein Geist wieder ab. Ich bringe ihn dazu, sich auf die vordergründigsten Fragen zu konzentrieren. Worauf liege ich? Es ist nicht die Hängematte, die ich lediglich am Anfang der Reise benutzt habe.

Ich öffne das zweite Auge. Irgendwo in einem anderen Ende des Zimmers flackert eine Kerze und taucht die Umgebung in ein sanftes Orange. Allerdings weiß ich immer noch nicht, wo ich mich befinde. Das Letzte, woran ich mich erinnere, ist …

Ein stechender Kopfschmerz durchzuckt mich. Als ich mit der Hand nach meiner Stirn greifen will, um zu fühlen, ob ich irgendwo verletzt bin, regt sich der Körper hinter mir, den ich für einen Augenblick vergessen habe. Ein Arm, der mir bis eben nicht aufgefallen ist, der aber schon die ganze Zeit da sein muss, schlingt sich weiter um meine Mitte und zieht mich enger gegen eine feste Brust. Im Nacken spüre ich den warmen, gleichmäßigen Atem eines anderen Menschen.

Obwohl mir immer noch schwindelig ist, überkommt mich Panik. Als ich mich aus dem Griff herauswinden will, fällt mein Blick auf den Arm, der sich um meine Taille geschlungen hat, und ich erstarre.

Er ist vom Handgelenk hinauf mit Tätowierungen überzogen.

Tätowierungen, die ich kenne. Ihr Muster und ihre Anordnungen haben sich so fest in mein Gedächtnis gebrannt, dass ich sie überall wiedererkennen würde. Jedes Tattoo erzählt eine individuelle Geschichte, deshalb ist es nie bei zwei Menschen gleich, auch wenn sie demselben Clan angehören.

Und diese Tätowierungen gehören eindeutig zu dem Mann, mit dem ich in der letzten Merwanacht zusammen war.

Ja, er war auf dem Schiff. Ich erinnere mich verschwommen an ein aufblitzendes Bild aus der Nacht des Sturmes. Aber bin ich überhaupt noch auf dem Schiff? Als ich meine Gedanken wieder auf diese Nacht fokussieren will, durchzuckt mich erneut ein Stechen hinter den Schläfen.

Ich schiebe die Gedächtnislücke beiseite und drehe mich um. Meine Neugier frisst mich schier auf; ich muss wissen, wer dieser Mann ist! Was ich mit diesem Wissen anfangen werde, ist mir jedoch nicht ganz klar. Vielleicht werde ich ihn bitten, mir erneut ein solches Erlebnis zu schenken wie in der Merwanacht. Allein der Gedanke weckt ein aufgeregtes Kribbeln in meinem Bauch, ohne dass das warme Gefühl abrupt verschwindet.

Ehe ich mich noch darüber wundern kann, regt sich der Mann hinter mir und öffnet in dem Moment die Augen, als ich mich so weit in seiner Umarmung umgedreht habe, dass ich ihn ansehen kann.

Augen so grün wie frische Tannenknospen blicken mir entgegen, so weit aufgerissen, dass ich die dunkleren Sprenkel darin erkennen kann, die mich an Moos erinnern, das zeit seines Lebens unter einem ausladenden Baum im Schatten gewachsen ist.

Meine Gedanken sind wirr, meine Atmung derart abgehackt, dass ich beinahe das Bewusstsein verliere. Gut möglich, dass ich das bereits habe.

Das hier muss ein Fiebertraum sein. Es kann unmöglich sein, dass Kiers Tätowierungen wirklich mit denen meines Partners in der Merwanacht identisch sind. Aber in diesem Traum ist genau das der Fall. Es wäre nicht das erste Mal.

Wir starren einander an, unsere Nasenspitzen nur einen Hauch voneinander entfernt. Selbst wenn mein Leben davon abhinge, könnte ich den Blick nicht von ihm abwenden, und ihm scheint es genauso zu ergehen.

Ich dachte, ich hätte so vieles vergessen. Die Form seines Gesichts. Die Farbe seiner Augen. Den Schwung seines Mundes. Die kleine Falte, die sich auch jetzt zwischen seinen Augenbrauen bildet, als müsse er angestrengt über etwas nachdenken. All das wollte ich mir vergeblich in Erinnerung rufen, wenn ich ihm geschrieben und mir vorgestellt habe, wie er in seinem Langhaus sitzt und eine Antwort verfasst. Mir ist es nie gelungen; die dürftigen Bilder in meinem Kopf ließen mich im Stich. Mehr als an grobe Fakten wie das Grün seiner Augen konnte ich nicht heraufbeschwören. Jedoch ist mir eine solche Farbe, wie ich sie nun vor mir sehe, nicht in den Sinn gekommen.

Aber jetzt, in diesem Traum gelingt es mir. Ich sehe ihn vor mir, kann ihn betrachten und all das erkennen, was ich vergessen glaubte. Wie die Narbe, die seine Augenbraue in zwei ungleiche Hälften teilt. Oder wie glatt und bartlos sein Gesicht ist, weshalb ich seine scharf geschnittenen Wangenknochen viel besser erkennen kann.

»Yrsa«, wispert er beinahe tonlos.

Ich erschauere wohlig, als er meinen Namen ausspricht. Wie er ihn sagt. Wie seine Lippen sich bewegen, wenn sie ihn formen.

Im Stillen danke ich den Göttern für diesen Traum, in dem ich all das genießen kann, ohne die Einflüsterungen des Schemens fürchten zu müssen. Bis auf Kiers Atem und meinen wilden Herzschlag höre ich nichts als wohltuende Stille. Fast so, als wären wir wieder zurück in der letzten Merwanacht. Auch da genoss ich die Stille und das Gefühl, völlig frei zu sein. Mich gehen lassen zu dürfen. Fallen zu können und aufgefangen zu werden.

Ich habe flüchtig darüber nachgedacht, wer mein Partner in jener Nacht gewesen sein könnte. Kier kam mir dabei oft in den Sinn. Nicht weil ich glaubte, dass er es tatsächlich war, sondern … weil es schön gewesen wäre.

»Wie fühlst du dich?«, fragt Kier leise, als hätte er Angst, dass mich ein zu lautes Wort verschrecken könnte.

Ich spüre, wie sich meine Mundwinkel heben, ohne dass ich es ihnen befehlen muss. Seine Augen weiten sich, als er mein Lächeln sieht.

»Ich wusste nicht, wie sehr ich mir gewünscht habe, dass du es warst.«

Die Worte kommen aus mir heraus, bevor ich mir ihrer bewusst bin. Aber noch während ich sie ausspreche, ist mir klar, dass es die Wahrheit ist. In diesem Traum kann ich sie formulieren; in der Wirklichkeit kämen sie mir nie über die Lippen. Wie könnte ich auch zugeben, dass mein Rivale und Erzfeind der Mann ist, der mir den besten Sex meines Lebens geschenkt hat? Außerdem ist dies ein Traum; in Wahrheit war es irgendwer, den ich nie wiedersehen werde. Aber in diesem Traum, ohne den Schemen und behütet in seinen Armen, kann ich Dinge aussprechen, die mir sonst nie in den Sinn kämen. Allein meinen wilden Herzschlag hätte das dunkle Wesen längst aufgefressen und sich daran gelabt. Hier kann ich es spüren – das schnelle Wummern gegen meinen Brustkorb.

Der immer noch ziemlich wehtut.

»Ich verstehe nicht«, murmelt Kier, wobei sich die Falte zwischen seinen Augenbrauen vertieft.

»Deine Tätowierungen«, sage ich. »Ich erkenne sie. Dir ist es vielleicht nicht klar wegen der Masken, aber wir waren während der letzten Merwanacht zusammen.«

Bisher musste ich dem Traumkier keine Zusammenhänge erklären. Ich musste ihm überhaupt nichts erklären, weil wir nicht redeten, sondern mit anderen Dingen beschäftigt waren.

»Yrsa, warum kannst du mich ansehen?«, fragt er wie aus dem Nichts.

Ich blinzele. »Weil das hier ein Traum ist.«

Er mustert mich mit einer Spur Verwirrung und Misstrauen. »Du hast ziemlich viel Salzwasser geschluckt und mehrere Tage geschlafen. Aber ich kann dir versichern, dass das hier kein Traum ist.«

Ich blinzele. Einmal. Zweimal. Mein Mund öffnet sich, ohne dass ein Wort herauskommt. Schließlich gelingt es mir. »Was?«

Ich rutsche ein Stück von ihm weg, ohne mich gänzlich aus seiner Umarmung zu befreien. Noch immer kann ich ihn ansehen, ohne dass der Schemen die Kontrolle an sich reißt. Ich höre nicht einmal sein Zischen und Flüstern.

Abrupt setze ich mich auf.

»Langsam«, mahnt Kier, als er sich ebenfalls aufrichtet.

Gehetzt huscht mein Blick durchs Zimmer, das sich als Kiers Kajüte entpuppt. Ich liege mit ihm in seinem winzigen Bett, in das er kaum allein passt, und spüre ihn überall an mir, obwohl seine Arme nun nicht mehr um mich geschlungen sind. Die Wärme, die er bis eben an mich weitergeleitet hat, muss eisigem Entsetzen weichen. Ich rechne damit, dass der Schemen jederzeit aus irgendeiner Ecke hervorschnellt und mir befiehlt, Kier zu töten.

Doch alles bleibt still. So still, dass ich meinen wilden Herzschlag in meinen Ohren hämmern höre.

Die Nacht des Sturms. Ich bin von Bord gefallen. Die Wellen haben mich verschluckt. Alles um mich herum war schwarz.

»Ich müsste tot sein«, flüstere ich, ehe ich zu Kier herumwirbele. »Warum bin ich nicht tot?«

Wie aus einem Reflex heraus hebt er beide Arme, als erwarte er, dass ich gleich auf ihn losgehen werde. Das müsste ich. Der Schemen hätte mich schon längst in eine Bestie verwandeln müssen, die an nichts anderes denkt, als Kiers Leben zu beenden. Doch ich sitze hier, mit ihm zusammen in seinem Bett, und harre auf seine Antwort.

»Du kannst mich ansehen«, sagt er leise, während er meinen Blick festhält.

»Ja«, bringe ich mit einem Krächzen hervor; mein Hals fühlt sich wie zugeschnürt an. »Weil das hier ein Traum ist.«

Ohne mich aus den Augen zu lassen, legt er vorsichtig seine Hände an meine Wangen und umschließt mein Gesicht. Seine Hände sind so warm, dass sich mein Blut augenblicklich erhitzt. Die Haut, die er berührt, reagiert mit einem aufgeregten Kribbeln, das mir völlig fremd ist. Ich gebe einen Laut von mir – eine Mischung aus Wimmern und Stöhnen –, für den ich mich normalerweise schämen würde, doch er entschlüpft mir, ehe ich ihn aufhalten kann.

»Ich kann dir versichern«, raunt Kier in einem Tonfall, der alles in mir zum Schwingen bringt, »dass das hier real ist. Dass *ich* real bin.«

Ich schnappe nach Luft, nur um gleich darauf den Atem anzuhalten. Meine Gedanken überschlagen sich, ohne dass ich einen davon zu fassen kriege.

Unstet huscht mein Blick umher. »Ich … der Schemen … er müsste …« Mein Stammeln wird zu einem Flüstern und derart wirr, dass ich den Sinn selbst nicht mehr verstehe.

»Sieh mich an, Yrsa.«

Ich gehorche sofort. Ich kann gar nicht anders, als ihn anzusehen, mich in seinen Augen zu verlieren – auch wenn ich mich davor fürchte.

Noch immer ruhen seine warmen, rauen Hände an meinen

Wangen. Vermutlich ist es diese Berührung, zusammen mit seinem verständnisvollen, aber unnachgiebigen Blick, die mich davor bewahren, völlig den Verstand zu verlieren.

»Ich habe eine Theorie zu deinem Schemen«, sagt Kier ruhig, »aber zunächst klären wir deine andere Frage: Du bist nicht tot, weil ich dich aus den Wellen gezogen habe.«

Ich schlucke angestrengt. »Wie?«

»Ich bin dir hinterhergesprungen. Und Drakkar hat uns beide aus dem Meer gefischt, nachdem ich dich gefunden hatte.«

Ich bin mir sicher, dass er eine ganze Menge auslässt, und das ist auch besser so. Die gesamte Wahrheit könnte ich gerade nicht verarbeiten. Ich bin sowieso schon völlig überfordert.

»Warum bin in deiner Kajüte? In deinem … Bett?«

»Du warst mehr tot als lebendig, als Drakkar und ich dich aus dem Wasser gezogen haben. Du hast nicht mehr geatmet und warst unterkühlt, genau wie ich. Es gab keinen anderen Ort, wo wir uns hätten wärmen können.«

Ich weiß nicht, warum ich gleichzeitig erleichtert und unglücklich über seine Erklärung bin, doch ich schiebe dieses Rätsel vorerst beiseite.

»Und was deinen Schemen betrifft …« Sanft streicht er mit den Daumen über meine Wangen, was ein Kribbeln in mir auslöst. »Hörst du ihn nicht mehr?«

»Nein.« Ich schließe die Augen und lausche. »Es ist ganz still. Und gleichzeitig laut.«

Ich nehme Dinge wahr, die mir zuvor verborgen geblieben sind. Meinen Herzschlag. Kiers gleichmäßigen Atem. Das winzige Geräusch, wenn seine Finger über meine Haut gleiten. All das klingt neu, und doch kann ich kaum genug davon bekommen.

Ich will mehr hören; vor allem seine Stimme, die schon immer das Zischen des Schemens übertönen konnte. Vielleicht übertönt sie auch all die lauten Geräusche in mir, die mich verwirren. Ebenso wie die Empfindungen, die durch mich hindurchrauschen und die vom Schemen gefressen worden wären, bevor ich sie hätte spüren können. Nun sind sie derart überwältigend, dass ich schier unter ihnen zusammenbreche.

»Ich habe eine Theorie über deinen Schemen«, wiederholt Kier. »Willst du sie hören?«

»Ja«, hauche ich.

Ich würde gerade alles hören wollen, solange er derjenige ist, der es ausspricht.

»Noch während der Prüfungen habe ich Halvar damit beauftragt, Nachforschungen über den Schemen anzustellen.«

Ich öffne die Augen. »Wieso?«

Er zieht eine Augenbraue nach oben und schenkt mir dieses schiefe Grinsen, dessen Anblick meinen Herzschlag weiter beschleunigt. »Stelle keine Fragen, auf die du keine Antworten willst. Jedenfalls hat er nicht viel herausgefunden, da Schemen selbst in den Schriften der alten Valkras kaum Erwähnung finden.«

Ich stoße die Luft aus. »Weil so gut wie niemand dumm genug ist, einen heraufzubeschwören.«

Sein Lächeln wird breiter. »Das hast du gesagt. Die wenigen Erwähnungen, die es gab, drehten sich jedoch darum, dass ein Unrecht beglichen oder eine Fehde beigelegt werden muss. Entweder durch den Tod desjenigen, der das Unrecht verursacht hat …«

»… oder durch die Begleichung der Schuld«, murmele ich. »Ein Leben für ein anderes.«

Kiers Lächeln wirkt nun warm, beinahe stolz. »Das ist zumindest meine Theorie, die ich mir auf die Schnelle zusammengereimt habe. Sie könnte sich als falsch herausstellen. Ich wusste nicht, dass dein Schemen nicht mehr da ist.«

Er nimmt eine Hand von meiner Wange. Ich bin drauf und dran, dagegen zu protestieren, als er mit einer Kopfbewegung Richtung Tür deutet. Ich folge seinem Wink und bemerke, dass sie offen steht.

»Ich wusste nicht, was du tun wirst, wenn du aufwachst«, sagt er. »Würdest du direkt auf mich losgehen, weil dein Schemen dich dazu zwingt? Würdest du mich anschreien und beschuldigen, ich hätte dir etwas angetan? Deshalb stand die Tür die ganze Zeit über offen. Bran steckt ständig seinen Kopf herein. Deine Begleiterinnen kommen einmal am Tag vorbei, um nach dir zu sehen.«

»Deine Sorge um den Schemen verstehe ich.« Ich ziehe die Nase kraus. »Aber ich hätte dich nicht angeschrien oder beschuldigt.« Mein Blick gleitet über seine unbedeckten Arme; die Ärmel seines Hemdes hat er hochgekrempelt, wohl weil es ihm mit mir im Bett zu warm wurde. »Wir sind schließlich beide bekleidet.«

Mit einem Mal wirkt sein Blick dunkler. »Das waren wir während der Merwanacht ebenfalls.«

Meine Wangen fühlen sich an, als stünden sie lichterloh in Flammen. Ich kann nicht einmal sagen, wieso.

Kier fällt es ebenfalls auf. Sachte streicht er mit zwei Fingern darüber, während er raunt: »Ah, rot werden kannst du jetzt also auch.« Er lehnt sich zu mir herüber, bis sich unsere Nasenspitzen beinahe berühren. »Sag mir noch mal, wie froh du bist, dass ich es war.«

Meine Atmung geht so schnell, dass ich fast keuche. Fest presse ich die Lippen zusammen, damit mir weder dieser noch ein anderer Laut entweicht. Ich will aus dem Bett krabbeln und dieser Situation entfliehen, die ich nicht beeinflussen kann. Meine Füße verfangen sich dabei in der dünnen Bettdecke, und um ein Haar wäre ich der Länge nach in den schmalen Gang gefallen, hätte Kier mich nicht am Arm gepackt.

Im nächsten Moment stehe ich mit dem Rücken gegen die Holzwand, während er die Arme seitlich von meinem Gesicht abstützt und mich mit seinem dunklen Blick verschlingt. Ich genieße es, zwischen seinen Armen eingeschlossen zu sein und auf diese Weise von ihm angesehen zu werden. In mir tobt eine solche Vielzahl an Empfindungen, dass mir beinahe schwindelig wird, aber keine davon ist von Furcht beseelt. Dennoch zittere ich und kann nicht damit aufhören.

Behutsam streicht er mir eine Haarsträhne aus der Stirn und streift dabei mit den Fingerspitzen über die Narbe, die sich bis zu meiner Schläfe zieht. Nun keuche ich doch. Ich kann mich nicht erinnern, ob sie je jemand berührt hat, wenn es nicht darum ging, sie zu behandeln oder zu verstecken. Obwohl die Haut dort tot und zerstört sein sollte, kommt es mir vor, als wäre sie noch empfänglicher als meine Wangen. Aber seine Berührungen hatten schon immer eine besondere Wirkung auf mich – wie in jener Nacht.

»Ich sollte jetzt gehen«, bringe ich irgendwie hervor.

Er neigt den Kopf, während wieder das schiefe Grinsen in seinem rechten Mundwinkel lauert. »Ich halte dich nicht auf.«

Das ist die Wahrheit. Ich könnte leicht unter seinem Arm hindurchtauchen oder ihn gar zurückstoßen. Doch ich rege keinen Muskel, sondern erwidere seinen Blick, während ich versuche, meine Gedanken zu ordnen.

Als ich vorhin zu ihm sagte, wie froh ich sei, dass er es war, wusste er vermutlich nicht, was ich meine. Wir trugen Masken, waren benommen von den Kräutern und dem Met. Dort waren viele Menschen – Teilnehmer, Begleiter und Gehilfen. Hätte ich seine Tätowierungen nicht wiedererkannt, wüsste ich bis heute nicht, wer mein Partner in der Merwanacht war.

Kier wird ebenfalls nicht gewusst haben, wer seine Partnerin war. Und es wird ihm egal gewesen sein.

Ein Stich durchzuckt mich und hallt in mir nach. Es fühlt sich an wie eine Verletzung, aus der jedoch kein Blut fließt. Ich kneife die Augen zu in der Hoffnung, den Schmerz damit vertreiben zu können, doch er setzt sich in mir fest. Nun ist es, als würden unzählige Schemen in mir zischen. Sie verlangen nicht von mir, dass ich Kier töte, sondern flüstern mir Dinge ein, an die ich früher keinen Gedanken verschwendet hätte. Dass ich austauschbar bin. Dass eine andere ihm mehr Vergnügen hätte bereiten können als ich. Dass er gemerkt haben muss, wie unerfahren ich bin.

Als der Schemen noch in mir hauste, hätten mir solche Gedanken nicht den Schlaf geraubt. Ein Teil von mir wünscht sich diese Gleichgültigkeit zurück. Sie war besser als das Chaos, in dem ich nun ertrinke.

»Yrsa.« Kiers Stimme klingt bestimmt und gleichzeitig ruhig. Augenblicklich verstummen die wirren Einflüsterungen. »Sieh mich an.« Ich gehorche. Wie zur Belohnung streicht er wieder mit den Fingern über meine Narbe. »Und jetzt rede mit mir. Ich merke dir an, dass dich etwas beschäftigt.«

»Ich …« Zitternd atme ich aus und ein. »Ich kann nicht. Es ist … zu viel.«

Ich weiß nicht, wie ich es ihm erklären soll. Fast meine gesamte Jugend habe ich mit dem Schemen verbracht, der den Großteil meiner Gefühle von mir fernhielt – positive wie negative. Nun werde ich schier davon überrollt und habe keine Ahnung, wie ich damit umgehen, wie ich mich verhalten soll.

»Wir sind allein«, sagt Kier. »Es gibt nichts, was du nicht mit mir bereden kannst.« Er legt mir einen Finger unters Kinn und drückt es leicht nach oben, sodass ich seinem Blick noch tiefer begegnen kann. »Erst recht nicht, wenn es dabei um uns beide geht.«

Ich halte mich nicht mit der Frage auf, ob er nun auch Gedanken lesen kann; das wäre eine beängstigende Vorstellung.

Nach einem tiefen Atemzug sage ich: »Der Schemen hielt alles von mir fern. Freude. Trauer. Angst. Aber auch Empfindungen, wenn ich mit einem Mann zusammen war.«

Kier nickt.

»Es stillte nie meine Bedürfnisse. Vielleicht weil mein Gegenüber zu viel Met getrunken hatte. Vielleicht weil es meinem Gegenüber nur um seine eigene Lust ging. Vielleicht weil ich meinem Gegenüber egal war. Ich hätte jede sein können. Aber die Merwanacht während der Prüfungen war … anders.«

»Du nanntest es ›lebensverändernd‹.«

Ich verdrehe die Augen. »Würdest du das bitte nicht wiederholen?«

Er schmunzelt. »Wenn ich deinen Wangen damit jedes Mal diesen entzückenden Rotton entlocke, werde ich bis an mein Lebensende kein anderes Wort mehr sagen.«

Ich funkele ihn möglichst wütend an, obwohl ich es nicht bin.

Verlegen, ja, aber nicht wütend. »In jener Nacht fühlte ich mich … begehrt. Gewollt. Wunderschön. Aber jetzt denke ich … andere Dinge und sie verwirren mich. Die Angst, dass ich für dich auch jede hätte sein können … Dass du nicht einmal wusstest, dass ich es bin … Das tut mehr weh, als es sollte.«

Kier mustert mich stumm, während mir das Herz bis zum Hals schlägt. Warum habe ich das alles gesagt?

»Soll ich dir etwas verraten?«, fragt er schließlich.

Ich nicke, weil ich meiner Stimme nicht traue.

Die Arme wieder seitlich von mir abgestützt, lehnt er sich vor, bis meine Brust bei jedem Atemzug gegen seine streicht. Ich hole noch tiefer Luft. Immer tiefer, bis ich mich fast gegen ihn schmiege.

Ohne meinen Blick freizugeben, raunt er: »Du hättest nicht jede sein können. Ich wusste sehr genau, wen ich vor mir hatte. Und ich habe es ebenso genossen wie du.« Er lehnt sich noch weiter vor, um mir etwas ins Ohr zu flüstern. Dabei spüre ich die Bewegung seiner Lippen an meiner Wange. »Für mich war es ebenfalls lebensverändernd.«

Meine Knie zittern, mein Blut kocht und ich glaube, jede Sekunde verglühen zu müssen. Bis auf die letzte Merwanacht habe ich noch nie in meinem Leben Lust empfunden. Ich habe mitleidig über all jene den Kopf geschüttelt, die sich von ihrem Verlangen haben leiten lassen. Sogar über Fulkir, dessen Lust und Verliebtheit in die Frau aus einem fremden Clan sein Untergang war. Jetzt beben meine Finger vor dem Wunsch, Kier an mich zu ziehen und ihm das Hemd vom Leib zu reißen. Schnell balle ich die Hände zu Fäusten, um sie davon abzuhalten.

Ich will, dass er mich gegen die Wand drückt und mich nimmt. Oder auf dem Tisch. Oder in seinem Bett. Mir wäre alles recht, solange wir die Tür schließen. Ich kann nur daran denken, dass ich ihn brauche. Bloß er kann dieses Feuer besänftigen, das mich von innen heraus verzehrt. Es brennt noch heißer als beim letzten Mal, befeuert durch meine Erinnerungen. Wäre es diesmal genauso? Oder nun, da der Schemen fort ist, sogar noch besser?

Mein Kopf ist benebelt vor Lust, und ich öffne den Mund, um meinen Wunsch zu formulieren, der mir in normalem Zustand nie über die Lippen käme. Bevor ich jedoch ein Wort von mir geben kann, steckt Halvar den Kopf zur Tür rein.

»Ich weiß, ich soll nur im Notfall stören«, flüstert er, »aber … *oh.*« Er klappt den Mund zu, als er uns entdeckt. »Du bist wach. Und … auf.«

Erst jetzt bemerke ich, wie die Situation auf ihn wirken muss: Ich gegen die Wand gedrängt, Kier nur einen Hauch von mir entfernt.

Halvars Blick huscht zwischen Kier und mir hin und her, ehe er betont langsam durchs Zimmer schweift. »Und du hast noch kein Blutbad angerichtet. Hab ich was verpasst?«

»Was ist?«, grollt Kier.

Nun schwingt in seiner Stimme nichts mehr von der bestimmten Ruhe mit, die mich vorhin geerdet und meine wirren Gedanken besänftigt hat. Und doch fesselt sie mich auf eine Art, die ich kaum beschreiben kann. Kier ist nun durch und durch ein Anführer. Ganz gleich, wie viele Menschen in diesem Raum wären, alle Blicke wären auf ihn gerichtet. Er nimmt den Raum, sogar die Luft um mich herum in Besitz, bis ich kaum noch wage einzuatmen.

Nicht aus Angst halte ich die Luft an, sondern aus Ehrfurcht. Gleichzeitig ringe ich den Drang nieder, mich wieder an ihn zu schmiegen, damit vielleicht ein wenig dieser Präsenz auf mich abfärbt.

Anders als ich scheint Halvar jedoch nicht beeindruckt zu sein. Lässig verschränkt er die Arme vor der Brust und lehnt sich mit der Schulter gegen die Wand, an die ich noch immer meinen Rücken presse. »Die Masche zieht bei der Kleinen, aber bei mir nicht. Ich muss mit dir reden. Allein.«

»Ich sollte gehen«, murmele ich.

Diesmal raffe ich mich dazu auf und tauche unter Kiers Arm hindurch. Er ist zu sehr damit beschäftigt, Halvar niederzustarren, als dass er mich aufhalten könnte. Ein Teil von mir ist deswegen enttäuscht. Der viel größere Teil versucht indes mit der unüberschaubaren Anzahl an Gefühlen klarzukommen, die mich von einer Richtung in die andere zerren wollen.

Meine Knie verrichten nur notdürftig ihren Dienst, deshalb stolpere ich aus Kiers Kajüte aufs Deck. Hinter mir höre ich Halvar irgendetwas über ein Seil reden, doch ich schwanke weiter.

Bran entdeckt mich bereits aus mehreren Metern Entfernung. Sein vertrautes Brummen lässt meine Augen brennen. Als ich endlich bei ihm angekommen bin, schmiege ich das Gesicht in sein weiches Fell, sodass niemand meine Tränen und mein Schluchzen hören kann.

KAPITEL 35

KIER

Ich höre Halvar nur mit weniger als einem halben Ohr zu und starre stattdessen auf die Tür, durch die Yrsa eben verschwunden ist. Hätte ich sie aufhalten sollen? Warum habe ich gezögert?

Weil ich weiß, worauf es hinausgelaufen wäre, hätte ich sie aufgehalten und stattdessen Halvar rausgeworfen. Ich habe es in ihren Augen gesehen; dieser Glanz ist unverkennbar. Ich sah überdeutlich was ihr durch den Kopf ging. Was sie wollte.

Und ich habe so gehofft, nie wieder auf diese Weise von einer Frau angesehen zu werden …

»Hörst du mir eigentlich zu?«, fragt Halvar.

Ich blinzele. »Nein.«

Er verdreht die Augen. »Hätte mich auch gewundert. Hättest du dann jetzt die Güte, dich auf mich zu konzentrieren, oder soll ich die Kleine wieder reinschicken, damit du sie vögelst, um wieder klar im Kopf zu werden?«

Ich balle die Hände zu Fäusten. »Das hatte ich nicht vor.«

Halvar gibt ein Schnauben von sich, das sein Lachen bloß spärlich kaschiert. »Da war die Beule in deiner Hose, als ich reinkam, aber anderer Ansicht. Und die Kleine auch. Wusste gar nicht, dass die Eisprinzessin derart willig aussehen kann. Wenn du …«

Ich packe ihn grob vorn an seiner Tunika und zerre ihn nah zu mir. »Über mich kannst du sagen, was du willst. Aber du lässt Yrsa da raus, klar?«

Halvar verengt die Augen zu Schlitzen, ehe er sich mit einem Ruck aus meinem Klammergriff befreit. Bedächtig streicht er den Stoff seiner Tunika glatt. »Ich dachte, du hättest deine Lektion gelernt.«

»Das habe ich«, gebe ich zurück.

»Dann sag mir, dass du nicht deine eigene Anweisung über den Haufen geworfen und die Kleine flachgelegt hättest, wenn ich nicht reingekommen wäre. Sieh mich an und versichere mir, dass du dich nicht wieder in etwas verrennst, was von vornherein zum Scheitern verurteilt ist.«

Ich stoße die Luft aus. »Du bettelst geradezu darum, dass ich dich verprügele …«

Dummerweise hat er recht. Wenn Yrsa mich darum gebeten hätte, wäre mir meine eigene Anweisung, dass alle brav ihren Schwanz in der Hose lassen, herzlich egal gewesen. Ich hätte sie gegen die Wand gevögelt, wie während der Merwanacht. Oder auf dem Tisch, nachdem ich die Karte mit einer schnellen Handbewegung heruntergefegt hätte. Oder in dem schmalen Bett, das wir uns mehrere Tage geteilt haben und das sicher noch nach ihr riecht. Ich hätte sie sogar auf dem Boden gevögelt. Weil ich es genauso sehr wollte wie sie.

Bevor Halvar hereinkam, war mir nicht bewusst, mit welchem Blick sie mich ansah; das wurde mir erst hinterher klar, und es hat dieselbe Wirkung, als hätte jemand ein Eimer Eiswasser über mir ausgekippt.

Ich reibe mir mit einer Hand über die Stirn. »Wieso bist du hier?«

»Ich nehme das einfach als ein ›Danke, mein bester und einziger Freund, dass du mich vor einer großen Dummheit bewahrt hast‹. Wie ich vorhin schon sagte, bin ich wegen des Seils hier. Ich habe mit der Besatzung gesprochen, und jeder, der es gesehen hat, ist sich sicher, dass es niemals hätte reißen dürfen.«

Ich brauche ein paar Sekunden, um ihm folgen zu können. Die letzten Tage war Halvar bereits mehrmals in meiner Kajüte. Meistens ging es um die Frage, wie Yrsa überhaupt über Bord gehen konnte. Die Frage stellte ich mir auch, war ich mir doch sicher, dass sie sich und Bran gut befestigt hatte. Die Antwort war schnell gefunden: Es hatte sich nicht, wie erst angenommen, der Knoten gelöst, sondern das Seil war gerissen. Wenn das bei Bran geschehen wäre, hätte ich es mir noch vorstellen können, aber nicht bei Yrsas Gewicht.

»Du meinst, das Seil war manipuliert?«, frage ich.

Halvar nickt. »Es war angeschnitten, da ist sich die Mannschaft sicher.«

Ich lehne mich zurück, bis ich halb auf dem Tisch sitze. »Haben wir jemanden an Bord, der die Reise sabotieren will, oder hat es jemand gezielt auf Yrsa abgesehen?«

»Sag du es mir.«

Ich verschränke die Arme. »Beides würde Sinn machen. Als ich mich geweigert habe, dem obersten Anführer die Pläne meines Schiffes offenzulegen, wurde ich prompt am nächsten Tag bei der Kletterprüfung Yrsa zugeteilt. Mir ist klar, dass mich die Schicksalsgöttinnen nicht besonders leiden können, aber das war ein zu großer Zufall.«

»So was habe ich mir auch gedacht. Aber was hätte der oberste Anführer davon, wenn er Yrsa umbringt?«

»Er war sehr deutlich«, sage ich. »Wenn sie stirbt, egal durch welche Umstände, haben wir beide verloren.«

»Würde er so weit gehen?«

»Ich weiß es nicht«, gebe ich zu. »Aber er ist schon ziemlich lange an der Macht. Menschen neigen dazu, sich an ihre Positionen zu gewöhnen und sie als selbstverständlich anzusehen. Im Notfall würden sie alles tun, um sie zu verteidigen.«

»Aber er wird abgewählt, zweifellos«, wirft Halvar ein.

»Die Frage ist, wer ihn beerbt. Er schien kein besonderer Freund von Yrsa und mir zu sein.«

»Du meinst, dass einer von euch beiden auf der Reise stirbt, war von Anfang an von ihm geplant?«

Einen Moment denke ich über die Frage nach. »Ich schätze, er hat auf den Schemen gehofft. Dass er die Drecksarbeit für ihn erledigt. Da er nun nicht mehr da ist, wird derjenige, der hier auf dem Schiff die Befehle des obersten Anführers vollstreckt, seine Bemühungen erhöhen.«

»Der Schemen ist weg?«

Kurz berichte ich Halvar von dem Moment, als Yrsa aufwachte und mich ansehen konnte, und von meiner Theorie dazu.

»Aber warum der ganze Aufwand?«, fragt Halvar. »Nur weil der oberste Anführer keinen von euch beiden als seinen Nachfolger will?«

Ich wiege den Kopf hin und her. »So ganz habe ich es noch nicht verstanden. Wir müssen vorsichtig sein. Im Grunde könnte jeder im Auftrag des Thans der Thane handeln.«

»Vielleicht ist alles auch nur ein dummer Zufall. Während des Sturms herrschte ein solches Durcheinander, dass ich nicht mehr sagen kann, wer nach welchem Seil gegriffen hat. Gut möglich, dass Yrsa einfach Pech hatte.«

Sein Einwand ist nicht aus der Luft gegriffen, trotzdem will das ungute Gefühl in meinen Eingeweiden nicht weichen.

»Wo wir gerade beim Thema Seil sind«, brummt Halvar. »Ich will nie wieder an Deck stehen und bloß ein Seil aus dem Wasser ziehen müssen, weil du es für eine gute Idee gehalten hast, den verdammten Knoten zu lösen.«

»Tut mir leid.«

»Nein, tut es nicht, und das ist das Problem. Was hätten wir machen sollen, wenn du mit Yrsa da draußen in den Fluten ertrunken wärst? Drakkar hört nur auf dich. Wir anderen wären hier verreckt, mitten auf dem Meer, weil du den Helden spielen musstest.« Er stößt sich von der Wand ab und macht einen Schritt Richtung Tür. »Es gibt hier eine ganze Menge Leute, die darauf vertrauen, dass du sie heil wieder zurück nach Hause bringst. Mich eingeschlossen. Also vergiss uns nicht wegen der Kleinen. Ganz egal, was sie für dich sein mag.«

»Das werde ich nicht«, verspreche ich leise.

KAPITEL 36

YRSA

Ich weine die halbe Nacht. Ich kann nicht mal sagen, weswegen. Die Tränen fließen einfach. Die Schluchzer entweichen mir, ohne dass ich mich für sie schäme. Ich bin abwechselnd tieftraurig, dann wütend, dann mutlos und schließlich wieder traurig.

Es ist, als müsste ich nun all die Emotionen durchleben, die ich wegen des Schemens nie fühlen konnte. Als hätten sie sich über die Jahre in mir aufgestaut. Nun brechen sie über mich herein wie die Fluten, die einem gebrochenen Staudamm entweichen.

Anfangs versuche ich, mich dagegen zu wehren und die Fassade der unnahbaren Anführerin aufrechtzuerhalten, doch ich scheitere kläglich. Das reißt mich noch tiefer in die Verzweiflung, deren Ursprung ich nicht kenne.

Irgendwann verlassen mich meine Kräfte und ich schlafe an Bran gekuschelt ein. Keine Ahnung, wie viele Stunden er meinen Ausbruch ertragen hat und einfach nur für mich da war.

Als ich aufwache, sitzen mir Vangar und Astrid gegenüber. Beide mustern mich mit einer Mischung aus Vorsicht und Unglauben.

»Ist es wahr?«, fragt Vangar. »Ist dein Schemen weg?«

Ich reibe mir über die Augen, die sich wund und verquollen anfühlen, ehe ich nicke. »Woher wisst ihr das?«

»Gerüchte verbreiten sich schnell auf diesem Schiff«, sagt Astrid gut gelaunt wie immer.

»Und wenn wir den Gerüchten nicht geglaubt hätten«, sagt Vangar, »wäre da die Tatsache, dass wir dich noch nie haben weinen sehen.«

Resigniert schließe ich die Augen. »Wer hat es noch gesehen?«

»So ziemlich das ganze Schiff«, antwortet Astrid. »Wenn du Privatsphäre willst, ist das Deck nicht der passende Ort dafür.«

»Na toll«, knurre ich.

Zu all den Emotionen, mit denen ich noch nicht wirklich klarkomme, gesellt sich nun das Wissen, dass mich fast alle in dieser bemitleidenswerten Situation gesehen haben. Sicherlich auch Kier.

Ich seufze verstohlen. Die Gedanken an ihn habe ich bis jetzt verdrängt, so gut es ging. Die Götter mögen seine Schuld als beglichen ansehen, aber kann ich das auch? Kann ich die Tat seines Vaters vergeben und meinen Groll ihm gegenüber begraben? Doch was würde das bedeuten? Dass er nicht mehr mein Erzfeind ist? Dass ich … normal mit ihm umgehen könnte?

Kann ich das überhaupt?

Ich fasse mir mit beiden Händen an den Kopf, der vor lauter Fragen nur so schwirrt. Ich sollte ihn hassen. Ein Teil von mir *will* ihn hassen. Und gleichzeitig will ich alles über ihn wissen. Ich will ihn kennenlernen; mehr noch als bisher. Seine Vorlieben. Eigenheiten. Gewohnheiten.

Das ergibt überhaupt keinen Sinn, und je mehr ich mich über meine verworrenen Gedanken ärgere, desto schlimmer werden sie.

»Wie … wie haltet ihr das aus?«, frage ich leise, während ich Astrid und Vangar nacheinander ansehe. »Wie könnt ihr ohne einen Schemen zurechtkommen?«

Vangars sonst stechender und berechnender Blick wirkt mit einem Mal weich. »Man lernt, damit umzugehen. Meistens in der Jugend, wenn man noch unter dem Einfluss der Eltern oder des restlichen Clans steht.«

Astrids Lachen klingt glockenhell. »Ich erinnere mich gut daran, wie unberechenbar ich war. Zum Glück wussten meine Eltern nicht einmal von der Hälfte der Dinge, die ich gemacht habe. Ich war wirklich unartig – in jeder Hinsicht.«

Vangar verzieht den Mund, verkneift sich jedoch einen Kommentar. »Ich kann mir vorstellen, wie es dir gerade geht.« Sie tätschelt mir die Hand. »Wie gesagt, da mussten wir alle durch. Du nun etwas später.«

»Aber wie soll ich ›da durchkommen‹? Ich weiß nicht, was ich denken oder fühlen soll. Was richtig oder falsch ist. Und ich habe keine Eltern, deren Weisung mich leiten könnte.«

»Du hast uns«, sagt Vangar. »Deinen Clan. Es hilft zu reden. Ich kann dir nicht versprechen, dass wir auf jede deiner Fragen die richtige Antwort haben, aber wir sind für dich da.«

Ich gebe mir einen Moment, um ihre Worte in mein Bewusstsein sickern zu lassen. Mit jedem Luftholen fällt meine innere Spannung etwas weiter ab, bis ich halbwegs normal atmen kann. Noch nicht ruhig und besonnen wie früher, aber mehr wie … *ich*. Wie das Ich, das ich all die Jahre zu sein glaubte.

»Was ist neben den Heulkrämpfen dein vorrangigstes Problem?«, will Astrid wissen. Dafür fängt sie sich einen gezischten Tadel von Vangar ein, den sie jedoch mit einem Schulterzucken abtut. »Wie soll ich das, was sie gestern Abend und die halbe Nacht abgezogen hat, sonst nennen?«

»Etwas Feingefühl stünde dir gut«, grummelt Vangar.

Astrid zuckt erneut mit den Schultern. »Und das ändert was?«

»Schon gut«, murmele ich. »Sie hat ja recht. Ich stand völlig neben mir. Aber das wird sich nicht wiederholen.«

»Sehr schön«, trällert Astrid. »Also, was belastet dich am meisten?«

Als würde mein Blick magisch von ihm angezogen werden, schaue ich zur Tür der Kajüte, die Kier gerade verlässt. Ich kann mich nicht erinnern, dort eine Bewegung wahrgenommen zu haben. Stattdessen scheine ich tief im Innern gewusst zu haben, dass er dort ist.

Astrid und Vangar verrenken die Köpfe und folgen meinem Blick.

»Könntet ihr bitte nicht ganz so auffällig hingucken?«, murre ich.

»Wie schlimm ist es?«, fragt Vangar. »Ich meine, willst du ihn immer noch tot sehen, oder ist es … *schlimmer?*«

Ich reibe mir mit beiden Händen übers Gesicht. »Sieht man mir das so sehr an?«

»Ja«, antworten Astrid und Vangar wie aus einem Mund.

Seufzend massiere ich mir die Stirn, ehe ich ihnen stockend davon erzähle, dass Kier mein Partner bei der letzten Merwanacht war. Ihre Augen werden bei jedem Satz größer.

»Ich sollte ihn hassen«, sage ich. »Aber wenn ich ihm gegenüberstehe und den Mund aufmache, werde ich ihn stattdessen fragen, wann wir das, was wir in der Merwanacht getan haben, wiederholen können.« Mit einem ergebenen Laut drücke ich die Stirn gegen meine angewinkelten Knie. »Haltet mich für verrückt, aber gerade wünsche ich mir meinen Schemen zurück.«

»Das kann ich verstehen«, sagt Vangar ruhig. »Er ist alles andere als unansehnlich. Wäre er ein Mann aus unserem Clan, würde ich dir raten, deinem Verlangen ein paarmal nachzugeben. Meistens wandelt sich die anfängliche Anziehung schnell in Gewohnheit oder verfliegt vollständig. Aber, Yrsa«, sie greift nach meiner Hand und drückt sie, »Kier ist kein Mann aus unserem Clan. Du darfst dich unter keinen Umständen mit ihm einlassen. Das würde niemand gutheißen, weder aus seinem noch aus unserem Clan. Ich muss dir nicht erklären, was mit jenen geschieht, die sich in jemanden aus einem anderen Clan vergucken.«

Ich nicke und denke sofort an Fulkir. Daran, dass ich ihn nicht retten konnte. Ich kannte die Gesetze und wusste, worauf es hinauslaufen würde, und doch klammerte ich mich an die Hoffnung, dass es anders laufen könnte. Aber das war ein Irrtum.

»Selbst wenn *ich* mich mit ihm einlassen würde, würde mich eine harte Strafe erwarten«, sagt Astrid.

Ohne dass ich es verhindern kann, fliegt mein Blick zu ihr. Er muss mörderisch sein, denn sie zuckt zurück, fängt sich jedoch schnell wieder. Auf jeden Fall schneller, als das seltsam fremde Verlangen aus mir verschwindet, ihr hier und jetzt die Augen auszukratzen und sie anschließend Bran zum Fraß vorzuwerfen.

»Was sollte dieser Blick eben?«, fragt Vangar.

Schnell konzentriere ich mich auf sie. »Ich weiß nicht, was du meinst.«

Nun wirken ihre Augen so dunkel, als könnten sie in mich hineinsehen. »Doch, das weißt du ganz genau. Hör sofort auf damit! So etwas darfst du nicht mal denken. Hast du eine Ahnung, was mit dir passieren könnte, wenn das jemand anderem als uns auffällt?«

»Da ist nichts, was jemandem auffallen könnte«, beharre ich. »Es ist …«

Ich verstumme, da ein Schatten auf uns fällt.

»Guten Morgen«, brummt Halvar, der sichtlich unglücklich darüber ist, dass er hier sein muss.

Astrid erwidert gut gelaunt seinen Gruß, während Vangar sich immerhin zu einem Nicken durchringen kann.

Halvar streckt mir einen zusammengefalteten Zettel entgegen. »Ich soll dir das hier geben.«

Mein Herz klopft auf einmal schneller. Ich balle die Hand zur Faust, um nicht sofort danach zu greifen. »Wir können jetzt miteinander reden. Das weiß Kier, oder?«

»Ich bin bloß der Bote«, erwidert Halvar. »Klär das mit ihm. Und jetzt nimm den verdammten Zettel!«

Es gibt so viele Gründe, warum ich ihn nicht nehmen sollte, doch meine Hände entwickeln ein Eigenleben. Selbst wenn mein Leben davon abhinge, könnte ich sie nicht daran hindern, sich nach dem Zettel auszustrecken. Das Pergament knistert zwischen meinen Fingern und erinnert mich an die Abende, an denen ich in meinem Zimmer saß, Kiers Briefe las und beantwortete. Es war die beste Zeit meines Tages. Damals machte ich mir keine Gedanken darüber, was es bedeuten könnte. Hätte ich es getan, wäre der Schemen bereits verschwunden gewesen? Hätte mein Herz noch stärker gewummert, so wie jetzt?

Ich bin mir der Blicke meiner Begleiterinnen allzu bewusst, deshalb setze ich eine hoffentlich teilnahmslose Miene auf, als ich den Zettel auseinanderfalte. Kiers Schrift ist akkurat wie immer; nicht eine Neigung seiner Runen weicht von den anderen ab.

Es handelt sich um eine kurze Botschaft, die dennoch ein Kribbeln in meinem Bauch auslöst.

Triff mich heute Nacht im hinteren Teil des Schiffes,
wenn alle schlafen.

Ich falte den Zettel wieder zusammen und berge ihn in meiner Faust.

»Was steht drin?«, fragt Astrid.

»Nichts Wichtiges«, sage ich, während ich aufstehe. »Lasst uns essen, ich habe Hunger.«

Meine Begleiterinnen erheben sich ebenfalls. Bran, an den ich mich bis eben gelehnt habe, drückt den Kopf gegen mich. Lächelnd fahre ich ihm durchs Fell.

»Du kriegst auch was.«

»Es wird gut sein, dass du dich der Mannschaft zeigst«, sagt Vangar. »Unverheult.«

Ich ziehe eine Augenbraue hoch. »So werden sie mich kein zweites Mal erleben. Ich komme zurecht.«

Ich lasse ihnen den Vortritt. Als ich neben Halvar stehe, fragt er leise: »Was soll ich Kier antworten?«

»Dass ich da sein werde«, wispere ich.

Er seufzt. »Ich hatte gehofft, deine Antwort würde anders lauten.«

Ich nicke. »Ich auch.«

KAPITEL 37

YRSA

Wie erwartet, macht sich die Besatzung eine Weile über meinen plötzlichen Gefühlsausbruch lustig. Da ich ihren Spott jedoch mit einem schmalen Lächeln an mir abprallen lasse, suchen sie sich schnell ein anderes Thema.

Es war nicht gelogen, als ich zu Vangar meinte, dass ich zurechtkomme. Der Sturm in mir hat sich fürs Erste gelegt. Der Damm, aus dem meine angestauten Gefühle entfliehen konnten, ist notdürftig repariert. Ich fühle und gebe mich wie immer – ganz die stoische Anführerin, auf die sich andere verlassen können.

Doch insgeheim rechne ich jede Sekunde damit, dass der Sturm wieder zu toben beginnt. Dass der Damm erneut brechen könnte. Wie halten es andere bloß ohne einen Schemen aus?

Diese Frage beschäftigt mich, während ich angespannt darauf warte, dass die Besatzung unter Deck geht, um zu schlafen. Niemand stellt Fragen, als ich mich zu Bran geselle. Noch eine Weile schaue ich nach oben und stelle mir vor, ich könnte durch den Nebel hindurch den Mond und die Sterne sehen, während ich mich an Brans warmen Körper kuschele.

Als ich aus der Luke, die unter Deck führt, gleichmäßiges Schnarchen statt leiser Gespräche höre, schleiche ich zum hinteren Teil des Schiffs, wo Drakkar sich ausruht.

An sie gelehnt steht Kier. Mit jedem Schritt, den ich auf ihn zu mache, hebt er seinen rechten Mundwinkel weiter. Ich begegne seinem Blick, auch wenn mich dieses schiefe Lächeln schier um den Verstand bringt. Es ist sowieso besser, ihm nicht auf den Mund zu gaffen, doch seine Augen fesseln mich nicht minder.

Alles an ihm übt eine seltsame Anziehung auf mich aus, die ich bei keinem anderen Mann empfinde, wenn ich ihn ansehe. Meist sind es Kleinigkeiten, die mir bei anderen gar nicht auffallen, auf die sich bei ihm aber all meine Sinne ausrichten. Vor allem könnte ich ihn nun, da es mir möglich ist, den ganzen Tag ansehen. Wären da nicht diese anderen Gedanken und Erinnerungen, bei denen es mir wärmer wird, als gut für mich ist. Doch so gefährlich es auch sein mag, in seinem Anblick zu versinken, kann ich mich trotzdem nicht von ihm losreißen. Nicht, dass ich es wirklich versuche.

»Ich werde mich nie daran gewöhnen, dass du mich anschauen kannst, ohne das Gesicht zu verziehen«, sagt er, als ich ein paar Schritte von ihm entfernt stehen bleibe.

»Für mich ist es auch gewöhnungsbedürftig«, gebe ich zu.

»Auf eine gute oder schlechte Art?«

Ich wiege den Kopf hin und her. »Da bin ich mir noch nicht sicher.«

Er reibt sich mit der Hand über die Brust. »Das verletzt mich zutiefst, Yrsa.«

Ein warmer Schauer durchrinnt mich, als ich meinen Namen aus seinem Mund höre, doch ich fasse mich schnell. »Du wolltest, dass ich herkomme. Weshalb?«

»Um dich anzusehen«, sagt er. »Um von dir angesehen zu werden.«

Ich verdrehe die Augen und hoffe, damit das aufgeregte Klopfen meines Herzens überspielen zu können. »Deswegen raubst du mir den Schlaf?«

»Du hast recht.«

Mit einer fließenden Bewegung stößt er sich von Drakkar ab und kommt auf mich zu. Mein Herzschlag legt einen Zahn zu, während mein Blick wie gebannt auf ihm ruht. Er bewegt sich galant und kraftvoll wie ein Raubtier, und ich zweifele keine Sekunde daran, dass ich seine Beute bin. Seltsamerweise löst dieser Gedanke eine Hitze in mir aus, von der mir schwindelig wird.

Direkt vor mir bleibt Kier stehen und lehnt sich vor, sodass er mir ins Ohr flüstern kann. Ich erschauere wohlig, als sein warmer Atem über meine Wange streicht.

»Ich wüsste sehr viel bessere Dinge, um dir den Schlaf zu rauben.«

Zitternd presse ich die Lippen zusammen, um jedes Geräusch daran zu hindern, meinen Mund zu verlassen. Das seufzende Wimmern hängt in meinem Hals fest, und ich weiß, dass es sich einen Weg hinausbahnen wird, sobald sich die Gelegenheit bietet. Gegen die Bilder, die wild durch meine Gedanken huschen, bin ich jedoch machtlos.

Kier lehnt sich zurück, um mich mit einem zufriedenen schiefen Lächeln zu betrachten. »Hoffentlich werde ich mich auch nie an diesen Rotton auf deinen Wangen gewöhnen. Er ist hinreißend.«

Es gibt einen nicht geringen Teil in mir, der am liebsten aufgeregt quietschen würde. Heilige Götter, was stimmt nicht mit mir?

Ich recke das Kinn. »Bin ich hier, damit du mich ärgern kannst? Falls ja, verbringe ich den restlichen Abend lieber mit Bran.«

»Du weißt schon, dass deine eisige Fassade nicht funktioniert, wenn deine Wangen glühen und dieser Glanz in deinen Augen liegt, oder?« Sein Grinsen wird breiter. »Du musst nicht sagen, woran du eben gedacht hast. Ich kann es sehen.«

Ich schlucke angestrengt. *Verdammt!*

»Aber daraus wird leider nichts. Deswegen sind wir nicht hier.«

Ich bin mir nicht sicher, ob ich erleichtert oder enttäuscht sein soll. Wahrscheinlich ein wenig von beidem.

Kier macht einen Schritt zur Seite, sodass ich freien Blick auf Drakkar habe, die ruhig an ihrem Platz liegt, den langen Schwanz wie eine Katze um die angewinkelten Beine geschlungen. Sie beobachtet mich, als wäge sie ab, ob sie mich jetzt oder lieber später fressen soll. Doch ich lasse mich davon nicht einschüchtern; ich empfinde ihr gegenüber Respekt, aber keine Angst mehr.

»Ich habe gehört, dass es dir nicht so gut ging«, sagt er.

Ich verziehe den Mund. »Das ist eine Untertreibung, und das weißt du.«

»Ich wollte es nett ausdrücken.«

»Spar es dir. Ich war ein nervliches Wrack, das ist mir klar. Aber ich bin wieder die Alte.«

Kier gibt ein belustigtes Schnauben von sich. »Es würde mich nur wenige Sekunden kosten, dich vom Gegenteil zu überzeugen, aber leider ist unsere Zeit knapp. Ich möchte dir etwas zeigen.« Er geht zu Drakkar hinüber und streckt die Hand nach mir aus. »Vertraust du mir?«

Vor einigen Monaten stellte er mir eine ähnliche Frage, kurz bevor wir die Kletterprüfung absolvieren mussten. Damals lautete meine Antwort ganz klar Nein. Ich vertraue bloß wenigen: Elvi und Bran. Nicht einmal meiner Mutter vertraue ich völlig.

Und doch strecke ich zögerlich die Hand aus, bis meine Finger Kiers warme, raue Handfläche berühren. Genauso zögerlich schließt er seine Finger um meine und gibt mir genug Zeit, meinen Entschluss zu überdenken. Doch in dem Moment, als sich unsere Finger miteinander verflechten, höre ich auf zu denken. Mein Kopf ist herrlich leer. Keine Spur der Angst vor dem Sturm. Ich lasse zu, dass er mich mit sanftem Druck zu sich zieht, bis ich wieder so nah vor ihm stehe, dass ich ihn beinahe an mir spüren kann.

Es ist fast wie während der Prüfung, als wir auf dem Gipfel ankamen. Und doch ist es anders. Ich kann ihn ansehen. Ihn spüren. Selbst etwas fühlen, ohne Angst zu haben, dass sich der Schemen daran labt. Ich weiß, wie sich die Muskeln an seinen Armen bewegen und seine Tätowierungen tanzen lassen, wenn er mich festhält und hochhebt.

Kier scheint zu ahnen, woran ich gerade denke. Das schalkhafte Lächeln verschwindet aus seinem Gesicht, als sein Blick zu meinen Lippen gleitet. Wie auf einen stummen Befehl hin beginnen sie zu kribbeln. Das haben sie noch nie getan. Ich presse sie zusammen, um das Gefühl zu vertreiben, verstärke es jedoch bloß.

Kier blinzelt mehrmals und schüttelt den Kopf, als müsse er sich aus einem magischen Bann befreien. Dann klettert er auf Drakkars Schultern. Ehe ich protestieren kann, zieht er mich mit sich, bis ich vor ihm auf dem riesigen Wyvern sitze.

»Gut festhalten«, raunt er mir ins Ohr und jagt damit einen heißen Schauer durch mich hindurch.

»Woran?«, frage ich atemlos. Es gibt keinen Sattel oder Ähnliches. Bei Bran halte ich mich an seinem Fell fest, doch das ist bei Drakkars bläulich-glatten Schuppen unmöglich.

Kier schlingt einen Arm um mich und zieht mich fest an seinen Bauch. »An mir.«

Drakkar stößt sich kraftvoll mit den Hinterläufen ab und schießt durch den Nebel gen Himmel. Ich japse nach Luft, presse mich fester an Kier und klammere mich an seinem Arm fest, während ich die Augen zukneife.

»Wenn du mich umbringen willst«, schreie ich gegen den rauschenden Wind an, »hättest du mich einfach ertrinken lassen sollen!«

Seine Brust vibriert an meinem Rücken vor Lachen. »Hast du etwa Höhenangst, *ástin min*?«

Ich halte den Atem an. So hat er mich schon einmal genannt, als wir das Schiff besichtigt haben. Damals habe ich den Gedanken daran ganz weit von mir geschoben, doch jetzt setzt sich der Klang seiner Worte in mir fest. Ich verstehe sie nicht, aber ich begreife tief in mir, was sie bedeuten.

So wie es ein paar regionale Abwandlungen bei der Ausführung der Feiertage gibt, hat auch jeder Clan seine eigene Bezeichnung für diesen einen besonderen Menschen – sein Gegenstück. Wir vom Küstenclan nennen diesen Menschen *cymara me*. In unserem gesamten Leben sprechen wir bloß einen Menschen mit diesem Kosenamen an, sofern uns das Glück vergönnt ist, ihm je zu begegnen.

Als Kind habe ich den Kosenamen oft gehört; meine Eltern nannten sich so. Aber danach ist er in Vergessenheit geraten. Im

Dorf hörte ich ihn selten. Vielleicht wollte ich ihn auch nicht hören, sah ich doch jeden Tag meine Mutter mehr und mehr dahinscheiden, weil ihr Gegenstück die Augen nicht mehr öffnete. Vielleicht lag es auch am Schemen, der mich blind für derlei Dinge machte. Und ich war froh darüber, wollte ich doch nie so enden wie meine Mutter oder jeder andere, der sein *cymara me* verloren hatte.

Jetzt fürchte ich mich, dass Kier meinen viel zu lauten Herzschlag hören, ihn an seiner Brust spüren muss.

Es ist, als kämpften zwei Teile in mir: Der eine Teil, der noch die alte, vom Schemen besetzte und rational denkende Yrsa ist, und der andere, die neue, fühlende Yrsa. Zum Glück ist der rational denkende Teil noch der größere, doch der fühlende erobert sich Teile meines Körpers zurück – angefangen bei meinem Herzen.

Ich drehe mich halb in Kiers Umarmung zu ihm um und verfluche den nachtdunklen Nebel, der es schier unmöglich macht, seine Augen zu erkennen.

»Keine Höhenangst mehr?«, fragt er leise.

Ich räuspere mich. »Ich wusste nicht, dass ich welche habe. Hast du keine?«

Er schmunzelt, und mein Magen schlägt Purzelbäume. »Mein Clan lebt im Gebirge. Ich klettere schon mein ganzes Leben an irgendwelchen Felswänden hoch. Und seit einigen Jahren fliege ich mit Drakkar. Also nein, Höhenangst verspüre ich nicht.« Mit der freien Hand streicht er mir eine Haarsträhne aus der Stirn. Seine Fingerspitze berührt dabei meine Haut und hinterlässt eine heiße Spur. »Aber dir aus dem Küstenclan sind Höhen fremd.«

Drakkars mächtige Schwingen tragen uns immer weiter gen Himmel.

»Wenn wir noch höher fliegen, sind wir bald im Reich der Götter.« Ich schnaube, um mich von den widerstreitenden Gefühlen in mir abzulenken. »Wie passend! Dann kann ich sie gleich fragen, was sie gegen mich haben.«

»Diese Frage würde ich ihnen auch gern stellen«, brummt Kier. »Aber nein, so hoch fliegen wir nicht.«

»Sondern?«

Erst jetzt bemerke ich ein langes Seil, das an Drakkars Geschirr befestigt ist. In dem Moment, als es sich strafft, durchbrechen wir die Nebelgrenze.

Um uns herum funkeln unzählige Sterne. Sie strahlen heller, als ich sie in Erinnerung habe, und am allerhellsten strahlt ein schmaler Sichelmond, der mich beinahe blendet. Zwischen dem Mond und den Sternen schenkt uns Árora ihre grünen und blauen Lichter, die wie ein flatterndes Band über den Nachthimmel tanzen.

Nachdem ich seit Wochen nichts anderes als die Nebelwand gesehen habe, kommt mir dieser Anblick wie eine Offenbarung vor. Ich starre, als hätte ich noch nie etwas Schöneres gesehen. Vielleicht habe ich das auch nicht.

»Wunderschön, nicht wahr?«, raunt Kier an meinem Ohr.

Ich nicke. »Ich habe fast vergessen, wie der Himmel aussieht. Wie schön die Lichter sind.«

Ich lehne mich vor, soweit es Kiers Arm um meinen Bauch zulässt, und strecke die Hand aus. Es fühlt sich an, als müsse ich mich bloß ein winziges Stück weiter recken, um Ároras Lichter berühren zu können. Ob sie sich warm oder kalt anfühlen würden?

Da Drakkar nun nicht weiter aufsteigt, sondern ruhig geradeaus fliegt und das Schiff unterhalb des Nebels hinter sich herzieht, verschwindet auch meine Angst. Zwar ist es mir noch immer nicht ganz geheuer, so weit oben zu sein, aber wenn ich hinabschaue, sehe ich bloß Nebel. Und die dicken Seile, die in den Schwaden verschwinden und zum Schiff verlaufen.

»Bist du oft mit Drakkar hier oben?«, frage ich.

»Nicht so oft, wie ich es gern sein würde«, antwortet Kier. »Aber wenn ich nachdenken oder meine Ruhe haben will, fliege ich mit ihr. Hier kann Halvar mich nicht finden. Die Sterne und Lichter rufen mir ins Gedächtnis, wie klein und unbedeutend meine Probleme sind. Das beruhigt mich irgendwie.«

Er hat recht; auch ich spüre bereits, wie dieser Anblick etwas in mir verändert.

»Manchmal«, murmelt Kier, »wünschte ich, ich könnte für alle Zeit mit Drakkar fliegen und müsste nie wieder landen. Ich wünschte, ich könnte dieses befreiende Gefühl ewig spüren. Aber leider hält Drakkar das nicht durch, und ich hasse es, davonzulaufen.«

Zögerlich lege ich meine Hand auf seinen Arm. »Ich kenne dieses Gefühl und diese Zwickmühle. Auch ich wollte oft nichts lieber, als mich mit Bran irgendwo im Wald zu verstecken, wo uns niemand finden kann. Ich hätte für uns sorgen können. Wenn ich es darauf angelegt hätte, hätte uns tatsächlich keiner gefunden. Doch ich bin immer wieder zurückgegangen.«

»Wärst du das auch, wenn du nicht die Anführerin gewesen wärst?«

Ich nicke. »Wenn mir alles zu viel wurde und ich weggelaufen bin, fühlte es sich eine Weile gut an, nur an mich selbst zu denken. Aber auf Dauer hätte ich meiner Mutter und meiner Schwester diesen Kummer und diese Schmach nicht zumuten können. Neben Bran sind sie alles, was ich noch habe.«

»Du hast dich.«

Meine Mundwinkel heben sich zu einem traurigen Lächeln, das er jedoch nicht sehen kann. »Wir beide wissen, dass das nicht genügt. Als Anführer kommen unsere Wünsche an letzter Stelle, nach der Familie und dem Clan. Wir können uns den Luxus, an uns zu denken, nicht leisten.«

»Ich habe nur meinen Clan, dessen Wünsche ich voranstellen muss«, sagt Kier. »Und ein Teil von mir wartet bloß darauf, dass er sich gänzlich von mir abwendet.«

»Was ist mit deiner Familie?«

Ich spüre, wie er sich hinter mir versteift. »Meine Mutter starb bei meiner Geburt. Mein Vater … vor ein paar Jahren. Da er nach Mutters Tod nie wieder eine Frau gewählt hat, habe ich keine Geschwister. Und der Rest meiner Verwandtschaft … Nun, sagen wir, sie sind nicht sonderlich gut auf mich zu sprechen. Die meisten haben den Clan verlassen, als ich an die Macht kam.«

Ich runzele die Stirn. »Sie sind … gegangen?«

Kiers Stimme klingt hart und abweisend. »Das kommt vor.«

Familie ist neben dem Gegenstück das stärkste Band, das wir kennen; manchmal resultiert sie sogar aus dem göttergegebenen Gegenstück, was es noch stärker werden lässt. Was muss geschehen, dass dieses Band zerreißt?

Ich weiß nicht, was ich getan hätte, wenn das Band zu meiner Familie zerrissen wäre. Wenn Mutter nach Vaters Tod ebenfalls gestorben wäre. Oder Elvi ihre Blendung nicht überlebt hätte, was nicht selten geschieht. Dass sie mir freiwillig den Rücken gekehrt hätten, wie es wohl bei Kier der Fall war, kann ich mir nicht vorstellen.

Mir ist klar, dass ich nicht weiter nachbohren sollte, aber meine Neugier ist viel zu groß, als dass ich den Mund halten könnte. In den letzten Minuten habe ich mehr über ihn erfahren als je zuvor. Doch das entstandene Bild hat kaum etwas mit dem starken und verlässlichen Anführer zu tun, für den ich ihn bisher gehalten habe. Ich dachte, sein Clan müsse platzen vor Stolz, einen Wyvern-Flüsterer als Anführer zu haben, der noch dazu klug genug ist, ein solches Schiff zu entwerfen, und der bei den Prüfungen unter den zwei Besten ist.

Warum ist das Gegenteil der Fall?

Ich lege auch die zweite Hand auf Kiers Arm und lehne mich an ihn. »Es tut mir leid.«

Ich weiß nicht, warum ich das sage. Oder was ich damit ausdrücken will. Aber es ist mir ein Bedürfnis, diese Worte auszusprechen.

Die Anspannung weicht aus Kiers Körper. Ich halte die Luft an, als er seinen Kopf auf meine Schulter herabsenkt.

»Danke«, flüstert er.

Dieses Wort, die Art, wie er es ausspricht – gebrochen und vorsichtig –, verändert etwas in mir. Mein Herz klopft schneller, und wenn wir am Boden wären, würde ich ihn fest in die Arme schließen, so wie es meine Mutter früher bei mir gemacht hat. Dadurch verschwinden Probleme nicht, das habe ich auch als Kind schnell begriffen, aber für den Moment der Umarmung teilen wir die Last, die auf uns liegt, mit einem anderen Menschen, und sie wird erträglich.

Etwas unbeholfen, aber stets gestützt durch seinen Halt, drehe ich mich halb zu ihm um und schlinge beide Arme um ihn. Zögernd erwidert er die Umarmung, ehe er mich so fest an sich zieht, dass ich kaum noch Luft bekomme. Doch statt mich zu wehren, halte ich ihn weiter.

Die Götter sind der Meinung, dass wir keine Feinde mehr sind, aber Konkurrenten sind wir weiterhin. Das bedeutet jedoch nicht, dass ich kein Verständnis für ihn habe; nun, ohne den Schemen, habe ich das mehr denn je. Leider erinnere ich mich nicht mehr an viel, was mir mein Vater beigebracht hat, aber ich weiß noch, dass es ihm wichtig war, seine Gegner und Konkurrenten zu respektieren.

Als Kier sich ein wenig von mir löst, ist sein Gesicht nur einen Hauch von meinem entfernt. Ich spüre seinen warmen Atem in willkommenem Kontrast zur kalten Nachtluft deutlich auf meiner Haut. Im Mondlicht wirken seine Züge härter und entschlossener, als sie es vermutlich sind. Ich merke erst, dass ich die Hand ausgestreckt habe, als sie bereits an seiner glatten Wange ruht.

Habe ich je freiwillig einen Mann auf diese Weise berührt?

Ehe ich weiter über diese Frage nachdenken und mich verfluchen könnte, legt Kier seine Hand über meine, um sie an Ort und Stelle zu halten.

Ohne meinen Blick freizugeben, wispert er: »Warum klopft dein Herz so schnell?«

Ich ziehe scharf die Luft ein. »Woher weißt du …?« Kann er es etwa spüren?

Anstatt mir zu antworten, führt er meine Hand langsam von seiner Wange hinab zu seiner Brust, wo er sie direkt über seinem Herzen ruhen lässt, das schnell und unstet gegen meine Fingerspitzen wummert.

»Weil meines so sehr rast, als wolle es aus meiner Brust direkt in deine Hand springen.«

Mein Herzschlag stottert. Flattert. Und stottert wieder. Das kann nicht gesund sein!

»Bei … Bei mir ist es bloß, weil der Schemen jetzt weg ist und …« Ich schließe schnell den Mund, um nicht weiter sinnloses Zeug zu plappern. Das ist doch sonst nicht meine Art. Ich straffe die Schultern und versuche es erneut. »Ich habe mich nur noch nicht daran gewöhnt, dass der Schemen weg ist. In ein paar Tagen bin ich wieder ganz die Alte.«

Mit der freien Hand streicht mir Kier so sanft über die Wange, dass ich erschauere. »Du willst mir also erzählen, dass du genauso reagieren würdest, wenn ein anderer Mann hier bei dir sitzen würde?«

»Das würde schwierig werden, weil Drakkar sicher keinem anderen Mann erlauben würde, auf ihr zu …«

»Beantworte meine Frage, Yrsa.«

Ich klappe den Mund zu. Sein Blick ist so ernst, beinahe durchdringend, dass ich mich nicht an seine Frage erinnere. Da sind nur seine Finger an meiner Wange. Meine Hand an seiner Brust. Sein Herzschlag, der meinen fast identisch abbildet.

»Gut möglich«, presse ich hervor, obwohl ich weiß, dass es eine Lüge ist.

Etwas verschiebt sich in Kiers Miene. Die Veränderung ist derart gering, dass sie kaum auffällt, aber ich nehme sie wahr, und ich wünschte, ich könnte meine Worte zurücknehmen.

Doch ich schweige.

Unter meinen Fingerspitzen wird sein Herzschlag langsamer, und wie ein Echo verlangsamt sich auch meiner, bis er fast so ruhig und stetig ist wie gewöhnlich. Ich will, dass mein Herz wieder flattert! Gleichzeitig bin ich froh, dass es wieder so schlägt wie immer.

Reden und schweigen. Lüge und Wahrheit. Schnell und langsam. Ich bin voller Gegensätze, die ich nicht begreife. Nicht begreifen will.

Denn sie zu ergründen würde mich zu einer Frage führen, deren Antwort ich nicht ertragen kann.

Als ich die angespannte Stille zwischen uns kaum noch aushalte, lehnt Kier sich vor und klopft Drakkar auf den Hals. »Bring uns zurück, mein Mädchen.«

Ich bekomme kaum Luft bei der Art, wie sanft er mit seinem Wyvern redet. Erneut möchte ich ihm am liebsten sagen, dass kein anderer Mann mein Herz je derart zum Rasen gebracht hat wie er. Dass ich mich bei keinem so wohl und sicher gefühlt habe – selbst hier oben. Und all das nur, damit er mich wieder ansieht wie vorhin und vielleicht in dem gleichen sanften Tonfall mit mir redet.

Obwohl ich seiner klaren Stimme, wenn er Befehle erteilt, auch sehr viel abgewinnen kann. Ich weiß, dass ich dann nicht nachdenken muss, sondern ihm vertrauen kann.

Und auf eine mir völlig unerklärliche Weise tue ich das.

Ich vertraue ihm.

Könnte ich dieses Vertrauen auch einem anderen entgegenbringen? Würde mein Herz bei einem anderen genauso flattern? Könnte ein anderer Mann mir genauso viel Lust schenken wie er?

Bisher habe ich nie über so etwas nachgedacht. Vangar hat recht mit ihrer Aussage, dass ich diese Phase meines Lebens dank des Schemens übersprungen habe. Nun weiß ich nicht, was ich will. Was mir gefällt. Wie ich mich verhalten soll. Hätte ich mit dieser Erfahrung vorhin Kier gegenüber die richtigen Worte gefunden? Oder hätten ihn auch die richtigen Worte verletzt?

Ich hänge derart in meinen Gedanken fest, dass ich von Drakkars Flug zurück zum Schiff kaum etwas mitbekomme. Erst als wir landen, Kier vom Rücken seines Wyvern gleitet und mir die Arme hinhält, um mir ebenfalls hinabzuhelfen, nehme ich wieder etwas anderes wahr.

Ich rutsche ohne seine Hilfe von Drakkar, allerdings weit weniger elegant als er. Als ich den harten Boden der Planken unter meinen Füßen habe, höre ich Kier abfällig schnauben. Dieser Laut trifft einen Nerv bei mir – so unerwartet, dass ich handele und rede, bevor ich darüber nachdenken kann.

Ich wirbele zu Kier herum. »Was willst du von mir hören?«

Der Zug um seinen Mund wirkt angespannt, während er mich betrachtet. »Gar nichts.«

»Doch, offenbar schon.« Ich breite in einer hilflosen Geste beide Arme aus. »Aber ich bin wohl zu dumm, um es zu begreifen.«

»Ich habe nie gesagt, dass du dumm bist.« Er macht einen bedrohlich wirkenden Schritt auf mich zu. »Und ich habe das keine Sekunde gedacht.«

»Aber irgendwas musst du gedacht haben. Du hast mich doch nicht grundlos in den Himmel geflogen.«

»Ich habe gedacht …« Er bricht ab und senkt seine Stimme ein wenig. »Ich habe gedacht, dass du es nun, ohne den Schemen, begreifen würdest. Aber das war ein Irrtum.«

»Ach, dann bin ich also doch dumm.«

Er bleckt die Zähne. Als er tief einatmet, ist es wieder, als würde er sämtliche Luft um uns herum für sich beanspruchen. »Dumm nicht, aber verflucht begriffsstutzig!«

»He, ihr zwei.«

Von irgendwoher kommt Halvars Stimme, doch ich lasse Kier für keine Sekunde aus den Augen. Ich bin völlig gefesselt von seinem Anblick, dabei steht er bloß da. Und doch strahlt er damit mehr Kraft und Selbstbewusstsein aus als andere Männer, die eine ganze Streitkraft hinter sich haben. Nun da ich weiß, dass er weder eine Familie noch einen Clan hat, der geschlossen zu ihm hält, frage ich mich, woher er diese Präsenz nimmt. Ich habe beides und strahle nicht einmal halb so viel Kraft aus wie er.

»Du nennst mich begriffsstutzig?«, fauche ich.

»Allerdings!«

»Ihr weckt noch das ganze Schiff auf, wenn ihr nicht leiser redet«, murrt Halvar. Kier und ich ignorieren ihn jedoch.

»Was begreife ich denn deiner Meinung nach nicht?«, will ich wissen. »Den Grund, warum du mich in den Himmel geflogen hast? Tut mir leid, aber den begreife ich wirklich nicht.«

»Was habe ich wohl für einen Grund, Zeit mit dir verbringen

zu wollen?«, grollt Kier zurück. »Jetzt, wo du nicht mehr das Gesicht verziehst, als müsstest du dich übergeben, sobald du mich anschaust.«

»Woher soll ich das denn wissen?« Ich rede mich derart in Rage, dass meine Stimme in meinen Ohren widerhallt. »Du kannst mich nicht mal leiden, weil ich dich umbringen wollte und es vielleicht immer noch will und weil ich deine Konkurrentin bin und weil …«

»Ich mag dich.« Seine Worte gehen in meinem unzusammenhängenden Geplapper beinahe unter. Und doch höre ich sie so überdeutlich, als hätte er sie mir direkt ins Ohr geschrien.

Ich verstumme; mein Mund steht offen, doch ich weiß nicht mehr, worauf ich hinauswollte. Jeder Gedanke, der bis eben noch einen Sinn ergeben hat, ist verschwunden. Ich kann nichts weiter tun, als Kier anzustarren.

»Ich mochte dich schon, als du noch vom Schemen besessen warst«, fährt er leise fort und weicht dabei meinem Blick aus. »Warum hätte ich dir sonst all die Briefe geschrieben?«

»Aber das ist … Wie kannst du …?«

»Ihr solltet es für heute Nacht gut sein lassen«, brummt Halvar, »ehe das ganze Schiff noch mitkriegt, was …«

Ich wirbele zu Halvar herum, der mich gerade in den vorderen Teil des Schiffes zu meinem Schlafplatz schieben wollte, und presse den Mund auf seinen. Ich habe keine Ahnung, warum ich das tue. Ich will es nicht einmal. Sein Bart kratzt furchtbar. Ich halte es einige Sekunden aus, bis ich mich wieder von ihm löse und mich Kier zuwende.

»Siehst du? Nichts. Ich empfinde rein gar nichts dabei. Du denkst zwar, dass du mich magst, aber das ist ein Irrtum. Ich bin nicht …«, das letzte Wort muss ich regelrecht hervorwürgen, »… normal. Auch jetzt nicht. Der Schemen hat mich kaputtgemacht.«

»Was sollte das?«

Während Halvars Stimme sich beinahe überschlägt, bleibt Kier ganz ruhig. Ich habe Männer gesehen, die beim bloßen Gerücht, ihre Angebetete hätte sich einem anderen zugewandt, aus der

Haut gefahren sind. Vielleicht wollte ich diese Reaktion bei Kier hervorrufen. Oder ich wollte mir selbst etwas beweisen.

Nämlich dass ich auch ohne den Schemen nichts fühlen kann. Und es nie können werde.

»Wie kannst du mich einfach küssen?«, herrscht mich Halvar an.

»Reg dich ab«, sagt Kier, ohne den Blick von mir zu nehmen.

»Ich soll mich abregen? Ich bin hier das Opfer!«

Nun huscht Kiers Blick doch zu seinem Freund. Als stumme Frage zieht er bloß die Augenbraue hoch.

»Na ja, nicht direkt ein Opfer, aber … es kam unerwartet.«

»Hätte mich auch gewundert, wenn du dich darüber beschwerst, von einer hübschen Frau geküsst zu werden.« Kiers Blick kehrt zu mir zurück. »Ich bin derjenige, der sich beschweren sollte.«

»Warum tust du es nicht?«, frage ich.

»Soll ich?« Er macht einen weiteren Schritt auf mich zu. »Soll ich dich anschreien, wie du mir das antun konntest? Fühlst du dich dann besser?«

»Nein, aber …«

Kier streckt die Hand nach mir aus und berührt mich an der Wange. Das genügt, um einen Teil der Anspannung aus mir weichen zu lassen.

»Ich verstehe, dass es dir an Erfahrung fehlt. Das ist nichts Schlimmes, genauso wenig wie ein Übermaß an Erfahrung schlimm wäre. Wichtig ist, dass du aus deinen Handlungen lernst. Und du hast eben etwas Entscheidendes gelernt.«

Ich schaue zu Halvar, der sich weiterhin im Hintergrund hält, und runzele die Stirn. »Dass ich nichts dabei empfinde.«

»Nein«, sagt Kier. »Dass du mit *ihm* nichts dabei empfindest.« Mit dem Daumen streicht er direkt unter meiner Unterlippe entlang. »Ich bin mir sicher, dass es mit einem anderen Mann anders sein könnte.«

Mein Herz flattert wieder auf diese aufregende Weise wie auf Drakkars Rücken. »Mit diesem anderen Mann meinst du dich?«

Nun legt er die zweite Hand an meine Wange und umschließt mein Gesicht. »Lass es mich versuchen. Was hast du zu verlieren?«

»Nichts«, sage ich, ohne dass ich darüber nachdenken muss und weil mein Mund plötzlich schneller ist als mein Verstand. Letzterer ist auch langsamer als all die Gefühle, die durch mich hindurchströmen.

Und doch zögere ich. Kier zögert ebenfalls. Wir tun nichts weiter, als im Blick des anderen zu versinken. Als er sich schließlich vorlehnt, halte ich die Luft an und versteife mich, ohne dass ich weiß warum. Sofort stoppt Kier.

»Ich kann dich fühlen lassen, Yrsa«, wispert er, wobei sein Mund bloß einen Hauch von meinem entfernt ist. »Ich habe es bereits bewiesen. Ich konnte dich sogar fühlen lassen, als der Schemen noch in dir lebte. Es gibt nichts, wovor du dich fürchten musst.«

Er hat recht, und genau das macht mir Angst. Wenn mich jemand etwas fühlen lassen kann, dann Kier. Wieso ausgerechnet er derjenige ist, wird mir auf ewig ein Rätsel bleiben. Aber was werde ich tun, wenn ich bei seinem Kuss wider Erwarten doch nichts empfinde? Werde ich mich dann bis zum Rest meiner Tage damit abfinden müssen, dass der Schemen mich unwiderruflich zerstört hat?

Noch quälender ist jedoch die Frage, was ich tun werde, wenn ich doch etwas fühle.

Während ich Kier in die Augen sehe, werden diese Fragen leiser und leiser, wohingegen das mahnende Prickeln meiner Lippen mir schier den Verstand raubt. Auch wenn es keinen Sinn hat oder alles verändern könnte, will ich ihn küssen. Ich wollte noch nie etwas so sehr wie seinen Mund auf meinem.

»Macht das irgendwo, wo euch nicht die halbe Mannschaft zusehen kann«, wirft Halvar trocken ein und macht den Moment damit kaputt.

Kier verdreht die Augen und lässt mich los. Ich will protestieren, da schließt er bereits die Hand um meinen Unterarm und zieht mich hinter sich her.

KAPITEL 38

YRSA

In Kiers Kajüte brennt eine einzelne Kerze, die den kleinen Raum in gedämpftes Licht taucht. Das Geräusch, wie er hinter uns die Tür schließt, fährt mir direkt in den Bauch und befeuert meinen wilden Herzschlag noch weiter. Mit jedem hektischen Atemzug inhaliere ich seinen Duft, der hier allgegenwärtig ist.

Unschlüssig bleibe ich stehen, gefangen zwischen dem Verlangen, Kier sofort an mich zu ziehen und zu flüchten.

Er scheint mir anzusehen, was in mir vorgeht. Wie vorhin auf Drakkar führt er meine Hand zu seiner Brust. Das schnelle Schlagen seines Herzens unter meinen Fingerspitzen beruhigt mich augenblicklich. Obwohl er sicherlich viele Frauen geküsst hat, klopft es beinahe hektisch. Er ist auch nicht der erste Mann, den ich küsse, aber ich weiß mit unumstößlicher Gewissheit, dass es anders sein wird. Dass sich gleich etwas Fundamentales ändern wird.

Und ein nicht geringer Teil von mir fürchtet sich davor.

»Wir lassen es langsam angehen«, sagt Kier ruhig. »Die Tür ist offen. Du kannst jederzeit gehen, wenn es dir zu viel wird.«

Er wirkt mindestens genauso angespannt, wie ich mich fühle. Ich schlucke krampfhaft und zwinge mich zu einem Nicken.

Mit dem Rücken lehnt er sich an die Wand; meine Finger ruhen weiter auf seiner Brust und er hält sie dort. Die andere Hand legt er an meine Hüfte und zieht mich näher, bis ich zwischen seinen

Beinen so nah vor ihm stehe, dass kein Stück Pergament mehr zwischen uns hindurchpasste.

»Mach die Augen zu«, flüstert er.

Ich gehorche. Mein Herz schlägt mir bis zum Hals, während ich darauf warte, dass etwas geschieht.

Und als es endlich so weit ist, kommt es mir vor, als würde ich den Boden unter den Füßen verlieren.

Während ich stets zuerst den kratzigen Bart der Männer spürte, wenn ich sie küsste, sind es bei Kier seine Lippen, die weich und gleichzeitig fest sind. Ihre leichten Bewegungen verringern das Kribbeln meiner eigenen und fachen es weiter an, bis ich sie ebenfalls bewege. Als ich das tue, zieht Kier hörbar die Luft ein.

Ich reiße die Augen auf und löse mich von ihm. »Habe ich … etwas falsch gemacht?«

»Heilige Götter, nein!«

Sofort liegt sein Mund wieder auf meinem, diesmal mit etwas mehr Druck, den ich erwidere. Damit entlocke ich Kier einen tiefen, kehligen Laut, der mich völlig um den Verstand bringt.

Ich nehme alles überdeutlich wahr: seinen festen Körper, gegen den ich mich schmiege. Seinen Mund, der sich gekonnt an meinem bewegt. Die Wärme seiner Hand an meiner Taille. Seinen Duft. Seinen Geschmack. All das flutet meine Sinne, die übervoll von ihm sind und doch nicht genug bekommen können. Ich will mehr, und gleichzeitig schwirrt mir der Kopf, weil mir alles zu viel ist.

Das Einzige, was mich erdet, ist das Gefühl seines Herzschlags an meinen Fingerspitzen. Er wird nicht langsamer, ebenso wenig wie meiner.

Viel zu früh beendet Kier den Kuss. Seine Stimme klingt rau, als er fragt: »Hast du diesmal etwas gespürt?«

Als Antwort packe ich ihn vorn am Hemd und ziehe ihn zu mir, sodass ich meinen Mund wieder auf seinen legen kann. Jede Sekunde, die ich ihn nicht küsse, erscheint mir verloren. Nur der Druck seiner Lippen besänftigt das Kribbeln in meinen und die

Sehnsucht in meiner Brust. Mein Herz schlägt zwar immer noch schneller, als es sollte, aber es kümmert mich nicht.

Kier versteift sich. Ehe ich fragen kann, ob ich diesmal etwas falsch gemacht habe, murmelt er ein kehliges »Verdammt« an meinen Lippen, das in meinem Mund nachvibriert. Im nächsten Moment wirbelt er mich herum, ohne sich von mir zu lösen, presst mich mit dem Rücken gegen die Wand.

Erneut verströmt er diese besondere Präsenz, mit der er den gesamten Raum und alles darin in Besitz nimmt.

Auch mich nimmt er in Besitz.

Doch weder fürchte ich mich deswegen noch fühle ich mich davon abgeschreckt.

Ganz im Gegenteil.

Eingerahmt von seinen starken Armen fühle ich mich sicher und beschützt. Abgeschirmt von seinem Körper muss ich mir um nichts jenseits der Stelle, an der wir uns befinden, sorgen. Ich muss nicht nachdenken, mich nicht mit der Frage quälen, ob ich in meiner Unwissenheit etwas falsch mache. All diese Sorgen hält er von mir ab, indem er die Kontrolle übernimmt.

Jetzt gerade gibt es nur uns. Und dank der Stärke, die er abstrahlt und die auf mich überzuspringen scheint, werde ich mutiger, als ich es je für möglich gehalten hätte.

Ich öffne den Mund und lecke über seine Unterlippe. Kier murmelt, ohne sich von mir zu lösen, einen Fluch, den ich nicht verstehen kann.

Doch etwas ändert sich: Wo er mich vorher bloß mit seinem Mund geküsst hat, küsst er mich nun mit seinem gesamten Körper. Er drängt sich gegen mich, bis ich kaum noch Luft bekomme, doch ans Atmen verschwende ich sowieso gerade keinen Gedanken. Eine Hand krallt er in mein Haar und bewegt meinen Kopf mit sanftem Druck so, dass er unseren Kuss noch weiter vertiefen kann. Seine Zunge begegnet meiner, und ich meine zu verglühen. Im nächsten Moment jagt ein heißer Schauer nach dem anderen durch mich hindurch, während er an meiner Unterlippe knabbert.

Nicht fest genug, dass es wehtut, aber doch so, dass ich es später noch spüren werde.

Ich hoffe, dass ich es später noch spüren werde …

Ich klammere mich an ihm fest, weil mein Körper von innen heraus verbrennt und meine Knie anfangen zu zittern. Als er es bemerkt, schiebt er ein Bein zwischen meine; hoch genug, dass sich sein Oberschenkel gegen meine Mitte drückt. Während unsere Zungen übereinanderstreichen, bewege ich meine Hüften, um den Druck zu lindern, der sich in mir aufgebaut hat.

»Verflucht, Yrsa«, raunt Kier in diesem herrlichen Tonfall, der alles in mir zum Schwingen bringt.

Er ballt die Hand, die er in meinem Haar vergraben hat, zur Faust und zieht meinen Kopf nach hinten, um meinen dargebotenen Hals mit heißen Küssen zu überziehen. Wann immer ich seine Zähne an meiner empfindlichen Haut spüre, entweicht mir ein Wimmern, das schnell zu einem Stöhnen wird, als er an meinem Hals saugt.

»Du machst mich wahnsinnig«, flüstert er an der Stelle, in die er eben seine Zähne geschlagen hat.

Ich weiß nicht, warum mir seine Worte so nahegehen. Warum ich sie überhaupt wahrnehme. Bis eben war mein Kopf leer oder erfüllt von dem Nebel, der um das Schiff herum herrscht. Ich wollte nicht denken. Konnte nicht denken und war froh darüber. Ich fühlte. Zum zweiten Mal in meinem Leben fühlte ich. Und es war wunderschön.

Jetzt taucht mein Bewusstsein aus diesem herrlich freien Zustand auf und ich betrachte den Mann, der mir diese beiden Gelegenheiten zu fühlen geschenkt hat. Es ist, als sehe ich ihn zum ersten Mal klar und deutlich.

Und ich habe die Antwort, nach der ich mich nicht zu fragen getraut habe. Sie ist noch viel schlimmer, als ich befürchtet habe.

Denn sie verändert alles.

»Warum kann ich dich nicht hassen?«, wispere ich.

Sein Blick wirkt nun nicht mehr lustumwölkt, sondern resigniert, als er mein Gesicht mit beiden Händen umschließt und die Stirn gegen meine lehnt. »Hasse mich meinetwegen, wenn es für dich leichter ist. Aber das wird nichts ändern.«

Ich schlucke angestrengt. Am liebsten würde ich ihn wirklich wieder hassen. Ich suche verzweifelt nach den Gefühlen, die ich ihm noch vor ein paar Monaten entgegengebracht habe. Ich suche nach dem Wunsch, ihn für den Tod meines Vaters leiden zu lassen.

Aber ich finde weder ihn noch die alten Gefühle. Beide werden vollständig von neuen überlagert, die wärmer und weitreichender sind.

»Ich kann nicht«, bringe ich hervor. »Ich kann dich nicht hassen. Nicht mehr.«

Als wolle er mich beruhigen, streicht er mit den Daumen über meine Wangen. »Was ist es, was du fühlst?«

Ich öffne den Mund, ohne dass ein Wort herauskommt. Ich kann es nicht aussprechen. Nicht solange ich den Druck seiner Lippen noch auf meinen spüre. Vielleicht finde ich den alten Hass wieder in mir, wenn dieser Druck verschwunden ist und sein Duft nicht mehr bei jedem Atemzug meine Lungen füllt.

Denn das, was ich jetzt empfinde, kann ich nicht zulassen. Es würde uns beide über kurz oder lang zerstören. Wir würden alles verlieren – wegen dummer Gefühle, ohne die ich mein ganzes bisheriges Leben bestens zurechtkam.

Mit zwei Fingern berühre ich meine Lippen. Ich wünschte, er würde mich wieder küssen. Einfach nur küssen, damit ich mir keine Gedanken über etwas anderes machen muss. Ich wünschte, er würde mich wieder so nehmen wie während der Merwanacht. Ich wünschte, er würde mich einfach nur körperlich fühlen lassen und mein Verlangen stillen.

Nicht mehr und nicht weniger.

»Yrsa, sieh mich an.«

Ich gehorche. Eine schiere Ewigkeit erwidert er meinen Blick, ohne eine Miene zu verziehen. Es scheint, als könne er direkt in mich hineinsehen und all die Antworten finden, die ich ihm verwehre. All die Wahrheit, die ich nicht auszusprechen wage.

»Ich werde nicht zurücknehmen, was ich vorhin gesagt habe, aber es ist nicht alles. Ich mag dich nicht nur, ich …«

»Nicht«, hauche ich. »Bitte nicht.«

Ich habe die besonderen Worte gehört, die er zu mir gesagt hat. Wie er mich bereits zweimal genannt hat. Bisher konnte ich so tun, als wären sie mir egal, doch hier, eingerahmt von seinen Armen, würde mir dies nicht gelingen.

Mein Herz kann nicht mehr so tun, als sei es ihm gleichgültig, doch mein Ehrgefühl und mein Stolz können mich daran hindern, die Worte ebenfalls zu sagen.

Kier verzieht schmerzlich das Gesicht. »Ich kann dich fühlen lassen, Yrsa. Bedeutet dir das nichts?«

»Mehr, als du ahnst«, gebe ich zu. »Ich fühle mich bei dir gewollt und begehrt. Du versetzt meinen ganzen Körper in helle Aufregung. Mein Herz klopft viel zu schnell, wenn du mich bloß ansiehst. Und wenn du mich berührst, verwandelst du mein Blut in Feuer, das mich von innen heraus verbrennt, wenn du mich nicht davon erlöst. Aber mehr als das, was wir bisher hatten, darf nie zwischen uns sein.«

Jede Regung verschwindet aus seiner Miene. »Was meinst du damit?«

Ich straffe die Schultern. »Was auch immer du zu empfinden glaubst, ist unwichtig. Du kannst mich gern weiter küssen und … das mit mir machen, was wir in der Merwanacht getan haben. Ich bitte dich sogar darum, denn nur du schaffst es, mich dabei etwas empfinden zu lassen. Aber mehr als das ist nicht möglich.«

Er macht einen Schritt zurück. Sofort fühlt sich mein Körper kalt und leer an. Alles in mir schreit danach, das eben Gesagte zurückzunehmen, doch ich presse die Lippen fest zusammen.

Was ich gesagt habe, ist die Wahrheit. Und weder er noch ich können uns dagegen wehren.

»Du bittest mich also, dich zu küssen und zu vögeln, wann immer dir danach ist«, knurrt er, wobei seine Stimme immer lauter wird. »Aber wenn ich mehr will … Wenn ich *dich* will, nicht bloß deinen Körper, dann weist du mich ab. Als sei ich ein Gegenstand, den du nach Gutdünken benutzen kannst.«

Gequält schließe ich für einen Moment die Augen. »Das habe ich so nicht gesagt.«

»O doch, das hast du!«

Ich habe ihn noch nie schreien hören. Noch nie derart wütend erlebt. Resigniert und genervt, ja, aber noch nie dermaßen außer sich wie jetzt.

Und ich bin der Grund dafür.

»Es tut mir …«

»Wag es ja nicht, dich jetzt zu entschuldigen!«

Ich verstumme. Ich könnte mich damit herausreden, dass ich in derlei Dingen keine Erfahrung habe und einfach die falschen Worte gewählt habe, doch das wäre eine Lüge. Wir können nicht zusammen sein, und würden wir es dennoch versuchen, würde einer von uns enden wie Fulkir – erschlagen vom anderen Clan, sein Körper im Wald verrottend, weil ihm keine rituelle Bestattung zusteht.

Kier weiß das, da bin ich mir sicher. Wieso ist er bereit, dieses Risiko einzugehen?

Gerade als ich ihn danach fragen will, wendet er sich abrupt von mir ab.

»Raus.«

Obwohl er wieder beherrscht redet, trifft mich die Endgültigkeit in diesem einen Wort. Ich zögere, warte darauf, dass er mich ansieht, doch er starrt einen wahllosen Punkt am anderen Ende der Kajüte an.

»Verschwinde endlich!«

Ich zucke zusammen, fasse mich jedoch schnell wieder. Äußerlich mag er mich nicht verletzt haben, aber innerlich blute ich. Ich presse mir eine Hand auf die Brust, um den Schmerz darin zu dämpfen, scheitere jedoch. Mit jedem Herzschlag rinnt weiteres

Blut aus der unsichtbaren Wunde, die ich mir selbst zuzuschreiben habe.

Wie versprochen ist die Tür nicht verriegelt. Ich öffne sie, bleibe aber im Türrahmen stehen.

»Ich kann dich nicht mehr hassen«, sage ich, woraufhin er mich endlich wieder ansieht.

Doch ich wünschte, er hätte es nicht getan. So viel Wut und Härte, gepaart mit abgrundtiefer Trauer liegen in seiner Miene, dass es mir schier das Herz zerreißt. Doch ich bringe die Worte heraus, die ich aussprechen muss, um uns beide vor weiteren Verletzungen zu bewahren. Uns. Unsere Familien. Unsere Clans. Unsere Tierwesen. Sie alle würden darunter leiden, wenn wir eine falsche Entscheidung treffen.

»Ich hasse dich nicht«, wiederhole ich. »Aber ich kann dir auch nicht mehr bieten.«

Ich warte seine Antwort nicht ab, da sie mich zerstören würde, und flüchte hinaus an Deck.

KAPITEL 39

YRSA

Zitternd laufe ich an Deck auf und ab. Die Kälte, die von mir Besitz ergriffen hat, hat das Brennen in mir rapide gelöscht, doch ich wünsche es mir zurück. Alles, was ich noch habe, ist das Gefühl von Kiers Lippen auf meinen und das leichte Prickeln an meiner Halsseite, wo er an meiner Haut gesaugt hat. Schützend lege ich die Hände auf diese Stellen, als könnte ich so dieses wunderschöne Gefühl bewahren, während in meinen Gedanken das Ende unseres Gesprächs ohne Unterlass widerhallt.

Alles in mir schreit danach, zurück in seine Kajüte zu gehen und ihn um Verzeihung zu bitten. Doch gleichzeitig weiß ich, dass ich das einzig Richtige getan habe.

Seufzend lehne ich mich neben dem schlafenden Bran an die Reling. Diese verdammten Gegensätze gehen mir auf die Nerven!

Ich habe nichts Falsches gesagt, aber ich muss mich missverständlich ausgedrückt haben. Kier muss doch klar sein, was auf dem Spiel steht, wenn er Gefühle für mich entwickelt.

Wenn *ich* Gefühle für ihn entwickele.

Ich reibe mir fest mit der Hand über die Brust. »Hör auf«, wispere ich. »Hör auf, schneller zu schlagen, wenn ich an ihn denke. Bitte.«

Doch mein Herz stellt sich taub. Es reicht, wenn Kiers Name durch meine Gedanken huscht, um es aufzuwecken. Und wenn ich an die letzte Merwanacht oder unseren Kuss eben denke, gerät es völlig außer Kontrolle. Selbst wenn ich bei ihm bin, schlägt es nicht langsamer, doch dann ist es eine andere Art des Schlagens – eine zufriedenere, die mich bis in die Fingerspitzen erfüllt und mir einen Vorgeschmack darauf gibt, was sein könnte, was aber niemals Wirklichkeit werden darf.

Ich wünschte, Kier würde das ebenfalls begreifen und zufrieden mit dem sein, was wir bisher hatten und weiter haben können. Solange niemand Verdacht schöpft, können wir …

»Was ist denn mit deiner Lippe passiert?«, fragt eine Frauenstimme neben mir. »Bist du irgendwo dagegengelaufen?«

Ich war derart in Gedanken versunken, dass ich nicht bemerkt habe, wie Astrid neben mich getreten ist. Ich starre sie einige Sekunden zu lang an, während ich fieberhaft nach einer Erwiderung suche.

»Ich … habe etwas zu Heißes gegessen und mir den Mund verbrannt.«

Astrid runzelt die Stirn. »Wir essen seit Wochen eingelegte Früchte und Trockenfleisch.« Sie lehnt sich ein Stück vor. »Und was ist das da an deinem Hals?«

Ertappe lege ich eine Hand darüber, doch der Schaden ist bereits angerichtet; Astrid hat mich durchschaut, und sie zieht in Windeseile die richtigen Schlüsse.

»Du begibst dich da auf ganz dünnes Eis«, sagt sie mit einem verschwörerischen Unterton. »Aber ich kann dich verstehen. Er ist niedlich – auf eine jugendliche Art. Hätte er einen Bart, könnte er mir auch gefallen.«

Ich balle die freie Hand zur Faust. »Er ist perfekt, wie er ist.«

Astrids Lächeln erinnert mich an den Ausdruck einer Katze, die eine Maus in die Enge getrieben hat. »Ah, ›perfekt‹ also, ja? Und ein guter Küsser scheint er auch zu sein. Vielleicht sollte ich doch mein Glück bei ihm probieren und ihn dazu bringen, sein Verbot aufzuheben.«

Ohne dass ich es verhindern kann, mache ich einen Schritt auf sie zu und knurre: »Untersteh dich.«

Ihr Lächeln wird breiter. »So schlimm steht es also schon um dich? Aber keine Sorge, der jugendliche Anführer interessiert mich nicht, und das nicht bloß wegen des fehlenden Bartes. Du solltest ebenfalls einen großen Bogen um ihn machen.«

»Das tue ich doch.«

Ihr Blick gleitet langsam von meinem Mund zu meiner Halsseite und wieder zurück. »Ja, das sieht man.« Sie verschränkt die Arme vor der Brust. »Warum tust du das? Ich meine, auch ohne den Schemen müsstest du ihn hassen, immerhin nimmt er dir deine Schwester.«

Ich straffe die Schultern. »Das war Teil unserer Abmachung. Elvi hat zugestimmt. Ohne ihre Zustimmung hätte ich nie …«

Astrid unterbricht mich mit einer wedelnden Handbewegung. »Sag bloß, du hast es nicht gehört.«

»Was denn?«

»Den Grund, warum Kier unsere Valkra fordert, natürlich.«

Ich ziehe die Augenbrauen zusammen. Irgendetwas in ihrem Tonfall veranlasst mich dazu, sämtliche Muskeln anzuspannen. »Seine Valkra ist verstorben, und die Götter haben seinem Clan noch keine neue gesandt.«

Nun blitzen Astrids Zähne in ihrem katzenhaften Lächeln auf. »Seine Valkra ist nicht einfach nur gestorben.«

Der Drang, mir beide Hände auf die Ohren zu pressen, ist beinahe übermächtig. Ich will nicht hören, was sie gleich sagen wird, und doch hänge ich an ihren Lippen, als würden ihre nächsten Worte über mein ganzes Leben entscheiden.

Als sie schließlich fortfährt, halte ich den Atem an.

»Kier hat sie getötet. Mit seinen eigenen Händen.«

ENDE BAND 1

Fortsetzung folgt.